JN200230

大西巨人　文学と革命

二松學舍大学学術叢書

山口直孝◆編

翰林書房

1

3

2

1　大西巨人の仕事場。隣接して書庫があった。ここを中心に巨人の自宅には一万冊を超える蔵書があった（大西赤人氏提供）

2　本の底に略記された著者名・書名（創元選書の柳田国男著作と改造社版高畠素之訳『資本論』）。収納スペースを節約するために蔵書は横積みにして本棚に収められることがあった。

3　『権利のための闘争』三種。愛読書については、異なる版をさらに買い求めることがしばしばであった。

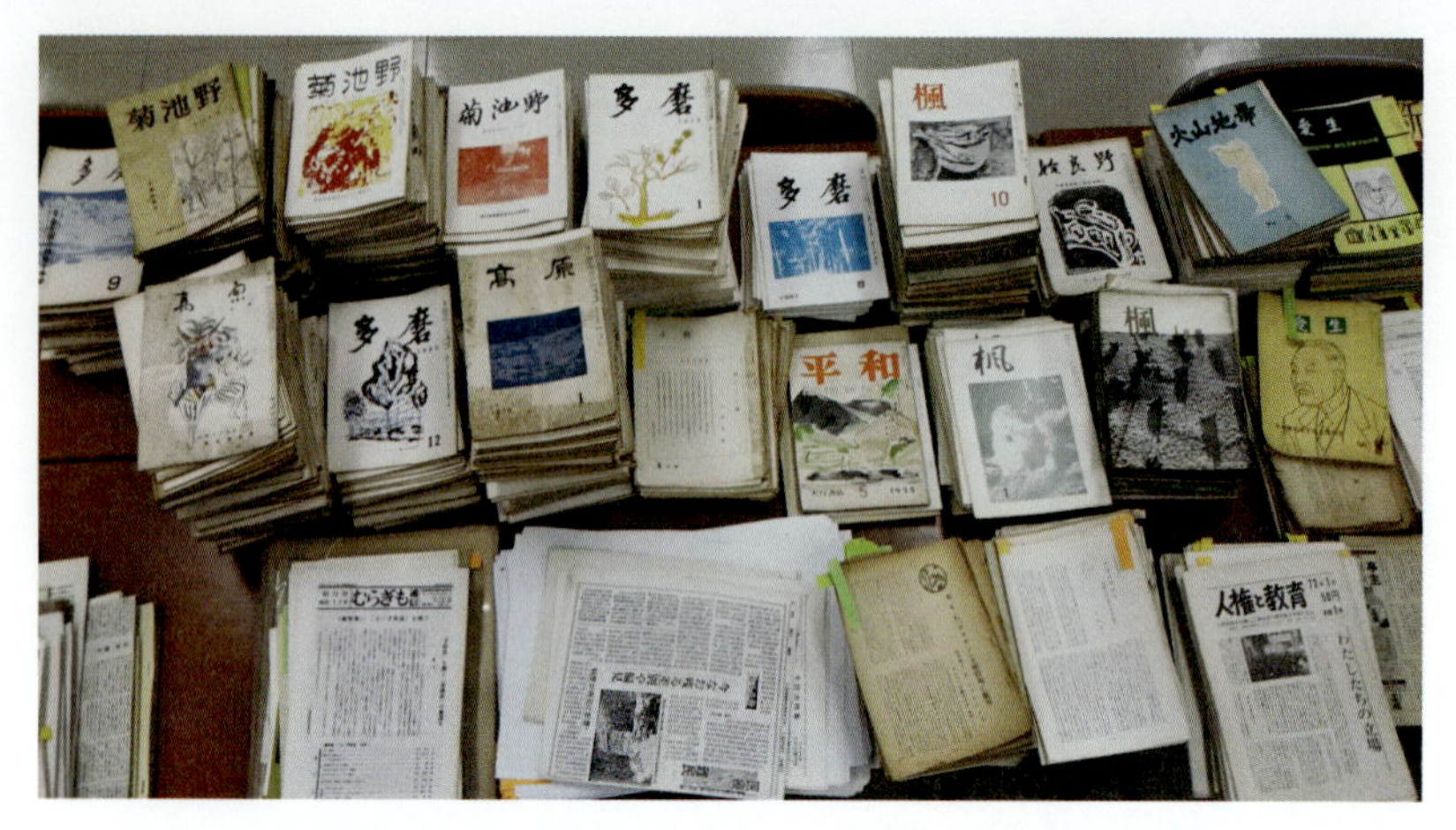

4

5

4　保管されていた雑誌類。ハンセン病療養所の機関誌が目立つ中、大西問題を契機として障害者の教育権を実現する会発行の『人権と教育』もあった。
5　長男大西赤人のために編纂された手製のアンソロジー。妻美智子が保存していた余りぎれがカバーに用いられている。

6

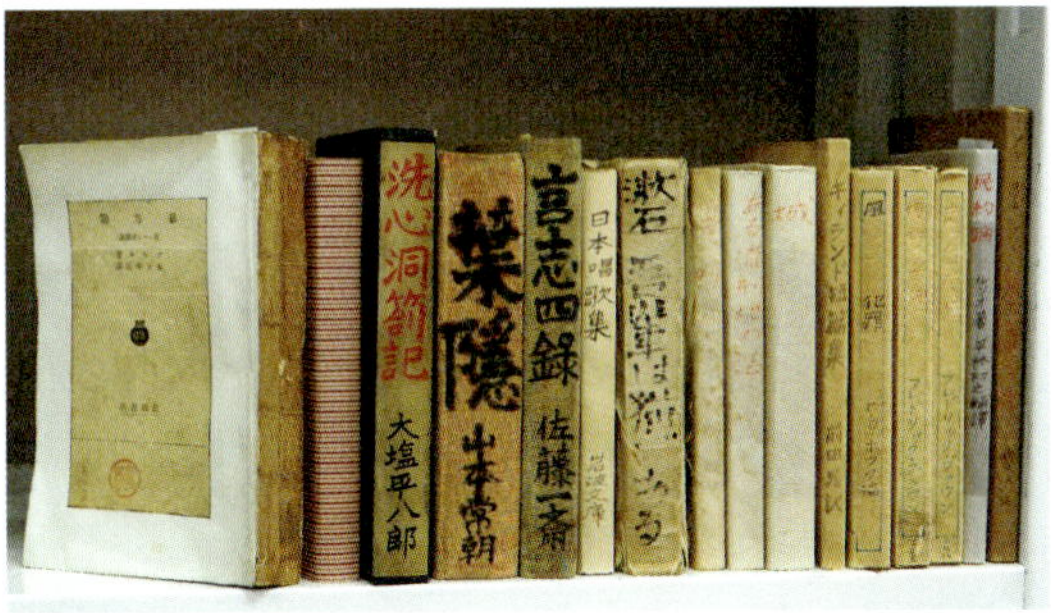

7

8

6　巨人の装丁した書物（単行本）。簡素であることが旨とされている。

7　巨人の装丁した書物（文庫本）。左から 2 冊目は北原白秋『自選歌集　花樫』（改造文庫、1933 年 7 月 12 日 26 版）である。

8　『風味豊かな犯罪』に掛けられた手製のカバー。「カヴァー・ディザイン　大西巨人」と署名されているのは本書だけである。

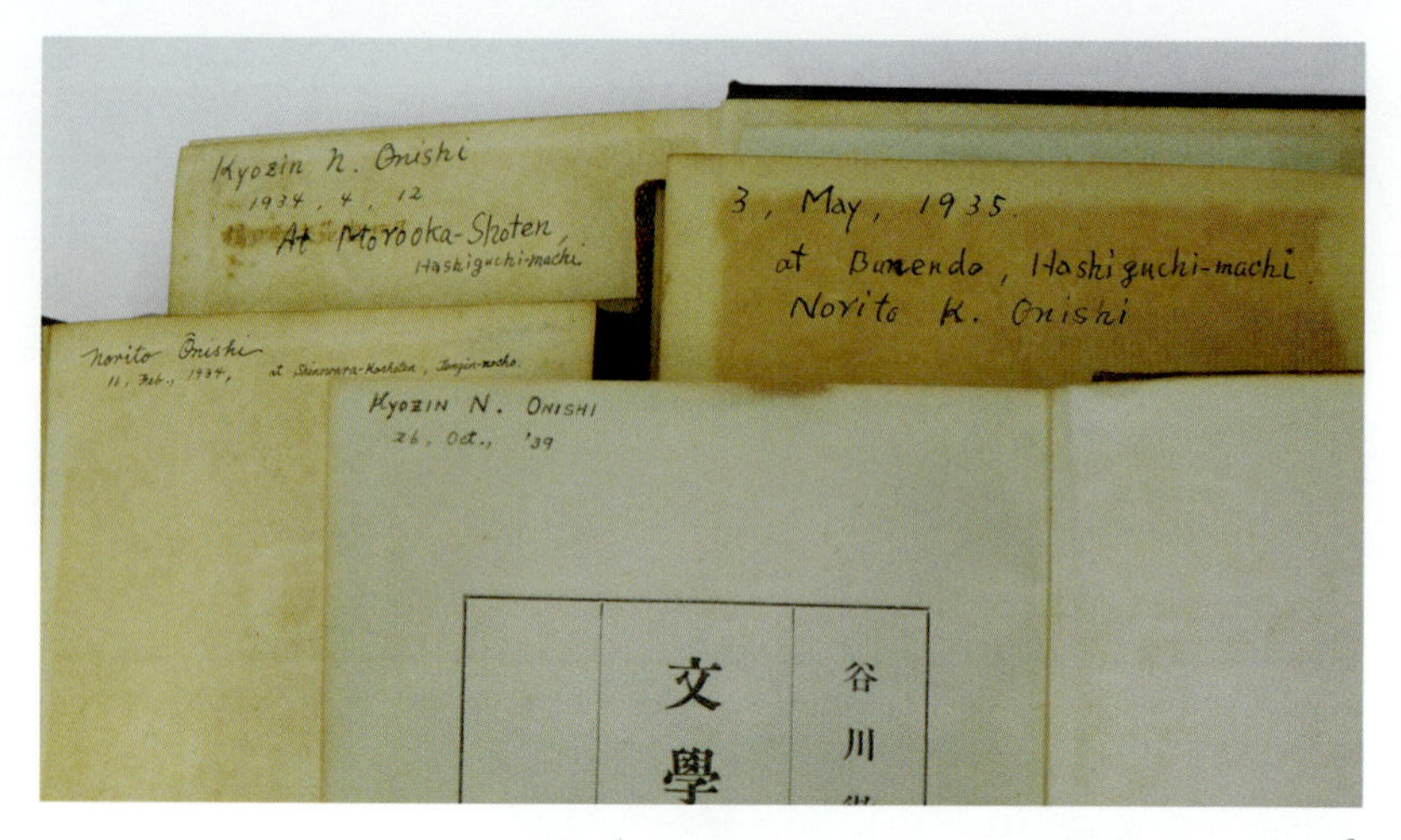

9

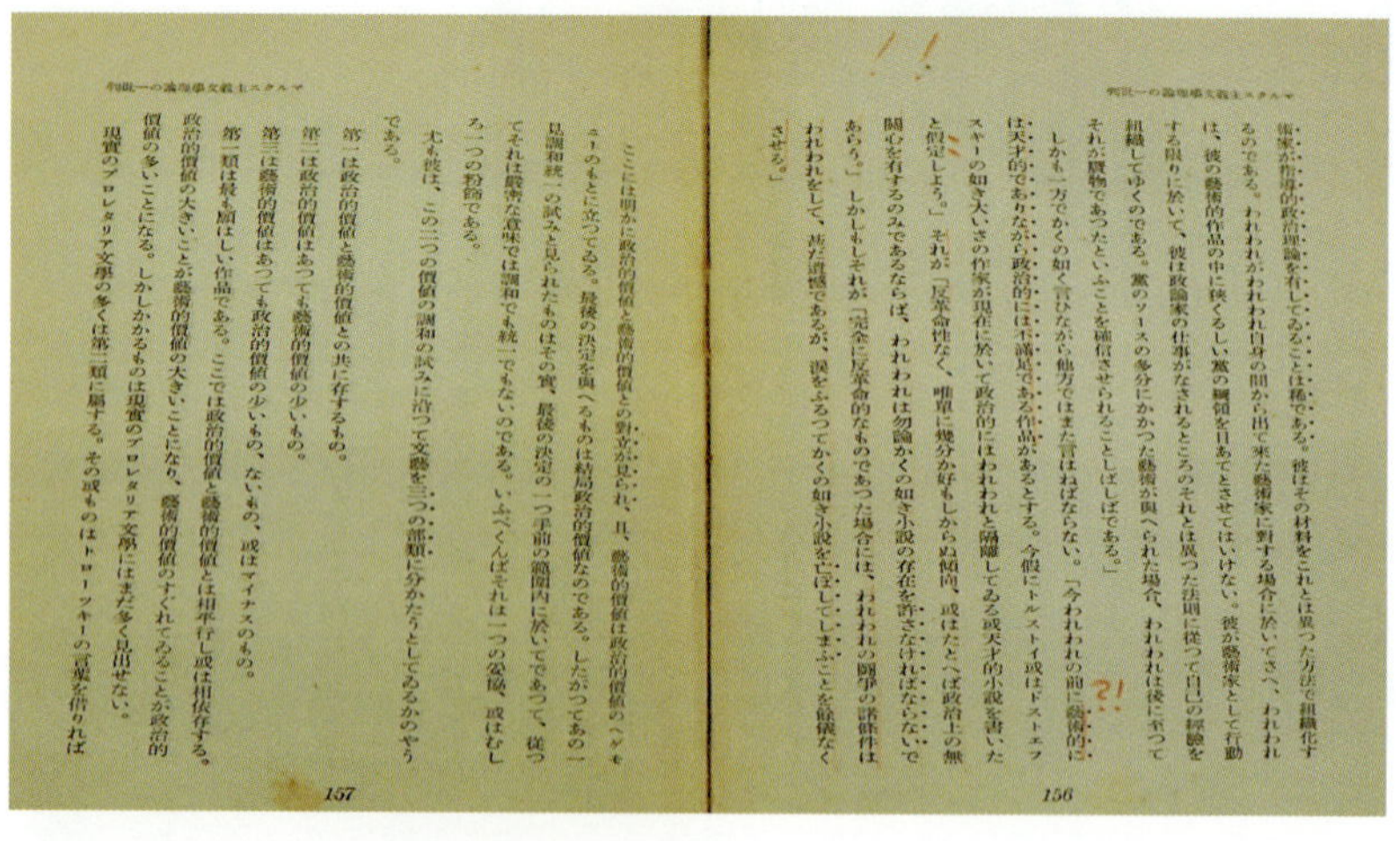

マルクス主義文學理論の一批判

術家が指導的政治理論を有してゐることは稀である。彼はその材料をこれとは異つた方法で組織化するのである。われわれがわれわれ自身の間から出て来た藝術家に對する場合に於いてさへ、われわれは、彼の藝術的作品の中に狭くるしい黨の綱領を目あてとさせてはいけない。彼が藝術家として行動する限りに於いて、彼は政論家の仕事がなされるところのそれとは異つた法則に従つて自己の經驗を組織してゆくのである。黨のソースの多分にかかつた藝術が與へられた場合、われわれは後に至つてそれが贋物であつたといふことを確信させられることしばしばである。」

　しかも一方でかくの如く言ひながら他方ではまた言はねばならない。「今われわれの前に藝術的には天才的でありながら政治的には不満足である作品があるとする。今假にトルストイ或はドストエフスキーの如き大いさの作家が現在に於いて政治的にはわれわれと隔離してゐる或天才的小説を書いたと假定しよう。」それが「反革命性なく、唯單に幾分か好もしからぬ傾向、或はたとへば政治上の無關心を有するのみであるならば、われわれは勿論かくの如き小説の存在を許さなければならないであらう。」しかしもしそれが「完全に反革命的なものであつた場合には、われわれの闘爭の諸條件はわれわれをして、甚だ遺憾であるが、涙をふるつてかくの如き小説を亡ぼしてしまふことを餘儀なくさせる。」

156

マルクス主義文學理論の一批判

　ここには明かに政治的價値と藝術的價値との對立が見られ、且、藝術的價値は政治的價値のヘゲモニーのもとに立つてゐる。最後の決定を與へるものは結局政治的價値なのである。したがつてあの一見調和統一の試みと見られたものはその實、最後の決定の一つ手前の範圍内に於いてであつて、從つてそれは嚴密な意味では調和でも統一でもないのである。いふべくんばそれは一つの妥協、或はむしろ一つの粉飾である。

　尤も彼は、この二つの價値の調和の試みに沿つて文藝を三つの部類に分かたうとしてゐるかのやうである。

　第一は政治的價値と藝術的價値との共に存するもの。

　第二は政治的價値はあつても藝術的價値の少いもの。

　第三は藝術的價値はあつても政治的價値の少いもの、ないもの、或はマイナスのもの。

　第一類は最も願はしい作品である。ここでは政治的價値と藝術的價値とは相平行し或は相依存する。政治的價値の大きいことが藝術的價値の大きいことになり、藝術的價値のすぐれてゐることが政治的價値の多いことになる。しかしかかるものは現實のプロレタリア文學にはまだ多く見出せない。

現實のプロレタリア文學の多くは第二類に屬する。その或ものはトロツキーの言葉を借りれば

157

10

9　巨人が署名をすることは稀で、お気に入りの本に限られる。谷川徹三の著書に施されたサインは、時期によって変化があり興味深い。上から『思想遠近』（小山書店、1933年10月10日）、『内部と外部』（小山書店、1933年 5 月10日）、『展望』（三笠書房、1935年 3 月20日）、『文学の周囲』（岩波書店、1939年 6 月15日 2 刷）。

10　気になった箇所に傍線を引いたり、チェックマークを付けたりするのが巨人の癖であった。本書（谷川徹三『内部と外部』〔小山書店、1933年 5 月10日〕）のように「!!」が記されるのは珍しい。

大西巨人　文学と革命◎目次

コラム

Ⅲ　享受と創造——大西巨人をめぐる考察

I

大西巨人の現在——さまざまな眺め

一編集者から見た大西巨人――『神聖喜劇』と光文社の関わり

浜井　武

こんにちは。ご紹介にあずかりました浜井です。最初から余計なことを申しますけれども、二松學舍大学の教室でこういう話ができるというのは、私個人として感無量なんです。私は大学受験に失敗しまして、一浪した時に、風変わりな予備校へ行きました。成績はどうでもよくて、先生方が勝手なことを教えるというところでした。実はそこで勉強の面白さというのを知らされたんです。高校は都立高校で、すべて何でも順位を付けるような学校でした。それに反発して机の前に座ったことがなかった学生だったのですけれど、予備校の先生方の話が実に面白かった。そこの国語の担当が二松學舍の先生でした。お名前は忘れてしまったんですけども、何か勝手なことをやるんですね。『雨月物語』でしたか、自分がやりたいことを楽しんで教えてくれる。それをうかがってい て、ああ勉強って面白いんだなと思って、そこでちょっと心を入れ直したということがありました。ですから、二松學舍には一種憧れるところがあり、今日ここへ立たせていただくと、感無量の思いです。

私は講釈師のせがれなんです。今日、「大西巨人の現在」という催しが開かれており、午前の公開読書会、午後の研究発表に、私も出席させていただきました。けれども、半分以上難しくてよく分からなかったですね。私のは漫談ですから、そのつもりでお聞きいただきたいと思います。しかし、今日は大西先生の奥さま、それから私が担当する前の前の担当者だった市川元夫さんもいらしており、「講釈師見てきたようなうそをつき」というわけにはいかないなと思って、なるべく史実というと大げさですが、三十年前の出来事を事実に沿って忠実にお話したいと思います。ただ、記憶力が大変衰えています。後期高齢者ですから、私が「某作家」と言ったときは「それがし」の作家じゃなくて、忘却の「忘」だと、このように思っていただきたいと思います（笑）。

1　『神聖喜劇』はなぜ光文社から出たか

これはインターネットでも既に話題になったことがありますけれども、みなさんの中には、なぜあの光文社から『神聖喜劇』が出版されたんだと不思議に思われた方も多いと思うんです。私でも不思議ですから（笑）。光文社というのは、先ほど司会の山口直孝先生がご紹介くださいましたように総合出版社ですから、いろいろな本を出しています。小説では、これは主に松本清張さんのおかげなんですけれども、推理小説を中心としたミステリー、大きく言うとエンターテインメントには強いんですけれども、文芸作品は他の大手出版社と比べてそんなに得意としてはおりませんでした。そこから何でがちがちの『神聖喜劇』が出版されたんだろうということですね。これは結構多くの方が書かれていますが、最初のきっかけとなったのは松本清張さんなんです。

ちょっと一時代前の小説をお読みになっていた方はよくご存じでしょうけど、松本清張さんは大ベストセラー作家であった、そして主に光文社と組んでいた時期がありました。松本さんは、光文社にとっては大恩人なんですが、その清張さんが「新日本文学」に掲載中の『神聖喜劇』を読んで、これは面白いからお宅で出したらどうだということを、当時の神吉晴夫という社長に言ってくれたそうです。

神吉さんの名は、著名な出版プロデューサーということで聞かれた方もあるかもしれません。そのワンマン社長が勧めに乗って、じゃあ接触してみようと思った。それでカッパ・ノベルスの当時編集長だった伊賀弘三良さんと入ったばかりの佐藤隆三さん、佐藤さんは後に文芸部門の責任を持つことになる人ですけれども、彼ら二人にちょっと当たってみろと言った。それで入社したばかりの佐藤隆三さんが大西さんに打診の葉書を出したのです。

大西さんは、最初はあまり乗り気ではなかったというか、むしろ否定的だったそうです。光文社というものを、ベストセラーだけを狙うような、出版社だと思っていた。神吉社長は、出版はプロデュースが中心であると考え、岩波文化に対して大衆文化を標榜していた。読者と言わずにコンシューマーという表現を使って、消費者としてとらえようというようなところがあり、編集者としては天才的なところがあったんですけども、経営者としてはいろいろ問題があったようです。神吉社長のそういうやり方に対して、例えば司馬遼太郎さんはよい印象を持っていなかったそうですが、大西さんも光文社をよく思っていなかったようで、最初は断ったんですね。断り方は厳しいものではなく、単に既に決まったところがあるという言い方で断ったそうです。

ところがその後、花田清輝さんが大西さんに意見したそうです。大西さんが、光文社から申し入れがあったんだけど断ったという話を花田さんにしたところ、花田さんは、「それは違う、君のこの小説こそ多くの読者を取り込もうとしている出版社で出すべきだ」と説得されて、大西さんもそういうものかなと思って、そこで前言を撤回して、光文社から出すことを了承した、そういういきさつだったそうです。

花田さんの助言の裏には、大西さんの世にも有名な貧乏生活に対するおもんぱかりもあったんだろうと思います。光文社が引き受ければ、大西さんの生活も安定するだろうという思いが背景にはあったんでしょう。この話を私は大西さん本人から聞いていたんですけれども、司会の山口先生によれば、大西さんが野間宏さんに出した書簡の中にちゃんとそのことが記してあるそうです。それを聞いて私は、学者さんというのはしっかり調べておられるものだなと思った次第です。

光文社は、敗戦直後、講談社の子会社として出発しました。今申しましたように、いわゆる文化人的な方の中にはいろいろ反発を感じる方もいらっしゃいましたが、しかし大変成功していた出版社です。『神聖喜劇』は当時「新日本文学」に連載中で、さっき申しました伊賀編集長が、大西さんと初めて会った時、「この小説は何枚ぐらいになりますか」と聞いたんですね。それに対する大西さんの答えが、「まあ三百五十枚ぐらいでしょう」（笑）。本当に大西さん本人からそう聞いたんですよ。冗談じゃないですよね（笑）。ご存じのように、『神聖喜劇』は、四百字詰め原稿用紙約四千七百枚、執筆に二十五年間かかった。松本清張の『点と線』が約三百枚。長編の中ではやや短く、後の長編群と比べれば中編に近い小説ですが、あんな感じを最初大西さんは思い浮かべていたのかもしれません。それが一九六二年ごろの話になります。

これは大西さんがすでにお書きになっているかもしれませんが、『神聖喜劇』の最後、第五巻（第八部・永劫の章）にある、「『一匹の犬』から『一個の人間』へ実践的な回生、……そのような物事のため全力的な精進の物語り、――別の長い物語りでなければならない」という文章、あれは実は「混沌の章」（上）の部分を書き始めた時に、すでに頭の中ではできていたそうです。そのこともあって「三百五十枚ぐらいでしょう」とおっしゃったかもしれませんが、キセルの真ん中の部分がとんでもなく伸びてしまったわけです。

以来、担当者、原稿を取りに行ったお使いさんも含めますと、諸説あるんですけども（笑）、私の勘定では八、九人になりますが、半世紀以上にわたる光文社と大西さんとの付き合いが始まるわけです。今日の話は『神聖喜劇』が上がるまでのお付き合いが主になりますが、今日まで大西さんの奥さまも含めて、さまざまな形での関わりが続いています。本来なら私がここに立つよりは、私が担当者だったとき編集長だった窪田清さんという方がふさわしいと思うのですが、窪田さんはすでに亡くなられていますので、代わりに私が窪田さんだったらこういうことを思うだろうな、ということをお話ししたいと思います。

2 前例のない付き合いの始まり

大西さんが了承されたことで、光文社と『神聖喜劇』との二十年以上にわたる、大まじめに苦しんだけれども、しかし、どこか喜劇的な、まさに『神聖喜劇』を地で行くようなことが始まったわけです。

大西さんは寡作な作家と一口に言われますけども、二十五年間で一作に集中したから寡作なのであって、これが最初に大西さんが言われたように、三百五十枚で収まっていたら、十何冊も出ている計算ですよね。だから、そんなに寡作ではない。特に『神聖喜劇』を上げた後のほっとなさっているころ、大西さんの区分によればなんと中期（！）なんですが、中期の仕事というのは結構がんばっていました。だから全体から見れば、単に寡作とは言えないけれど、『神聖喜劇』だけで言えば、一日平均二百字、四百字原稿の半分ぐらいしか書かれていない。それをずっと続けられたということです。

単に時間がかかるということだけならば、先ほど山口先生が紹介してくださった小松左京さんの『日本沈没』などもその一つです。私は大変運のいい男でして、先輩が少しやって、そのままになっているのを途中で受け継ぐと、最後の担当者として本が完成してしまうのです。『日本沈没』も二百枚ぐらいのときに引き継いだのですけども、そのときに一枚目の原稿用紙は黄ばんでいました。それが最終的には千四百枚になった。カッパ・ノベルス版では上下巻になりますが、二冊になると、販売部は渋い顔をするんですよね、一冊のほうが売りやすいですから。それで、こっちもばか正直に、「先生、半分に切れませんか」なんて頼んでみたら、「君は何ということを言うんだ」と叱られた覚えがあります。

小松さんの場合は、『日本沈没』を書いている間も、別の社の小説や雑誌にどんどん書いているわけです。それからあの人は大阪万博に首を突っ込んだりして、余計なことをやりすぎるんです。小松さんの事情は、大西さんと違う。大西さんは、まさに『神聖喜劇』だけにじっと向き合っている方でした。じっと向き合っているということは、原稿が仕上がるまではお金が入らないわけです。ですから、編集部としてはただできるのを待っているわけにはいかない。待っているだけなら、小松さんに対するように催促はしますけども、それで済んでしまう。大西さんの場合は死活問題です。特に難病のお子さんを二人抱えていらして、ほかに何の収入もない。そういう方がどうやって食いつないでいくのかという問題に、われわれ編集者がかかわらざるをえなくなった。このことが、『神聖喜劇』を担当した編集者の、ほかに例のない特徴だろうと思います。

いろいろ側聞するところでは、既に方々から借金をしていた。個人からの融通がそう続けられるわけはないですから、そうなると結局は印税の前借りという形になります。印税の前借りに応ずることができるのは、結構余裕がある出版社ですけれども、これはと思う作家には印税を前貸しするんです。無利子で。本が出た時の印税、ないしは増刷がかかるのを見越して。大西さんの場合は最初に出た『神聖喜劇』のカッパ・ノベルス版、あれは増刷がかかりましたが、ずっと続いたわけではない。後が続かなきゃ売れないんですが、続きが出ることを見越して融通することをしました。当時カッパ・ノベルスは初版が三万部、一回の増刷が五千という単位でした。昨日、市川さんと思い出話をしていたんですけれども、増刷があると見越して計算した額を月々によこせ、月給のようによこせという注文が大西さんからあった。それで、今度はそれを会社と交渉するということがありました。これは編集者の仕事なのかな、と疑問が湧くところですけれども（笑）、そういうこともしました。

「新日本文学」掲載分のところまでは、原稿があるので、これは本にできるわけです。ところが、その後が続かない。一方、広告は新聞の全ページ広告を打った。当時の「朝日新聞」の全ページ広告、あれはかなり広告料が高かったんですけど、それを打っちゃった。もう後へ引けないんです。もうやめましたとはとても言えない。

それから、いろいろな形での例のない催促が始まります。

ちょっと話を戻しますけれども、私が『神聖喜劇』の最後の担当者になったのは、さっきご紹介いただきましたように「少年」の編集部からカッパ・ノベルスへ移った時でした。月刊誌の「少年」というのが、週刊誌の時代になったために休刊になった。休刊というのは体のいい言い方で、実は廃刊なんですね。休刊と言うんですけど、実際はすべて廃刊です。

余談ですが、近頃は昔自分が「女性自身」にいたとか、カッパ・ノベルスや文庫をやっていたと言っても「ふーん」で済んでしまうんですけれど、「少年」にいたと言いますと、ある種の若い方、マニアの方からは急に尊敬のまなざしで見られるんです㈥。確かに漫画好きの人にとっては、当時の「少年」というのは『鉄腕アトム』、『鉄人28号』、『忍者ハットリくん』、白土三平の『サスケ』、そうそうたるメンバーが作品を書いていたので、憧れの対象なんでしょう。その「少年」に私は行ったんですが、「女性自身」から飛ばされてきた人間には、付録でもやらせて、あとは、さいとう・たかをでもあてがっておけという具合でした。あのさいとう・たかをさんですよ。『ゴルゴ13』でブレークする前で、当時はまだ中堅でした。

「少年」がなくなって、カッパ・ノベルスにやって来たのが一九六八年の二月でした。その十か月後の年末にカッパ・ノベルス版の『神聖喜劇』が出るんです。「混沌の章」の上下二冊。そのあと、「運命の章」、「伝承の章」とさらに二冊を出した。ここまでは「新日本文学」に連載していて原稿があるから出せたんです。さて、この後が続かないわけです。

カッパ・ノベルスに来てから、すぐに大西さんの担当になったわけではありませんが、走り使いは頼まれました。いろいろな資料を、大西さんのことですから要求するんですね。さっきの山口先生の報告の質疑応答でも話題になっていましたが、国立国会図書館、ここには、私は何度も行っています。ですから執筆にあたって蔵書だけを参照していたわけじゃないんです。国会図書館では、今は知りませんが、当時は閉架式で一回に出してもらえる冊数が決められている。ですから、出してもらっても、思っていたものと違っていたということになると、また請求に並ぶんです。そんな方式ですから二人で行くと二倍請求できる。一回に五冊でしたでしょうか、それで大西さんと一緒に行って、一度に合計十冊請求するというのをしょっちゅうやりました。

ある時、図書館の駐車場で私が自分の車のスモールライトをつけっ放しで止めてしまい、バッテリーが上がってしまったことがあったんです。車が動かなくて、大西さんが「どうするとかね」と言う。「恐縮ですが、押していただけるとありがたいんですが」と頼んで、大西さんに「押し掛け」をしてもらいました。前にも同じ失敗をして、オーストラリアで借りたレンタカーを小松さんにも押してもらいました。私は、大西巨人と小松左京に車を押させた大物なんです（笑）。

こういう余計な話になるのも、大西さんの影響かもしれません。大西さんのお話は、まさに『神聖喜劇』の東堂太郎の語り口を地で行くんです。小説では回想部分が独特ですよね。本筋の話じゃないところへ話題がそれていく。枝に分かれ、さらにまた小枝に分かれていくというような感じ。大西さんも話が長くなりすぎて、そのうち、「俺は何でこんな話をしていたのかね」と言うことがある（笑）。窪田さんや僕に尋ねられても、こちらも分からない。そこにたまたま、いつもではありませんが長男の赤人さんがいると、「それはね、お父さん、この話をお父さんはしていた。それがこうつながって、ここからこう行ったんだよ」と教えてくれる。それであぁ、そうだったんだ、と思いだす、そういうことがしょっちゅうありました。こちらも、なるべく大西さんの話がよそへ飛ばないように注意はいたしましたけれども（笑）。

3　刊行打ち切りの危機の中で

話を戻しますと、私たちは原稿の催促と同時に、印税の前貸しを会社に交渉するという役割を持つようになった。組合の団体交渉みたいなことをやりました。最初のうちはよかったんです。カッパ・ノベルス版が出て、初版三万部の印税が入る。それから増刷もしていきますから、その増刷分の五千部も入るだろうと予測が立つ。だから、その印税分を少しずつお貸しすればよかったんです。けれども、続きが出ず、いつになるか見当がつかなくなってきた。ちょうどその頃に、出版界で最大と言われた労使紛争が光文社で起こります。一九七〇年のことですが、この争議で組合は分裂する、会社は組合員をロックアウトで締め出すという状況でした。この話だけでもすごく面白いんですけども、長くなるのでまた別の一席とさせていただきます。

すでに経営者も代わり、私たちも職場に復帰します。労働争議の間は、こちらも原稿の催促ができませんから、当然大西さんの執筆も進んでいない。大西さん、喜ばれていたかもしれません（笑）。しかし、新しい経営者になって、状況がいささか変わってきます。神吉社長の場合はいくらワンマンでも自分が決めたいきさつがありますから、文句はわんわんおっしゃるけども、自分が関わっているという意識があった。けれども、新しい経営者からすれば、『神聖喜劇』は旧体制が勝手に始めたことで、どっちかというと負の遺産であるという意識なんです。しかも、はっきり言って、内容もよく理解していたとは思えない。よくわからない、何時完成するか見当がつかない作品に、なぜどんどん金をつぎ込むのか、と不審な思いであったようです。

当時の私の手帳、ノートを見ますと、『神聖喜劇』について、「ピリオドを打つ」とか「けりを付ける」とか、そんな話ばっかり会議のときに出てきたことが記してあります。で、そのうち、会社はもうこれ以上前渡しはできない、打ち切ると言うんです。あるときは、「『神聖喜劇』を完成させる会」というのを作って、窪田編集長と担当の浜井の二人を入れて、そこで大西巨人の生活を支えるようにすればいい、会社はお金の面では縁を切る、みたいな話が出る。また、ある時は、『神聖喜劇』をどこかへ売れないかという話もありました。文春とか角川とか、いろいろな出版社の名前が飛び交っている。当時の記録を改めて読んで、そんな状況だったんだと、今更ながらびっくりいたしました。

もちろん、私たちはそんなことはさせまいとする。いろいろなこと、あの手この手を考えました。大西さんの貧乏ぶりはよく言われていますが、どんな貧乏だったかというと、見た目には貧乏くさくないんです、全然。気位の高い貧乏というか、かわいげのない貧乏（笑）。まだ神吉さんが社長だったころ、「大西さんにすき焼きの肉でも持って行って、がんばってもらえ」とか言われて、窪田さんが牛肉の上を買って持っていったんです。そうしたら、これは大西さん自身の言葉ですけれど、「俺は特上が欲しかった」と（笑）。「せっかく上を持って行ったけど、駄目だったよ」と窪田さん。ほかに持っていったものに高野のメロンがあります。これも「柔らかすぎる」と文句を付けられた。そういう貧乏人だったんですね。でもお金はないんです。

最初の責任者だった伊賀編集長が個人的にお金を貸しに行った時の話も披露しておきましょう。今日は面白い話はいくらでもしていいと、奥さまにオーケーをいただいたので、平気で言っちゃいます。お金の貸し借りの話をする席で、伊賀さんはいこいか何か、普通のたばこを吸っていて、大西さんは値段の高い琥珀というたばこを吸っている。「伊賀はフーンと変な顔をしとったぞ」と僕に言うんです。大西さんは分かっているんです。自分は高いたばこを吸っていて、安いたばこを吸っている伊賀さんからお金を借りるのがおかしいことを。でも、平気なんです。

それから、借金しに行くにも、電車賃がないことも珍しくない。ある時、切羽詰って新日文の後輩で魯迅研究家の桧山久雄さんからお金を貸してもらうことになり、美智子夫人が中央線の国立駅まで行くことになった。そういう時は、大宮駅で入場券を買って、それで行くわけです。国立駅の改札口で桧山さんと会ってお金を借り、そのまま戻ってくるのです。新日本文学会の仕事をしていた頃は、新宿でいろいろな会合があった。大西さんは一駅だけの切符を買って、新宿へ行く。新宿駅というのは当時から大きな駅ですから、よく切符が落ちていたんだそうです。今はみんなスイカなんかを使いますから、なかなか落ちていませんよね。その落ちている切符を一所懸命探す。そうすると、必ず見つかるんだそうです。ある時一心に下を向いて探していたら、「大西君、何をしているんですか」と声がする。で、顔を上げてひょいと見ると平野謙さんなので参った、という話もあります。もっとも、今となっては分かりませんが、こうした話は私たち編集者を面白がらせようという、大西さんの作り話だったのかもしれません。なにしろ大西さんは「作家」ですから。

普段からやりくりに苦労されていたんですが、年末になると、やっぱりお正月らしいことをしなければいけない、ごちそうも食べたいということで、越年資金を要求されるんです。これにも応えなくちゃいけない。

私も担当作家の中から、斎藤栄さんや夏樹静子さんに頼んで、借金の仲立ちをしたこともあります。

4 原稿催促の工夫あれこれ

缶詰めというのを出版社はよくやりますよね。ホテルへの缶詰め。初めは、市川さんや窪田さんの時代のことで、私は直接関わっていないんですけれど、当時山の上ホテル辺りを利用していて、そこに大西さんを入れた。大西さんは一種の潔癖性なんです、変なところで。だからホテルにトイレットペーパーを持ち込むんです。トイレットペーパーは持ち込むけれど、原稿は全然上がってこない（笑）。私の時はもっと切羽詰まっていまして、ホテルはニューオータニでした。芝居がかっていたと思いますけれども、契約のハイヤー会社に一番大きな車を持ってきてくれと頼んで、アメ車の一番大きいのを廻してもらい、それに大西さんを乗せて、いざ出陣、という感じで送り出した。でも、一週間経っても、原稿は全然上がってこない（笑）。編集費を無駄遣いしました。

大西さんに関しては、原稿用紙でもいろいろやりました。出版社は、有力な作家には原稿用紙を作ってあげるんです。自分のところになるべく書いてほしい、ということで、作家をつなぎ止めるために特別の原稿用紙を作る。作家も、それは有難いわけです。自分の名前入りの原稿用紙をただで作ってもらえるんですから。今はほとんどワープロで、入稿もメールで済ますことが多いので、原稿用紙もあまり利用されなくなりました。一時代前の話としてお聞きいただきたいんですけれども、私が今日、講演のために準備した原稿用紙、これは、松本清張さんの原稿用紙です。清張さんの原稿用紙は山ほどあったんです。大量に作り過ぎて置いているうちに黄ばんでしまった。これは使い物にならないと、会社の引っ越しのときに捨てようとされたので、もったいないともらってきました。これで書くと、何だかいい原稿が書けそうな気がするんですけど、今日は駄目ですね（笑）。私は、キリスト教徒なんですが、こういう時は、簡単にアニミズムに転びます。

私の家に今あるものでは、ほかに赤川次郎さん、それから大藪春彦さんの原稿用紙があります。大西さんは「名前入りなんか要らない」と言うんです。今日持ってきましたが、この原稿用紙、「これでいい」と言う。これは編集部で使っていた原稿用紙です。これはなかなか使い勝手がよろしいというので、この四百字詰めの原稿用紙をずっとお渡ししていました。

ところが大西さんは、何度も書き直すので、原稿用紙の書き損じが多い。百枚渡して、十枚完成原稿が戻ってくれば御の字です。赤川次郎さんの場合は、まったく違います。千枚原稿用紙を渡すと、ほぼ千枚完成原稿が戻ってくる。うちにだけ書くわけじゃないから、もちろんよそに行くものもあるんですけれども、渡した原稿用紙の分だけ全部実るんです。これはこれで、やっぱり天才ですよね、赤川さんは。天才のタイプが違うだけで、すごいと思います。

大西さんは、さっき申しましたように妙なところで神経がイライラしたりするものですから、原稿用紙が書いている間にずれるのが気になってしょうがない。それで原稿が書けなくなってしまう。原稿が書けなかった言い訳が、それなんです、原稿がずれちゃったから書けなかったと言う。それで自分でゴムを切って枠を作り、原稿用紙を入れるというようなことをわざわざされた。そうすればずれない、ということで。そんなことをしなくても、原稿用紙に天のりを付ければいいんですよね（笑）。編集用だから天のりが付いていないだけですから。だから、大西さん用だけ天のりが付いたものを業務に作ってもらいました。

なかなか原稿が進まない時、苦しまぎれに作ったのが、こっちの小さな原稿用紙です。書く字が大きいから時間がかかるんだ、小さくすれば早く書けるんじゃないか、そういうふうに考えたんです。馬鹿な発想をしたもので、冷静に考えればおかしい話ですよね。こういう几帳面な、かちっとした字を書く人は、原稿用紙が大きいほうがいい。こんな小さな原稿用紙を作ったんですけど、見事に失敗しました。これは、結局訂正用に使われることになりました。訂正なんか、必要な所だけ、例えば「藤村」を「植村」に変えろと一言指示しておけばいいじゃないか、と思うんですが、大西さんの場合は、ページ、行数から前後の文章まで全部書いて寄こすんです。そうしないと気が済まない方なんですよね。訂正用に使ったり、赤人さんが使いやすいと言って使ってくれましたから、小さな原稿用紙も何とか無駄にはなりませんでしたが。この話は、あまりにおかしい話だというので、『神聖喜劇』の紹介記事が「朝日新聞」の社会面に載った時、取り上げられたことがあります。

そんなこともやりながら、会社をだましたり、ごまかしたりしてきたんですが、ごまかしきれないんですよね。現場からは常に催促が来る。こちらは、「この年末には必ず上がります」と返事をする。でも、上がりっこないんですね。「君たちは狼少年だ」と言われました。確かにその通りなんです。それでもさまざまに言われ、つつかれながら、『神聖喜劇』の執筆が進むように努めました。新海均さんの『カッパ・ブックスの時代』（河出ブックス、二〇一三年七月三十日）にも書かれているから申し上げますけれど、辞表を胸ポケットに入れていた時期もあります。当時の編集長の窪田さんは、それはやめろと言う。「君がそうすると、僕も辞表を持ち歩かないといけないから」と言われた。編集者の私たちも会社と大西さんとの間で苦労し、相当追い詰められていた時期がありました。けれども、編集者というのはある意味で特殊な職業で、会社側にべったりになってやっていると、いい作品が出来ない。創造的な作品は作れなくなる。かと言って、作家側にのめり込み過ぎちゃってもいけない。その間に立って、うまくバランスを取りながら調整していって、いい作品を作ってもらうことが編集者の仕事になります。もっとも、これは文芸ものに関してのことで、ノンフィクションの場合はもっと編集者が介在しますから、事情がちょっと違ってきます。

5　『神聖喜劇』完結前後の苦労

会社がいよいよもうこれ以上完結を待てないということになって、ついに一九七八年の七月に、今度は四六判で『神聖喜劇』を出すことにしました。以前はカッパ・ノベルス版で出しており、印刷に使った紙型はまだ残っている。ところが大西さんはそれを使って出すのは駄目だと言う。なぜかと言うと、続きを書いているうちに、前の部分にもどんどん修正が入ってくる。カッパ・ノベルス版の本文に修正を加えると、ページが動いてしまう。

紙型では対応しきれないので、新たに本文を組み直すことを大西さんは要求された。業務は怒るんです。販売も怒る。カンカンになって怒った。出版というのは、戻ってきた本、返品された本を再出庫することで利益が上がるわけです。倉庫にあったカッパ・ノベルス版の在庫、それを全部捨てろというわけですから、すったもんだになりました。

『神聖喜劇』が、最初は新書版のカッパ・ノベルスから出たのは、面白いことでした。面白いし、意義もあったと思いますが、長さの問題など、一方でちょっと無理もあった。それで改めて箱入りの四六判で作ろうということになりましたけども、四六判の本造りに私たちは慣れていません。岡本綺堂の本を出した青蛙房や岩波書店なんかは非常にうまいんですけど、箱入りの本を作る時には、箱の背を上にした際に、本自らの重みで箱から本がすーっと抜けていくような箱にしなければいけない。私たちが作ったのは、そうはいかず、本がなかなか出ないで、出る時はどさっと落ちてしまうような箱でした。中身の問題では全然ないのですが。

話を戻しますと、ともかく旧い紙型は使えないから、カッパ・ノベルス版は中断させてもらって四六判で最初から出すことになりました。これは、カッパ・ノベルス版をずっと待っていてくださっていた読者、一番大切にすべき読者に対して失礼な話ですよね。これから読む人はいいけれども、最初にカッパ・ノベルス版を買って、続きが出るのを辛抱強く待っていてくださった読者に対しては、本当に申し訳ないことをしてしまいました。もう会社を辞めてずいぶん経ちますが、いまだに私は申し訳なかったと思っております。

その言い訳としては、こういう説明を考えました。ここに掲げた表は、カッパ・ノベルス版と四六版との章立てを整理し、対応関係を示したものです。カッパ・ノベルスからは、四冊、「第一部　混沌の章」（上）・（下）、「第二部　運命の章」、「第三部　伝承の章」が出ていました。この四冊を四六版の第一巻、第二巻にしました。

カッパ・ノベルス版では、「混沌の章」（上）・（下）で一部でしたが、四六版では、（上）を「絶海の章」という題に変えました。大西さんが変えたんで、僕らが勝手に変えた訳ではありません。そのため、部の数がそれぞれ「第一部　絶海の章」、「第二部　混沌の章」、「第三部　運命の章」、「第四部　伝承の章」になりましたが、それで二部ずつを合わせて、一巻ずつとしました。

それで、すでにカッパ・ノベルス版の四冊をお持ちの方は、四六版の第三巻（「第五部　雑草の章」「第六部　迷宮の章」）から買ってくだされば、話がつながります、という説明をしました。これも失礼な話ですよね、版型が違うんですから。でも、それ以外に言いようがなかったんです。本当に申し訳ない、だけど仕方がないので、そういうお願いをしました。そのように書いた告知もいたしました。

四六版の第三巻、「第五部　雑草の章」の最初の方は、雑誌に載ったものですが、そこから後は、基本的に書き下しです。第一巻、第二巻を七八年の七月に、第三巻を八月に出し、続けて第四巻の「第七部　連環の章」、第五巻の「第八部　永劫の章」も七八年中に出す予定でした。出版社としては当然年内に完結することを狙ったんですけど、そこでも遅れが生じました。全五巻の刊行が終わったのは、一九八〇年九月で、予定より二年遅れたわけです。それでも、ようやく全巻を刊行することができました。

けれども、本が出れば首尾よく終わるかというと、そうはいかないんです。大西さんの生活費の問題がまだ残っている。今回の講演のために古い資料を探していたところ、印税配分の覚書というのが出てきました。これは当時窪田編集長が会社に掛け合って作ったものです。私はただの担当者に過ぎなかったから気楽だったんですが、窪田編集長は大変だったと思います。それを見ると、大西さんの前借りは、具体的な数字を言うのは控えさせてもらいますが、相当な金額であったことがわかります。印税を全部前借りの返済に当てたら、大西さんは干上がってしまうことになる。そこで、著者へ四六判の初版の一万部の印税10%のうち、著者へ7%、会社へ3%を配分するということにしました。この数字を会社と掛け合って「勝ち取った」んです。ただし、再版以降の配分は数字を逆転させて、著者3％、会社7％ということにしました。

結局、印税の前借りの清算は、ずっと先延ばしになっていくわけです。確実に返済されていましたけれども。私ははっきり申し上げて、これが最終的にどうなったのかは、実は知らないんです。未返済分があった場合、会社としては、損金で落とすとか、いろいろなやり方があると思うんです。もちろん、全部返済が済んでいるのかもしれない。このへんについては、奥さまもご存じではないかもしれません。少なくとも、私は担当者ですが、そういうことは全然気にしないで来てしまいました。

『神聖喜劇』の最初の文庫版は、文芸春秋から出ています。四六版が出て、たった二年後に文春文庫になっています。これは、ちょっとありえない、異常な事態なんです。出版界のことをご存じの方は、これがあり得ない話であることがよくお分かりだと思います。普通は、自社から出すはずです。文庫で利益が上がるんですから。ところが光文社には、まだ文庫がなかったんです。その後、一九八四年になって、私が始めた。「私が」と言うと嘘になりますが、私も関って始めました。それまでは文庫がなかった。その状況で大西さんの次の糧を考えた時に、じゃあ文庫から得よう、と窪田さんは考えたんです。それで文春文庫に渡した。当然ロイヤリティーが入りますから、光文社がそれを取って精算する。借金の清算じゃなくて利益としての精算ですね。そういうことをやりましたが、やはり細かい数字については、私は把握していません。

6 文学賞辞退をめぐる思い出

あんなことこんなことと、いろいろやってきたわけですけども、何でそんなことができたかと言うと、雑誌部門と書籍部門とで、それぞれ利益が上がっていた会社だから、というのがやはり大きいと思います。そうでなければ、途中で駄目になる、腰砕けになっていたと思います。

文学賞についてもお話しておきましょう。文学賞を、大西さんは基本的に受け取らない、断るという立場でした。野間文芸賞という賞が講談社主催でありますけど、この賞の采配を当時振るっていたのが「群像」の名物編集長だった大久保房男さんでした。

大久保さんは、私のあと光文社で大西さんの担当編集者になった大久保雄策さんの父上にあたります。当時すでに「群像」の編集長は中島一夫さんに譲っていましたが、大久保さんと窪田さんとは知り合いでした。大久保さんは、窪田さんに聞いて、『神聖喜劇』がこのあたりで完結する、それならそのタイミングで野間賞が取れるように働きかけようと考えてくれていたんです。ところが『神聖喜劇』は完結しない。大西さんがわざと避けて原稿を上げずに、時期を外した。それで、大久保さんは怒って、「何を君たちはやっておるんだ」と叱られました。光文社は講談社の子会社として始まったとは言え、何で他社の先輩に怒られなければいけないんだと、腹が立ちましたが（笑）、まあそれぐらい一所懸命に、大久保さんは考えてくれていたんでしょう。

新潮社の日本文学大賞、これも打診があったけども、大西さんが勝手に断わってしまいました。それから中央公論社の谷崎賞の話もあった。谷崎賞は、どういうわけだか僕らも関わったんです。当時賞金が百万円でしたかね。それでいろいろ計算しました。賞金に加えて、受賞したら「谷崎賞受賞」と新聞広告を打って増刷する。どういう計算でそうなったのか、よく分からないんですが、合計で四百万円、大西さんの懐に入る、ということになった。「先生、四百万円入るんですよ、欲しいでしょう」と言うと、「欲しい」と（笑）。「じゃあ、ぜひ賞を受けてください」と申し上げた。でも、承諾してくれない。そこから後はあまり公にしにくいんですが、「賞の選考委員に俺に賞を授けるだけの力量があるのか」と言うんですね（笑）。

そんな調子で賞を受けようとしなかったんですが、毎日出版文化賞だけは取れればいいなとおもっていました。

毎日出版文化賞は、著作者と出版社、それぞれが賞の対象になる。それで個人に贈られる賞よりも受け取りやすいのではないかと考えたわけです。大西さんも、「君たちの方は受ければいい、自分の方は断わるから」とおっしゃってました。でも残念ながら、毎日出版文化賞は、話が来ませんでした。

というわけで、大西さんは、無冠の帝王です。大西さんの信念から、賞を辞退された。だからそれについて、ご子息の医療費のために一時受けていた生活保護受給の打ち切りを恐れたからだなど、変な噂がありましたが、まったくの嘘です。もらわなかったのは、あれこれ考えてのことじゃないんです。賞を自分は受けないという、生き方の問題だった。いろいろな賞の打診があり、僕らとしてはぜひ取ってもらいたかったんですが、辞退された。そういう方だったんですね。

『神聖喜劇』を書きあげて、大西さん、ほっとされたと思います。それがよく現われているのが『日本掌編小説秀作選　Ⅰ・Ⅱ』（カッパ・ノベルス、一九八一年四月）というアンソロジーです。大西さんは、本質的には批評家ですよね。その批評家としての魅力がここにはよく出ています。「編者はし書き」にも書かれていますが、『神聖喜劇』を書いている時に、掌編のアンソロジーを作りたいとおっしゃったんですが、僕らは駄目と言ったんです。そんなことをされたら『神聖喜劇』がまた遅れてしまう、一刻も早く上げてもらわないと困る。そんな気持でした。それで無事に『神聖喜劇』が完成したので、今度は僕らも全面的にバックアップします、ということになりました。

肩の荷が下りたこともあり、大西さん、この頃は、すごくいい顔をされています。カッパ・ノベルスのアンソロジーの裏表紙に、大西さんの写真が載っています。これは、私が撮影したものです。『神聖喜劇』の月報用に撮った写真も、大西さんは気に入ってくれたようですが、気に入ったと素直に言わずに、変化球で来るんです。「この前友人から、『君はこの写真を撮られるために生まれてきたようなものだ』と言われたよ」と言うんです

（笑）。ご本人もうれしい、むろん私もうれしいんですが、でも、こういう言い方をする人でした。

大西さん、ほっとされたと申し上げましたが、実は一九八〇年には、二男の野人さんのことで障害者差別に関する渡部昇一氏との論争があるんですね。それより遡って、長男赤人さんの浦和高校入学拒否に端を発する、血友病に対する無理解との闘いがありました。この二つの闘いは、障害者差別問題に、大きな一石を投じたといえましょう。

その辺のことは、大西美智子著『大西巨人と六十五年』（光文社、二〇一七年十二月）に詳しく書かれていますが、大西さんは闘っていないと、大西さんらしくないという気もします。

7　巨人語録

ここから少し、思い付くままに「大西巨人語録」を申し上げましょう。と言っても、『毛沢東語録』のように、それで何かを目的とするようなものではなりません。ただ、それらの言葉で大西さんの人間像が浮き彫りになればいいなと思います。

まず、「ばってん」。私は「ばってん」という言葉を生きた人から聞いたのは、大西さんが初めてでした。長崎「ばってん」と言うのは有名ですが、博多でも「しかし」という意味で「ばってん」と言うんですね。また、これは博多弁とはいえないでしょうが、「おいでる」の印象も強かったです。「いらっしゃる」とか「来てくれる」という意味で、「お」を付けるから丁寧語なんでしょうか。大西さん、博多弁が抜けなかったんではなく、抜こうとしなかった。お話をしていて、楽しかったです。

私と話をする時、前ふりでよく言われたのは、「君は忘れとるだろうけれど」というせりふです。確かに私は若い頃から抜けていましたし、しかも相手は博覧強記の大西さんですから、そういう時は、けんかはしません。「はいはい、忘れていますよ」と言って、そこから話が始まるということがよくありました。

それから、「親はトンビか」。長男の赤人さんが「計画」という作品を中学の作文で書いた。それに窪田編集長が眼をつけて、これを入れて『善人は若死にをする』(光文社、一九七一年十一月)というショートショート集を出しました。十六歳の少年作家デビューということでベストセラーになったんです。この本は、販売部の判断で、消極的な部数の九千部からスタートしました。だから、ベストセラーになるにはなったんですが、十万部止まりでした。これがもっと最初から多く刷っていればさらに売れていたかもしれない。たくさん刷りすぎて余ることを販売部は心配する。編集部は、たくさん刷れと言って、水掛け論になることがあります。それでもともかく売れましたから、さらに『人にわが与うる哀歌』(光文社、一九七二年十二月)が出せました。そこに、井上光晴さんが推薦文を書いてくれたんです。井上さんと大西さんの関係には、近親憎悪のようなところもあるのですが、その話には僕らは立ち入りませんでした。いろいろ聞かされましたが、そこに立ち入っても仕方がないと思っていました。

井上さんは、こう書いています。「稜線をかすめる強靱な翼と、決して獲物を逃さぬ鋭い爪。大西赤人の耳奥には荒野に立つ人間の叫び声を聞きわける響きが着実に蓄えられている。『善人は若死にをする』より一歩の前進がどれほど困難なことか。少年は自らに課した作家としての責任を、かくも見事に果たしたのだ。光と影に満ちた『人にわが与うる哀歌』の全編が鮮やかにそれを証明しよう」。

絶賛してくれているわけです。この文章の題が「文学の鷹」。それを受けて、大西さんは「親はトンビか」と言ったんです(笑)。大西さんは本当はうれしかったんですね。いろいろ確執はあったろうけれども、うれしかったんだろうと思います。

「死ねっちゅうことですか」というのもありました。これは『神聖喜劇』がやっとできあがった頃の発言です。それまでは、光文社に大西さんは来ようとされなかったんです。印税の前借りをしているため、何となく上からの目線で相手から見られるのが嫌ということもあったのでしょう。ようやく本が出て、会社にやって来られた。その時の社長は、五十嵐勝弥さんという人で、非常に気さくな方でした。私たちが会議室で話しているところへ、五十嵐社長のほうから「お世話になっております」と挨拶にやって来た。五十嵐社長、営業畑出身の人で、『神聖喜劇』刊行をめぐる私たちの苦労は陰ながら評価してくれていたのですが、『神聖喜劇』を読み通しているわけではない。ですから、大西さんと会っても、話題がない。仕方なく、「先生は、吉田松陰みたいな方ですね」と言った。五十嵐さんにしてみれば、最大級の讃辞だったんですが、それに対する大西さんの返答が「それは、俺に死ねっちゅうことですか」(笑)。身も蓋もないですよね。いかにも大西さんらしいんですが、少しは私たち編集担当の人間の立場も考えてほしいなと思いました。

8　幻に終わったダイジェスト版

もう一つ、肝心なことをお話するのを忘れていました。実は私は『神聖喜劇』のダイジェスト版を作りたいと願っていました。ちょうど文庫編集の責任者をしていて、まだ『神聖喜劇』を文庫版に取り戻す前のことだったと思います。大西さんがこれだけ素晴らしい小説を書いていながら、いまひとつ大衆性というんですか、そこが十分に実現できていない。『神聖喜劇』をもっと多くの読者に読んでもらうようにしたい。読めば面白いんですから。だけど、とっつきが悪かったりする。途中に要らないと言ったら駄目だけど(笑)、ドイツ語の詩が入っていたりする。ダイジェストと言っても、別の言葉に要約するということとは違うんです。私は「凝縮文庫」と銘打ってはどうかな、と思っていました。

　大西さんの原稿には、決して手は入れない。だけれども、こっちから見てここはまあいいかというところをどんどん削いでいく。面白い剃毛の話は入れておこうとか、この名文は絶対入れなきゃとか、いろいろありますよね。話の筋につながらないところは、ト書きのように小さく注を入れて、文庫版でちょっと厚めの二冊にしようと思いました。先ほど言った桧山さんにも加わっていただいて、桧山さんだったらどこを削るかと相談しながらやりかけたんです。

　大西さんは、最初は嫌だと言ったけれど、これは意味があるんだと説得しました。大西さんは、「それを俺の作品と思われては困る」と渋る。こちらは、「もちろんそんなことは思わせません、ちゃんと断ります」と言う。これは凝縮版で、これを読んで面白かったら全部を読んでくださいと、ちゃんと書くからやりましょうよ、とねばった。それで、大西さんも渋々ながら途中まではオーケーしてくれていたんです。

　でも、二つの理由で駄目になった。一つは、桧山さんが面白いと思ったところと、私が面白いと思ったところが微妙に違ってくるんです。これはしょうがないですよね。

　もっと大きな理由は、三校ぐらいまで上がったところで、大西さんから「やっぱり俺はこれを出せない、生きている間は」と言ってきた。「金は払うからやめにしてくれ。印刷所には俺が金を払う」って。大嘘ですよね（笑）。ああ申し訳ないことをした、と思いました。いろいろな形で大西さんと編集部の人間が一体になって進んできたから、大西さんとしては断れなかったんでしょう。だけどずっと考えたけど、やっぱり自分の生き方としてできないと、最後に言った。だったら、もっと早く言ってくれりゃいいのに、と思ったんですが（笑）。それで結局駄目になった。でも文庫編集部はとても利益を上げていましたから、業務も文句を言わずに処理してくれました。

　その後、漫画とかシナリオとかが出ましたよね。あれはそれぞれいい作品だと思います。大西さんもこだわらなかったと記憶します。自分の文章がもとになったものが別ジャンルで出るわけですから。でも、私は今でも凝縮版があってもいいんじゃないか、と思っています。

9　あるべき姿を求める意志

　大西さんは物事の本質を考え、大切にする人でした。私は先ほど申し上げたようにキリスト教徒で、大西さんもそのことはご存じでした。大西さんの『神聖喜劇』、これは「ディヴァナ・コメディア」、ダンテの『神曲』と同じ題名と言えるし、『三位一体の神話』など、どこかキリスト教的なタイトルを作品に付けている。どこかにキリスト教についての一定の理解があったようです。もちろん、基本的にはマルキシズムの立場でしょうし、「俺は、日本共産党から除名されていない」とおっしゃってました。理由は、向こうが通達に来なかったから（笑）。それでも除名は除名だろうなと思うんですが、とにかく唯物史観に立ってものを考えられる方だった。

　そういう大西さんですが、「俺はこの言葉には非常に感銘を受けているんだ」と言って、聖書の一節を例によってすらすらと暗誦された。「マルタよ、マルタよ、爾多端により思慮ひて心労せり。然ど、無くて叶ふまじき者は、一つなり。マリアは善き方を選びたり。これは彼より奪うべからざるものなり」。

　これは「ルカによる福音書」の十章にあるイエスの言葉ですが、大西さんは文語訳の聖書から引用されています。私は口語訳や共同訳で読んでいても暗記はしていないのに、大西さんは文語訳で覚えている。「俺はクリスチャンじゃないけれど、ここに書かれているイエスの言葉は全くそのとおりだと思う」と大西さんは言われました。人間はこうあらねばならぬ、と言う。これは何も私に対する配慮ではなくて、あの人は立場はどうあれ、人間の基本的なあるべき心構えが大切だと考えているんですね。先ほどの田代ゆきさんの研究発表でも、敗戦後の大西さんの態度が取り上げられていましたが、例えば大西さんは、敗戦後に日の丸を下着にした人の態度を間違っていると言う。そんなことで革命はできない、という。儒教的な、あるいは倫理的マルキシズムとでも言うんでしょうか、人間としてあるべき姿勢を持たなければ、革命は成就しないんだという考え方が、大西さんにはある。私は単に自分の付き合っていた大西さんの姿を浮き彫りにすればいいわけで、そこまで申し上げる必要はないんですが（笑）、発言からはそういう姿勢がうかがえました。

そして、人間としてのあるべき姿を守るために意志の力で全てを行ってきた。失礼ながら、大西さんが五十代、六十代の時には、いつ倒れてもすぐ飛んでいけるように備えておかなきゃ、と実は思っておりました。それぐらい体が弱い人でした。散歩に出かけた途中で、足がしびれて動けなくなっちゃった、などという話はよく聞きました。かくも高齢まで健在であったとはとうてい予測できませんでした。しかも、ただ長生きしただけでなく、いろいろな形で活躍をされた。本当に不思議だと思っています。私たち残された者には、大西さんの生き方から受け継ぐべきところが、たくさんあるという気がしております。

10　光文社文庫版刊行について

最後に『神聖喜劇』の光文社文庫版について申し添えます。

『神聖喜劇』が完結し、四六版の第五巻が出たのが一九八〇年の四月。その後、文春文庫、ちくま文庫を経て、光文社が文庫版を出版したのが二〇〇二年の七月からですから、実に二十二年後の里帰りでした。

その間、すでに二社から文庫版が出てしまっているのだから今更、という声もなくはなかったと思います。しかし私たち編集部では、少なくとも私の中には、そんな気持ちは全くありませんでした。時が満ちるのを待つ、という感じでしょうか。

著者大西さんから文庫出版の要請を、私は受けた覚えはありませんし、当時文庫編集部の担当者で、その後責任者となった鈴木広和さんも受けていなかった筈です。

それだけに、新たに光文社文庫から刊行しようという話になったとき、大西夫妻は本当に喜んでくださいました。第一巻に収められている文庫版前書きを読むと、その嬉しさが伝わってきます。

> このたび『神聖喜劇』五巻本が「光文社文庫」に入ったのは、それが言わば「生家に帰った」ことであり、私として重畳（ちょうじょう）である。のみならず、その「このたび」が二〇〇二年（二十一世紀初頭）であることは、私として――『神聖喜劇』の弥増（いやま）さる今日的意義を確信する私として――至極（しごく）重畳でなければならない。

いま改めてこの前書きを読むとき、私事で恐縮ですが一個人の感慨をも重ね合わせたくなります。それは奇しくも文庫版第一巻が刊行された二〇〇二年の七月をもって、私は光文社をリタイアしましたので、俗情との結託を嫌う大西さんには叱られそうですが、長く伴走した編集者に対するねぎらいの言葉でもあるかのように受けとめたくなるのです。

また、同じ前書きの中に、この文庫版を決定版としたい、とあるのも嬉しいことでした。

今日のワークショップの公開読書会と研究発表とに参加して、多くの方々と大西さんの作品について、大西さんの生き方について話し合う、そういう機会に私も加わることができ、本当にありがたく思っています。これで私の話を終わります。どうもありがとうございました。（拍手）

『神聖喜劇』を上演するために

川光俊哉

1　舞台前史

『神聖喜劇』は二一世紀に入ってにわかに再評価の機運が高まり、荒井晴彦のシナリオ版（二〇〇四年）、のぞゑのぶひさ・岩田和博による漫画版（二〇〇六年）が立て続けに発表された。漫画『神聖喜劇』は翌二〇〇七年、第一一回「手塚治虫文化賞新生賞」、第三六回「日本漫画家協会賞大賞」を受賞している。「再評価」が他メディア（映画・漫画）への翻案・脚色という様相を呈しているのは特徴的であり、結論を先取りすれば、このような「再解釈」、「再構築」、ひいては「再創造」の絶え間ない連鎖こそが『神聖喜劇』に魅了された人々の「クリエイティヴ・パワー」を発揮する場でなければならない。

二〇〇八年、ＮＨＫ教育テレビでＥＴＶ特集「神聖喜劇ふたたび～作家・大西巨人の闘い～」が放送された。私（当時二四歳の新人作家・川光俊哉）はこの番組を非常に興味深く視聴した。西島秀俊、伊藤淳史、吉見一豊、塩見三省らの俳優が軍隊の「あります言葉」と九州方言「博多辨」のミックスした奇妙なセリフで遣り取りしているシーンは特に印象に残った。私はすぐに『神聖喜劇』一巻を購入し、読了した。「前の年にＮＨＫの番組（『ＥＴＶ特集　神聖喜劇ふたたび』）を見たのがキッカケで読みはじめましたから、〔企画を出したのは〕読んで間もなかったですね。軍隊言葉とか福岡の方言とか入り混じっている口調が非常に面白くて、これは舞台の上で声に出してみたらと読みながら思っていたんです。それに、例えば安芸の彼女と東堂のシーンで、戯曲の形になっているところもありましたし、そういうこともヒントになって、きっと面白いといつしか妄想していました。」と舞台『神聖喜劇』上演後、私は語っている（「季刊メタポゾン」創刊号　座談会「神聖喜劇を上演して」『次やったら命があるのかな』）。「神聖喜劇ふたたび」の締めくくりに、大西巨人は、「作家とは」という質問に対し「おれのようなものさ」と答えていた。

　最後に我々が注意しなければならないのは、文章の調子をまとめるために、右と書くべきを左と書くような無理をしてはならないことである。

　我々日本人は漢文によって無理な美文を教えられてきた。これは概ね右と書くべきところを言葉の調子で左と書く風な所謂名文であった。これを名文と称ぶならば、私は躊躇なく悪文こそ芸術の文章と称びたい。小説の文章は独立した文章として完成し、なだらかに美しく一種の詩の音律美を具えていても値打をもたない。寧ろそれは芸術を殺してしまうものである。

　小説の文章は書くべき事柄を完膚なく書きつくさねばならないのである。即ち、作家の角度から選択され一旦書くべく算出された事柄は、あくまで完膚なく書きつくさねばならないのだ。たまたま文章の調子に迷い右を左と書きつくろうような過ちは犯してならないことである。

（坂口安吾『意慾的創作文章の形式と方法』）

　大西巨人は、「完膚なく書きつく」す。そして「独立した文章として完成し、なだらかに美しく一種の詩の音律美を具えてい」ながらも「値打をも」った「小説の文章」を実現し、「芸術を殺してしま」わない。「おれのようなものさ」は、『神聖喜劇』未読の私に、老大家の磊落飄然たる人柄を象徴した、気の利いた大言壮語的ユーモアとしても好ましかった。大西巨人が死去した二〇一四年三月一二日を経験した、いまここで、同じ「おれのようなものさ」は文字通りの意味で胸に沁み、「大西巨人が存在しない世界には作家というものが存在しないのかもしれない」と感傷的に思い返す。

私の『神聖喜劇』初読は二〇〇八年、おそらく半年程度の時間をかけて全巻通読したはずだ。翌年（二〇〇九年）、私が在籍していた日本大学芸術学部演劇学科で「舞台総合実習ⅤA」（ローマ数字とアルファベットで実習を区分している。Ⅴは5。その他に「ⅣA」「ⅡC」「ⅣD」なども）という授業があった。基本的に演劇実習は演出家を招いて既成の作品を上演するのだが、「VA」にはそのような制限がなかった。劇作コース専攻だった私は、自分が書いた脚本を上演したいがために、この「VA」に参加した。演出コースの参加者たちも私と同様、自分の演出で舞台を作り上げたいという野心を持っていた。公演日程は二〇〇九年一〇月だったが、この次の年（二〇一〇年）、日本大学芸術学部中講堂という演劇学科の実習で使用されてきた施設（ホール）が取り壊される。

中講堂四四年の歴史が常に我々の念頭にあり、「VA」の創作に期待するところが大きかった。「総合制作として、[中講堂]最後の年にふさわしくて僕が書きたい作品を考えた時に、前に読んでいた『神聖喜劇』のことを思い出して、企画を出してみました。」（「季刊メタポゾン」創刊号　座談会　川光発言）このあたりの事情は舞台『神聖喜劇』初演の内容と密接に関係しているのでもう少し説明しなければならない。舞台公演の流れに沿った実践的な学習を希望する学生にとって、演劇業界で活躍している演出家のもと、周知の名作を経験するというのは魅力がある。また、一連の「SAYONARA！中講堂」企画がより一層「VA」の影を薄くした。SAYONARA！中講堂特設サイトから「SAYONARA！中講堂とは？」を引用すると、

平成22年春、新キャンパス完成と同時に解体される「中講堂」は、舞台芸術の発信基地として44年にわた

り、演劇・舞踊の創作活動を見守ってきました。「SAYONARA！中講堂」企画とは、中講堂へのお別れと感謝を伝えるため、在校生・卒業生の有志が集まり行う公演です。

とのことであるが、このような時期・局面にあって、「VA」に出演を希望する演技コースの学生は二人しかいなかった（つまり出演予定の役者がたった二人）。結果的に演出チームや音楽、脚本（私）まで総動員して出演者は一四人となったが、その内訳は男・八人、女・六名というバランスだった。『神聖喜劇』を知らない者でも、この条件で戦争物、まして「男の世界」である内務班を描くのが困難であることは分かるはずだ。しかしこのような制約が「怪我の功名」的に奇妙な演出プランを生み、それによって一定の評価が得られてしまった。

2　脚本

「川光君が毎週、今日はこの話、今日はこの話って書き下ろしたものを持ってきているのが、みんなの中で〝知らない物語〟から〝川光が持ってくる物語〟になって……。」（座談会　制作・半田発言）と説明されているように、私は、私が面白いと信じる『神聖喜劇』の代表的シーンを脚本の形で提出し続けていた。「この話」は、あるいは「金玉問答」、あるいは「普通名詞論議」であったりした。個々のエピソードが「面白い」ことについては大方の同意を得ていたが、やはり「軍隊の話なのに女性キャストが多いのをどうするのか、実際にやるとなった時に可能性がある作品はどれかというのは、悩むところ」だった。

今回の舞台総合実習で『神聖喜劇』をやろうと言い出した張本人は私である。無謀だとは承知の上で企画を提出したのだが、まさか本当にやることになるとは思わず、演出部から決定を告げられた時には、「無謀な人たちだなぁ」と他人ごとのようにおどろいていたものだった。

小説のおもしろさを、舞台で表現できるのか。ただでさえむずかしい問題だが、われわれが相手にしなければならないのは『神聖喜劇』というバケモノである。わざわざ舞台にすることの意味が本当にあるのか。舞台でしかできない『神聖喜劇』とは何か。これに対するわれわれなりの答えが、われわれのつくりあげた舞台版『神聖喜劇』でなければならない。

と大西巨人の下手な口真似をしながら「無謀な試み」というタイトルで当日パンフレットに私は書いているが、「実際にやるとなった時に可能性がある」かどうかの成算などまるでなかった。「無謀な試み」がある程度成功したのは、偶然と演出チーム、出演者、スタッフの創意工夫の賜物であり、脚本の手柄だとは思わない。

舞台『神聖喜劇』の話題になると、大抵は「あんな長い小説をよく読んだね」とまず感嘆される。次に「上演時間はどれくらいか」と聞かれるが、「二時間半」と答えてまた驚く。『神聖喜劇』はどうしても「長い」というイメージが付き纏うが、中里介山『大菩薩峠』、山岡荘八『徳川家康』、プルースト『失われた時を求めて』、ダーガー『非現実の王国で』と並べてみれば取り立てて「長い」ことを『神聖喜劇』の主要な属性（本質）とするには及ばないような気もする（『神聖喜劇』普及のためにより適切なパブリック・イメージが定着することを願ってやまない）。実際、「長い」点で脚本を書くのに苦労したわけではない。翻案・脚色の過程で不必要と思われる部分はカットすればいい。だが『神聖喜劇』において「不必要」な要素をカットして、本当に「必要」なシーンだけを繋ぎ合わせていいのか。私は「不必要」で冗長な「金玉問答」などが『神聖喜劇』のハイライトだと信じており、これを捨てることが最後までできなかった。しかし、これも本質的な問題ではない。主人公・東堂太郎は、戦争に対する思想のみを取り上げても、武士道的ロマンチシズムと虚無主義の間で揺れ動いている(常に両方の思想が矛盾しながら共存している)ことを隠さない。虚構における人物の一貫性(思想・性格・目的・信条など)、言い換えれば「キャラクター性」に慣れ親しみすぎている人々にとって、東堂は優柔不断であり、一貫性を欠いた主人公の資格がない人物に見える。「反戦思想」の読者が東堂に同じ思想を投影し、固定した場合、東堂に不満を覚える。もっともリアルな人間そのものを描いているにも関わらず。

当時、私は『神聖喜劇』を偉大なポリフォニー小説だとは認識しておらず、プロットを整理する際、やはりエピソードの取捨選択(それに伴う登場人物の取捨選択)に苦労しているのだと思い込んでいた。比較的「一貫性」のあるエピソードでありミステリー的趣向のある「剣鞘事件」を抜粋して構成することも考えた。それでも、私にとっての「『神聖喜劇』のハイライト」を入れないのは嘘であり、まずは初読の感動に対し忠実になろうとした。舞台に上げたいシーンはそうして厳選したが、これを結ぶ「一貫性」を見出し得ない私は、もっとも王道的な、ある意味で安易な「俗情との結託」めいた手段を選んだ。「僕の面白いと思うところを取り出して、つなげて行ったら自然と繋がったというか。そう言うと、苦労がなかったみたいですけど、それがリアルな実感です」(座談会　川光発言)この供述は、明らかにその「手段」を援用しようと決意してからの感想である。

『神聖喜劇』を私は教養小説(ビルドゥングスロマン)の突然変異種だと考えた。「模擬死刑の午後」を読んだときの感動が深く心に刻まれていたことも大きく影響している。冬木との「二つの叫び」、「身心放下」で東堂の精神的成長(虚無主義からの脱却)が達成され、しかも新来者たちの「名告り」によって周囲の環境にも東堂の感化が及んでいたことを知るに至って、私は感涙を禁じ得なかった。第一巻から最終第五巻の三分の二まで東堂の思索に付き合いながら文章を読み進めていた読者・私は、その費やした時間と労苦によって、ほとんど自分を共に教育訓練を過ごした「新来者」の一人だと錯覚していた。この場面の印象があまりにも強く、私は東堂と冬木が「模擬死刑の午後」で見出した答えを、その後「「正解」あるいは「ほとんど正しい正解」または「複数正解の一つ」のいずれとも今日なお決定的には判定することができていない」と東堂が言っているにもかかわらず、「唯一の正解」だと思い込んでいたのである。

『神聖喜劇』のテーマ、および東堂の到達点が「虚無主義からの脱却」であると規定できれば、脚本の構成はたやすい。起承転結でいえば、「起」で東堂の（物語を通じて克服すべき）虚無主義状態を強調し、「承」で東堂はその信条に揺さぶりをかけられ、「転」で最大の危機が訪れ、その解決が「虚無主義からの脱却」とシンクロしながらもたらされる。「結」は生まれ変わった東堂の未来を暗示すれば、それで整理できそうであった（さらに、ラストシーンでは「登場人物を全員出せばラストらしくなり盛り上がる」という姑息な手段を意識的に使っていた）。そして、この目論見は、『神聖喜劇』を二時間半でまとめられたという意味では首尾よく成功してしまった。

プロットの構成に役に立つのが「ヒロイン」の存在である。映画、ドラマ、アニメ、漫画をいくつか思い浮かべれば直感的に理解できると思うが、ストーリーの流れにヒロインを絡めつつ「転」「結」で主人公と結ばれる（精神的か肉体的かを問わず、もっとも広義の「結びつき」）ようにすれば、より締まりがいい。要は、「危機」と「解決」の効果が強調され、俗情にも訴えやすい。今後『神聖喜劇』と比較研究されるべきポリフォニー小説の傑作、セルバンテスの小説『ドン・キホーテ』と、それを脚色したミュージカル『ラ・マンチャの男』を参考にあげる。牛島信明・訳（岩波文庫）に付せられたあらすじは以下の通り。

騎士道本を読み過ぎて妄想にとらわれ、古ぼけた甲冑に身を固め、やせ馬ロシナンテに跨って旅に出る。その時代錯誤と肉体的脆弱さで、いく先々で嘲笑の的となるが……。登場する誰も彼もがとめどなく饒舌な、セルバンテス（一五四七—一六一六）の代表作。（前篇(1)

その名も高きドン・キホーテ・デ・ラマンシャとその従士サンチョ・パンサ、例によって思い込みで漕刑囚たちを救ったあげく、逆に彼らに袋だたきにされ、身ぐるみはがれる散々な目に。主従はお上の手の者の目を逃れ、シエラ・モレーナの山中に。（前篇(2)）

十六、七世紀スペインの片田舎で、意気軒昂たるドン・キホーテが「冒険」を演じているとき、そこには、実は何ひとつ非日常的なことは起こっていない。彼の狂気が、けだるく弛緩した田舎の現実を勇壮な「現実」に変え、目覚ましい「冒険」を現出させる。（前篇(3)）

「後編」では、ドン・キホーテの狂気は大きく様変わりする。もはや彼は、自らの狂気に欺かれることはない。旅籠は城ではなく旅籠に見え、田舎娘は粗野で醜い娘でしかない。ここにいるのは、現実との相克に悩み思案する、懐疑的なドン・キホーテである。（後篇(1)）

鷹狩りの一団の中でひときわあでやかな貴婦人が、挨拶に向ったサンチョ・パンサに言う。「あなたのご主人というのは、いま出版されている物語の主人公で、ドゥルシネーア・デル・トボーソとかいう方を思い姫にしていらっしゃる騎士ではありませんこと？」（後篇(2)）

物語も終盤にさしかかり、ドン・キホーテ主従は、当時実在のロケ・ギナール率いる盗賊団と出会い、さらにガレー船とトルコの海軍との交戦を目撃することになる。さて、待望の本物の冒険に遭遇したわがドン・キホーテの活躍は……。（後篇(3)）

対して、ミュージカル『ラ・マンチャの男』ホームページの「作品解説」は次のように書かれている。

16世紀末のスペイン、セビリアの牢獄では教会を侮辱した罪で、セルバンテスが従僕共々投獄されようとしている。

新入りである彼らをこづきまわす囚人達で牢内は騒ぎになり、聞きつけた牢名主が詰問、裁判をやろうと言い出す。

なんとかこの場を収めたいセルバンテスは、即興劇の形で申し開きをしようと思い立つ。それは、囚人全員を配役した劇。

――田舎の老人アロンソ・キハーナは本の読み過ぎで狂気の沙汰とも言えるとんでもない計画を思いつく。何世紀も前に姿を消した遍歴の騎士となって、悪を滅ぼさんがために世界に飛び出す…その男こそ、ドン・キホーテだ。

キホーテは従僕のサンチョを連れた旅の途中、立寄った宿屋でアルドンザという女と出会う。あばずれ女だが、キホーテにとっては〝憧れの麗しき姫ドルシネア〟その人に見える。憧れの姫のため身を捧げる決意をするキホーテ。

不思議な彼の言葉にアルドンザの気持ちは揺れる。だが、そんな彼女にラバ追いのあらくれ男たちが襲い掛かる。

身も心もボロボロのアルドンザを目にして、それでも〝麗しの姫〟と崇め続けるキホーテ。

彼の求める夢とは、そして真実とは――。


ミュージカルでは「不思議な彼の言葉にアルドンザの気持ちは揺れる」と明らかにヒロインとして扱われているが、原作では「田舎娘」「粗野で醜い娘」「ドゥルシネーア〔ドルシネア〕・デル・トボーソ」と間接的に触れられているに過ぎない。前後篇合わせて全六巻の大長編をミュージカルに翻案し得るかどうかは、一挿話の一点景人物にすぎないアルドンザを主人公に対するヒロインに採用するという操作にかかっていたと言っても過言ではない。ルルー『オペラ座の怪人』とそのミュージカル版における怪人とクリスティーヌの関係性、夏目漱石『坊っちゃん』とその種々の映画・テレビドラマ・舞台版における坊っちゃんとマドンナの関係性の改変にも同様の「操作」が施されている。

舞台『神聖喜劇』当日パンフレットの「あらすじ」には、

舞台は、対米英開戦間もない一九四二年。「私は、この戦争に死すべきである」「世界は真剣に生きるに値しない」という虚無主義を抱く、東堂太郎は、教育召集により対馬の要塞に配属される。不条理に盲従しなければならない軍隊の現実。愛する人との逢瀬。過去と現実が交わる世界を抜け、彼は自分の思想の先にあるものを知る。

と適切にも内容が要約されているが、かくして『神聖喜劇』は、私の脚色によって「自己の内言を投影・象徴したヒロイン「安芸」の彼女（の幻影・亡霊）との精神的交流を通じて主人公・東堂太郎が虚無主義を乗り越えていく過程を描いたビルドゥングスロマン」に改変された。「安芸」の彼女は、「一人の人間」となる東堂の成長過程を見通し、みちびく存在として、ゲーテ『ファウスト』のグレートヒェン、ダンテ『神曲』のベアトリーチェのごとき存在がイメージされている。

東堂　本当の戦争を、書きました。
彼女　おつかれさま。

東堂　そして、あなたのことも。
彼女　ありがとう。
東堂　あなたのために、書きました。あなたへの手紙です。読んでくださいますか。
彼女　もちろん。
東堂　（原稿用紙の束を手渡す）
彼女　（受けとる）ずいぶん……
東堂　書いているうちに、あれも、これも、いろんなことを書き残さねばならないような気がしてきて。
彼女　（原稿用紙に目を落とす）神聖喜劇。
東堂　……
彼女　そうですね。戦争も、あなたと私も。
東堂　ええ。
彼女　（笑って）ほら、また、会えたでしょう。
東堂　（彼女に口づけをする）
彼女　やっと、あなたに言えます。
東堂　（彼女を見つめる）
彼女　おかえりなさい。

舞台『神聖喜劇』の結末は右の通り。いまさらながら原作『神聖喜劇』を「俗情」的に誤解していたことに恥じ入る。九〇年代以降のサブカルチャーにおける「セカイ系」の匂いもする。それでも、「戦争」「反戦」「世界平和」などの実感を伴わないテーマを標榜することなく、それらが「分からない」という学生なりのリアリティに嘘を吐かず、「分からない」ことを表現しようと真摯に取り組んだのは手柄だったと思う。

3　演出

「学生なりのリアリティ」は創作の過程でたびたび出た言葉だった。ここに行き着くまでの紆余曲折を考えれば、果敢な挑戦だったと自慢することはできない。ほとんど開き直りに近く、そうせざるを得ない条件下になければ（他にも選択肢があったならば）絶対にあのような演出は生まれなかった。まずは「軍隊の話なのに女性キャストが多いのをどうするのか」、具体的には「出演者は一四人となったが、その内訳は男・八人、女・六名というバランス」である。「彼女たち（兵隊役の女性キャスト）を出すことで、軍隊生活のその他大勢の兵隊を「記号」のような存在として出せたら、女性であっても違和感ないだろうと演出会議の中で発見しました」（座談会　演出・髙﨑発言）とあり、また、「軍隊生活」で起こる事件や上官の発言などに対する思い思いのリアクションを許されている（「分からない」という感想を持って構わない）「彼女たち」は、「学生なりのリアリティ」を体現する役割を担い、舞台上に立ちつつも舞台『神聖喜劇』の観客（小説『神聖喜劇』の読者）の視点にあるとも解釈し得る。これらは後付けの理論武装に過ぎず、当然予想される『神聖喜劇』ファンからの非難に備え、言い訳をあらかじめ用意していたと言ってもいいかもしれない。自分たちを納得させるためにも舞台『神聖喜劇』の特異な演出を説明する必要があった。「一体こんなキャスティングで我々はなにをやっているのだろう」と疑問に思ったとき、たとえ空虚な理屈だったとしても、なにかの理由付けがなければ公演当日まで猛進できたかどうか。結果、『神聖喜劇』や「戦争」への侮辱と受け取られることも、「非難」を浴びることもなかった。画期的な演出と認められたが、あらかじめ計算していたわけではない。選択肢のないなかで活路を見いだせたのは、「開き直」ってから、皆が「真摯に取り組んだ」ことに負うところが大きい。
舞台『神聖喜劇』は演出上、音楽劇と呼ぶこともできた。音楽を手がけた篠原は、「邪魔なものの象徴」「邪魔な存在」という表現で音楽の演出効果を説明している。

大西巨人先生の「神聖喜劇」全五巻を読了し、いたく感動し、この作品は音楽・映像・身体表現などなど、あらゆる演出を駆使して舞台化されるべき一大スペクタクルだと確信した日のことをよく覚えています。特に今回、自分は、スタッフとしては音楽面を主に担当し、劇中の全ての曲を作曲しました。「邪魔なものの象徴としての音楽」を意識して作曲しており、場面によっては最大12名の生演奏が入ります。〔演奏者一一名に役者一名が演奏に加わる「場面」がある〕
それから、キャストとしては、陸軍軍曹大前田文七役で出演します。名前こそ愉快だけれど、なかなかすごい人物です、どうぞお楽しみください。
（当日パンフレット「ご来場いただき、誠にありがとうございます」作曲・演出　篠原和伸）

いっそのこと生演奏による音楽を、主人公たちにとっての軍隊や戦争の象徴として扱い、邪魔な存在として取り入れてみることにしました。空間的には、いわゆるオーケストラピットに演奏者を配置するのではなく、役者が通過する舞台上に11名の演奏者を堂々と配置したので、とても邪魔な存在になりました。
一方で、舞台上に演奏者を配置することで、点呼ラッパや食事ラッパなどが効果的になったし、大前田・堀江・仁多・神山ら上官たちが交代で演奏の指揮者になるといった演出をはじめ、役者と演奏者との交流が積極的に行えました。演奏の方では、安芸の彼女の綺麗な歌声、末永の許しを乞う叫び、東堂の主張などをかき消すかのように喧しい音で邪魔してやりました。それにより、常に何かと抗い続ける登場人物たちを演出できたと思います。

そういった演出を試みつつも、「神聖喜劇」自体をミュージカルに仕上げることは絶対にしたくなかったので、一番こだわった部分は「心情的な場面や感情的な場面を情緒的な音楽で支えるということは避ける」ということでした。ただただ邪魔な存在、若しくは中立な存在としての音楽を作曲しました（「神山のテーマ」をはじめ、敢えて感情的に歌わせることで滑稽さを狙った曲などもありますが）。

（「季刊メタポゾン」創刊号　座談会付記　篠原和伸）

舞台『神聖喜劇』は、音楽劇ではあっても「ミュージカル」ではない。「ミュージカルに仕上げることは絶対にしたくなかった」の意味するところを、当時、私は十全に理解していたわけではなかった。篠原が意識していたという『三文オペラ』、およびその作者・ブレヒトの提唱する演劇理念を思い合わせたとき、はじめてその意図と効果がおぼろげながら把握できる。

俳優はうたうことによって機能転換を行なう。俳優が、普通の会話というベースを離れていつのまにかうたっていたことに自分でも気づかないふりをすることぐらい嫌らしいものはない。生の会話の語りと、詩的な文章を朗誦する語り方、歌唱という三つの次元は、常に切り離されていなければならない。そして朗唱する語り方には生の会話の語りが高まって詩的な朗唱をする語りになるとか、歌唱は朗唱する語り方の一つだなどという意味合いはまったくないのである。感情が高まった結果、もはや言葉ではなくなって歌が現れる、などというのでは決してない。俳優はただうたうだけでなく、うたっている人物を示すのである。俳優は歌の情感的な内容をあまり高めてはいけない（自分自身がすでに賞味してしまった食べ物を他人に出したりしていいだろうか?）。俳優はいわば、風習や習慣から身についてしまった身振りを身体に示すのである。この目的のためには、俳優は歌の練習のときには、まず歌詞を覚えるのではなくて、歌詞と同じ内容のことをしゃべってみるのだが、ふだん口にしている俗な語り口で、日常語を使って内容を覚えるといい。メロディーについて言えば、俳優は盲目的にスコアに従わなくてもよい。音楽に逆らってしゃべるというやり方があって、この効果が大きいときもあるのだ。この効果は、頑強に音楽やリズムの支配を受けず、それから独立した醒めた態度をとることから生み出すことができる。音楽のメロディーに（語り口から）戻るときは、そのこと自体が一つのシークエンスであるようにする。つまり俳優が、そのメロディーを自分でも楽しんでいるということを、強調によってははっきりさせるのだ。俳優にとっては、うたっている間、楽士が見えていたほうがいいだろう。それに、できるならば、はっきり見えるように歌をうたう準備（例えば椅子をちゃんと置くとか、そのために特別な化粧をする等々）をすることもいいだろう。うたう場合に一番大事なのは、「示している者〔演じる者〕が示される」ということなのだ。

（『三文オペラ』へのブレヒトの覚書「ソングをうたうこと」岩淵達治・訳）

「邪魔な存在」、「常に何かと抗い続ける登場人物たち」は、「頑強に音楽やリズムの支配を受けず、それから独立した醒めた態度をとる」に対応しているのかもしれない。注目すべきは「心情的な場面や感情的な場面を情緒的な音楽で支えるということは避ける」と「俳優は歌の情感的な内容をあまり高めてはいけない」との明確に共通した態度であり、一般的な劇音楽の役割を否定している点である。戦いの場では勇壮な音楽、人が死ぬときは悲痛な音楽、恋人たちが愛を語り合うならば甘いロマンチックな音楽を流すことで、情緒的により盛り上げるのが原則だ。シーンと音楽は調和し、単純な足し算によって観客の感動がより高まるという効果を期待する。舞台『神聖喜劇』の「邪魔な存在」である音楽は、「調和」ならざる「不調和」、シーンと音楽の「対立」さえ志向し、そうでない場合でもせいぜい「中立な存在」としての音楽がシーンと「調和」しない「併立」「共存」を許されているだけである。さらに「邪魔な存在」の挿入が余韻（余情）を破壊することでシーンとシーンの有機的な（情緒的な）連結を切断し、観客に蓄積された感動素（？）は繰り返し、言わば「リセット」される。叙情ならざる音楽、ひいてはその音楽を採用した「叙情ならざる演劇」。

各景のタイトルを幻灯でパネルに映すことが、演劇に文学的側面を加えるために最低限必要な措置である。演劇の文学化（文書化）および他の公共の催し全般の文学化を大規模に推進しなければならない。

ここで文学化と言ったのは、「舞台で造形されているもの」に「文章で構成されたもの」をちりばめていくことを意味し、こういう文学化は、演劇が知的な営みを行う別の施設にもなり得るきっかけを与えてくれるのだ。ただし、観客もこの文学化に参加し、それによって「上からの」関与をしない限りは（従来の観客のように、舞台上から与えられるものを鵜呑みにするのではなく）、そういう試みもひとり相撲に終わってしまうだろう。

各景のタイトルを使うことに対して、従来教えられてきた劇作法の立場から、こういう反論が行われるだろう。台本作者は、自分の発言したいことはすべて劇行動の中に収め、一切を劇文学そのものの中で表現しなければならない、と。観客というものは得てして演じられている事柄について距離をもって考えることをせず、演じられている事柄の中に身を置いてしまって、そこから考えるものだが、こういう観客の姿勢は従来の劇作法と見合ったものである。だが、一切を一つの理念に組み込んでしまうこのやり口、観客を単線的なダイナミックな思考方法に駆り立ててしまい、右も左も上も下も見えなくしてしまうこの傾向は、新しい劇作の立場から言えば拒否されなければならない。劇作の中にも、脚注や引用注をつけられるようにすべきである。

（『三文オペラ』へのブレヒトの覚書「タイトルと幻灯パネル」岩淵達治・訳）

ここで再び「彼女たち」に返ると、「舞台上に立ちつつも舞台『神聖喜劇』の観客（小説『神聖喜劇』の読者）の視点にある」と規定した「彼女たち」は「文学化」、この場合より噛み砕いて言えば「客観化」を行なっていたとも考えられる。「一切を一つの理念に組み込んでしまう」「従来の劇作法」は、『神聖喜劇』を「自己の内言を投影・象徴したヒロイン「安芸」の彼女（の幻影・亡霊）との精神的交流を通じて主人公・東堂太郎が虚無主義を乗り越えていく過程を描いたビルドゥングスロマン」に改変してしまった私の「やり口」である。それにしても、「劇作の中にも、脚注や引用注をつけられるようにすべきである」は舞台『神聖喜劇』のためにあるような理念であり、この「新しい劇作」、「叙情ならざる演劇」、つまりブレヒトの提唱した「叙事的演劇」が舞台『神聖喜劇』の理論的支柱になり得ることは、公演後に「後付け」的に思い至った。

紗幕に映像を投影するという演出があったが、機材などに限界があり、あまり鮮明に映らず、その後、映像がもたらした効果についてほとんど語られることがなかったのは遺憾である。東堂の内言を文字として重要なシーンで挿入していたのだが、ハード的な条件さえ整っていれば、「彼女たち」の身体表現と合わせてより鮮烈な「文学化」が達成できていたかもしれない。初演当時、映像を舞台に組み込むのが流行し始め、現在、技術は格段に進歩したもののいささか食傷気味の演出である。もし「ハード的な条件」がクリアできる環境にあっても、そのままこの演出を踏襲しようとはしないだろう。しかしながら、『神聖喜劇』「文学化」を考える上で、やはり重要な視角を示唆している。

4　再演

二〇一〇年（舞台『神聖喜劇』初演の翌年）、両国シアターX「『花田清輝的、きよてる演劇詩の舞台』春祭り二〇一〇」で舞台『神聖喜劇』を再演した。シアターXからの突然の依頼であり、公演まで時間的余裕がなかった。初演のキャストを招集することもままならず、稽古も極めて限られた期間しかできないことが予想された。そのため、狭義の「再演」、つまり初演を可能な限り忠実に再現することは当初から諦めており、このシアターX公演は「再演」、「舞台」などの言葉を使わず「パフォーマンス」と呼ぶことになった。実現できるのはせいぜい「舞台」未満の「なにか」であろうという逃げ道であった。二時間半の上演時間を六十分に短縮しなければならないという条件もあった。結局、「パフォーマンス」は初演のダイジェスト、朗読劇の形式をとることになった。

朗読劇（リーディング）は、一般的な演劇が身一つで舞台に立つのに対し、台本を手にしながらセリフを読み上げる。セリフを暗記する必要がないという以上に、舞台上の視覚的状態（舞台美術・衣装）を抽象化・簡略化することができる点が重要であり（演劇ではなく「朗読」だから）、観客の想像力に委ねる部分が多くなるが、かえってそれが効果的に働く作品も確かに存在する（ガーニー『ラヴ・レターズ』など）。衣装、照明、舞台美術などに予算・人手を割けない場合、「朗読劇だから簡素でいい」と言い訳するのは卑劣な手段であるが、私はまさにそれを狙っていた。だから、パフォーマンス『神聖喜劇』において新たな表現を発見できたにしても、それはやはり「後付け」である。

ダイジェストではあるが、脚本の基本的な構造、設定したテーマは初演と変わらない。衣装は初演のものを手直ししつつ再利用した(東堂と「安芸」の彼女だけ後述の演出プランに沿った衣装に新調している)。照明は素明かり(あるいは地明かり。全体を満遍なく照らすシンプルな照明)だったと記憶している。シアターXの倉庫から様々な小道具を借り、適宜舞台上に配置して、その間隙を埋めるように原稿用紙を撒き散らした。「オモチャ箱をひっくり返したような舞台」と公演後のトークで私は言ったが、「東堂の頭のなか」を視覚化するという意図は明確にあった。対馬要塞を象徴する舞台美術を建て込むことは不可能だったので、舞台で繰り広げられる物語は東堂の個人的な内的世界、追憶、または初演のラストで「安芸」の彼女への「手紙」だとした小説『神聖喜劇』執筆の過程であると規定したのである。時系列的には、初演の物語の後の東堂であり、それをすでに経験した東堂が、この「パフォーマンス」で過去の出来事を振り返っているのだとも言える。大方の読者から批判されると覚悟しつつ、初演でも「東堂太郎＝大西巨人」を匂わせていたが、より明確に、確信的にそのつもりでやり直したことになる。東堂は作家をイメージしたジャケット姿で、「安芸」の彼女はそれに合わせて白いワンピースだった。初演の最後のシーンで登場する「安芸」の彼女は「人生の喪服」から、浄化された白い着物に着替えて登場するが、やはりここでも初演が終わった時点から「パフォーマンス」が始まるということを意識していたのだろう。東堂と彼女は、それぞれ舞台手前の上手下手に着席して、台本を読んだ。背後のエリアはすべて他の登場人物たちのための領域であり、東堂越しに見える光景が「東堂の頭のなか」のように感じられるように意図して配置した。

「パフォーマンス」になにか積極的な意味付けをするとしたら(なにか取り柄があるとすれば)、断腸の思いで二時間半に凝縮した小説『神聖喜劇』がさらに省略可能であると証明できたこと、初演の形式をリピート、コピーしたのではなく、諸々の条件制約をクリアするために積極的に頭を使わざるを得ず、それによって初演時には絶対不可能な発想が生まれたことであろうか。しかし「ビルドゥングスロマン」的な誤読を反省し、テーマの方向性を修正する余裕はなく、それどころかその「方向性」にさらに推し進める形で、『神聖喜劇』＝「東堂の頭のなか」という抽象化を断行した。準備期間が十分にあり、私が初演のテーマを大胆に改変することができたならば、きっとそうしていただろうし、その場合、いくらか目先の違った「ビルドゥングスロマン」ならざる「神聖喜劇」になっていただろう。

私は「ビルドゥングスロマン」の『神聖喜劇』はもうやらないだろう。初演における一定の成功に気を良くした私が、その構造に飽き、思い切って捨ててしまうことを決意させたのは、テーマの無批判な踏襲と発展（進化・深化と言っていいのだろうか?）、制約による形式の変更が生じた「パフォーマンス」を経験してしまったからである。初演に付き纏う「俗情との結託」が、私自身の手で、言わばカリカチュアライズされ、誇張された「誤解」にうんざりしてしまったのかもしれない。『ドン・キホーテ』が騎士道物語のパロディーであることになぞらえて言えば、小説『神聖喜劇』を私は初演で「ビルドゥングスロマン」としてパロディー化し、そのパロディーを「パフォーマンス」で再パロディー化したのである。『ドン・キホーテ』では、主人公ドン・キホーテの言行をテキスト化した作中作『ドン・キホーテ』が絶えず冒険の渦中にある登場人物たちを追いかけていく。パロディーの発端であった一般的騎士道物語群と同じ次元にこの作中作『ドン・キホーテ』を並べ、常に自己パロディー化を続けていることも思い出していい。

5　ラジオドラマ

二〇一五年、ラジオドラマ『神聖喜劇』が完成した。これは試作品（デモ）として製作が始まった都合上、ダイジェストであった「パフォーマンス」よりも短い時間にまとめる必要があり、結果的には三十分に収まる内容となった（可能であればさらに短くしなければならなかった）。この企画では、初めから小説『神聖喜劇』全五巻を詰め込むことは考えておらず、試作品を「予告編」のようなつもりで創作しようとした。冒頭から「大根の菜」までを抄録した内容で、主要人物は東堂のみと想定し、それ以外は「東堂をめぐるその他大勢」と割り切り、冬木の存在さえ割愛した。

「ラジオドラマ」の制約はその表現形式自体にあり、音声のみで叙情と描写を実現せねばならない。演劇が視覚的効果と身体性に開かれていることと比較すれば、三度目の試みで、もっとも忠実に小説『神聖喜劇』を再現できるメディアに行き着いたとも言える。ブレヒトの「文学化」（「客観化」）についての知見を得ていた私は、今度は意識的にそれを行えた。本編と音楽・歌（ブレヒトの「ソング」）を交互に配置し、本編をシーンごとに明確に切断し、「客観化」に資するよう試みた。本編（登場人物が会話を交わすドラマ部分）は男性のみをキャスティングし、「ソング」には多数の女声部が導入されている。視覚的な違和感の用意なく、音声一次元で同時的に女性がドラマに介入すると、ラジオドラマ一般に期待されるリアリズムを担保できず、不自然さのみが際立つ。その不自然さに鑑賞者を順応させるには、三十分という時間では不足していると考えられた。あくまで、（「学生なりのリアリティ」ならざる）リアリズムを志向し、「客観化」は、「同時的に」ではなく時間的（空間的）にドラマとは別の位相にある「ソング」で表現する。

音声一次元によるストーリー展開は読書における時間感覚の経験に近く（「朗読」の聴取ならば理論上完全に一致するだろう）、東堂の思考の流れを追体験するのに適している。

大前田　そのまま聞け（ちょっとしずまる）おまえたちのような消耗品は、一枚二銭のはがきでなんぼでもかわりが来るが、兵器は、小銃は二銭じゃでけんからな。銃のとりあつかいかた、手入れ法をようと勉強しとけよ。

M東堂　私は、私のなすべきことをひととおり終え、「広辞林」を開いていた。私がここに持ってきた書物は、この「広辞林」のほかに「改訂版コンサイス英和新辞典」「田能村竹田全集」「緑雨全集」「三人の追憶」「民約論」「暴力論」「Buch der Lieder」「A Farewell to Arms」である。兵営内に居住する下士官兵が書物を所持するには（このあたりから「東堂」と大前田が呼びかけている）所属隊長の許可を得なければならない。「軍隊内務書」第二十章「起居及容儀」第百八十二に「典令範及勤務書以外の書籍並びに新聞雑誌類は所属隊長の許可したるものに非ざれば読むことを許さず」……

大前田　東堂。

例えば右のシーンで、大前田による「東堂」という「呼びかけ」が、音声一次元において主旋律に対する伴奏のように響き、ラジオドラマ独自の和声的表現の可能性を垣間見たような気がした。

二度の舞台からラジオドラマにかけて、一連の『神聖喜劇』の脚色を概観するならば、まず小説『神聖喜劇』を「俗情」的「ビルドゥングスロマン」に改変した初演、それを発展・誇張させた初演のパロディーとしての「パフォーマンス」、さらに舞台という枠組みを脱してそれ自体を「客観化」し、結果的に小説『神聖喜劇』の語り口に回帰した「ラジオドラマ」、というように原作を中心とした円環を描いていた。この運動は閉じてしまったのか。次なる（新たな着想・形式の）『神聖喜劇』は生まれ得ないのか。本稿の表題「『神聖喜劇』を上演するために」は、過去の創作過程の楽屋話を暴露すること（上演するためにどうしたか）だけではなく、むしろ「次なる」「『神聖喜劇』を上演するために」、「どうすればいいのか」ということを積極的に意味している。私はすでに「このような「再解釈」、「再構築」、ひいては「再創造」の絶え間ない連鎖こそが『神聖喜劇』に魅了された人々の「クリエイティヴ・パワー」を発揮する場でなければならない」と、冒頭で「結論を先取り」した。ブレヒトの演劇論における「文学化」が、『神聖喜劇』の内包する特性を生かすための脚色、また、脚色作品相互の関係を整理する上でも有効であることを確認し、我々は「絶え間ない連鎖」のその先をおぼろげながら予感しつつある。いまや、「ラジオドラマ」によって、音楽との比較で『神聖喜劇』を考察する視角を獲得し、「ポリフォニー」の概念を援用しながら小説『神聖喜劇』を再読することができる。

6 ポリフォニー小説『神聖喜劇』

ここで我々は従来のドストエフスキー研究文献においてはまったく理解されてこなかった、あるいは不当な評価しか与えられてこなかった、彼の創作ヴィジョンの一大特性に直面することになる。エリンガルトが誤った結論へと導かれたのも、この特性を軽視したからである。それはつまり、ドストエフスキーの芸術的ヴィジョンの基本的カテゴリーは、生成ではなく、共存と相互作用だったということである。彼は自らの世界を主として時間の相においてではなく、空間の相において観察し、考察した。演劇的な形式に対する彼の深い志向も、またここに発するのである。彼は得られる限りの意味的素材および現実の素材を、同一の時間の中で劇的に対置するという形式で組み立て、広範に展開しようと努めた。例えばゲーテのような芸術家は、生理的に成長というパラダイムへの志向を持っている。彼は同時存在する諸矛盾を何らかの単一の発展運動の諸段階として捉え、個々の現象の内に過去の痕跡、現在の頂点、もしくは未来の傾向性を発見しようとする。それゆえに彼にとっては何一つとして一つの平面の広がりの中で展開されるものはないのである。少なくともそれが彼の世界ヴィジョンであり、世界理解であった。

ドストエフスキーはゲーテとはまったく反対に、様々な段階を成長過程として並べるのではなく、それらを同時性の相で捉えたうえで、劇的に対置し対決させようとする。彼に取って世界を探求することは、世界の構成要素すべてを同時存在するものとして考察し、一瞬の時間断面におけるそれらの相関関係を洞察することを意味したのである。

（バフチン『ドストエフスキーの詩学』望月哲男、鈴木淳一・訳）

バフチンが『ドストエフスキーの詩学』で、ドストエフスキーの「創作ヴィジョンの一大特性」について述べたことは、そのまま『神聖喜劇』の語り口・文体＝大西巨人の「創作ヴィジョンの一大特性」にあてはまる。「様々な段階を成長過程」、言わば直線のイメージとしてではなく、「共存と相互作用」としての思想形成と見ることがドストエフスキー・大西巨人の両者に通ずる。

『神聖喜劇』の掉尾は、「……そのような物事のため全力的な精進の物語り、——別の長い物語りでなければならない。」であり、ドストエフスキー『罪と罰』でも、「しかし、そこにはもう新しい物語が始まっている——ひとりの人間が徐々に更新して行く物語——徐々に更生して、一つの世界から他の世界へと移って行き、今までまったく知らなかった新しい現実を知る物語が、始まりかかっていたのである。これはゆうに新しい物語の主題となりうるものであるが、しかし、本編のこの物語はこれでひとまず終わった。」（米川正夫・訳）とむすばれているが、両者の「創作ヴィジョン」（おそらくは大西巨人がドストエフスキーの影響を受けた）の共通性を暗示するものとして、ここで触れておくことは無意味ではない。「別の長い物語り」は、東堂の、ラスコーリニコフのその後の可能性が開かれた状態であることを示し、成長が完結したことを意味せず、これからも苦悩・葛藤はつづき、あるいは成長とは逆の変化をとげるかもしれない。それどころか、「私の兵隊生活（ひいて戦後生活ないし人間生活）は、ほんとうには、むしろそれから始まったのであった。」ということは、『神聖喜劇』のなかの時間では、なにもはじまっていない。兵営生活の三ヵ月間という時系列で、東堂の成長を追っていくことはできない。

時代そのものがポリフォニー小説を可能にしたのである。ドストエフスキー個人も、自らの時代の矛盾をはらんだ多次元世界に、主観的に関与していた。彼は次々と所属集団を変えていったが、その意味で一つの客観的社会生活の中に併存する複数のレベルとは、彼個人にとってみればその人生の道程の、そしてその精神の成長段階の各段階ではあった。こうした個人的経験の意味は深いが、しかしドストエフスキーは自らの創作において、個人的経験に直接的・モノローグ的な表現を与えたわけではない。そのような経験は彼が矛盾の認識を深めることを助けただけに過ぎない。その矛盾とは単一の意識の中における様々なイデエの間にではなく、人間同士の間に強度に展開された形で同時存在している諸矛盾であった。結局時代の客観的な諸矛盾は、ドストエフスキーの精神史における個人的体験の平面においてではなく、同時的に共存する諸力間の矛盾葛藤に対する客観的なヴィジョン（確かにそれは個人的経験によって深められたヴィジョンであるが）の平面において、彼の創作を規定したのである。

（『ドストエフスキーの詩学』）

「精神の成長段階の各段階」を「一つの客観的社会生活の中に併存する複数のレベル」とし、直線的な時間の流れを同一平面の広がりとして空間的にあらわすという、この視覚的イメージの一致において、ドストエフスキーと大西巨人の「創作ヴィジョン」はほとんど完全にかさなって見える。「西条靫負」は、東堂の学生時代に

「左翼文献、左翼思想について東堂の目を開いてくれた」、「「武士たるもの」になるための教へを子供の頃から東堂の耳に吹きこんだ東堂の父親がある」（『新日本文学』二六・四　寺田透「『神聖喜劇』（第一部・第二部）をめぐって」）。「子供の頃」の思想的経験が、「左翼思想」にとって変わられたわけではなく、逆にそれが、「左翼思想」の浸透をさまたげたわけでもない（だから、「「武士たるものになる」ための教へ」が「左翼思想」にとって変わられるべきものであり、「左翼思想」の優位、「左翼思想」の正当性が書かれていると読むことはできない）。東堂の「記憶力」は、時間の経過というものを無視して、東堂の経験を無時間的に併置するためのしかけとしても理解されなければならない。東堂の頭のなかでは、「子供の頃」だからといって、その記憶が劣化したり、叙情的な過度のアクセントをおびることなく、物語の進行していく過程で、「いま」「ここ」で獲得した東堂の新しい経験に関するさまざまな思索と、まったく対等にあつかうことができるのである。

事実、思想家ドストエフスキーのイデエは、彼のポリフォニー小説の中に入り込むと、その存在形態そのものを変えて、芸術的なイデエの像へと変化してしまう。それらは（ソーニャ、ムィシュキン、ゾシマといった）人物の形象と分ちがたく結びつき、自らの閉鎖性、完結性から解放され、そっくり対話化されて、その他のイデエ（ラスコーリニコフ、イワン・カラマーゾフ他のイデエ）の像とまったく対等の権利を持って、小説の大きな対話の中に入ってゆく。モノローグ小説の作者のイデエのような総括的機能をそれらに帰すことは、まったく許しがたいことだ。それらはそこでは、他と同じ権利を持った大きな対話の参加者であり、そのような特権的機能は少しも持っていないのである。かりにある種のイデエや人物像に対する評論家ドストエフスキーの何らかの偏愛が、その小説に現れていることが間々あるとしても、それは（例えば『罪と罰』の約束事としてのモノローグ的エピローグのような）表面的な要素の中に現れるだけであって、ポリフォニー小説の力強い芸術的論理を打ち破るほどの力を持たない。芸術家ドストエフスキーは常に評論家ドストエフスキーに勝利するのである。

つまりドストエフスキーがその創作の芸術的コンテキストを離れたモノローグ的形式において（論文や書簡や口頭の談話の中で）表明した彼自身のイデエは、彼の小説におけるある種のイデエの像の原型であるに過ぎない。したがってドストエフスキーのポリフォニー的な芸術思想をまともに分析するかわりに、そのようなモノローグ的な原型イデエを批評して済ませようとすることは、まったく許されないことだ。大切なのはドストエフスキーのポリフォニー的世界におけるイデエの機能を解明することであって、そのモノローグ的な実体だけを扱うことではないのである。

（『ドストエフスキーの詩学』）

「ある種のイデエや人物像に対する」評論家・大西巨人の「何らかの偏愛」は、『神聖喜劇』という「ポリフォニー小説の力強い芸術的論理を打ち破るほどの力を持たない。」『罪と罰』のパロディーとしての「約束事としてのモノローグ的エピローグ」さえ、「ポリフォニー小説の力強い芸術的論理」に貢献し、「何らかの偏愛」それぞれが総体を象徴するようなすぐれた機能をはたしているが、ドストエフスキーをこの点で乗り越えることができたのは、「何らかの偏愛」を表現するのに、「過剰」をもってしたことによる。引用の「過剰」、正確さの「過剰」、回想の「過剰」、それらの「過剰」によって「イデエ」にも、あらゆる形式的な概念にも同一化することなく（モノローグ化することなく）、大西巨人は一大ポリフォニー小説を書きあげることができたのだが、不幸なことに、「ポリフォニー的な芸術思想をまともに分析するかわりに、そのようなモノローグ的な原型イデエを批評して済ませようとする」さまざまな『神聖喜劇』論は、この「過剰」のなかで、モノローグ的な思考によってテクストの矛盾・撞着を理解することができず、混乱をきわめている。そして、それぞれの批評家（＝読者）がとったのは、矛盾・撞着に目をつむり、あるひとつの「イデエ」を東堂の唯一の「イデエ」として（自己の「イデエ」とかさねあわせて）、論じることでしかなかった。

バフチンは、「あたかもプロメテウスのごとく並外れて柔軟で変幻自在なこのカーニバル的ジャンル」である「メニッポスの風刺」をドストエフスキーのルーツのひとつとし、ドストエフスキー文学の「カーニバル性」について、深く言及している。

カーニバル（カーニバルタイプの様々な祝祭、儀式、様式を総称してこう呼ぶ）の問題、すなわちその本質、人類の原始的な体制と原始的な思考に深く浸透したその根源、階級社会の条件下でのその発展、その比類ない生命力と不朽の能力に関する問題は、文化史においてもっとも複雑で興味深い問題の一つである。ここでは無論この問題を本格的に論ずることはできない。そもそもここでの本書の関心は、文学のカーニバル化の問題、つまりカーニバルの文学に対する、特にそのジャンル面に対する決定的な影響の問題に限定される。

カーニバル（繰り返すがこれはカーニバルタイプの様々な祝祭を総称している）そのものは、もちろん文学的現象ではない。それは儀式的性格を帯びた多種混合の見せ物の一つの形式である。この形式は非常に複雑多様で、一つのカーニバル的基盤を共有しているにも関わらず、時代、民族、個々の祝祭によって様々なバリエーションとニュアンスの違いがある。カーニバルは象徴的でかつ具体的・感覚的な形式の言語体系を作り上げたが、それは大規模で複雑な大衆劇から個々のカーニバル的身振りに至るまでを包括している。この言語はあらゆる形のカーニバルを貫いている単一の（しかし複雑な）カーニバル的世界感覚を、（あらゆる言語と同様）いわば弁別的・分節的に表現するものであった。この言語を幾分でも満足かつ適切に、言語を用いた言語に、ましてや抽象的概念の言語に翻訳することはおよそ不可能であるが、しかし具体的・感覚的であるという点で類縁性を持つイメージ言語、つまり文学の言語にならば、ある程度移し換えることが可能なのである。このカーニバル言語の文学言語への移し換えのことを、本書では文学のカーニバル化と呼んでいる。この言語間の移行を念頭に置きながら、カーニバルの個々の要素と特徴を抜き出して検討してみよう。

カーニバルとはフットライトもなければ役者と観客の区別もない見せ物である。カーニバルは観賞するものでもないし、厳密に言って演ずるものでさえなく、生きられるものである。カーニバルの法則が効力を持つ間、人々はそれに従って生きる、つまりカーニバル的生を生きるのである。カーニバル的生とは通常の軌道を逸脱した生であり、何らかの意味で《裏返しにされた生》《あべこべの世界》(monde à l'envers) である。

通常の、つまりカーニバル外の生の仕組みと秩序を規定している法や禁止や制限は、カーニバルのときには廃止される。何よりもまず取り払われるのは社会のヒエラルヒー構造と、それにまつわる恐怖・恭順・崇敬・作法などといった形式である。つまり社会のヒエラルヒーやその他の要因（年齢も含む）からくる不平等に基づくものすべてが取り払われるのである。人間同士のあらゆる距離も取り払われ、カーニバル特有のカテゴリーである、自由で無遠慮な人間同士の接触が力を得ることになる。これはカーニバル的世界感覚の非常に重要な要素である。実生活では堅固なヒエラルヒーの障害によって隔てられていた人々が、カーニバルの広場において自由で無遠慮な接触関係に入るのである。独特な大衆劇の組織法や自由なカーニバル的身振り、あけすけなカーニバル的言葉は、この無遠慮な接触の原理によって規定されているのである。

カーニバルにおいては、半ば現実、半ば演技として経験される経験的・感覚的形式の中で、外部の生活では万能の社会的ヒエラルヒーと真っ向から対立する、人間の相関関係の新しい様態が作り出される。人間の振る舞い、身振り、言葉は、外部世界でそれらをまるごと規定していたあらゆるヒエラルヒー的与件（階級、地位、年齢、財産）の支配下を脱し、それゆえに通常の外部世界の倫理に照らすと、常軌を逸した場違いなものとなる。常軌の逸脱こそカーニバル的世界感覚に特有なカテゴリーであり、それは無遠慮な接触というカテゴリーと有機的に結びついている。それは人間性の奥に秘められた側面が、具体的・感覚的な形式によって開示され、表現されることを可能にするのである。

同じく無遠慮な接触と結びついているのが、カーニバル的世界の第三のカテゴリー、すなわちカーニバルにおけるちぐはぐな組み合わせである。自由で無遠慮な関係は価値、思想、現象、事物のすべてに及ぶ。カーニバル外のヒエラルヒー的世界観の中で閉ざされ、孤立し、引き離されていたもののすべてが、カーニバル的接触や結合に突入する。カーニバルは神聖なものと冒瀆的なもの、高いものと低いもの、偉大なものと下らぬもの、賢いものと愚かなもの等々を近づけ、まとめ、手を取り合わせ、結合させるのである。

これと関連してカーニバルの第四のカテゴリー、すなわち卑俗化がある。それはカーニバル流の聖物冒瀆、一大体系をなすカーニバル流の格下げや地上化、大地や肉体の奔放な力と結びついたカーニバル流の卑猥さ、聖典や格言のカーニバル流パロディーなどである。

以上すべてのカーニバル的カテゴリーは、平等や自由、万物の相互関連、矛盾の一致などに関する抽象的な思想ではない。いやそれはヨーロッパの広範な庶民大衆の内で何千年にもわたって形成され生き続けてきた、具体的で感覚的な、そして生そのものの形式において経験され演じられる、儀式的かつ見せ物的な《思想》なのである。だからこそそれらは、かくも大きな形式上・ジャンル形成上の影響を文学に対して与えることができたのだ。

（『ドストエフスキーの詩学』）

『神聖喜劇』＝「カーニバル文学」であることを述べるためには、「第一部　絶海の章　第一　冬」および「第二部　混沌の章　第二　責任阻却の論理」の「特異日」（漫画版『神聖喜劇』山口直孝「解題「分身」を志向する倫理」）である「二月三日」の「大根の菜＝軍事機密問答」をとりあげなければならない。「大根の菜」が「軍事機密」である、と口をすべらせた神山上等兵は、それまで石橋二等兵に高圧的な態度をとり、冬木二等兵には「私的制裁」さえ加えていたにもかかわらず、部隊長である堀江が登場するとともに、態度を一変させる（そこにいた大前田軍曹、および村崎古兵、その他の新兵たちも少なからず態度を変える）。それまで「王」として君臨していた「神山上等兵」は、堀江隊長に王座を受け渡さねばならない。神山上等兵は「（自称）高級サラリーマン」であり、堀江隊長は「貧乏漁夫の息子」である。「社会のヒエラルヒー［＝軍隊外の職業・地位］やその他の要因（年齢も含む）からくる不平等に基づくものすべてが取り払われる」のが、この「軍隊」というすぐれてカーニバル的な「場」だということが、ここで示されている。これは、「カーニバルにおけるちぐはぐな組み合わせ」でもある。「生来知能程度が低い上に尋常三年までしか行って」いないと神山上等兵にののしられた橋本二等兵（この「場」のヒエラルヒーでもっとも低い位置に立たされている）や、同じように義務教育を終えていない「荒巻二等兵」のみが、真実を述べることができるのである（「軍事機密とはどういうものか。言うてみよ。」／「はい。……大根のおかずのようなものであります。終わり。」）。

神山上等兵を押しのけて、「王」として君臨した堀江隊長は、しかし、東堂による、

（「うむ。軍事機密か。よろしくない、そんなことは。志気がチクヮン〔弛緩〕しておるから、そういう兵の本分にそむいたことをする。」という堀江隊長の発言に対し）堀江隊長が「弛」を「チ」とまちがえて言うくせに緩を「クヮン」と正しく明瞭に発音するのを、私は、興味をもって聞いた。彼は、食卓北側の列の真

ん中あたりを顎で差した。

（『神聖喜劇』第一巻）

という観察で、堀江隊長の「権威」は地に落ち、「貧乏漁夫の息子」としての無学がさらけ出されてしまう。「大根の菜＝軍事機密問答」というカーニバルは、徹底的に、すべての権威を否定し、笑いとばす。「軍隊」において、あるいは「戦時中の日本」において、もっとも権威のある存在、天皇でさえ、このカーニバルからは逃れることができず（ヒエラルヒーの優位を維持することはできず）、

（下級者に対する）上級者責任阻却あるいは上級者無責任という思想の端的・惰性的な日常生活化が、「知りません」禁止、「忘れました」強制の慣習ではないか）このように私は私の推論、もしくは想像を進めたのであった。——もとより各級軍人の責任は、たとえば『軍隊内務書』ないし『戦陣訓』において力説強調されてはいる。それは、たとえば、「職務ノ存スル所、責任自ラ之ニ伴フ。各官宜シク其ノ職務ノ存スル所ニ鑑ミ、全力ヲ傾注シテ之ガ遂行ニ勉ムベシ」のごときであり、あるいは「任務は神聖なり。責任は極めて重し。一業一務忽せにせず、心魂を傾注して一切の手段を尽くし、之が達成に遺憾なきを期すべし」のごときである。とはいえ、この責任とは、詮ずるところ、上から下に対して追求せられるそれのみを内容とするのであって、上が下に負う（下から上に問われる）それを決して意味しないのであろう。……しかし、下級者Zの上級Yも、そのまた上級者にとっては下級者である。ZにたいしてYの責任は阻却されていても、そのYはXによってほしいままに責任を追及せられねばならない（このXは、Zの「忘れました」についても、そのZにしっかり覚え込ませなかったYの責任を追求するであろう）。そしてXとそのまた上級者Wとの関係も、同断なのである。かくて上級者の責任が常に阻却されるべきことを根本性格とするこの長大な角錐状

階級系統（WからさらにＬへむかってV、U、T、S、R、Q、P、……）の絶頂には、「朕は汝等軍人の大元帥なるぞ。」の唯一者天皇が、見出される。

（『神聖喜劇』第一巻）

「二等兵」から「大元帥」まで、ひとつのつながりとして一本の線にむすんでしまう。そして、このように、地続きのもの、神ならざるひとりの上級者として天皇を認めたとき、神山上等兵や堀江隊長と同じように、その王位は不動のもの・当然のものではなくなり、責任を問われるべき上級者として、「二月三日」の「大根の菜＝軍事機密問答」という「カーニバル」の参加者・王位を剥奪されるものとして、同じ平面上にひきずりだされてしまっている。その、ひきずりだされた「場」は、「大元帥」天皇にとって、あまりにもふさわしくない、倒錯した「笑い」の「場」であった。

カーニバルの笑い自体も、また深く両義的である。起源的に見てそれは太古の形式における儀式の笑いにつながっている。この儀式の笑いは至高の存在に向けられた笑いであり、太陽（最高神）、他の神々、地上の最高権力をけなしあざ笑うことにより、それらの蘇りを促そうとするのである。儀式の笑いは太陽の営みにおける危機（夏至や冬至）、神々や世界や人間の生における危機（例えば葬式）に反応したが、その中には嘲笑と歓喜がないまぜになっていたのである。

太古の儀式の笑いが至高の存在（神や権力）に向けられていたことが、古代や中世における笑いの特権的な地位につながった。真面目な形ではゆるされない多くのことが、笑いの形なら許されていた。中世では合法化された自由な笑いを隠れ蓑にすれば、《神聖パロディー》（parodia sacra）が、つまり聖典や儀式のパロディー化が可能だったのである。

カーニバルの笑いもまた至高のものに、つまり権力や法典の交替、世界秩序の転換に向けられている。笑いは交替する二つの極を一挙に捉えながら、交替のプロセス自体を、つまり危機そのものを笑うのである。カーニバルの笑いの行為の中では、死と再生、否定（嘲笑）と肯定が結びつく。それはきわめて世界観照的で宇宙的な笑いである。これが両義的なカーニバルの笑いの特質である。

（『ドストエフスキーの詩学』）

バフチンが「カーニバル文学」に対し《神聖パロディー》（parodia sacra）という用語をわざわざつかっていることは、注目に値する暗合である（『神聖喜劇』＝La Divina Commedia）。大前田や神山の滑稽なやりとりに対する、二等兵東堂、あるいは二等兵生源寺などの失笑は（［大前田が「普通名詞」を「普通の名刺」と勘ちがいして］「はぁぁぁ。そういうことでありましたか。……うぅぅ。」と神山は、つぶやいて感嘆したあと、応対に窮したようにだまってしまった。／私の左隣りで、中原「電気モグラ」二等兵が「ふぉぉッ。」というような嘆声をかすかに漏らして俯いた。／……先の夕べ「金玉規定」問答のおり、「坎軻不遇」の成語を極めて自然に口にした生源寺が、今日この場で、そういう潜伏的体制を意識的に取って笑いの発作をみずから懸命に押さえつけるべく骨折っている、と私は観察したのである。（『神聖喜劇』第二巻））、「地上の最高権力をけなしあざ笑うことにより、それらの蘇りを促そうとする」行為であり、「三月十八日」の「模擬死刑騒動」における二等兵たちの反逆が暗示されているようでもある。

カーニバルの「笑い」が生じる「場」は、『神聖喜劇』が舞台とする「戦争」という時間・情況にふさわしい。

［ドストエフスキー『白痴』］第一編の事件は夜明けに始まり、深夜に終わっている。しかしこれはもちろん、悲劇の一日（「日の出から日没まで」）ではない。この時間は悲劇的な時間でも、伝記的な時間でもまったく

ない。これはカーニバルに固有な時間の一日、あたかも歴史的な時間から切断されたかのようにその独特なカーニバルの法則に従って流れ、無限の抜本的な交替と変身を内包した時間による一日なのである。他ならぬそうした時間――確かにそれは、厳密な意味ではカーニバルの時間ではなく、カーニバル化された時間ではあるが――それこそドストエフスキーがその特殊な芸術的な課題を解決するために必要とした時間なのである。ドストエフスキーが描いた深遠な内的意味を秘めた**敷居**、あるいは**広場**での出来事、それにラスコーリニコフ、ムィシュキン、スタヴローギン、イワン・カラマーゾフといった人物群は、常識的な伝記的・歴史的時間の流れの中では到底開示できなかったであろう。しかも、完全な権利を持ち、内的に非完結的な意識の相互作用としてのポリフォニーそれ自体もまた、時空についての異なった芸術概念を、ドストエフスキー自身の言葉を借りれば《非ユークリッド的》な概念を要求するのである。

（『ドストエフスキーの詩学』）

『神聖喜劇』の特殊な構造は「カーニバルの時間」と言い換えることができる。「特異日」は、カーニバル文学『神聖喜劇』におけるもっとも「カーニバル的」な時間であり、王位の剥奪が、「特異日」にかならず生じているのである。そして、「敷居」とは、「地方（＝一般社会）」と「戦場」との中間地点に存在する「教育補充兵」としての時間・場所であり、「広場」は、すべての経験・知識・記憶が平等にあらわれ、平等に王座に君臨する権利を有する、東堂の頭のなか（＝『神聖喜劇』の文体そのもの）である。

……ドストエフスキーの世界ではあらゆる人間、あらゆる事物がお互いを知り合い、お互いについて知り合わねばならず、接触関係を結び、一堂に会して面と向かい合い、お互いに話し合いを始めなければならない。すべてがお互いに反映し合い、お互いに対話的に照明を当て合わなければならない。それゆえに互いにばらばらなもの、遠く隔たっているものはすべて、空間的・時間的な一つの《点》に集合させられなければならない。まさしくそのためにこそ、カーニバル的自由が、時空に関するカーニバル的な芸術的概念が必要とされたのである。

（『ドストエフスキーの詩学』）

東堂は、すべてを知っている。また、知らないことを、完全に知ろうとする。「二月二十二日」の「剣鞘すり替えが発覚したこの日」がその典型的な例で、東堂は、教育兵たちからのあらゆる噂、情報、意見などを聞き、その事件の渦中にある冬木二等兵の過去を、新聞社の同僚である杉山節士に問い合わせ、軍隊内にいながらも、冬木二等兵がどんな罪を犯してしまったのか、また、冬木二等兵が「部落出身」であることをも知り（「第七部　連環の章　第五　冬木照美の前身」）、すべてを知った東堂は、そのすべての（東堂自身のうちにある相矛盾する）「イデエ」、事実を戦わせ、検証し、公正なこたえを出そうとする（もちろんひとつの回答が得られるということはない）。ここで、東堂は、たとえば「意志は強し、生命より強し。」や、「亦われは現に道理と思へども、わが非にこそと云ひてはやくまけてのくもあしばやなり」といった「イデエ」に思い至る。前者は伝奇小説『加里福尼亜の宝島』、後者は道元の『正法眼蔵随聞記』であり、東堂は、ここに成長段階の結果として到達したわけではなく、すでに読み、知っていた「イデエ」がこのとき（この瞬間だけ）東堂の他の「イデエ」よりも優位に立ったにすぎないことは、やはり強調しておかなければならない（大衆小説と宗教書が同等に扱われているという事実もまた）。

7　次なる『神聖喜劇』

・「カーニバル」の対話（自由で無遠慮な人間同士の接触・常軌の逸脱・ちぐはぐな組み合わせ・卑俗化）
・「広場」での出来事（「空間的・時間的な一つの《点》」としての東堂の頭のなか）

「カーニバル文学」としての『神聖喜劇』の特徴は、このように理解されなければならない。なお、『神聖喜劇』その他の作品で、何度も読み返したと語られ、大西巨人がおおいに影響を受けたと考えられる夏目漱石『吾輩は猫である』は、日本近代文学で「カーニバル文学」のジャンルに属するもっともすぐれた、ほとんど唯一の作品である。ドストエフスキーだけでなく、今後、夏目漱石の影響（おそらく直接的・意識的な影響はドストエフスキーより大である）も検討すべきであろう。

次なる『神聖喜劇』脚色の試みは、必ず頓挫する宿命にある。おそらく、ある一面で新たな（予期せざる）成功を納め、他の面では失敗し、考察・反省の不十分であったことを露呈してしまう。それは、前回の脚色の成功と失敗を誇張したカリカチュアであろう。パロディーであろう。《神聖パロディー》は作品自体の改変（改善・改悪）の集合であるだけでなく、その創作過程そのものであり、「このような「再解釈」、「再構築」、ひいては「再創造」の絶え間ない連鎖こそが『神聖喜劇』に魅了された人々の「クリエイティヴ・パワー」を発揮する場でなければならない」。しかし、自己パロディー化の連鎖は宿命的に自己完結したウロボロス的円環となって閉じざるを得ない（それがいかに大きな半径の軌跡であっても）。ラジオドラマ版を発表した「ラジオドラマ『神聖喜劇』～大西巨人の想いとは～」（ミュージックバード系コミュニティFMラジオ番組）で、私は「『神聖喜劇』の特徴は、なんでもありなこと」であるという意味の発言をした。『神聖喜劇』は「カーニバル」であり、「広場」であり、『神聖喜劇』をめぐる脚色、創作、批評、鑑賞、すべてが「なんでもあり」であると私は信じている。初演での制約の数々を乗り越えていく過程を、我々は「リアル『神聖喜劇』」と呼び、それがいかにも似つかわしく、戦時中――軍隊の内務班、現代――大学の演劇実習というかけ離れた状況を結びつけ、包含してしまう『神聖喜劇』の普遍性を身をもって認識したものだった。その後、あらゆる社会環境のなかで同様に「リアル『神聖喜劇』」の評言が当てはまることを読了者の感想で幾度も確認した。私は、しばしば『神聖喜劇』の「ＯＬ編」「女子高生編」が可能であると嘯いてきたが、まんざら冗談でもなく、十分に可能だと思っている。初演の企画段階では『ドラえもん』とミックスして脚色してはどうか、という意見さえ出た。これが却下されたのは、不可能だからという理由ではなかった。「超人的記憶力」という東堂の特殊能力は、漫画・アニメ・ゲームのキャラクターを思わせ、サブカルチャーとも親和性が高い。『神聖喜劇』はあらゆる読み方に開かれるべきだ。『神聖喜劇』を理解する上で、重要なのは「誤読」と「失敗」である。「戦後文学の金字塔」という王座から『神聖喜劇』を引き摺り下ろし、徹底的に「卑俗化」すべきときだ。天皇さえ「カーニバル」に参加させた『神聖喜劇』である。いまや「俗情との結託」さえ、恐れることはない。どんな解釈も『神聖喜劇』は受け入れることができ、また、「誤読」「失敗」はあり得ても、「間違い」として立ち入りを拒絶するような狭隘な「広場」ではない（「カーニバル」に参加が許されないものとは？）。私が描きたいびつな「円環」は、縄張り・占有地ではなく、リング・土俵・「広場」として好き勝手に使われることを願う。そのために「誤読」と「失敗」を繰り返し、「円環」をどんどん広げていくことに労を惜しむものではないし、私も「広場」に飛び込んで歌い、踊り、「生きる」だろう。『神聖喜劇』の脚色は回転運動の軌跡を離脱し、その内側にある「広場」での「カーニバル」を表現できるだろうか。それは、どのような様相を呈するのだろうか。そのためには、あと何度「誤読」と「失敗」を経なければならないのか。

『神聖喜劇』と『万葉集』

多田一臣

1

私は『万葉集』や『古事記』などを研究対象としている古代文学研究者であり、近代文学研究については、ほとんど素人同然であることを、まずはお断りしておきたい。以下に記す内容も、学術論文というよりは、むしろ感想文に近いものであることもあわせてお断りしておきたい。

私が『神聖喜劇』を読んだのは、すでに三十五年ほども昔のことになる。文春文庫所収の五巻本で読んだ。奥付を見ると、一九八二年一月から五月の刊行とある。大西巨人が、最終章である第八部「永劫の章」を擱筆したのは、文庫本の奥書によると、一九七九年十二月のこととあるから、それからまもなく全巻を通読したことになる。ついでながら、私が『神聖喜劇』を通読したのはこの時だけであり、今回が二度目ということになる。

私はもともと、軍隊生活の内幕を描いた作品に興味を持っていた。一種の極限状況下の、しかも不条理な世界のありようにつよい興味を抱いていたからである。高校時代、いまはほとんど知られていない、プロレタリア作家（後に転向するが）である立野信之『軍隊病』を読んだことが、そうした興味をもつことになった切っ掛けかもしれない。あとはお定まりの野間宏『真空地帯』などだが、変わったところでは、有馬頼義『貴三郎一代（兵隊やくざ）』とか、鈴木隆『けんかえれじい』なども読んだ（これらは、全体ではないが、一部映画化もされている）。余計なことを記しておくと、週刊誌で田辺聖子の連載エッセイの挿絵を担当していた高橋孟の『海軍めしたき物語』は、抜群におもしろい内容をもつ。海軍主計兵だった著者が、ミッドウェイ海戦の壮絶な戦いの最中に、戦艦下部の烹炊所で飯炊きをしている場面など、不謹慎な言い方ではあるが、実に珍無類な光景といえる。さらに私は、この本で、フランスが敵国でなかったことを知ってひどく驚いた覚えがある。これはさらに余計なことだが、少年時代に読んだ漫画に、前谷惟光『ロボット三等兵』というのがあり、ロボットだから三等兵かと思っていたのだが、陸軍とは違って、海軍には当初四等兵まであったと知って、これまた驚いた記憶がある。もっとも、ロボット三等兵は陸軍の所属だから、やはり人間以下の扱いということだったのだろう。

しかし、『神聖喜劇』は、これらの小説類などとは、まったく印象を異にする作である。軍隊の不条理に、主人公の超人的ともいえる記憶力と、それを根拠にする明晰な論理によって対抗していくその小気味よさに、きわめて新鮮な印象を覚えたものである。ただし、『神聖喜劇』全体に見える、ある種の衒学的な記述、ないし引用の羅列にはほとほと参って、通読とは言いながら、そこを斜め読みに読み飛ばして、全体の筋書を摑んでいたに過ぎない。もっとも、浦上玉堂と川合玉堂がまったく違う存在であること、また田能村竹田がいかにすぐれた画家であるかを、この本を通じて教わったりもした。今回は、そうしたところをも、できるかぎり読もうとしたが、なお斜め読みになった箇所があることを、正直に告白しておく。

とはいえ、今回再読して、新たに気づいたことがいくつかある。本題である「『神聖喜劇』と『万葉集』」について記す前に、まずはその気づいたことを述べてみたい。以下、順不同に述べていきたい。

2

やや辟易とした衒学的な記述、引用の羅列は、著者の文字通り古今東西にわたる典籍の知識、いわばその博引旁証ぶりを示すものといってよい。しかも川柳のバレ句や猥歌なども含む、いわば硬軟取り混ぜた内容であることには、恐れ入るのほかはない。しかし、考えてみれば、これは近世文人の考証随筆の世界に近いというべきだろう。近世は、富裕な町人層などにも好学の風が生まれ、滝沢馬琴の兎園会のように、参加者（山崎美成、屋代弘賢など）がそれぞれの蘊蓄を傾けるような会も催され、多くの考証随筆が記された。日本随筆大成に収められたそれらの随筆を見ると、『神聖喜劇』がその系譜を受け継ぐような性格をもっていることが頷かれる。言い換えるなら、大西巨人は近世文人の世界を意識していたことになるだろう。近世の学問的水準はきわめて高く、川柳など、その理解の度合いによって教養の程度が試されるような質をもつ。川柳は、いまのサラリーマン川柳のような安っぽいものではなく、謎（含蓄）が幾重にも仕掛けられており、それをどこまで発見できたかによって、読み手の器量が推し測られるような性質をもつ。古典の知識が相当にないと、読み解けないような川柳もある。そのような川柳読解の奥深さを、大昔、『文学』（岩波書店）に連載されていた「誹風柳樽拾遺輪講」（吉田精一・浜田義一郎・山路閑古など）で知った。『神聖喜劇』の博引旁証の引用にも、こちらの教養が試されるような趣があるから、やはり著者は、近世文人の世界をどこかで受け継いでいるように思われる。

もう一つ、今回の再読によって、感じたことがある。最初にも述べた主人公の並外れた記憶力とそれを根拠とする明晰な論理によって、軍隊の不条理に抗うという本書の構図に、どこかしっくりしないものを覚えたということである。

それは、言い方は悪いが、その奥底に、あまり健全ではない何か、どこか病的な神経質さが潜んでいるのではないかとの疑念を抱いたということでもある。東堂の論理は、明晰ではあるが、形式論理（論理学の用語としてではなく、俗に用いられるような意味においてだが）に過ぎるような印象がすこぶるつよい。とはいえ、そのことは、どんなに形式論理に過ぎようとも、論理的な整合性を伴わない限り、軍の組織が必然的に抱え込む不条理、言い換えればその非人道的ないし非人間的なありかたに対抗できないとする思いがあるからだろう。

だが、それを認めた上でも、その論理への拘泥は、なお常規を逸しているのではあるまいか。これまた、言い方は悪いが、論理のための論理に堕しているのではないかという感を抱く。それを、さらに病的と見るのは、東堂の極端な潔癖さと結びついているように思われるからである。その潔癖さは、強迫神経症に近いかもしれない。たとえば、東堂は用便のたびごとに、それが小用の場合であっても、必ず手を洗わずにはいられない。あるいは漢字や熟語の、いわゆる「百姓読み」の誤りに対して、つねに拘泥し続ける。つじつまの合わぬ論理は、とにかく気持が悪いということなのだろう。「百姓読み」への拘泥には、主人公の教養の高さを示す意味があるのかもしれないが、それはあきらかにその異常なまでの潔癖さに通じているように思われる。

三十数年以前に読んだ時には、主人公の超人ぶりに快哉を覚えていたのだが、今回の再読によって、印象がやや異なるものになったことを告白しておかなければならない。

冒頭からずっとこの長編の中に繰り返される「知りません」「忘れました」についての議論も、それが軍の組織のもつ不条理、非人間性の根源につながる大問題であるとされるが故に徹底されることになるのであろうが、きわめて乱暴にいえば、そんなことはどうでもいいという立場もありうるはずである。もちろんそうした立場を認めてしまえば、この長編小説を書き継ぐ意味そのものの否定になることは十分承知している。

とはいえ、「知りません」「忘れました」に拘泥することは、「百姓読み」を一々論うこととどこかで結びついている。私は、いいかげんな人間だから、というよりいいかげんであることこそが大切だと考える立場だから、このような主人公――それは、あるいは大西巨人その人といってよいのかもしれないが、そうした主人公とは、とても一緒には生活できないだろうと感じる。

3

そこで、その徹底した論理、形式論理といってもよい議論についてさらに考えるなら、そこには当時の左翼、とりわけ共産党的な党派に特有な思考のありかたが見出せるように思う。敵対する他者を糾弾する際の、さらにいえば党派内部での異端者（反党分子）を問い詰めていく査問のスタイルに近似しているように思われるからである。

この点に関して言うなら、主人公東堂太郎とその敵役大前田文七とは相似形ないし分身関係にあるともいえる。東堂太郎と大前田文七の思考回路のありようは、対極であるかのように見えながら、実はきわめて近接しているのではあるまいか。そのことは、文春文庫第五巻「面天奈狂想曲」で、東堂が大前田の巧みな誘導によって、ついに陥穽にはめられる箇所の、次の記述によっても明らかである。

とうとう三ヵ月教育の最終日に大前田軍曹が――しかも「知識人的な非庶民的な（と私に思われる）」やり方によって、あるいは私東堂的な方法を用いて――私を「袋の鼠」にしてしまった、ということを納得した。

（四〇五頁。以下、引用はすべて文春文庫に拠る）

ここには、はっきりと「私東堂的な方法」とあるから、東堂と大前田が相似形であることは、作者の意図の中にもあったことがたしかめられる。片桐伍長についても、同様な面があったことがうかがえるが、その片桐について触れた箇所で、本書の冒頭部に見える、大前田の「賤ヶ岳の七本槍」「相撲の四十八手」の読み方を新兵に求める、その思考回路を、次のように評していることが注意される。すなわち、「恐ろしくまわりくどい、手の籠んだ、理窟っぽい（知識人的な非庶民的な）」ありかたであり、さらには――これは後の部分の評になるが、「「論理（主義）的」な事態追及傾向」にほかならないというのである（第四巻、九九頁以下）。「「煩瑣哲学的に精細巧緻」な論証手順」（第二巻、四六〇頁）という記述もある。なお、片桐について、興味深いのは、そこに「相手（東堂）を落とし穴に引き摺り込もうとする」狙いがあることを指摘していることで、別の箇所ではそれを「（低級）インテリ」「悪質転向者」「似而非共産（マルクス）主義者的特質」（第四巻、一四〇頁）と指弾している。しかし、これもまた、私の認識では当時から引き続く、共産党的な党派組織の内部での異端者への査問に通じるところがあるように思われる。このような指弾のやり口は、別の箇所（片桐伍長と山中准尉について）でも、「三百代言的論法」ないし「詭弁的反論」と呼ばれており、そこにもやはり「（低級）インテリ」「悪質転向者」の言葉が出てくる（第五巻、二〇二頁）。

このような「「論理（主義）的」な事態追及傾向」（第四巻、一〇一頁）を指弾する箇所は、官憲による、より具体的には特高刑事による東堂への執拗な取り調べの回想記事（東堂が九州帝国大学を退学させられる契機となる左翼活動への取り調べ）と常に並記されており、官憲の側も同様な手法によって、相手を「雪隠詰め」に追い込む「三百代言的論法」を常套なものとしていたことがうかがえる。さらにそこに「審問」ないし「審問者」（第四巻、一〇一頁）という言葉が見えることにも注意される。この「審問」とは、共産党的な党派内部の異端者（反党分子）への査問とあきらかに同義である。

このようなことをなぜ問題にするかというと、私自身にも苦い経験があるからである。大昔、あるシンポジウムの場で、同じパネラーであった左翼系党派に属する研究者と同席した際、件のパネラーから実に言葉巧みなやり取りの末に、先の「雪隠詰め」に追い込まれた経験を持っているからである。あまりにもこちらが初心（うぶ）だったというべきか、相手が百戦錬磨の手練れだったためなのか、いずれにしても後に残ったのは相手の狡猾さへの嫌悪感だけだった。相手にとっては、赤子の手をひねるようなものだっただろう。件の研究者は文化人としても知られた人物だが、その言動については、それ以後まったく信用していないことを記しておく。

ここから言えることは、以下、反撥を覚悟の上でだが――論理を弄ぶという点に関しては、実のところ東堂も大前田も片桐も同断ではないかというのが、私のいまの理解ないし感想になる。軍という組織が、どんなに巨大な悪であったとしてもである。以前は、小気味よくあるいは快哉を覚えつつ、東堂の論理的な主張を読んでいたが、今回はあまりすっきりした気持ちにはなれなかったことを告白しておく。

このように見てくると、繰り返しになるが、大前田の像は東堂の分身とも取れることになる。ならば大前田は、モデルがあったにせよ、その像は作者によるまったくの創造であっただろう。

その大前田は、一方で「日本農民下士官」（第五巻、四三六頁）と評されている。この意味を反芻すると、土着の「日本農民」のありかた、とりわけインテリによって捉えられたその特質を体現した人物であったことになる。その特質とは、ある種のしたたかさ、ふてぶてしさ、ずるがしこさ等々である。ここで、唐突ながら、黒澤明「七人の侍」の農民像を思い起こす。「七人の侍」は、一方で右の特質――すなわちインテリ（登場人物でいえば武士＝侍）の側から見たそうした農民の特質をあからさまに示した映画ともいえる。両者の媒介となる菊千代なる人物を創り出したとはいえ、黒澤明の視点は、当然ながら武士＝侍の側にある。こうした土着の「日本農民」像を作り上げた黒澤明と大西巨人とはほぼ同世代ともいえる（黒澤は一九一〇年、大西は一九一六年の生まれ）。こんな「七人の侍」の映画評は見たことがないから、これは私の独断かもしれない。

4

もう一つ、今回、『神聖喜劇』を読んで、重要だと思ったのは、第二部「混沌の章」の節題にもなっている「責任阻却の論理」である。大日本帝国においては、法源が最終的には天皇に帰着し、しかもその無謬性が前提となっているために、天皇の責任が免じられ、ために誰一人責任を取らないという無責任体制が生じているとする指摘である。私は、天皇制支持の立場であり、作者とは大きく立場を異にするが、とはいえ今次の大戦において、天皇が責任を取らなかったことが、大日本帝国のみならず、いまの日本国の無責任体制を生んでいると考える。昭和天皇は、終戦時、退位の意向を洩らされたが、主に米軍などの圧力でそれが避けられたと聞く（伝聞のみで、明確な根拠はない）。おそらくそれへの反省の念が、今上天皇の行動を支える理念になっているのではないかと推測する。それはさておき、その無責任体制は、現在、あらゆるところに蔓延している。そのことを痛感したのが、東日本大震災における原発問題である。メルトダウンの事態になった時、東京壊滅の恐れすらあった中で、当初、東電の責任者が行方不明になったことがあった。私はてっきり責任を感じて自死しているものと思った。ところが、関西出張中であったとかで、一時的な行方不明であることがわかって、ある意味で驚いた。それどころか、大量の難民を発生させながらも、東電の責任者は誰一人として責任を取った形跡がない。その後の株主総会とやらの無責任ぶり（責任を負うのは、基本的に株主に対してのみだとする論理）にもほとほとあきれ果てた。自死しないまでも、昔なら蟄居閉門、一切の公職を離れて隠退するのが当然だろう。政治家も同様、原子力政策を進めた連中も、ことごとく何の責任も感じていないかの如くである。その上での、東北復興を標榜する「東京オリンピック」に狂奔するなど、およそまともな人間のすることではない。それもこれも「責任阻却の論理」のなせるわざである。私は、終戦時、天皇が退位なさっていたらということを、痛切に思う。もしそうであったなら、このような無責任体制にどこかで反省が与えられたはずだと思う。そのような意味で、この「責任阻却の論理」の部分は実に興味深く読んだ。この「責任阻却の論理」は、第五巻にも繰り返し強調されるから(二三七頁)、『神聖喜劇』全体を貫く大切な論理と言ってよいものかと思う。

5

ここからが本題になる。以下、『神聖喜劇』における『万葉集』の引用、理解について述べることにする。

今回、『神聖喜劇』を読み直して、意外だったのは、その『万葉集』の引用に、巻十五所収の遣新羅使人の歌がまったく見られないということだった。遣新羅使は、天平八年(七三六)、悪化した新羅との関係修復を目的として派遣されたが、折から流行中の疫病に罹患し、大使以下多数が病没、悲惨な状態で帰国した。途中、壱岐、対馬に寄港し、対馬では「浅茅(あさぢ)の浦(浅茅(あそう)湾の内部)」「竹敷(たかしき)の浦」などに停泊した際の歌が残されているが、『神聖喜劇』には何故か触れられていない。「ミス竹敷」などが登場するにもかかわらずである。

一方、興味深いのは、『万葉集』の訓読や作者の問題について触れているところである。東堂は、『万葉集』を『万葉集古義』(鹿持雅澄)について読んだと記されているが(第一巻、三二一頁)、これは作者自身の体験でもあったただろう。当時としては、不思議ではない。その『古義』の訓みについて、議論を展開しているところがあるので、これについてまず触れておきたい。「信濃」に接続する枕詞の問題である。引用する。

最初『古義』について『万葉集』を読んだ私は、「みすずかる（水篶刈）信濃の真弓吾が引かば良人さびて否と言はむかも」の第一句を、ともすればその鹿持雅澄または『代匠記』の契沖または『冠辞考続貂』の上田秋成に従って「みこもかる（水薦刈）」と言いもした。『童蒙抄』の荷田春満や『冠辞考』の賀茂真淵や『略解』の加藤千蔭や『美夫君志』の木村正辞や『新考』の井上通泰や『新訓』の佐佐木信綱やに逆らって「みすずかる」に異を唱えるべき学問的資格は私になかった。ただ私は、「みこもかる」の簡古素朴な語感を時に捨てがたくなつかしんだのである。

（第二巻、三二一頁）

『万葉集』巻二の久米禅師と石川郎女のやりとりに見える、久米禅師の次の歌、についての議論である。引用は私の『万葉集全解』による。

み薦刈る信濃の真弓わが引かば貴人さびていなと言はむかも　（巻二・九六）

み薦を刈る信濃の真弓を引くように私があなたの心を引いたら、あなたは貴人らしくいやだというだろうかなあ。

ここで、初句の枕詞を「みこもかる」「みすずかる」のいずれに訓むべきかが問題とされている。東堂は、「学問的資格云々」と謙遜しているが、当時の研究水準に照らしても、押さえるべきものはきちんと押さえられている。しかも、結論からいえば、現在は東堂が（というより作者が）述べているように、この初句は「みこもかる」と訓むべきであり、現行の注釈書類もすべてそのようになっている。そもそも『万葉集』の古写本の訓みも、ミコモカルとするものが多く、「みすずかる」の訓みは、賀茂真淵『冠辞考』が「三薦刈」を「三篶刈」（注：「篶」は、竹の一種で「すずたけ」をいう）の誤字と見て以来、定着した訓に過ぎない。もっとも、木村正辞

『万葉集美夫君志』は、『万葉集』に「篶」の使用例がないことから、真淵の誤字説を否定し、「三薦刈」のままで「みすずかる」と訓んだ。それ以後、「みすずかる」の訓みが、木村正辞の理解のままに、「信濃」の枕詞として認められて来たのである。その「みすずかる」を「みこもかる」に戻したのは、武田祐吉『万葉集全註釈』であり、現在はその訓みが妥当なものとして支持されている。

もっとも、「みこもかる」が、東堂のいうように「簡古素朴な語感」をもつかどうかの判断は難しいところがある。そこには、次のような事実もあるからである。以下は、兼岡理恵『「菓子栞」集』（私家版小冊子）による。長野県上田市の飯島商店が販売する「みすゞ飴」というゼリー状の菓子がある。杏・桃・三宝柑・林檎・葡萄等の果汁が豊富に用いられており、信州を代表する銘菓の一つとされる。その「みすゞ飴」の名称は、実にこの「みすずかる」に由来するのである。その栞には、

万葉の昔から「みすゞ」とは信濃の国を表す枕詞として親しまれてきました。その「みすゞ」とは、スズダケのこと。さわやかな大気と清冽な川の流れ、ゆたかな自然に抱かれた信濃の国を表わしています。

とあり、また「古風でありながら美しい響きの名前」（同商店ＨＰ）ともある。ならば、「みすゞ」と「みこも」のどちらが「簡古素朴な語感」をもつのかは、なかなか決めがたい。兼岡氏も、もし「みすゞ飴」が「みこも飴」だったら、印象が大きく変わり、とても全国的に愛される銘菓にはなりえなかったのではないかと、右の小冊子の中で述べている。

飯島商店が「みすゞ飴」の販売を開始したのは明治の末年とされるから、なるほど「みすずかる」の訓みが定着していた時期になる。『万葉集』の訓読をめぐる東堂の言葉から、あらためて右のことを想起したので、それ

を記しておくような次第である。

もう一つ、東堂の（これも作者のというべきか）『万葉集』の理解についての興味深い例を挙げておく。それは、次の東歌の例である。これも『万葉集全解』から引用する。

　稲舂けば皹る我が手を今夜もか殿の若子が取りて嘆かむ

　稲を舂くので皹が切れる私の手を、今夜もまたお邸の若様が手に取ってかわいそうだと嘆くだろうか。

（巻十四・三四五九）

村崎古兵との遊女や貧農の女たちの境遇をめぐるやりとりの延長上に、この歌についての記述が出てくる（第三巻、一二八頁以下）。ここで、問題とされているのは、この歌の歌い手の境遇だが、東堂は、『略解』の、良民などの女が身を堕して、賤女の業をするようになったとする説を否定して、『古義』や『代匠記』の、「（百姓家の）いやしき女」説に共感するとしている。その上で、斎藤茂吉の『万葉秀歌』が、「若い小農夫のつつましい語気」をここに感じ取っていることに共感を寄せていたこと、さらに村崎とのやりとりを通じて、この歌の作者が「農業労役賤女」であることを確信した旨を述べている。

この一首をめぐる理解の過程も、いかにも戦前の一時期の『万葉集』享受のさまを彷彿とさせる。とはいえ、この理解は、現在の東歌理解からはやや修正が必要だろう。「農業労役賤女」がまったく不適切ではないにしても、一首全体はもっとおおらかな、歌い手たちの哄笑が聞こえてくるような労働歌として把握されるべきだからである。稲舂きは、籾を脱穀し唐臼（『神聖喜劇』には、「唐臼」についてのあれこれも出て来る。第三巻、四一頁以下）で舂いて精米する作業だが、かなりの重労働で、豪族などは稲舂女・籾女などと呼ばれる女たちを雇用して、その仕事に従事させた。一種の共同労働で、この一首は、そうした稲舂女たちの労働歌であると考えられている。「殿の若子」は「お邸の若様」といったほどの意味で、稲春女たちの憧憬の対象であり、それゆえここは、現実にはありえない状況を想像して歌っていることになる。だからこそ、おおらかな笑い、哄笑が生まれることになる。歌い手を「農業労役賤女」と見ることは間違いとはいえないが、斎藤茂吉が一つの権威となっているように、一首の理解が、いかにも戦前風のものになっているのは否定できないように思われる。

6

『万葉集』の引用で気になるのは、本書第二部「混沌の章」の節題にもなっている「隼人の名に負ふ夜声」である。この歌は、引用としてはつねに「隼人の名に負ふ夜声いちじろく吾が名は告りつ」で止められている。それは全体を引用すると、歌の性質上都合が悪かったからであろう。ついでながら、「いちじろく」とあるが、現在では「いちしろく」と清音で訓むのが通例になっている（本書でも、なぜか一箇所は「いちしろく」になっている）。

この歌は、橋本二等兵が被差別部落の出身であることを（つまりその職掌が隠坊であったことを）みずから宣言した際に引用されている。「いちしろく」は、耳目に顕著に顕れる意で、「いちしろく吾が名は告りつ」は「はっきりと私の名は名告った」の意になる。いかにもこの場面にふさわしい。ところが、この歌は、もともとは恋歌で、しかも女の歌である。その全体は以下のようになる。これも『万葉集全解』から引用する。

隼人の名に負ふ夜声いちしろく我が名は告りつ妻と頼ませ　（巻十一・二四九七）

隼人の名に背かない夜声のように、はっきりと私の名は名告った。だから妻として頼りになさって下さい。

男に名を明かすことは求愛への許諾を意味した。それゆえ、名を名告ったのだから、いまはあなたの妻として頼りになさって下さい、という意になる。全体を引用すると、恋歌になり、しかも女の歌では不都合だから、「妻と頼ませ」の句を省いたのだろう。

しかし、ここで気になるのは、隼人の名告りが、橋本の宣言と重ねられていることである。そもそも「隼人」は九州南端、薩摩・大隅地方の先住民で、つねに中央からは異族と見なされていた。服属後、一部は中央に交替で上番、隼人司に属して、宮中の警衛、行幸の先導などの任にあたった。その際「吠声」を発したが、その「吠声」には悪霊を退散させる呪力があるとされた。それをここでは「夜声」と呼んでいる。

問題は、この歌を引用する際、中央からはつねに異族とみなされた「隼人」を、橋本の立場、被差別民であることと重ねているのかどうかである。それについて、本書は何も語っていないから、その重なりを意識することは深読みに過ぎることになるのかもしれない。しかし、その可能性は大いにあるように思う。これも単なる感想に過ぎないが、気になることなのであえて指摘しておきたい。

もう一つ、これは『万葉集』理解の問題というよりは、あら探しに近い指摘になる。第二巻の「十一月の夜の媾曳」の剃毛場面における『万葉集』引用についてである。まことに珍妙な場面といってよいが、ここに漢代古詩の「衣帯日ニ已ニ緩ム」を『万葉集』の紐が解ける（あるいは紐を解く）歌と同断と見なしていたとする誤読があったことの告白があり、さらに父からそれを正されたことが回想されている（第二巻、一四九頁）。誤読の告白ゆえ、それはそれでよいのだが、『万葉集』をあれだけ見ているはずの東堂（ないし作者）なら、当然ながら、大伴家持が大伴坂上大嬢に贈った一首、

一重（ひとへ）のみ妹（いも）が結ばむ帯をすら三重結ぶべく我（あ）が身はなりぬ　（巻四・七四二）

一重にだけあなたが結んでくれるこの帯をさえ、三重に回して結ぶほどに、あなたへの思いにわが身は痩せ細ってしまったことだ。

このような事例がなぜ思い浮かばなかったのかが、実に不思議である。この発想は、実は、『遊仙窟』の「日々衣寛(ゆる)び、朝朝(あさなあさな)帯緩ぶ」に拠っているのだが、漢籍に詳しい東堂（ないし作者）が、これに言及していないのも腑に落ちない。

『万葉集』からは離れるが、あら探しついでに、というより、当時の古典の読書事情をうかがわせるものとして、もう一つだけ余計な指摘をしておきたい。

右に述べた剃毛場面も珍妙だが、さらに滑稽なのは、あまりにもよく知られた「金玉問答」である。そこには、「入り口で番をしている玉二つ」「姫松の下葉や露のそめふぐり」などのバレ句が引用されている。しかし、ここも東堂（ないし作者）の学識からいえば、当然ながら『本朝文粋』「鉄槌伝」の引用があってしかるべきところである。その理由は、東堂（ないし作者）は『本朝文粋』に親炙しているはずだからである。遊女についての考証には多くの典籍が引用されるが（これも近世の考証随筆に近い趣をもつ）、そこに『本朝文粋』所載の大江以言「見二遊女一詩序」が引用されているからである。「鉄槌伝」の次の箇所などが、先のバレ句と関係する。日本古典文学大系の訓読によって示す。

同じ郡の両公（金玉、睾丸）、これ（鉄槌＝陰茎）と友善(うるは)し。朝夕相随ひ、敢へて離貳(りじ)せず。召されて門下の掾(ぞう)となる。身は脂膏(しかう)の地に居、潤沢の多きに居る。外(そと)の交(まじはり)有りと雖も、内の利を倶(とも)にせず。故に号(なづ)けて不倶利(ふぐり)と曰ふ。

いかにも、引用があってしかるべき内容である。では、なぜ「鉄槌伝」が本書に見えないのか、それはこの「内容」が猥雑に過ぎるとして、「男女婚姻賦」とともに、『本朝文粋』の当時の代表的な注釈書である柿村重松『本朝文粋注釈』から除かれていたからであろう。柿村氏は「叙説」中で、「此の二篇(「男女婚姻賦」「鉄槌伝」)は当時社会の状態を知るに必要なる文なれど今は之を注釈するを屑しとせざれば本書之を闕けり」と注している。「屑しとせざれば」が、柿村氏の潔癖な姿勢によるのか、当時の官憲等の目を憚ったためなのかは定かではないが、いずれにしても東堂(ないし作者)が手にした『本朝文粋』には「鉄槌伝」がなかったと想像することができる。当時の読書事情云々と記したのは、その意味からである。

このほか今回の再読にあたり、新たに気づいたところとして、『桜島』『幻化』の作者である梅崎春生が梅原夏生の変名で登場している(第三巻、一九四頁)ことがあるが、それはおそらく研究者には周知のことであろうと思う。なぜ梅崎をちらりと登場させたのかはわからないが、何か理由があるに違いない。そんなことで、『神聖喜劇』を読み直しての感想と本書における『万葉集』引用の問題の一端について述べてみた。冒頭にも述べたように、学術的な論述にはなっていないことをお断りしておく。

付記　右は、公開ワークショップ「大西巨人の現在　文学と現在」における講演内容をまとめたものである。当初、このような内容ゆえ、本書への収載を辞退したが、山口直孝先生のお勧めもあり、「枯れ木も山の賑わい」ということで、あえて載せていただくことにした。なお、『神聖喜劇』の引用は、いまは使用されることがないとされる文春文庫に拠ったことも、お許しいただきたい。

大西巨人の「転向」

絓　秀実

1　イントロダクション（1）

本日の公開ワークショップ「大西巨人の現在」のサブタイトルは、「文学と革命」と名づけられています。晩年の大西さんをおおっていた声望にふさわしいものでしょう。誰もが仰ぎ見る屹立的な大長編『神聖喜劇』に象徴されるように、大西さんは一貫して「文学の革命」を志向し、「革命の文学」を書いてきたからです。現代が、たとえ「革命」という言葉は死語と化し、「文学」という言葉がいささか胡散臭いもののように受け取られている時代だとしても、大西巨人という作家だけは一貫して「文学と革命」を生きたと誰もが認めます。その姿勢が決してアナクロニズムとは思われていないという意味で、今なお、大西巨人は畏敬されているかと思います。[*1]

大西さんの小説・評論・エッセイ中で最も多く言及され、大西さんが畏敬し継承しようとした作家・中野重治——大西が多少の中野への批判的言説を残している（「『過渡する時代の子』の五十代」一九五四年、『文選』1、など。これは、中野の「神秘主義・韜晦主義」を指摘する重要なエッセイである）にしても——の言葉を使えば、「革命運動の伝統の革命的批判」（「『文学者に就て』について」一九三五年）を実践したのが大西さんであったということは、誰もが承認するでしょう。以上のようなバックグラウンドで開催されている本日のワークショップで話しをさせていただくに当たって、私は「大西巨人の『転向』」というタイトルを掲げました。これは、決して奇をてらったわけでもなければ、ワークショップの企図を破壊しようと思ったわけでもありません。そもそも、中野重治の「日本の革命運動の伝統の革命的批判」という言葉は、中野が自身の転向（一九三四年）に際して発した言葉であり、後の論議を先取りして言えば、そうした「革命的批判」を遂行しつつ「革命運動」を担うこととは、おそらく「転向者」においてしか可能ではないのです。良いとか悪いとかではなく、ということです。そもそも、大西さんの小説作品は、『精神の氷点』（一九四九年）以来、ほとんど「転向」を主題としていたのではなかったでしょうか。

マルクス主義からの転向という事態が生起したのは共産党への大弾圧（小林多喜二の虐殺を惹起した）で知られる三・一五事件（一九二八年）に始まる一九二〇年代後期から、一九三〇年代にかけてです。大西巨人は一九三〇年代（おそらく末期）に「転向」したのか、どうか。これについては異論がありうることとは思います。大西さんは、ご自身が「転向作家」であると認めたことはなかったようです（石橋正孝「二つの出来事」、「メタポゾン」一一号二〇一七年、によれば、大西巨人は自身の「特異な思想的・生活的遍歴」を「転向」と呼称されることを忌避したという――後注）。むしろ、「俗情」とは「変節」のことであり「裏切り」であり、「変節転向者」のものなのです（『迷宮』その他による）。しかし、大西さんは一九三〇年代末期に、関西の共産主義グループと連絡を取りながら、九州帝国大学で左派的な読書会のようなもの――広義に「人民戦線」的と言えるでしょう――を組織して検挙され、大学を辞めている（おそらく、退学処分）のですから、そこには「転向」という事態があったと考えるのが普通です。それが「偽装転向」であれ何であれ、当時は「転向」を何らかのかたちで表明しなければ、社会で生きていくことができない時代でした。「転向上申書」が書かれたのかどうかは不明ですが、退学後も警察が訪ねてきているようですから（『神聖喜劇』その他による）、やはり「転向者」と見なされていたことは確かでしょう。『神聖喜劇』の東堂太郎は、自身の退学理由、あるいはかつての反戦活動が、軍隊の上官にどの程度知られているかということに、かなり敏感です。少なくとも、宮本顕治や徳田球一のように、つまり獄中にあった共産主義者のようには

「非転向」と見なすことはできないし、そのことが『精神の氷点』以下の大西作品に濃い影を落としていることは、周知のとおりです。大西さん自身を色濃く投影していると見なされる『精神の氷点』の水村宏紀や東堂太郎をはじめとする大西作品の主人公たちは、一九三〇年代末の戦時下抵抗＝「人民戦線」的事態に拘泥しており、それは、いわゆる「転向者」の屈託と異なったものではありません。

念のため『精神の氷点』から引用しておきましょう。水村が最初に新聞社に出勤する時のことです。《水村の初出勤の日、社内は、ドイツ軍パリ入場のニューズで殺気立っていた。ある「反戦的・反国家的グループ」の一員として彼が検挙されたとともに大学を追われたのは、前々年の暮れのことであった。》ドイツ軍のパリ入場は一九四〇年六月ですから、水村が連座した戦時下抵抗の事件は一九三八年末ということになります。

「転向」という問題系が大西作品に張り巡らされていること。これは『精神の氷点』や『神聖喜劇』については言うまでもありませんが、「変節」を扱った『三位一体の神話』にしても、そうでしょう。後に述べるように、『迷宮』（一九九五年）のような「老人小説」でさえ、私見によれば転向を扱った作品として読むことができると思われます。『地獄変相奏鳴曲』（一九八八年）は、なぜ、転向問題に始まり老人問題で終わるのでしょうか。

吉本隆明に「戦後文学は何処へ行ったか」（一九五七年）という評論があります。これは、いわゆる戦後文学（戦後派文学）を転向者の文学と規定し、戦後派はその体験――おそらく、「実存（主義）的」といった意味でしょう――を基底として出発した時は優れた作品を書きえたが、しばらくしたらそれを忘れて堕落したんだ、というような論でした。典型例としては、「暗い絵」（一九四六年）で出発した野間宏が『真空地帯』（一九五二年）にまで後退したということを背景にした批判でした。当時、「真空地帯」論争というのがありました。吉本の『真空地帯』否定は、この論争における大西さんの「俗情との結託」（一九五二年、『文選』1）の評価を参照していると思いますが、ここでは問いません。私は、大西さんが戦後派文学者であるという一般的な規定には、やや反発を覚えるところもありますが、戦後文学は転向者の文学だという吉本の規定をある意味では容認できると思っており、そういう意味でなら、大西巨人を戦後派のなかに入れてもよいと考えています。吉本隆明自身は、後年、「転向」を論じることを放棄したように見えますが（逆に、吉本隆明自身が思想的に「転向」したとも見なされる）、しかし、少なくともある時期まで（かなり後年まで）は大西巨人への敬意を隠すことがなかったし、大西さんも、吉本に一貫して好意を持っていたという理由も、もしかしたら、このあたりに（も）あったかと思います。

2　イントロダクション（2）

しかし、「大西巨人の『転向』」を論じようとする場合、きわめて困難な問題があることも事実です。大西さんの生年が今一つ確定していないということ（これについては、Moppo というハンドルネームの方による、下記 URL に詳細な検討があり、今なお無視できないでしょう http://d.hatena.ne.jp/YokoiMoppo/20150405/1428244251）。そして、そのこともかかわって、戦前・戦時下の大西さんの「事跡」がほとんど不明なことは、やはり、大西さんを論じる場合の困難を惹起します。一九三八年（『精神の氷点』、「娃重島情死行」）あるいは一九三九年（『神聖喜劇』）あたりと推定される、旧制九州帝大での「人民戦線」的抵抗とは、いったい何だったのか。まったくと言ってよいほど、不明です。それが単なる「作り話」ではないだろうことは十分に触知しうるにもかかわらず、です。

野間宏の戦時下については、平野謙の先駆的な研究（新潮文庫版『暗い絵・崩解感覚』解説）や中村福治の『戦時下抵抗運動と「青年の環」』（一九八六年）をはじめ、かなり明らかにされていますが、大西巨人に即しては、ほとんど明らかになっていない。湯地朝雄『戦後文学の出発――野間宏「青年の環」と大西巨人「精神の氷点」』（二〇〇二年）にしても、野間の戦時下については先行研究を踏まえて詳細ですが、著者（湯地）が身近に接してきたはずの大西さんのそれについては、手薄の感がぬぐえません。

『神聖喜劇』によれば、高校・大学時代の東堂太郎は西条靫負（ゆぎえ）という優秀な「年長の同級生」に導かれて、大学で反戦運動に取り組み、失敗して検挙され、「転向」を余儀なくされたようです。[*2] 大西さんにも、おそらく似たような体験があったことは確かでしょう。しかし、大西さんが九大を退学したと想定される一九三八あるいは三九年という時代の共産主義的あるいは反戦運動とは、具体的に何を指しているのか、明らかではありません。西条は旧制福岡高校から京大に行ったということで、関西の共産主義者グループと接触していたとあります（後に獄死した、とある）。有名なところでは、日本で最後の共産主義運動として、一九三七年一二月に春日庄次郎らの「日本共産主義者団」が大阪で結成され、翌年一九三八年九月には一斉検挙されているので、西条は、これにかかわる人物（がモデル）なのでしょうか。しかし、春日グループと「京大ケルン」との連絡にあたり獄死した、著名な布施杜生は、旧制松本高校卒で、おそらく西条ではないでしょう。東堂（大西？）らの九大の運動は、春日庄次郎の、このほとんど最後の戦時下共産主義運動にかかわるのでしょうか（ただし、共産主義者団は人民戦線戦術を採っていない）。だとすると、獄死したという西条のモデルは誰なのか。一九三九年だとしたら、その頃に人民戦線的な、あるいは共産主義的な運動はあったのか。等々。

その他にも、評論・エッセイや『神聖喜劇』からうかがえるところの、大西さんの日本浪曼派（保田與重郎、前川佐美雄）や斎藤史、ひいては二・二六青年将校にさえ一定程度は抱いている様子のシンパシーのありかたが、一九四〇年前後の大西さんにとって、どのようなものとして現象していたのか。似たような問題としては、大東亜戦開戦に接して高揚した心性を描いた坂口安吾「真珠」（一九四二年）に対する変らぬ高い評価（「記憶力過信 付けたり・二つのの便り」、『文選』4月報、一九九六年）をどう考えるかということがあるが、これについては本稿では措く。

斎藤史の歌集『魚歌』は一九四〇年の刊行です。大西さんも東堂太郎も、「転向」後の時代に『魚歌』を読んだのです。『神聖喜劇』にも記されているように、斎藤史は陸軍中将で歌人の斎藤瀏の娘で、家に出入りしていた二・二六青年将校たちと親しく、刑死した彼らを想う歌を多く歌っています。そのなかには、青年将校が昭和天皇を呪詛したことに共鳴するような作品もあります。モダニズム的であると同時にロマン主義的なものですが、『神聖喜劇』の東堂は、『魚歌』に対するロマン主義的な評価を斥けています。知られているように、一九三〇年代の日本における「転向」は、日本浪曼派へと引き寄せられていくという側面を強く持っています。前川佐美雄はプロレタリア歌人だった。私見によれば、中野重治の「転向小説の白眉」と呼ばれる「村の家」（一九三五年）なども、その側面を色濃く持っています。このことについては、別に論じたことがあります（拙著『1968年』）。大西さんは、この面を決して隠すことなく思考して続けてきた存在だと言えるでしょう。

『魚歌』のなかに《暴力のかくうつくしき世に住みてひねもす歌ふわが子守うた》という作品があります。『魚歌』の代表的なものの一つと言ってよいでしょう。しかし、『神聖喜劇』には、この歌は引用されていません。そのことは、当然と言えば言える。東堂は、いわゆる「極左冒険主義」的なもの、あるいはテロリズム的なものを否定しています。大西さん自身も、そうしたものに対しては、ほぼ一貫して否定的であったと言ってよいかと思います。山口直孝さんたちの調査によれば、大西さん所蔵の『魚歌』には、多くの印しや線が記されているが、この歌は無印だということです。その他、大西さんが斎藤史を論じる場合にも、この歌は長い間、引かれてきませんでした。ところが、後年の一九九六年のエッセイ「精神の実体に迫る歌」（『日本人論争』二〇一四年、所収）には、この歌が引かれているのです。これは、どういうことなのでしょうか。

『神聖喜劇』に登場する魅力的なキャラクターである村上少尉は、おそらく、特異な批評家・村上一郎（作家・

歌人）のイメージを重ね合わせて造形されたのだと思われます（拙著『天皇制の隠語（ジャーゴン）』）。村上少尉は旧制高校時代にクライスト論を校内誌に書いたという設定になっていますが、私見では、村上一郎の短編小説「廣瀬中尉」（『武蔵野断唱』所収、三島由紀夫が絶賛した）などは、今ここでうまく論じられませんが、クライスト的なものです。クライストを——カール・シュミットとともに——称揚するドゥルーズに倣って言えば、「戦争機械」という言葉で評されうる作品です。大西さんの短歌の嗜好は村上一郎と似ていますが、では、その分岐はどこに求められるべきなのか。大西さんが戦時下に前川佐美雄の「日本歌人」に短歌を発表しておられることは、山口さんが発掘していますが、それをどう考えるべきなのか。村上一郎と大西さんのおおやけでの分岐は、一九七〇年の三島自決の評価、つまり、「暴力」をめぐってかと思われますが、では、大西さんは、斎藤史のこの短歌を一九九六年の時点で、なぜ初めて取り上げたのか。大西さんによる村上一郎あるいは「暴力」への批判は、『神聖喜劇』における、東堂太郎の村上少尉に対する共感と批判のレベルで納得して良いものなのか。[*3] 明日、山口さんがジョルジュ・ソレルと大西巨人、あるいは『神聖喜劇』との影響関係について、別の場所で講演されるということですが（東堂太郎は入隊時にジョルジュ・ソレルの『暴力論』を持ち込んでいる）、これなども、ソレルの言う——ファシズムとも親近的な——ゼネストの「神話」が、大西さんの日本浪曼派的なものへのかなり高い評価とどう関係しているのが。等々。さまざまに問題がひろがっていきます。

以上の私の疑問も、年譜や戦前の大西さんの事跡が、もう少し明らかになれば、多少は解明の糸口がつかめるのかと思います。年譜的研究の欠落がもたらす隔靴掻痒はぬぐえません。

山口さんたちの大西蔵書をめぐる共同研究は大変有意義なもので、本稿の作成にあたっては、いろいろお尋ねし、おおいに啓発されたのですが、何とか戦前戦時下の「年譜」的事実の確定作業などにも、どなたか、本格的に着手していただきたいと思います。やはり、ある程度、実証的で詳細な年譜がないと、作家研究も批評も前に進んで行くことは難しい。

「大西巨人の『転向』」という問題設定にかかわるプロローグめいたことはこのくらいにして、本論に入っていきたいと思います。

3　柳田国男の導入

「大西巨人の『転向』」を論じるにあたって、私は「柳田国男」という補助線を引いてみたいと思います。私事で恐縮ですが、私はこの三年くらい柳田国男に取り組んできて、ようやくこの四月に柳田論（木藤亮太との共著『アナキスト民俗学――尊皇の官僚・柳田国男』）を上梓できるまでにこぎつけました。しかし、その仕事の「余滴」として、「大西巨人と柳田国男」というテーマを思いついたというわけでは、必ずしもありません。大西さんの小説・評論におびただしく存在する他人の著作からの引用先のうち、柳田は決して目立つものではありませんが、或るキーポイントであるように思うからです。そして、大西さんにおける記憶力、あるいは「引用」という問題は、実は、今回論じる「転向」という問題と、深くかかわっていると思うのです。

大西さんと柳田国男というテーマは、多分、これまでの研究や批評にはなかったのではないかと思います。別に奇をてらっているわけではありません。私は、この原稿を準備する時までは、大西さんの小説や評論・エッセイに柳田国男への言及はほとんどないのではないかと、漠然と記憶しておりましたが、この度読み返してみると、必ずしもそうとは言えないことに気づきました。また、山口さんからお聞きしたところでは、大西さんは一九三〇年代末、当時、創元社から選書形式で陸続と刊行されていた柳田の著作を、かなり熟読した形跡があるということでした。それはまさに、大西さんの「転向」以後ですね。

奇をてらっているわけでないというのは、言うまでもありません、日本のマルクス主義者が一九二〇年代から一九三〇年代にかけて「転向」する際に依拠したのが、多くの場合、柳田国男であったのは否定できない事実で、その人数は膨大です。それは、今や学問的研究の対象になってさえいます（鶴見太郎『柳田国男とその弟子たち』一九九八年、清水多吉『柳田国男の後継者 福本和夫』二〇一四年、など）。中野重治は言うまでもありません。浅野晃、水野成夫、大間知篤三、福本和夫、志賀義雄（非転向と言ってよいのでしょうか？）等が有名ですが、その他にも大勢います。大西さんのように、ひそかに柳田に注目し、読んでいた当時無名の若い世代も、男女たくさんいました。そして、私見では、今にいたる柳田国男の「国民的」知識人化を準備したのが、一九三〇年代の、この転向マルクス主義者たちなのです。柳田国男は夏目漱石に次ぐ「国民的」知識人でしょう。柳田のモノグラフィーは、単行本だけで、おそらく一〇〇冊をこえています。

ひるがえって考えてみましょう。大西さんが、その著作で信頼を寄せている同時代の数少ない文学者たちのうち、先に上げた中野重治と吉本隆明が深く柳田に親炙あるいは師事するところがあったことは有名です。花田清輝が先駆的な柳田再評価を一九五〇年代に行なっていることも知られているかと思います。大西さんが積極的に評価する同時代の文学者で、柳田と無関係なのは武井昭夫と大岡昇平くらいではないでしょうか。私の考えでは、柳田国男なんか歯牙にもかけなかっただろうところが、武井昭夫のスゴイところなのです。武井には転向体験が基本的にないということも、その理由かも知れません。大岡昇平は「柳田ぎらい」を公言してはばかりませんでしたが、大岡にも転向体験はないと言ってよい。花田清輝は転向と非転向のギリギリのところでやっていました。[*4] 吉本隆明は戦時下から戦後で、別の意味で――「右翼少年」から「左派」へ？――転向している。まあ、そのことは今日の主題ではありませんが――。

それから、戦後派文学の機関誌的存在であった雑誌「近代文学」の創刊同人たちも、意外に（というか、当然にも）柳田に注目しております（大西さんは、「近代文学」の第二次同人でした）。荒正人、山室静が中心となって雑誌「近代文学」に柳田を招き「日本文化の伝統について」という座談会をおこなっています（一九五七年、『民俗について　柳田国男第二対談集』所収）。これなんかも、荒や山室の転向体験を背景にして企画されたことが明らかな座談会です。

その他に、大西さんともかかわって、中村光夫という非常に問題的な存在がいます。中村光夫も学生時代はプロレタリア文学者でしたが、一九三〇年代の早い時期に転向して、小林秀雄グループに接近し、そこで中野重治と、転向文学についてすさまじい論争をおこなっています（「転向文学論」一九三五年、など）。中野の転向小説は、プロレタリア文学が否定したはずの私小説に過ぎないじゃないかという批判で、これは非常に重要な論争なのですが、一方で、中村は柳田を高く評価するエッセイを、戦後、幾つか書いているのです。ところで、中村光夫と大西さんは、中村の小説『贋の偶像』（一九六七年）の歴史的記述の是非――二葉亭四迷のいわゆる「実相を仮りて虚相を写し出す」問題――をめぐって、一九七〇年に中村と論争しています（「観念的発想の陥穽」など、『文選』2）。これなども、唐突なようですが、転向論（ひいては柳田問題）という文脈を導入すると、ちょっと違った側面が見えてくるかも知れない。中村光夫も、柳田を「歌はぬ詩人」と言って評価しているのです。しかし、「歌わぬ詩人」たらんとしたのは、中野重治じゃないかと思うのですが、どうなんでしょう。今日は議論がそこまで行けませんが、問題提起として言っておきます。[*5]

ここで、古典的な転向論をおさらいしておきます。知られているように、「思想の科学」グループによる膨大な『共同研究　転向』における「権力によって強制されたために起こる思想の変化」という規定や、吉本隆明の古典的な「転向論」（一九五八年）等における「大衆的な動向からの孤立感」（「大衆的な動向」は、後に、「大衆の原像」という概念に洗練され、定式化される）といった規定、あるいは平野謙的な「なしくずしの転向」といったものもあるでしょう。このなかでは、今日の「講演」に即すると、吉本のものがある程度は問題的で、柳田問題ともかかわります。もちろん、「思想の科学」グループが、戦後の柳田物神化に与って力があったということも忘れてはなりませんが。そもそも、吉本の言う「大衆の原像」というのは、柳田の「常民」の横領で、そのことは自身も認めています。

難しく考える必要はない。平たく言ってしまえば、マルクス主義者（でなくてもよいのですが）が権力からの弾圧に遭う。すると、肉体上の危機や母親に泣かれるや何やらで、マルクス主義から離れざるをえない事態が生起します（これは誰にとってもおおむね不可避である）。その時、どうも自分の信奉する理論が実は間違っていたんじゃないかという懐疑や、自己正当化の欲求が生じます。自分たちが領導しようとしてきた「大衆」は、実は、自分たちの理論を欲していなかったんじゃないか、といったようなことです。あるいは、権力の直接の「弾圧」をこうむらなくてもよい（まさに、現在の「転向」の問題でもあります）。実践運動が、どうにも思うように大衆を獲得することができない。「現実」を変えることができない。そうすると、理論に対する不信が生じる。自分たちは、「大衆」のことを知らなかったんじゃないか、「現実」を正しく把握していなかったのではないか、という反省です。「なしくずしの転向」というのも、こういった過程を踏むわけですね。だから転向マルクス主義者は柳田の下におもむいて「常民」の学を学ぼうとするわけです。やや抽象的に言えば、知識人が持っていたと信じていた、自身の表象＝代行能力の失調体験です。

知られているように、柳田の「常民」は基本的に自作自営中農と等しい概念ですが、「大衆」とは都市に発生した概念です。柳田が常民概念を使いだした一九〇〇年代に、「大衆」概念は存在しませんでした。この二つを等値することは大いに問題があるわけですが、転向が現出した一九三〇年代や、それを論じる転向論が盛んだった一九五〇年代というのは、日本の農民人口はいまだ三千万の定数（農業就業者一六〇〇万、農家六〇〇万）を維持しており、都市「大衆」の出自も、おおむね農村農民出自と見なされたので、このようなアイマイな重ね合わせが可能だったわけです。

閑話休題で、ちょっとした疑問点を上げておきます。吉本の「転向論」は、「大衆的な動向からの孤立」を自覚しマルクス主義からの転向を宣言した者の濫觴として、一九三三年の佐野学・鍋山貞親の有名な転向声明を俎上に上げていますが、時期的に言っても、一九二八年の三・一五事件に発した「転向第一号」水野成夫ら「解党派」の転向のほうが——特に、「大衆」とか天皇制とか柳田という問題を考える上では——最初に指を屈するべきものではないでしょうか。水野成夫は転向後から戦後において財界人として重きをなしていき、今では、辻井喬の小説『風の生涯』などで一般に知られているかと思いますが、戦前はアナトール・フランスの翻訳者としても著名で、アナトール・フランスのSF小説『白い石の上で』を偏愛する柳田とは肝胆相照らす関係にありました（中村一仁編『浅野晃詩文集』二〇一一年、参照）。戦時下の柳田の雑誌「民間伝承」は、水野の経済的な援助なしては刊行が不可能だったでしょう。

ところで、こういった「転向」という現象は、そもそも特殊日本的なものなのでしょうか。吉本は明確にそうだと言っている。それは「日本的モデルニスムス」の特性だ、と。丸山真男も転向問題に拘泥したひとですが（『日本の思想』一九六一年、など）、やはり、そう考えています。つまり、「外発的近代」としての日本が、外国から思想を内発的な契機なしで輸入したがゆえに、転向という現象も起きるんだ、というわけです。それは、単なる「意匠」としてではなく、「実践」をも使嗾する「絶対的な相」（小林秀雄）として受容されたはずのマルクス主義においても生起してしまった、というわけです。非常にもっともらしい説明です。

しかし、「内発的」な近代であったはずの欧米でも、転向などいくらでも起きているわけでしょう。近年（というほどでもないが）のトピックで言えば、ジェフリー・メールマンが『巨匠たちの聖痕』で扱ったモーリス・

ブランショ等の問題、あるいは、ポール・ド・マンや、その叔父アンリ・ド・マンの問題など、いくらでもある。転向が特殊日本的だという理解は、それこそ、日本エクセプショナリズム（例外主義）でしかないでしょう。

このような、日本を例外と見なす発想はどこから来ているのか。これは、後に論じる大西さんの問題ともかかわって、今なお抜きがたい講座派マルクス主義のイデオロギーではないかと思います。つまり、欧米以外で「例外的に」いち早く資本主義を取り入れて近代化をとげた「例外的な」国・日本は、今なお例外的に「（半）封建的」だ、という発想です（こういう例外論がさまざまなヴァリエーションの「日本（人）論」というかたちを取る）。丸山真男が講座派から影響を受けていることは自身も認めていますが、日本共産党（講座派）を批判しているはずの吉本の「転向論」でも、やはり日本の「封建性（天皇制）」と言っています。しかし、「日本的モデルニスムス」というのは、つまり講座派マルクス主義のことを一義的には指しているわけですから、それを批判するのに講座派の視点を密輸入しているわけで、そんなロジックが成り立つのでしょうか。

私は、大西さんは日本例外論からは、かなり遠い思考を持った作家だとは思っていますが、やはり時代的な制約からでしょうか、その傾向はあったのではないかと疑っています。大西さんには講座派イデオロギーが抜きがたくあった。そのことは否定できません。それは、『文選』1等に収められた初期評論や『神聖喜劇』における「（半）封建的」というタームの頻繁な用法を見れば、歴然としています。大西さんは共産党員であったのだから、これも当然なのです。『神聖喜劇』では、軍隊は階級社会であるという認識とともに、天皇制＝軍隊の「無責任体制」ともかかわって、それは「（半）封建的」と把握されています。大西さんも、それほど強くではないでしょうが、転向という現象を「（半）封建的」な日本の風土に特有なものとして捉えているのではないか。日本的負性への屈服、というように、です。一九三〇年代四〇年代の「（半）封建的」な日本社会で強いられた転向を克服すべく、軍隊という（半）封建的な「社会」で抵抗を試みるというのが、『神聖喜劇』の図式です。

もちろん、日本エクセプショナリズムというのは、「天皇制」という制度の問題と深くかかわっているわけで、では講座派イデオロギー以外に――今なお？――天皇制という「例外」を思考する装置があるのか（あったのか）というと、これまた否定的たらざるをえない。しかし、いくらなんでも現代の日本が「（半）封建的」だとは言えないわけで、にもかかわらず「天皇制」は厳然と存続しているわけです。しかも、今や天皇制はリベラリズムの「象徴」ではないでしょうか。

4　認知症と転向

大西さんが柳田国男について触れているところは意外に多く存在しますが、そのなかでも最も印象深いのは、中野重治が晩年の柳田国男の病床を見舞って、その認知症的ふるまいに愕然とするということを、中野重治の「草餅の記」（一九六八年、『中野重治全集』19）からの引用とともに記す「娃重島情死行」（『地獄変相奏鳴曲』一九八八年、第四楽章「閉幕の思想　あるいは娃重島情死行」）の場面です。[*6]

《ついいま男が『両世界文学』第十五号誌上インタヴュー記事で改めて目に留めた「老齢が、彼（ジョージ・イーストマン）の手に余ってきた。とても孤独の人であった。」という文章ないし「私（志貴太郎）は、G・イーストマンの自殺理由が『老齢』なり『孤独』なりに基づいていた、とはまず考えない。」という言葉のせいか、人間の『老齢』にかかわる印象的な短文のことが、男の両目をつむった脳裏にただよい出た。

それは、一人の卓抜な文学者（七年前物故・行年七十七歳）が十七、八年前に一人の本邦民間伝承学における碩儒（二十四年前物故・行年八十八歳）の晩年（死の当年か）について書いた短文である。（中略）碩儒の頭脳明晰・記憶力抜群については、衆評が、数十年来、一致していた。短文『草餅の記』に書かれたのは、筆者文学者が自家製の草餅をたずさえて久しぶり（数年ぶりか十数年ぶりか）に碩儒を訪れた際、前者が遭遇した後者の老齢衰弱現況、そこから前者が受け取った戦慄的感慨であった。》

このあと、「草餅の記」からの引用が一頁ほども続きます。ここで言われている「民間伝承学における碩儒」が柳田国男であること明白で、「草餅の記」からの引用文中に「柳田さん」とも記してあります。「草餅の記」の筆者は、中野重治です。柳田が晩年に認知症的な状態にあったことは周囲の親属や弟子たちには知られていましたが、彼ら／彼女らは、それを隠すことに腐心していました。中野のこの文章は、晩年の柳田の認知症的症状を伝えるものの一つです。

「草餅の記」からの引用に続いて、再び、「娃重島情死行」の話者ないし「男」（志貴太郎）は次のように記します。

《むろん現在も男は、「高齢化社会」ないし「老年痴呆」などが人類の由由しい問題であることをまったく否定しなかった。〝「老年痴呆」は、「狂気」と同様に、その当人には罹患の事実がわからない（その当人は罹患の事実を認識しえない）。そこに、恐ろしさ・むずかしさ・深刻さの中核がある。言うまでもなく、それも、また他人事ではない。〟と男はつつしんで考えていた。》

私の知るところでは、この本文には、認知症（本稿では、「老年痴呆」ではなく、現在、主要に用いられている「認知症」という言葉を用いる）に対する若干の誤解があるかと思います。その誤りが、「男」＝志貴太郎の自殺（＝情死）への意志を、やや規定しているようにも思えます。「「老年痴呆」は、「狂気」と同様に、その当人には罹患の事実がわからない（その当人は罹患の事実を認識しえない）。そこに、恐ろしさ・むずかしさ・深刻さの中核がある」というところは、やや違うでしょう。認知症には多様な種類と症状があり、「罹患の事実」をある程度認識している認知症の人間は存在します。自身が統合失調症だと自覚している者もいます。しかし、ここでそのことを問うことはしません。

「狂気」について文学は多くの言葉を費やしてきましたが、認知症については、ほとんど言葉を持ちませんでした。いや、今もほとんど持っていません。「娃重島情死行」では、有吉佐和子の『恍惚の人』（一九七二年）が挙げられていますが、それは認知症を外側から観察したものに過ぎません。私見によれば、「認知症文学」と呼ばれるべきもの、つまり認知症の人間が書いた文学作品は実際にあるのですが、それに対して、私たちがいちおう「健常者」であるとして、文学批評や研究は差し向ける言葉をいまだに持っていません。どれが「認知症文学」であるかの識別も難しいでしょう。近年では、現代の認知科学の知見を摂取した、カトリーヌ・マラブーの『新たなる傷つきし者』のような書物もありますが、私は、今一つ不満でした。

それはともかく、このような認知症の「恐ろしさ・むずかしさ・深刻さ」、あるいは『迷宮』では明確に「恐怖」と呼ばれているものが、「転向」の問題でもあると捉えるべきです。それは、大西さんにとってはもっとも唾棄すべき「俗情」あるいは「変節」と踵を接して忍び寄ってくるものです（『三位一体の神話』、「現代転向の一事例」一九九三年、『文選』4、等々）。大西さんの視点のメリットは、認知症問題を転向問題の文脈で把握しようとしていることにある。そのことは、中野重治－柳田国男のラインでそれを提起していることからも明らかなことでしょう。『迷宮』や「娃重島情死行」を現代の生命倫理の問題構成のなかで読むならば、そこに多くの欠陥が指摘され、異論が提出されうるでしょう。しかし、それはむしろ「転向」問題として一貫していると考えるべきことかと思われます。では、それはどういうことなのか。

先にも述べたように、中野重治を典型とする一九三〇年代の転向は、自分の掲げる思想（理論）が「現実」と合致しないという事態に遭遇しました。言語による表象＝代行の能力の失調です。しかし、これは特にマルクス主義に限ったものではない。「近代」に生きる者なら誰しも体験していることなのです。簡単に言えば、我々は地球が丸いことも、地球が太陽のまわりを回っていることも、理論的には知っています。どのような「大衆」でも、地球は平らだ、地球は不動だ、などと言ったら、現代では失笑されるか、それこそ「狂人」と見なされるでしょう。しかし、我々は「現実」からは、それを知ることがまずできません。科学や教育で啓蒙されなければ、知ることは難しいでしょう。しかし、啓蒙された「主体」となったとして、その認知主体が、常に「現実」と齟齬をきたしているという意識は、根本的に消えることがありません。われわれは地球が太陽の周りを回っていることを信じている、しかし「生活世界」において、それを知ることはできない、ということです。

別に哲学史の粗雑な復習をするつもりはないのですが、コペルニクスやガリレイによる決定的な近代科学革命がもたらした、この認識論上のアポリア――簡単に、主観と客観の分裂と言ってもよい――を「解決」しようとした最初の人は、カントでした。カントは客観と見えるものが主観において構成されたものであるとしました。そのことによって、その「分裂」を克服しえたとし、自身の超越論的哲学が「コペルニクス的転回」であることを誇りました。主観と客観の一致として考えられていた「真理」概念の変更です。しかし、カントの超越論的哲学は、そこに、認識不可能な領域として「物自体」を残してしまいます（言うまでもなく、主観と客観の一致を保証するのも「神」＝物自体です）。ところが、この「物自体」の領域は、近代科学の進捗によって、どんどん「解明」されていきます（もちろん、哲学によってではない）。一九二〇、三〇年代とは、このような科学の進捗が、極端に「現実」領域を浸食し、「分裂」がさらに深刻化してきた時代だったと言えます。科学の進捗が、逆に「西欧の没落」を意識させ、「近代の超克」を叫ばせもした時代です。ハイデガーの『存在と時間』やフッサールの『ヨーロッパ諸学の危機と超越論的現象学』などは、カント以来のそうした「危機」の深刻化に応接しようとした試みと言えるかと思います。これに、ルカーチの『歴史と階級意識』を付け加えてもよいでしょう。それらには、「主観」と「現実」との亀裂をどう克服するか、という問題が基底にあったと言えます。一昨年翻訳刊行されて話題となったメイヤスーの『有限性の後で』は、カント以降の超越論的哲学（など）を「相関主義」と呼びました。客観が主観によって構成されているという両者の「相関」を、そう呼んだわけです。「転向」なるものは、マルクス主義という「主観」が現実（あるいは大衆）という「客観」と相関しないという事態を背景にして生起します。言うまでもなく、当時のマルクス主義は「客観科学」をもって任じていました。だから、主観と客観の分裂など、本来的にはありえないはずでした。しかし、何らかのかたちでお前の信奉する理論（主観）は現実（客観）といっこうに「相関」していないじゃないかと突きつけられる。このような事態を、吉本隆明は「大衆の原像」の繰り込みの失敗と言ったわけです。[*7]

では、どうしたらよいのか。「大衆の原像」なるものを繰り込みうる主観性の再建であり、「相関」性の回復です。フッサールの言うところに従えば、「生活世界」と主観性のあいだの乖離を「止揚」する、超越論的現象学による「超越論的主観性」の再建です。フッサールが強調する「生活世界」なるものは、吉本の言う「大衆の原像」と、そう隔たるものではないし、超越論的現象学とは、つまるところ柳田国男の「常民」の学としての民俗学ということになります。転向マルクス主義者たちが柳田のもとへとおもむいたのは、つまり、毀損された「相関」性を回復してくれる「超越論的主観性」の再建を求めて、ということにほかなりません。柳田民俗学はカント主義（あるいは、一九〇〇年代「大正期」あたりから日本をも席巻した新カント派）とは対立する経験主義的あるいはプラグマティズム的なものと受け取られてきたのですが、このように考えれば、きわめてカント主義的な「相関主義」として受容されたと言えます（以上の議論において、カントからフッサール、ハイデガーにおける差異は無視し、メイヤスーに倣って相関主義と一括してある）。

ここまでは、柳田をカント主義あるいは相関主義と規定することが多少トリッキーに聞こえるとしても、あたりまえと言えばあたりまえのことでしょう。そして、「転向」という事態は、別段、特殊マルクス主義者において生起する現象ではなく、少なくとも近代世界に普遍的な、相関主義の崩壊という「条件」のもとで、誰にでも起こりうる「地平」だということが分かるかと思います。そもそも、「生活世界」にどっぷりひたっている現代の「大衆」あるいは「常民」にしたところで、地球が回っていることを証明してみろと、権力を掌握した極端な「反知性主義者」に言われれば、困ってしまうわけですから。「革命的運動の革命的批判」が転向者によってしかなしえない、あるいは、それは良くも悪くも不可避であるという所以です。より強く言えば、「革命的運動の革命的批判」は、「転向」＝相関主義の危機、という地平において不可避である。それは、中野重治がそうであったかも知れないように、転向者によってしかなしえない。しかし同時に、大西さんが考えているとおり、転向者は「裏切者」であるがゆえに、それは不可能でもある、ということでしょう。大西さんから学ぶべきは、転向＝裏切りを革命の立場から糾弾しつつ、転向者によってしかなしえない革命的批判を遂行しつづけたところにあります。

5 「知りません」と「忘れました」

大西さんが柳田に対して好意を抱いていたことは、「娃重島情死行」において、先に引用しておいた「草餅の記」の場面以前に、やはり「本邦民間伝承学の碩儒」の言葉として、「桜並木の最も美しきは西武県樅原町なり」云々と記しているところからも明らかです。これは、「並木の話」（初出一九一一年、「並木の話（旧作）」として創元選書『豆の葉と太陽』一九四一年、に収録）という柳田のエッセイを変形した引用で、「西武県樅原町」というのは、大西さんが晩年まで住んでいた埼玉県与野のこと。この柳田の文章は大西さんの愛読するこころだったようで、「埼玉県与野」（一九八一年、『文選』3）などにも引かれています。

しかし、それ以上に重要なのは、『神聖喜劇』における柳田の引用で、柳田の『妹の力』への言及が、第三部「運命の章」の「第二　十一月の夜の媾曳」に三度ばかりあり、そこには「柳田国男の言う『妹の力』ないしゲーテが言う『永遠の女性』の実存を主体的に感得し、そこから生の有意味性にたいする新たな探索のための一つの機縁を意欲的に補足すべきであった」云々といった言葉もあります。はたして、柳田の言う「妹の力」がゲーテの「永遠の女性」と等値できるのかどうか、異論もありますが措いておきましょう。

より重要なのは、『神聖喜劇』には明確に柳田の「常民」という言葉が引かれているということです。やはり「運命の章」の「第三　『匹夫モ志ヲ奪フ可カラズ』」のところです。

《鉢田や橋本やの言行に過当過大な意味をこじつけるべきではない、という思いが私にひらめき、さりとても「どうせ常民は分からぬことをする、彼らは教育がない故にしばしば無意味なことを考へもし感じもするのだと、見きって始めから気にとめぬ」（柳田国男）ようなことは一般にまちがっている、という思いが続いて私にひらめき、そもそもそんな思いこんな思いが私の小ざかしい浅智慧ではないのか、という思いがさらに続いて私にひらめいた。》

ここの鍵括弧で引かれている「常民は……」云々の部分のような考えを、柳田自身が否定していることは指摘するまでもありません。これは、出典表示がありませんが、やはり『妹の力』の「序」からの引用で、前後を読めばわかりますが、民間伝承論（民俗学）が「常民」の学として、なぜ必要なのかを説いた部分です。柳田民俗学の基本的な構えを開陳したところと言えるでしょう。

これは、鉢田や橋本と呼ばれる下級兵士が上官（村上少尉）の知識人的かつ理論的なタテマエに対して、意外に鋭い応答を行ったことに対する、東堂太郎の感想です。そのことを東堂は「隠微な民衆的直観とか平民的智慧とかの類」（文春文庫版二巻二六二頁）か、とも考えています。つまり東堂は、柳田の言う「常民」の思想に知識人として全面的に屈服しているわけではないが、さりとて、知識人にはブラインドになっている「常民」の即自的な思考の有効性も認めているわけです。『神聖喜劇』には被差別部落民など、いわゆる非常民の問題も積極的に描かれていますが、『神聖喜劇』は柳田民俗学の大筋に従って、被差別部落民も「常民」出自であり、大枠、その範疇に入ると見なされているかと思います。先に述べたような「常民」概念と「大衆」概念の齟齬は、ここにおいても意識されていませんが、それはここでは問題ないでしょう。

これまで述べてきた文脈に即して言えば、この「常民」問題において、主観と客観の相関性に齟齬が生じていることを東堂は認めており、その相関性を——つまり、「超越論的主観性」を——回復することこそが、東堂の実践的な問題となっているということです。その実践こそ、軍隊内における東堂の抵抗にほかなりません。『神聖喜劇』での最も有名な例を上げましょう。東堂太郎は入隊直後から、軍隊内の「知りません」禁止という暗黙のルールに対して抵抗を開始します。軍隊内において全ての規範は周知徹底されているというタテマエがあり、そこにおいて「知りません」ということはありえず、「忘れました」と言う以外にはないということです。それゆえ、下級兵士はちょっとした失策を全て記憶喪失のせいにされ、上官に殴られる。これは何を意味するでしょうか。無責任の体系としての軍隊が——認知症的な——記憶喪失の環境であるという把握であり、そこにおいて超越論的主観性を東堂が回復しようということ以外ではないでしょう。東堂あるいは大西さんの、誰もが驚嘆する記憶力は、その裏面に忘れることへの「恐怖」があります。そこに、すでに「頭脳明晰・記憶力抜群」の柳田国男という問題が潜在しているわけです。強いて言えば、「娃重島情死行」や『迷宮』において展開される「老年」問題まで、ここには出ている。相関性の危機としての転向体験への悔恨は、柳田を経由して軍隊内に持ち越され、認知症に対する「恐怖」へと反復される、と言えます。大西巨人が転向作家であり、「転向」という問題を生涯に渡って思考しつづけた存在だというのは、以上のようなことを意味します。

しかし、危機におちいった相関主義は——たとえば柳田の導入によって——再建されるものでしょうか。「娃重島情死行」に描かれているところの、認知症におちいった柳田国男は、そのことの不可能性を示唆していると思われます。[*8] ひとは誰もが認知症になりうるのであり、そのことを回避する手段は、少なくとも現在までのところ、ありません。「頭脳明晰・記憶力抜群」の人間であっても、そのことを免れうるという保証は、まったくない。では、認知症におちいる前に死ねばよいか。「娃重島情死行」や『迷宮』において、その「恐怖」から逃れるために「死」という選択を提示したかに見える大西さんにしても、その方途が普遍的であると主張しているわけではなく、また、ご自身がその作品のなかの主人公たちのような選択をしたわけでもないのです。

6　二段階革命論の射程と失墜

世界的に見ても、あるいは日本においても、転向問題というかたちで鋭く問われた主観性の危機は、より高度な（?）「超越論的主観性」の回復によっては果たすことができません。メイヤスーが指摘しているように、カント以降の超越論的（相関主義的）哲学は、「祖先以前性」という近代科学革命がもたらした問いに応接することができないのです。これは、カントが認識不可能として残した「物自体」の領域と関係します。相関主義の主観性とは人間の主観性ですから、人間の「祖先以前」にはさかのぼることができません。ところが、科学革命は人間が存在しない時代にまで容易にさかのぼることを可能にしてしまった。つまり、主観と客観が「相関」しない世界を、近代科学は「解明」してしまったわけです。メイヤスーはそれを「原化石」という比喩で語っていますが、カントの自負する自身の哲学の「コペルニクス的転回」を、メイヤスーが、その名に価しないとしりぞける理由も、そこにあります。

ここでは、相関主義を実質的に斥けたとメイヤスーが言うところの、近代科学を支えているその「主観」とは、ではどういうものなのかといった議論は措いておきます。メイヤスーに対しては、今なお様々な議論がなされていますが、そのことを、ここで議論することは、私の任ではありません。ここでの問題は、マルクス主義という客観科学に代わる新たな相関主義として一九三〇年代に柳田国男が導入されたと仮定して、その相関主義は「祖先以前性」を問わない主観性だったということです。言うまでもなく、柳田民俗学は「祖先崇拝」を基調とした民俗学でした。そして、それが天皇制と密接に結びついていることも、誰もが否定できないでしょう。そのことは、戦時下の『日本の祭』や戦後の『先祖の話』といった人口に膾炙した著作において明言されていることです。つまり、柳田の再建した超越論的主観性とは「祖先崇拝」というかたちで天皇制を護持する相関主義にほかならなかった。柳田民俗学が転向イデオロギーだったという真の意味は、ここにあるかと思います[*9]。

大西さんもまた、「祖先」にまで遡ります。「悲しきいのち　あるいは二十一世紀前夜祭」（二〇〇〇年、『二十一世紀前夜祭』）という短編で引かれている、ご自身の短歌《ここに生きし穴居の民もわれわれも悲しきいのちはおなじことなり》をここで上げるのは牽強付会でしょうか。この「悲しきいのち」を、先に論じた認知症問題との関連でどう把握するか、あるいは、同じ『二十一世紀前夜祭』に収められた「老いてますますさかん」という短編をどう考えるか、といったことは、ここでは措いておきます。この短歌は——周到にも、と言うべきでしょう——「二十代前半のある日、ある山中で」、「旧石器時代・穴居生活の遺跡を見学した」折のものとされています。つまり、天皇制以前の「祖先」ということになるでしょうか。ここに、大西さんの柳田に対する一定の留保を見ることはできるでしょう。

最初にも述べたように、戦後に本格的に「言論公表者」となった大西さんは、基本的に講座派的な（つまり、日本共産党の理論に沿った）革命史観——いわゆる「二段階革命論」——に基づいて評論や小説を発表していきます。周知のように、講座派マルクス主義は戦前のいわゆる三二テーゼに基礎を置くものですが、戦後において、その実現可能性を確かに見出したわけです。大西さんの文章から引けば、《明治以降の文学が、前述の封建性打破・近代確立に、ついに無力であって、失敗であったことにおいて、既成の文学者たちは、総体としてその責任の重大を肝に銘じなければならない》（「「あけぼのの道」を開け」一九四六年、『文選』1）とか、《日本に――「近代」が確立せられていなかった》（「「理想人間像」とは何か」一九四七年、同）、《市民社会・市民的自由（すらも）が確立しなかった近代日本において》云々（「文芸における「私怨」」一九四九年、同）、といった言葉を容易に拾い出すことができます。「原子力時代への輝かしい予感」（「創造の場における作家」（一九四六年、『文選』1）といった言葉を読んで、驚く必要はありません。[*10]

戦後に合法化された日本共産党の二段階革命論は、まず、（半）封建性を打破して「日本民主主義人民共和国」の樹立を、第一段階として目指すものでした。「（半）封建」の元凶である天皇制の打破は、もちろん、その中心課題です。天皇制の打倒が『神聖喜劇』東堂太郎の主要な目標であったことは、繰り返すまでもありません。その第一段階に続いて第二段階の社会主義革命が、強行的か漸進的かは問わず、遂行されるわけです。

その、最も激越な天皇制批判を一九六〇年安保闘争の前年の文章から引いておきましょう。

《こうして彼自身が戦線布告をした無法悲惨な戦争の責任からはもとより、将来にかけて一切の責任から解除せられた一人物、それにしても日本の国民ではない不思議な一人物、一個の無能力者が、「日本国の象徴」となっているわけである。それが立憲君主制、ブルジョア君主制あるいは制限君主制のどれであるにしても、なにしろ日本は、まだあわれな君主制の国である。しかも国民の間に、この「象徴」という奇妙な（まともな人間にはとても合点が行かないはずの）存在に対する疑問なり共和制への希求なりが必ずしも十分に広く強く肉感的に生きて動いてはいない。》（「戯曲『運命』の不愉快」一九五九年、『文選』2）

「それにしても日本の国民ではない不思議な一人物」という言い方は、当時としては鋭い批判です。また、柳田的「常民」観とも抵触する見方でしょう。柳田は、荒正人らとの前掲座談会で、天皇もまた常民であると言っていました。大西さんのこれは昭和天皇在位時における発言ですが、ここには二段階革命論が息づいています。

しかし、誰もが知っているように、冷戦体制が崩壊し、いわゆる社会主義国の「実態」が――もちろん、資本主義諸国（主にアメリカ）からですが――「暴露」されるに及んで、「社会主義革命」のリアリティーが決定的に喪失していることは、誰も疑うことができません。少なくとも、現存する（あるいは、かつて存在した）社会主義など、おおむね、ロクでもないことは、否定できないでしょう。しかも、戦後から今にいたるまで、天皇制は護持されており、天皇こそ民主主義の象徴であるかのごとくリベラル左派からさえ見なされるような奇怪な事態が、現在では進行しています。

詳しく時系列を追う作業はしませんが、先に＊1で触れた、磯田光一との論争は、その意味で、今なお示唆的ではあります。そこで磯田が言ったことを敷衍すれば、二段階革命論者であるはずの大西巨人にとって、少なくとも第二段階目の社会主義革命への志向は維持できまい、ということです。この予見は、冷戦体制の崩壊を待って、ある意味では、当たっていたことを認めなければなりません。大西さんは八九年／九一年当時に社会主義についていろいろと発言していますが、やはり第二段階（社会主義革命）の実現が遠ざかっているという感触を持っておられたように見えます。たとえば、『共産党宣言』を引いて、《社会（共産）主義は、必ず常に支配権力にとって「怪物」であらねばならず、必ず常に被支配人民にとって「人間の顔」をしていなければならない》（「社会主義という怪物」一九八九年、『文選』4）という言葉は、革命論としては、やはり後退していると言わざるをえない。「人間の顔」をした社会主義とは、結局、第一段階目の民主主義革命のことであり、資本主義によって回収される以外にないからです。このことは、一九八九年／九一年の東欧革命の帰趨を見ても明らかなことです。

資本制社会が完璧な民主化を成し遂げることはないでしょう。「永久革命としての民主主義」（丸山真男）が言われるゆえんです。しかし、それは「資本の文明化作用」（マルクス）であるがゆえに、「資本」をこえることはありえません。資本主義の限界は「資本」自身であるとはマルクスの言葉ですが、社会主義革命とは何かと言えば、それは「資本」という荒ぶる「超自我」に抹消符号を付すこと（≒殺す、フロイト的に言えば「王殺し」）以外ではないはずです。「資本」とは、時には「人間の顔」をしたりしながらも人間の及ばぬ狂暴な顔をむき出しにする「超自我」にほかなりません。旧来の社会主義革命のみならず、人間はその超自我にさまざまに立ち向かってきましたが――社会主義として、のみならず、帝国主義として、統制経済として、市場原理主義として、エコロジー主義として、リフレ政策として等々――そのことに、ことごとく失敗してきたことは、認めなくてはならない。『資本論』は資本という超自我を分析した書物にほかなりませんが、そこに社会主義革命の道筋が記されていないのではないかとは、よく指摘されることです。それは、超自我を「殺す」ことの困難さを示しているのでしょう。資本主義に未来はなく実質的に終わっているが、「時間かせぎ」（ヴォルフガング・シュトレーク）しているだけだ、という説もある。今日、「革命」とは、今までの「二度目の茶番」に対して、「三度目の正直」を試みること以外ではないでしょう。もちろん、その方途を知り得ている者がいる、というわけではありません。確かに、現代は資本主義という超自我が圧倒的に衰弱してしまっている時代ではあるのですが（たとえば、エコロジー的危機にしろ低成長にしろ）、かといって、誰も、それを「殺す」方途を知りません。

そもそも、日本共産党の二段階革命戦略が理論的に成り立たないことは、一九六〇年前後から論争されてきました。日本資本主義が「（半）封建的」だなどと言えないことが、事実として明らかになったからです。大西さんも、この過程で日本共産党を放逐されるわけですが、果たして、では大西さんが一段階革命論に転換したのかといえば、どうも、そうとも言えない。また、一段階革命論に転換したのだとしても（例えば、いわゆる新左翼のように）、その社会主義革命論が八九年／九一年で不可能になったのですから、では何が残るかといえば、いまだ第一段階目の「（永久革命としての）民主主義」革命しかないわけです。二段階目を欠いた、あるいは二段階目は空虚な記号となった二段階革命論、です。冷戦体制崩壊後の大西さんへのリスペクトが、おおむね、ポリティカル・コレクトネスをはじめとする「正義の人」としての大西さんに対してであったことは、ここに由来します。あえて言いますが、その時、大西巨人は「革命の人」というよりは「民主主義の人」となってしまった。

大西さんが、日本では稀有な、先駆的なポリティカル・コレクトネス――そういう言葉を使えば――の人であったことは、誰もが認めるところです。私も、そのことに大いに励まされてきた者の一人です。もちろん、大西さんのＰＣ（的な民主化要求）に、ある種の時代的な限界が刻印されていたことも事実でしょう。すでに述べたことに即せば、生命倫理の問題、あるいは、原子力に対する把握、あるいは、時折に指摘されていることですが、同性愛についての把握などについても、そのことは言えるでしょう。そういうことは、後発者として随時、議論をしていけばよい。しかし、後発者としての特権性をふりかざして先行者の欠陥をあげつらうことは、厳につつしむべきかと思います。大西さん的な「民主主義者」への批判は、そのような尊敬を前提としてなされるべきです。

今日的な問題は、むしろ別のところにあります。大西さんは、ある時期から、〝私は本来は憲法改正論者だが、今のところは憲法擁護論者である〟といった言葉を繰り返し発言するようになります。それと同時に、先に引用したごとき激越な天皇制批判も影を潜めたように見えます。その時期がいつなのか明確に確定はできませんが、冷戦体制の崩壊と昭和天皇の死あたりが、おそらくはボーダーになると言えるかと思います。それ以後、大西巨人は今日のリベラリズムに、わりあい受け入れられやすいものとなりました。

私は、民主主義が危機にあるという、今日の一般的なリベラルの認識には必ずしも賛成しませんが、その認識に賛成するとしても、では、その民主主義を護持する「象徴」が天皇であるかのごとき状況を肯定できるのか、という問題が、ここで出てくるはずです。いわゆる保守派も一部の左派も気づいているように、「生前退位」の「お言葉」は、明確に憲法違反なのではありませんか。憲法違反の天皇を担いで「立憲主義」などと言うのは、とうてい論理として成り立つものではありません。

九条を守るために一条（天皇条項）問題を不問に付すという応接は、明確に、戦後共産党の「人民民主主義共和国」戦略からも後退しています。「共和国」に天皇制はないと言うべきなわけで、天皇制を廃止したところに、初めて「民主主義」が可能になると想定されていたはずだからです。このような、大西さんさえ含めた「後退」は、繰り返すまでもなく、冷戦体制崩壊以降の、社会主義革命の不可能性という事態への、ネガティヴな応接以外ではありません。

では、大西さんの「遺産」を、私たちはどう継承していくべきでしょうか。実際に、「革命」は不可能なのです。しかし、先にも述べたように、資本という超自我は、その超自我的性格を決してやめていないどころか、衰弱を顕在化させながら、同時に、ますます威力を増しているかに見えます。時折、ピケティの『21世紀の資本』のようなものが世界的なベストセラーになる理由も、そこにあります。その意味で、革命は今なお不可避なのです。改めて振り返ってみれば、この革命の不可避性と不可能性は、一九三〇年代の転向者が、最初に直面したことであったはずです（だからこそ、転向マルクス主義者の多くが統制経済派になった）。そして、「相関主義」の崩壊として革命の不可能性に直面した者のみが、「革命的批判」をなしうるのではないでしょうか。大西巨人のこの側面こそが、今日、私たちが継承すべきことかと思われます。

注

1——「文学と革命」を生きた大西巨人はアナクロニズムであるがゆえに、現代ではかえって希少貴重だという見方は、磯田光一が『左翼がサヨクになるとき』（一九八六年）で示したものだが、大西は徹底的に反駁した（「近未来の寝覚め」一九八六年、『文選』4など）。それ以後、磯田の死（一九八七年）ということもあり、また、インフルーエンシャルな批評家・柄谷行人の高い評価、そして、それに続く若い世代の大西リスペクトなども重なって、磯田的文脈は消滅したかに見える。ただそれは、おおむね、冷戦体制崩壊以降、追い詰められていく左派あるいはリベラルが参照すべき「孤高の良心の人」といったリスペクトであるように思われる。本稿は、むしろ、大西を「革命の人」へと返す試みの端緒たるべく、あえて迂回的なスタイルで書かれている。本稿は主に「革命の文学」としての大西巨人について論じる。

2——晩年の大西へのインタヴュー「大西巨人氏に聞く――吉本隆明君のこと」（『週刊読書人』二〇一二年四月一三日）によれば、西条靫負のモデルは吉本隆明だという。大西は一九五三年くらいに初対面した吉本のイメージを西条に重ねているという。しかし、これはキャラクター作りの問題である。別のインタヴュー（飯島聡・鎌田哲哉・山口直孝による「大西巨人氏に聞く――「闘争」としての「記録」」（『二松學舎大学人文論叢』第86輯、二〇一一年）では、関西の共産主義グループと連絡をつけていた存在が、大西ら九大グループにいたと言われている（『神聖喜劇』の記述と同様）。

3——村上一郎の東京高商・東京商大時代の先輩で友人（高島善哉ゼミ）でもあるリベラルな思想史家・水田洋も学生時代は斎藤史を愛読し、短歌も作っていたという（『ある精神の軌跡』）。戦時下の青年学生の心性を、そこに覗き見ることができる。

4——私は、花田を相対的に非転向であるという視点で、以前から論じてきたが、戦時下「東方会」との関係を踏まえて、ある程度、再考する必要があると思っている。有馬学「『東大陸』誌上における花田清輝――『国家』をめぐって」（「運動族　花田清輝」二〇一四年、所収、福岡文学観企画展パンフレット）を参照。

5——中村光夫の問題性については私もかつて幾度か論じたが、近年の重要な論考としては、中島一夫「帝国主義の尖兵——文学・転向・擬制1　復讐の文学——プロレタリア文学者、中村光夫」（「子午線」四号、二〇一五年）がある。

6——この印象的な場面を、『文選』3所収の巻末対話「倫理の根拠をめぐって」で、花崎皋平は『迷宮』からとしているが（大西も訂正していない）、誤りである。

7——この主観と客観の分裂という顕在化した事態を、あえて「客観科学」としてのマルクス主義の立場から「克服」したのが、マッハ主義批判として知られる、レーニンの『唯物論と経験批判論』であることは、論をまたない。もちろんレーニンのこの著作は、現在ではトンデモ本として扱われているが、「革命」の成就によって「分裂」を克服しえたレーニンゆえのリアリティーは、今なお否定しきれない。なお、日本において、ある種、レーニン的な存在として大西の前にあったのが、「非転向」の宮本顕治であったことも言うまでもない。ただ、宮本は、ポスト・レーニン的な存在であるがゆえに、良くも悪くもオポチュニストたらざるをえなかった。「俗情との結託」のみならず、『天路の奈落』（一九八四年）が、共産党50年分裂時の宮本をモデルとしていることは、知られている。最近の宮本研究（志田昇、木村政樹）によれば、「「敗北」の文学」（一九三四年）当時の初期宮本はトロツキストであり、その後は、スターリン主義者、毛沢東主義者、構造改革派、新日和見主義、そして新日和見主義の排除などを遍歴した。なお、大西巨人の近傍には、新カント派的なマルクス主義者として、廣松渉がいた（マッハの翻訳者でもある）。

8——カントは『人間学』のなかで、「老化」による相関主義の危機について論じており、近代の主観性を「超越論的経験論的」二重性として把握したフーコーも、『カントの人間学』で、そのことを論じている。もちろん、「解決」を、ではない。

9——柳田民俗学あるいは柳田神道は、祖先以前へも遡及しうる側面を持っている。しかし、それは戦後の「神道指令」あるいは「人間宣言」そして戦後憲法の成立以降の問題であったと思われる。私はそれを天皇制のトーテミズム化と呼んでいるが、本稿では、この問題に立ち入らない。

10——近代日本文学を「（半）封建的」と見なす文学史観は、小林秀雄の「私小説論」（一九三五年）から広まるが、私見では、これは林房雄によって小林に持ち込まれた。それが一九三〇年代から敗戦をへて、左右を問わず一般化する。GHQの占領政策は、講座派史観に拠りながら天皇制を温存するということであった。占領政策に沿う「尊皇の人」吉田（茂）内閣の経済政策に積極的に参画したのは、基本、天皇制を問わない労農派マルクス主義のアカデミシャンである。

本稿は二〇一七年二月二五日におこなわれた公開ワークショップ「大西巨人の現在——文学と革命」（二松学舎大学九段校舎）において「講演」として発表されたものの原稿である。そこにおいては、時間の関係で若干の省略があったものを復元し、多少の加筆訂正をおこなったが、大枠、異同はない。発表の場を与えていただいた、山口直孝氏をはじめ主催者の方々に感謝する。また、当日、有益な質問を多く会場からいただいたことにも、同様に感謝する。

（了）

II

革命的知性の小宇宙(ミクロコスモス)——大西巨人の蔵書の世界

大西巨人蔵書——調査の経過と蔵書の概要

1　大西巨人蔵書の移送とデータ入力作業

二〇一四年三月十二日に亡くなった大西巨人は、さいたま市中央区円阿弥の自宅に相当な数の書籍を所蔵していた。玄関と応接間とに置かれた全集類については、英文学者の立野正裕氏に譲る意志を生前に明らかにしていたが、それ以外のものについては特に言葉を遺さなかった。あるいは、本人は散逸しても構わないと思っていたかもしれない。

しかし、巨人の没後に挨拶にうかがい、夫人の美智子氏の許可を得て初めて仕事部屋に入った時、積み上げられた本や紙資料の多さに圧倒され、拙速に整理をすると取り返しのつかないことになるのでは、という思いを強くした。そこで美智子氏にお願いして、仕事部屋を調査する許可をいただいた。三月の下旬に数日間通い、仕事部屋や書庫を点検し、自筆資料類を選び出す作業を行った。原稿・草稿・手帳・メモ・書簡・切り抜きなどを集め、大まかに仕分けすることはできたが、蔵書については自宅のどこにどれぐらいの量の書籍があるかを確認するに留まった。重要な書物をとりあえず選り分けることも一瞬考えたが、基準を設けることができず、すぐに断念した。たまたま手に取った書には、挿み込みがあったり、底部に書名が記されていたり、捺印がされていたりする。しかし、ほかのどの書に痕跡が残されているかは見当がつかない。洩れなく調査するためには、場所と人手とを確保し、時間をかけて臨まなければならないと思わざるをえなかった。

その時点で蔵書調査の手立ては、何も整っていなかった。まずは場所を確保しなければならない。勤務先の二松學舍大学において、江藤茂博文学部長を通して渡辺和則学長（当時）に施設利用を申請し、柏キャンパス二号館の中型教室二四〇七教室を使用する許可を受けた。以後、二四〇七教室は今日に到るまで蔵書調査の拠点として共同研究を支えることとなる。同時に大西美智子氏ならびに巨人の長男で作家の大西赤人氏に蔵書を移送した上で調査することをお願いし、ご快諾を得た。また、立野正裕氏にも連絡し、立野氏が引き取る前に一度調べさせてもらう許可をもらった。

蔵書調査は一人でなしえるものではなく、作業を共にする有志を募る必要がある。大西巨人やその周辺に関心を持つ人に声を掛け、石橋正孝・齋藤秀昭・坂堅太・田代ゆき・田中正樹・橋本あゆみから協力の返事をもらうことができた。

二松學舍大学には附属機関として東アジア学術総合研究所があり、学内者が関わる共同研究を支援する事業を行っている。蔵書調査を核にした共同研究プロジェクト「現代文学芸術運動の基礎的研究——大西巨人を中心に」を計画し、上記の顔ぶれに山口を加えた七名で申請書を提出した。幸い申請が採択され、二〇一四年度から二〇一六年度の三年間で約二百万円の研究費の交付を受けることができた。蔵書の移送費、夏期休業期間における集中調査の際の研究補助者のアルバイト代、共同研究メンバーの交通費などをまかなうことができ、研究費を得られたことは継続的な調査を続ける基礎的条件として大きかった。

下準備を終えて、大西家から柏キャンパスへ蔵書を移したのは、七月二十九日・三十日であった。共同研究のメンバー、研究補助者に加えて編集者の田中芳秀氏にも助力を仰ぎ、レンタカーのワゴン車で段ボール箱に詰めた蔵書を運んだ。猛烈な暑さの中、四往復して何とかすべての蔵書を移し終えた。なお美智子氏のご厚意で書棚をいただけることになり、分解して運んだ。調査の場所が書架の設置されていない教室であったゆえ、書棚を譲っていただけたのはありがたかった。

大西巨人の蔵書は、円阿弥の自宅、二階建ての一戸建て住宅のさまざまな所に分置されていた。中心となるのは、一階奥の仕事部屋とそれに隣接する書庫とである。全集や叢書類は、主に一階の応接間および玄関に置かれていた。居間には自身の著書や掲載誌が、また廊下には中野重治や夏目漱石の関連書籍などを収めた本棚があった。二階へと向かう階段や踊り場には『日本思想大系』や『日本古典文学大系』などが並べられ、二階の一室には文庫や新書の類が、またもう一つの部屋には『群像』などの雑誌類を入れた書架があった。さらに庭にスチール製の物置が二つ据えられており、一つには『朝日ジャーナル』のバックナンバーやインタビューなどが掲載された新聞が、もう一つには、ハンセン病療養所の発行する文芸同人誌が収納されていた。諸空間を利用した蔵書の整理のなされ方は、巨人が本の人であることを改めて感じさせるものであった。相当数を所有していたにもかかわらず、例えば書架に収まらない本が未整理のまま積まれて場所を塞いでいるというような光景は見られなかった。蔵書管理が心がけられ、一定の周期で整理処分が行われていたと推察できる。

八月一日からは、早速調査に入った。一冊ごとに書誌データを入力し、全ページを改めて、巨人による痕跡があればそのことも記録する。とりあえずそのような原則を立ててみたが、しばらくは手探りの状態が続いた。最初の時点では教室がいつまで使えるかはっきりしなかったこともあり、全体の確認をまず一通り終えようと考え、痕跡については紙片の挿み込みや傍線の施しがあることだけを注記するに止めた、ということもあった。

最初の集中調査で約一千冊の確認をすることができ、痕跡があった場合に現物を回覧するなどして情報の共有を図ったこともあり、巨人の本の利用の仕方がある程度つかめるようになった。例を挙げれば、書き込みを頻繁に行ってはいないこと、ひものしおりを巻頭あるいは巻末に持っていく癖があること、献本を受けた場合に相手の住所や電話番号をメモとしてしばしば記すこと、などである。短編集や全集の目次に関しては、読んだ作品の上あるいは下にボールペンで小さな点を付けている場合があることは、最初見落としていた癖であった。痕跡の具体例に触れていく過程で書誌の記述の仕方を見直し、確認しえたことをできるだけ記載するように修正していった。最終的には、巨人が傍線を引いたりチェックマークを付けたりしている箇所も引用で明記することを決めた。当然入力の負担は増えることになるが、記録することの意義は大きいと判断した。

最初の集中調査の後は、共同研究のメンバーが定期的に通い、作業を続けた。二〇一五年度～二〇一七年度の夏休み期間、二〇一六年度の春休み期間には、研究補助者を加えた集中調査を実施し、作業の促進を図った。二〇一五年五月には、前述の立野氏が引き取る分の調査を済ませ、発送作業を行った。

記録として、研究補助者として作業に関わった二松學舍大学の学部生・大学院生の氏名を以下に掲げておく。阿部和正・伊豆原潤星・角野悠一郎・小笹健太・奥野祐子・杵淵駿・杵渕由香・沢田純一・杉山雄大・丹治可奈・野口勝輝・守屋未弓（五十音順。敬称略）。彼らの協力もあり、蔵書調査は、二〇一七年十二月の時点でほぼ入力作業を終えることができた。現物との照合を行い、遺漏や誤りがないかを確認し、書式や表記を統一することが残された課題である。

2　大西巨人蔵書の構成

大西巨人の蔵書は、単行本・雑誌を合わせると一万冊を超える。移送した資料は、地図や映画パンフレット、日本共産党のパンフレットや地区細胞における印刷物、雑誌や新聞の切り抜き、チラシやビラ、諸文献のコピーなどを含んでいるため、基準の立て方によって総点数は変わってくるが、控え目に数えて、一万は下らない。数から言えば中野重治や佐多稲子の蔵書の方が多く、作家の蔵書として際立つものではないが、何度も転宅し、経済的に不如意な時期もしばしばであった巨人がこれだけの蔵書を維持していたことは、やはり注目に値するであろう。

蔵書は、折に触れて整理され、姿を変えてきた。亡くなる直前には自宅療養の準備のために書籍が整理されている。[*1] これは特殊な事例になるが、以前から収納場所が限られていることから、周期的に処分が行われていたと思われる。[*2] 巨人の蔵書には、少青年時代に愛読されたものも含まれてはいるものの全体の中で占める割合は小さく、むしろ近年刊行された単行本や文庫本の方が多い。年齢に比して蔵書の様相が新しいものに感じられるのは、読書人として巨人が現役であり続けたことを示すと同時に、手元に残す本の選択基準が独特なものであることも表していよう。残された本からは、元版や初版本には執着せず、文庫本や全集を入手した際には、単行本は手放してしまう方針が透視できる。大岡昇平や野間宏の小説の単行本が少ないのは、全集が所持されているからであろう。『俘虜記』や『真空地帯』の初刊本を始めとして、一九四〇年代～一九七〇年代に出版された小説は蔵書中にほとんど存在していない。

雑誌は、基本的に保存の対象となっていない。『文化展望』・『近代文学』・『新日本文学』・『現代芸術』・『社会評論』など、巨人が関わったものについても、一部の特集号を除き、残されていなかった。『文化展望』については、二〇〇四年六月十日に不二出版から刊行された復刻版が所蔵されており、原誌は確認できなかった。文芸誌についても、『五里霧』に収録された諸短編を掲載した『群像』などごく少数が留め置かれているだけであった。自身の小説や批評が収められた号であっても、掲載部分をスクラップし、全体を保存することはしない、というのが巨人の流儀である。直接の関わりを持つもので保存されている逐次刊行物は、大西赤人氏の浦和高校入学拒否問題に関わって結成された「大西問題を契機として障害者の教育権を実現する会」の機関紙『人権と教育』（第一号、一九七二年一月～第一〇一号、一九八一年十一月二十日。欠号あり）ぐらいであろう。浦高問題については、関連資料が段ボール箱にまとまって保存されていた。

『人権と教育』以外に保存されていた雑誌類は、例えば『多磨』（第四〇巻第一〇号、一九五九年十一月一日～第六九巻第五号、一九八九年五月一日）・『愛生』（第三〇巻第一〇号、一九七六年十一月二十日～第四三巻第四号、一九八九年四月二十日）・『火山地帯』（第三号、一九五九年三月一日～第九七号、一九九四年一月一日）・『菊池野』（第

九巻第一号、一九五九年四月二十日～第三九巻第五号、一九八九年五月十日）・『楓』（第二二巻第一号、一九五九年一月一日～第三六巻第八号、一九七三年八月一日）・『高原』（第一四巻第一号、一九五九年一月一日～第三五巻第五号、一九八〇年六月一日）・『姶良野』（第一三巻第三号、一九五九年六月一日～第一六巻第六号、一九六二年十二月一日）などのハンセン病療養所発行の文芸誌であり、全国国立療養所ハンセン氏病患者協議会の機関紙『全患協ニュース』（第三四号、一九五四年一月一日～第四二一号、一九七三年四月十五日）であり、藤田敬一発行の部落差別問題を考えるミニコミ誌『こぺる』（第一三二号、一九八八年十二月二十五日～第二四〇号、二〇一三年三月二十五日。途中で号数表示に変更あり）であり、『エスクァイア日本版別冊』（第一号、一九八九年十月五日～第八号、一九九一年七月五日）であり、『朝日ジャーナル』（第三一巻第一五号、一九八九年四月七日～、第三四巻第二二号、一九九二年五月二十九日）などである（いずれも完全に揃っているわけではなく、間が大きく欠落している場合もある）。

　単行本のうち和書は、日本の古典文学、近現代文学（小説・戯曲・短歌・俳句・批評）、外国文学（漢詩文、イギリス、フランス、ドイツ、ロシア、東欧、アメリカ、ラテンアメリカなどの近現代文学）、哲学思想（武士道、マルクス主義、ニーチェ、美学）、宗教（道元）、法律（法哲学、刑法、冤罪）、歴史（日本・ロシア・東欧の近代史、インターナショナルの歴史）、地理（福岡の風土）、社会（ハンセン病問題、部落差別問題、エイズ差別問題）、美術（文人画の画集）、漫画（水木しげる、『サザエさん』）などから構成されている。全集・叢書・講座類が、また、新書・文庫がそれぞれ相当の割合を占めている。全集・叢書・講座類は、『明治大正文学全集』（春陽堂）、『日本戯曲全集』（春陽堂）、『近代劇全集』（第一書房）、『校註　日本文学大系』（国民図書）など、一九二〇年代後半の円本全集の時代に刊行されたものに始まり、一九九〇年代の『藤田省三著作集』（みすず書房）や『ブロンテ全集』（みすず書房）に及んでいる。『日本古典全書』（朝日新聞社）、『現代日本文学全集』（筑摩書房）、『世界文学全集』（河出書房）、『世界の文学』（中央公論社）、『世界の名著』（中央公論社）など、端本で必要な巻のみ所有されているものも多い。限定本・豪華本の類は基本的に所蔵されていなかった。和本の類も同様である。

　洋書は約一四〇冊所蔵されており、ドイツ語のものが約五〇冊、英語のものが約九〇冊である。ドイツ語の書には、マルクス、エンゲルスの選集、ニーチェ、マン、ヘッセ、ノサック、グラスの小説、近現代詩のアンソロジーが含まれている。英語の書には、カフカ、オーウェル、ヘミングウェイ、フォークナー、スパーク、スタインベック、マルケスなどの小説、近現代詩のアンソロジーが含まれている。過半は、ズールカンプ・タッシェンブーフやペンギン・ブックスなどのペーパーバックである。単語の日本語訳などが書き込まれていることは基本的にない。

3　痕跡にうかがえる書物への向き合い方

蔵書を眺めていると、大西巨人は、本の外装にこだわる人間ではなかったことがわかる。全集叢書類の箱は、外されていることが多い。「必要な時、いちいち箱から出し入れするのは時間の無駄。[*3]」というのが理由である。帯やカバーの保存にも特に注意を払った様子は見られない。仕事部屋の書棚に収められていた本の一部は、本の底を前にして積み重ねられていた。スペースを有効利用する工夫であろうが、背文字は見えなくなるため、底にマジックで書名が書き込まれている。巨人の本への接し方は、利便性を旨とするものであったと言える。

余談になるが、表紙や見返しに年月日と二桁ないしは三桁の数字が記されているものが何冊かあった。調査の初めは何か分からなかったが、正体は血圧の数値であった。血圧の測定は、ある時期から巨人の日課になっていたようであるが、手近にメモ用紙がなかった時に本が代用されることがあったらしい。書物をフェティッシュな対象としてまなざさない、という巨人の意識を説明する上で本挿話は参考になろう。献本を受けた際に寄贈者の住所や電話番号を送られた本に書き付ける習慣にも、本を物として扱う態度を見ることができる。

入手した本に署名を記すことは稀である。Alan Seeger *Poems*、Thomas Mann *Tonio Kröger*"、高畠素之訳『資本論』（改造社）など、一九三〇年代後半にローマ字でサインされているものを除けば、ほかにはR・M・アルベルス、新庄嘉章ほか訳『現代小説の歴史』（新潮社）や小林秀雄『感想』（新潮社）など少数が挙げられるぐらいである。署名は、購入時に興が乗った時に限られたふるまいであったのであろう。ただし、『広辞苑』に関しては特別な愛着があったようで、改版ごとに買い求められており、それぞれの見返しに署名がなされ、購入年月日・購入場所も書き添えられている。

巨人は蔵書印を作ることはなかったが、中表紙などに「大西」の朱印が押されているものがある。美智子氏の証言によれば、これは決して手放さない意志を表するしとのことである。[*4] 捺印は、巨人にとって重要な意味を持つ書物を考える際の大きな目安と言える。

　正誤表が附けられている本に関しては、訂正内容を本文中に転記するのが慣わしである。また、誤植を見つけた場合も書き直す癖がある。編集者であり、厳格主義者である巨人にとっては、赤を入れないと落ち着かなかったのであろう。

　既述のように、米川和夫ほか訳『現代ポーランド短編選集』（白水社、一九七二年十二月二十日）やフレデリック・ブラウン、星新一訳『異色作家短篇集　七　さあ、気ちがいになりなさい』（早川書房、一九六八年七月三十一日再版）など一部の短編集やアンソロジーでは、目次の作品名にペンで小さな点が付けられていることがある。おそらく既読を示すしるしであろう。色が使い分けられている事例もあり、あるいは評価の違いを表しているのかもしれないが判然としない。

　巨人は、蔵書に感想などを積極的に書きつける人間ではなかった。傍線を引いたり、紙を挟んだりすることも常に行われている訳ではない。エッセイなどの言及から目を通したことが確実な書物であっても、痕跡が残されていないこともある。開き癖の付かない本への接し方も相まって、巨人が読んだかどうかの判断が難しい事例も少なくない。大多数の本には、何も記されていない。

　それでも少数の愛読書や執筆で参照した書物に関しては、明確な痕跡が見られる。一つは、傍線を引いたり、しるしを付けたりすることである。これは、一九三〇年代から一九六〇年代にかけて確認でき、木下利玄『立春』（改造文庫、一九二九年五月二十三日）や窪田空穂『槻の木』（改造文庫、一九三六年一月二十五日四四版）などの改造文庫の自選歌集シリーズ、谷川徹三『内部と外部』（小山書店、一九三三年五月十日）・『文学の周囲』（岩波書店、一九三九年六月十五日二刷）、ウイルヘルム・ピーク『反ファシズム統一戦線の経験と批判――共産主義インタナショナル第七回大会執行委員会活動報告、結語、決議』（社会書房、一九五二年一月一日）、アニー・クリジェル、野沢協・秋沢勝訳『インターナショナルの歴史』（白水社文庫クセジュ、一九六五年三月十日）などが挙げられる。もう一つは、関心のあるページに紙片を挿み込むことである。紙片には、和紙や原稿用紙を小さな短冊状に切ったものが用いられ、上部を数ミリ程度本の頭から出すようにして挿み込まれている。例えば『田能村竹田全集』（国書刊行会、一九一六年五月二十五日）や『縮刷緑雨全集』（博文館、一九二二年四月十五日）が該当し、『神聖喜劇』の記述との対応が見られることから、一九七〇年代に執筆のために生み出された措置である可能性がある。紙片にはページおよび行数やキーワードとなる語が書かれている時があり、横広がりの字体も紙片が一九七〇年代以降のものであることを指示するようである。切った紙を挿む方法は、体力の低下で読書が困難になる晩年まで続いたように見受けられる。なお、切った紙の代わりに、本に備え付けの紙のしおりやほかのしおりが挿み込まれていることもある。また、ひもしおりの付いた本に関しては、巻頭もしくは巻末にしおりを移動させる癖があったため、しおりが途中のページに挿まれている場合は、当該ページに関心を惹いた記述が載っている可能性がある。

巨人の書き込みは、傍線やチェックマークなどのしるしがほとんどであり、文字が記されることは珍しい。痕跡が巨人のものであるかどうかは慎重に考えなければいけないところはあるが、傍線の引き方やしるしの付け方が時期に関係なくほぼ安定しており、特徴的でもあるため、識別は可能であるように思われる。巨人の蔵書は古書店で求められたものも相当数あり、前所有者の痕跡が残されているものもあるが、違いは歴然としている。

他に例を見ない、珍しい書き込みとしては、四〇〇字詰原稿用紙換算枚数を中表紙や目次などに記すことが挙げられる。いつから始まった習慣か、正確なことは言えないが、川村二郎訳『世界文学全集　七　ヘルマン・ブロッホ』（集英社、一九六六年五月二十八日。『ウェルギリウスの死』扉に「1270枚」）や大江健三郎『万延元年のフットボール』（講談社、一九六七年九月十二日。「七五五枚」）など一九六〇年代後半の例が確認できる。『神聖喜劇』が膨張化していく中で、長編小説の物理的長さに巨人の意識が向けられることが要因としてあったのであろうか。内外を、また小説のジャンルを問わずに、計算は行われている。高村勝治訳『世界文学全集　Ⅱ——一八　ヘミングウェイ』（河出書房、一九六三年一月十五日）の『武器よさらば』のように、「七三〇」から「六六〇」に数値が修正されているものもある。おそらく算定方法が変わり、時間を措いて改めて計算がなされたのであろう。枚数を確認する習慣も、晩年まで続いている。

書き込み以外では、関連する新聞記事の切り抜きが、見返しなどに挿み込まれていることがしばしばあった。例えば『木下順二作品集　Ⅴ　山脈・蛙昇天』（未来社、一九六一年十月三十一日）には「〈演劇〉民芸『山脈』／したたかな土着人間の声」（『東京新聞』一九七八年十月十九日）、「〈大波小波〉『山脈』の復活」（『東京新聞』同年十月二十五日夕刊）、『講談社MOOK　群像特別編集　大江健三郎』（講談社、一九九五年四月二十二日）には、仲村豊

「〈時評・文学〉イヌネコ問答——大江健三郎『治療塔』(『社会評論』第八一号、一九九一年一月一日)、黒古一夫「〈すばるBook Garden〉「根拠地」から「魂の教会」へ——大江健三郎『大いなる日に　燃えあがる緑の木　第三部』(『すばる』第一七巻第六号、一九九五年六月一日)、渡辺広士「〈書評〉大いなる読書の物語／大江健三郎『大いなる日に　燃えあがる緑の木　第三部』」(『群像』第五〇巻第六号、一九九五年六月一日)、「〈土曜訪問〉新しい小説の構想も／9月からプリンストン大学で講義する作家大江健三郎さん」(『東京新聞』一九九六年七月十三日夕刊)、「小説再開／作家大江健三郎氏に聞く／新しい「三人称」に挑む」(『朝日新聞』一九九六年七月十五日夕刊)、斎藤美奈子「取り替え子　チェンジリング／身内の自死に直面し深めゆく記憶と思索」(『朝日新聞』二〇〇〇年十二月二十四日)の記事の切り抜きがそれぞれ挿み込まれていた。スクラップによって書物は別の文脈を与えられ、巨人の創作活動にも連なっていったことが推察される。

書物は、巨人の教養形成に欠かせない媒体であり、創作の一大源泉であった。自著について「清雅堅牢な書物を、なるべく安く読者の手に渡すこと」を「希望・念願」とした巨人にとって、本との付き合いは当然内容本意になる。道具として活用されていた印象を蔵書からは受けるが、それでも物としての書物にまったく執着を持たないわけではなかった。一部のお気に入りの本には、好みの加工が施されている。

例えば『森鷗外全集』(筑摩書房)は赤色、『芥川龍之介全集』(筑摩書房)は緑色のマジックで外側が塗られている。齋藤史『魚歌』(ぐろりあ・そさえて、一九四〇年八月二十日)やベルトラム・ウルフ、荒畑寒村訳『三人の革命者』(実業之日本社、一九五六年十一月十日)のようにラッカーで外側が塗られることもあった。『明治大正文学全集』(春陽堂)や『室生犀星全集』(筑摩書房)などは、書名や作者名を墨書した和紙が背表紙に貼り付けられている。題簽には、識別しやすくなるという実用的な意義もあったろう。

蔵書の中には、巨人によって装丁し直されたものが含まれる。近藤栄蔵訳『露国共産党『内訌』録』(改造社、一九二九年十一月二十四日。附録にアドルフ・ヨッフェの遺書「ヨフエーの遺書」を収める)や山本常朝、和辻哲郎・古川哲史校訂『葉隠』(岩波文庫、奥付欠)などが例として挙げられる。美智子氏によれば、「気分転換に破損した蔵書の装幀を自己流で作り変えていた。」[*5]とのことである。背表紙が外された書籍が何冊か残されていたが、これらは装丁するつもりで着手したものの、未完成に終わったものと思われる。中でも目を惹くのが『近代劇全集』（第一書房）全四十三巻であり、「適切な余り布がない」[*6]などの理由から作業が見送られていたという。

本格的な装丁ではないが、紙のカバーを付けて、表紙や背表紙に題字を記すこともある。例えばフェレンツ・フェイト、村松剛ほか訳『民族社会主義革命——ハンガリア十年の悲劇』（近代生活社、一九五七年五月二十五日）。カバーの背中には「F・フェイト　ハンガリアの悲劇」と記されている）やE・D・ホウク編『風味豊かな犯罪——年間ミステリ傑作選'76』（創元推理文庫、一九八〇年二月二十九日）などが該当する。装丁、カバー付けのいずれにおいても、簡素を旨としていることは変わらない。息抜きのためのささやかな営みの中でも、まっすぐに本に向き合おうとする巨人の姿勢は一貫していると評することができよう。

（山口直孝）

注

1——大西美智子『大西巨人と六十五年』（光文社、二〇一七年十二月二十日）二三八ページ

2——大西巨人「田夫筆録（第三回）」（『社会評論』第三四号、一九八一年十月一日）「十六　前項補説」（のち、「『湘夢遺稿』の「復刻本の復刻本」と改題）は、「敗戦後数年間に、私は、かなりたくさんの書物を自家から失った（手放した）。」という一文から始まる。作家として活動を始めた時期から、蔵書が変動していたことがうかがえる。「「おのれを恃（たの）むことのはかなさ」について」（『大西巨人文選四　月報』一九九六年八月〔刊日なし〕）においては、「太平洋戦争中および敗戦後約二十年間に蔵書をだいぶんたくさん失った」と証言されている。

3——＊1大西美智子前掲書一〇四ページ

4——大西美智子氏から直接教示を受けた。

5——＊1大西美智子前掲書一〇三ページ

6——＊1大西美智子前掲書一〇四ページ

大西巨人主要蔵書解題

阿部和正・石橋正孝・伊豆原潤星・
坂　堅太・杉山雄大・竹峰義和・
野口勝輝・橋本あゆみ・山口直孝

〔凡例〕

・本節では、大西巨人蔵書のうち、痕跡が顕著であるものを選んで紹介する。
・作者、書名の表記は、蔵書のそれに従う。また、蔵書が初版でない場合は、重版の刊記を記した。
・蔵書の状態や痕跡の具体的ありようならびに巨人文芸における言及の紹介に重点を置いた。必要に応じて、当該書の基本的な情報をも示した。
・巨人文芸における言及箇所に触れる際、作品名・エッセイ名は、原則として単行本所収のものに拠った。また、紙幅の関係で書誌情報の多くは省略した。
・小説における言及箇所については、「Ⅳ・三〇八」（『神聖喜劇』第四巻三〇八ページ）のようにページ数を略記した。ページ数は、『天路の奈落』は単行本、それ以外の小説は文庫本に拠った（『神聖喜劇』は、光文社文庫版に拠る）。
・『大西巨人文藝論叢』は『論叢』、『大西巨人文選』は『文選』と略記した。

『縮刷緑雨全集』（博文館、一九二二年四月十五日）

特異な文業で知られる斎藤緑雨の小説・批評を集成したもの。当時博文館は、二葉亭四迷・樋口一葉・尾崎紅葉・国木田独歩など故人となった作家の全集を刊行しており、『緑雨全集』もその一つである。「縮刷」と銘打たれているが、他の版があるわけではない。

大西巨人の所蔵本は、初版本。古書店で購入されたもののため、前所有者の蔵書印が押されているが、それが「大西」の朱印で念入りに隠されている。あまり例を見ない処置は、巨人の愛着を表すものであろう。購入時期は、アンケート・エッセイ「私の全集」（一九九二年）において、「数十年前に古本屋で購入し、」と証言されている。「緑雨作「小説」一篇」には、「斎藤緑雨の諸著作『あられ酒』、『わすれ貝』、『みだれ箱』などを、私は、年少の時分から愛読してきた。」と述べられているので、本書入手以前から巨人は、緑雨の文章に親しんでいたことがわかる。

『縮刷緑雨全集』は、東堂太郎が兵営に持ち込んだ書物の一冊である。東堂は、本書を一度通読し、『あられ酒』（の中の『おぼえ帳』および『ひかへ帳』）を始めとして諸所を何度も読み返したと言う（第七部　連環の章／第四ある観念連合／二の1）。冷笑的に世の中を見つめ、修辞的な文章で思いを表した緑雨のアフォリズムは、短文で鮮烈な印象を残す。まとまった読書時間の取れない軍隊生活において、『縮刷緑雨全集』は恰好の読み物である。東堂は、読み返した断章について、「なつかしい文章」（IV - 一六六）と呼んでいる。巨人においても、「愛読書」であったことは同様であろう。

蔵書では一六箇所に和紙が挿み込まれており、二一の断章に赤ペンなどでチェックマークが付けられている。二つの痕跡には重なるものが多く、『神聖喜劇』に引用されているものは、すべてそれに該当する。「灯影明るき処、罪業あり。暗き処、悔悟あり。灯（ともしび）と鏡と枕とは、歴史家の遺棄す可からざるものなり。」（『わすれ貝』）にしるしを付けた巨人には、緑雨の描き出す花柳界の男女の機微への関心が、また、士族であった緑雨の矜持への共感があったように見受けられる。

東堂太郎は、緑雨の文章を消費するだけではなかった。文語体の韻律性を有効に利用し、できごとを凝縮的かつ再現的に描出する表現力を、東堂は評価し、緑雨の短文類を

「小説」として評価する斬新な見方を提示している（Ⅳ-一七一）。巨人の考えも等しいことは、『日本掌編小説秀作選 Ⅰ 雪・月篇』に『おぼえ帳四題』と題して緑雨の文章が収められていることが端的に示している（『老女の死』は、『娃重島情死行』「道ゆき 六 新大阪駅から山陽新幹線岡山駅まで」のエピグラフにも用いられている）。

緑雨は、巨人にとって批判の対象でもあった。「緑雨作「小説」一篇」において、巨人は緑雨の文章に見られる「窮理の稀薄」あるいは「論理的に思考を追及する力の欠如」を指摘している。「二つの書物——『あられ酒』と『追憶と』」には、「緑雨が身につけていた「江戸趣味」的な教養、彼が育った時代と環境との条件は、彼を制約して三十年代の保守主義により多くつなぎとめていた」という概括がある。「君も人なりわれも人なり、同じなるべしとの意を、さる地方にての戯れ言に、おぬしとて穢多でもあるまい、おらとても大名ではない。」という話を何気なく書き付けることのできる身分意識は、緑雨の限界の一つである。諷刺の力を認めつつ、巨人は差別を追認する意識のありようを問題にせざるをえなかった。敗戦直後の「「あけぼのの道」を開け」で当該文を引いて、「文学のさらに重大なたたかいは、意識および無意識の打破である。」と言明し、『神聖喜劇』でも再度取り上げて、作品の総体で無意識の差別の超克を実現して見せたことは、緑雨が重要な指標であったことを物語っている（緑雨文を含む「「あけぼのの道」を開け」の一節は、『伝説の黄昏』に引用されている）。「汝士分の面目をおもはゞ、かの流行（はやり）言葉といふを耳にすとも、決して口にする勿れとは、わが物の師の堅く誡めたまへる所なり。」（『あられ酒』）という態度を尊重する巨人からすれば、緑雨は武士道の継承者としてもとらえられていたのであろう。緑雨を参照する文学者は珍しいが、巨人における緑雨の受容は、趣味で片付くことのできない、必然性を帯びたものであったと言うことができよう。

（山口直孝）

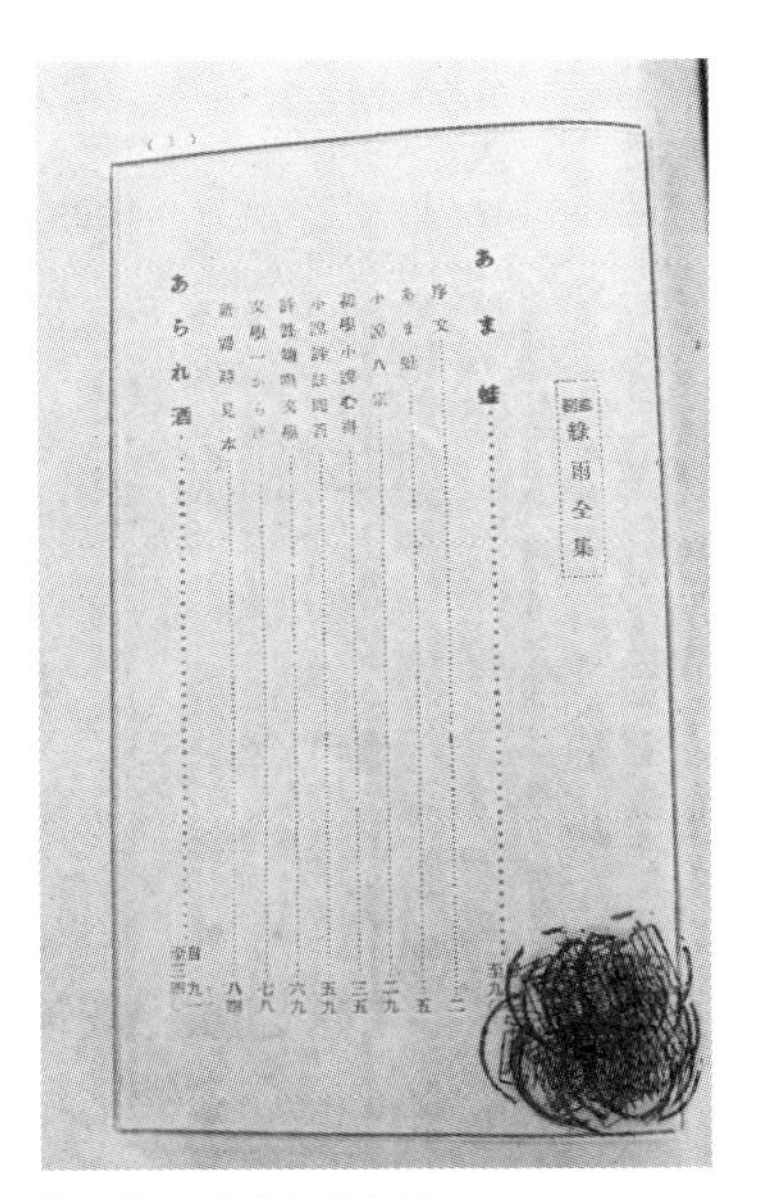
縮刷 緑雨全集
あま蛙
あられ酒

『縮刷緑雨全集』中表紙

夏目漱石『吾輩は猫である』（講談社文庫、一九七六年七月二十日八刷）

読み切りとして書かれた第一章（『ホトトギス』第八巻第四号、一九〇五年一月一日）が好評を博したことで連載となった（第九巻第一一号、一九〇六年八月一日第十一章で完結）言わずと知れた漱石の処女小説である。名前のない猫が、主人である苦沙弥を中心に、彼の家族や彼を訪ねてくる人々の様子を観察し批評するという体裁を取る。「注解のこと」（『漱石全集　第十三巻　月報』（岩波書店、一九九五年二月二十二日））のなかで巨人は、福岡の書店で「「講談社文庫」版『吾輩は猫である』（一九七二年第一刷・一九七六年第八刷）」を「物色し、立ち読みをした」と述べており、年や刷が一致することからこの福岡の書店で本書を購入したと推察される。本書の表見返しには、「1989, 9, 3 朝／138 - 86 - 51／136 - 86 - 48／132 - 86 - 51」と鉛筆による書き込みがあるが、これは朝に測った血圧を記録したものだと思われる。こうした血圧を記録したと思われる書き込みは、巨人のほかの蔵書にも見られる。また、本書は自装されており、背文字は「漱石吾輩は猫である」と黒ペンによって自筆されている。裏見返しを見ると、「13日　美智子　東京行／14日　美智子、赤人　大宮行」と、「一九七七年三月／十三日、十四日装丁／於浦和、上木崎皇山／大西巨人」の二つが黒ペンで書き込まれている。この二つの書き込みは、家族の外出中に巨人が本書の装丁を行っていたことを想像させる。

同じく「注解のこと」のなかで巨人は、「私は、小学三、四年時以来そのおりまで五十余年間に、アラン関係物語り的な意味において、無慮数百数十回ほど『吾輩は猫である』を読んで、その細部に通暁していた」と証言しており、『吾輩は猫である』は巨人が最も読んだ本の一つと言えるであろう。今回『吾輩は猫である』を読み返したのは、「某雑誌短文原稿」執筆のためであったようだが、『吾輩は猫である』を下敷きにしたという「某雑誌短文原稿」が巨人のどの作品にあたるのかは定かでない。この「注解のこと」を小説に仕立てた『凡夫』（『二十一世紀前夜祭』所収）という作品もある。

『神聖喜劇』の主人公である東堂も「普通名詞」をめぐる神山と大前田との問答に、にわかに『吾輩は猫である』の一つの場面を想起して「目前の光景に一種特別の（人知れぬ）滑稽を味わ」う。「夏目漱石作『吾輩は猫である』

は、少年より青年までの私がおりおり何度も繙読した書物である」（Ⅱ‐四八四）と語り、巨人と同じように、『吾輩は猫である』を愛読した人物に設定されている点も見逃せない。柄谷行人との対談（「畏怖あるいは倫理の普遍性」（『大西巨人――抒情と革命』所収））のなかで、柄谷の「ある意味では、「吾輩」は『神聖喜劇』の「私」が言う「我流虚無主義者」です」という言葉を受け、巨人は、漱石は「『吾輩は猫である』をずっと押していくべきであ」ったとし、「のちの人が、内田百閒なんかが贋作なんか書いているけど、だいぶ落ちるもので、漱石のフモールというか、そういうものがないんですね。あの『吾輩は猫である』は、あれからあと続いてないんじゃないですかな、日本の文学で。」と述べ、「だから、何か頭の中の一角には、そういうものを一つ書いてやろうという気はありました」と、『神聖喜劇』が「漱石のフモール」の実践であったことを示唆している。さらに、巨人は「ちょうど『神聖喜劇』が、やっと終わろうというときだったでしょうか、『明暗』を読み返したのは。漱石を固めてまた読んだ年があるんです、『神聖喜劇』執筆の終わりごろに。そのときに、ああ漱石はこの『明暗』で、よく辛抱して書いているなというのを感じました。それは、我が身に引き比べて、普通の作家がたいていこの辺でやめとこうと思うのを、漱石はやめずにやっているなというふうに感じました。そして漱石は亡くなりましたけどね。そのことを、他のことよりも痛切に感じたんです、『明暗』で。」とも述べている。そうした漱石の行為を『神聖喜劇』では「悪戦苦闘」と呼び、「その悪戦苦闘は、漱石自身の死によってしか中断せられなかったのであった」（Ⅲ‐三二二）とする。これら一連の巨人の証言は、漱石という作家を一つの枠組みとした小説として『神聖喜劇』を解釈できる可能性を示唆していよう。

（阿部和正）

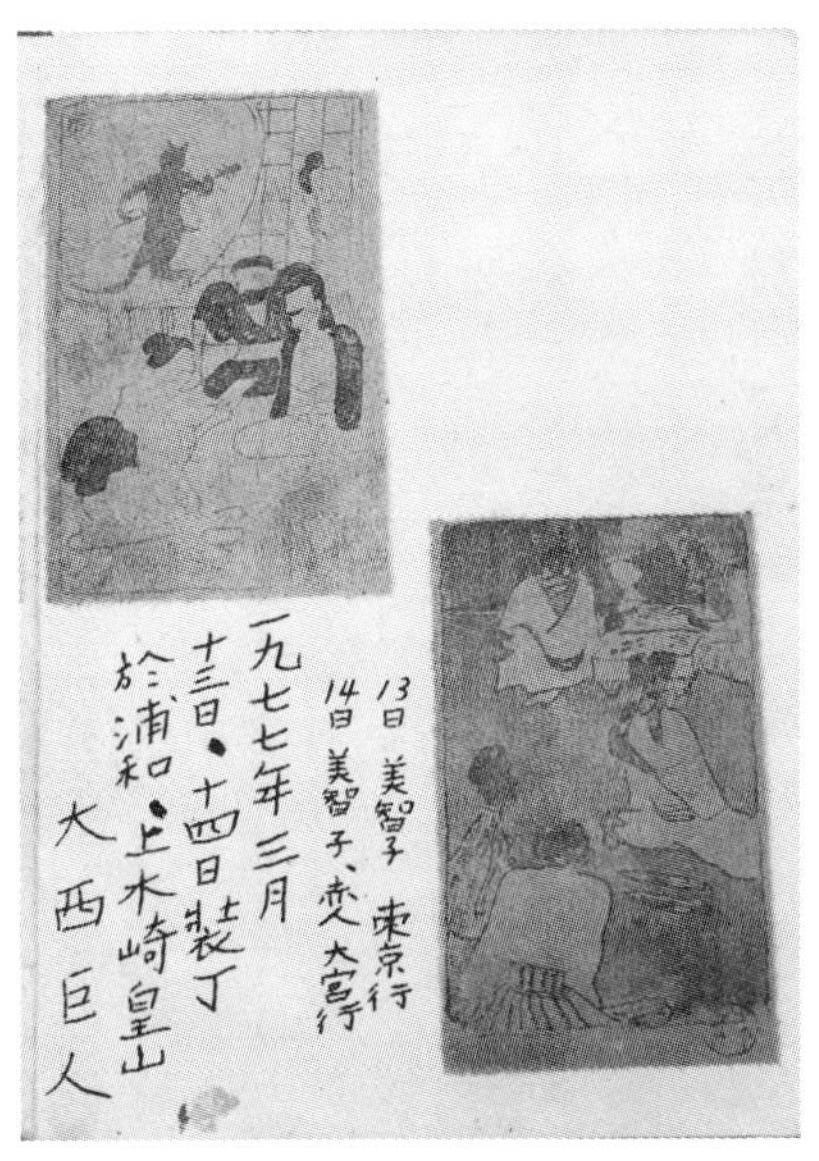

『吾輩は猫である』裏の見返し

若山牧水『自選歌集　野原の郭公』（改造文庫、一九三七年一月二十日七四版）

本書は、若山牧水の二冊目の自選歌集である。『白梅集』、『寂しき樹木』、『渓谷集』、『くろ土』、『山櫻の歌』から選出されている。

巨人は、改造文庫版の表紙を剝ぎ取り、穴を開けて和綴じの自装を施している。同書の書き込みは、全て赤鉛筆でされており、線の引き方等の同一性からいって、同時期にまとめてなされたものと推定される。傍線、チェック、赤丸等は、六四首に付けられている。そのうち、「眼ざめゐてひさしく聞けば浪の音にやがてまじらふ朝の人の聲」、「何もかもつまらなく見ゆるこの日頃いかなる面をわれのせるらむ」等の五七首は傍線、「つかれはてて眠り沈めばいつしかにわが身につどふ夢のかずかず」、「泥のごと倦みつかれたる身のねむりおほかた夢の餌食とはなる」、「わが家のそばをとろとろ降りてゆきてまがる小路を親しとは見る」、「たち向ふ穂高が嶽に夕日さし湧きのぼる雲はいゆきかへらふ」の四首には行頭に赤点、「ねがはくはわが居る部屋に水ひきて手のよごれなばつねに洗はむ」、「人の來ぬ夜半をよろこびわが浸る温泉あふれて音たつるかも」の二首は傍線および行頭に赤丸、「よるべなきけふの心のわびしさのかすかに動くたべ物の欲に」には、傍線および行頭に赤丸とチェックが付されており、巨人の意識上において書き込みの質的な差異化がされていると考えられる。

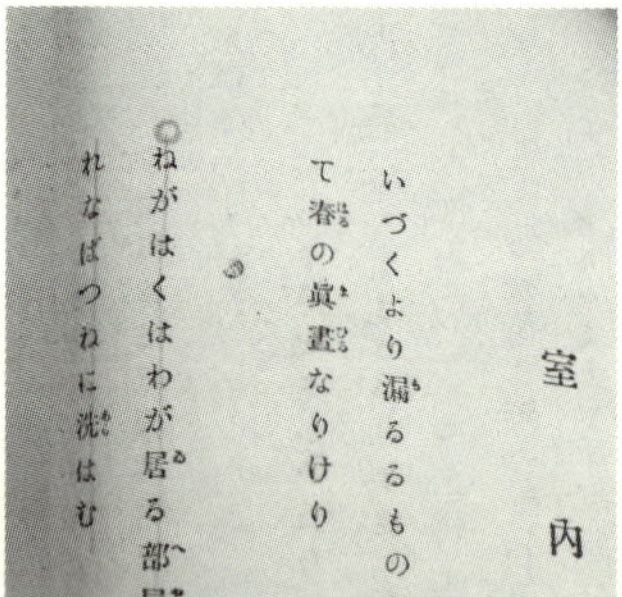

室内

いづくより漏るるものかも部屋のうち風ありて春の眞晝なりけり

○ねがはくはわが居る部屋に水ひきて手のよごれなばつねに洗はむ

『野原の郭公』30ページ

『神聖喜劇』には、「晩夏（おそなつ）の光しづめる東京を先づ停車場に見たる寂しさ」（Ⅲ・二九七）、「うす紅（べに）に葉はいちはやく萌えいでて咲かむとすなり山桜花」（Ⅴ・四七四）などが引かれている。巨人は、「ひんがしの白みそむれば物かげに照りてわびしきみじか夜の月」を詞華集『春秋の花』において「優作」として挙げており、本書所載の同歌にも赤鉛筆で傍線が引かれている。さらに、『春秋の花』では、「しみじみとけふ降る雨はきさらぎの春のはじめの雨にあらずや」を挙げているが、『野原の郭公』の該当歌には書き込みの痕跡はない。ただし、『若山牧水全歌集』（短歌新聞社、一九八七年十月二十日四版）の該当歌には、鉛筆でチェックがされており、『春秋の花』作成時はそちらを参照した可能性があるだろう。また、『五里霧』所収『縹富士』に引用された富士山の歌のうち、「日をひと日富士をまともに仰ぎ来てこよひを泊る野の中の村」は、『野原の郭公』中の同歌に赤鉛筆で傍線が引かれている。また、『日本人論争』所収「若山牧水のうた」で、兵隊時代の牧水愛誦について書いているが、そこでは、若山牧水『別離』所載の、「春日昼ここの港によりもせず岬を過ぎて行く船のあり」、「風凪ぎぬ夕陽赤き湾内の片すみにゐて帆をおろす船」、「日向の国むら立つ山のひと山に住む母恋し秋晴の日や」、「ぬれ衣のなき名をひとにうたはれて美しう居るうら寂しさよ」と共に、『野原の郭公』中の、「寄り来りうすれて消える水無月の雲たえまなし富士の山辺に」が引用されている。

『五里霧』所収「連絡船」において、節子が小遣いから買った四冊の古本のうち一冊は、「若山牧水自選歌集『野原の郭公』（「改造文庫」一九三七年第七十四版）」（二五二）であり、巨人蔵書と同一のものである。節子は、それ以外に『有島武郎集／有島生馬集』、『新興藝術派文学集』、前田夕暮歌集『生くる日に』を買っており、主人公・桜井は「二つの歌集も、それぞれ熟読愛誦に値する」と語っている。ちなみに、前田夕暮『生くる日に』も巨人蔵書と同一のものである。巨人は多くの著作において若山牧水の歌を引用しており、牧水の「熟読愛誦」は、作者・巨人にも同様に言えることであろう。

（伊豆原潤星）

ゆふ日赤き漁師町行きみだれたる言葉のなかに入るをよろこぶ

風凪ぎぬ夕陽赤き灣内の片すみにゐて帆をおろす船

わが船は岬に沿へり海青しこの伊豆の國に雪のつもれる

夕陽の赤くしたたる光線にうかび出でたり岬の街は

春白晝ここの港に寄りもせず岬を過ぎて行く船のあり（以上）

――（完）――

『野原の郭公』208ページ

前田夕暮『自選歌集　原生林』（改造社文庫、一九二九年七月二十三日）

『自選歌集　原生林』は、前田夕暮が一九二五年に改造社から出した同名の選集を、改造文庫として文庫化したものである。「巻末小言」には、題の由来として、秩父の原生林で山林伐採の仕事をしており、「私の歌が原生林の青草の上に伐仆された朴の丸太のやうなものである、といふようなところから」名付けたと記されている。

巨人は、同書の表紙を剥ぎ取り、和綴じの自装を施している。同様の自装が施された歌集は他にもあり、同時期に集中的に改装した可能性がある。愛着ないし強い関心の表れと捉えることができよう。同書への書き込みは多数見られ、計五四首に赤鉛筆および鉛筆での書き込みを確認することができる。そのうち、「うつり行く女のこころしづやかにながめて秋をひとりあるかな」、「杳として山鳴空へきえゆきぬとりしままなる君と我が手よ」、「こほろぎよ無智の女のかなしみに添うてねやどに夜もすがらなけ」、「つみとればはやくろぐろと枯れそめぬ冬磯山の名も知らぬ草」、「もの言へばちさき両手に顔かくす児を背負ひたるひとの前髪」、「素直なる心となりていぬる夜の冬の小床のなつかしさはも」、「路のべの雑草の葉に顔うづめ童女羞らひて物いはぬかも」、「地にはたとまろびはしたれひとりしておきあがる子をかなしとおもふ」、「かへり行く女よ汝が肩あげのさびしきあとにほこりうくみゆ」等の赤鉛筆で傍線が引かれた歌が四七首、「囚人等おのが棲家の監獄の屋根つくろへり五月の夕日」等の赤点が付された歌が一首、「見のこしし夢をいだきて嫁ぎきしをんなの夜のうつくしさかな」、「さむざむと桐の木立によりそひて障子たてたり古驛の家は」といった傍線および赤丸が付された歌が二首、「おそなつの外光あかき遊歩場に一列ながき狂人の群」、

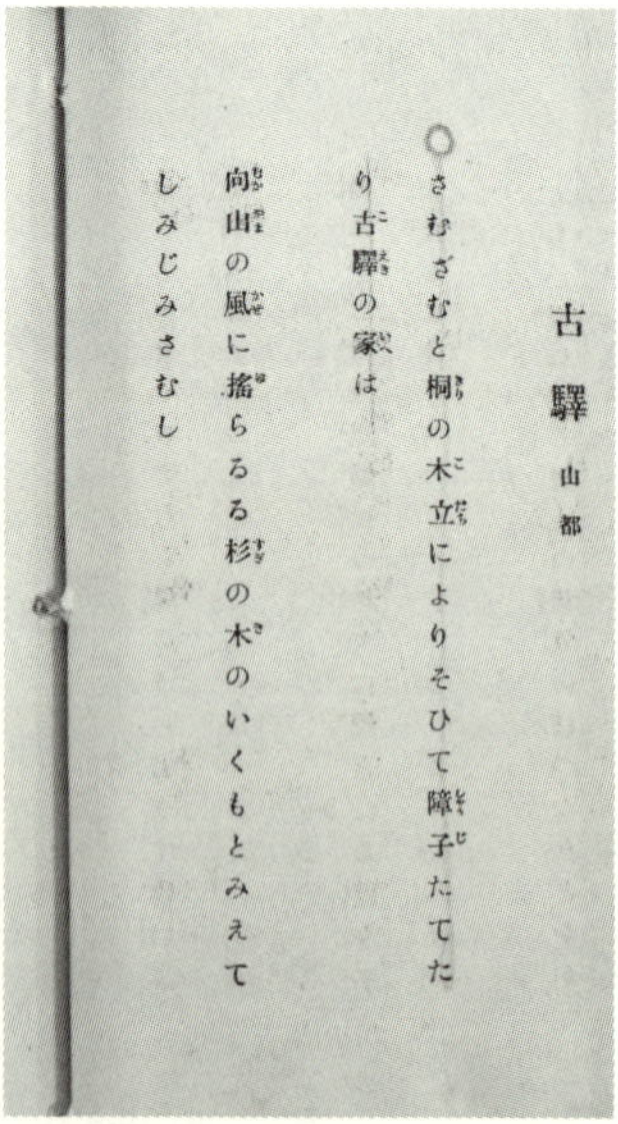
古驛　山都

○さむざむと桐の木立によりそひて障子たてたり古驛の家は

向山の風に搖らるる杉の木のいくもとみえてしみじみさむし

『原生林』122ページ

「谷底は夜あかりうすし冬さればいのちいとしみ小舎つくり棲む」といった傍線および赤点が付された歌が二首、「山原に人家居して子をなして老いゆくみればいのちいとほし」といった傍線およびチェックが付された歌が一首、「海草に日あかくしてにほひふかし焼かれにいゆく弟の柩」といった鉛筆で傍線が引かれた歌が一首あった。

　小説への引用としては、『地獄変相奏鳴曲』第四楽章「閉幕の思想」の志貴と瑞枝が火葬場にいく場面で、『自選歌集　原生林』において赤鉛筆で傍線が引かれている「馬の背をひしと撻つ紐鞭の音いたいたしこの焼場みち」が引用されている。同様の歌の引用が、『神聖喜劇』第一巻「第三　現身の虐殺者」にも見られる。「追い立てられるような焦燥感と不透明な虚無感」を抱いた東堂は、火葬場に向う道中、この歌を想起し、「火葬場」への興味をつなぐのである。「火葬場」は、巨人文芸に繰り返し登場するモチーフであり、同歌への書き込みも、「火葬場」に対する関心から来たものであろう。さらに、『神聖喜劇』第三巻「第二　奇妙な間の狂言」において、中学生の東堂は、「現代歌人の「秋の訪れ」にかかわる作物を行き当たりばったりに取り出」す中で、前田夕暮の歌「籐椅子にぬればつめたし秋もきてわれに添ひ臥す廊下の片隅」、「青竹の樋つたひくる山水に煮うどん浸すはつ秋のあさ」の二首を引用している（Ⅲ・二九七〜二九八）。また、『神聖喜劇』第四巻「第六　脈絡」には、「人恋ふる血潮はわかき男のみうけしや春の夜をひとり寝る」が引用されている（Ⅳ・三〇八）。

　随筆においては、「道楽仲間の　面汚し」の文章の最後に、「眠り居る小熊のかしらなでしめとすかせどきかず子は一途なれ」を引用している。また、『春秋の花』において、「我が友の高橋萬吉老いにけり葱を片手にわれに礼する」、「提灯のはだかびさむし畳のうへおきて物いふ故郷人は」の二首を、「すぐれた帰省詠」であると高く評価している。『自選歌集　原生林』は、巨人の短歌受容の一端をうかがうことができる本として、重要な意味を持つ本と言えるだろう。

（伊豆原潤星）

亡き母にわが申すべき言葉なし一人の父をここに死なしめき

日の暮の街路をはしる亡き父の柩車のきしり體にひびくも

馬の脊をひしと撻つ紐鞭の音いたいたしこの燒場みち

90

『原生林』90ページ

木下利玄『自選歌集　立春』（改造文庫、一九二九年五月二十三日）

白樺派を代表する歌人木下利玄の歌集であり、改造文庫の「自選歌集」のシリーズの一冊。利玄は一九二五年に肺結核によって三十九歳で亡くなっており、没後刊行されたものである。巻末の石榑茂「集の末に」に拠れば収録歌は三六一首、「故人生前自選せしものにして、配列は略ゝ制作順。書名は遺言による。」とのことである。

蔵書は、外装が外され、糸で綴じられた状態で書架に置かれていた。他の「自選歌集」シリーズも同様で、独自の装丁を行う心づもりを持ちつつ、果たせなかったのであろう。中表紙に「大西」の朱印が押されている。赤鉛筆を用いた傍線や点が随所に見られ、傍線が引かれた短歌は、三三首、点を付けられた短歌は九首、両方が施されたものが一首ある。「脇差のすこしぬきたる刃の上に蓮華ぞうつる凶事ありし室（へや）」のみは、黒いペンで傍線が引かれている。

蔵書にはほかに『日本現代文学全集　第五二巻　島木赤彦・古泉千樫・中村憲吉・木下利玄・會津八一』（講談社、一九六五年十一月九日）、『木下利玄全歌集』（岩波文庫、一九七七年九月十日四刷）がある。

利公の爲に

あすなろの高き梢を風わたるわれは涙の目をしばたゝく

脇差のすこしぬきたる刃の上に蓮華ぞうつる凶事ありし室

17

『立春』17ページ

大西巨人にまとまった利玄についての言及はないが、小説やエッセイでの引用はしばしばである。『神聖喜劇』には、「雨あとの秋づきしるしいとどしく心よるもよ土に草木に」、「手を洗ふ水つめたきに今朝の秋や身を省みて虔（つつま）しくあり」の二首が「秋の訪れ」を詠んだ秀歌として挙げられている（Ⅲ・二九八）。『三位一体の神話』では、「第四篇　近景」のエピグラフに「保護色にかくれおほせしつもりにて寄り眼の魚の水底にゐる」が葦阿胡右（いくまひさあき）による尾瀬路迂（おぜみちゆき）殺害の偽装工作が露顕することの比喩として掲げられている。エッセイでは三島由紀夫の自死について感想を述べた「凶事ありし室」における「脇差の」一首による締めくくりが印象的である。三島事件は、巨人にとって「凶事」であっても、文学的な事件ではありえなかった。

『春秋の花』では、「街をゆき子供の傍を通る時蜜柑の香せり冬がまた来る」が掲出歌に選ばれており、「木下利玄の仕事が私に観ぜしめる特長の主な一つは感官の際立って澄明な働きである。」という解説がある。視覚のみならず聴覚や嗅覚の鋭敏な反応を織り込んでいるところに、巨人は魅力を見出している。「街をゆき」一首は、『天路の奈落』の主人公鮫島主悦が守部鏡子から求められて暗唱する

崖を背に朝なぎ海にひたむかひ巌に釣する海人の子等はも

崖の縁へ歩み近づきのぞけども見えぬ眞下に波はひゞけり

遠淺の濱に寄り來て波ひくし渚の砂に這ひひろがれる

『立春』73ページ

歌でもある（六七）。守部が「なんだか、とてもいい歌です」と評した本歌を、最初鮫島は中村憲吉の作と不確かながら思い、後に利玄の作であることに気づく（七一）。鮫島の勘違いは、「格調の正しい・綺麗な作品が多」く、「独自な調べ」を有した憲吉に通じるものを利玄が備えていることを表しているのかもしれない。

『日本掌編小説秀作選』の巻頭の「短篇小説の復権」において、巨人は、「たとえば與謝蕪村の「御手討の夫婦なりしを更衣」、「離別れたる身を踏込で田植哉」ないし木下利玄の「脇差のすこしぬきたる刃の上に蓮華ぞうつる凶事ありし室」、「これやこの三人の吾子の墓どころ土のしめりに身をかがめけり」について、「蓋し（これらおのおのは）短篇小説の極北であるかも知れない。」と思いもするのである。」と記している。そこから類推すれば、利玄短歌の特徴の別な一つは、物語性ということになろう。

「詞の由来吟味」には、『神聖喜劇』の「十一月の夜の媾曳」における「見えぬ真下」という表現が「崖の縁へ歩み近づきのぞけども見えぬ真下に波はひびけり」の「お蔭を蒙った」ことが明かされている。「短歌との因縁」では、一九三〇年代半ばに読んだ「たくさんの歌集歌書」の一つとして、利玄の第一歌集『銀』が挙げられている。『立春』が精読されたのも同じころであろう。

（山口直孝）

中村憲吉『自選歌集　松の芽』（改造文庫、一九二九年五月二十三日）

歌人の中村憲吉による自選歌集。憲吉の第一歌集に当たる『馬鈴薯の花』から選出された歌、あるいは、『馬鈴薯の花』の出版とほぼ同時期に詠まれた歌が合わせて八五首、同じく憲吉によるその後の二歌集である『林泉集』と『しがらみ』からそれぞれ一四五首、一二〇首の計三五〇首が選出されている。表題の「松の芽」は『林泉集』のなかの「松の芽の匂ひに生るるこの浦の螢も見ずて我れ去らんとす」に拠る。

本書は大西巨人の「最初に読んだ憲吉歌集」であったようで、そのことは「志貴皇子の短歌一首をめぐって」の中で触れられている。そこで巨人は憲吉の歌「人の世の生きおなじからず昔より世にかくれたる命のさびしさ」が『しがらみ』（一九二四年）、『松の芽』（一九二九年）、『中村憲吉全集』（一九三〇年）でそれぞれ「人のさみしさ」、「命のさびしさ」、「命さみしさ」と変容していったことに触れ「命さみしさ」が憲吉の「最終決定的な第五句」であったことを認めながらも「「命のさびしさ」に愛執する」としている。さらに、その「愛執」が「私の最初に読んだ憲吉歌集が「改造文庫」版『松の芽』であった」ことと無関係でないことも、そこには併記される。つまり、巨人にとって本書は「最初に読んだ憲吉歌集」であるがゆえに、思い入れの強いものだったのである。そのことは、本書の状態を見ても明らかだ。

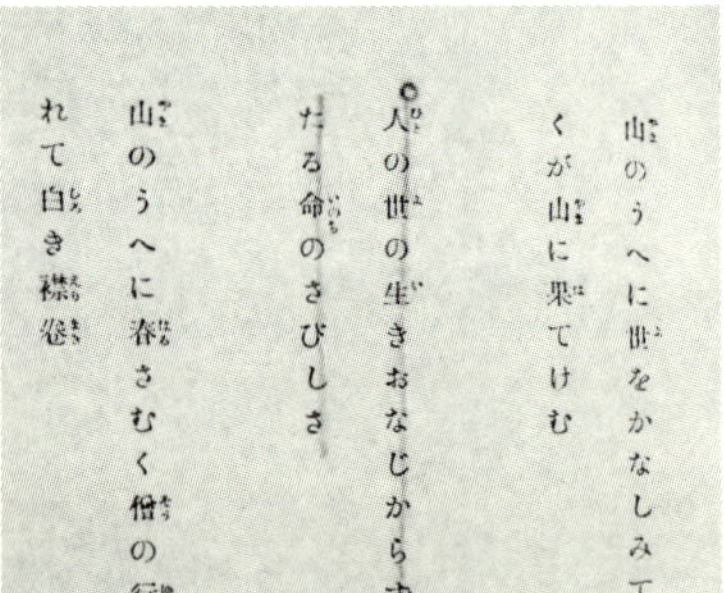

山のうへに世をかなしみて下りて來ぬ僧の多くが山に果てけむ
○人の世の生きおなじからず昔より世にかくれたる命のさびしさ
山のうへに春さむく僧の行き交へり黒衣ふくれて白き襟巻

『松の芽』171ページ

巨人は、本書の他にも『中村憲吉歌集』（岩波文庫、一九四一年二月一日）の第六刷（一九五三年八月十日）を所有しており、そちらには巨人の憲吉への興味を示すニス塗装が施されているものの、本文には書き込みが全くない。それに対し本書は、表紙が剥がれ、ページが分離した形跡が見られるが、ページは糸で綴じ直されており、本文への○や傍線の書き込みが多くみられる。こうした本書の傷みや書き込みは、いかに巨人が本書を手に取り、熟読したかの一つの指標となるだろう。また、巨人が本書に強い思い入れを持っていたことによる影響を、巨人の作品内において、見ることができる。

　巨人は、憲吉の歌を『神聖喜劇』や『天路の奈落』といった自身の作品の中でもしばしば引用する。特に、以下に引用する『神聖喜劇』の文章からは、巨人が他ならぬ本書に強い思い入れを持っていたことが伺える。すなわち、

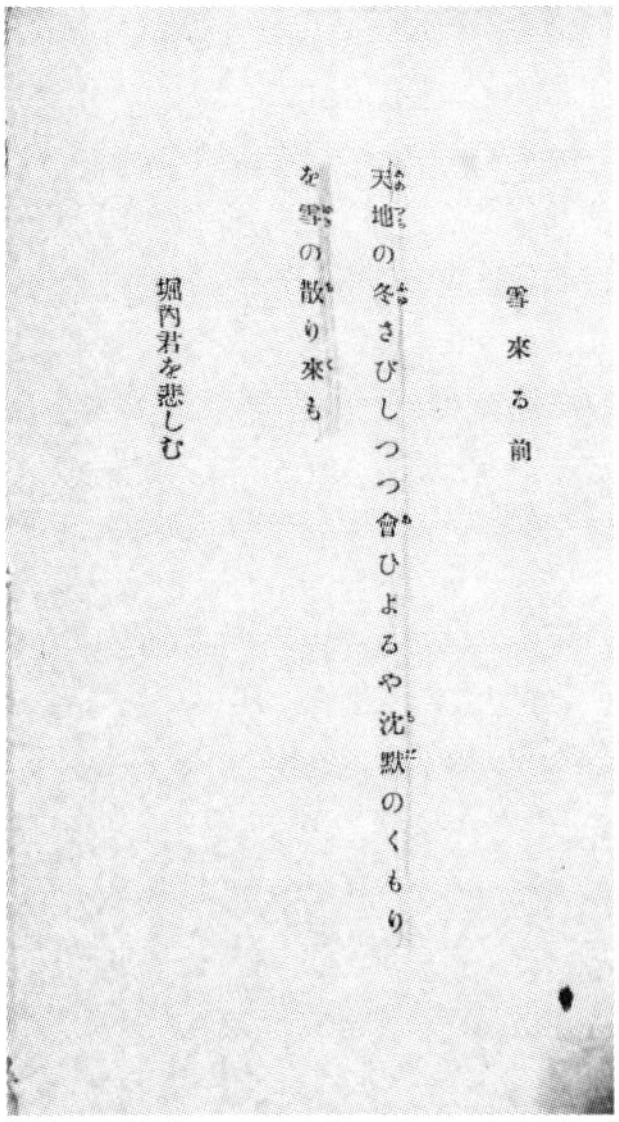

雪來る前

天地の冬さびしつつ會ひよるや沈默のくもりを雪の散り來も

堀內君を悲しむ

『松の芽』22ページ

「第八部　永劫の章／第一　模擬死刑の午後」に「連想の第二は、中村憲吉の第一歌集が『馬鈴薯の花』（大正二年〔一九一三年〕刊・島木赤彦との合著）であり、その時代の憲吉作にはたとえば「天地の冬さびしつつ会ひよるや沈黙のくもりを雪の散り来も」、「道々の秋野に花はゆらぎたれど尚眼をとぢて見たきものあり」、「かりそめの身の過失のことごとく世に悩ましく春立つらしも」などの幽艶な幾首もがある、ということであった。」（Ⅴ・五三）とある。

　ここに引用されている三首の歌は、語り手である東堂太郎によって、『馬鈴薯の花』と同時期に詠まれた憲吉の歌という紹介がされている。先ほど示したように『松の芽』に収録された歌は三つの歌集から採られているが、そのうちの『馬鈴薯の花』の部だけは「『馬鈴薯の花』時代」と題され、問題の歌集だけではなく、それには収録されなかった同時代の歌も選び出されている。そして、先の三首の歌はすべてこの「『馬鈴薯の花』時代」の章に掲載されているのだ。こうしたことを踏まえると、前述の場面において引用された歌は、本書から選出されたと考えられるだろう。また、実際に巨人が所有していた本書を参照すると、前記の三首のいずれにも○、あるいは傍線で書き込みがされており、本書が三首の引用元になったであろうことを裏付ける。

（野口勝輝）

斎藤茂吉『童馬漫語』（春陽堂、一九二〇年一月二十日再版）

　アララギ叢書の第七編として出版された書物である。「歌詠み」としてのあり方を単に書き綴るだけでなく、土岐哀果や三井甲之の主張に異を唱えるという「論争」の形をとりながら茂吉の歌の論理が示される。巨人が所蔵する『童馬漫語』は、表面がニス塗布され、背は紙テープによる補修が施されている。さらに地には黒ペンで「童馬漫語」と書名が記されている。表見返しには「茂吉がこれを書いた時彼ハ年幾つから幾つであったかを思え。人は常に中道にて以外仆れざりしことを思え。／一九五五年正月／中の重」と墨書きされており、中野重治から送られた本だとわかる。標題紙の左上には筆記体で「nakano・sigeharu/1940.tokyo,setagaya.」と黒ペンで表記されており、中野が手にした時期などを想像させる。その標題紙の裏に「大西巨人様／一九五五年正月／中野重治」と大きく墨書きもされている。中野から本書を送られた経緯について、巨人は「四十余年前〔一九五五年〕の正月、中野さんは、その蔵書であった斎藤茂吉書『童馬漫語』〔春陽堂、一九二〇年再版〕の見返しに、「茂吉がこれを書いた時彼ハ年幾つから幾つであったかを思え。人は常に中道にて以外仆れざりしことを思え。」と墨書して、同書を私に下さった。それは〝もうお前も三十代後半なんだから、刻苦精励して、いくらかなりちゃんとした仕事をしなけりゃ、だめだぞ。〟と正当にも私を叱咤せられたのであったにちがいない。」（「仆れるまでは」〔『日本人論争　大西巨人回想』所収〕）と推察している。

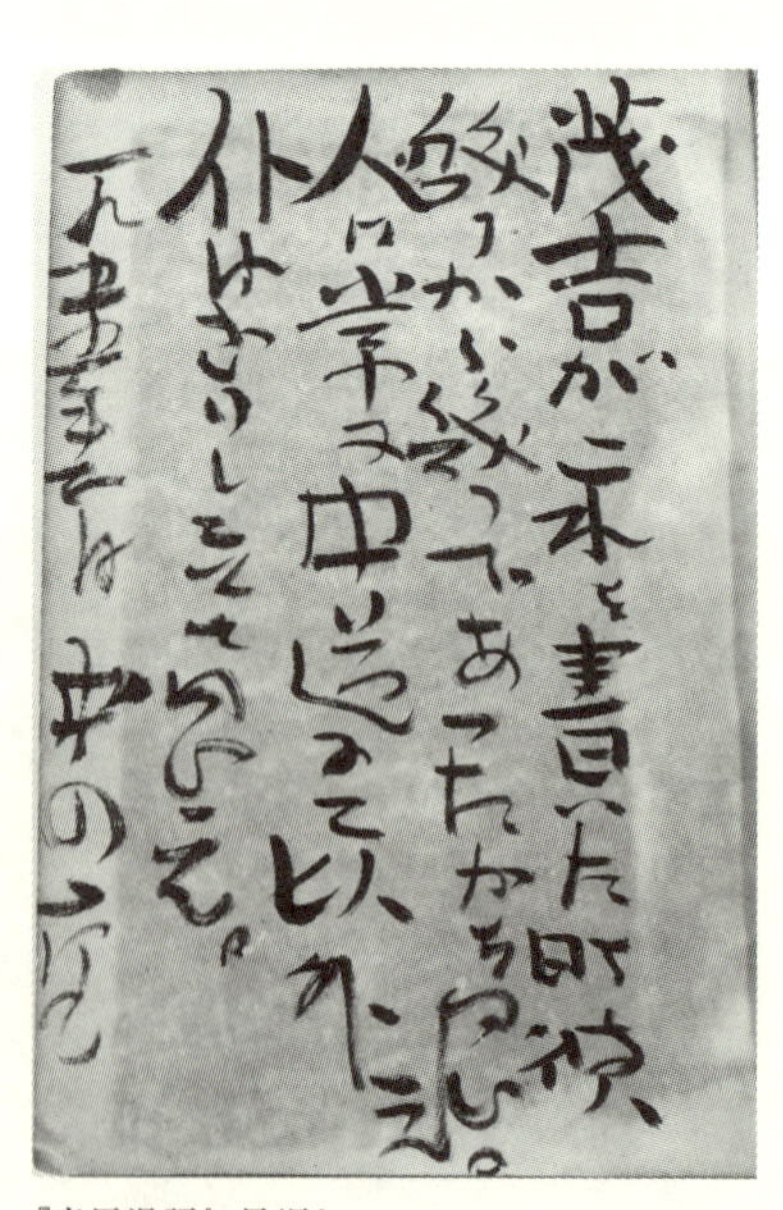
『童馬漫語』見返し

　目次には、「四四年十二月」のように年次を記した部分や、「17　連作」と「27　連作論者の弊」にはチェックマークが、「35　歌の形式と歌壇」「40　似而非悟り歌」の部分には傍線が引かれている。本文中を見ても、随所にチェックマークや傍線がつけられ、三五八〜三五九ページには切った和紙が挟み込まれている。また書き込みや傍線だけでなく、固有名詞や文章の訂正なども見られる。この書き込みについて巨人は「遼東の豕」の「一冊の本」（『巨人雑筆』所収）のなかで、「同書の随処に（明らかに『斎藤茂吉ノート』執筆のための物とおぼしい）書き込みがある」と述べている。中野が巨人に送った本書は、「それにしても、現在私が所蔵する『童馬漫語』は、かつて立原道造の、また中野重治の蔵書であったのである」（同）と巨人は述べており、立原道造から中野重治そして巨人へと持ち主が移ったものである。そのため書き込みが誰のものであるのか特定することは難しい。

　巨人は「「茂吉時代」の終焉」（『文選二』所収）のなかで、本書の巻末に収められた「対他論小惑」と中野の「論争と私」という二つの文章を比較している。二つは共に「論争」について語ったものであるが、茂吉の論争における態度には第三者を度外視しても平気でいられるような「一種の甘え」があると言う。けれども「相手を含む「一般第三者」への説得すなわち中野の言う「大方の納得」を度外視して論争を展開できた茂吉の「幸福」は、現代のわれわれには、実はなかなか許されていない」とし、「論争態度上での「茂吉時代」からの脱皮」を訴える。そのために戦後日本における「政治と文学との、また政党と文学との、関係」、すなわち「日本共産党と文学（民主文学運動ないし新日本文学会）との関係」の歴史を究明する必要性を説き、中野にもそれを求めている。中野の論争態度を茂吉と結びつけ諭す巨人の様子が示すのは、『童馬漫語』の受容が常に送り手である中野と関連づけられ、切り離せないものとしてあったということであろう。その意味でも同書は、巨人と中野を結ぶ紐帯としてあったと言える。

（阿部和正）

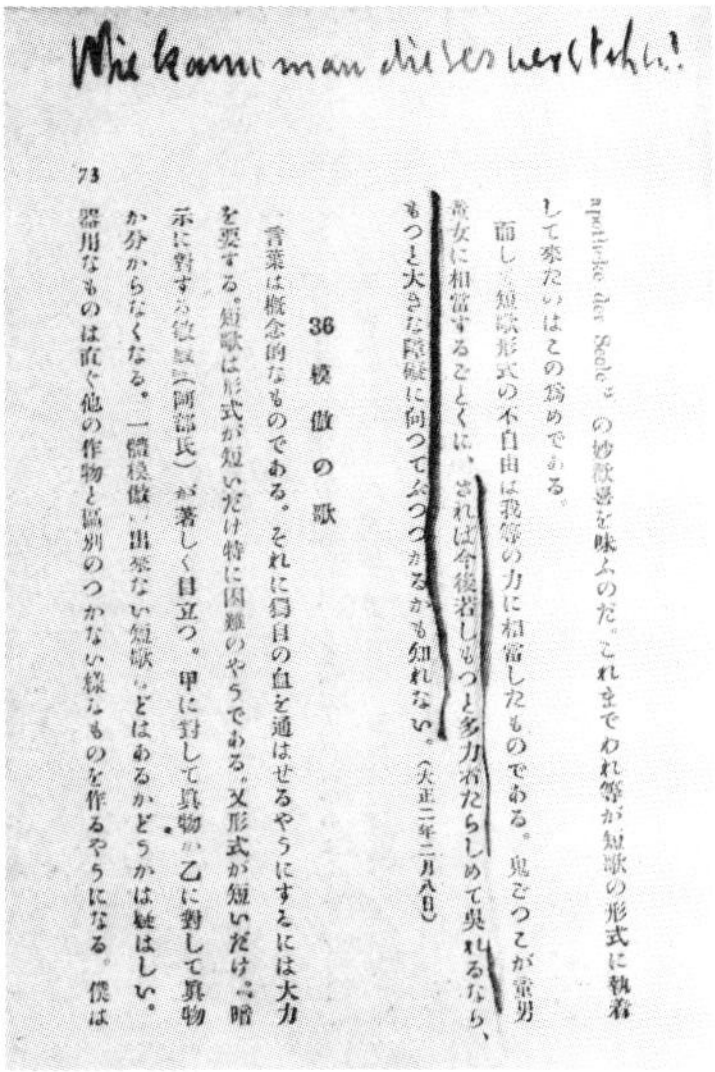
Wie kann man dieses verstehen!

apotheke der Seele" の妙味を味ふのだ。これまでわれ等が短歌の形式に執着して來たのはこの爲めである。
而し短歌形式の不自由は我等の力に相當したものである。鬼ごつこが童男童女に相當するごとくに。されば今後若しもつと多力者たらしめて與へるなら、もつと大きな障礙に向つてぶつつかるかも知れない。（大正二年二月八日）

36 模倣の歌

言葉は概念的なものである。それに獨自の血を通はせるやうにするには大力を要する。短歌は形式が短いだけ特に困難のやうである。又形式が短いだけ暗示に對する價値(阿部氏)が著しく目立つ。甲に對して眞物か乙に對して眞物か分からなくなる。一體模倣、出來ない短歌などはあるかどうかは疑はしい。器用なものは直ぐ他の作物と區別のつかない様なものを作るやうになる。僕は

73

『童馬漫語』73ページ。中野重治による書き込みが見られる。

谷川徹三『文学の周囲』（岩波書店、一九三九年六月十五日二刷）

大西巨人の蔵書の中には、数こそ多くはないが、見返し等に購入日とともに署名が書き入れられている例が見受けられる（それらの多くは、表紙にニスが塗られているか、自装のために表紙を剥がされる等の加工が加えられている）。巨人は転居を繰り返していたこともあって、まとまった量の蔵書を定期的に処分していたようだが、これらの本には格別の愛着があり、終生手放すつもりがなかったのだろう。

そうした署名入りの蔵書中にあって、巨人の学生時代にまで遡る古い日付のものとなると、わずかに七種一一冊しかなく、まさしく例外中の例外に属する。この主要蔵書解題でも取り上げられているマルクス『資本論』全五巻（高畠素之訳、改造社、一九二七～八年、一九三五年六月および七月の日付入り）、アラン・シーガー『詩集』および挿絵入り『トニオ・クレーゲル』の各原書（一九一九年と一九二四年にそれぞれ刊行）を除けば、残る四冊がいずれも谷川徹三（一八九五～一九八九）の評論集であるのは注目に値する。すなわち、「Norito Ōnishi / 16, Feb, 1934, at Shinowara-Koshoten, Tenzin-nocho」と（裏見返しに）書かれた『思想遠近』（小山書店、一九三三年十月十日）、「Kyozin N. Onishi / 1934, 4,12 / At Morooka-Shoten」と書かれた『内部と外部』（小山書店、一九三三年五月十日）、「3, May, 1935 / at Bunendo〔文苑堂〕, Hashiguchi-machi / Norito K. Onishi」と書かれた『展望』（三笠書房、一九三五年三月二十日）、そして、ここに書影を掲載した一冊、「Kyozin N. Onishi / 26, Oct. '39」と書かれた『文学の周囲』の三冊である。

巨人が最後まで所持していた谷川の著作は、上記四冊のほか、『神話と科学』（河出書房、一九三八年三月二十日）、『生活・哲学・芸術』（岩波書店、一九四一年十一月三十日八刷、堀口大学宛の著者謹呈署名が消された跡がある）、『日本人のこころ』（岩波書店、一九四三年十一月二十五日八刷）、『人・文化・宗教』（日本経済新聞社、一九六四年五月三十日）、『芸術の運命』（岩波書店、一九六四年九月二十八日）、『縄文的原型と弥生的原型』（岩波書店、一九七一年十月十五日）の計一〇冊だが、うち七冊までが戦前・戦中の刊本で、おそらくは刊行とほぼ同時期に、まだ十代末から二十代はじめの巨人によって購入されたと思しき事実、多数の傍線やレ点等、熱心に読み込まれた形跡が『内部と外部』および『文学の周囲』の二冊に残されていることを踏まえれば、若き日の愛読書だったと断言しても差し支えないだろう。事実、『神聖喜劇』において一九三〇年代後半の若者（その中には主人公である東堂太郎はもちろん、作者である大西巨人本人が含まれる）に関する条りで「教養といふこと」（『文学の周囲』所収）が引用されるほか（第三部　運命の章／第一　神神の罠。Ⅱ・二〇～二一）、短編集『五里霧』に収録された『立冬紀』には、青年である主人公がやはり熱心に『文学の周囲』を読む様子が描かれており、巨人の読書体験が反映されているのは間違いない。


らうか。

　教養はすでに存在する文化を身につけることで、何物かを創造することではない。從つてその創造者の立場から非創造的な文化教養を蔑視するのである。ニイチエはかういふ文化をアレキサンドリア的文化と呼んだ。アレキサンドリア的文化をニイチエはこの精神によつて排斥する。この精神はニイチエにあつてはまた教養俗人への侮蔑となる。教養俗人とは實際には俗人でありながら文化の代辯者のやうな顔をするものである。ニイチエはその「ダヴィッド・シュトラウス」の中で、普佛戰爭直後の自國人の驕滿――創造的な立派な様式をもつた文化を本當には身につけてゐないくせに、戰勝に醉つて好い氣になつてゐる、そして自分の國だけをさも立派な文化國として滿足し、實際はずつと立派な文化をもつてゐるフランスを輕侮さへする自己認識の缺けた驕滿を嘲笑し、恰度そのやうな時代の文化の代辯者のやうに見えたシュトラウスに矛を向けてゐる。特にシュトラウスがさういふ自足した精神をもつてショーペンハウエルの哲學を不健全にして無益と批評したことに腹を立てたのである。

　ニイチエは同じ頃書いた「教育者としてのショーペンハウエル」の中で秀れた人間のタイプを三つに分けてゐる。ルソー的人間、ゲーテ的人間、ショーペンハウエル的人間の三つで

『文学の周囲』114～115ページ

　問題の『文学の周囲』には、赤ペンで「2002.11.25夕」と書かれた『東京新聞』「大波小波」の切り抜きが挟み込まれている。「「先生、ドストエフスキーって誰なんですか？」。これは小学生ではなく、東大大学院生が教授に向けた質問でした」と始まるこの匿名コラムを一読した巨人は、かつて青鉛筆で傍線を引きながら熱心に読んだ本書収録の一文「教養といふこと」を自ずと想起したのだろう。この講演原稿（初出一九三六年）は、「東京日日新聞の「傘雨亭夜話」に先達かういふ話がのつてゐた」という前置きに続いて、ヴィクトル・ユゴーをインド人だと思っている大学生に書店で出食わした久保田万太郎がその驚きの念を記した一文を引用して始まっているからである。

　谷川は「教養」を「知識が人間と生活との中に有機的に織り込まれてゐる意味に於ける統一」（一〇六）と定義し、その内実が時代によって変化する以上、旧世代にとって教養の一部をなしていた事柄に対する新世代の無知――あるいはむしろ、「フランス革命やロシア革命の直後」にも準えられる過渡期に特有の「文化否定的言動」（一一三、この前後には傍線が引かれている）――は、まったく別の分

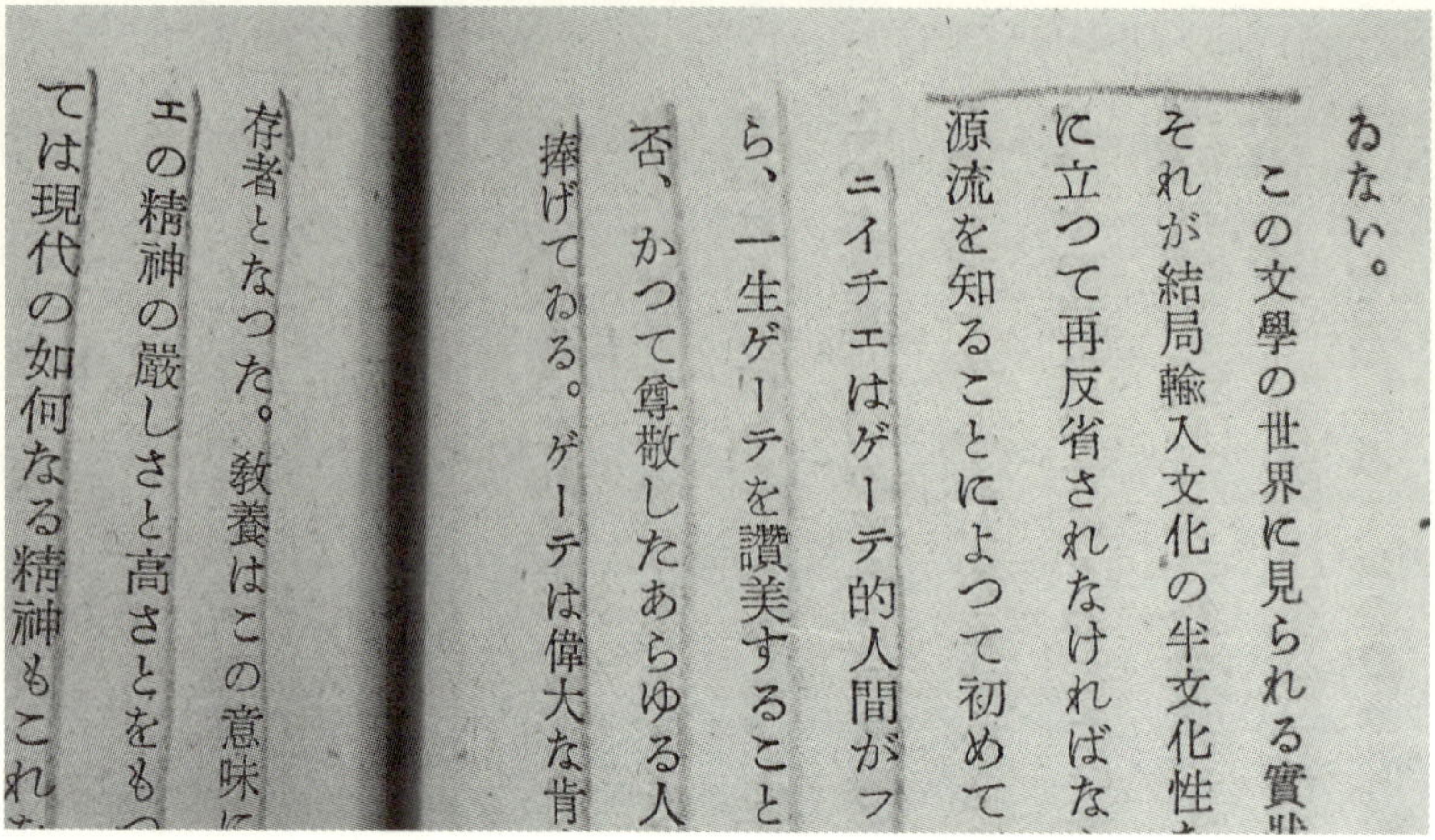

『文学の周囲』122 〜 123ページ

野における新教養の胚胎を意味している可能性を認めつつ、「生活に於けるまた人間の文化発展の上に於ける一層根源的なエネルギーを尊重するための教養蔑視」（一一四、ここにも傍線が引かれている）をあえてしたショーペンハウエル的人間を称揚したニーチェが、にもかかわらず、「文化と伝統とを保持し保存する」「最高の教養人」（一一五）ゲーテを前に「跪いた」事実を強調し、次のように結ぶ。「生の一層根源的な創造的エネルギーによる教養蔑視がその権利をもち得るのは、そのエネルギーの強さと精神の高さとによつてのみである。そのやうな権利をもつ幾人が今日ゐるであらうか。滔滔たる青年者流に至つてはただ無力な虚無感と怠惰な無知によつてのみ教養を蔑視しているに過ぎない」（一二三、『神聖喜劇』の前掲箇所で引用されている）。

　巨人は自身が同世代の若者と共有している「無力な虚無感と怠惰な無知」、とりわけ「無力な虚無感」に向けられた谷川の弾劾を率先して引き受け、その深化を通じて、谷川が希望する「新しい教養の体系」（一一七）を自ら体現することを密かに誓ったのではなかったか。そして、六三年後、「大波小波」を切り抜きながら、この初心を新たにしていたのかもしれない。

（石橋正孝）

①

失われた書物たち

私小説的読解を戒める大西巨人を研究するからには、作者と登場人物との峻別は基本中の基本。かりそめにも両者を同一視することはあってはならない。ところが、二つを重ねる誘惑を抑えることは、なかなかむずかしい。若き日の大西巨人が「Norito. K. Onishi」（高畠素之訳『資本論　第三巻上』改造社、一九二八年二月二十五日）とサインしているのを見ると、『神聖喜劇』の東堂太郎のように、巨人も初恋の人のイニシャルをミドルネームのように記していたのか、とつい勘ぐってしまう。

現実と「仮構の独立小宇宙」とを重ねてしまいがちな者ゆえに、蔵書調査でも小説の記述を参考にして、この本はあるだろうと決め込んで、当てが外れることがしばしばあった。ダシール・ハメット『血の収穫』は、見つけられなかった本の一つ。チャンドラーの主要作品は揃っているが、ハメットは一冊もない。東堂太郎が母方の叔父が火葬される際に携えていた *Red Harvest*（I - 四四二）も確認できなかった。当時邦訳のない本書をどの版で東堂が読んだのか知りたかっただけに、残念な思いがした。

『中学諷詠詳解』と『偉人風丰録』

Marxistische Bibliothek（マルクス主義双書）の *Der Imperialisumus als Jüngste Etappe des Kapitalismus*（『帝国主義論』）やレンツの *The Rise and Fall of the Second International*（『第二インタナショナルの興亡』）もなかったが、これらは戦時下では禁書扱いされたもので、官憲に押収されたであろうから、ない方が当然かもしれない。東堂が兵営に持ち込んだヘミングウェイの *A Farewell to Arms*（『武器よさらば』）はあったが、Penguin Booksの一九六二年発行の重版であった。

幼い巨人が触れた書物も、手元には残されていなかった。「小学校低学年の私は、その一冊をたびたび繙読した。」（「短歌との因縁」）という『中学諷詠詳解』（集文館、一九一三年七月一日）や「よほど難渋し」ながら「尋常小学一年の私が読んだ」（「「古典三冊3回読め」と菊池寛」）という『偉人風丰録』（全三巻。青年成瑳会、一九一六年一月十五日）は、最初に出会ったアンソロジーであり、とりわけ期待したが空ぶり。その後両書は、「日本の古本屋」を通じて入手することができたが、小学校低学年の生徒が読むものには到底思えなかった。「読書に関しては、ずいぶん「早生（わせ）」であった。」（同前）という巨人の証言は、掛け値なしのものである。

『中学諷詠詳解』には、森鷗外の『乃木将軍』も掲載されている。『奇妙な入試情景』の尋常小学校四年生東山太郎は、同作を承知していてQ訓導を驚嘆させる。東山は、おそらく『中学諷詠詳解』を所持し、熟読していたにちがいない、とまた事実と小説とを混同した判断を下すのは、研究者として不都合な、「早生」ならぬ「奥手」、あるいはそれ以前の未熟者のなせるわざであろう。

（山口直孝）

保田與重郎『戴冠詩人の御一人者』（東京堂、一九三二年六月十五日六版）

「日本の美と精神の回復」を唱えた保田の複数の論文を収録した書である。本書のタイトルにもなった「戴冠詩人の御一人者」を始め、「雲中供養佛」や「明治の精神」など一〇本の論文が収録されている。本書のなかで保田は、東洋と西洋、両方の文化や精神を現代の日本は有していないとし、日本の「太古」にこそ見倣うべき文化や精神があると主張する。巨人は『神聖喜劇』のなかで本書に言及しているが、「日華事変第二年の著者による「緒言」においては濃厚放肆な超国家主義的・聖戦賛美的政治色が剝き出しにせられていて、それがその単行本諸内容（日華事変前に物せられた諸論文）の含有する一種の理想主義的純粋性に不潔な混濁効果を附加していた」（Ⅱ・三六～三七）と、単行本に収められた「緒言」によって、それぞれの論文に一種の統一性が生まれたとし、それを「不潔な混濁効果」と呼んでいる。インタビューのなかでも、「保田與重郎という人は有能な人だと思うが、『神聖喜劇』にも書いたように、戦争状況の中にだんだん巻き込まれて、ずれていってしまった。本人には多少別の考えがあったに違いないが、侵略戦争のメガフォンと言われるような側面に傾斜していったところが少なからずある」（『未完結の問い』七六）と述べ、保田の置かれた立場に同情も示していた。

巨人が所蔵する本書は、表紙にニスが塗られ、本扉に「大西」の朱印が押されている。本書のなかを見ると、「当麻曼荼羅」の「私は学究の論理がつまづくところから～芸術の特殊性が始まると考へる」（一三一）に赤線が、「齋宮の琴の歌」の「さて相聞の地盤となるもの～その距てをこえる橋のやうに相聞に歌があつた」（一六一～一六二）の部分に黒線が引かれるなど、本書には傍線やチェックマー

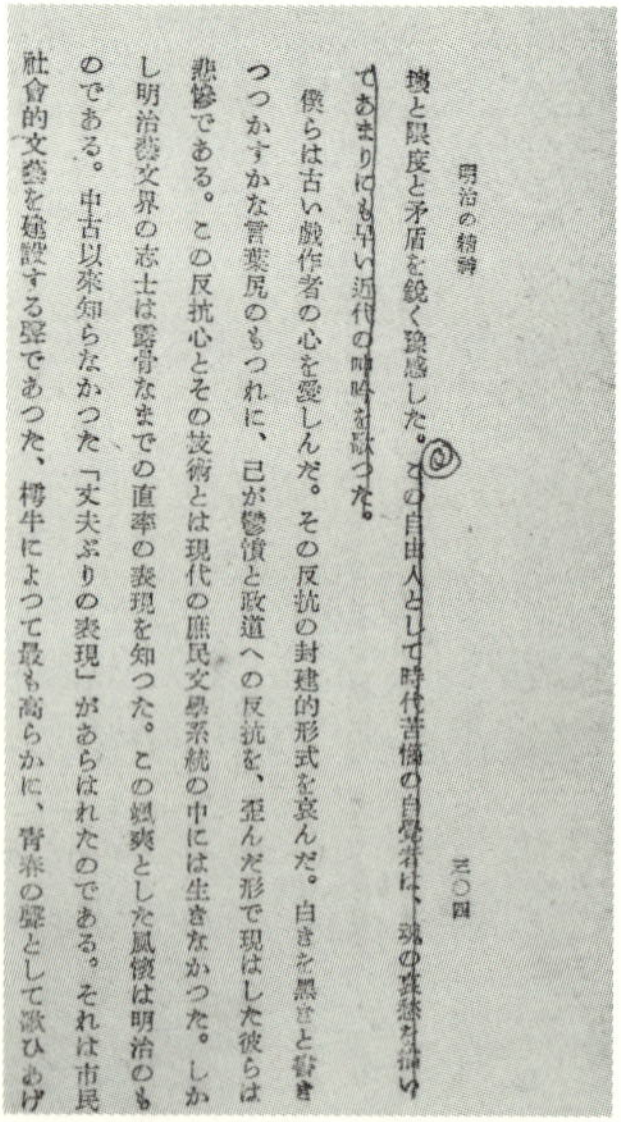
明治の精神　三〇四
境と限度と矛盾を鋭く發感した。この自由人として時代苦惱の自覺者は、魂の真摯な詩ゆ
であまりにも早い近代の呻吟を歌つた。
僕らは古い戯作者の心を愛しんだ。その反抗の封建的形式を哀んだ。白きを黒きと書き
つつかすかな言葉尻のもつれに、己が鬱憤と政道への反抗を、歪んだ形で現はした彼らは
悲惨である。この反抗心とその技術とは現代の庶民文學系統の中には生きなかつた。しか
し明治藝文界の志士は露骨なまでの直率の表現を知つた。この颯爽とした風懐は明治のも
のである。中古以來知らなかつた「丈夫ぶりの表現」があらはれたのである。それは市民
社會的文藝を建設する聲であつた、樗牛によつて最も高らかに、青春の聲として歌ひあげ

『戴冠詩人の御一人者』304ページ

クが数多く付されている。そのなかでも多くの書き込みが見られる論文が、『神聖喜劇』でも多くの言及がされる「明治の精神」である。「明治の精神」には、傍線が一〇箇所に引かれ、三重丸が一箇所に、チェックマークが五つ付されるなど、延べ一六個の書き込みが見られ、巨人の関心がこの論文に特に高かったことを物語っている。『神聖喜劇』のなかで、東堂太郎が長々と「明治の精神」を引用する場面が、「第三部　運命の章／第一　神神の罠」（Ⅱ - 三八〜三九）と「第三部　運命の章／第二　十一の夜の媾曳」（Ⅱ - 一七六）の二箇所あるが、どちらの引用部分にも印が付けられている。後者がチェックマークだけであるのに対して、村上少尉の言葉と重ねて想起させられている前者の引用部には、傍線のほかに三つのチェックマークが付されており、巨人の関心が向けられた部分であったことを示している。この部分を東堂は「呪術的な魅惑力を持つ文章」と呼び、その文章に「おどろきと憎悪を発した」だけでなく、「牽引せられた」とも述べており、「緒言」という枠組みに捕らわれない保田の論文への評価が窺える。東堂が「牽引さられた」とするのは、保田が文芸について論じた箇所である点は興味深い。保田の政治的立場には違和感を抱きつつも、「文学者」としてのあり方には一定の評価を下していたと言えよう。

向を示す事は、文字の極めて困難とするところであるが、ただここではこの課題を冒險的に次の如く云ひかへてよいであらうと考へる。つまり原本曼荼羅が私らに示す藝術的世界が何であるか。それから、その内容は流布本曼荼羅の示すと同一のものであらうか。もつとも私はこの損缺本のまへに立ちつつなほ不可能をおし進んで原本曼荼羅の精神にふれようとするのでない。しかし藝術が示す世界といふものは單に素材ないし構成の論理主義によつて分析されるものではないと考へられる。例へば同じ浄土經の思想を示す繪畫に於ても、ある時代の作品と、次の時代の作品とは、異つた世界を示した。さうしたものが藝術におけるモラリテであり、そこに作品のもつ關係や、或ひは具體性があると考へられる。單に素材の意味が藝術の示す世界でない。私は研究の論理がつきつくところから藝術の論理が始まると考へてゐる。素材的に「解說」し得るところに藝術の示す世界があるのでなく、解說し得ない形式そのものから藝術の特殊性が始まると考へる。文龜當曼と天平當曼の二つのあらはす藝術は確かに異るのである。天平當曼のポェジーが、文龜當曼のポェジーと同一精神生活史をもつのではない。文龜當曼のポェジーが享樂的であつても、天平當

當麻曼荼羅　　一三一

『戴冠詩人の御一人者』131 ページ

　また『神聖喜劇』で言及されるもう一つの保田作品『日本の橋』は、「ニイチェ的意義において「教養俗人的」すなわち「時代順応的」である」と評価されている（Ⅱ - 一三六）。『日本の橋』と対比される、宮本百合子『私たちの生活』の「ニイチェ的意義において「反時代的」である」という高い評価に比べると、やはり保田の「時代順応的」見方への評価は低い。けれども、東堂、ひいては巨人が保田の文芸観や文体に一定の評価を与えていたのも事実である。巨人の保田評価は「不潔な混濁効果」を持つことなく検証されるべきであろう。

（阿部和正）

齋藤史『魚歌』（ぐろりあ・そさえて、一九四〇年八月二十日）

本書は、齋藤史の第一歌集である。史が三一歳の時に刊行されたもので、装丁は棟方志功によるもの。父の瀏が加担した二・二六事件についての歌も多く採録されている。

巨人は、初版および、第三版（一九四一年七月一日）の計二冊の『魚歌』を所有。初版には、赤ペンで傍線、丸、チェックが多数書き込まれており、精読の痕跡が見られる。状態としては、日焼けによる劣化、経年による痛みなどが著しい。おそらく、手放さず所持していたと考えられる。そのような状態の本に、巨人はニス塗装を施しており、強い愛着がうかがえよう。扉部分に押された「大西」朱印からも、愛着が感じられる。三版は、初版と内容の異同はないが、書き込みは一切なく、状態も良いため、保存用として持っていたのではないかと考えられる。

傍線が引かれた歌は四四首あり、行頭にチェックがある歌は、「もののふの父の子に生れもののふの父の寂しさを吾が見るものか」、「聞き居たる時至たりねがはくはこの御戦ぞ決定ならしめ」、「われらあつく御禮申せど君が眼の焼けしまつ毛のひとすぢをだも」の三首である。

『魚歌』の中で、「御戦に死する者らはまことなり生命安く居て何云う輩」は、唯一チェックが二つ付けられている歌である。この歌は、『神聖喜劇』中、村上少尉が「第三部　運命の章／第一　神神の罠／三」において大前田軍曹の内面を推し量って引用する。東堂はそれを聞き、村上少尉があげた「ある若い歌人」が齋藤史であると即座に了解し、史の短歌を三八首思い浮かべるのである。ここでは、史に積極的な関心を抱きつつも、そこから日本浪曼派への連なりを想起する東堂が描かれている。短歌の引用が多い

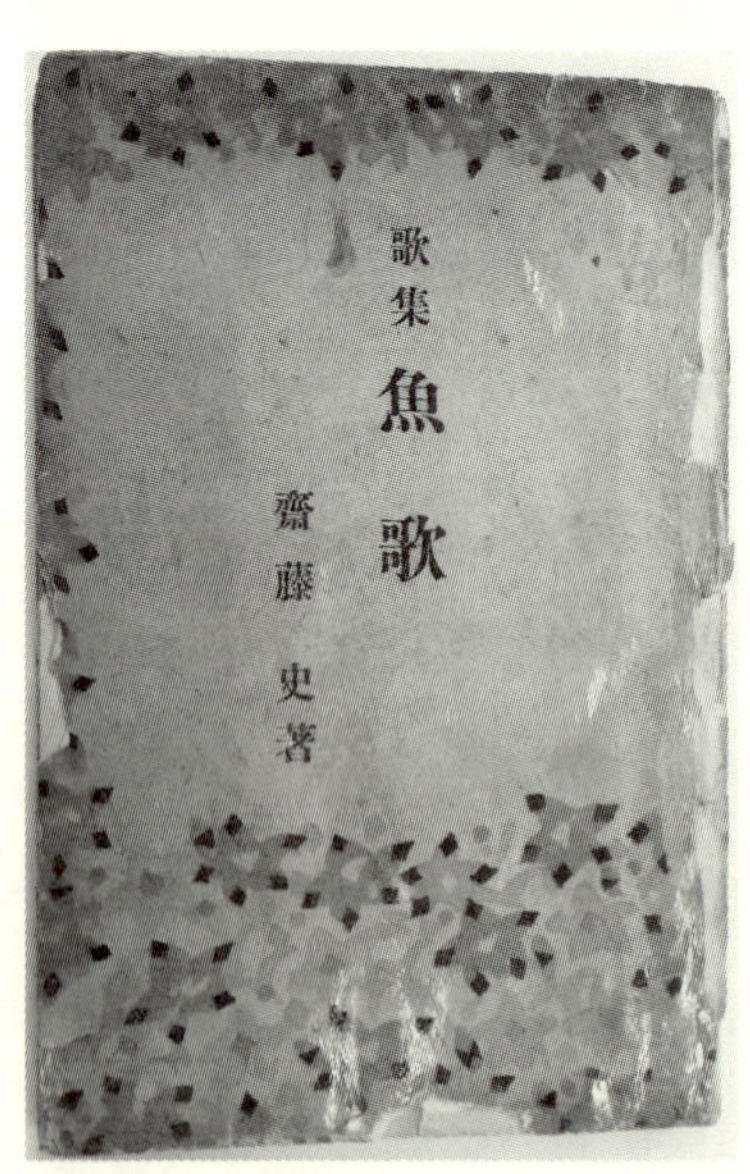

『歌集　魚歌』表紙

『神聖喜劇』においても、三八首もの短歌が連続して引用されるのは、唯一この箇所だけである。「第一　神神の罠」という章題も、おそらく「あかつきのなぎさぬかりて落ち沈みわがかかりたる神神の罠」から来たものであろう。おなじく「第二　十一月の夜の媾曳」において、東堂は流産経験を問うために、「母となるべくありしは我か麻酔覚めてま青き空の光をば見ぬ」一首を安芸の彼女に投げかけている。史の短歌は、物語の展開に大きく寄与している。

他作品では、『地獄変相奏鳴曲』第二楽章『伝説の黄昏』において、「はつはつに上ぐる額と云はば云へ地を這ひゆきて必ず視むもの」を、第四楽章『閉幕の思想　あるいは娃重島情死行』では、「落日の赫きながれに手をつかねかくしつつ又無為に過ぎむか」、「昏れ方はひたすら蒼き残雪の身に照り透るなげきあるなり」、「あっさりと書いたかきおきの美しさこのやうな文字知ってた我か」を引用している。また、『五里霧』所収『連絡船』には、「手を振ってあの人もこの人もゆくものか我に追ひつけぬ黄なる軍列」の引用がある。さらに、巨人は詩華集『春秋の花』において「幾世の後歴史の墓をあばくものありやあらずやただにねむりぬ」を「ある何事かにたいする「判断保留」の卓抜な表出」として挙げている。だが、蔵書の『魚歌』の該当歌には、痕跡は見られない。山口直孝・橋本あゆみ・田中芳秀らによるインタビューでは、「指先にセント・エルモの火をともし霧ふかき日を人に交じれり」を「革命的ロマンティシズム」の例として挙げているのが注目される。

指先にセント・エルモの火をともし霧ふかき
日を人に交れり
母がつぶやく日本の子守歌きけば我はまだ
まだ生きねばならぬ
五線紙に花散りやまずあたたかに黒い挽歌
も音色ふくみぬ

『魚歌』14ページ

巨人は、史に『万葉集』からの影響を指摘し、「運命的な芸術家」の姿を見ている（「耐えるべき長命として」）。また、「精神の実体に迫る歌」では、「二十世紀の第一年に『みだれ髪』と、二十世紀の中葉に上木の『魚歌』とは、両両比肩する記念碑的な歌集である。しかも、「これから」今日に至る齋藤史の業績は、与謝野晶子のそれに勝るとも劣らぬ、と私は、確信をもって断言する」とまで述べており、史への評価は一貫して高い。

（伊豆原潤星）

『明石海人全集』上巻・下巻（改造社、一九四一年一月十六日・同年三月十六日）

ハンセン病を発症して家族との別居を余儀なくされ、三十七歳で病没した作者の文業を集成したもの。海人の本格的な創作は、一九三二年に療養所長島愛生園に入ってから始まり、一九三八年刊行の『新万葉集』に一一首が収められたことで世の注目を集めた。『明石海人全集』は、当時ベストセラーとなり、版を重ねた。

　大西巨人の所蔵本は、上下ともに初版。カバーは外されており、外装がニスで塗られている。上巻の中表紙に「大西」の朱印が押されていることと併せて、本書が愛蔵書であることを示している。上巻の見返しには「〈時の人〉ダミアン・ダットン賞を受ける光田健輔」（『毎日新聞』一九六一年二月十日）の切り抜きが挿み込まれていた。長島愛生園園長であった光田は、本全集に「回想文「天啓に生きし者」」を寄せている。第一歌集である『白描』（改造社、一九三九年二月二十三日）は、蔵書中に確認できなかった。また、松村好之『慟哭の歌人　明石海人とその周辺』（小峰書房、一九八〇年六月十日）などの関連書はあったが、海人のほかの歌集などは所蔵されていなかった。

『明石海人全集』の入手時期は特定できないが、敗戦直後に言及があることから、発売と同時か、復員直後かの二つに絞られる。『神聖喜劇』での言及（『白描』に即して行われている）を参考にするならば、教育召集の前に既に所持していたと考えるのが妥当であろう。

　痕跡は、短歌が収められた上巻に集中し、下巻は、年譜の誤字が一か所訂正されているだけである。和紙を切ったしおりが三か所に挿まれているほか、短歌に朱で小さな○、あるいは傍線が引かれている。○印（「翳（一）」以降は、丸の中が塗りつぶされ、点に近くなる）を付せられたものが「人間の類を逐はれて今日を見る狙仙が猿のむげなる清さ」（「診断の日」）など四八首、傍線を引かれたものが「陸橋を揺り過ぐる夜の汽車幾つ死したくもなく我の佇む」（「診断の日」）など五八首あり、「我のみや癩に盲ふるにあらねどもみはる眼にうつるものなし」（「白描」失明）、「籬にはつゆの白花かわきつつまたがらくたな今日の日射しきぬ」（「翳（二）」化石）の二首には、両方が施されている。記号の区別は第三者には判じがたいが、「降りたちてなじまぬ下駄のおもみにも籠れる冬は久しかりにし」（「白描」立春）や「ひとしきりもりあがりくる雷雲のこのしづけさを肯はむとす」（「翳（一）」寂）などの巨人の愛誦歌に傍線が引かれていることからすれば、傍線がより高い評価を意味すると言えるかもしれない。

「白描」の「麻痺」および「鼻」の詠題には傍線およびチェックがあり、「病む歌のいくつはありとも世の常の父親にこそ終るべかりしか」（「白描」花咲き花散る）にもチェックが見られる。『神聖喜劇』において東堂太郎の海人への関心を決定づけたのは、「病む歌の」一首との出会いであり、東堂はその歌から「本源的・運命的な芸術家」の「習俗的であることの悦楽にたいする内密にして激烈な憧憬」を感じ取っている（Ⅲ-三二七）。狭義のハンセン病文芸の枠に収まらない存在として海人は東堂によって、そして作者によって見出されている。

見えぬ眼を窓より放ちこの年の葉櫻風かと聽きとめにけり

癩は君に[illegible]せりと人の云ふに

病む歌のいくつはありとも世の常の父親にこそ終るべかりしか

『明石海人全集』上巻 198 ページ

アジア太平洋戦争敗戦一年が経過して後、巨人は「降り立ちて」一首を巻頭に掲げて思想状況の浮薄さを戒める時評を発表している（「籠れる冬は久しかりにし」）。ファシズムが猛威を振るった時代から民主主義の季節への非主体的な切り替わりにおいて、「当然よろめきがあるべき所によろめきがない、という事実」を巨人は懐疑的に眺める。「降り立ちて」一首は、反順応主義的な芸術家の精神を表す歌として象徴的な意味を与えられている。

「のぼりきて見放る沖のかくれ岩神神の敵意ここに泡だつ」は、『天路の奈落』（第三　拡大地方委員会の夜（続）／一）の、「ひとしきり」一首は『伝説の黄昏』（十一　風ハ楼ニ満ツ）・『三位一体の神話』（第三篇　中景）の、それぞれエピグラフに用いられている。『深淵』の麻田布満は、北海道の病院で一二年間の記憶喪失期間から覚醒した時、海人の「病棟の夕さざめきをともる灯に死しゆくさへや逐はるるごとし」ほかの短歌を思い出すことによって、過去の教養が保持されていることを確認して安心する（上-四四～四五）。海人の愛好が生涯続いたのは、和語を用いた感覚的表現によって紋切型を脱しようとする作歌上の工夫に巨人が共感するところがあったからと推察される。

（山口直孝）

中野重治『鷗外　その側面』（筑摩書房、一九五二年六月五日）

戦中から戦後にかけて、『都新聞』や『文学』など様々な媒体に発表された中野の鷗外論を集めた単行本である。巨人が所有する本書の表見返しには、「大西巨人様／一九五二年六月／中の重」の直筆の書き込みがあり、著者である中野から寄贈された本だとわかる。収載された文章は多様であるが、論の全体を貫くのは、鷗外がいかに自己の立場を忘れることがない作家であったかという主張であろう。中野の主張を巨人は「要約するに、鷗外は、たしかに第一級の「闘士のたましい」の持ち主であったが、同時に「世間からばかにされることを恐れ」ることからなかなか自由であり得なかった」（「『鷗外　その側面』のこと」〔『文選一』所収〕）とまとめている。巨人はこの『鷗外　その側面』のなかに、書き手である中野自身の「「闘士のたましい」のみなぎりが見られる」（同）とし、本書を書いた中野の姿勢を高く評価している。

さらに巨人の蔵書には、『鷗外　その側面』（筑摩叢書一八九、一九七二年二月二十五日）も所蔵されている。この叢書版の表見返しには謹呈箋がのり付けされており、こちらも中野から寄贈されたものだとわかる。この叢書版には、「遺言状のこと」（七六～七七、八四～八五）、「「半日」のこと」（九四～九五）、「鷗外位置づけのために」（一三四～一三五）、「「傍観機関」と「大塩平八郎」」（一五六～一五七）に切った和紙が挟み込まれ、さらに「隮壇」（九二頁）の二字に赤線が引かれており、巨人の読んだ痕跡が残されている。

叢書版には、一九五二年以降に書かれた鷗外論八本が増補されている。増補されたものの一編「鷗外「中略」のイデオロギー」のなかで、片づけものをした際に「大西が読んで、私にも読んでみろといって送ってくれた」、重松泰雄「鷗外「大塩平八郎」の資料をめぐって」（『文学論輯』第六号、一九五九年三月十五日）が出てきて、「読みかけたなり七年ちかくそのままにしてきた」重松の論文を通読したところ、鷗外が「槁寂之空」を「枯寂の空」と誤って使用していたことを知ったと述べている。巨人がどういう意図で重松の論文を中野に送ったのかはわからない。巨人が送った論文において、重松は「槁寂之空」を「枯寂の空」と誤って使用していた鷗外の姿勢を「表面の辻褄だけは合っているが、しかし、根底において、のっぴきならな

巨人が所蔵した『鷗外　その側面』三種

い大塩観に支えられた作品ではな」く、「そこにこの作品の本質的な底の浅さがある」と述べる。この指摘を敷衍して考えるなら、巨人は中野の「「闘士のたましい」のみなぎりが見られる」姿勢に敬意を払いつつも、「表面の辻褄だけは合っている」ような傾向に陥いる危険性を戒めたのではなかろうか。その証拠に、「（ちなみに、「竹田と大塩との関係」（『文選三』所収）でも巨人は、初版本、旧版全集、「筑摩叢書」本、新版全集本、以上四種のいずれにおいても、前記「多少の未練」的「後書き」中の竹田のその大塩訪問の年月が「天保六年九月」となっているのは、明らかに「天保五年九月」の誤記ないし誤植である。しかも、竹田は、天保六年〔一八三五年〕八月に亡くなったから、「天保六年九月」にはこの世の人ではなかった）」と中野の誤りを指摘しているのである。ただし後年においても『鷗外　その側面』は近・現代日本文学における屈指の批評文である、と私は、年ごろ評定している」（「仆れるまでは」（『日本人論争　大西巨人回想』所収）と証言しており、巨人が本書を高く評価していたことは疑い得ない。巨人の蔵書には『鷗外　その側面』（ちくま学芸文庫、一九九四年九月七日第一刷）も所蔵され、文庫化される際にコメントも発表している（前掲「仆れるまでは」）が、読まれた痕跡などは残されていない。

（阿部和正）

村上春樹『羊をめぐる冒険』（講談社、一九八二年十一月八日二刷）

初出は『群像』第三八巻第八号（一九八二年八月）。村上春樹の初期三部作（『風の歌を聴け』、『1973年のピンボール』、『羊をめぐる冒険』）の第三部を成す。主人公の「僕」が、耳専門の広告モデルの女性とともに、世界の秩序を左右するとされる特殊な羊を探して北海道を旅する物語である。二・二六事件、アジア太平洋戦争、三島由紀夫の市ケ谷駐屯地での演説などがモチーフとして盛り込まれている。抽象的な表現に止まるとはいえ、他の初期小説とは異なり、歴史的、社会的な主題が導入された作品となっている。

大西巨人は『文芸』第二一巻第一〇号（一九八二年十月）に「『羊をめぐる冒険』読後」というエッセイを発表している。そこで巨人は、作中人物の「誰とでも寝る女の子」という設定や、「「あなたと寝てみたいわ」と彼女は言った。そして我々は寝た」という表現を、「現代文明の精神的諸側面における「原基への退化」」に見合う現象であると指摘し、批判している。さらに、巨人は、ヘミングウェイの『武器よさらば』などに認められる「非情冷淡」的表現が、「「原基への復帰」を経て、それを内に取り込みつつ、ふたたび当代ならびに未来へと進化してきた」「現代文明の精神的諸側面における「原基への退化」」とは全然齟齬する」表現であったとし、村上とヘミングウェイの「原基への復帰」的表現の差異を強調している。一方で、巨人は村上に「『何物かを希求する』の魂」の存在を認め、文章の最後を「この有能な作者がもっと大事な「何か」を探しまわること・探し当てることに、私は、期待する」と結んでいる。巨人は村上の四作目の長編小説『世界の終わ

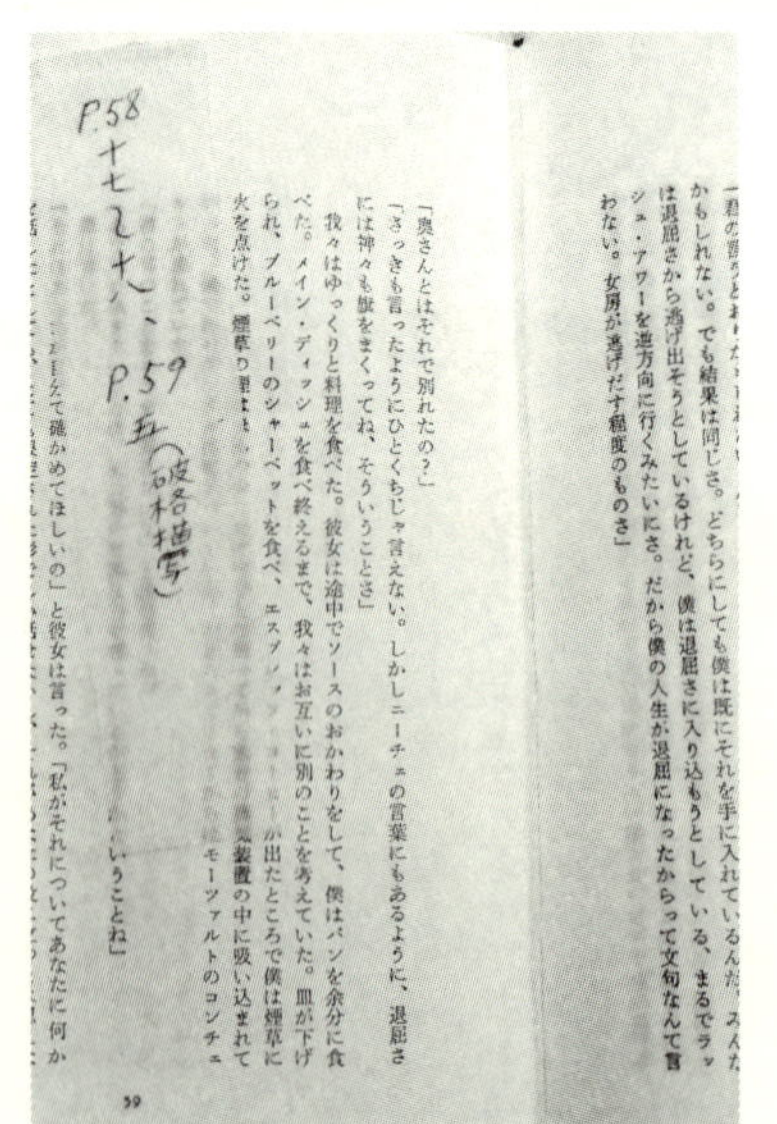
かもしれない。でも結果は同じさ。どちらにしても僕は既にそれを手に入れているんだ。みんな
は退屈さから逃げ出そうとしているけれど、僕は退屈さに入り込もうとしている。まるでラッ
シュ・アワーを逆方向に行くみたいにさ。だから僕の人生が退屈になったからって文句なんて言
わない。女房が逃げだす程度のものさ」

P.58 十七之九、P.59 五（破格描写）

「奥さんとはそれで別れたの？」
「さっきも言ったようにひとくちじゃ言えない。しかしニーチェの言葉にもあるように、退屈さ
には神々も旗をまくってね、そういうことさ」
我々はゆっくりと料理を食べた。彼女は途中でソースのおかわりをして、僕はパンを余分に食
べた。メイン・ディッシュを食べ終えるまで、我々はお互いに別のことを考えていた。皿が下げ
られ、ブルーベリーのシャーベットを食べ、エスプレッソ・コーヒーが出たところで僕は煙草に
火を点けた。……装置の中に吸い込まれ……モーツァルトのコンチェ

……えて確かめてほしいの」と彼女は言った。「私がそれについてあなたに何か
……いうことね」

59

『羊をめぐる冒険』58～59ページ

りとハードボイルド・ワンダーランド』における男女関係にも「原基への退化」の反映を指摘している（「岩戸開放」『朝日ジャーナル』第二八巻第一五号、一九八六年四月十一日）。

巨人蔵書の『羊をめぐる冒険』には、四一箇所に小紙片が挿み込まれている。「メイン・ディッシュを食べ終えるまで、我々はお互いに別のことを考えていた」（第三章　1978／9月／一　鯨のペニス・三つの職業を持つ女）という箇所に「破格描写」と記された和紙が挿み込まれているなど、小説の形式に対する巨人の厳格なまなざしと、村上の表現の論理的な欠陥に対する厳しい評価がうかがえる。一方で、村上の豊かな感性が効果的に発揮された箇所にも多くの小紙片が挿み込まれている。「『羊をめぐる冒険』読後」で、巨人は「開け放した窓から鋭い鳥の声が聞こえた。聞いたことのない鳴き声だった。新しい季節の新しい鳥だ。僕は窓から射し込んでくる午後の光を手のひらに受け、それを彼女の頬にそっと置いた。そんな姿勢のまままずいぶん長い時間が過ぎた。僕は白い雲が窓のはしからはしまで移動するのをぼんやり眺めていた」（第六章　羊をめぐる冒険Ⅱ／六　日曜の午後のピクニック）以後のシークエンスを「際立ってみごとである」と評価しているが、蔵書の該当ページにも小紙片が挿み込まれている。他に「登場人物が皆ヒトカドの哲学的・人生論的な警句を吐く」と書かれた小紙片が挿み込まれている箇所もある。村上の小説の作中人物の傾向を的確に捉えていて面白い。巨人は、村上の小説表現の危うさを警戒しつつも、その新鮮な洞察や感性を柔軟に評価していたのであろう。「第六章　羊をめぐる冒険Ⅱ／八　いわしの誕生」に、車の運転手が「僕」の猫を「いわし」と名付けるユーモラスな場面がある。そこに「Humor の例」と記された小紙片が挿み込まれ、その続きの命名をめぐるやや屁理屈めいた議論の箇所に、「その下降の例」と記されてあるところなどにも、村上の表現に対する巨人の慎重な判断がうかがえる。

（杉山雄大）

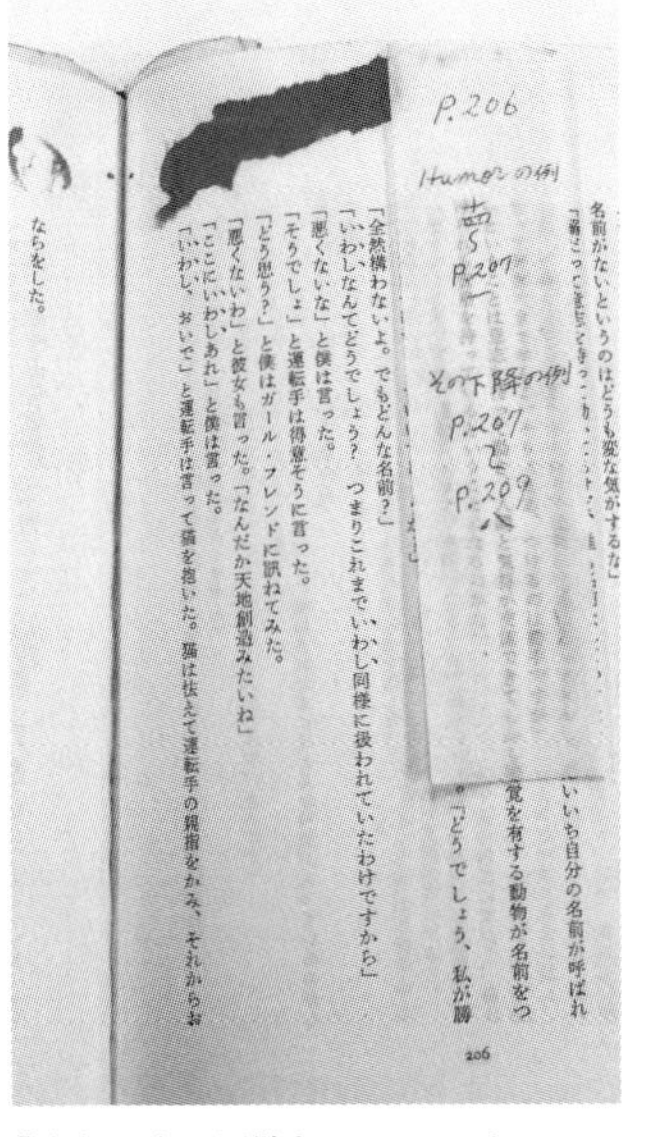

『羊をめぐる冒険』206 ページ

村上春樹『世界の終りとハードボイルド・ワンダーランド』（新潮社、一九八五年六月十五日）

『世界の終りとハードボイルド・ワンダーランド』は、村上春樹の四作目の長編小説であり、壁に囲まれた街で「夢読み」として〈僕〉が暮らす「世界の終り」と、暗号の生成と解読を行う「計算士」として〈私〉が暮らす「ハードボイルド・ワンダーランド」という二つの世界が交互に語られる小説である。村上春樹は、同作で第二一回谷崎潤一郎賞を授賞した。ちなみに、巨人は『神聖喜劇』で第一六回の同賞候補となったが、人の名前を冠した賞は受け取らないということを理由に、候補を辞退している。

巨人は、同書に多くの切った和紙を挟み込んでいる。和紙には、例えば「P・73　一～五」と赤ペンでページと行数が指定されており、精読の痕跡が見て取れる。例に挙げた和紙に該当するのは、「よくわからない、と私は言った。私はだいたいが正直な人間である。わかったときにはちゃんとわかったと言うし、わからないときにはちゃんとわからないと言う。曖昧な言い方はしない。トラブルの大部分は曖昧なものの言い方に起因していると私は思う。世の中の多くの人々が曖昧なものの言い方をするのは、彼らが心の底で無意識にトラブルを求めているからなのだと私は信じている。そうとしか私には考えられないのだ」という文である。この文からは、巨人の徹底した論理性・正確さを想起させられる。和紙の挟み込み以外にも、例えば、「手にすくいとれそうなほどの濃い暗闇」、「三オクターブぶんしかキイがなくて、五年も調律をしていないピアノを弾いているような気分」、「鳩の群が十月革命の記録映画みたいにいっぱいあつまってきて」、「水路標識灯の底についたおもりのように暗く愚か」、「閉館するホテルからソーファーやシャンデリアがひとつひとつ運びだされているのを眺め

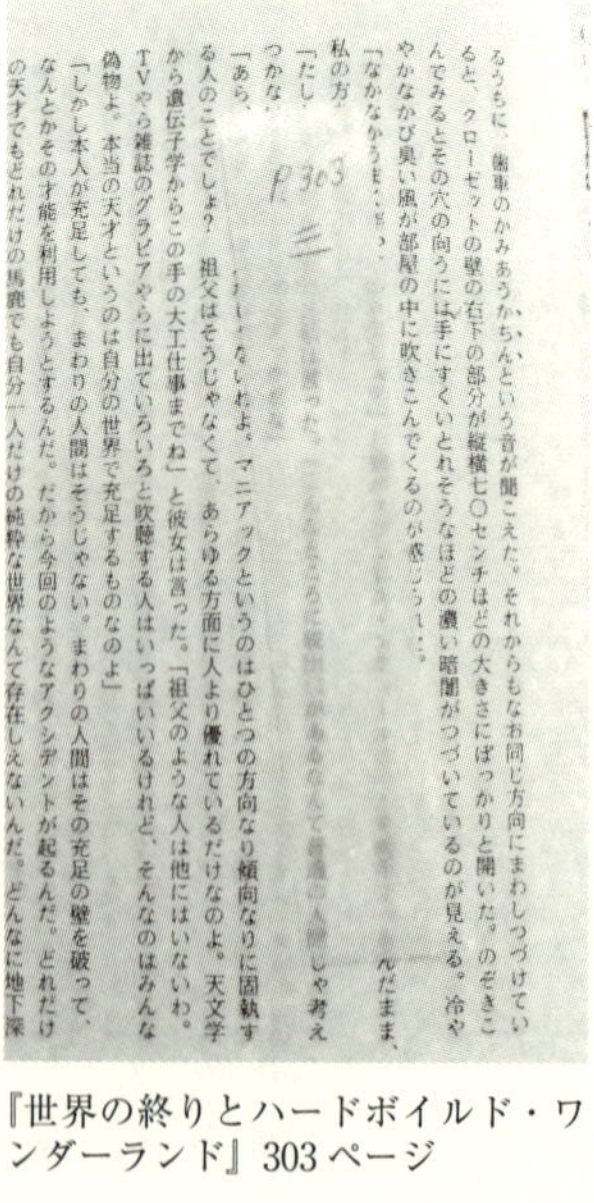
るうちに、歯車のかみあうかちんという音が聞こえた。それからもなお同じ方向にまわしつづけていると、クローゼットの壁の右下の部分が縦横七〇センチほどの大きさにぽっかりと開いた。のぞきこんでみるとその穴の向うには手にすくいとれそうなほどの濃い暗闇がつづいているのが見える。冷ややかなかび臭い風が部屋の中に吹きこんでくるのが

「なかなかうま

私の方

「たし

つかな

「あら、

しれないわよ。マニアックというのはひとつの方向なり傾向なりに固執する人のことでしょ？　祖父はそうじゃなくて、あらゆる方面に人より優れているだけなのよ。天文学から遺伝子学からこの手の大工仕事までね」と彼女は言った。「祖父のような人は他にはいないわ。TVやら雑誌のグラビアやらに出ていろいろと吹聴する人はいっぱいいるけれど、そんなのはみんな偽物よ。本当の天才というのは自分の世界で充足するものなのよ」

「しかし本人が充足しても、まわりの人間はそうじゃない。まわりの人間はその充足の壁を破って、なんとかその才能を利用しようとするんだ。だから今回のようなアクシデントが起るんだ。どれだけの天才でもどれだけの馬鹿でも自分一人だけの純粋な世界なんて存在しえないんだ。どんなに地下深

『世界の終りとハードボイルド・ワンダーランド』303ページ

ているような気分」、「春の熊のように健康」、「宮廷の専属接骨医が皇太子の脱臼をなおすときのような格好」、「甲殻動物が季節のかわりめに殻を抜けだすような格好」といった比喩表現に赤ペンでチェックがつけられている。このような比喩表現へのチェックは、一四箇所にも及んでいる。ここからは、春樹の比喩表現に対する巨人の好意的評価を読み取ることができるだろう。

また、巨人は、「岩戸開放」（『文選四』）において、「「よろしかったら、そこらの喫茶店でいっしょにお茶でも飲みませんか」」という男女の挨拶が、「性の解放」が実現した後には、「「よろしかったら、そこらのホテルでいっしょに寝ませんか」」と挨拶するようになり、「たとえば、村上春樹作『世界の終りとハードボイルド・ワンダーランド』（新潮社一九八五年刊）における男女関係の様相などは、それがそのとおりであることを裏付けるようでもあり、その逆を裏付けるようでもある」と『世界の終りとハードボイルド・ワンダーランド』を例に出して論じている。

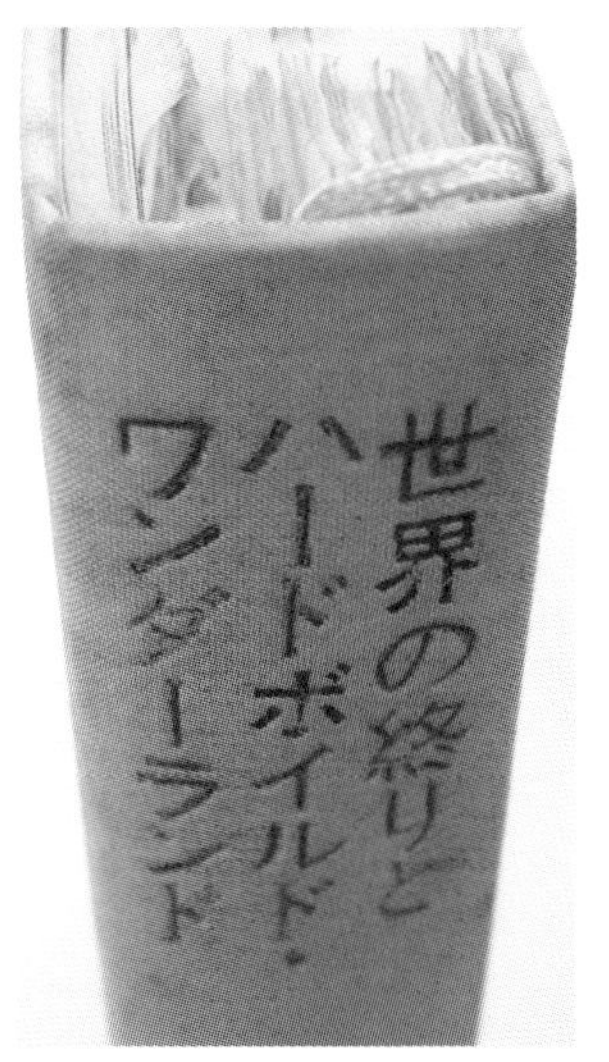

『世界の終りとハードボイルド・ワンダーランド』背表紙。挿み込まれた和紙の多さがわかる。

村上春樹への関心が晩年まで一貫していたことは、蔵書から明らかである。巨人は、『風の歌を聴け』から『1Q84』（新潮社）に至る長編小説はすべて所有しており、特に『アンダーグラウンド』、『スプートニクの恋人』、『神の子どもたちはみな踊る』、『アフターダーク』には、新聞の書評の切り抜きが挟まれている。長編小説のうち、『ねじまき鳥クロニクル』に関しては、文芸誌に載った書評や、久居つばき『ねじまき鳥の探し方　村上春樹の種あかし』といった本が蔵書にあり、高い評価を与えているようである。また、巨人は『群像　日本の作家　二六　村上春樹』を所有しているが、この群像のシリーズで他に所有しているのは『群像　日本の作家　九　与謝野晶子』のみである。『深淵』の崎村静雄に「村上は、（略）「探しまわる」からすらも、実質上――外見上ではなしに――よほど後退したようである。」と語らせつつ、『世界の終りとハードボイルド・ワンダーランド』以降も巨人は、村上春樹への積極的関心を持ち続けた。

（伊豆原潤星）

『赤人文庫』（小説三巻、脚本二巻）

一九五五年七月六日、大西家に長男が誕生する。「遠くで聞いた産声はいかなる名作にもおよばぬ感動だった」（大西美智子『大西巨人と六十五年』七八）と述懐した巨人は、早速、思いも寄らぬ子煩悩ぶりを発揮して、退院した美智子夫人を驚かせる。「仕事部屋が赤ん坊の部屋に改装されている。三方の壁には世界の名画がはってある。前面にはレースのカーテンが取り付けてある。感激した。美術誌を探して、新宿の古書店を回ったそうだ。ひと言も聞いていなかった。／名前は太郎と決めたが、予期せぬ事態が生じた。隣家は高い板塀に囲われた広い静かな屋敷で、連れ込み宿だった。そこから、タロー、タローと飼い犬を呼ぶ声が聞こえてきた。急遽変更することに。大西が好きな万葉歌人、山部赤人から赤人と命名。一瞬にして決まった」（前掲書八〇）。

だが、その喜びも束の間、新生児は原因不明の足の腫れや痙攣に苦しみ、度重なる病院通いで大西家の生活不如意にも拍車がかかり（結局、血友病と判明するまでにほぼ一年かかっている）、夫婦にとって辛い時期が続く。その一方、巨人はこの年の二月末に『神聖喜劇』の執筆に取り掛かったところであったが、八月には評論「ハンセン病問題」も完成させている。私生活の面で極めて困難な時期が作家として迎えた正念場とまさに重なっていたのだが、この二重の逆境はかえって巨人の闘志を掻き立てるばかりであった。何事にも妥協や手抜きを一切しない巨人のことである。生まれたばかりの長男の部屋に世界の名画を貼ることで開始した英才教育を中途で止めるはずもない。そして、常のごとく、その生真面目さは、思わず吹き出したくなるようなユーモアを醸し出さずにはいない。

巨人には、古雑誌を処分する際、手元に残しておきたい記事や小説のある号はばらばらにし、必要な部分だけ取っておく習慣があった。特に目立つのは、ハンセン病療養施設の文学雑誌（『多磨』・『愛生』等）の記事で、そのうちの連載記事数本については自装本に仕立てられている。おそらく、時間が許せば、ほかの記事も同様にするつもりがあったのだろう。もっとも、ハンセン病をテーマとしていない小説作品としては、新田潤「映画館のある街」（正確には切り抜きのコピー、『文選四』所収の「原口真智子作『神婚』のこと」に言及あり）、原口真智子が一九八五年か

『赤人文庫』と付された巨人手書きの目次

ら八八年にかけて同人誌『西域』に発表した小説七作、雑誌『Esquire』一九八八年八月号から一九九二年五月号までに掲載の、主にアメリカの現代作家によって書かれた短編小説の翻訳が目につく程度で、ほかにも切り抜きはあったが破棄されたのか、あるいは実際にこれらだけしか切り抜かれなかったのか、定かではない。いずれにせよ、赤人生誕の一九五五年七月、そして翌八月に、巨人は、「赤人文庫」と銘打って、それまでに集めた切り抜きを五冊の自装本に仕立てている。

すでに引用した美智子夫人による回想録には以下の一節がある。

「将来赤人のためにと雑誌に掲載された翻訳小説の中から選んで、二冊の本にしている。表紙は私の夏物ワンピース、水玉模様の布を利用している。半世紀以上の年月を経て、手垢で薄汚れているが、「赤人文庫」と墨書きされて頑丈に出来た手製の本は蔵書の中に存在している（『日本人論争』の口絵写真の中に、「葉山海岸にて」がある。武井〔昭夫〕さん達と遊びに行った時、私が着ていた服の余り布とわかる）」（『大西巨人と六十五年』一〇三）。

正確には、七月に作成された三巻の小説選のうち、外国篇は「三」のみで、「一」と「二」は日本篇である。「三」については美智子夫人の記述の通りであるが、「一」と

「二」は、茶色と紺（?）の縞模様の布で装丁されている。そして、八月に作成された二巻の脚本選は、「一」が外国篇と日本篇、「二」がもっぱら日本篇となっている。布を使ってここまで入念に装丁された例は、巨人蔵書全体を見渡しても、ほかにない。

巨人はどのような作品を息子のために選んだのか。小説選の外国篇は、エッセイ「最近の新刊書から」（一九五四年、『歴史の総合者として』に収録）でも激賞されているトーマス・マン『欺かれた女』は別として、バートランド・ラッセル『郊外町の悪魔』、サルトル『奇妙な友情』、モーリヤック『薄のろ坊ちゃん』といった当時の話題作に、ニューヨーク・ヘラルド・トリビューン主催の世界短編小説コンクールの入賞作品、そして現代ドイツ短編集を合わせた、いささか機会的な選択という印象を与えるのに対し、日本篇の選択が興味をそそる。一九三八年発表の里見弴と川端康成の短編以外は、戦後、特に一九五〇年代に文芸誌に発表された作品ばかりで、二作以上選ばれた作家が過半を占めるものの、「一」と「二」の間の配分や配列の基準はおよそ不分明である。

以下、複数作品が収録された作家を列挙してみる（「一」と「二」の収録作を「／」で分けて示した）。中野重治（『写しもの』／『アンケート』）、室生犀星（『愛情の殺意』／『かくて人は』『黒髪の宿』）、梅崎春生（『三日間』／『ボロ家の春秋』）、堀田善衛（『燈台へ』『潜函』／『はやりうた』）、井上靖（『末裔』『北の駅路』／『水溜りの中の瞳』）、田宮虎彦（『異端の子』『比叡おろし』／『足摺岬』）、榛葉英治（「一」に『暗い波』『渦』）、丹羽文雄（『崖下』／『柔媚の人』）、石川淳（『鳴神』／『珊瑚』）、武田泰淳（『ひかりごけ』『美貌の信徒』／『獣の徽章』『異形の者』）、島尾敏雄（『夜の匂い』／『帰巣者の憂鬱』）、小島信夫（『アメリカン・スクール』／『吃音学院』）。

一作しか選ばれていない作家は、「一」に里見弴『晩い

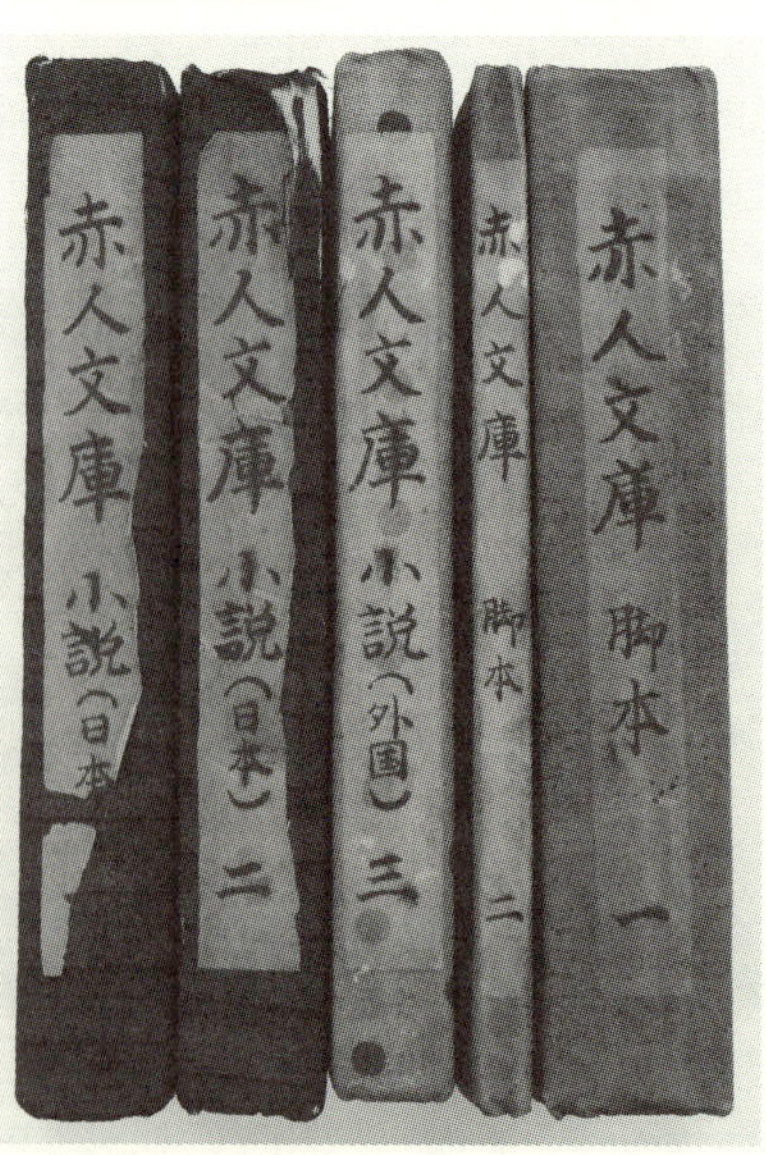

『赤人文庫』背表紙

結婚』、石坂洋次郎『闘犬図――ドーミヱを愛して――』、川端康成『金塊』、伊藤整『海の見える町』、中村真一郎『感情旅行』、「二」に三島由紀夫『鍵のかかる部屋』、佐多稲子『仲間』、坂口安吾『外套と青空』、北原武夫『聖家族』、八木義徳『大癋の面』、石上玄一郎『氷河期』、庄野潤三『プールサイド小景』、埴谷雄高『意識』、船山馨『假橋の畔り』がそれぞれ収録されている。

同時期の文芸誌に発表され、選ばれなかったほかの作品とこれらの収録作を照らし合わせれば、巨人の選択の意図（例えば、息子が生まれた時代を伝えるような作品を選択した等）が、あるいは推測できるかもしれない。

脚本選には、サルトル（『賭けはなされた』）、ホールとミドルマス（『勇者』）、ボリース・ラスキン（『ヒックス氏の奇跡人間』）、クルト・ゲッツ（『トビイ』）、ブレヒト（『第三帝国の恐怖と貧困』）、岸田国士（「一」に『虹色の幻想』、「二」に『速水女塾』）、大岡昇平（『静かなる雪』）、久保栄（『日本の気象』）、久板栄太郎（『巌頭の女』）、三島由紀夫（「一」に『夜の向日葵』『若人よ甦れ』『只ほど高いものはない』、「二」に『魔神礼拝』『火宅』）、福田恆存（『現代の英雄』）、木下順二（『風浪』）、太宰治（「二」に『春の枯葉』）、真船豊（『黴』）が収録されている。

目次

(1) J・P・サルトル　賭はなされた　シナリオ
(2) H・ホール R・ミドルマス　勇者　一幕
(3) ボリース・ラスキン　ヒックス氏の奇跡人間　一幕
(4) クルト・ゲッツ　トビイ　一幕
(5) ベルトルト・ブレヒト　第三帝國の恐怖と貧困　十三景
(6) 岸田國士　虹色の幻想　シナリオ
(7) 大岡昇平　静かな雪　シナリオ
(8) 久保栄　日本の気象　五幕
(9) 久板榮三郎　巌頭の女　四幕五場
(10) 三島由紀夫　夜の向日葵　四幕
(11) 仝　若人よ蘇れ　三幕
(12) 仝　只ほど高いものはない　三幕
(13) 福田恆存　現代の英雄　六幕
(14) 木下順二　風浪　五幕

『赤人文庫　脚本選一』目次

巨人蔵書は、戯曲という由緒正しい文学ジャンルに対する所蔵者の積極的関心が反映しており、『地獄篇三部作』『神聖喜劇』『天路の奈落』（後二長編のタイトル演劇の語彙が含まれているのは偶然だろうか）が部分的にシナリオ形式で書かれていることがそれを裏付けるものの、本格的な実作としては、「〝いつの日か自分は「秋月の乱」を戯曲に書きたい〟という願望・思考が、私に数十年来存在する」と一九九一年に自ら語っているように（『文選四』三五一）、戯曲一編の構想が知られるだけである。このプライヴェートなアンソロジーを読みながら、巨人が戯曲を実際に書いていたらどのような作品となっていたか、空想をめぐらしてみるのも一興だろう。

（石橋正孝）

J・R・マクドナルド、中田耕治訳『犠牲者は誰だ』（早川書房、一九六九年一月三十一日再版）

ロス・マクドナルドによるミステリー小説、私立探偵リュウ・アーチャーシリーズの第六作目。大西巨人の所有していた版は、早川文庫より出版されていたハヤカワ・ミステリ・シリーズの二七七にあたり、本文は二段組みとなっている。翻訳は中田耕治。解説は「編集部・M」とある。マクドナルドのアーチャーシリーズは、私立探偵のリュウ・アーチャーが事件を次々に解決していく「ハードボイルド」（本書解説より）な推理小説で、本作もまた、そうしたシリーズの流れを踏襲している。運転途中のリュウが、衰弱した血まみれのトラック運転手、トニィ・アクイスタを発見するところから、物語は始まる。

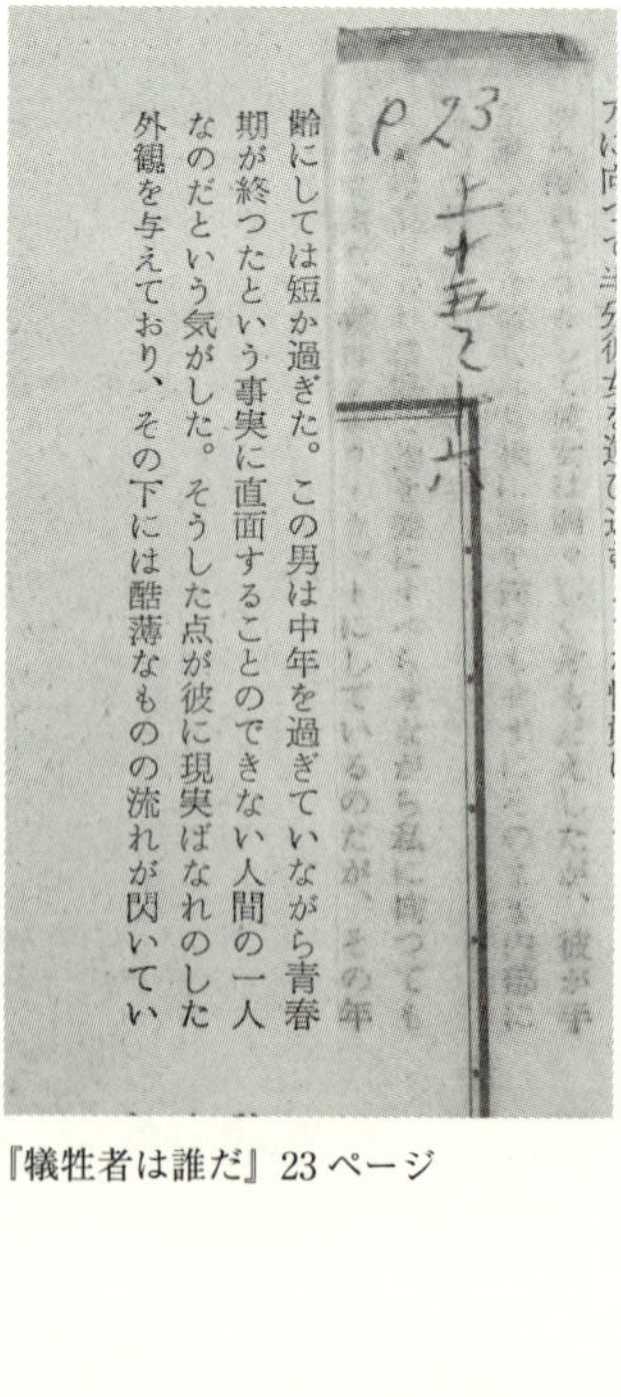

巨人はマクドナルドへ高い関心を持っていたようで、それは愛着と呼べるほどのものでもあった。たとえば、『歴史の総合者として――大西巨人未刊行批評集成』に掲載された「推理小説に関する三五五人の意見」（『中央公論』第九五年第一一号、一九八〇年八月十日初出）では、過去十年で面白いと感じた推理小説を三つ挙げてほしいとの質問に対し、国外の作品としてシューヴァル&ヴァール『消えた消防車』、マーガレット・ミラー『これよりさき怪物領域』に並んで、マクドナルドの『眠れる美女』が挙げられている。また、同じく『歴史の総合者として』に掲載されている一九八〇年の『中央公論』のアンケートにおいても、巨人は好きな国外の推理小説作品としてマクドナルドの『さむけ』を挙げている。こうしたアンケートなどからも、巨人がマクドナルドに対して愛着と呼べるほどまでの関心を抱いていたことが分かるだろう。そうした愛着は本書に見られる巨人の痕跡からもうかがうことができる。同時に、その痕跡は、本作が巨人の思想や作品にも影響を与えたこ

齢にしては短か過ぎた。この男は中年を過ぎていながら青春期が終つたという事実に直面することのできない人間の一人なのだという気がした。そうした点が彼に現実ばなれのした外観を与えており、その下には酷薄なものの流れが閃いてい

『犠牲者は誰だ』23ページ

とをも示唆する。

本書には本文の訂正以外にもしおりの差し込みがある。そして、そのしおりには差し込みのあったページ数と、行数が明記されている。たとえば「P.23　上十五〜十六」とあるページの該当箇所には次のような文章がある。「この男は中年を過ぎていながら青春期が終わったという事実に直面することのできない人間の一人なのだという気がした」。こうした文章は、『白日の序曲』における税所篤巳の香坂瑞枝に対する思いを想起させる。戦時中「恋愛」ができずに青春を喪失したと感じている税所は、一二歳年齢の離れた瑞枝に思いを寄せる。そのとき「彼は、彼女といっしょにいるか彼女のことを思うかすると、暗黒政治と戦争との長い年月のうちに彼のついにその実体を知らぬままむなしく見送ったと思った「青春」が（中略）よみがえるのを感ずる」（四一〜四二）のである。また、「P.115　下八〜十六　理髪店」と書かれたしおりのある該当箇所には「あなたのおっしやることは、つまり、あのひとのお父さまが理髪店をやっていたことですね。だからといって、私の父が親しくなるのを妨げるわけではありませんわ」とある。巨人は程度にかかわらず差別問題に関して敏感だったようで、職業による差別も例外ではなかった。こうした問題意識は、『神聖喜劇』のなかにも見ることができる。「第五部　雑草の章／第四　階級・階層・序列の座標」の章において、東堂太郎は床屋の村田二等兵に散髪されることを拒否する。そこで東堂はアガサ・クリスティ『アクロイド殺人事件』の床屋に対する蔑視がみられる箇所を引用しつつ、「一般に人は、（自家のために）他人の（職業としての）専門技能をなまじっか心安く（無償で）使用したがったり使用したりするべきではない」（Ⅲ‐一五八）といった思想を展開する。

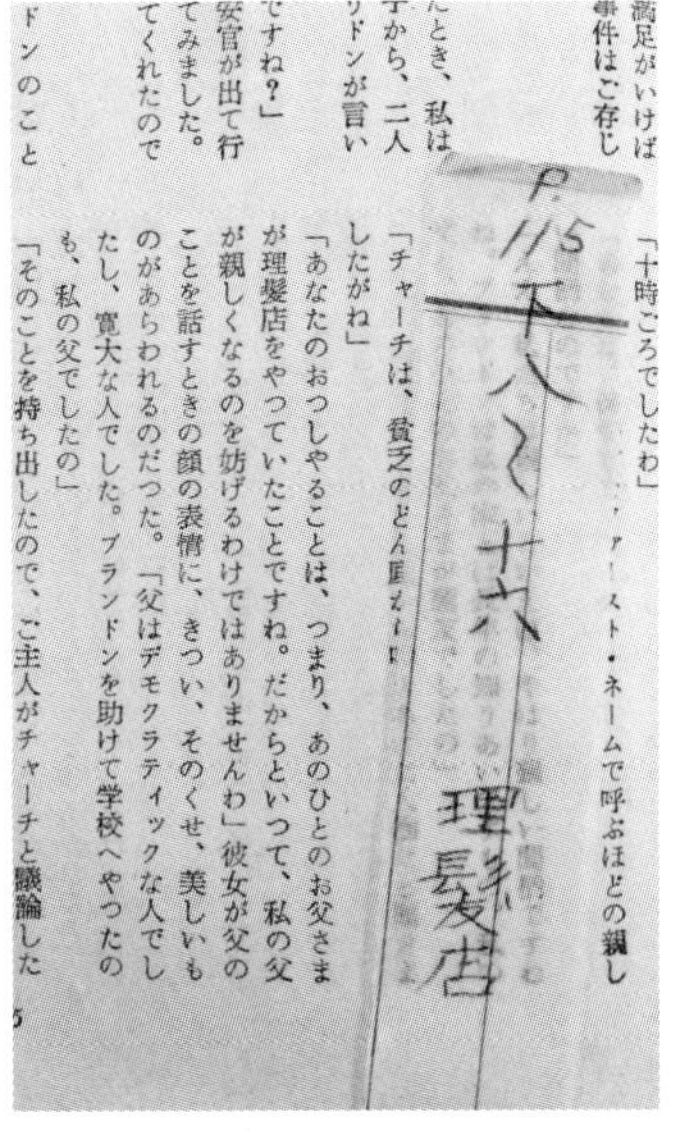
満足がいけば
事件はご存じ
んとき、私は
から、二人
リドンが言い
ですね？」
安官が出て行
てみました。
てくれたので
ドンのこと
「十時ごろでしたわ」
ァースト・ネームで呼ぶほどの親し
「チャーチは、貧乏のどん底な
したがね」
「あなたのおっしやることは、つまり、あのひとのお父さま
が理髪店をやっていたことですね。だからといって、私の父
が親しくなるのを妨げるわけではありませんわ」彼女が父の
ことを話すときの顔の表情に、きつい、そのくせ、美しいも
のがあらわれるのだった。「父はデモクラティックな人でし
たし、寛大な人でした。ブランドンを助けて学校へやったの
も、私の父でしたの」
「そのことを持ち出したので、ご主人がチャーチと議論した

『犠牲者は誰だ』115ページ

本書における如上の痕跡や、巨人の作品に見られる文章からは、巨人が推理小説という一般には娯楽としてただ消費されるだけの作品からも、自身の作品や思考の強化、補強を行っていたということが分かる。

（野口勝輝）

フレドリック・ブラウン、中村保男訳『まっ白な嘘』（創元推理文庫、一九六六年五月六日四版）

フレドリック・ブラウンの短編小説集。翻訳は中村保男。解説は厚木淳。ブラウンはSFとミステリーの両分野で活躍した作家であるが、本書はミステリーの短編小説集となっている。本書は短編集でありながら「最後の作品「うしろを見るな」だけは、一番最後にお読みください」という著者からの指示がなされる、という一風変わったつくりとなっている。また、解説では「いまや、星新一とフレドリック・ブラウンを読んでいるよ、というのが、いかす男性の最高の挨拶だと婦人雑誌が紹介するほどになった」というデザイナーの真鍋博の言葉が引用されており、ブラウンの作品が星新一に近いユーモアを含んだものとして見られていたことがうかがえる。

大西巨人の所有していたのは一九六六年五月六日出版の第四版であり、一九六二年の初版からは少し間が空いている。巨人は本書を含めてブラウンの著作を二四冊蔵していた。そのうち、『消された男』（一九六五年十一月五日）や『3、1、2とノックせよ』（一九六八年八月十八日六版）などの創元推理文庫が二〇冊で過半を占める。SFは少ないが、これはその分野の書籍が赤人氏に譲られたからである（赤人氏のご教示による）。巨人は、ブラウンのユーモアや奇想を好むと同時に、アメリカの社会問題にも目を向ける現実感にも共感するところがあったのであろう。所持点数の多さは、ロス・マクドナルドに匹敵する。

巨人は、小説に書き込みをすることがあまりなかった。ブラウンの著作についても痕跡はほとんど残されていない。しかし、例外的に本書と『復讐の女神』の二冊だけには巨人自身の手によるカバーが掛けられており、お気に入りの書であったことがわかる。装丁は、同じく自装の施されているE・D・ホウク編『風味豊かな犯罪』と比べるとシンプルなもので、黒字で「まっ白な嘘」と書いた題名を、やはり黒線で囲み、その下に「F・ブラウン」と著者名を赤字で書いたものである。また、本書の目次には書き込みがみられる。収録一八編のうち、『笑う肉屋』、『四人の盲人』、『世界がおしまいになった夜』、『メリー・ゴー・ラウンド』、『叫べ、沈黙よ』、『アリスティッドの鼻』、『闇の女』、『キャサリン、おまえの咽喉をもう一度』、『自分の声』、『まっ白な嘘』一〇編の文字の上にはそれぞれ赤鉛筆で小さな点が書かれている。『復讐の女神』は一一編を収めるが、点が

『まっ白な嘘』と巨人手製のカバー

付けられているのは、『姿なき殺人者』だけである。しるしは、既読か、あるいは、面白かったものかを表していよう。

巨人はブラウンについて、まとまった言及をしていない。読書アンケートの類でも推奨したことはなく、蔵書調査がなければ愛好が知られることはなかった。とは言え、ブラウンが気晴らしのためにのみ読まれていたととらえるのは早計であろう。掌編『血気』の構成や『深淵』の設定への影響など、創作との結びつきが考えられてよい。一方でドロシー・セイヤーズ『屍体を探せ』において血友病が「事件展開のための単なる絡繰り道具」以上の意味を与えられていない」(「理念回復への志向」)のと同質の通俗性がブラウンに感じられることも疑いえない。

ブラウンを好んでいたことは、巨人の笑いの感覚を探る上でも手がかりになる。フモールの精神を重んじる巨人は、ジョークや小咄の類を好んだ。巨人の蔵書にはジョークに関連したものがかなり多く見られる。たとえば、植松黎編訳の『ポケット・ジョーク』(角川文庫)シリーズなどには他の蔵書と比較しても多くの書き込みが見られ、巨人がこのシリーズを熱心に読み込んでいたことが分かる。それらとブラウンの諸作とは、どこでつながり、どう異なるのか、そのような検証作業も、巨人のフモールの精神を見きわめる上で有効であろう。

(野口勝輝)

Ｅ・Ｄ・ホウク編、菊池光訳『風味豊かな犯罪　年刊ミステリ傑作選'76』（創元推理文庫、一九八〇年二月二十九日）

エドワード・Ｄ・ホウク編による短編推理小説選集の全訳。翻訳は菊池光。解説は戸川安宣。『年刊ミステリ傑作選』とは、毎年雑誌等に発表された短編推理小説のなかから特に秀でた傑作を選出したもので、一九四六年にＭＷＡ（アメリカ推理作家協会）の年鑑アンソロジーと同じ年に刊行され始めた。デイヴィッド・Ｃ・クック、ブレッド・ハリディ、アントニー・バウチャー、アレン・Ｊ・ヒュービンと、編者を徐々に変え、一九七六年に本書の編者であるホウクになった。特徴として、バウチャーが編者となってからは巻末に「推理小説年鑑」が付くようになった。この年鑑が付いたことで、各年度のアメリカにおける短編推理小説の動向が概観できるようになっている。

大西巨人が所有していた本書は、一九八〇年に日本で出版された全訳版の初版である。蔵書には、同じくホウク編集による『今月のペテン師　年刊ミステリ傑作選'77』（一九八〇年十二月五日）と『最後のチャンス　年刊ミステリ傑作選'78』（一九八二年五月二十八日）も含まれ、シリーズに対する持続的関心がうかがえる。日本で翻訳された『年刊ミステリ傑作選』はこの三冊だけであり、巨人はすべてを所有していたということになる。

三冊の目次には、すべて痕跡が残されている。点が付けられているのはほかの書にも見られる習慣であるが、さらに明確な評価を表す○・△・×が記されているのが珍しく、注目される。また、'76年版の本書には、巨人の手によるカバーが掛けられている。カバー付けはしばしば行われるが、本書に対しては複数の色のペンが用いられており、特に念入りに作られている印象を受ける。「カヴァー・ディザイン　大西巨人　１９８０，６・７」と記されていることも本書だけに見られる、特筆すべき点である。『神聖喜劇』全五巻を完成させた次期の寛いだ気分のなさしめたわざ、と見ることもできようが、前提として本書が高く評価されていたであろうことは疑いえない。

『風味豊かな犯罪』の収録作品は、一七編。作品の冒頭には編者による短い紹介文が付されている。デ・ラ・トーレ『ベッドラムの時計』を除いて、目次の作品名の上と下とに点が付けられており、ほとんどの作品は再読されたのかもしれない。チャールズ・ボークマン『ミスター・バンジョー』、ウィリアム・ブリテン『ストラング氏証拠のか

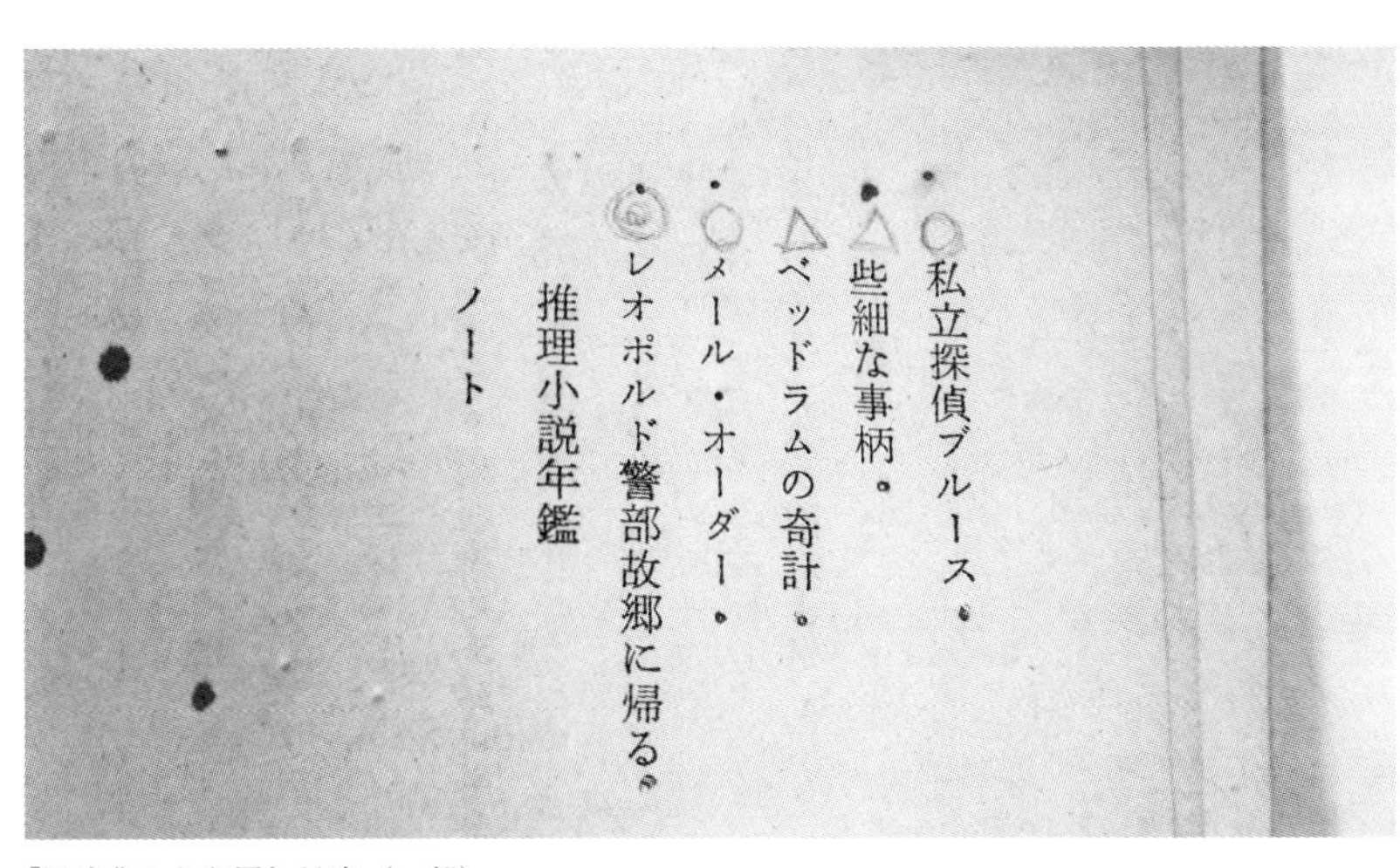
○私立探偵ブルース
△些細な事柄
△ベッドラムの奇計
○メール・オーダー
◎レオポルド警部故郷に帰る
推理小説年鑑
ノート

『風味豊かな犯罪』目次（一部）

けらを拾う』、ジェラルド・トムリンスン『ファーガスン嬢対JM』、ヘンリー・T・パリィ『ラヴ・ストーリー』、ビル・プロンジニ『私立探偵ブルース』、ジョン・ラッツ『メール・オーダー』の六作品に○が与えられている。◎を獲得したのは、最後に収められたエドワード・D・ホウク『レオポルド警部故郷に帰る』ただ一編である。

　コネティカット警察強力犯課のレオポルド警部は、育ての親であるおじジョー・レオポルドが亡くなった報せを受けて、二十年ぶりに故郷に戻った。ジョーの再婚相手であるマーガレットや旧友の葬儀屋ジェリー・ラズネルからおじが家の前で轢き逃げに遭い、病院に運ばれたが息を引き取ったという話を聞いたレオポルドは、状況に不自然なものを感じ、調査に乗り出す。『レオポルド警部故郷に帰る』は、肉親の死の謎に迫ろうとする主人公を描き、意外な真相を提示する。二重のどんでん返しが起こり、仕掛けの鮮やかさが巨人の高評価を生んだと思われる。

　本書への愛着は、アンソロジーに対する巨人の積極的な興味を表したものであろう。蔵書には精選詩集、精選短編集の類が少なからず含まれている。『日本掌編小説秀作選』、『春秋の花』を手がけた名アンソロジストである巨人が、先行するアンソロジーをよき道しるべとして活用していたことがわかる。

（野口勝輝）

光田健輔『回春病室』（朝日新聞社、一九五〇年十月十五日）

「ハンセン病問題――その歴史と現実、その文学との関係」（一九五五年執筆、一九五七年発表）は、大西巨人の代表的な評論の一つであり、周到な文献調査を踏まえて執筆されたことは、本文中の数多い引用文を一読するだけでも十分に明らかとはいえ、蔵書中に残された資料と照らし合わせる時、その感はいっそう深まらざるをえない。とりわけ戦中・戦後の専門医学誌に掲載された論文の切り抜き等が直接の情報源として注目されるが、それ以外にも、関連する単行本は少なくとも三五冊以上にのぼり、刊行時期も一九五〇年代から九〇年代にわたる。もっとも、熱心に読み込まれた形跡があるのは一冊しかない。それが光田健輔『回春病室』である。表紙にはニスが塗布され、赤ペンで傍線やレ点が多数書き込まれ、うち八箇所に小紙片が挟み込まれている。

光田健輔（一八七六～一九六四）は、多磨全生病院院長、長島愛生園園長を歴任、「国立らい療養所の設立に積極的に関与し、らい予防法に基づく在宅患者の強制収容を実施」（『現代日本』朝日人物事典』、山本俊一執筆項目）した。病理学上の業績を数多く挙げ、ハンセン病撲滅に生涯を捧げた情熱が高く評価される一方で、全生病院時代には、結婚を希望する男性患者に断種手術を強制し、特効薬プロミンの開発後も絶対隔離政策を強硬に推進したことがしばしば批判されている。巨人が「ハンセン病問題」で『回春病室』を引用しているのは一回だけであるが（『文選二』三九、ハンセン病患者が警察や療養所によって「取締りの対象」として扱われていたという指摘）、該当箇所には紙

『回春病室』表紙

片が挟まれている。

そのほかにも赤ペンでマークされている記述は約二〇箇所あって、それらは時に二、三ページにも及んでいる。光田がハンセン病撲滅を誓った理由として、国家が患者を放置し、彼らの多くが浮浪者となっている現状を「文明国の恥」（二二）「国家、国民の恥」（二八）と感じたことが強調されている箇所にまず注目が向けられ、次いで、施設内に設けた監禁室を実効あらしめるべく法改正を実現した経緯（六一～六二）、収容施設を脱走したがる患者が後を絶たない理由（辛い社会から避難できたにもかかわらず、しばらく時間が経過すると「のどもと過ぐれば熱さを忘れる」）を考察した条り（六八、ここには小紙片も挟まれている）、俳句をはじめとする文化活動が施設の内部と外部をつなぐ点にその重要性を認める記述（七八、八〇、一〇七、一〇八、うち二箇所に小紙片）、患者のうち、「逃走癖のあるもの」「不逞無頼のギャング的ライ集團」を強制収用する「ライ刑務所を作ることが絶対に必要」であることから長島愛生園が生まれた経緯（一一四～五）、愛生園建設に伴う困難（一二三、一二五）、愛生園開園の直後、一九三一年に「ライ予防法」が改正され、全ハンセン病患者の強制収容が決まるに至った理由、その実施状況の詳細（一三〇～一三二、一三七、前者に小紙片の挟み込みあり）、「元東伏見宮家から私に來てライの話をせよとお招きを受けた」が、「日夜ライの病人に接しているものでありますから」と辞退した話（一四二）、「ライは接触によつて傳染する」（一五七）とした上で、何代か前に患者がいた場合に結婚しても大丈夫かとの問い合わせに「現在の家族が健康であるならば結婚しても差支えないと返事している」（一九七）、「プロミン以上の新薬の発見」がアメリカであったと伝えられ、「かつては不治の病とせられていたライが、全治する日も遠くはない」との見通しが語られる箇所（二〇七～二〇八）等が特に巨人の関心を引いている。

「ハンセン病問題」の冒頭には、巨人がこの問題に関心

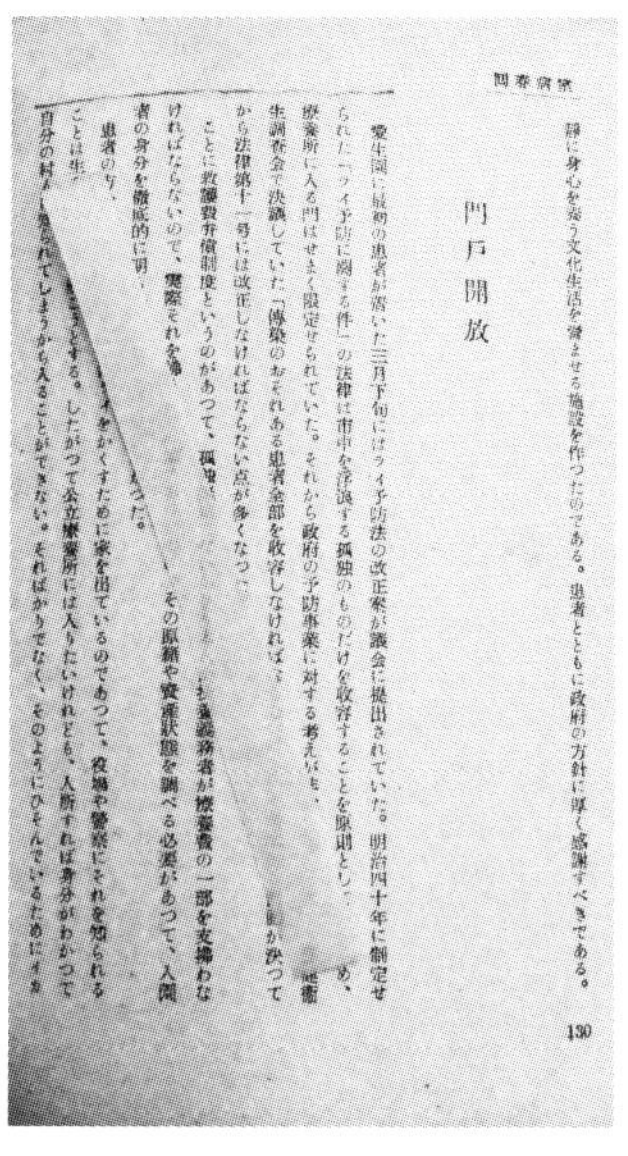

回春病室

静に身心を養う文化生活を営ませる施設を作つたのである。患者とともに政府の方針に厚く感謝すべきである。

門戸開放

愛生園に最初の患者が着いた三月下旬にはライ予防法の改正案が議会に提出されていた。明治四十年に制定せられた「ライ予防に関する件」の法律は市中を浮浪する孤独のものだけを収容することを原則とし[illegible]め、療養所に入る門はせまく限定せられていた。それから政府の予防事業に対する考えかたも、[illegible]生調査会で決議していた「傳染のおそれある患者全部を収容しなければ[illegible]が決つてから法律第十一号には改正しなければならない点が多くなつて[illegible]ことに救護費弁償制度というのがあつて、孤独[illegible]も義務者が療養費の一部を支拂わなければならないので、実際それを[illegible]その扶養や資産状態を調べる必要があつて、入園者の身分を徹底的に調[illegible]つた。

患者のう[illegible]をかくすために家を出ているのであつて、役場や警察にそれを知られることは生[illegible]ようとする。したがつて公立療養所には入りたいけれども、入所すれば身分がわかつて自分の村[illegible]知られてしまうから入ることができない。それはかりでなく、そのようにひそんでいるためにイカ

130

『回春病室』130ページ

を持ったきっかけが私的な出来事であったことを仄めかす一節がある。吉川秀雄『模範音引国漢文辞典』（七星堂、一九四七年）の「らいびょう」の項（「遺伝病の名。天刑病」という「ひど過ぎて、ほとんど犯罪的」（『文選二』一四）な説明がされている）に、「私の妻が、未婚のころに」「鉛筆で四角に囲み標（じるし）」を付けた跡があって、その点を含め、「この項に、私は、深い個人的感慨を抱いているが、ここは、それを語るべき場所ではない」というのだ。それが具体的にはどのような出来事であったのか、このほど未亡人の大西美智子氏が刊行した回想録『大西巨人と六十五年』（光文社、二〇一七年）で明らかにされた。一九四九年、美智子夫人との結婚がほぼ決まった直後に、巨人の親族にハンセン病患者がいた事実が発覚、破談寸前になったことがあったのである。「巨人は関係のある医師を訪ね、出来得る限り医学書に目を通し、結婚になんの支障もないことを確信する」（前掲書三九）。二人の決心は固く、猛反対していた親族もしまいには折れ、同年十一月、結婚式が執り行われた。光田の『回春病室』の刊行はそのほぼ一年後のことである。したがって、巨人が「出来得る限り」目を通した「医学書」の中に同書は含まれておらず、それを手にした巨人は、私的であるだけに切実な関心からすでに相当量の専門的知識を身に着けていたことになる。その時、自身を襲った現実の不条理がいかなる歴史的経緯を経て可能になったのか、当事者の証言を通じて検証しようという姿勢を巨人が取っていたであろうことは想像に難くない。「対立する二物の一方の否定の強調は、往往にして他方の過大な肯定におちいりかねない。遺伝病の否定の強調すなわち伝染病の肯定の力説が、本病（菌）の伝染力の不当に誇大な印象を半面において結果しているのである」（『文選二』二六）との指摘が導き出され、そこからこの「不当に誇大な印象」の「宣伝」に手を貸した文学の責任を具体例に即して追及する問題意識が生まれる――巨人自身の志賀直哉批判の表現を借りれば、「私憤」を「公憤」に高める――過程において、光田書の読書は重要な位置を占めていたはずであって、マークされた箇所を拾い読みするだけでも巨人の問題意識の深まりをある程度まで追体験できる。

「疾病・病原菌の駆逐を、「只不幸にして病菌の伝染を受けたために罹患した人人」そのものの一括皆殺しによって行おうとした恥じるべき「隔離撲滅」政策」にとって、日本近代文学を貫流した感傷主義、その恐るべき業病・天刑病視、「生きる意味を失った（死んだほうが増しな）社会外人間」視、癩問題の社会的本質への無関心と無視、等等等は、まったく有利な味方・有力な宣伝班であったわけである」（同前五一）。

（石橋正孝）

コラム②

暑い与野の文月――蔵書運び出しの思い出――

二〇一四年七月二十九日（水曜日）の午前八時三十分、埼玉県のＪＲ与野本町駅に共同研究のメンバーが集まった。大西巨人が三月十一日に没し美智子夫人が住まいを移すことになったのを受けて、大西巨人研究の中心である山口直孝氏の本務校・二松学舎大学の柏キャンパスに蔵書を移送することになったのだ。作業はこの日から三十一日までの三日間の予定で、共同研究の最初の本格的な活動であった。

大西宅に着くと、運び出し通路となる玄関周りや、ＥＴＶ特集「神聖喜劇ふたたび」でも映った一階の応接間から、さっそく書籍の梱包を始めた。大西宅は小ぶりな一戸建てだが、あらゆる場所に驚くべき量の本が詰まっていた。大西巨人が作り上げた知の空間を崩さなければいけないことに、初めは気がとがめたことを覚えている。とはいえ、作業に慣れてくるにつれ、段ボールを組み立て、書籍を詰め、玄関まで運ぶローテーションと分担が自然に出来ていき、当日の記録によれば、一日目で玄関、応接間、廊下、二階、倉庫のほぼすべてと、一階書斎の書籍の過半が順調に片付いた。

大西巨人の仕事場の一角（写真提供：大西赤人氏）。『神聖喜劇』の新聞全面広告が貼られたダンボール板の裏には、『神聖喜劇』の創作メモが書かれている。

柏への運送用に借りたワゴンのドライバーは、大西家と以前から交流のある編集者・デザイナーの田中芳秀氏が買って出てくださった。山口氏が同乗し、一日目で二往復、約一〇〇箱分を運び出した。柏での荷降ろしには、山口氏門下の二松学舎大学生たちが活躍してくれたそうである。

三十日の作業二日目は、三重や福岡など遠方の共同研究メンバーも駆けつけた。あらかたの梱包作業が終わると、空いた書架の解体もお手伝いすることになった（その書架の一部は、柏の蔵書保管場所で再利用されている）。力仕事と七月末の暑さに汗みずくになったが、一日目の反省からＴシャツの替えを持参したメンバーの用意周到さに場が和む一幕も。何より休憩に冷たいものをふるまって下さった美智子夫人の繊細な心遣いに、皆が励まされた。この日で、無事に移送作業は終わった。

二日間で特に鮮やかな印象は、寝室のある二階にこもった熱気と、そこに並ぶシャーロック・ホームズ関係の文庫（二次創作作品までみられた）に、「大西巨人は予想以上のシャーロキアン」と驚いたこと。また庭の物置にハンセン病療養所雑誌が大量に保管されていたことなどだろうか。

最終日は、午後三時から美智子夫人のお話をうかがう会とした。福岡時代の生活のことや、大西さんが春陽堂版『明治大正文学全集』全六〇巻を気に入っていたことなども教えていただいた。また大切に保管されていた旧制福岡高校の外套も見せていただき、戦前の衣類と思えない保存状態に驚いた。退出の際、庭で育てられていた鉢植えのサボテンを美智子夫人が皆に分けて下さったのも良い思い出である。今もベランダで、あの暑い与野の夏の名残をとどめている。

（橋本あゆみ）

ケラズベルガ夫妻、塩沼英之助、林芳信、田尻敢『沖縄、中国、世界の癩をたずねて』（自家製本、一九五九年二月二十二日製作）

大西巨人がハンセン病療養所雑誌の記事を切り抜いて自家製本した一冊。黄土色の表紙に、黒のマジックペンで記事著者名と書名（巨人が独自につけたもの）を書き込んだシンプルな装丁だが、表表紙の書名の句点のみ赤のマジックで書いているなど、巨人のデザインの趣向もみられる。中の大扉にも書名を自筆し、その後に愛用する緑罫の原稿用紙を使った目次を設けている。目次に「一九五九年二月二十二日夕、大宮市大成町の寓居にて、巨人」と付記があり、ハンセン病療養者の文学に関する評論を積極的に発表していた時期の製作と考えられる。

収録記事と初出（年月は各記事の冒頭に書き込み）は以下のとおりである。ケラズベルガ博士夫妻・堀野雅昭訳「世界の癩を巡りて（一）～（九）」（『愛生』一九五八年二～五月、七～十月、十二月／手書き目次では（八）までしか記載されていない）、塩沼英之助「中共に癩をたずねて（1）～（9）」（『愛生』一九五七年三～十一月）、尤家駿「中共だより」（『愛生』一九五八年一月／塩沼英之助宛て書簡二通。一九五六年十一月二十四日付と一九五七年八月十六日付。巨人の手書き目次には記載なし）、林芳信「ローマ国際癩会議に出席して（一）～（三）」（『多磨』一九五六年九月、十月、十二月臨時増刊）、田尻敢「沖縄日記（一）～（六）」（『多磨』一九五七年十～十一月、一九五八年一～三月）。巨人の蔵書として残っている『愛生』は一九七六年十一月および一九八〇年一月～一九八九年四月（欠号あり）、『多磨』は一九五九年十一月～一九六五年六月、一九六九年十一月～一九八〇年七月、一九八六年二月～一九八九年五月（欠号あり）なので、記事を切り取った

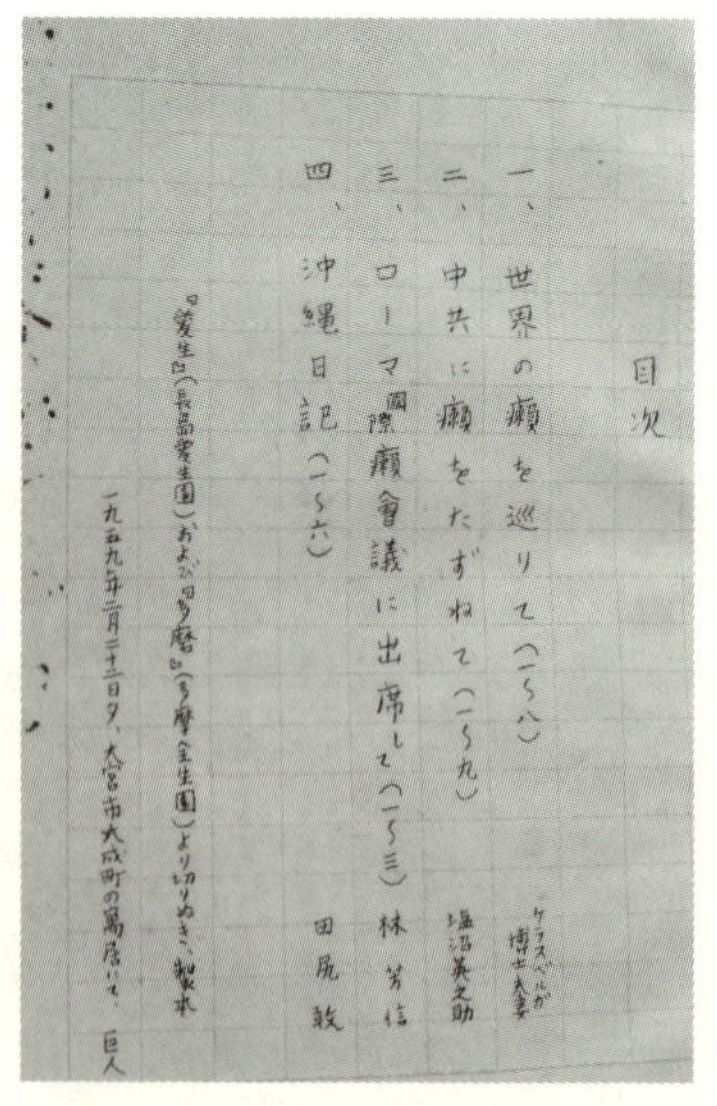
目次
一、世界の癩を巡りて（一～八）　ケラズベルガ博士夫妻
二、中共に癩をたずねて（一～九）　塩沼英之助
三、ローマ國際癩會議に出席して（一～三）　林芳信
四、沖縄日記（一～六）　田尻敢
『愛生』（長島愛生園）および『多磨』（多磨全生園）より切りぬき、製本
一九五九年二月二十二日夕、大宮市大成町の寓居にて、巨人

『沖縄、中国、世界の癩をたずねて』巨人手書きの目次

あとで雑誌本体は処分した可能性がある。

「世界の癩を巡りて（七）」最終ページと、「中共に癩をたずねて（3）」・同「（5）」の一ページ目は、なんらかの理由で切り取れなかったのか、本文を青ペンで手書きで書写して綴じている。収録記事のうち、特に巨人が赤の傍線などを引いているのが、「中共に癩をたずねて」である。現地の患者や療養所の状況についてはもちろん、一九五〇年代半ばの中華人民共和国の文化習慣、中国科学院と同院長・郭沫若の様子などにも関心を持って読んでいたことがわかる。また、記事の合間に療養所内や近傍の風景の写真を掲載したページを積極的に綴じ込んでいるのも興味深い。

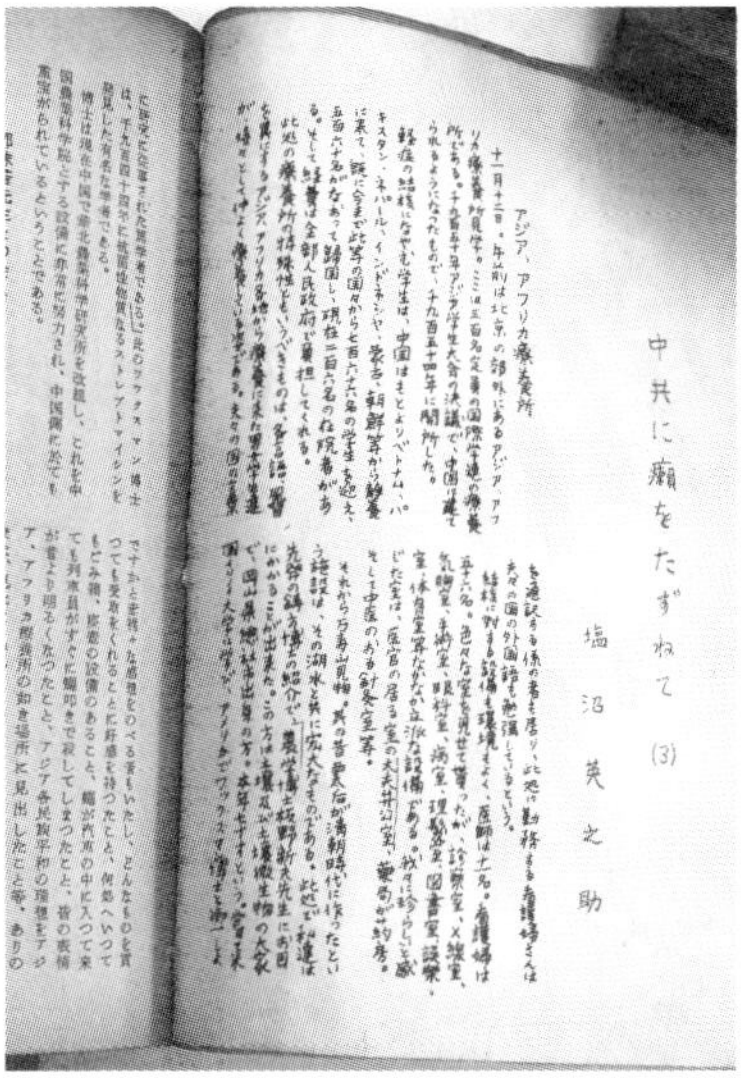

『沖縄、中国、世界の癩をたずねて』部分。巨人は一ページ分を書写している。

ケラズベルガ博士夫妻の記事は、「世界の」と題しつつ中南米およびアフリカ大陸諸国のハンセン病患者の状況を見聞したもので、実質としては発展途上国に的を絞ったレポートだ。その対照ともいえるのが、林芳信・多磨全生園長によるマルタ騎士修道会主催の国際癩会議への参加記録と、イギリス、フランスの救癩事業の紹介を含む「ローマ国際癩会議に出席して」であろう。冊子にまとめられたことで、結果として、戦後約十年の日本で語られる「世界」像が浮き彫りになっている。

評論「ハンセン氏病問題　その歴史と現実、その文学との関係」（一九五七年七・八月）や『神聖喜劇』における明石海人の短歌の引用においては、巨人は主として戦前期のハンセン病にまつわる文学を取り上げて、その問題点を指摘した。「文学の明るさ暗さ」（一九五九年六月）では、戦前の「感傷主義」が影を潜めつつあるとして、同時代のハンセン病患者による文学に一定の評価を与えた。いずれも主題はあくまで文学であり、本書にまとめられた記事が直接に引用されたわけではないが、一九五〇年代後半において国内外の各地でハンセン病患者がどのように遇されているかを広く踏まえた上で論に臨む巨人の姿勢が垣間見えるといえよう。

（橋本あゆみ）

井上謙『癩予防策の変遷』（自家製本、一九五九年二月二十二日製作）

ハンセン病患者療養所長島愛生園の慰安会の雑誌『愛生』の諸連載記事を巨人が切り抜き、製本したもの。ボール紙の表紙に厚手のベージュ色のカバーが付けられ、表紙・背表紙にマジックで「井上謙／癩予防策の変遷」と記されている。原稿用紙を用いたペン書きの目次が付けられており、「長島愛生園慰安会発行月刊誌『愛生』より切りぬき・製本／一九五九年二月二十二日夕　巨人」と覚書がある。収載されているのは、井上謙「癩予防策の変遷」（一九五五年九月〜一九五六年七月、全八回）、井上謙「らい予防方策の国際的変遷」（一九五七年二月〜十月、全九回）、櫻井方策「ナイチンゲール賞を貰った三上千代さん救癩四十年史」（一九五七年〔月不明〕〜一九五八年二月、全四回）の三点である。

『多磨』（多磨全生園）や『菊池野』（菊池恵楓園）など療養所の雑誌の恵与を大西巨人は受けており、相当数を亡くなるまで手元に留めていた。中でも『愛生』には熱心に目を通したようであり、数多い切りぬきが残されている。製本されるに至った『癩予防策の変遷』は、とりわけ重要な文献と言えるであろう。

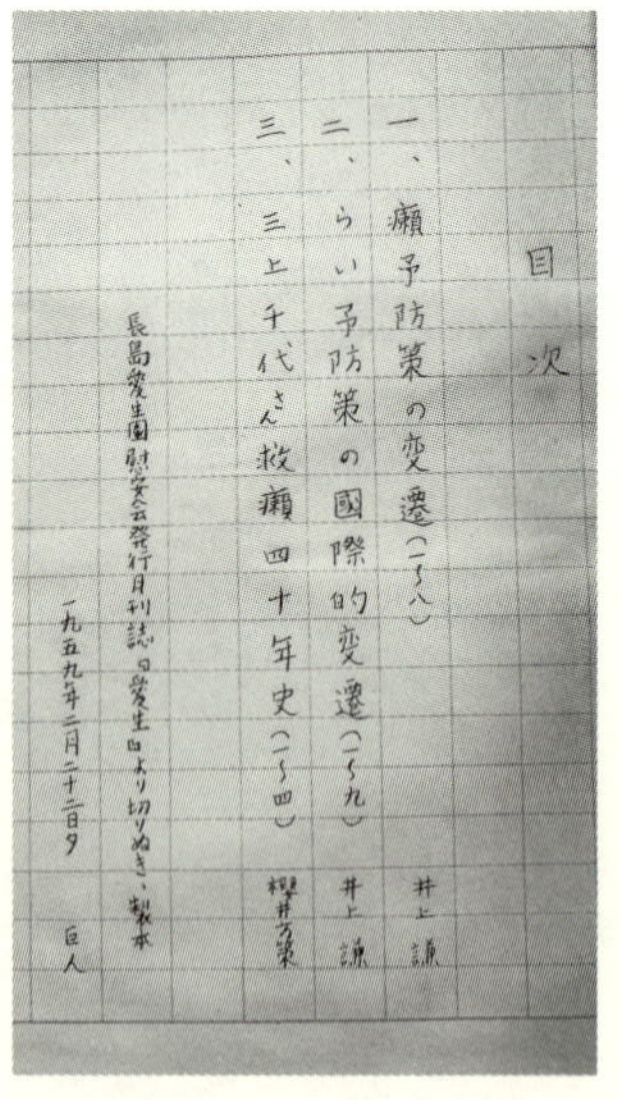

『癩予防策の変遷』に付せられた巨人手書きの目次

井上謙は、国立ハンセン病療養所での事務職に従事、一九四七年から一九五九年にかけては、長島愛生園の庶務課長を務めた人物である。

「癩予防方策の変遷」は、題名通り、らい予防法改定の歴史を資料や統計を用いて記したもの。随所に赤鉛筆による傍線やチェックが見られる。一九〇六年の第二回らい調査についての「従つてらい対策の第一義は、これ等住所不定患者をいかに処置すべきかであつた。」（一）や一九三一年公布のらい予防法はこの絶対隔離政策をいかにして推進するかにあつたと云い得る。」（二）といった箇所に施された傍線からは、巨人が国家政策の本質を見極めようとする意欲がうかがえる。「患者は光ケ丘に籠城してハンストを続けた。」（三）のような、患者の権利闘争の記述にも関心が向けられている。「らい予防方策の国際的変遷」においては、一九三〇年バンコクの国際連盟らい委員会が社会的条件によってではなく病態によって予防隔離の対象を決定すべきと決議したことなどが注目されている。科学的にハンセン病に向き合おうとする巨人の姿勢からは当然であるが、一方で「既にプロミン時代に入つた今日に於いても依然として、らい対策の根幹は隔離以外に無いことを示唆している。」という記述に線が引かれていることも見逃せない。医者である井上の冷静な論述であるだけに、隔離政策の早急な解消が困難であることに思い至るところがあったかもしれない。

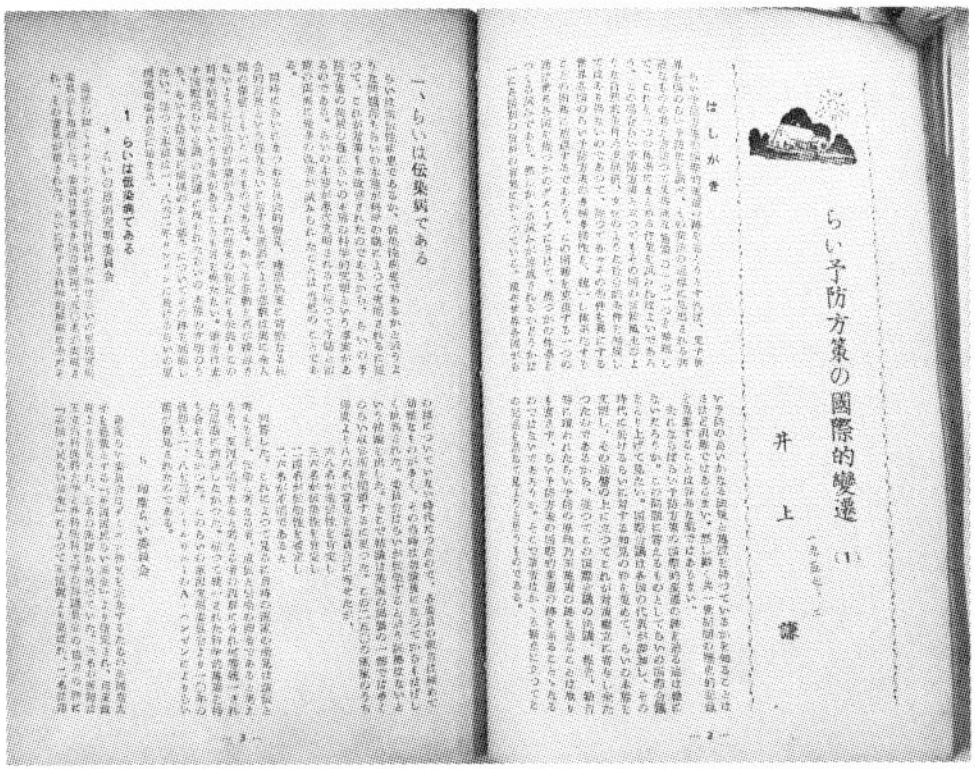

『癩予防策の変遷』に綴じ込まれた井上謙「らい予防方策の国際的変遷（1）」冒頭

　櫻井文は、クリスチャンで草津鈴蘭園や沖縄の国頭（くにかみ）愛楽園などでハンセン病患者の救護活動を続けた看護婦三上千代の半生を資料と本人の証言とに基づいて綴ったもの。筆者の櫻井方策は、府立大阪医科大学を卒業後、全生病院や外島保養院を経て、大阪帝国大学の微生物研究所に勤めた、ハンセン病の専門医である。三上と交流があり、適任でないと断りつつ、櫻井は筆を執っている。傍線やチェックがなく、巨人の関心の所在は不明であるが、献身的な三上の活動が具体的に記されているだけに隔離政策の実情が浮かび上がってくる。また、施設における職員の男女による待遇の格差も印象的である。

　「ハンセン病問題」脱稿（一九五五年八月二十二日）後に世に問われ、「文学の明るさ暗さ」擱筆（一九五九年五月八日）前に製本されたこれらの文書は、ハンセン病問題における巨人の持続的関心を示す。直接引用している文章は見当たらないが、ハンセン病問題についての基本的認識を培った資料の一つであることは確かであろう。（山口直孝）

奈良本辰也ほか『部落の歴史と解放運動』（部落問題研究所、一九五四年八月一日）

一九四八年に京都で創立した社団法人部落問題研究所の編集による、未解放部落の成り立ちと変遷を通史的に論じた書籍である。関西を拠点とする日本史研究者が共同執筆し、邪馬台国に始まる古代篇を北山茂夫、九世紀以降にあたる中世篇を林屋辰三郎、江戸期を扱う近世篇を奈良本辰也、明治維新から水平社創立前までの近代篇を藤谷俊雄、現代篇を井上清が担当した。

巨人は本書を、全国電気通信労働者組合本部が発行する雑誌『全電通文化』（一九五四年十月号）に寄せた「書評最近の新刊書から」で奈良本辰也編『未解放部落の社会構造』とともに取り上げている。そこで巨人は、本書の「刊行のことば」を「特別の注目に値いする」とした上で、「部落問題といえば、なにか一般生活から遠い特殊なことがらででもあるかのような錯覚にわれわれは落ち入りがちであるけれども、わが国の近代および現代の最も沈痛な悲劇がここに代表的に存在し、この問題の解決なしには、封建的な諸要素の打破、被抑圧人民の解放も恐らく考えられないであろう。」として「是非一読をすすめたい」と高く評価した。蔵書の状態を見ても、書評で引用された「刊行のことば」にこそ傍線がないものの、赤ペンによるチェックマークや書き込みの痕が全体に見られ、熟読した様子がわかる。地には赤マジックで書籍名が書かれ、積上げ収納時に探しやすくなっている。

傍線等から巨人が注目したと考えられるのは、天皇および朝廷の制度が確立するにつれ良民・賤民の別が強化されたこと、官の造兵・工芸部門に属する雑戸はその特別な隷属形態のために律令制が解体しても職業的差別・地域差別として賤視され続けたという解釈である。前出の書評でも、本書について「専門的な研究書であるから、最近歴史学界の争点ともなっている古代天皇制の性格などにも明確な判定を示しつつ書かれていて」と述べていることから、天皇制と部落差別との関係を歴史的に解き明かす記述に巨人が注目していたのは確実であろう。なお例外的に近世篇には傍線が一切ないが、近世の部落差別については奈良本の著書など別の書籍で既に知識を得ていたとも考えられる。

近代篇以降では、明治政府の「解放令」が差別的名称の廃止にとどまり、「半封建的天皇制の本質を明らかに」しないままに「融和運動」に向かったという指摘に線が引か

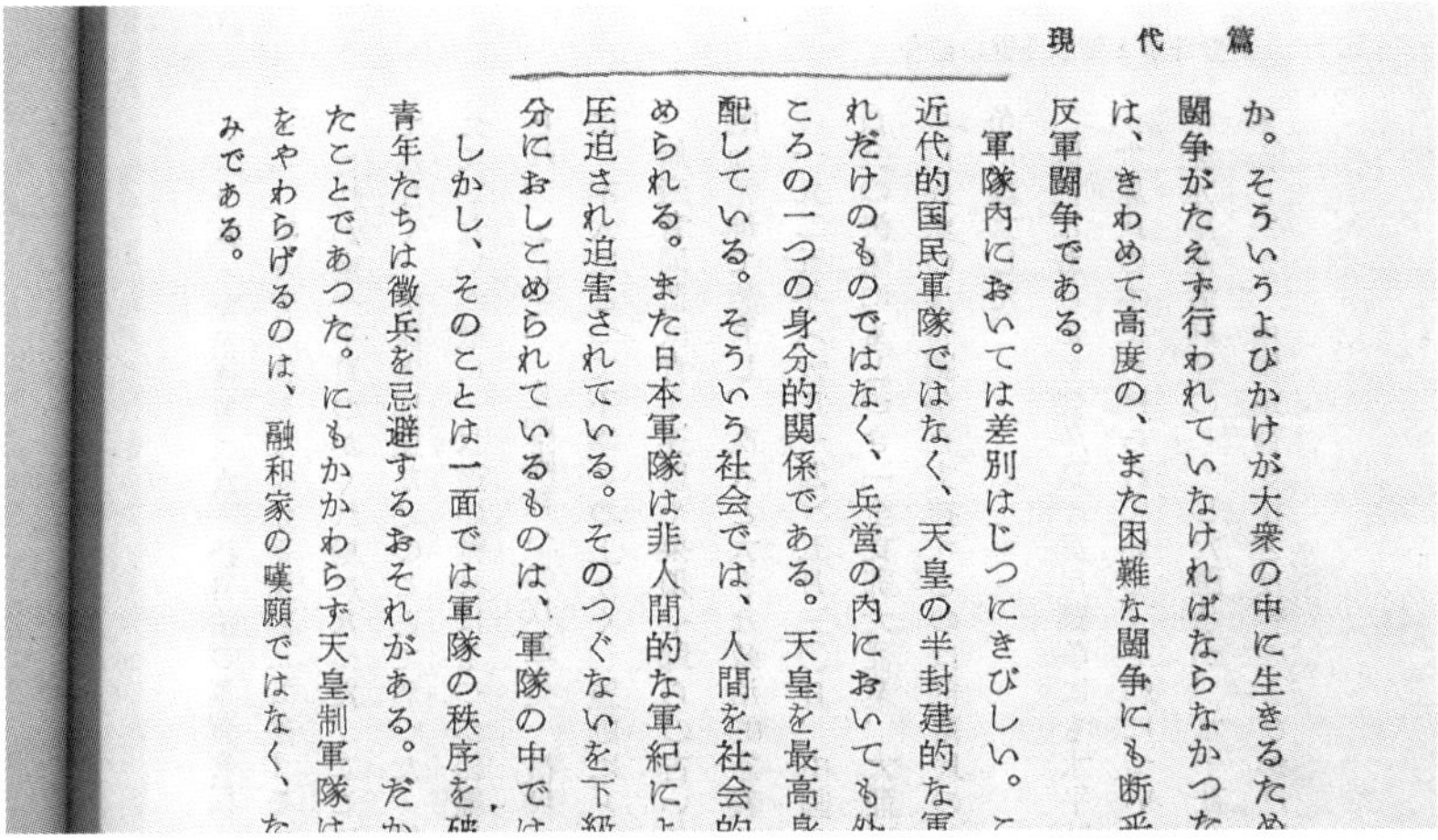

現代篇

か。そういうよびかけが大衆の中に生きるた
闘争がたえず行われていなければならなかつ
は、きわめて高度の、また困難な闘争にも断
反軍闘争である。

軍隊内においては差別はじつにきびしい。
近代的国民軍隊ではなく、天皇の半封建的な
れだけのものではなく、兵営の内においても
ころの一つの身分的関係である。天皇を最高
配している。そういう社会では、人間を社会
められる。また日本軍隊は非人間的な軍紀に
圧迫され迫害されている。そのつぐないを下
分におしこめられているものは、軍隊の中で

しかし、そのことは一面では軍隊の秩序を
青年たちは徴兵を忌避するおそれがある。だ
たことであつた。にもかかわらず天皇制軍隊
をやわらげるのは、融和家の嘆願ではなく、
みである。

『部落の歴史と解放運動』250ページ

れている。これとあわせ、部落が「封建の野蛮と資本主義の悲惨とを二重に背負わされて、地主制と独占資本主義そのものによって維持しつづけられた」（二〇二）という把握も、マルクス主義者巨人は注目しただろう。

軍隊と差別の記述にも注目すべき点が多い。チェックマークと傍線が付された「封建的な天皇制軍隊は身分的差別をもっとも多く温存するものであった。」（一六七）や、軍隊における部落差別の事例紹介（二〇七）は、『神聖喜劇』の序盤における冬木二等兵の「営門を潜って軍服を着れば、裸かの人間同士の暮らしかと思うとったら、ここにも世の中の何やかやがひっついて来とる。」（I・九一）という台詞と関連付けられる。また二五〇ページの「また日本軍隊は非人間的な軍紀によってのみ維持されているので、そこではすべてのものが上級者に圧迫され迫害されている。そのつぐないを下級者への圧迫にもとめる。したがって隊外の社会において最下層身分におしこめられているものは、軍隊のなかではもっともみじめにあつかわれる。」は、丸山眞男が言うところの「無責任の体系」を踏まえた指摘と考えられ、間もなく起筆される『神聖喜劇』にもこの問題が取り入れられたのは改めて言うまでもない。『神聖喜劇』成立前史を考える上でも重要な一冊と言えよう。

（橋本あゆみ）

懐奘編、和辻哲郎校訂『道元語録　正法眼蔵随聞記』（岩波文庫、一九七六年三月二十日三八刷改版）

　曹洞宗の祖となった鎌倉時代の僧、道元の言行を、高弟である懐奘がまとめた書で、原典は全六巻から成る。岩波文庫版は江戸中期・明和六（一七六九）年の縮刷版『重刻正法眼蔵随聞記』に依り、難読語句や仏教用語への振仮名と句読点が加えられている。大西巨人は本書を、流通時に付属するパラフィン紙カバー付で保存していた（大西蔵書に岩波文庫は数多いが、多くはパラフィン紙カバーがはずされている）。

　本書には九箇所に薄手の紙片が挟み込まれ、一〇の法話について節番号の上に赤ペンによるチェックマークが付されている。挟み込みとチェックマークの箇所は概ね一致しているが、一八ページは二箇所のチェックマークのみ、二四～二五ページは紙片のみと、例外もある。また、五三ページと九四ページのチェックマークは、他の箇所よりも線が細く使用文具が異なっており、チェックマーク付けは少なくとも二回に分けて行われたとみられる。この細い線によるチェックマークの箇所が、いずれも『神聖喜劇』第八部第三「模擬死刑の午後（結）」で、我が身を顧みず末永二等兵を助けようとした冬木の行動に結びつけて印象的に引用される「身心を放下して一向に仏法に入るべし」、「百尺の竿頭にさらに一歩をすすむべし」という教えに関する節であることは注目すべきで、当該箇所執筆の準備のため読み返したということも考えられよう。

　巨人は道元への強い関心をしばしば表明している。詞華集『春秋の花』の春の部には、『正法眼蔵随聞記』より「この心あながちに切なるもの　とげずと云ふ事なきなり」が採られており、「制作について、また人生社会の万般に

正法眼藏隨聞記第一　18

仕の時、一人の不當人ありき。其時の大納言おほせて云く、是を制すべしと。大將の云く、六波羅に仰せらるべし、平家の將軍なりと。大納言の云く、近か近かなればなりと。大將の云く、其の人に非ずと。是れ美言なり。此の心にて後には世をも治められしなり。今の學人も其心あるべし。其人にあらずして人を呵すること莫れ。

九　夜話に云く、昔魯仲連と云ふ將軍ありき。平原君が國に在て能く朝敵をたひらぐ。平原君賞して數多の金銀等を與へしかば、魯仲連辭して云く、只だ將軍のみちなれば敵を能く討のみなり、賞を得て物をとらん爲に非ずと云て、敢て取らずと云ふ。魯仲連が廉直とて名譽のことなり。俗猶を賢なるは我れ其の人として其の道の能をなすばかりなり。かはりを得んと思はず。學人の用心もかくの如くなるべし。佛道に入り佛法の爲に諸事を行じて代に所得あらんと思ふべからず。内外の諸教に皆無所得なれとのみ勸むるなり。

一〇　法談の次に示して云く、設使我れは道理を以て云ふに、人はひがみて僻事を云を、理を攻て云ひ勝はあしきなり。亦我は現に道理と思へども、吾が非にこそと云てはやくまけてのくもあしばやなり。只人をも云ひ折らず、我が僻ことにも謂はず、無爲にして止みぬるが好きなり。耳に聴入れぬやうにして忘るれば、人も忘れて嗔らざるなり。第一の用心なり。

『道元語録　正法眼蔵随聞記』18ページ

ついて、掲出語を大いに尊重している」と付記がある。この一節は、『神聖喜劇』第七部第七で東堂太郎が自身を激励する場面で印象的に引用されているだけでなく、巨人の書作品としても残っており、座右の銘のひとつであったことがうかがえ、岩波文庫版掲載部の四二～四三ページには小紙片の挟み込みとチェックマークがみられた。『日本近代文学館館報』第一四一号（一九九四年九月）寄稿の「短章二つ　蔵書の中から」では、道元の『学道用心集』を引用しており、関心は継続的かつ広い。

『正法眼蔵随聞記』の引用がとりわけ重要な意味をもつ巨人の著作は、いうまでもなく『神聖喜劇』である。本書は冬木二等兵が（彼の就学歴を鑑みると読みづらいはずにもかかわらず、あえて）愛着を持つ書として設定され、主人公・東堂と彼を結びつける鍵のひとつとなる。既に述べた二つの重要な引用以外では、第八部第一に、自分の濡れ衣を晴らすのに有利な証言をあえて持ち出さない冬木の心理「早すぎるあきらめ」と、『正法眼蔵随聞記』の「亦われは現に道理と思へども、わが非にこそと云ひてはやくまけてのくもあしばやなり。」が消極的な意味で関係しているのでは、と東堂が尋ねる場面がみられ（V・一三六）、岩波文庫の当該部にもチェックマークが入っている。また、やはり「模擬死刑」場面の冬木に結びつけて出典名なしに引用されている「仏仏祖祖、皆な本は凡夫なり。（略）今強て修せば必ずしも道を得べきなり。」（V・三〇六）の一節も、蔵書に痕跡はないが岩波文庫版『正法眼蔵随聞記』一一一ページでの掲載を確認できた。

しかし、マルクス主義者として宗教に対し距離を置いていた巨人が、道元に格別の関心を寄せることとなったきっかけは、必ずしも明らかではない。克己的・自己修養的な学問者としての道元の姿勢への親近感、B・ヴィクトリアが指摘する戦争協力を含めて鎌倉新仏教が昭和初期の知識青年たちに与えた影響、野間宏における親鸞の影響との比較など、さまざまな切り口から考察される余地のある問題といえよう。

（橋本あゆみ）

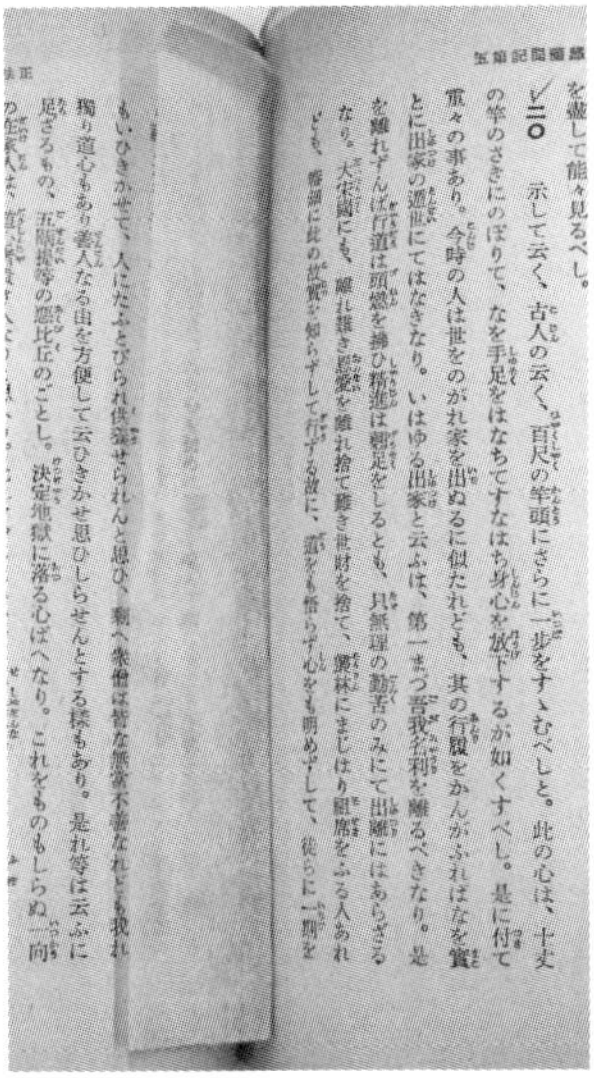

『道元語録　正法眼蔵随聞記』94～95ページ

山本常朝、和辻哲郎・古川哲史校訂『葉隠』（岩波文庫、発行年・刷次不明）

「武士道といふは、死ぬ事と見付けたり」で知られる、武士道書の中でも有名な一冊。主君・鍋島光茂の死後、殉死がかなわず隠棲していた佐賀藩士・山本神右衛門常朝が口述し、同藩の祐筆を免職となった田代陣基が宝永七（一七一〇）年から享保元（一七一六）年まで筆録した。

大西巨人蔵書の『葉隠』は、和辻哲郎・古川哲史校訂の岩波文庫版全三巻を合本にし、自ら製本・装丁し直したものである。その過程で目次・奥付がはずされたため、元の文庫の発行日や刷次は特定できない。表紙は朱に白い寒冷紗が被せられており、表と背に黒マジックで筆文字風に「葉隠」の題書きがある。大扉も、毛筆で題字・口述者名を記して巨人が自作した。本文への書き込みはほぼなく、唯一「聞書第一」の七九段「大雨の感と云ふ事あり。」に鉛筆チェック痕があるが、書き入れ位置が他の蔵書と異なり、巨人本人の手になるとは断定しにくい。このほか、上巻六五、八〇ページ下部にテープによる補強跡、上巻、一九三ページには別の『葉隠』上巻から本文を切り貼りし補っている箇所があり、長年の保存愛読が見て取れる。

巨人は武士道への関心が深く、『葉隠』にもたびたび言及している。『春秋の花』夏の部に、推理作家の土屋隆夫宅を訪問した思い出とともに採録した「惣じて用事の外は、呼ばれぬ所へ行かぬがよし。」は、本書「聞書第一」一八段にある他家訪問の心構えに関する教訓である。これは、直前の一七段「人中にて欠伸仕り候事、不嗜なる事にて候。」や「聞書第一」一七八段「文庫より書物を出し給ふ。明け候へば、丁子の香いたしたり。」とともに『神聖喜劇』第二部第三にも引用された（Ⅰ‐四七六～四七七）。これ

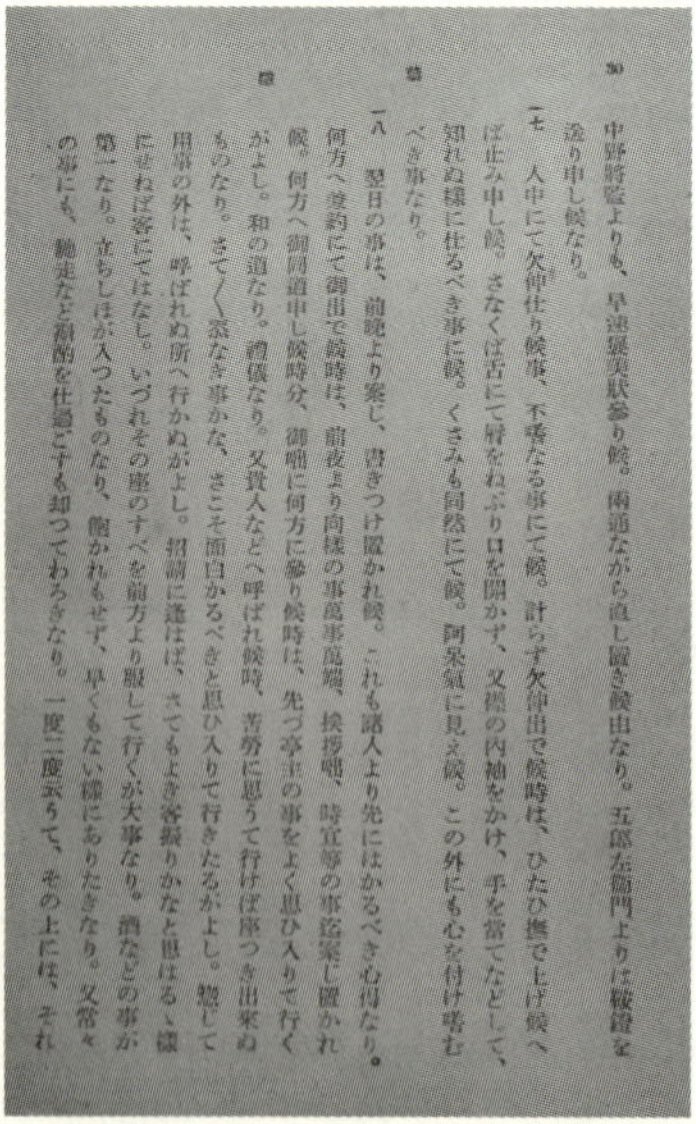
30
中野將監よりも、早速褒美狀參り候。兩通ながら返し置き候由なり。五郎左衞門よりは鞍鐙を送り申し候なり。
一七　人中にて欠伸仕り候事、不嗜なる事にて候。計らず欠伸出で候時は、ひたひ撫で上げ候へば止み申し候。さなくば舌にて脣をねぶり口を開かず、又襟の内袖をかけ、手を當てなどして、知れぬ樣に仕るべき事に候。くさみも同然にて候。阿呆氣に見え候。この外にも心を付け嗜むべき事なり。
一八　翌日の事は、前晩より案じ、書きつけ置かれ候。これも諸人より先にはかるべき心得なり。何方へ參約にて御出で候時は、前夜より向樣の事萬事萬端、挨拶咄、時宜等の事迄案じ置かれ候。何方へ御同道申し候時分、御咄に何方に參り候時は、先づ亭主の事をよく思ひ入りて行くがよし。和の道なり。禮儀なり。又貴人などへ呼ばれ候時、苦勞に思うて行けば座つき出來ぬものなり。さて／＼忝なき事かな、さこそ面白かるべきと思ひ入りて行きたるがよし。惣じて用事の外は、呼ばれぬ所へ行かぬがよし。招請に逢はば、さてもよき客振りかなと思はるゝ樣にせねば客にてはなし。いづれその座のすべを前方より得して行くが大事なり。酒などの事が第一なり。立ちしほが入つたものなり、飽かれもせず、早くもない樣にありたきなり。又常々の事にも、馳走など煎餅を仕過ごすも却つてわろきなり。一度二度云うて、その上には、それ

『葉隠』30ページ

らの引用は、「(封建倫理にかかわる) 書冊中の指摘」ながら東堂が「進取的な自由人として同意する」振舞い方や美意識として登場し、だからこそ、知らず知らずに「封建的・保守的な諸観念」にしばられているのではという、東堂にとって本質的な自問自答にもつながる。「面談　長篇小説『神聖喜劇』について」でも、巨人は「『葉隠』的な抑制の精神・自制の心も、また必要でもあり大事でもあるのです。」「「斬り取り強盗、武士の習い。」的な否定面もあるとはいえ、……如上の「物じて用事の外は、呼ばれぬ所へ行かぬがよし。」の思想などは、今明日に生かされるべきではないか。」などと述べており、巨人においても、『葉隠』の少くとも一部は、普遍性のある教訓と捉えられていた。

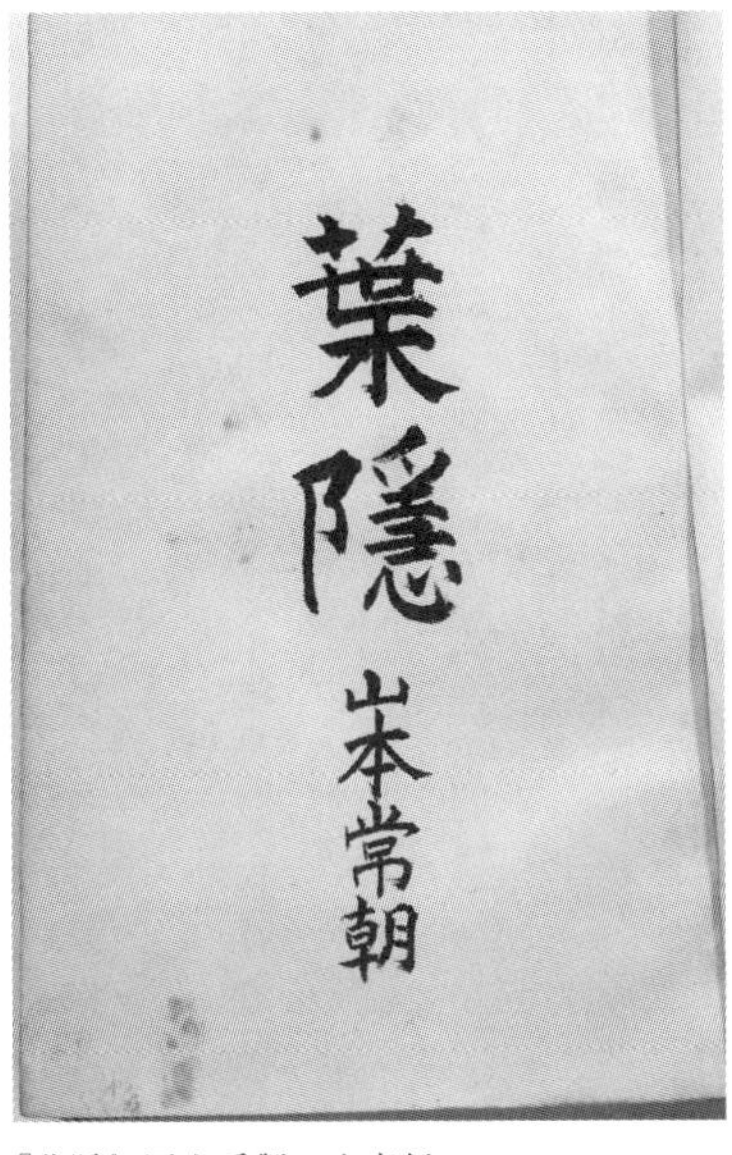

『葉隠』巨人手製の中表紙

『神聖喜劇』第三部第二「十一月の夜の媾曳」で、東堂が「私における参戦志願」の内実について思考する場面での引用「惣じて修行は、大高慢にてなければ役に立たず候。」もまた『葉隠』が原典で、冒頭の「夜陰の閑談」の一部である(Ⅱ・二〇五)。山本常朝が鍋島家への忠誠にもとづき「我一人して御家を動かさぬとかからねば」という心意気を熱弁する箇所にあたり、文脈としては封建道徳的な色が強いが、語り手である東堂はこれを「ニイチェ的精神」に寄せつつ、個人的な「我流虚無主義」と表裏一体の「野生の力と孤独とにたいする尋常以上の羨望または共感」と関連付けて読み替えている。

このような特殊な読み替えは、第七部第七で、冬木への冤罪の解決に向けて東堂の心を奮い立たせる言葉の一つとして、「聞書第二」の二段から「一生忍んで思い死する事こそ恋の本意なれ。」が登場した際も同様に働く(Ⅳ・四六七)。『葉隠』の「忍恋」は主君への忠義と結び付けられるが(「聞書第二」六一段)、その強い念を、一意専心に近い意味で脱文脈化しているのだ。巨人の『葉隠』への向き合い方からは、その道徳的規矩、特殊な引用の手つきなどの重要な特徴を整理していけるだろう。

(橋本あゆみ)

古川哲史『日本倫理思想史2　武士道の思想とその周辺』（福村書店、一九六〇年十月十日三刷）

武士道という語の登場や『甲陽軍鑑』以降『武道初心集』までの概念形成について検討した研究書。著者は東京大学文学部教授を務めた倫理学・日本思想研究者。大西巨人蔵書には他に、同じシリーズの『王朝憧憬の思想とその伝流』、『英雄と聖人』や『日本倫理思想史概説』、さらに『定本　斎藤茂吉』といった古川の著書が複数含まれ、『王朝憧憬の思想とその伝流』、『英雄と聖人』には小紙片の挟み込みなど精読の跡があった。また古川は、別に解題を設けた岩波文庫版『葉隠』を校訂しているが、本書の第二部は「葉隠とその思想」と題して「武士道の典型」のひとつとしてその内容を論じている。

本書にも小紙片の挟み込みと赤ペンによる傍線、チェックマーク付けが多く見られる。巨人の注目は主として「武士道」という語の時々における定義に向けられているが、中でも重要なのは、第一部第九章で古川が提唱する「士道」と「武士道」の違いである。巨人が小紙片と傍線を付した、近世に荻生徂徠や斎藤拙堂が「修正純化」しようとした「士道は、実際存在したものではなくて、ただ頭で考えられた一種の道徳的理想」であり、武士道は「実際に存在した武人の道を背景として自覚形成された」（六四）という区別には、『神聖喜劇』第三部第三で、村上少尉と大前田軍曹が対峙する場面との関わりが見て取れる。

「日本古来の武士道に関する村上少尉の主観的表象がどのようであろうとも、その彼の主要な客観的立脚体は、直接には『勅諭』ならびに『戦陣訓』であり、間接には江戸時代の儒学的理念武士道である、と私は推断することができる。ここで初めて私は会得するが、村上少尉の弾劾にもかかわらず、大前田演説の内容性質は、むしろなかなか

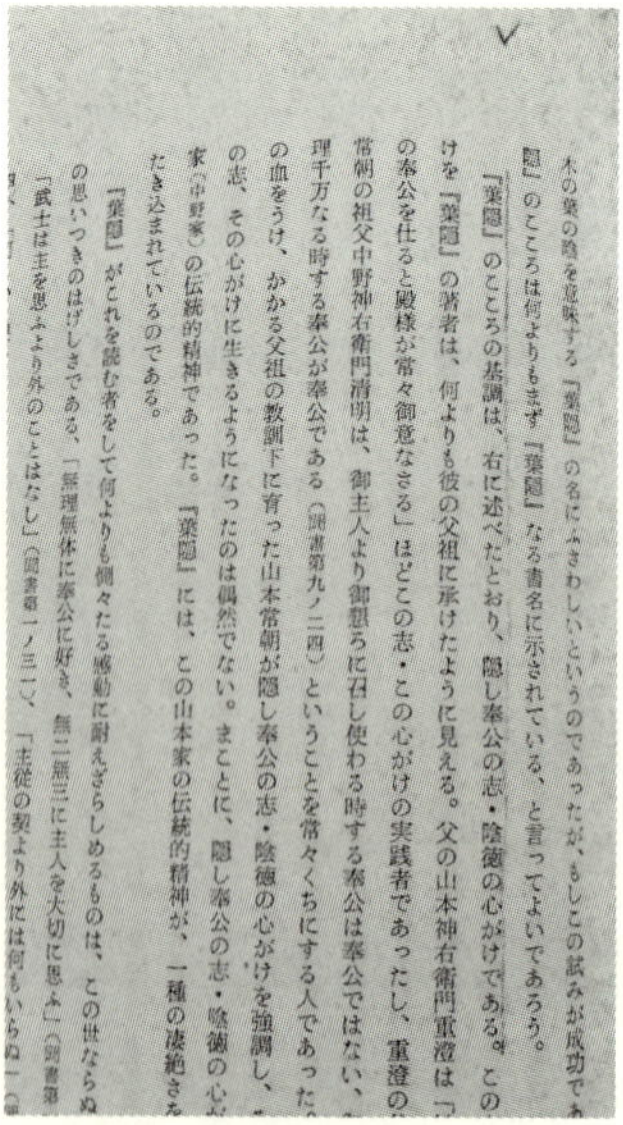
木の葉の蔭を意味する『葉隠』の名にふさわしいというのであったが、もしこの試みが成功であ
隠』のこころは何よりもまず『葉隠』なる書名に示されている、と言ってよいであろう。
『葉隠』のこころの基調は、右に述べたとおり、隠し奉公の志・陰徳の心がけである。この
けを『葉隠』の著者は、何よりも彼の父祖に承けたように見える。父の山本神右衛門重澄は「
の奉公を仕ると殿様が常々御意なさる」ほどこの志・この心がけの実践者であったし、重澄の
常朝の祖父中野神右衛門清明は、御主人より御懇ろに召し使わる時する奉公は奉公ではない、
理千万なる時する奉公が奉公である（聞書第九ノ二四）ということを常々くちにする人であった
の血をうけ、かかる父祖の教訓下に育った山本常朝が隠し奉公の志・陰徳の心がけを強調し、
の志、その心がけに生きるようになったのは偶然でない。まことに、隠し奉公の志・陰徳の心
家（中野家）の伝統的精神であった。『葉隠』には、この山本家の伝統的精神が、一種の凄絶さ
たき込まれているのである。
『葉隠』がこれを読む者をして何よりも惻々たる感動に耐えざらしめるものは、この世ならぬ
の思いつきのはげしさである、「無理無体に奉公に好き、無二無三に主人を大切に思ふ」（聞書第
「武士は主を思ふより外のことはなし」（聞書第一ノ三一）、「主従の契より外には何もいらぬ」（

『武士道の思想とその周辺』119ページ

「日本古来の武士道」に叶っているのである。」（Ⅱ - 四〇）、「――近世以前の伝統的実践武士道と、近世の理論化せられた儒学的理念武士道とでは、その様態が、だいぶん異なっていたとみえる。前者は、少なくとも前者の重要な反面は、あるいは当代の武士自身が「武者は犬ともいへ畜生ともいへ、勝事が本にて候事。」と宣言したように、（略）すこぶる野性活力的・大前田演説的なのであった。」（Ⅱ - 四〇～四一）といった語り手の分析は、巨人蔵書の『武士道の思想とその周辺』が『神聖喜劇』連載開始とごく近い一九六〇年十月刊行の三刷であることを考え合わせても、古川の説を踏まえていると見てよいだろう（このことは『国文学研究』一七八集所収の拙論「『神聖喜劇』における大前田軍曹像――大西巨人旧蔵書調査の成果を踏まえて」でも論じた）。

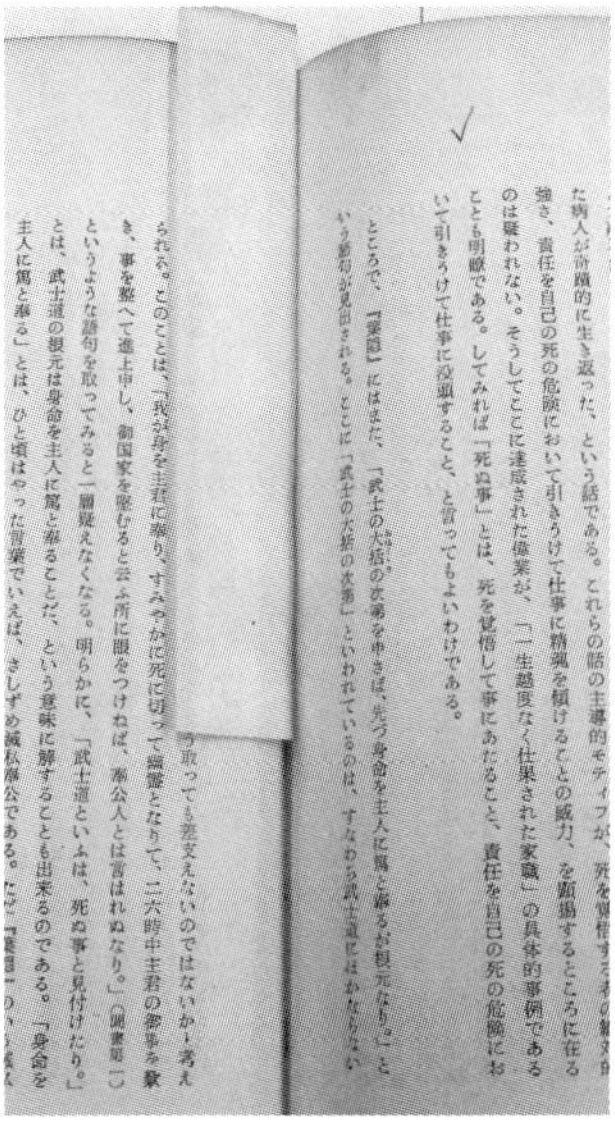
た病人が奇蹟的に生き返った、という話である。これらの話の主導的モティフが、死を覚悟する
強さ、責任を自己の死の危険において引きうけて仕事に精魂を傾けることの威力、を顕揚するところに在る
のは疑われない。そうしてここに達成された偉業が、「一生落度なく仕果された家職」の具体的事例である
ことも明瞭である。してみれば「死ぬ事」とは、死を覚悟して事にあたること、責任を自己の死の危険にお
いて引きうけて仕事に没頭すること、と言ってもよいわけである。
ところで、『葉隠』にはまた、「武士の大括の次第を申さば、先づ身命を主人に篤と奉るが根元なり。」と
いう節句が見出される。ここに「武士の大括の次第」といわれているのは、すなわち武士道にほかならない
う取っても差支えないのではないか－考え
られる。このことは、「我が身を主君に奉り、すみやかに死に切って幽霊となりて、二六時中主君の御事を歎
き、事を整へて進上申し、御国家を堅むると云ふ所に眼をつけねば、奉公人とは言はれぬなり。」（聞書第一）
というような語句を取ってみると一層疑えなくなる。明らかに、「武士道といふは、死ぬ事と見付けたり。」
とは、武士道の根元は身命を主人に篤と奉ることだ、という意味に解することも出来るのである。「身命を
主人に篤と奉る」とは、ひと頃はやった言葉でいえば、さしずめ滅私奉公である。ただ『葉隠』の

『武士道の思想とその周辺』162 ページ

　また第二部の『葉隠』論では、「『葉隠』のこころの基調は、右に述べたとおり、隠し奉公の志・陰徳の心がけである。」（一一九）という一文に小紙片と傍線・チェックマークが付いており、岩波文庫版『葉隠』の解題で古川が触れた「忍恋」と忠君の関係もその直後に論じられている。巨人はこの先行研究を知った上で、『神聖喜劇』であえて文脈を外し、静かで強い意志という程度の意味で「一生忍んで思い死する事こそ恋の本意なれ。」をあえて引用した（Ⅳ - 四六七）ということになろう。それは、チェックマークのついた「「死ぬ事」とは、死を覚悟して事にあたること、責任を自己の死の危険において仕事に没頭すること、と言ってもよいわけである。」（一六二）の一節や、行の上に横線が引かれた「「死ぬ事」とはかならずしも、「命を捨てる」ことではないのである。いな、そういう「その場かぎりの仕事」ではなくて、「一生骨を折る事」が「死ぬ事」の内容を形成するのである。」（一六五）といった、ときには決死の行動をする心構え（＝百尺竿頭、如何ガ歩ヲ進メン）を古川が『葉隠』に指摘したことへの巨人の関心と、関連付けて考えられるのではないだろうか。

（橋本あゆみ）

早川純三郎編『田能村竹田全集』（国書刊行会、一九一六年五月二十五日）

南画の大成者田能村竹田の文業を集成した書。文章家でもあった竹田の名を「不朽に」することを目的に、編年体ではなく「聊か類聚して、趣味・生活・詩文等、著者の全人格を窺ふに便り有らしめん」とする編集方針が採られている。「屠赤瑣瑣録」、「竹田荘師友画録」、「山中人饒舌」、「黄築紀行」、「竹田荘詩話」、「瓶花論」、「自画題語」、「詩集」、「書簡鈔」、「建言書」など、ジャンル・文体を問わず、主要な文章がほぼ網羅されている。外箱は、多くの大西巨人蔵書同様、残されていない。

巨人の竹田への積極的関心は、『神聖喜劇』における言及の多さ一つを取っても、理解されるであろう。軍隊に『田能村竹田全集』を持ちこんだ東堂太郎同様の愛着を、巨人も持っていたようである（ただし、東堂の所持本に挟み込まれていた小冊子今村孝次『竹田先生百年祭を挙ぐるに先だちて』はなかった。同文を収録した今村孝次『二豊人文志』〔朋文堂、一九四三年十一月五日〕が蔵書には含まれる）。随所に赤ペンによる書き込みが見られ、年次や固有名詞の誤りの修正からは、巨人がほかの文献を参照していることがうかがえる。

同書には、また、四四箇所に切った和紙が挿み込まれている。挿み込みは、竹田が諸方を歴遊している最中に出会った人や見聞した逸事を記した「屠赤瑣瑣録」、師友とする画人の略伝である「竹田荘師友画録」、自作画の題語を網羅した「自画題語」、および「詩集」、「逸詩文鈔」に集中している。巨人の関心は、主に特定文人の消息ならびに特定詩句のつながりに向けられていたようである。『神聖喜劇』「第七部　連環の章／第二　歴世」における田能村竹田に関する記述に対応するものが多いことから、和紙の挿み込みは、一九七六年から一九七七年頃になされたと推察される。

「北島雪山」、「藤井右門」などの和紙に記された人名を参考にしつつ列挙すると、巨人が注目した記事は、池大雅、香川景樹、菅茶山、北島雪山、清原雄風、蕉中上人（釈慈周）、伴蒿溪、藤井右門、帆足万里、山鹿素行、与謝蕪村、頼山陽、頼杏坪、頼春水、六如上人（釈顕常）、盧庵らに関わる。『田能村竹田全集』を読む理由の一つとして、東堂は、「（化政度）学者文人芸術家の名前あるいは事績あるいは逸話など」に出会い、「一種のよろこび（一種の愉快

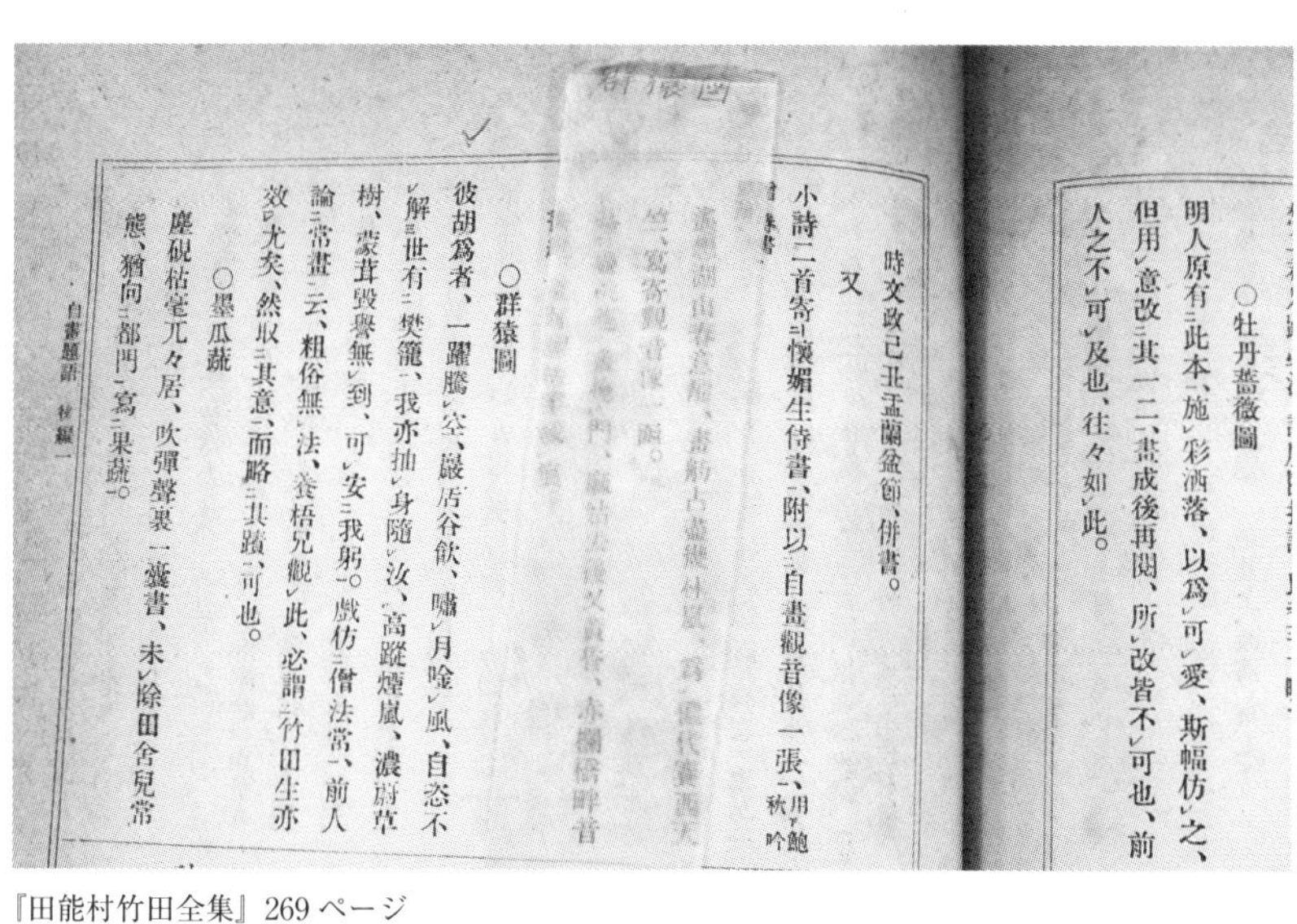

○牡丹薔薇圖
明人原有此本、施彩洒落、以爲可愛、斯幅仿之、但用意改其一二、畫成後再閲、所改皆不可也、前人之不可及也、往々如此。

時文政己丑盂蘭盆節、併書。

又

小詩二首寄懐媚生侍書、附以自畫觀音像一張、用鮑秋吟

○群猿圖
彼胡爲者、一躍騰空、巖居谷飲、嘯月唫風、自恣不解世有樊籠、我亦抽身隨汝、高蹤煙嵐、濃蔚草樹、蒙茸毀譽無到、可安我躬。戲仿僧法常、前人論常畫云、粗俗無法、養梧兄觀此、必謂竹田生亦效尤矣、然取其意、而略其蹟可也。

○墨瓜蔬
塵硯枯毫兀々居、吹彈聲裏一囊書、未除田舍兒常態、猶向都門寫果蔬。

自畫題語　卷編一

『田能村竹田全集』269 ページ

な昂奮)」を感じること(Ⅳ-五一)を挙げている。巨人においても事情は変わらなかったと思われるが、東堂の挙げた顔ぶれと巨人がチェックした顔ぶれとが微妙に異なっているのが興味深い。例えば、山縣大貳に随従していた長崎の町家出身の藤井右門に関する記述にしるしが付けられているが、『神聖喜劇』には言及がない。

「自家題語」、「詩集」、「逸詩文鈔」においてチェックされている詩文も、「群猿図」、「初メテ茶山先生ニ謁ス」、「石上翁ニ丹醸を餉リ附スルニ短句ヲ以テス」、「自画漁父ノ図」など「歴世」で引かれているものが過半である。それでも、「戸次市、帆足生ノ村荘ニ宿ス」や「便面小景」など『神聖喜劇』に引用されなかった作品もあり、巨人が取捨選択をしていたことが了解される。

なお、「建言書」第一・第二には、それぞれ鉛筆書きで四百字詰め原稿用紙換算の値を表す「⑬」・「⑮」の書き込みがある。また、竹田の芸術観が凝縮して示され、『神聖喜劇』や「二つの体制における「特定の条件」抄」を始めとして巨人がしばしば取り上げる「山中人饒舌」にはまったく痕跡が見られない。少年期から長い時間をかけて受容され、竹田への関心が多面的なものであることから、『田能村竹田全集』は、書き込みの有無によらず、全体がていねいに検証される必要があろう。

(山口直孝)

木崎好尚編『大風流田能村竹田』（民友社、一九二九年十一月二十五日）

田能村竹田の足跡をまとめ、文業・画業を集成した書。和本仕立てで全八冊、「本伝」・「遺稿」・「書翰集」・「図版」の四部から成る。「本伝」は諸資料から明らかになった竹田の動向を日譜の形で記している。それに対応するように「遺稿」も漢詩・画賛・散文といったジャンル別ではなく、成立順に並べられている。頼山陽の研究者で知られる木崎好尚の編集は念入りで、注記や解説も詳細である本書は、竹田研究の基本書と位置づけることができよう。

　本書は、元中野重治の蔵書であり、「中野蔵書」・「重」の朱印が押されている。大西巨人の蔵書になってから装丁し直され、四部構成に合わせて四分冊になった。薄紫のカバーが付けられ、元の題箋が流用されて表紙や背表紙に貼られている。第一分冊（「本伝」）の冒頭に中野重治の手紙が綴じ込まれており、郵送されたことがわかる。「どうも不体裁だけれども第一巻ヌキで届けます。」という文言からすると、最初は不揃いであったようである。年は記されていないが、便箋や字体から見ると、一九七〇年代のものである可能性がある。

　本書には中野の手による書き込みも見られる。「本伝」文化八年十二月、竹田が藩に建言書を提出したことを記述した箇所に「「１８１１年」や「「秘本玉くしげ」天明七年（一七八七）」などと記されて、建言書にもしるしが付けられている。とりわけ、「御上の不利益は郤て御国の福にて御座候」に赤線が引かれているのが注目される。

　『鷗外　その側面』（筑摩書房、一九五二年六月五日）の「後書き」には、「「傍観機関」と「大塩平八郎」」執筆時によく分からなかったこととして、一八三五（天保六）年六月の竹田と大塩との面談が取り挙げられている。「十時間ぶっ通しに」二人が話したことについて中野は、「木崎好尚氏の本で読んだまでで」と断っている。「木崎好尚の本」とは『大風流田能村竹田』にほかならない。『中野重治全集　第十巻』（筑摩書房、一九六二年五月十日）に『鷗外　その側面』が収録された際の「作者あとがき」でも、「ほんとのところ竹田、大塩との関係がわかっていない」ことが懸案として明記されている。中野の言及からは、鷗外から大塩へ、さらに大塩から竹田へと関心が広がり、持続していることがわかる。大塩・竹田の交流の具体に分け入ることで鷗外の大塩像を見直そうとする意識が中野にはあっ

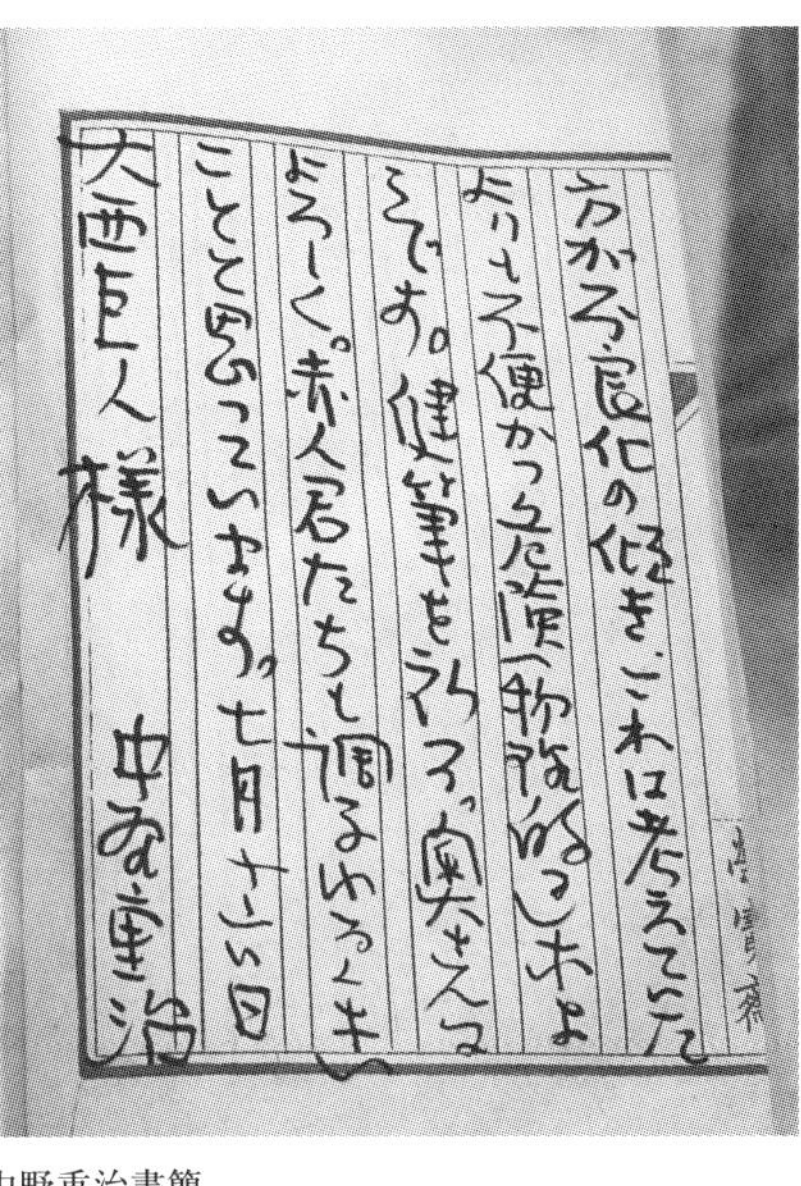

序

田能村竹田は最も精確なる意義に於て、藝術の士と稱す可きもの。彼は其手と眼とが藝術的に働いたばかりでなく、其心が全く斯く働いた。乃ち彼は藝術の結晶と云ふも、溢言ではあるまい。

彼は藝術の爲めの藝術を信條とした。彼の藝術は手段でもなく、方便でもなく、目的其物であつた。彼は藝術を假りて其の糊口の資と爲さなかつたと同時に、亦た藝術を藉りて、其の胸中の不平をも鳴らさなかつた。彼の眼中には金錢もなく、權勢もなく、利慾もなく、乃至經世濟民の大望もなく、亦た獨善自樂の滿足もなく、唯だ其の全心身を藝術の爲めに打ち込んだ。此の如くして彼の書は尋常の畫匠以外

序　一

中野重治

大西巨人様

『大風流田能村竹田』合本に閉じ込まれた中野重治書簡

たのであろう。

正誤表が付せられた書籍に対する通例で、巨人は、本書においても赤で修正事項をすべて転記している。和紙を切ったしおりが『雲山草堂巻』・『漁父図』（類似題の作品複数あり）・『初謁茶山先生』・『謝頼山陽贈蘭花』・『群猿図』などの漢詩文が掲載されている個所に挿まれ、チェックも施されている。注目されている作品は、すべて『神聖喜劇』「第七部　連環の章／第二　歴世」において言及されているものであり、執筆時（一九七六年七月〜一九七七年七月）に本書が参照されたことをうかがわせる。「歴世／一」では、「亡父は、木崎好尚の綿密な考証『大風流田能村竹田』などにも大いに依拠して、推定したのであったろう。」（Ⅳ・五一）と、本書が登場する。

建言から致仕へと至る竹田の精神の変遷を把捉することは、政治と文学との関わりを見極める上で東堂太郎ひいては大西巨人の切実な課題であった。中野重治から恵与された『大風流田能村竹田』は、問題意識が二人に共有されていたことを表している。「竹田の『建言書』二通は、たとえば本居宣長の『秘本玉くしげ』などよりも、かなり深く青年私の心に親密であった。」（Ⅳ・八三）という竹田と宣長との比較においても、中野から巨人への連絡がありえることを本書の痕跡は告げるかのようである。（山口直孝）

柳田国男『妹の力』（創元選書、一九四一年六月二十五日三版）

民俗学の創始者である柳田国男は、西洋的な感性や思考によって形成された日本近代文学のありかたに対する批判者として、文学者にも参照される存在であった。コミュニズムからの転向を誓った作家たちは、体制に協力する自己を合理化するために、柳田の常民の思想にしばしば依拠した。大西巨人が柳田を精読したのも、同じ時期である。

蔵書には、創元社から選書で刊行された柳田の著書が一一冊含まれている。刊行順にあげると、『木綿以前の事』・『孤猿随筆』・『秋風帖』・『民謡覚書』・『豆の葉と太陽』・『食物と心臓』・『妹の力』・『菅江眞澄』・『方言覚書』・『蝸牛考』・『島の人生』である。『木綿以前の事』から『妹の力』までの七冊は、教育召集兵として徴兵される前の巨人が目を通した可能性がある。九冊すべての底に黒マジックで「柳」あるいは「柳田」と記されており、『食物と心臓』・『妹の力』の二冊には、しおりが挿まれ、傍線が引かれていた。前者には、見返しなどに版画の切り抜きが貼り付けられ、周囲に「大西」の朱印が押されるという珍しい痕跡も残されている。柳田の著作はほかに例えば『桃太郎の誕生』（一九五六年九月十日）など角川文庫が一八冊、『不幸なる芸術』（一九六七年五月二十五日）など筑摩叢書が四冊所蔵されている。飯倉照平編『柳田国男　南方熊楠往復書簡集』（平凡社、一九七五年三月二十六日）や『柳田国男対談集　正・続』（筑摩書房、一九六四年十一月十五日、一九六五年九月二十五日）、吉本隆明『柳田国男論集成』（JICC出版局、一九九〇年十一月一日）、井口時男『柳田国男と近代文学』（講談社、一九九六年十一月八日）など関連書、評論なども相当数あり、柳田に対する巨人の関心は持続的で強いものであったと言えるであろう。

にもかかわらず、文章における言及例は多くない。エッセイでは「遼東の豕」の「本町通り」、「井蛙雑筆」の「ウタチイ」」、『巨人の未来風考察』の「南波照間（はいはてろま）」などが挙げられるぐらいである。「「ウタチイ」」では、『方言覚書』を「三十数年ぶり」に「ひもといた」ことが記されている。『神聖喜劇』「第二部　混沌の章」において村崎一等兵が「ウタチイ奴」という蔑みの語を発する場面（Ⅰ - 四一一）を描いた巨人であるが、執筆時には「ウタチイ」という方言に関連した『方言覚書』の記述を「全然思い起こさなかった」という。

小説では、『娃重島情死行』（三六）・『老母草』（六四）においで触れられているが、いずれも「本町通り」の部分引用で、埼玉県与野の桜並木の美しさを柳田が「並木の話」で賞賛したことが話題にされている。最もまとまった言及があるのは、『神聖喜劇』であろう。『食物と心臓』・『妹の力』における痕跡は、いずれも『神聖喜劇』と関連する。

「十一月の夜の媾曳」において「安芸」の彼女と剃毛の儀式を行った東堂は、「むしろそのとき私は、柳田國男が言う「妹の力」ないしゲーテが言う「永遠の女性」の実存を漠然とでも主体的に感得し、そこから生の有意味性にたいする新たな開眼（かいげん）のための一つの縁（よすが）を意欲的に手握（たにぎ）るべきであったのではなかったか。」（Ⅱ‐一七〇。一九五にも同様の記述がある）と顧みている。女性が古代に担ったとされる呪術性に依拠した再生の誘惑に駆られ、しかし、なしえなかった東堂の姿がここにはある。「大船越往反」で農婦による踏臼の餅搗きに接した東堂は、「『寡婦と農業』（柳田国男著『木綿以前の事』所収）などの内容に関する私の記憶をせかせか呼び起こしてもみたけれども、具体的には何事をも思い当たらな」（Ⅲ‐五三）い。「皇国の戦争目的」を村上少尉から問われた橋本と鉢田とが「殺して分捕るが目的であります。」と回答するのを聞いた東堂は、「どうせ常民はわけの分らぬことをする、彼らは教育がない故にしばしば無意味なことを考へもし感じもするのだと、見きって始めから気にとめぬ」（「妹の力」）という世間一般の考えは誤りであると思う（Ⅱ‐二八八）。『神聖喜劇』における参照では、柳田国男の知見に対する共感と同時に違和も表明されている。

根原を少しでも明かにしたいといふのが、此學問に携はる人々の共同の志願であつたが、近い頃までの日本では、それが思ふやうに進まぬ二つの原因があつたのである。その一つは事實の印象が一般に弱かつたこと、どうせ常民はわけの分らぬことをする、彼等は教育が無い故に屢〻無意味なことを考へもし感じもするのだと、見きつて始から氣にとめぬ者が多かつたのみならず、さういふ筈は無い、たとへ文字は教へられずとも、心は親々の經驗したものを積み貯へて居るのだといふことを、はつきりと知つて居る人までが惰性に驅られて、目の前の事物に注意を拂はず、どうして斯んな慣行があるかといふことを、訝り又疑ふのを怠つて居た。即ち學問に利用し得られる民間傳承の量が、分外に豐富なことを知らずに居たのである。其結果として採集は少しも進まなかつた。さうして傳達が甚だしく不精確であつたこと、是が又第二段の障碍であつたのである。その悲しむべく

『妹の力』４ページ

『娃重島情死行』には、前述の「並木の話」（「本邦民間伝承学の某碩儒」の文章として紹介されている）以外に、中野重治「草餅の記」が取り挙げられている（一六一〜一六二）。同じ問いを繰り返す晩年の柳田の姿に慄然としたことを記した中野のエッセイが固有名を省いて取り込まれていることは興味深い。柳田と巨人との隔たりの隠喩と解するのは、強引すぎる読みであろうか。

（山口直孝）

伊波普猷『をなり神の島』（楽浪書院、一九三八年八月三十一日）

伊波普猷（一八七六～一九四七）は、「沖縄学の父」として知られる民俗学者であり、大西巨人蔵書に含まれる『[現代日本]朝日人物事典』の大田昌秀の記述によれば、「一八年にはハワイやアメリカで講演したが、この滞在中に社会主義思想に関心を抱くようになった」という。この滞在中……巨人の所蔵していた本書は、やや複雑な来歴をたどっている。扉の中央に大きく「海軍機関学校蔵書」の印が押され、「地理／民俗／I／4」「昭和16年3月購入／第14104号」とある。表紙裏に神田の古書店一誠堂の値札が貼られたままになっており、この旧蔵書が古書に流れたあと、それを中野重治が一九四四年に購入した経緯は、本人が一九六五年に発表したエッセイ「本とつきあう法」（同題エッセイ集に収録、ちくま文庫版九二～九三）に書いている。事実、扉の上部には、墨で「Nakano Sigeharu／1944. Tokyo Setagaya」と書かれ、「中野蔵書」の印が押されているだけではなく、地には中野の筆跡で「イバ　おなり神の島」と読まれる。さらに、扉の左隅には、筆ペンで「一九六八年四月十五日／中野重治氏より拝領（郵送到着）」と巨人が縦書している。これだけでは終わらず、同書には、「十一月二十四日日曜日」付けの巨人宛中野書簡が挟み込まれている。

「『をなり神の島』どうもながながありがとう。原は時間がなくて、ほんのちよつとしか見なかつたらしい。五十日ほど石垣島へ行つていたが、へとへとになつて帰り、帰るなりまた別の仕事で、ずつと朝七時半前に出かけている。いささか心配になるが、『をなり神の島』は彼女には少しむずかしい、時間があればな、といつていました。／『チェコスロヴァキア事件』についてを同封します。これは翻訳に粗末な点あり、また不当（？）に脱けた点などあるらしいけれど、参考のため。／例の話いつこう進まぬように見えるがどうですか。インタナショナリズム問題もちろんのことながら、日本共産主義運動―直接には共産党の、官僚主義克服の問題が焦眉の急なので、十二知識人の行動もそれが眼目だつたことが忘れらているんではないだろうか。沖縄の選挙結果なぞも、代々木の中央委声明で見ると、何だか選挙代戦の問題としてしか見ていないように見える。同時に、日本のイデオローグたちがいつこうに黙つているのは、何によるのだろうか。沖縄びとの奮闘から、眼から火の出るほどの恥（というのとは幾分ちがうにしても）を受取らぬのだろうか。老いも若きも、感奮激励されざるをえぬまことの美的政論を見かけない。／昨日中野税務所から、これ以上固定資産税の支拂いをおくらしていると差押えをする云云といってきたので会へまわしておいた。税額というのが晩飯代ぐらいなのがいっそう解せぬ。／雨がちつとも降らず、風邪引き多し。僕もいささか。皆さん御注意を乞う。／十一月二十四日　日曜日／中野重治／大西巨人様」。

一九六八年の十一月二十四日は日曜日であり、同年十一月に刊行された『チェコスロバキア事件について　事実・文書・新聞と目撃者の証言』（ソビエト・ジャーナリスト・プレス・グループ編著、新時代社訳編）が巨人の蔵書中に見出される（ただし、該当しそうな本は、『戦車と自由　チェコスロバキア事件資料集1』（長谷川四郎訳、みすず書房）など、他にも存在する）。同年十一月十日には、第八回立法院議員選挙があり、基地の周りと那覇で革新陣営が躍進している。以上より、巨人に譲渡したばかりの同書を、ちょうどこの手紙の二日前に公開された映画『神々の深き欲望』の撮影で石垣島に出かけた中野夫人原泉のために中野が一旦借用し、再び返却したらしい。中野が巨人に贈った本は、これ以外にも、詩人立原道造旧蔵書の斎藤茂吉『童馬漫語』、木崎好尚『大風流田能村竹田』があり、二人が多くの知的関心を共有していた事実を窺わせる。

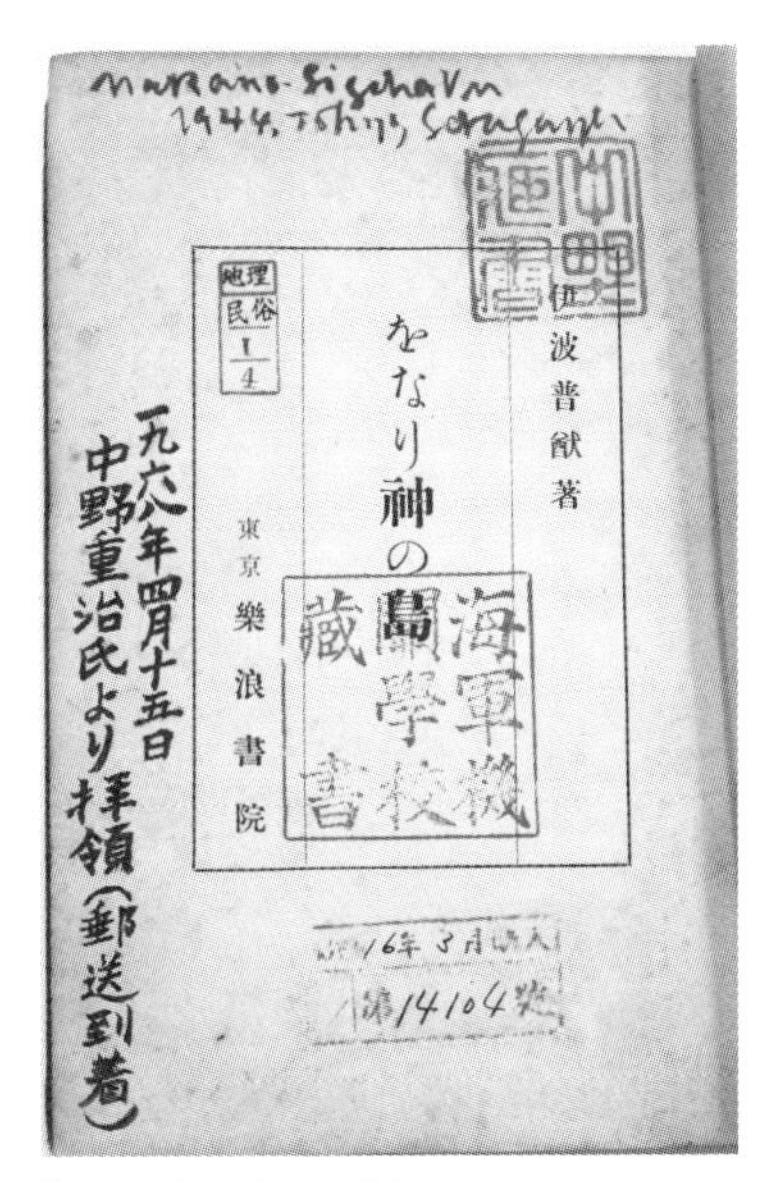

『をなり岬の島』中表紙

伊波の本書が中野と巨人双方の関心をそった所以については、今後の論究に俟つよりほかにない。著者による「序」の冒頭には、「本書は（略）拙稿十七篇を収めたもので、女人の掌る南島の祭儀に関するものが、大部分を占めてゐるので」云々とあって、巨人に関する限り、例えば、『神聖喜劇』「十一月の夜の媾曳」における主人公東堂の「妹の力」に寄せる注目などが連想されなくもないものの、伊波に対する直接の言及は、小説にもエッセイにも見当たらないようである。

（石橋正孝）

市島春城『随筆春城六種』（早稲田大学出版部、一九三三年九月一日二版）

大西巨人の読書領域の一角を随筆が占めている。自らもしばしば「断章」・「短章」と題した文章を発表した巨人は、前後の文脈に拘束されず、関心事を圧縮された表現で書き記す形式の魅力によく通じていたのであろう。蔵書に『日本随筆大成』の諸本が、また竹越與三郎『倦鳥求林集』（岡倉書房、一九三五年六月二十日）や柳田泉『心影・書影』（桃源社、一九六四年六月五日）が含まれているのは当然のことと肯かされる。市島春城の著作の繙読も、巨人の随筆愛好によるものと推される。

市島春城（本名謙吉。一八六〇～一九四四）は、新潟出身のジャーナリスト、政治家。大隈重信の創設した立憲改進党に所属し、衆議院議員を三期務めた後、早稲田大学の初代図書館長となった。図書館蔵書の充実や日本における司書制度の定着に功績を残し、晩年には豊かな見聞を生かした随筆を精力的に発表するようになる。『蟹の泡』（早稲田大学出版部、一九二二年）に始まる著作は二十冊を超え、随筆の名手として多くの読者を持った。

巨人が所蔵していたのは、『随筆春城六種』（早稲田大学出版部、一九二七年九月一日再版）、『春城筆語』（同前、一九二八年八月十三日）、『春城漫筆』（同前、一九二九年十二月十三日）の三冊。いずれも、見返しに「大西」の朱印が押されている。『春城筆語』・『春城漫筆』の見返しには福岡市中央区唐人町にかつてあった古書店田中書店のチラシが挿まれており、あるいはそこで購入されたのかもしれない。三冊は背表紙に題箋を貼る装丁で共通し、『随筆春城六種』のみ巨人筆の題箋に付け替えられている。

三冊のうち、痕跡が確認できるのは『随筆春城六種』一冊のみである。鉛筆で傍線やチェックが付されている。線

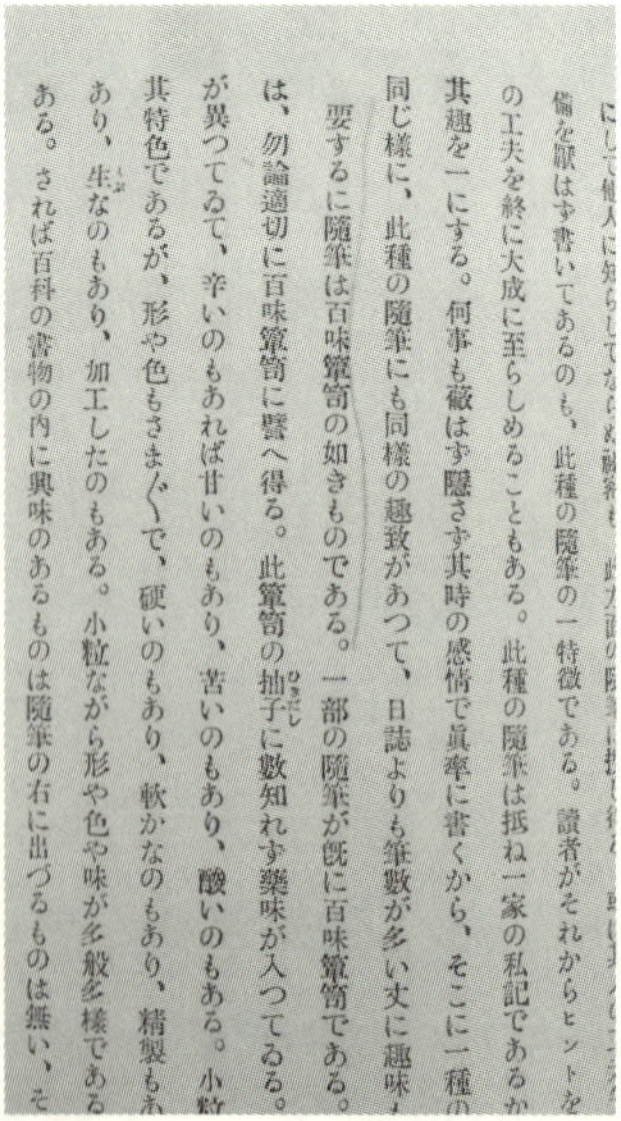
備を厭はず書いてあるのも、此種の随筆の一特徴である。讀者がそれからヒントを
の工夫を終に大成に至らしめることもある。此種の随筆は抵ね一家の私記であるか
其趣を一にする。何事も蔽はず隠さず其時の感情で眞率に書くから、そこに一種の
同じ様に、此種の随筆にも同様の趣致があつて、日誌よりも筆數が多い丈に趣味も
要するに随筆は百味簞笥の如きものである。一部の随筆が既に百味簞笥である。
は、勿論適切に百味簞笥に譬へ得る。此簞笥の抽子に數知れず藥味が入つてゐる。
が異つてゐて、辛いのもあれば甘いのもあり、苦いのもあり、酸いのもある。小粒
其特色であるが、形や色もさま〴〵で、硬いのもあり、軟かなのもあり、精製もあ
あり、生なのもあり、加工したのもある。小粒ながら形や色や味が多般多様である
ある。されば百科の書物の内に興味のあるものは随筆の右に出づるものは無い、そ

『随筆春城六種』335ページ

の引き方がやや雑で、他の例と異なるため、判断が難しいところがあるが、本文の上に線を引く例も散見するため、巨人の手によるものが過半であると判断したい。

痕跡は巻末の「衡口発」に集中しており、それ以外では「私の随筆観」、「日誌を書く心得」、「煙草礼賛」、「掘出し物」に見られる。「要するに随筆は百味箪笥の如きものである。」（三三五）、「全体随筆には種々の形式がある、普通所謂る随筆の形式にのみ泥むと、多くの逸物を取り逃すことになる。飽くまで境域を広めて、形式に泥まず博捜を力めねばならぬと思ふ。」（三三六）は、随筆の多様性の肯定に共鳴してのものであろうか。ヘビー・スモーカーから非喫煙者に転じた巨人が「全体動物といふものは様々あるが、煙に就いて嗜好を持つものは人類の外にない。或は之が高等動物の特権とも云ひ得るであらう。」（三七九）に気を留めているのが面白い。「我邦人は兎角高尚の事は知つて居るが、案外普通知つて居らねばならぬ事を知らぬ。別して専門の学術を修めて居る人などに此の病がある。」（四二八）には、インテリゲンチャ批判に通じる感覚がある。

「衡口発」は、題名通り、口を衝いて発せられた言葉であるかのような、自在な話題の展開が楽しめる。「足を忘るゝは履の適なり、韻を忘るゝは詩の妙也、最も人に適するの服装は眼につかざる者是れなり。」（五二六）には諧謔の味わいがある。「一事を成し了り、之を言語に現はさゞる者人品高し。」（五二六）や「日常の事大抵世俗に従ふ可、但だ事大節に関するもの世俗に従ふを要せずと、」（五四五。佐藤一斎の言葉）は、武士道に通じる反俗の精神を表すものとして銘記されたものであろう。江戸時代の文人についての考証を含み、笑いの要素を織り込みながら、奇談逸話を紹介していく市島の随筆は、巨人の関心と重なるところが多かったと思われる。辛辣さは異なるが、斎藤緑雨の警語を想起させるものがある。二人は、近世の考証的な随筆の系譜を引き継いでいることでも共通する。（山口直孝）

の什を示す。
ひとゝ努のうちまたものゝ冬の梅
此等の句は、俳諧を解せざる余と雖も、年を經て終に忘るゝ能はざる也。
○前島男の別業、伊豆の鹽名にあり、山に倚り海を望み、形勝甚だ佳なり。樓上に一扁額を揭げて三字を書す、曰く、餘地堂。山岡鐵舟、明治初年の揮毫に係る。余男に堂號の由來を問ふ。男云く、維新匆匆の際、年壯氣鋭の徒輕擧往々事を誤る、余常に此等の徒を戒む、曰く、事を企つ、必らず多少の餘地を存せよと。常時余を呼ぶに「餘地堂」の名を以てするに至る。一日鐵舟余の居に來り、酒間三字を書す、即ち是なりと。余男を知る三十餘年、而して男に此の別號あるを知らず、此扁額も亦始めて見る所なり。
○女子破瓜の期に達すれば、渾身肉豐かなり、俗に之を色肉と云ふ。而して醫學家は曰く、是れ懷姙に對する自然準備なりと。
○花を携へて道を行くものを見るに、花を損はんことを虞れて慇懃いたはるの狀殊勝也、價の貴からざるものにて鄭重の待遇を受くるは花なる哉。贈を受けたるものも之れを粗略にせず、必らず瓶に挿んで床上に置く、花の德と謂ふべき歟。
○足尾銅山より歸來の一客、余に贈るに一函の菓子を以てす。開いて閲するに數片の牛皮、上に烙印を以て運、根、鈍の三字を印す。此三字は故古河銅山王の箴言也。足尾に作る菓子には恰當の意匠也。
○藝妓の戀は素人の戀よりも激切なり、思はぬ人に思はれ、其都度戀を刺激するに因る。
○不見轉藝妓、貞操ある妓に對して言ふ、爾未だ戀の痛切を解するに至らず、欲せざる客に接してこそ情人に對する戀を痛切に感ずるなれと、蓋し前と同一理也。

衡口發　　五四一

『随筆春城六種』541 ページ

菅野保之『増訂　陸軍刑法原論』（松華堂書店、一九四三年九月十八日増訂四版）

　陸軍法務中佐・菅野保之が陸軍憲兵学校で生徒に配布した講義要領をもとにまとめた解説書。昭和十七年二月の『陸軍刑法』一部改正にあわせ、同年八月の第三版で訂正を加えており、本書はその訂正版である。大西巨人所蔵の一冊は、裏表紙側の遊び紙に「西野」の捺印を消したと思われる青インク痕があり、古書で買い入れたと推測できる。地には、細い黒ペンないしボールペンで書名が書き込まれていた。本書は『神聖喜劇』作中に登場するが、小説の作中時間は昭和十七年一～三月であり、ちょうどその間に『陸軍刑法』改正があった（第八部第一でも言及。Ⅴ・一七四）。そのため、登場する『陸軍刑法原論』は品川軍医中尉を介して憲兵中尉から借用した「昭和十五年（一九四〇年）初版」と明示されている（第七部第七、Ⅳ・四三三）。だが、巨人の蔵書として残っていたのは初版ではなく、増訂四版であった。

　巻末に二枚の複写資料が挟み込まれていた。一枚は大西以外の筆跡（出版編集者か）で「戦史資料47・2・1／陸軍戦闘序列1／5——大東亜戦争初期——／付録第二・その一　陸軍官衙・学校一覧　開戦時（昭和十六年十二月八日）抜粋」と鉛筆書きされた資料で、「昭和十六年十二月八日」と、日本・朝鮮・台湾の陸軍刑務所・陸軍拘禁所の一覧の上部に赤鉛筆の線、下部に鉛筆のチェックマークがある。特に「西武軍司令官隷下　小倉陸軍刑務所（福岡県企救）」「留守五十六師団長隷下　久留米陸軍拘禁所（福岡県久留米）」には赤傍線が付された。下部の鉛筆メモ「20年　長野」は、昭和二〇年五月十六日の勅令第二九四号で「陸軍監獄官制」が改定され、長野陸軍拘禁所が加わったことを指すか。この勅令二九四号が記載されているのが、もう一枚の挟み込み資料である（複写原本の法令集

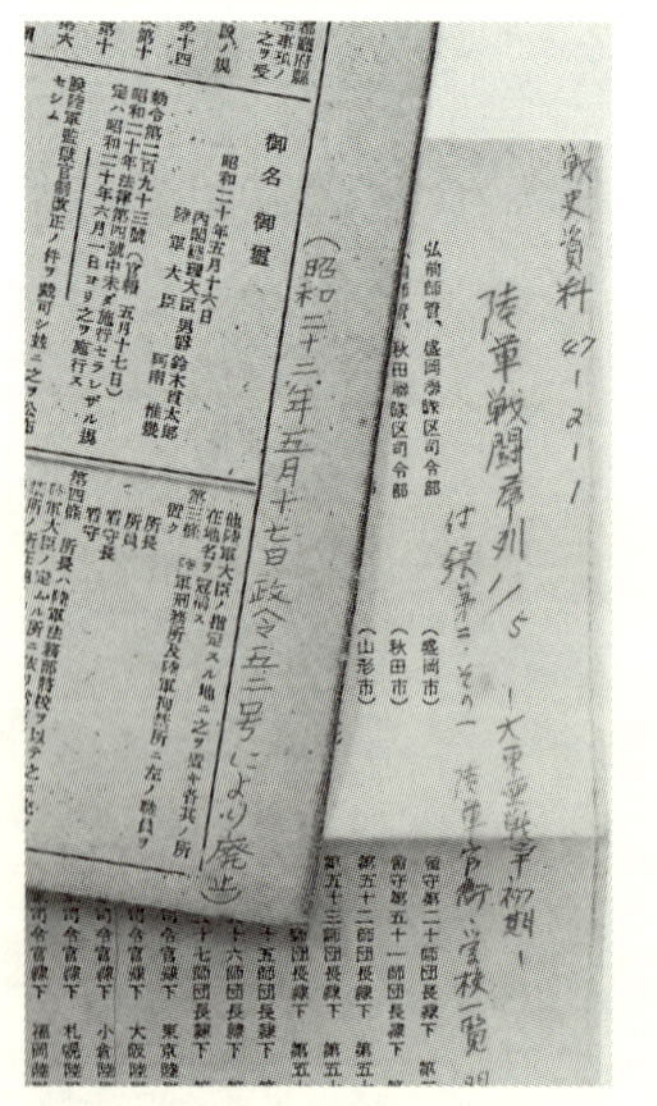

『陸軍刑法原論』に挿み込まれていた複写資料二種

は未特定）。勅令記載部分の行上に横線を引き、天皇裁可日の「昭和二〇年五月十六日」「勅令第二百九十四號」「陸軍刑務所及陸軍拘禁所令」、そして第二条記載の陸軍刑務所・拘禁所設置地名にそれぞれ赤鉛筆の傍線が付されている。その中には、『神聖喜劇』の「終曲」で大前田（とおそらく吉原）が収監されている久留米陸軍拘禁所も含まれており、名称の正確を期すための資料であろうか。余白には赤ペンで「（昭和二十二年五月十七日政令五二号により廃止）」と法令廃止日が巨人の筆跡で書き込まれている。

書籍本文は七二ページ「（三）宣誓シテ陸軍ノ勤務ニ服スル者」（陸軍刑法の対象範囲に関する内容）の項目名の

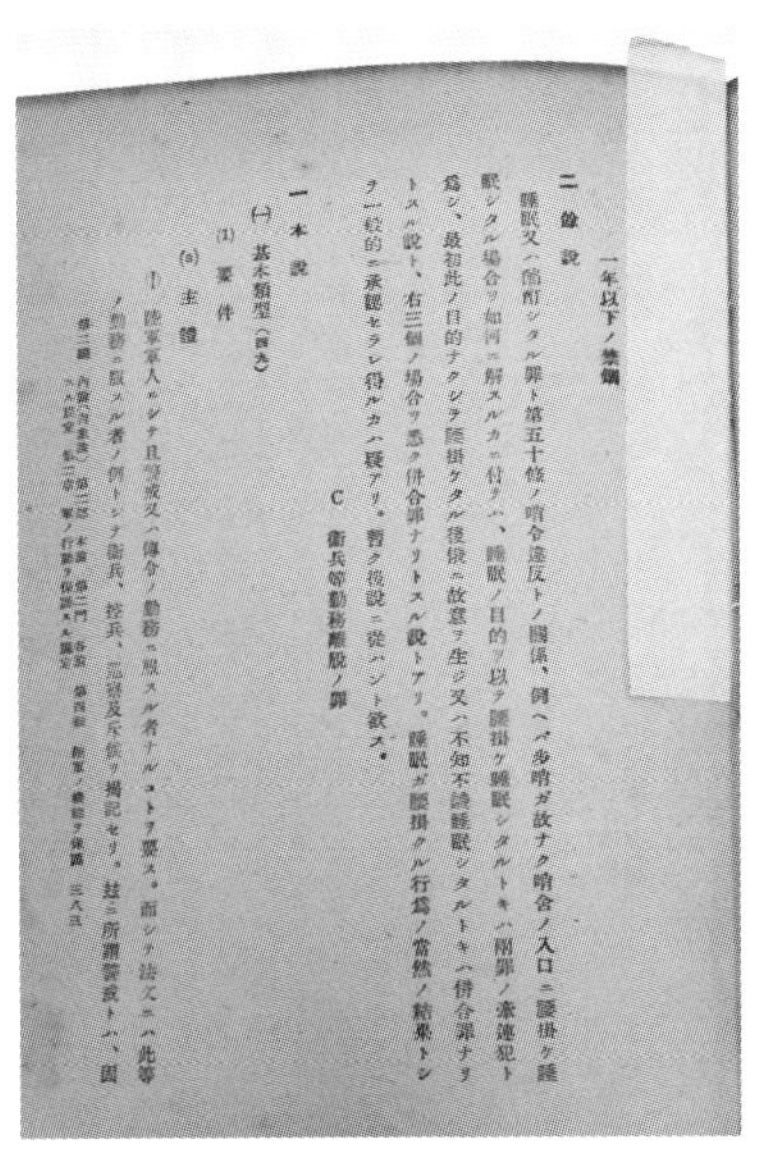
一年以下ノ禁錮
二 論説
睡眠又ハ偕酊シタル罪ト第五十條ノ哨令違反トノ關係、例ヘバ歩哨ガ故ナク哨舎ノ入口ニ腰掛ケ睡眠シタル場合ヲ如何ニ解スルカニ付テハ、睡眠ノ目的ヲ以テ腰掛ケ睡眠シタルトキハ兩罪ノ牽連犯ト爲シ、最初此ノ目的ナクシテ腰掛ケタル後偶ニ故意ヲ生ジ又ハ不知不識睡眠シタルトキハ併合罪ナリトスル説ト、右三個ノ場合ヲ悉ク併合罪ナリトスル説トアリ。睡眠ガ腰掛クル行爲ノ當然ノ結果トシテ一般的ニ承認セラレ得ルカハ疑アリ。暫ク後説ニ從ハント欲ス。
C 衞兵等勤務離脱ノ罪
一 本説
(一) 基本類型（四九）
(1) 要件
(a) 主體
(i) 陸軍軍人ニシテ且哨戒又ハ傳令ノ勤務ニ服スル者ナルコトヲ要ス。而シテ法文ニハ此等ノ勤務ニ服スル者ノ例トシテ衞兵、控兵、巡察及斥候ヲ掲記セリ。茲ニ所謂衞兵トハ、國

『陸軍刑法原論』383ページ

上に赤鉛筆の丸が書かれている他は、小紙片の挟み込みのみがみられ、挟み込み箇所は次のとおりである。四八ページ「犯罪ノ本質」、一〇〇ページ「犯罪行為」の「主観的要素」（犯罪行為者の道義的責任および社会的責任を論じた部分）、二二四ページ「職役離脱ノ罪」、二六六ページ「毀傷罪」（兵器など、軍用に供する動産を毀棄・傷害する罪の要件）、三八三ページ「衛兵等勤務離脱ノ罪」。二二四、三八三ページは、引用こそないが大前田軍曹逃亡事件を描く参考となったと思われる。

『神聖喜劇』での本書の直接引用は第八部第一に集中しており、それぞれ本書二五二～三、二五五、二六六、二六八、二七〇ページが出典である。特に二六八ページの、毀傷罪は「故意犯ニ限リ、過失犯又ハ結果犯ヲ包含セズ」という菅原の法解釈は、上官上級者が事故による兵器損傷をも「罪」と言挙げするのは不当だという、東堂の「「法感情」的な判断の客観的妥当性を「法意識」または「法的確信」的に突き止め」る根拠となり（Ｖ‐一七六）、冬木の窮地を打破する動機づけになった。さらに第八部第三の模擬死刑場面で、東堂は本書の情報から陸軍の死刑執行要件（二六五）を指摘し、ともに末永虐待の制止に立った冬木を援護したことになっており（Ｖ‐三二三）、物語における役割の大きさが感じられる。

（橋本あゆみ）

『引照旧新約全書』（英国聖書会社、一九一三年七月五版）

大西巨人文芸における『新約聖書』からの引用は、「現代に於けるジョルジュ・ソレルのヴァリエイションについて」（『午前』第二巻第六号、一九四七年九月）において早くも認めることができる。ここで巨人は、福田恆存に、政治と文学を「二元的に、二者択一的に設定する代りに、同じ聖書の文句でも「なくてならぬものはただ一つなり」といつたキリストの言葉を頭におくがいい」と呼びかけている。ここで言われている「なくてならぬものはただ一つなり」は、「ルカ伝」の「マルタよマルタよ爾多端により思慮ひて心労せり　然ど無て叶ふまじき者は一なり」の引用である。

『神聖喜劇』「模擬死刑の午後（結）」で、東堂は、仁多軍曹らの演じる模擬死刑に向って発せられた冬木の「止めて下さい」という叫びの内実に「宗教的感情」の存在を認め、次のように説明している。「プラトンの「よりよい故郷にたいする魂の郷愁」、マルクスの「もしもあらゆる内的条件が充足せられたならば、ドイツ復活の日が、ガリアの鶏鳴によって告知せられるであろう。」、ドストエフスキーの「あの神聖な『永遠の憂悶』」、北原白秋の「耳澄ませば闇の夜天にしろしめす図り知られぬものの声すも」、芥川龍之介の「我我を無限の道へ駆りやる喇叭の声」という表現などが、如上「宗教的感情」に相渉る。みたび私の独断によれば、たとえば「先づ只欣求の志の切なるべきなり。……この心あながちに切なるもの、とげずと云ふことなきなり。」と、たとえば「マルタよ、マルタよ、爾多端により思慮ひて心労せり。然ど、無くて叶ふまじき者は、一つなり。」とは同質等価の教えでなければならない」（『神聖喜劇』Ⅴ・三〇七）。ここでも、福田批判の際に用

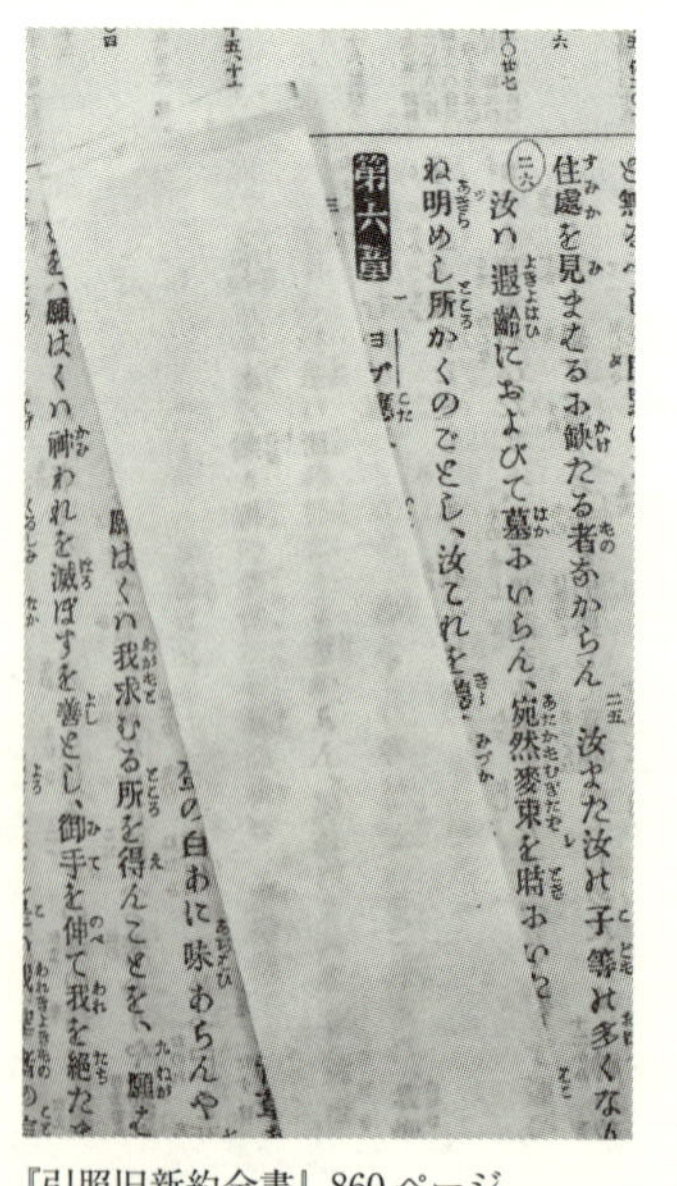

『引照旧新約全書』860ページ

いられた「無くて叶ふまじき者は、一つなり」が引かれていることは興味深い。この一節は、『天路の奈落』、『閉幕の思想　あるいは娃島情死行』、『深淵』などの長編小説でも引用されている。『閉幕の思想　あるいは娃島情死行』、『深淵』では、『神聖喜劇』での引用からさらに進展し、ジョージ・オーウェルのエッセイ「アーサー・ケストラー」中の一節、「来世の不存在の承認の上に、なお宗教的感情をいかにして回復するか、ということが、今日現在における真の問題である」に関連づけられている。このオーウェルの命題は巨人文芸の中心主題の一つである。

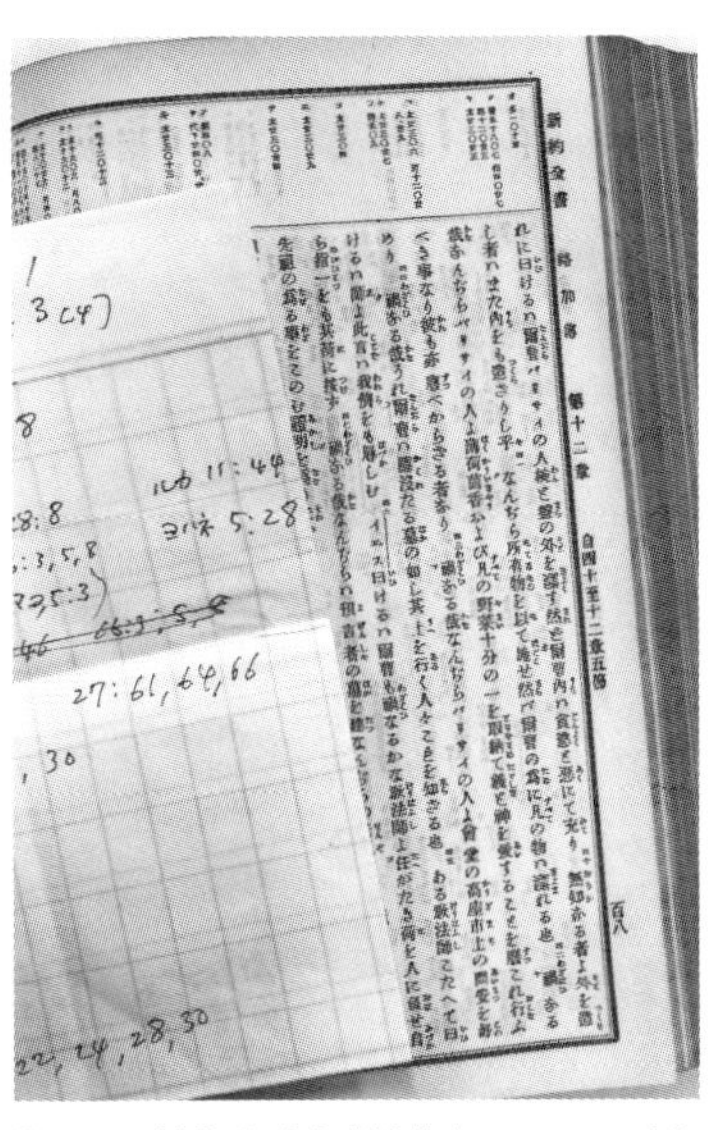

『引照旧新約全書』「新約」108ページと挿み込みのメモ

　巨人には「なんじら人を審け。審かれんためなり」（『新日本文学』第一〇巻第二号、一九五五年二月）と題されたエッセイがある。ここで巨人は「なんじら人を審くな。審かれざらんためなり」（「マタイ伝」）といった相対主義的な思考を批判し、鳩山・重光の復権に対する日本の民主主義陣営の正当な「審き」を求めている。巨人はイエスの言葉を、もじったり、他の引用と接続したりすることで、既存の文脈から切り離し、自身の思考の糧にしていた。

　また、巨人の小説第一作『精神の氷点』の最後では、『旧約聖書』「創世記」から、弟アベルを殺したカインへの追放の言葉が引用され、水村の虚無主義からの回心が「宗教的感情」と関連するものであることが示唆されている。巨人はあらゆるものの意味や価値を否定する虚無主義からの弁証法的な超克の足掛かりとして、「宗教的感情」に注目していたのである。

　巨人蔵書中の『引照旧新約全書』では、五か所に小紙片の挿み込みがあるが、いずれも「墓」に関する記述への目印となっている。同書の見返しに、章段の数字の記された原稿用紙が挿み込まれているが、これも「墓」に関する記述への目印である。原稿用紙には、他に「イプセン　オーエル」「①白く塗った墳墓」「②五島美代子全歌集」「③篠田一士　伝統と文学」という巨人の断片的な記述が見られる。

（杉山雄大）

ルソオ、平林初之輔訳『民約論』（岩波文庫、一九四〇年二月十日一四刷）

一九四二年一月に対馬要塞重砲兵聯隊に入隊した『神聖喜劇』の主人公、東堂太郎は、九種一〇冊の本を持参していた。そのうちの一冊が岩波文庫版『民約論』であった。『田能村竹田全集』、『緑雨全集』といった愛読書、特定の問題意識に促されて選択されたと思われるソレル『暴力論』等々、『神聖喜劇』の展開上、重要な役割を果たすことになる書物と並んで、『改訂コンサイス英和新辞典』、*Buch der Lieder* のように、その後ほとんど言及もされない書名が挙げられたあと、東堂は、「この選択には、格別深い意味もなかった」（I - 九五）と素っ気なく記している。

だが、この選択が作者である大西巨人にとって意味のないものであったはずはない。「第二部　混沌の章／第三　現身の虐殺者」において、かつて火葬場に行った時のことを思い出す東堂は、例によって、前田夕暮、芥川龍之介、リープクネヒトを想起しつつ、「しかし火葬場行きの私が携えていたのは、ダシル・ハメット作"Red Harvest"であった」とことさら記す。そして、このただ一行について、「あそこで、作中人物「私」東堂太郎に何を読ませるか」は、作者私にとって、かりそめならぬ大事であった。作者私のモティーフというか作意というか確信において、あの場面の作中人物「私」東堂太郎は、たとえば、ローザ・ルクセンブルクの論著をでもなく、トーマス・マンの作物をでもなく、D・ハメットの『血の収穫』を読まねばならなかったのである」と巨人はのちに注記する（「D・ハメット作『血の収穫』のこと」、『日本人論争』所収）。

タイトルのみをいわば一瞬挙げるシーンでさえこの有様なのだから（あるいはむしろ、だからこそいっそう、ということかもしれないが）、東堂にどの本を軍隊に持って行かせるか、という問題は、作者にとって、少なくともかりそめの小事ではあるまい。しかし、巨人の蔵書を前にしてしまった者は、その手前（？）の疑問につい躓いてしまう——東堂が挙げた本は、巨人本人が軍隊に携えていった本なのではないか、今自分が手にしているこの『民約論』（表紙背ニス塗、糸綴じ直し、綴じ目に紙貼、グラシン紙でカバー、背に赤ペンで「民約論」、黒ペンで「ルソオ著　平林初之輔譯」と記され、扉には、大西の印が押されている）は（『緑雨全集』は、『田能村竹田全集』は）、その現物なのではないか、と。

むろん、かかる「私小説的読み」を断固斥ける巨人がそう簡単に尻尾（?）を出すわけもなく、東堂が『民約論』を手に取る場面は、以下のようになっている。

「『民約論』（平林初之輔訳・岩波文庫）を、私は、六年前にひとたび通読し、三年前にふたたび通読した。兵隊私が『民約論』を繙くのは、今宵初めてのことである。六年前の通読において私が附した青インクの傍線やレ点のような印やが、あちこちに散在する。もともと私は、目下のところ通読の目論見をもってはいなかった。かつて私がどんな箇所に傍線や印やを附したかに、私は、我ながら興味を起こした。私は、ページをめくりつつ、傍線または印がある諸部分を拾って読んだ。たとえば左のような文章に、高校生私が、傍線を引いていた」（「第七部　連環の章／第四　ある観念連合」、Ⅳ・一六三）。

する場合の外は、國家にも、その構成員にも無關係なのである。各人は その他に 自分の好き
な意見をもつてもよいのである。そして主權者は、それに關知しなくともよいのである。何とな
れば、主權者は、未來の世界に於ては何の權限をもつてゐないから、來世に於ける臣民の運命が
どうであらうとも、それは主權者の知つたことではないのである。主權者にとつては、ただ、現
世に於て、その臣民が善良な市民でさへあればよいのである。

〔註〕ダルジャンソン侯爵は、「共和國に於ては、他人を害しない限りに於て各人は完全に自由である。」と言つた。これは萬代不易の限界である。これ以上正確な制限を設けることは不可能である。私は、職に立つに及んでも眞の市民の心を失はず、自國の政府について、正しい健全な見解を持してゐた、この高名な尊敬すべき人を記憶するために、一般には知られてゐないけれども、この人の草稿から、時々引用するの喜びを禁ずることができなかつた。

それ故に、主權者が細目を決定すべき、純然たる市民的の信仰宣誓なるものがある。但し、主
權者が、その細目を決定するのは、宗教の教義としてではなくて、善良なる市民たり、忠實な臣
民たるために必要缺くべからざる社會的感情としてである。〔註〕主權者は、これを信ぜよと何人
にも強制することはできないけれども、これを信じない者は何人たるを問はず、國家から放逐す
ることができる。併し、主權者が彼を放逐するのは、不信者としてではなくて、非社會的な人間
としてである。心から法律を愛することができず、正義を愛することができず、必要にのぞんで

『民約論』194 ページ

東堂の言葉を信じるならば（というのもおかしな話だが）、彼が軍隊に持っていった『民約論』は、彼が高校時代に購入し、「傍線やレ点のような印や」をあちこちに青インクで付けた現物そのものである。したがって、一九四〇年に発行されたこの本ではありえない。東堂もその生みの親も、高校生だったのは一九三〇年代のことなのだから。確かに、巨人には、高校生東堂と同様、熱心に読み込んだ蔵書に「傍線やレ点のような印や」を付す習いがあった。だが、この『民約論』に記されたその種の傍線や印は、青インクではなく黒インクで書かれており、二重鉤括弧で本文のある箇所が直接括られているケースも見受けられる。

また、傍線が引かれていた箇所の例として引かれる二つの引用（前掲書、一六四）のうち、二番目の「第四篇第八章の「註」」（この一節は、後に「遼東の豕一〇／犬またはその飼い主」でも引かれ、さらにこのエッセイの全体が『深淵』第十二章で再引用されているが、そこでのルソーの引用——「ダルジャンソン侯爵は、「共和国に於ては、他人を害しない限りに於て各人は完全に自由である。」と言った。これは万代不易〔『神聖喜劇』では「万古不易」となっている〕の限界である。これ以上正確な制限を設け

ることは不可能である」――は、この平林訳をベースとしつつも、微妙に細部が異なる）には確かに傍線が引かれているものの、最初の引用（第三篇第一章）の該当箇所（八六～八七）を見ると、部分的にしか傍線が引かれていない（「これは、絶対に、委任若しくは雇用に過ぎないのであって、彼等は、主権者の単なる吏員として、主権者から委任された権力を、主権者の名によりて行使してゐるのである」、「それ故に、私は、執行権の合法的行使を政治又は最高行政と名づけ、この行政を委ねられた個人又は国体を王公若しくは行政官と名づけるのである」の二文）。

　以上のズレは、些細といえば些細である。が、東堂と大西巨人が完全には同一ではなく、共通点もあれば差異もあ

論

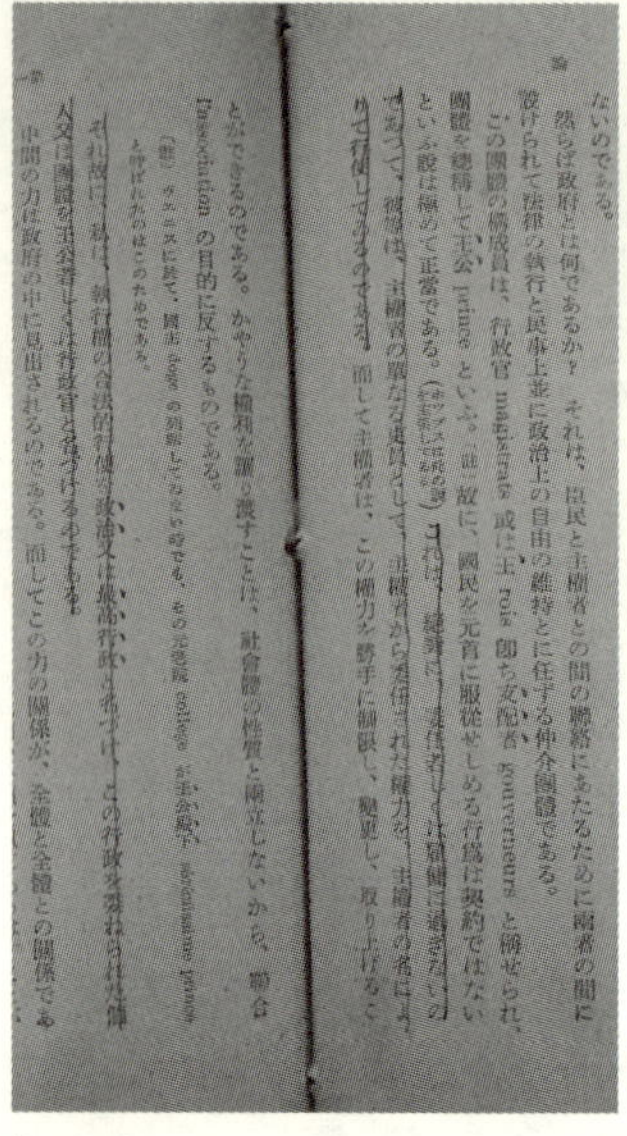

ないのである。

然らば政府とは何であるか？　それは、臣民と主權者との間の聯絡にあたるために兩者の間に設けられて法律の執行と民事上並に政治上の自由の維持とに任ずる仲介團體である。

この團體の構成員は、行政官 magistrats 或は王 rois 即ち支配者 gouverneurs と稱せられ、團體を總稱して王公 prince といふ。(註) 故に、國民を元首に服從せしめる行爲は契約ではないといふ說は極めて正當である。(ホッブス的說の否) これは、絕對に、委任若しくは雇傭に過ぎないのであつて、彼等は、主權者の單なる吏員として、主權者から委任された權力を、主權者の名によりて行使してゐるのである。而して主權者は、この權力を勝手に制限し、變更し、取り上げることができるのである。かやうな權利を讓り渡すことは、社會體の性質と兩立しないから、聯合 association の目的に反するものである。

(註) ヴェニスに於て、國王 doge の列席しないときでも、その元老院 collège が王公殿下 sérénissime prince と呼ばれたのはこのためである。

それ故に、私は、執行權の合法的行使を政治又は最高行政と名づけ、この行政を委ねられた個人又は團體を王公若しくは行政官と名づけるのである。

中間の力は政府の中に見出されるのである。而してこの力の關係が、全體と全體との關係であ

『民約論』86 ～ 87 ページ

183　第八章　市民の宗教

の眞似であつたことも屢々ある。

最後に、ロオマ人は、その帝國とともに、その宗教と神々とを擴大し、屢々彼等自らも被征服國民の神々を採用して、都市の權利を雙方の神々に與へたので、この大帝國の國民は、知らず知らずのうちに、多くの神々と宗教とをもつてゐるやうになつた。そして、それは到る處で、殆んど同じやうなものだつたのである。さういふ譯で、當時既知の世界に於ける異教が、遂に唯一の同じ宗教に過ぎなくなつてしまつたのである。

かゝる事情の下に、キリストが、地上に靈の王國を建設するために現はれた。この地上天國は、宗教と政治とを分離し、國家の統一を破り、國內の分裂をかもした。この分裂は、キリスト教國民を、たえず惱ましたのである。然るに、この、靈の王國といふ新思想は、異教徒の頭へはどうしてもはいらなかつたので、彼等は、常に、キリスト教徒をもつて、表面は服從してゐるやうは僞つて、その實、獨立して自ら支配者になり、現在は無力なために權威を尊敬してゐるやうなふりをしてゐるが、やがて、その權威を巧みに僭奪する機會ばかりをねらつてゐる、眞の叛徒を見たのである。これがキリスト教徒迫害の原因だつたのである。

異教徒が惧れてゐたことは遂に到來した。そこで、局面が一變した。謙讓なキリスト教徒の態

『民約論』183 ページ

る、という当たり前の事実を改めて確認しておくのは無意味なことではない。巨人もまたおそらく高校時代に同書を読んだのであろうが、一九四〇年発行の版に黒インクで印を付けながら再読したのはいつ、どこでであったのか、それらの印は高校時代の注目箇所とどこまで重なっていたのか。そして、現に残された傍線や印から、ルソーの政治思想（巨人の蔵書に含まれるルソーの著作は、ほかに、一九三三年発行の岩波文庫版『人間不平等起源論』、一九七六年発行の角川文庫版『社会契約論』があるばかりである）が巨人に与えた影響を探ることは可能なのかどうか。自由と平和との関係、そして、宗教と国民との関係に関わるルソーの議論に対する巨人の関心が、この最後の問いに答える上であるいは手がかりになるかもしれない。（石橋正孝）

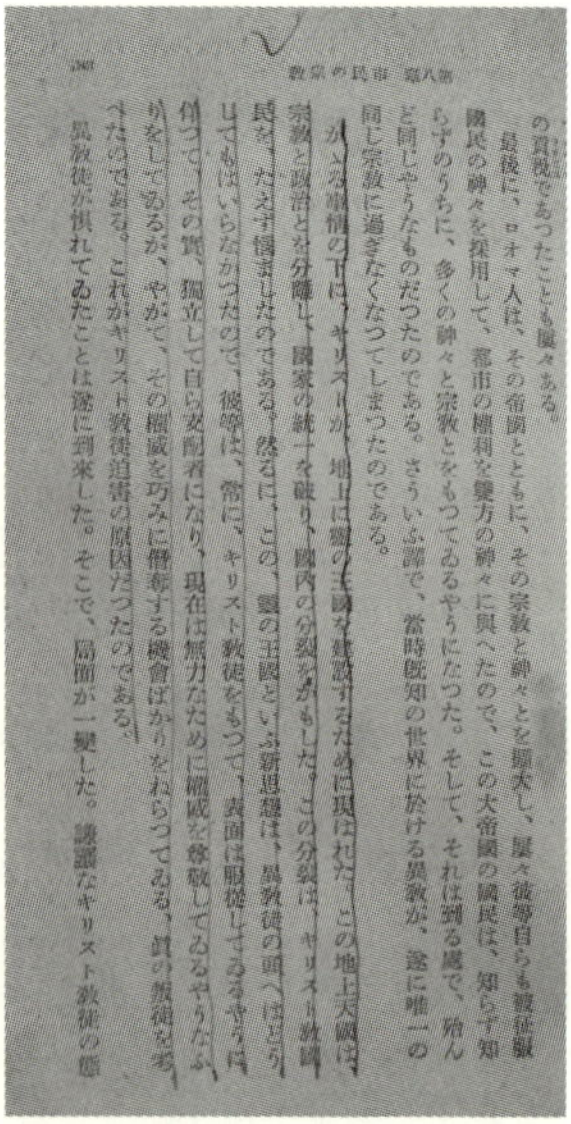

蔵書調査こぼれ話　コラム③

作家の蔵書調査は、草稿研究と基本的には同じで、ひたすら地味な単純作業の連続であり、運がよければ一山当てられるという意味では、砂金採りを思わせるところがある。おまけに、仮になにか発見があったとしてもその意味がその場でわかるとは限らず、いかにつまらない瑣事と思われようが、すべてを「跡を追ふもの」のために淡々と記録しておかねばならないが、十中八九、そうした苦労を後世から感謝してもらえる僥倖に恵まれることはないものと覚悟するほかない。そして、生々しい肉声を伝えるメモなどを掘り起こす機会は、功名心にはやる者にではなく、無欲な学生アルバイトの諸君にこそ巡ってくる。個人的な発見は、篠田太郎によって新感覚派と新興芸術派に下された公式主義的評価（『史的唯物論より観たる日本文学史』〔春陽堂、一九三二年四月五日〕）が鉛筆で抜書きされたルーズリーフを改造社版『現代日本文学全集』第五十巻の一三五ページに見つけたくらいであった。

それでも、遠い柏キャンパスに足繁く通ったのは、作家の思考の息吹に触れる思いがしたからだ。例えば、『魔の山』や「ケストラー批判」や「ユダヤ人問題」といった、鍾愛のテクストの、何度も引用された箇所に傍線やレ点、付箋による表示があるのを確認できるのは、それ自体としてはせいぜい論考の註程度に留まることではあっても、やはり喜びを覚えざるをえないし、フォイエルバッハをめぐるエンゲルスの文章中の唯物論に関する一節を、「伝説の黄昏」の引用箇所と照合してみると、後者が、巨人によって新たに訳し直されたものであることがはっきりして、言葉遣いの差異が思考の運動として追体験されたり、ドン・デリーロ『マオⅡ』やクンデラ『ジャックとその主人』における小説や芸術をめぐる箴言めいた条りへのチェックや、イヨネスコに対する関心を示す痕跡に、文章化されるには至らなかった思考の断片を垣間見る思いを味わったりした。

個人的に親交があった、ないし、中上健次のように、親愛の情を抱いていたとおぼしき書き手からの献本は、謹呈箋を見返しの遊び紙に糊付けされ、到着日がそこに記録されている。加賀乙彦が、少なくとも最初期の『荒地を旅する人々』（一九七一年）以来、自著を献呈しており、いずれも毛筆で丁寧に署名し、落款も押していて、とりわけ『帰らざる夏』（一九七三年）には、「「神聖喜劇」の愛読者として」と書き添えている（この時点で『神聖喜劇』はいまだ執筆の途上にあった）。日本語で本格的な「長編」を書こうとする野心を共有する者から寄せられた共感と敬意が伝わってくる。

『新日本文学』つながりの作家・フランス文学者の小島輝正も、一九六六年刊行の訳書と著書を署名入りで献呈している。小島は、エッセイ「忘却のなかから」で自身の関わった翻訳の裏話を披露する中で、「昭和二十五年の春に河盛好蔵訳のゲオルギュウ『二十五時』（筑摩書房、一九五〇年）の下訳の仕事を谷長と二人でやった」と書いている。そういえば、未発表エッセイ「寓話風＝牧歌的様式の秘密」が雑誌『メタポゾン』に掲載される前に、著者本人からまず聞かされたのは、この「秘密」であった。

（石橋正孝）

ルドルフ・フォン・イェーリング、日沖憲郎訳『権利のための闘争』（岩波文庫、一九六四年五月十日三二刷）

『権利のための闘争』は、一八七二年の春に、イェーリングが「ウィーンの法律家協会で講演を行ない、同年の夏にこれを――もっと広範な読者を予定しながら大きく加筆して――『権利のための闘争』という表題の下に公刊した」（「序文」、村上淳一訳『権利のための闘争』岩波文庫、一九八二年十月）ものである。イェーリングは同書で、「レヒト」という言葉が持つ「客観的な意味におけるレヒト〔法〕」と「主観的な意味におけるレヒト〔権利〕」との二重の意味を強調し、「権利」のための闘争が、同時に「法」を活性化させるための闘争としての意義を持つことを指摘している。権利のために闘争することで、はじめて人間の精神的な存在条件が守られるのである。

大西巨人蔵書中には、日沖憲郎訳（岩波文庫）、村上淳一訳（岩波文庫）、小林孝輔・広沢民生訳（日本評論社）の三つの翻訳がある。その中で最も書き込みが多いのが日沖憲郎訳である。本の表紙と背にはニスが塗られている。『権利のための闘争』は、『神聖喜劇』と『深淵』で引用されるが、いずれも日沖憲郎訳がベースとなっている。

法の目標は平和であり、これに達する手段は闘爭である。法が不法の側からの侵害に對して用意せねばならぬ間は――しかもそれはこの世の存する限り續くであらう――法に闘爭を避けるわけにいかない。法の生涯は闘爭である、諸ゝの民族の、國家權力の、階級の、個人の闘爭である。

この世における一切の法は闘ひ獲られたものである。あらゆる重要な法規はまづこれに抗爭する者の手からもぎ取られねばならなかつた。さうして民族の權利たると個人の權利たるとを問はず、すべての權利はこれが主張に對する不斷の用意を前提する。法は單なる思想ではなくて、生ける力である。さればこそ正義の女神は一方の手には權利を秤る衡器をもち、他方の手には權利を主張する劍を握つてゐるのである。衡器のない劍はむきだしの暴力であり、劍のない衡器は法の無力である。兩者は相待つてその用をなすのであつて、完全な法律狀態なるものは正義の女神の劍を揮ふ力がその衡器を扱ふ熟練の度と相比肩するところにのみ存する。

法は不斷の勤勞であり、しかもひとり國家權力の勤勞たるに止まらないで、全民族の勤勞である。法の全生命を一日に見渡せば、我々の眼前には全國民の休みなき角逐と奮鬪との演劇が

『権利のための闘争』27ページ

『神聖喜劇』では、東堂太郎が風邪を引いた室町に、毛糸編みの胴着の着用許可を神山に求めるよう勧める箇所（第四部　伝承の章／第二　道）や、兵器損傷破壊が『陸軍刑法』上の犯罪行為であるという通念が部隊全体に蔓延していることを知った東堂が、部隊一般における法感情の鈍感性に思い至る箇所（第六部　迷宮の章／第一　法／二）などで引用されている。『深淵』では、橋本勇二の冤罪・誤判事件の話題で、崎村の口にした「法感情」という言葉を聞いた麻田布満が、同書を想起する場面（第十七章　誤判の背景）がある。

巨人蔵書中の『権利のための闘争』（日沖憲郎訳）では、

『神聖喜劇』と『深淵』で引用された文章以外の箇所にも傍線やチェックが付されている。「法の目標は平和であり、これに達する手段は闘争である。法が不法の側からの侵害に対して用意せねばならぬ間は——しかもそれはこの世の存する限り続くであろう——法に闘争を避けるわけにいかない。法の生涯は闘争である、諸々の民族の、国家権力の、階級の、個人の闘争である」、「だが、人間にとつてはひとり肉体的生活ばかりでなく、精神的生存もまた問題となつてゐるのであつて、その精神的生存の諸条件の一つが実に権利の主張なのである。権利において人間はその精神的存在条件を保有し且つ防衛する。権利なくんば人間は動物の段階に沈淪する」、「国法ではなくて私法こそ民族の政治的

から、
權利のための闘爭は權利者の自分自身に對する義務である。
自己の生存の主張はおよそ生きとし生けるものの最高の法則である。それはあらゆる生物に自己保存の衝動となつて現はれる。だが、人間にとつてはひとり肉體的生活ばかりでなく、精神的生存もまた問題となつてゐるのであつて、その精神的生存の諸條件の一つが實に權利の主張なのである。權利において人間はその精神的存在條件を保有し且つ防衛する。權利なくんば人間は動物の段階に沈淪する。* まことにあたかもローマ人が抽象的な法の立場から全く理の當然として奴隷を動物と同一の段階に置いたがごとくである。そのゆゑに權利の主張は精神的自己保存の義務であり、今日はいかにも不可能であるが、嘗ては可能であつたところの權利の全

『権利のための闘争』44ページ

教育の真の学校である」、「まさしく健全な法感情の本質をなすところのもの——私はこれをもって権利侵害のうちに目的物に対する攻撃のみならず、また人格そのものに対する攻撃を認めるかの理想主義を指すのである」など、読む者に勇気を与え、奮い立たせるような箇所に目印の施されていることが多い。

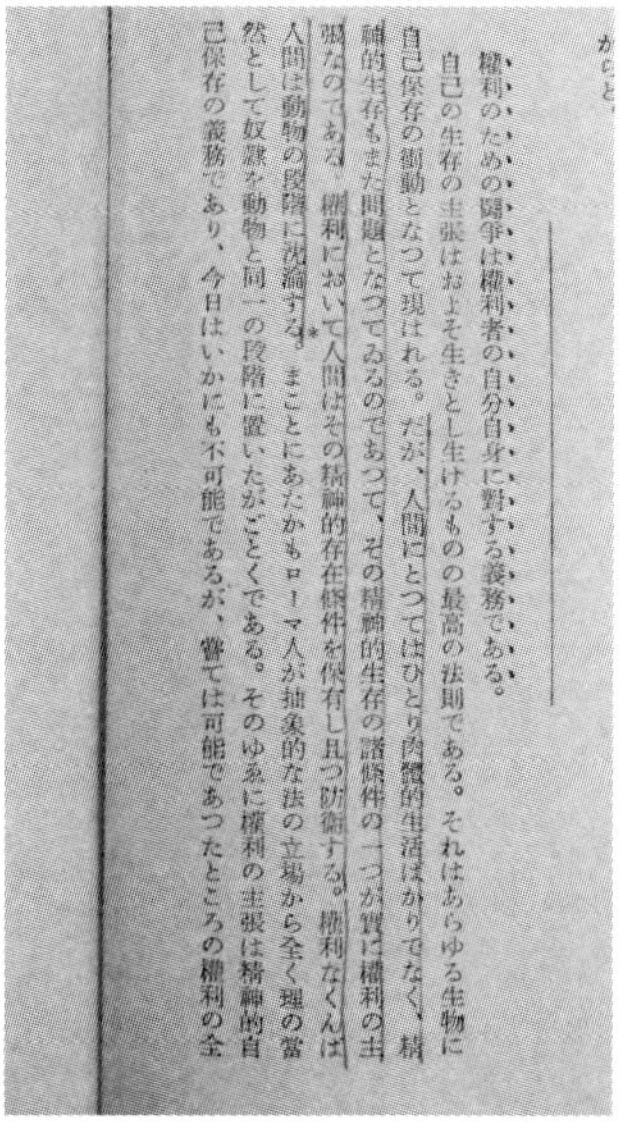

巨人は『図書』第四五四号（一九八七年五月）掲載の「岩波文庫・私の三冊」というアンケートで、ルソー『社会契約論』（桑原武夫・前川貞次郎訳）、ソレル『暴力論』（木下半治訳）とともに『権利のための闘争』（村上淳一訳）を挙げ、「私は、旧版（日沖憲郎訳）を愛読したのでしたが、新版（村上淳一訳）をも先年一読しました。いずれにせよ、これは、人に勇気と決意とを与える立派な書物です」とのコメントを添えている。また、巨人は『総合教育技術』第四一巻第八号（一九八六年八月）掲載のアンケート「私がすすめたい五冊の本」でも、大西巨人『神聖喜劇』、吉本隆明『吉本隆明歳時記』、中野重治『芸術家をはぐくむもの』、マルクス『ユダヤ人問題によせて』とともにイェーリング『権利のための闘争』をピックアップしていた。巨人の文学と生涯を貫流する重要な主題の一つが、権利のための全力的な闘争であったことは言うまでもない。

（杉山雄大）

カール・マルクス、長谷部文雄訳『資本論　Ⅰ』（『新装版・世界の大思想　十一　マルクス』河出書房新社、一九八〇年三月二十五日三版）

貨幣という特殊な商品の分析を通じて、資本主義経済の全体構造を闡明したマルクスの代表的著作。第一巻はマルクス自身によって書き上げられ、第二巻、第三巻はエンゲルスの手で編纂された。

大西巨人は吉本隆明との対談「素人の時代」（『素人の時代　吉本隆明対談集』角川書店、一九八三年五月）で「『資本論』の翻訳は、私が最初とにかく曲がりなりにも読んだのは高畠訳。それから戦後、長谷部訳が分冊で出てたでしょう、悪い紙の本で。それを第一巻四分冊まで読んで、そのときはそこでやめたんです。それでどの訳がいいだろうかってきいたら、長谷部訳がいい。向坂訳は、こなれちゃいるけど感心せん。長谷部訳は、ドイツ語原文の面影も何となく文体に伝わっとるからということを、あるそっちのほうの専門家の経済学者が言った」「感じでは、私も長谷部訳がいいんじゃないかという、漠然たる思いは持っているんです。何となく格調といいますかね」と話している。また、柄谷行人との対談「資本・国家・倫理」（『群像』第五五巻第一号、二〇〇〇年一月）でも「戦前は必要に応じて時に原書も参照しつつ高畠素之訳、戦後は、通読は第一巻だけですけど、長谷部文雄訳で読んだんです」と話している。巨人蔵書中には高畠素之訳全五冊（改造社）、長谷部文雄訳全四冊（河出書房新社）、向坂逸郎訳全四冊（岩波書店）の三つの翻訳書があるが、いずれも第二巻、第三巻にあたる箇所には、書き込みや小紙片の挿み込みなど、巨人による痕跡は見られない。

『深淵』と『縮図・インコ道理教』では、『資本論』から、「暴力は、新たな社会を孕むあらゆる旧社会の助産婦である。それ自身が一つの経済的力能である」（第七篇　資本の蓄積過程／第二四章　いわゆる本源的蓄積）という一節が引用されている。巨人蔵書の『資本論』はいずれも該当ページに小紙片が挿み込まれている。翻訳の読み比べをしていたのであろう。高畠訳、向坂訳ではこれが唯一の痕跡である。この『資本論』の一節に関して巨人は、「しかし、もしもマルクスが、第二次世界大戦後・原水爆時代に『資本論』を著作したならば、そのマルクス（『資本論』）は、必ずや労働階級による武力革命を肯定しはしなかった（否定した）――平和革命一本槍を肯定した――にちがいない」（「早春断想」、『現代思想』第三二巻第五号、二〇〇四

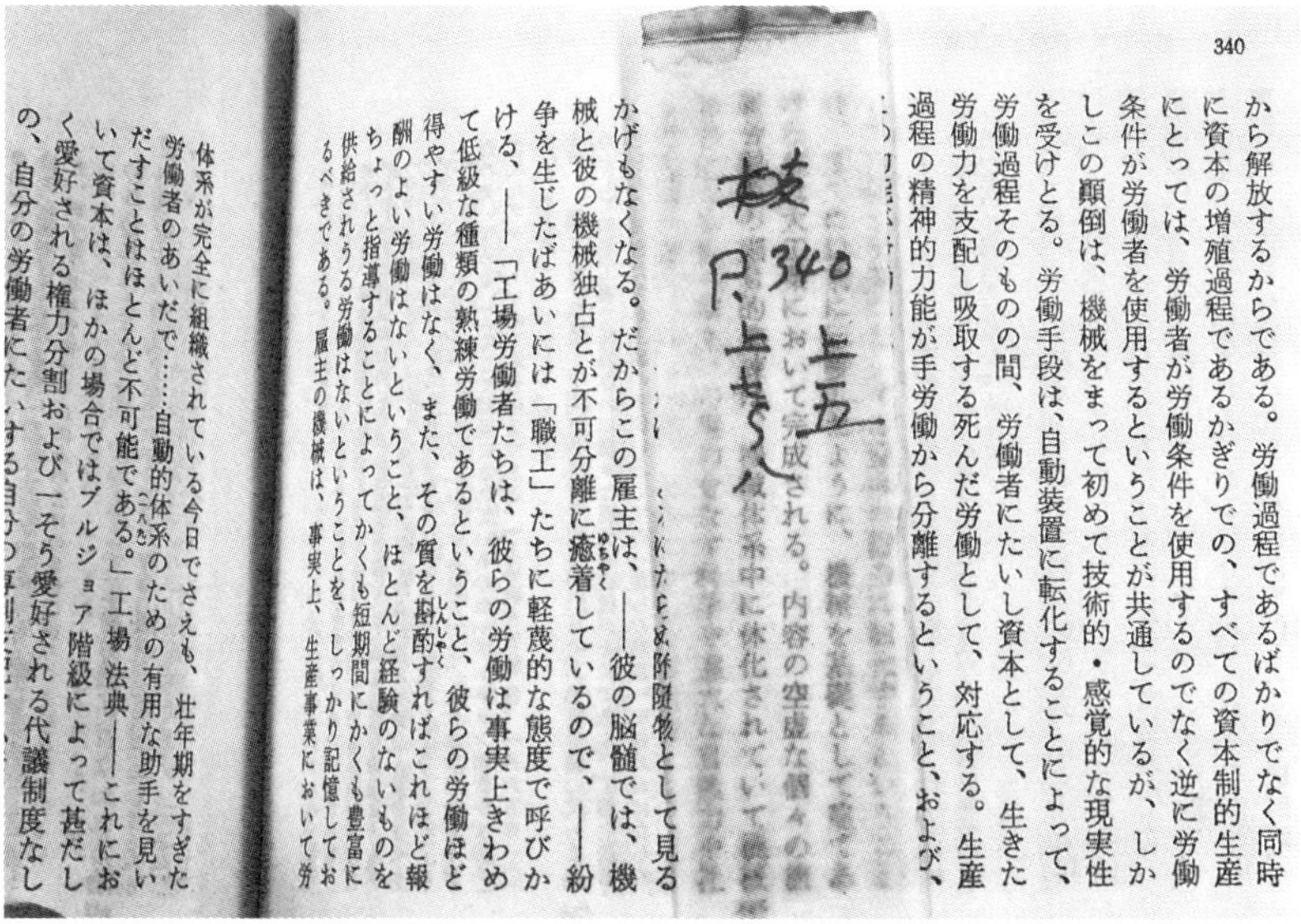

340

から解放するからである。労働過程であるばかりでなく同時
に資本の増殖過程であるかぎりでの、すべての資本制的生産
にとっては、労働者が労働条件を使用するのでなく逆に労働
条件が労働者を使用するということが共通しているが、しか
しこの顚倒は、機械をまって初めて技術的・感覚的な現実性
を受けとる。労働手段は、自動装置に転化することによって、
労働過程そのものの間、労働者にたいし資本として、生きた
労働力を支配し吸取する死んだ労働として、対応する。生産
過程の精神的力能が手労働から分離するということ、および、

かげもなくなる。だからこの雇主は、――彼の脳髄では、機
械と彼の機械独占とが不可分離に癒着しているので、――紛
争を生じたばあいには「職工」たちに軽蔑的な態度で呼びか
ける。――「工場労働者たちは、彼らの労働は事実上きわめ
て低級な種類の熟練労働であるということ、彼らの労働ほど
得やすい労働はなく、また、その質を斟酌すればこれほど報
酬のよい労働はないということ、ほとんど経験のないものを
ちょっと指導することによってかくも短期間にかくも豊富に
供給されうる労働はないということを、しっかり記憶しておくべきである。雇主の機械は、事実上、生産事業において労

体系が完全に組織されている今日でさえも、壮年期をすぎた
労働者のあいだで……自動的体系のための有用な助手を見い
だすことはほとんど不可能である。」工場法典――これにお
いて資本は、ほかの場合ではブルジョア階級によって甚だし
く愛好される権力分割および一そう愛好される代議制度なし
の、自分の労働者にたいする自分の

『資本論　Ⅰ』340ページ

年四月）と言っている。長谷部訳では、他に、次の二つの文章に対して小紙片が挿み込まれている。「俗流経済学にあかるい資本家は、おそらくいうであろう、――自分は、自分の貨幣をより多くの貨幣たらしめる意図をもって投下したのだ、と。だが、地獄への道はよき意図をもって舗装されているのであって、彼は同じように、生産することなく金儲けする意図をももちえたのである」（第三篇　絶対的剰余価値の生産／第五章　労働過程と価値増殖過程／第二節　価値増殖過程）、「労働過程であるばかりでなく同時に資本の増殖過程であるかぎりでの、すべての資本制的生産にとっては、労働者が労働条件を使用するのでなく逆に労働条件が労働者を使用するということが共通しているが、しかしこの顚倒は、機械をまって初めて技術的・感覚的な現実性を受けとる。労働手段は、自動装置に転化することによって、労働過程そのものの間、労働者にたいし資本として、生きた労働力を支配し吸取する死んだ労働として、対応する」（第四篇　相対的剰余価値の生産／第一三章　機械と大工業／第四節　工場）。巨人は「資本主義の走狗」（『文芸』第二一巻第八号、一九八二年一月）で、『資本論』の「資本制生産に特有な・かつそれを性格づけるこの顚倒」すなわち「死せる労働（機械）と生ける労働（人間）との転置」といういち早き卓見」と言っている。　（杉山雄大）

ソレル、木下半治訳『暴力論』上巻・下巻（岩波文庫、一九三三年六月六日・十一月三十日）

　革命的サンディカリズムの思想家ソレルの主要著書。原著がフランスで刊行されたのは、一九〇八年。日本語の翻訳は、一九二九年に西川勉訳が、一九三〇年に望月百合子、石川三四郎訳が出されているが、いずれも英語版からの重訳であった。フランス語からの全訳がなされたのは、一九三三年の木下半治による岩波文庫版であり、巨人が読んだのも同版である。戦前の岩波文庫版は、マルクス主義の用語を中心に、相当の伏字が見られる。蔵書には、一九六〇年代に重版された第三刷のものも含まれており、こちらの上巻にも紙片の挿み込みがある。

　二巻本を巨人は合本にして、切り取った中表紙を貼り付けた表紙を付けるなど、独自の装丁を施している。「大西」の朱印も押されており、愛蔵書であったことを示している。奥付は一種のみが残されている（一九三八年九月一日　第二刷）。紙片の挿み込みやチェックや傍線の書き入れは三十数か所に及び、巨人の精読ぶりがうかがえる。

　労働組合を社会変革の中核の組織として位置づけるサンディカリズムの中でもブルジョアの権力（フォルス）に対してプロレタリアの暴力（ヴィオランス）を対置し、総罷業（グレーヴ・ジェネラル）による体制の刷新を訴えるソレルの主張は異彩を放ち、労働者を勇気づけるものであった。マルクスの影響を受け、ロシア革命勃発の際にはボルシェヴィズムを賛美したソレルであるが、実力行使によって拓ける新しい世界の形象を「神話（ミート）」と名づけているように、彼の発想には神秘主義が含まれる。英雄的な行為がもたらす事態の刷新を賛美する意識は、不合理なものへの熱狂に容易に転化する。ムッソリーニが『暴力論』を愛読し、ソレルを師と呼んだことは故ないことではない。

　「ファシズムの理論的究明がそれを必要とするが故」（「訳者序」）に翻訳したという訳者の弁は、当時における受容のあり方を物語っている。マルクス主義の諸文献が禁書扱いとなる中で、本書が流通していたのは、ファシズムの関連書と見なされていたからであった。目にすることのできる書物が限られる中、巨人は『暴力論』を通してコミュニズムに触れ、可能な言動を探っていたと考えられる。

　『暴力論』は、『神聖喜劇』の東堂太郎が兵営に持ち込んだ書物の一冊である。入隊後上巻を再読、下巻に初めて目を通したと言う。上巻で改めて留意した四か所（四二～四三、二〇九～二一〇）は、作中で引用されている（Ⅴ・二五四〜二五五）。それらは、巨人の蔵書でもチェックや傍線が確認できる。とりわけ、「軍隊とは、人々が国家に関して持ち得る、最も明瞭なる、最も把握し易きそして〔国家の〕起源に最も堅く結びつけられる表現（manifestation）である。サンヂカリストは、十八世紀の人々の意図せし如く××〔国家〕を改革することを意図するものでない、彼等はこれを××××〔破壊せん〕と欲する」の箇所は重要であろう。一つには、そこで言及されている『家族、私有財産及び国家の起源』・『共産党宣言』の言明が巨人によってたびたび取り上げられているからであり、もう一つには、東堂太郎の軍隊における抵抗の目的がはっきりと記されているからである。評議会型組織の実力行使によって軍隊を内側から崩壊させる道筋を東堂が得ていることは、『暴力論』受容の積極面と評価することができよう。

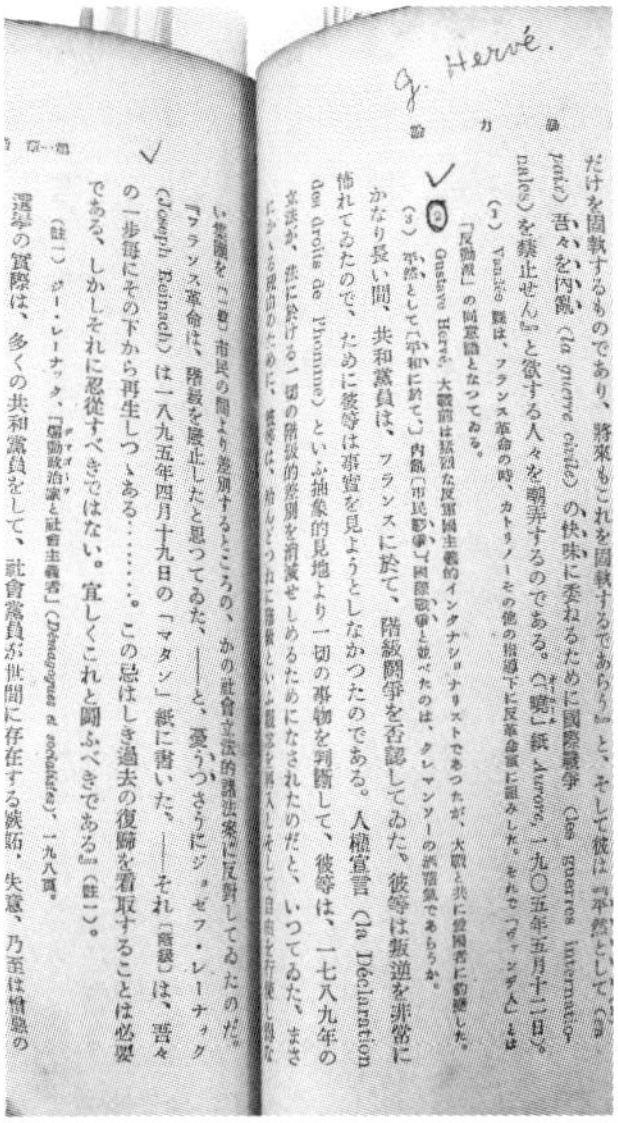
G. Hervé.

暴力論

だけを固執するものであり、將來もこれを固執するであらう」と、そして彼は「平然として（la paix）吾々を内亂（la guerre civile）の快味に委ねるために國際戰爭（les guerres internationales）を禁止せん」と欲する人々を嘲弄するのである。（『曉』紙 Aurore, 一九〇五年五月十二日）。

かなり長い間、共和黨員は、フランスに於て、階級鬪爭を否認してゐた。彼等は叛逆を非常に怖れてゐたので、ために彼等は事實を見ようとしなかつたのである。人權宣言（la Déclaration des droits de l'homme）といふ抽象的見地より一切の事物を判斷して、彼等は、一七八九年の立法が、法に於ける一切の階級的差別を消滅せしめるためになされたのだと、いつてゐた、まさ

い觀念を〔一聯〕市民の間より差別するところの、かの社會立法的諸法案に反對してゐたのだ。「フランス革命は、階級を廢止したと思つてゐた、――と、憂ひつゝさうにジョゼフ・レーナック（Joseph Reinach）は一八九五年四月十九日の「マタン」紙に書いた。――それ（階級）は、吾々の一歩毎にその下から再生しつゝある……。この忌はしき過去の復歸を看取することは必要である、しかしそれに忍從すべきではない。宜しくこれと鬪ふべきである」（註一）。

（註一）ジー・レーナック、『煽動政治家と社會主義者』（Démagogues et socialistes）、一九八頁。

選擧の實際は、多くの共和黨員をして、社會黨員が世間に存在する嫉妬、失意、乃至は憎惡の

『暴力論』上巻108ページ

敗戦後の巨人において、ソレルは反動へと転ずる危うさを秘めた思想家として意識され続けた。同時代の批評家の発想に潜む不合理性を衝く時、ソレルが引き合いに出されていることは注目される。「現代におけるソレルのヴァリエーション」（『論叢上』）では、「日本のあらゆる部面に、ソレルの悪しきヴァリエーションが、うごめいている。」という現状理解が提示され、石川達三・河上徹太郎・丹羽文雄・福田恆存らが批判されている。運動論の発想のない文学者たちをソレルと比較することには強引さも感じられるが、唯物論的な人間観の確立を訴えた巨人にとって、彼らの主張の観念性は同質のものとして意識されたのであろう。「寓話的＝牧歌的様式の秘密」では、『二十五時』のゲオルギウの反コミュニズム的志向を検証する際に、『暴力論』の「神話（ミート）」に関する記述が批判的に用いられている。さらに、『現代百鬼夜行の図』で巨人は、「現代におけるソレルのヴァリエーション」を自己引用しながら、法を軽視する加藤典洋の神秘主義的傾向を明晰に説いてみせた。ソレルが参照されることで、アジア太平洋戦争敗戦後の批評言説が不合理的なものへの拝跪を克服できないままであることが浮き彫りにされている。

（山口直孝）

アカハタ国際部編『人民民主主義について』（日本共産党東京都委員会出版部、一九五〇年六月五日）

定価六〇円、一一二頁、B6判。これは第二次大戦後の東ヨーロッパにおける人民民主主義体制の実状を伝えるために編纂されたものであり、特に各国における左派政党の統一問題に関する論文が収められている。内容は、「デイミトロフ、ビエルート、ツランケヴイチ、ラコシについて」、「訳者の序」、「ブルガリア労働者党第五回大会における同党書記長ゲ・デイミトロフの報告および結語」、「ポーランド労働者党・社会党合同大会における労働者党書記長ボレスラフ・ビエルートの報告」、「ポーランド労働者党・社会党合同大会におけるツランケヴイチの追加報告とビエルートの結語」、「ポーランド労働者党中央委員会総会の決議」、「ハンガリー勤労者党機関紙に発表された同党書記長、ハンガリー副首相マチス・ラコシの論文」で構成されている。

本書には赤字による多くの書き込みがなされており、大西巨人が強い関心を持って本書を読み込んでいたことがわかる。書き込みがなされているのは、広汎な連帯による反ファシズム統一戦線結成の重要性についての記述、ソヴェト体制を経由しない社会主義体制成立の可能性についての記述が殆どとなっている。書き込みが見られる頁は全体で二〇頁あり、そのうち一六頁はディミトロフの報告に、残りの四頁はラコシの論文に集中しており、巨人の問題意識の偏りを伺わせる。特に、反ファシズム人民戦線の提唱者だったディミトロフに対する関心は強かったようである。ディミトロフについては他にも『反ファシズム統一戦線』（岡田丈夫訳編、社会書房、一九五三年二月二十日）の蔵書があり、また「渡邊慧と石川達三——永久平和革命と『風にそよぐ葦』」（『新日本文学』第五巻第八号、一九五〇

えどういう假面をかぶろうと、共産主義の敵であるとみている。これはユーゴスラビアのチトーの民族主義的グループの反共行動によつて明らかである。だから民族主義との闘爭は共産主義者のまず第一の義務である。
いかなる民族主義的傾向にたいしても鬪いつつわれわれは勤勞者にプロレタリア國際主義精神と祖國にたいする忠誠心すなわち眞の愛國主義の精神をうえつけ、育てねばならない。
プロレタリア國際主義精神および祖國への忠誠心を涵養することは、國際反動および帝國主義の侵略勢力の攻撃にたいして闘爭する上に、人民民主主義諸國および偉大なるソ同盟の、かたく結ばれた統一戰線が決定的に重要なものであるという意識を廣めかつつよめることを意味する。
わが人民の未來は一方からみてソ同盟の强大さ如何にかかつており、他方からみて資本主義的侵略のさいわが人民が共同鬪爭において自分の義務を立派に果す用意があるか、また能力があるかどうかにかかつているのである
これとならんでプロレタリア國際主義精神を涵養することは、各國共産黨の行動が完全に一致することがいかに重要であり、またソ同盟共産黨の指導的役割がいかに重要かという意識を廣め
27

『人民民主主義について』27ページ

年十一月一日）では、石川達三『風にそよぐ葦』の反共的記述に対する批判を展開する中で、反ファシズム人民戦線の結成の上で共産党が果たす役割を説いたディミトロフ演説（一九三五年七月に開催された第七回コミンテルン世界大会での報告）の一節が引用されている。

この小冊子が刊行されたのは、一九五〇年一月のコミンフォルム批判への対応を巡って日本共産党の内部対立が激化し、従来の平和革命路線に代わる新たな綱領が模索されていた時期であった。序文では刊行の意図について、新綱領の中心となる人民民主主義革命について理解を深めるため、という説明がなされている。本書への多くの書き込みからは、逆コースの風が強まり、また共産党の分裂問題が生じていた中、日本における革命運動のあるべき姿について巨人が冷静な思索を続けていたことがわかる。

しかし、統一戦線の構築と広汎な連帯を求める巨人の期待は無残にも裏切られてしまう。五一年八月にコミンフォルムが所感派の支持を表明したことで、党の分裂問題は所感派による一方的な粛清へと向かったのである。真摯な議論によってではなく外的な権威への盲従により全てが処理されていく状況は、巨人にとって耐え難いものであったに違いない。

そしてこの時感じていたであろう憤りは、のちに日本共産党の五〇年分裂問題を題材とした小説『天路の奈落』（初出時のタイトルは『天路歴程』）へと結実することになる。日本共産党の五〇年分裂問題を題材としたこの小説の主人公・鮫島主税は、事大主義の克服を目指し、明晰な論理によって革命運動内部の虚偽を正そうと奮闘する。一方的なレッテル貼りによって党内粛清に走る人々に対する激烈な批判だけではなく、連帯への信頼を踏まえた上での誠実な議論とイデオロギー闘争により、革命運動を前進させようとする彼の姿勢の根底には、一九五〇年当時の混乱の最中、徹底して「言葉」と向き合いながら自らの革命観を研ぎすませていた経験が存在していたことを、本書の書き込みは伝えている。

（坂　堅太）

プロレタリア獨裁と人民民主主義

人民民主主義は、ソ同盟の勝利のおかげで、またこれに支持されて、勞働階級に指導される勤勞人民に、資本主義から社會主義えと發展させる國家形態である。そのはたす機能からいえば、人民民主主義はソヴエート制のないところにおけるプロレタリア獨裁である。

黨支持者の大部分は思想的諸問題にはほとんど習熟していないので、「プロレタリア獨裁」とゆう言葉をきくと、かつてソ同盟をひきさいた無慈悲な内亂やハンガリー・ソヴエート共和國時代の血なまぐさい反革命暴動を考えるかもしれない。そしてわが人民民主主義國家が、どのようにしてプロレタリア獨裁の機能をとりうるかを理解できないかも知れない。彼らの大部分は、ソ同盟の例によつて示される以外に、資本主義から社會主義えの道を考えつかぬかも知れない。そこでマルクス・エンゲルス・レーニン・スターリンの教えにしたがつて、獨裁および社會主義えの道についての諸問題を検討することも無用ではないであろう。

102

『人民民主主義について』102ページ

フェレンツ・フェイト、村松剛・橋本一明・清水徹訳『民族社会主義革命——ハンガリア十年の悲劇』（近代生活社、一九五七年五月二十日）

定価三〇〇円、三二〇頁、Ｂ６判。作者のフランソワ・フェイトはハンガリー出身の歴史家。原著は François Fejtö, *La tragédie hongroise: ou une révolution socialiste anti-sovietique*, Paris, Horay, 1956. 全七章からなる本文に加えて、ジャン＝ポール・サルトルからの手紙が序文に付されているほか、フランスの小説家ジャン・デュヴィニョーによる作者紹介と、年表、訳者による解説が収められている。

一九五六年十月から始まったハンガリー動乱の直後に刊行されたこともあり、この著作は日本でも多くの注目を集めることになった。雑誌『世界』の一九五七年四月号には、民衆暴動の経緯を詳述した第六章「ウラニウム革命」の一部が「反ソ社会主義革命」という題で村松剛により訳出されている。動乱の原因やソ連軍介入の是非などを巡り、親共・反共双方の立場から様々な主張が飛び交っていた中で、第二次世界大戦直後の混乱期から人民民主主義体制の成立、そして民衆の不満から動乱へ至るまでの十年の過程を、フェイトは実証的かつ冷静に、サルトルの言葉を借りれば「洞察力と知識でねりあげられた客観性」をもって記述している。

本書には紙製の自作カバー（背表紙に上から赤ボールペンで「F・フェイト」、黒ボールペンで「ハンガリアの悲劇」と書かれている）がつけられている。また、遊び紙には紫ペンで「June,1957／K.Onisi」とサインがあることから、刊行後すぐに購入していたと推測される。

大西巨人は、ハンガリー動乱勃発直後の一九五六年十一月二十二日に開かれた座談会「ハンガリー問題と文学者」（『新日本文学』一九五七年一月）に安部公房、埴谷雄高とともに出席している。この座談会にて巨人は、革命の輸出という観点からハンガリーの動乱を分析している。今次の問題の本質は、東欧の人民民主主義体制が国内の主体的革命条件の未成熟なままに成立してしまったことにあると考えた巨人は、「日本内部の主体的条件の成熟なしに革命が起るということは、われわれは空想さえしてはいけない」と、ハンガリーでの問題を日本の革命と結びつけて考える必要を訴えていた。

こうした認識は、本書への書き込みにも示されている。書き込みが見られるページは誤植等の指摘を除けば三五

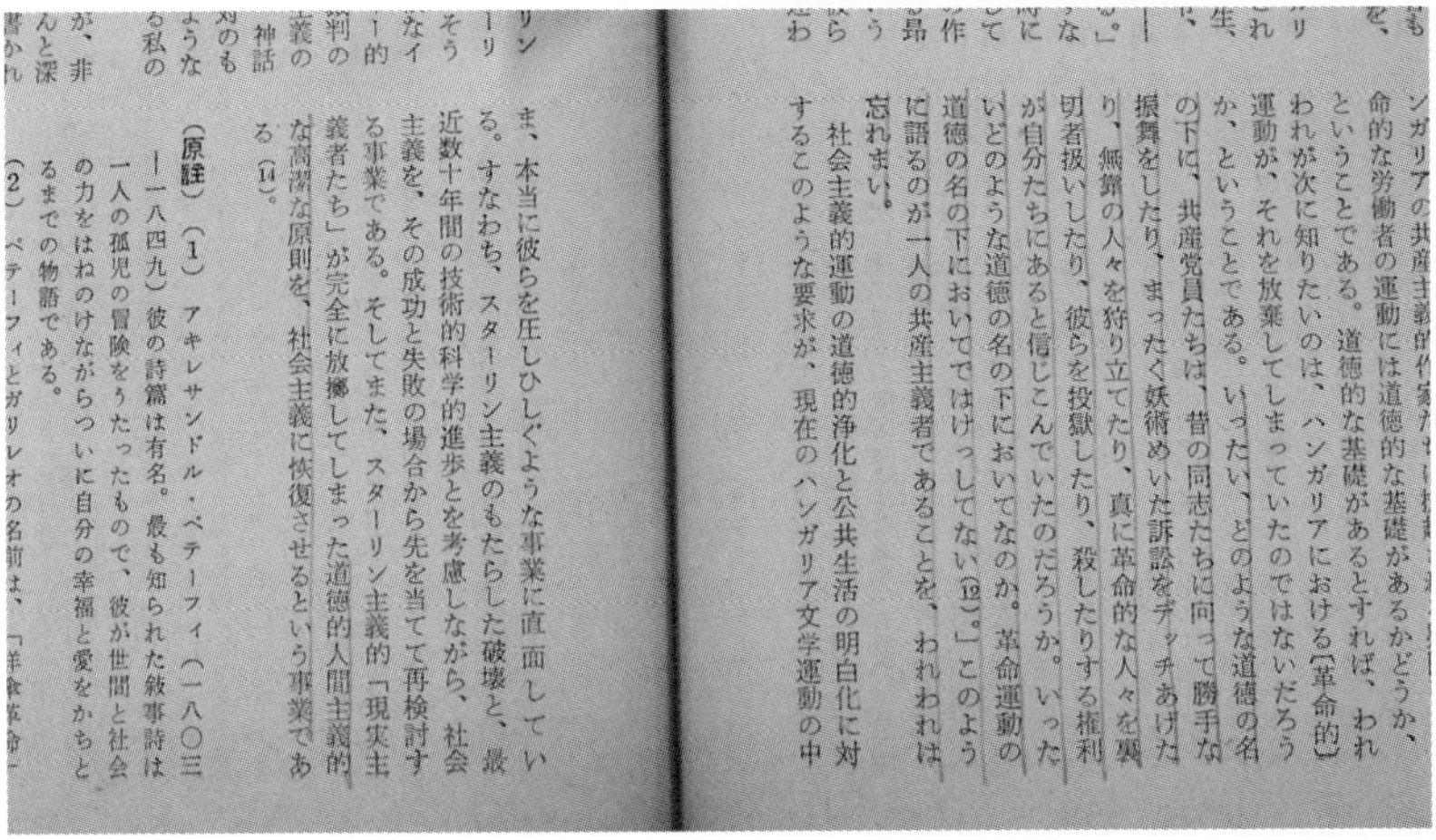

ンガリアの共産主義的作家たち[illegible]基礎があるかどうか、
命的な労働者の運動には道徳的な基礎があるかどうか、
ということである。道徳的な基礎があるとすれば、われ
われが次に知りたいのは、ハンガリアにおける(革命的)
運動が、それを放棄してしまっていたのではないだろう
か、ということである。いったい、どのような道徳の名
の下に、共産党員たちは、昔の同志たちに向って勝手な
振舞をしたり、まったく妖術めいた訴訟をデッチあげた
り、無辜の人々を狩り立てたり、真に革命的な人々を裏
切者扱いしたり、彼らを投獄したり、殺したりする権利
が自分たちにあると信じこんでいたのだろうか。いった
いどのような道徳の名の下においてなのか。革命運動の
道徳の名の下においてではけっしてない(12)。」このよう
に語るのが一人の共産主義者であることを、われわれは
忘れまい。
　社会主義的運動の道徳的浄化と公共生活の明白化に対
するこのような要求が、現在のハンガリア文学運動の中

ま、本当に彼らを圧しひしぐような事業に直面してい
る。すなわち、スターリン主義のもたらした破壊と、最
近数十年間の技術的科学的進歩とを考慮しながら、社会
主義を、その成功と失敗の場合から先を当てて再検討す
る事業である。そしてまた、スターリン主義的「現実主
義者たち」が完全に放擲してしまった道徳的人間主義的
な高潔な原則を、社会主義に恢復させるという事業であ
る(14)。
(原註)(1)アキレサンドル・ペテーフィ(一八〇三
―一八四九)彼の詩篇は有名。最も知られた叙事詩は
一人の孤児の冒険をうたったもので、彼が世間と社会
の力をはねのけながらついに自分の幸福と愛をかちと
るまでの物語である。
(2)ペテーフィとガリレオの名前は、「[illegible]

『民族社会主義革命――ハンガリア十年の悲劇』180 ～ 181 ページ

ページあるが、そのうち二五ページは民衆暴動を論じた「ウラニウム革命」以前の章、第二次大戦後の解放からソ連化の過程を論じた箇所に当てられている。巨人の関心が「暴動」という現象自体にあったのではなく、その根底に存在する、東欧の人民民主主義体制が抱え込んだ矛盾に向けられていたことがわかる。そして同様の矛盾は、戦後の日本共産党にも見出されるものであった。

だからこそ、日本共産党の事大主義を厳しく指摘した『天路の奈落』の「序曲　麻薬密売」には、「スターリン主義的な「現実主義者たち」がまるきり放擲してしまった道義的・人道的な高潔の原則を社会主義に恢復せしめる、という事業」、という本書の一文が引用されなければならなかったのである。これは第五章「蜂起への序曲・知識人の反乱」の末尾に置かれたものだが、この章では「ペテーフィ・サークル」を中心に集まった作家・知識人たちが、ラコシたちスターリン主義者の抑圧に対して果敢に抵抗した様相が叙述されている。彼らが求めたものは「社会主義的運動の道徳的浄化と公共生活の明白化」であったとフェイトは指摘しているが、革命運動における作家・知識人たちの役割を考える際、「ペテーフィ・サークル」が実践したものは、巨人にとって大いに参考になるものだったのではないか。

（坂　堅太）

T・B・ボットモア、綿貫譲治訳『エリートと社会』（岩波書店、一九六五年七月三十日）

トーマス・バートン・ボットモアは、一九二〇年に生まれ一九九二年に没したイギリスの社会学者。本書はロンドン大学講師時代の一九六四年に、「新思想家シリーズ」の一冊としてロンドンで発行された *Elites and Society* の全訳である。翻訳した社会学者・綿貫譲治は発行当時、東京大学助教授。ボットモアは初期マルクスに関する研究実績を背景に、階級・政治エリート研究を展開した。

本書は現代においても、「エリート」概念について論じるときの基本的先行研究のひとつとして、しばしば挙げられる。大西巨人蔵書の『エリートと社会』の遊び紙には、「K.Onishi aug.1965.Kitaurawa」との書き込みがあり、七月三十日発行の本書を巨人が早い段階（ほぼ一か月以内）に購入していたことがうかがえる。また背表紙にニス塗りが見られることから、保存すべき蔵書として扱われていたことがわかり、重要な一冊といえるだろう。

全七章すべてにわたって、赤ペンでチェックマーク、傍線、行頭線引き（巨人は、重要な文章が何行にもわたる場合にこれを行う）が見られるのも注目すべき点である。このうち第三章までは、一九三〇年代以降のヴィルフレド・パレート、ガエタノ・モスカ、C・ライト・ミルズ、マリー・コラビンスカらを中心とした先行するエリート論の整理と概観が主な内容である。巨人はボットモアによる分析の要約といえる段落に丁寧に傍線等を付しているが、その関心は、先行するエリート論がしばしばマルクスの「支配階級」等の概念を批判しようと（あるいは距離を取ろうと）したにも関わらず、実質的にはマルクスの見方に近づき、その有効性を再確認させることとなったという点にあるようだ。

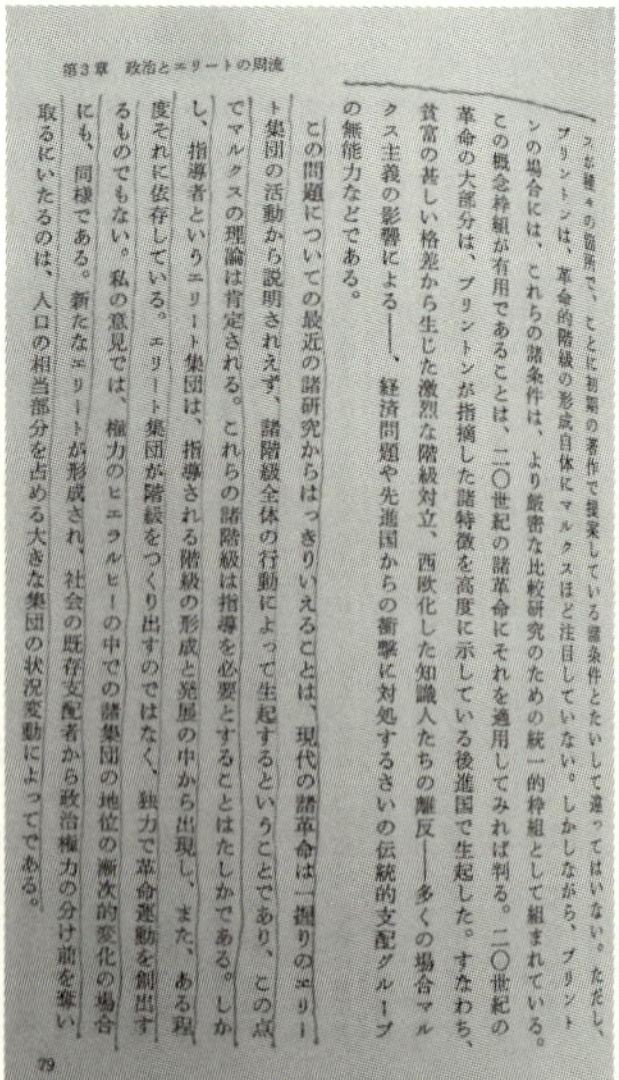
第3章　政治とエリートの潮流

スが種々の箇所で、ことに初期の著作で提案している諸条件とたいして違ってはいない。ただし、ブリントンは、革命的階級の形成自体にマルクスほど注目していない。しかしながら、ブリントンの場合には、これらの諸条件は、より厳密な比較研究のための統一的枠組として組まれている。この概念枠組が有用であることは、二〇世紀の諸革命にそれを適用してみれば判る。二〇世紀の革命の大部分は、ブリントンが指摘した諸特徴を高度に示している後進国で生起した。すなわち、貧富の甚しい格差から生じた激烈な階級対立、西欧化した知識人たちの離反──多くの場合マルクス主義の影響による──、経済問題や先進国からの衝撃に対処するさいの伝統的支配グループの無能力などである。

この問題についての最近の諸研究からはっきりいえることは、現代の諸革命は一握りのエリート集団の活動から説明されえず、諸階級全体の行動によって生起するということであり、この点でマルクスの理論は肯定される。これらの諸階級は指導を必要とすることはたしかである。しかし、指導者というエリート集団は、指導される階級の形成と発展の中から出現し、また、ある程度それに依存している。エリート集団が階級をつくり出すのではなく、独力で革命運動を創出するものでもない。私の意見では、権力のヒエラルヒーの中での諸集団の地位の漸次的変化の場合にも、同様である。新たなエリートが形成され、社会の既存支配者から政治権力の分け前を奪い取るにいたるのは、人口の相当部分を占める大きな集団の状況変動によってである。

79

『エリートと社会』79ページ

第四章以降ではボットモア自身の論が展開される。傍線部の傾向をみると、エリートとしての「知識人」「経営者」「官僚」を分析した結果としての「階級利害」概念の再評価、開発途上国においては軍将校がエリート・グループとして機能すること、「教育上の不平等」が階級の固定化に大きな役割を果たしていることなどの指摘に、巨人は注目していたように見える。そして本書の結びでは、エリート理論が平等のかわりに導入する「機会の均等」概念が、実質的にはマルクスの「無階級社会」の実現と不可分であるという見方が示される。

巨人は、（民主主義的）知識人という存在を肯定しつつ、知識人であるかどうかは「階級」の制約を受けがちな学歴によってではなく、知識を得て活用する個人の姿勢によって決まるという態度を示していた（評論「先頭部隊の責任」、『神聖喜劇』など）。本書の、教育に着目した記述などに、思想的親近を見ることは可能であろう。

巨人が小説において本書を引用しているのは『閉幕の思想 あるいは娃重島情死行』である。そこでは、「この本を、男は、十一、二年前に古本屋で購入した。」（八六）とあるが、作中現在の一九八六年から数えると、巨人自身の購入時期とは十年ほどの誤差がある。だが「一回目の通読（かなりな精読）の際に、男は、赤インクで傍線あるいは上方欄外の横線なりレ点状の印なりを付した。」という記述は蔵書の状態と合っており興味深い。引用も文脈との整合をとるための一部改変はあるが、蔵書での傍線・レ点箇所と重なっている。具体的な箇所は、四六ページの傍線部とその直前、九一～九二ページ傍線部、一五五ページの注（9）、一六六ページ傍線部とその後、一八三ページの注（3）である。

小説では本書を引用した意図は説明されない。だが、死への道行きにある「男」が持っていく本の一冊に設定したこと自体、本書でのマルクスの理論とその後の左翼に関する、欠点を含めた分析が、巨人の認識と深く関わるものだったことを示すのではないか。

（橋本あゆみ）

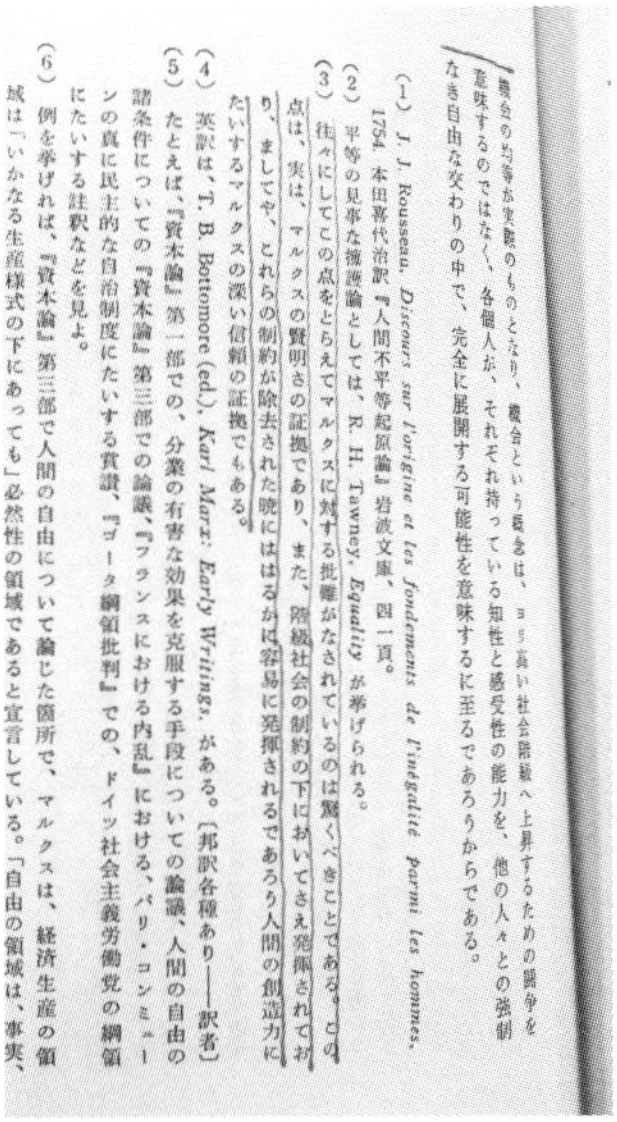

機会の均等が実際のものとなり、機会という概念は、より高い社会階級へ上昇するための闘争を意味するのではなく、各個人が、それぞれ持っている知性と感受性の能力を、他の人々との強制なき自由な交わりの中で、完全に展開する可能性を意味するに至るであろうからである。

（1） J. J. Rousseau. *Discours sur l'origine et les fondements de l'inégalité parmi les hommes.* 1754. 本田喜代治訳『人間不平等起原論』岩波文庫、四一頁。

（2） 平等の見事な擁護論としては、R. H. Tawney. *Equality* が挙げられる。

（3） 往々にしてこの点をとらえてマルクスに対する批難がなされているのは驚くべきことである。この点は、実は、マルクスの賢明さの証拠であり、また、階級社会の制約の下においてさえ発揮されており、ましてや、これらの制約が除去された暁にははるかに容易に発揮されるであろう人間の創造力にたいするマルクスの深い信頼の証拠でもある。

（4） 英訳は、T. B. Bottomore (ed.). *Karl Marx: Early Writings.* がある。〔邦訳各種あり――訳者〕

（5） たとえば、『資本論』第一部での、分業の有害な効果を克服する手段についての論議、人間の自由の諸条件についての『資本論』第三部での論議、『フランスにおける内乱』における、パリ・コンミューンの真に民主的な自治制度にたいする賞讃、『ゴータ綱領批判』での、ドイツ社会主義労働党の綱領にたいする註釈などを見よ。

（6） 例を挙げれば、『資本論』第三部で人間の自由について論じた箇所で、マルクスは、経済生産の領域は「いかなる生産様式の下にあっても」必然性の領域であると宣言している。「自由の領域は、事実、

『エリートと社会』183ページ

Charles Dickens, *A Christmas Carol*, J. M. Dent & Sons, London, 1923
チャールズ・ディケンズ、安藤一郎訳『クリスマス・キャロル』（角川文庫、一九七五年十一月三十日改版二十一版）

小説家としての大西巨人が、いわゆる幻想小説に相当する作品を書くことはなかった。形式的には破格であっても、書法それ自体は頑ななまでにリアリズムの構えを崩さなかった。

とはいえ、巨人が非リアリズム的と見なしうる作品をおしなべて否定しているわけではない。そのことは、中村光夫の小説『贋の偶像』を批判した「観念的発想の陥穽」において、「文芸上私は、「観念小説」の否定を主張しているのではない。（略）私は、たとえば『罪と罰』を「観念小説」のピンに、たとえば『外科室』をそのキリに、そしてたとえばノサック作『不可能な証拠調べ』、ゴンブロヴィッチ作『ポルノグラフィア』をそのピンからキリまでの中間に、位置せしめて、それらの「観念小説」をおのおのそれ相当に尊重する」（『文選二』三一六）と断っている点にも明らかであろうし、一九五〇年の執筆時には未発表に終わったが、評論「寓話風＝牧歌的な様式の秘密」では、ゲオルギウの小説『二十五時』の悪しき観念性を批判するに当たり、その「寓話風＝牧歌的な様式」をそれ自体として批判しているわけではないことを示すべく、同じ「様式」を共有している別の作品（スタインベック『トーティーヤ・フラット』）を相対的に高く評価していたのであった。

実作に目を転じれば、まだ十代であった巨人によって書かれた最初期の掌編『走る男』がまさしく観念小説の極致とも言うべき作品であり、山口直孝によれば、戦後の第一作『精神の氷点』もまた、「観念小説の様相を呈する」作品であって、作者は自らのこの到達を乗り越える意思を鮮明に抱いていたとされる（「批評のインターナショナリズム――大西巨人「寓話風＝牧歌的な様式の秘密」の位置」）。さらに、中期の諸作、とりわけ『深淵』は、当面の現実においてのみそう見えるという限定付きながら、それをもって「観念小説」の範例を対置しようとしたかのごとき作品となっている。

そして、やはり「観念小説」に分類されるであろう「勧善懲悪的作品」の好例として、上田秋成「菊花の約（ちぎり）」と並んで巨人が挙げている作品こそ、ここに蔵書の書影を掲げたディケンズの『クリスマス・キャロル』なのであるが、

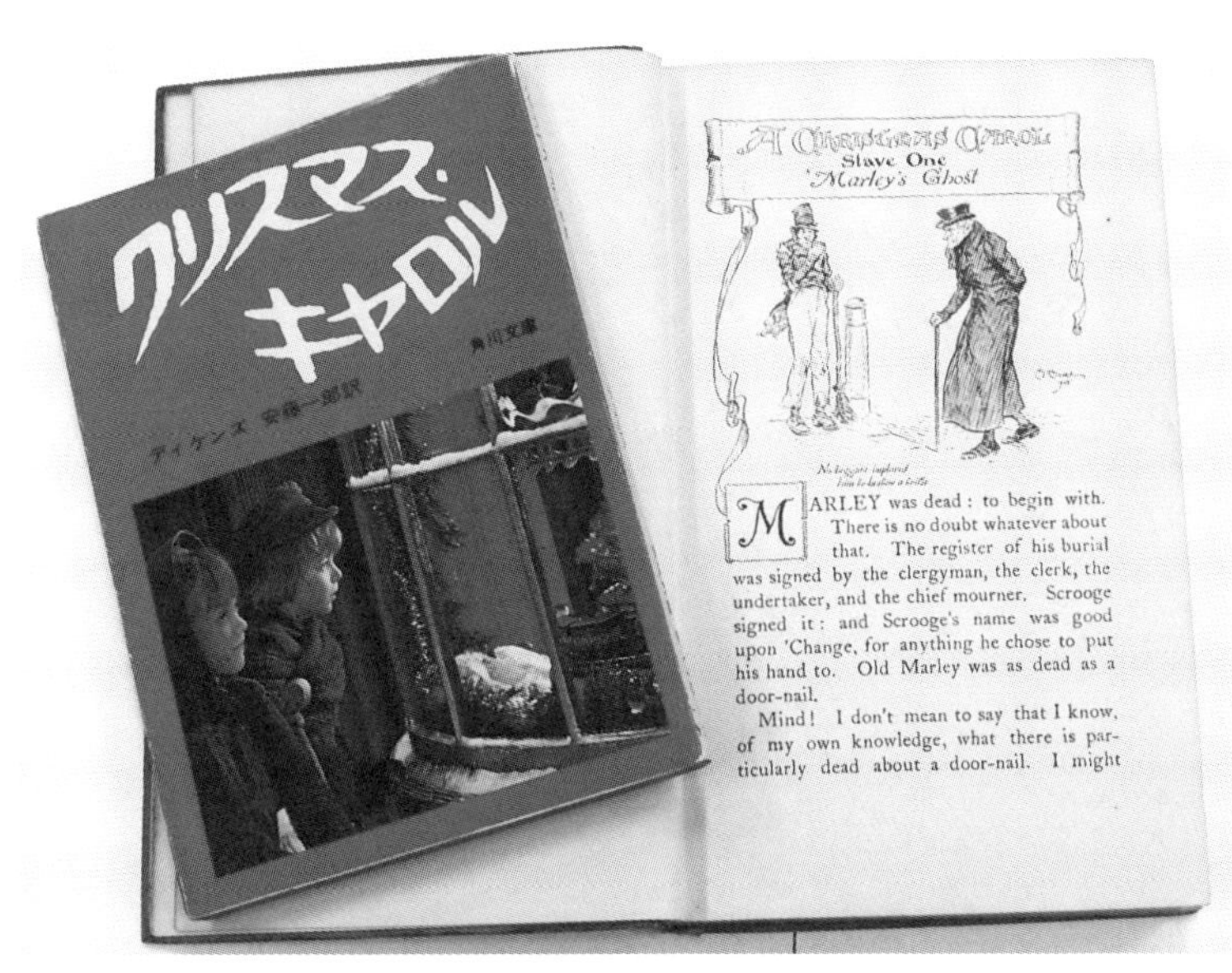

A Christmas Carol の中表紙と『クリスマス・キャロル』表紙

注目すべきは、この二作が、「記憶の人」大西巨人の記憶に「混線」を生じさせたという共通点を有していることである。「また、私は、私の好きな『クリスマス・キャロル』の中に、"If Bob Cratchit has something better than money, let him use it!"（「もしもボブ・クラチットが金銭よりも値打ちのある物を持っているならば、彼にそれを使わせろ！」）が冷血漢守銭奴スクルージの言葉として出ている、と多年信じていた。頃日、私は、これまた必要があって確認を試みると、――私の所蔵する『クリスマス・キャロル』は、Ｊ・Ｍ・デント&サンズ一九二三年再版刊の原書と「角川文庫」一九六六年改版刊の邦訳書（安藤一郎訳）とである、――そういう（いかにも出ていそうな感じの）言葉は、出ていなかった。／ともあれ、「もしボブ・クラチットが金よりもよい物を持っているのだったら、奴はそれを使やあいいさ！」という放言は、なにさま冷血漢守銭奴スクルージにぴったりしていて、のみならずボブ・クラチットは、スクルージ事務所の貧しい書記（作中人物）であるから、如上の言葉が『クリスマス・キャロル』に密接不可分の関係を持つことは、たしかなはずである。だが、どこでどうしてそんな言句が私の心に入ったのか、それも目下のところ私にはまったくわからない」（『勧懲作品なお有用』、『朝日ジャーナル』一九八六年八月八日号初出、『文選四』一二一〜一二二)。

果たして巨人は、記憶の中でいつの間にか原作には存在しない科白を創作してしまったのであろうか。あるいは、「菊花の約」にあると思い込んでいた文章が、実は同じ作者の「浅茅が宿」にあったと一読者からの指摘によって後日判明したごとく、どこか別の場所——例えば、『クリスマス・キャロル』の映画版?——で記憶に留めた科白を「混線」させてしまったのだろうか。

ことの真相はどうであれ、優れた観念小説には、巨人をして、当該作品の精髄を、由来の定かならぬ他処からの声によって要約させてしまう力があるかのようであって、不条理な現実に対し、それを超えた力である「亡霊」が「観念的」に介入するという、この種の作品に典型的な構図にさながら照応している。いや、むしろ、観念小説における「亡霊」が言葉そのものにほかならない現実を、原作を実際に読んでいる時以上に、記憶の中で巨人は生きてしまったのではないか。

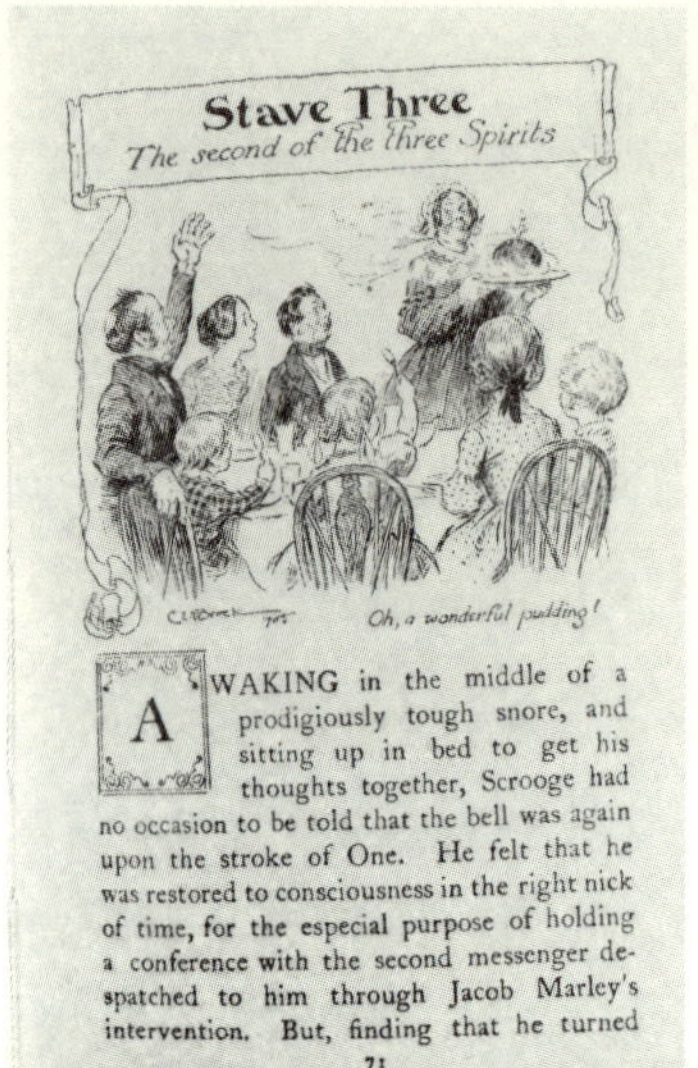
Stave Three
The second of the three Spirits

Oh, a wonderful pudding!

AWAKING in the middle of a prodigiously tough snore, and sitting up in bed to get his thoughts together, Scrooge had no occasion to be told that the bell was again upon the stroke of One. He felt that he was restored to consciousness in the right nick of time, for the especial purpose of holding a conference with the second messenger despatched to him through Jacob Marley's intervention. But, finding that he turned

71

A Christmas Carol　71ページ

おそらくそのような事態は、小説以上に「亡霊」的なメディアである映画にこそより似つかわしく、事実、戦中の巨人に、「軽佻浮薄なアメリカニズム」とは対蹠的な「アメリカにおける反省的精神」を感得させ、「アメリカ不敗」を確信させた数々のアメリカ映画(『神聖喜劇』V-二三四)の中にあって、『クリスマス・キャロル』を彷彿とさせる『生きてゐるモレア』(監督・脚本=ベン・ヘクト、チャールズ・マッカーサー一九三五年)をなぜ大西が筆頭に挙げるのかと言えば、亡霊となった主人公が繰り返す科白("Tears, tears, a heart that can cry." "Tears for me ?")が、いわば霊媒と化した自身の口を通じて再生する喜びに抗しきれなかったから、と言ったら穿ち過ぎであろうか(「映画よもやま話/「生きてゐるモレア」「明日は来らず」」、『日本人論争』六六五〜六六六)。

(石橋正孝)

コラム④

大西巨人の書

蔵書調査をしていてうれしいのは、やはり資料の発見。一ページずつめくって、痕跡がないかどうかを点検するのは、地味な作業であり、時々は巨人の痕跡に遭遇しないと意欲が続かない。何も残されていない本は、データ入力は楽ではあるものの、つまらない。『新潮日本古典集成』は、大西巨人の晩年に買い求められたものらしく、新刊同様であった。読んだ形跡はなく、全八〇巻に目を通して収穫ゼロであったのには、がっかりさせられた。

書き込み以外の痕跡には、紙類の挿み込みがある。寄贈本の場合は、謹呈箋や送り状が残されていることが多い。レシートや映画の半券が出て来ることも。それらの紙片は古本にはしばしば見られるもので、現象自体は珍しくない。経験がないという意味も含めて一番驚かされたのは、書作品が出てきた時である。

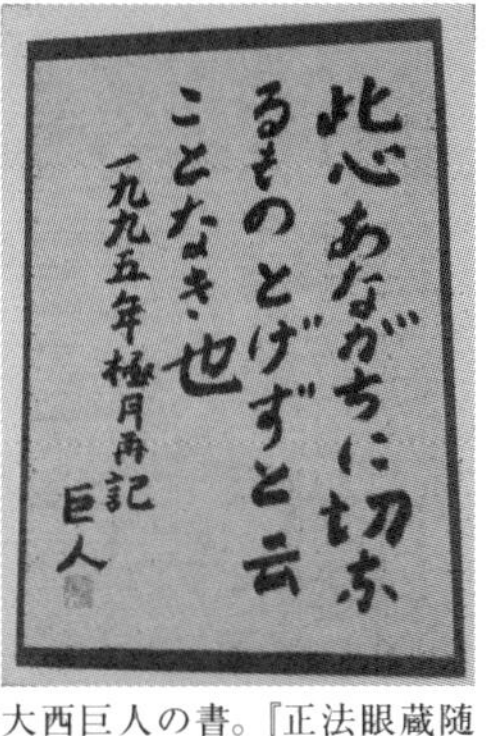

大西巨人の書。『正法眼蔵随聞記』の一節を記したもの。

美術書など大型本の入力を進めていたある時、『原田泰治の世界　第1集　春／夏』（講談社、一九八三年七月七日二刷）を手に取った。郷愁を誘うような童画調の絵も、巨人は好んでいたのか、とやや意外に思いながら眺めていて、三四〜三五ページのところに半紙が挟まっているのに気づいた。書かれていたのは、「人倫絶え／山湖寂なり／水すまし／一九三九年作／一九八一、十、三／夜／巨人」、若き時代に作られた俳句である。力強く、かつ渋滞のない筆の運びが鮮やかで、それまでの退屈な気持ちは、たちまち吹き飛ばされてしまった。

書が出てきたのは、後にも先にもこれ一回きりで、得がたい体験をさせてもらえたことになる。貴重な作品の損失を防げただけでも蔵書調査をした甲斐はあった、と言うと大げさか。むろん、書は、大西家に直ちにお渡しした。

巨人は、正式に書を習ったことはないらしい。けれども、我流ながら書くことを好み、興に乗ればしばしば筆を取ったという。ただし、揮毫を求められても固辞し、もっぱら自家用に制作するだけであった。公けにされていなかったので、どれぐらいの作品が残されているのか、正確な数は不明である。大西家のご厚意で「戦闘間兵一般ノ心得」ほか一〇点を二〇一六年二月二十七日の公開ワークショップ会場で展示させていただいたのが、今のところ唯一のお披露目である。

門外漢ゆえ、正当な評価はできないが、例えば「此心あながちに切なるものとげずと云ことなき也」の雄勁な文字が見る者を勇気づけることは確かであろう。大西巨人の総合的研究には、あるいは書家という視座も必要かもしれない。それにしても、一九八一年の制作がなぜ一九八三年刊行の本に入っていたのか。謎を解く手がかりは、今のところない。

（山口直孝）

Alan Seeger, *Poems*, Charles Scribner's Sons, 1916／1919（アラン・シーガー『詩集』）

『神聖喜劇』には、東堂太郎が戦争に参加する者の心理と論理とを検証する手がかりとして、ウィルフレッド・オウェン、シーグフリード・サッスーン、ルーパート・ブルック、ジョン・マックレーらの戦争詩が取り上げられている。ヨーロッパの自由のためという大義のために戦場に身を投じた青年たちの心情に寄り添いながら、東堂は、彼らが感じえた戦争との合一感を自分が得ることが不可能であることを見極めていく。アラン・シーガーは、中で最も詳述されている詩人である。

*Poems*は、フランス外人部隊に加わり、ソンム会戦で落命したアメリカ人アラン・シーガー（一八八八～一九一六）の詩集で、没後すぐにまとめられた。シーガーの生涯と詩業とを解説したウィリアム・アーチャー「前書き」（William Archer, *Introduction*）が併載されている。

*Poems*の初版は一九一六年に刊行されており、蔵書は、一九一九年第一二刷のものである。扉には、「Kyozin N. Onishi, 1937, Fukuoka」と万年筆で署名が施されており、「大西」の朱印も押されている。『神聖喜劇』では、「私は、二、三年前それこそ「偶然のこと」でその詩集を手に入れ、かなり熱心に読んだのであるが」という東堂の説明があるが、大西巨人の入手は、もう少し早い。痕跡はあまり見られないが、「熱心に読んだ」ことは東堂と変わらないであろう。戦争詩人の中で所蔵されている個人詩集は、シーガーとサッスーン（Siegfried Sassoon, *Collected Poems 1908-1956*, Faber And Faber, 1984）とだけである。同時代に享受された書として、本書は特別の意義を持つ。

「前書き」には、赤ペンで六箇所に下線やチェックなどが施されている。珍しいのは、「bronchitis」（四一）に「気管支炎」という注記が見られること。巨人が洋書に訳語を書き込むことは基本的にないが、さすがにこの言葉は難解であったようである。他にシーガーの生年「1888」に下線が引かれている。残る四箇所のうち二つは、『神聖喜劇』で引用されている部分に対応する。原文と照らし合わせると、巨人が「アランは、旅行先のロンドンから、彼の愛する'die singende, springende, shone Paris.'（「歌っていて湧き立っている麗しのパリ」）の仮寓に帰った。」（『神聖喜劇』Ⅱ・一八〇）のように文脈を補いながら訳していることが分かる（原文は、〝Alan returned to Paris.〟）。

『神聖喜劇』に引かれなかった二つの記述は、以下の通り。「若きアメリカ人は、イギリス文学の長い伝統に本能的に忠誠を誓う。彼は、偉大な先達たちの影響に服することには異存なく、奇をてらう姑息な手段で熟さない独創性を求めることはない。けれども彼は多数の使徒ではあっても、誰の隷属者でもない。」(xiii)、「兵站部の設備について彼は、全体として、相当高い評価を与えている。しかし、彼は、「通常の配給をバター、チーズ、砂糖煮、とりわけチョコレートなどの贅沢品で補うことは、見えない敵よりも若い兵士たちの考えを占領している重要事である。わが伍長は、別の日に文体にはライフルを一瓶のジャムと交換するものはいない、と私たちに話した。」と白状している。しかし、「近代の福利厚生が戦闘よりも食事のことをより考えさせることを私たちに許しているとはいえ、なお私たちは、自分たちが戦線にあることを実際に忘れることはない」のである」(xxxii ~ xxxiii)。

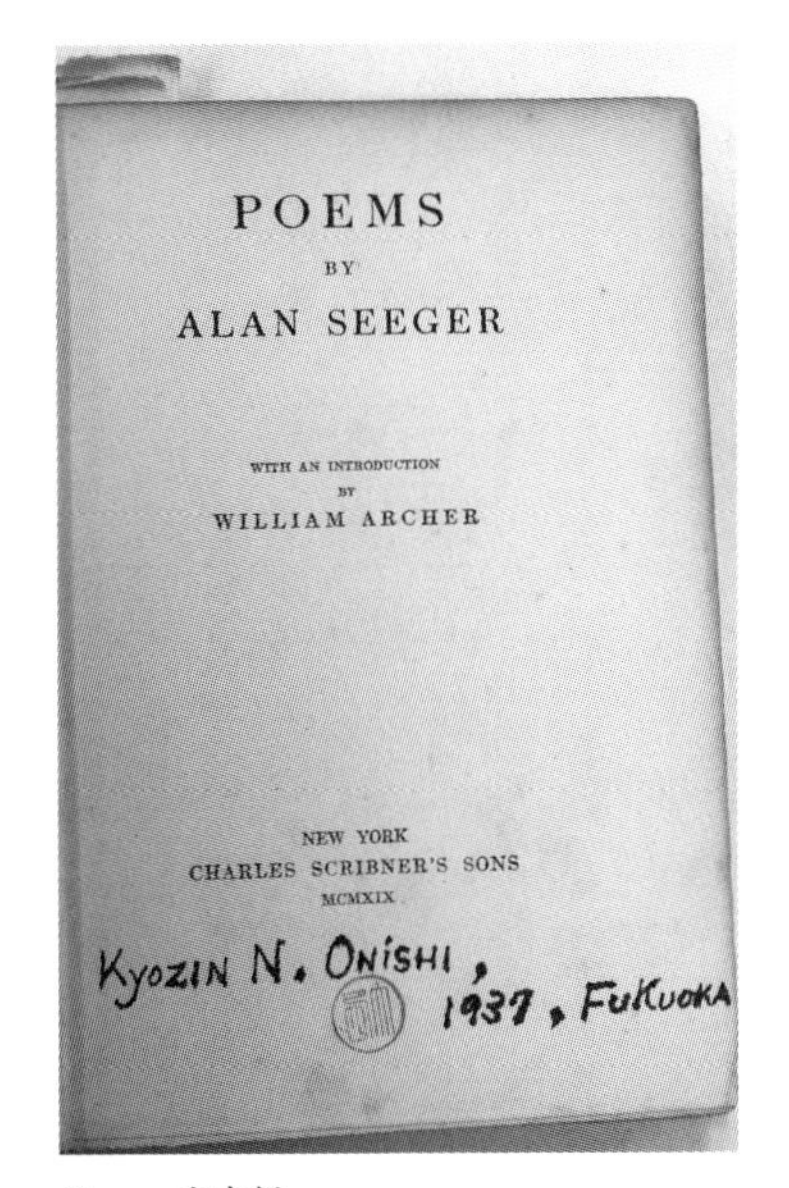

Poems 中表紙

本編の中では、*Do You Remember Once*…、*The Aisne* (*1914-15*)、*The Hosts*(『軍勢』)、*I Have A Rendezvous With Death*…(『僕は死に神と会う約束がある……』)、*Maktoob*(『そは記されたり』)に和紙の挿み込みがある。赤ペンによるチェックと共に、『神聖喜劇』執筆時のものであろう。*Do You Remember Once*…は、パリ生活の思い出を、*The Aisne*(*1914-15*)は、西部戦線の激戦地エーヌでの戦闘を表したもの。巨人は、即物性と抒情性とを融合させたシーガーの詩法に引かれていたようである。

『神聖喜劇』で紹介されている他の戦争詩(ブルック『兵士』やマックレー『フランドルの野に』など)は、おそらく *The Golden Book of Modern English Poetry* (J.M.Dent &Sons Ltd.,1922/1936)や *The Golden Treasury Of The Best Songs And Lyrical Poems In The English Language* (Collins,1861/1954)に拠るものであろう。アンソロジーからの引用は、欧米詩の受容が戦争詩に限らない広がりを持っていたことを想像させる。

(山口直孝)

Arthur Koestler, *Darkness at Noon*, Random House, 1946（アーサー・ケストラー『真昼の暗黒』）

　ケストラーは、オーウェルによる批評「アーサー・ケストラー」の一節「来世の不存在の承認の上に、なお宗教的感情をいかにして回復するか、ということが、真の問題である」の引用とともに、大西巨人が頻繁に名前を出す海外作家のひとりである。本書にも全編にわたって多くの赤い傍線やチェックマーク等が付され、大西の熱心な読み込みがわかる。ニューヨークのランダムハウス社が"THE MODERN LIBRALY OF THE WORLD'S BEST BOOK"シリーズの一冊として一九四六年に刊行した本書は、ケストラーのドイツ語原稿（現存しない）から友人ダフネ・ハーディが英訳し、イギリス・マクシミリアン社から出した一九四一年の初刊を基としている。

　巨人蔵書の大扉には黒インクでMAY, 1950 K.Onishiのサインがあり、福岡在住時代に買い入れたと思われる。小説は共産主義政府の要職にある主人公ルバショフが、党指導者「No・1」による粛清の標的とされ、でっち上げの罪を着せられ最終的に「自白」させられるという内容で、前文では、ルバショフはスターリンによる三回の「モスクワ裁判」の犠牲者たちの人生を合成し創作した旨が説明されている。歴史的事件に基づき革命政府の非人道的側面を描いた小説といえ、自らも『１９８４年』においてＳＦの体裁で同じ題材を扱ったオーウェルがケストラー評で述べた「宗教的感情」の「回復」の「問題」も、裏切られたユートピアとそこからの再出発（のケストラーにおける失敗）に関してのことであった。

　巨人が小説で本書に言及するのは、『閉幕の思想　あるいは娃重島情死行』の「道行き　六」で「男は、ケストラーの著作を『真昼の闇』以下かなりたくさん読んだが」とした部分と、『深淵』「第十六章　暗中模索」で主人公麻田の古い友人のひとり大石が、記憶喪失・失踪以前の麻田と「『真昼の闇黒』『瑜伽行者と人民委員』『夢遊病者たち』などのことも、何度か論じ合った。」という部分だが、本文引用はない。しかし蔵書の傍線等からは、「無謬な」党の方針の執行者として働きながらついに自らも不条理に晒される主人公の認識や問題分析に関心を寄せた様子がみえ、『天路の奈落』などとの内容的関連も感じられる。また結末部に登場する特徴的用語'oceanic sense'（大洋感覚）・――「百万の個人が結合し、新たな実体をつくる」という、

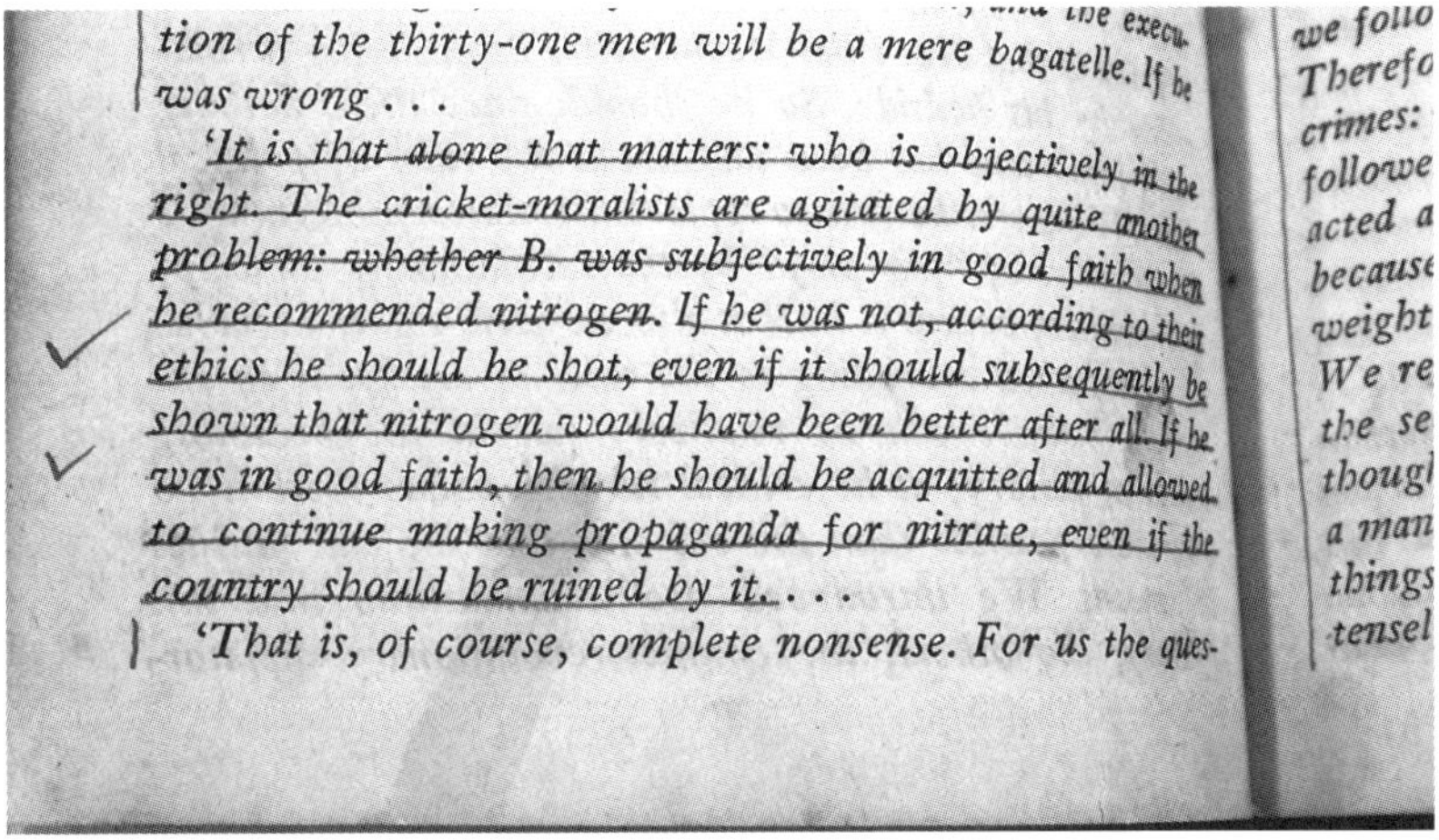
tion of the thirty-one men will be a mere bagatelle. If he was wrong . . .

'It is that alone that matters: who is objectively in the right. The cricket-moralists are agitated by quite another problem: whether B. was subjectively in good faith when he recommended nitrogen. If he was not, according to their ethics he should be shot, even if it should subsequently be shown that nitrogen would have been better after all. If he was in good faith, then he should be acquitted and allowed to continue making propaganda for nitrate, even if the country should be ruined by it. . . .

'That is, of course, complete nonsense. For us the ques-

we follo
Therefo
crimes:
followe
acted a
because
weight
We re
the se
thoug
a man
things
tensel

Darkness at Noon 98ページ。「客観的正しさ」より「主観的誠実さ」を優先する人々について述べたルバショフの日記の一部に下線。

個人を殺さない共産主義とでもいうものにもチェックマークがある。岩波文庫版邦訳（二〇〇九年）の岡田久雄による解説によれば、スピノザが宗教的感覚について表現した oceanic feeling が oceanic sense という語の源流にあるといい、オーウェルの評とも照応する。

また、巻末のシリーズ刊行目録にも、いくつか赤傍線が引かれている。E. HEMINGWAY, "*A Farewell to Arms*" "*The Sun Also Rises*" や、W. FAULKNER, "*Sanctuary*", J. STEINBECK "*The Grapes of Wrath*", E. SNOW, "*Red Star Over China*" などは巨人の関心として理解しやすいが、上京少女が愛人生活を経て花形女優となるまでを描き、「アメリカ初期自然主義」のひとつとされる T.DREISER "*Sister Carrie*" などにも目を配っている。後年『娃重島情死行』や『三位一体の神話』などで引用される J. DOS PASSOS "USA" にも傍線が付されており、時代相を捉えた大長編への志向は根強い。なお、この目録ページには、パーキンソン病が悪化するケストラーが妻と服毒心中したことを伝える『朝日新聞』一九八三年三月四日夕刊記事が挟み込まれていた。四年後に『群像』に発表された『娃重島情死行』では、このケストラーの病苦を理由とする自殺が、小説の主題となる《理由のない自殺》と対照させられる形で言及された。

（橋本あゆみ）

Louis Untermeyer, *Modern American Poetry. New and Enlarged Edition*, Harcourt,Brace & World. Inc.,1919 ／ 1962（ルイ・アンタマイヤー編『増補新版　近代アメリカ詩』）

大西巨人における短詩型文学の愛好は、日本のものに限らない。中国や欧米の詩にも親しんでいたことは、小説、エッセイにおける豊富な引用に接するだけでもわかる。父宇治恵が漢学者であっただけに、漢詩にはすでに幼少の頃から触れていたのであろう。欧米詩については、断定的なことは言えないが、本格的な受容は、外国語を学ぶ中学校以降のことと推察される。語感や韻律を重んじる巨人は、可能な限り原文で読むことを心がけていたようで、蔵書には洋書の詩集が四一冊あり（ビートルズの詩集 *The Beatles Lyrics Illustrated*, Dell, 1975 を含む）、一群をなしている。ゲーテ、ポープ、ウィリアム・ブレイク、ボードレール、ロバート・フロストなど個人の選集もあるが、過半を占めるのは、*Das Deutsche Gedicht Vom Mittelalter Bis Zum 20. Jahrhundert*（Fischer Bucherei, 1957）、*Poems of Our Time*（Everyman's Library, 1963）、*Post-War Russian Poetry*（Penguin Books, 1974）、*British Poetry Since 1945*（Penguin Books, 1985）、などのアンソロジーである。アンソロジーには、*Contemporary American Poetry*（1977）など、ペンギンブックスのものが一七冊あり、現代詩に対する巨人の積極的関心がうかがえる。一部は古書で入手したもののようである。多くの書には使用感があり、また、紙片の挿み込みが確認できる。一九六〇年代以降、欧米詩の読書は一つの系統となり、創作と関係していったと言えよう。

Modern American Poetry は、書名の通りアメリカの代表的な近代詩を精選したものである。巨人の蔵書は、一九六二年に刊行された増補版。自らも詩人、批評家であるアンタマイヤーによって編まれた本書は、一九一九年の初刊以来版を重ね、増補版も発行されたロングセラーである。ホイットマンからアン・セクストンまで七六人の作品が収められている。「序言」でアメリカの近代詩史が略述され、また本編では作家ごとに解説が付せられている。

本書には切った和紙が一一箇所に挿み込まれている。該当ページの詩は、過半が巨人の翻訳で作品中に掲載されているものである。例えばそれは、マリアン・ムア『護符』

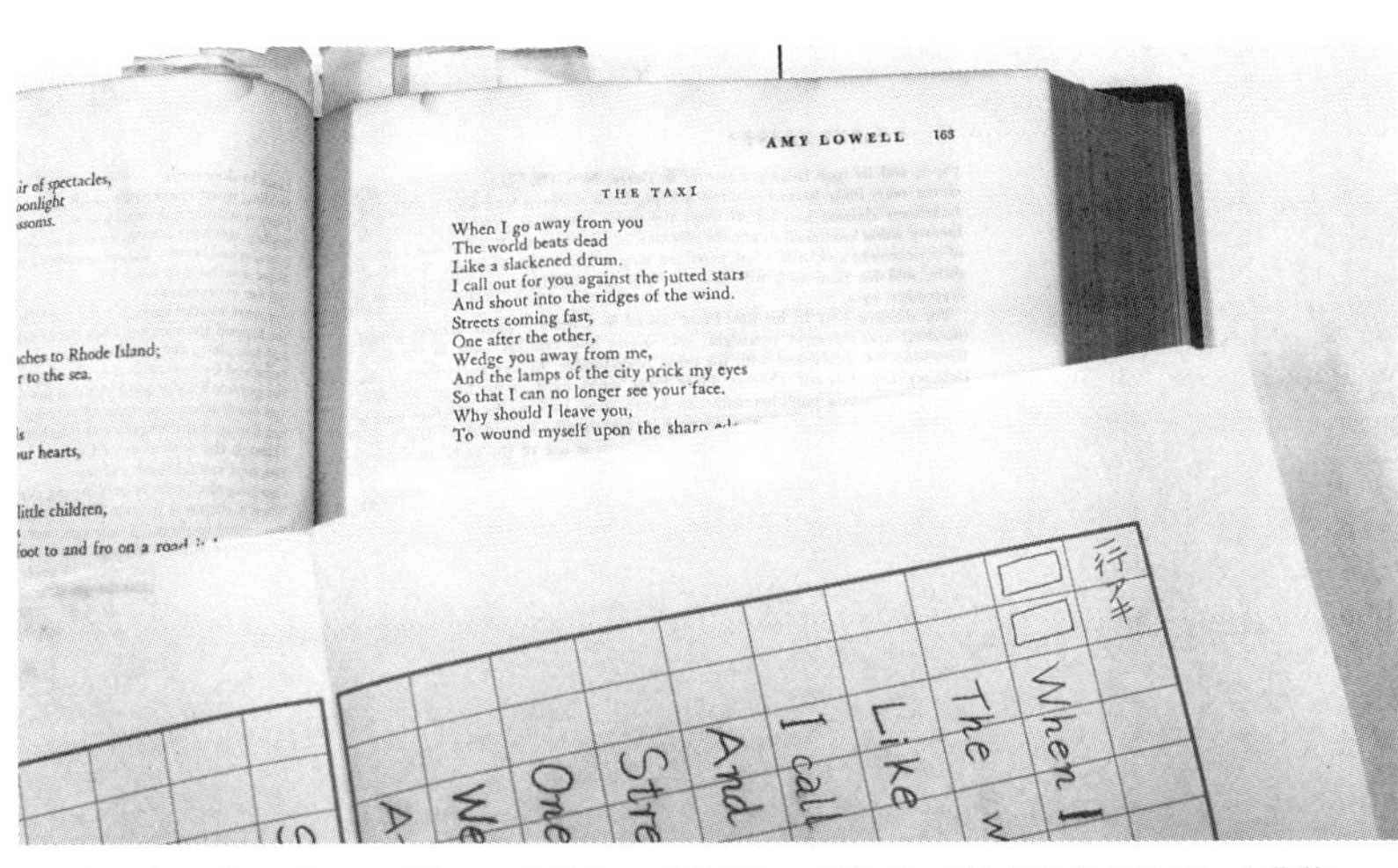

Modern American Poetry. New and Enlarged Edition 163ページと挿み込まれていた草稿

(Marianne Moore, *A Talisman*、『神聖喜劇』)、スティーヴン・ヴィンセント・ベネー『一九三五年』(Stephen Vincent Benet, *1935*、『神聖喜劇』・『冬の日』)、カール・サンドバーグ『霧』(Carl Sandburg, *Fog*、『天路の奈落』)、バーバラ・ハウズ『ヴァーモント州の一農婦の死』(Barbara Howes, *Death of A Vermont Farm Woman*、『娃重島情死行』)、エイミー・ローウェル『十年間』(Amy Lowell, *A Decade*、『深淵』)などである。『深淵』では、丹生双葉子が知人の結婚祝いに贈呈する書の一冊として、作中に本書自体が登場する(下‐二二七〜二二八)。複数作品で利用されている状況から、アンソロジー詩集の中でも特に本書が重要な役割を果たしていることが理解される。改稿時に付け加えられた詩があることは、アメリカ詩の持続的な受容によって巨人文芸の厚みが増している事情を物語るものであろう。

「序言」では「THE BEAT GENERATION」の節に挿み込みが見られる。「正直者のこと」(『巨人の未来風考察』)には、『映画を探して』の出演者アレン・ギンズバーグについての言及があり、「ビート族の代表的アメリカ詩人」と紹介されている。ビート世代の詩人への関心がうかがえると同時に、本書をアメリカ文芸史の参考書としても活用している様子がかいま見えて興味深い。

(山口直孝)

Thomas Mann, *Tonio Kröger. Mit Illustrationen von Erich M. Simon* (Fischers Illustrierte Bücher), S. Fischer, 1924 （トーマス・マン『トニオ・クレーゲル』）

現存する大西巨人の蔵書には、ドイツ語の原書が全部で三七冊含まれているが、そのなかで唯一戦前に刊行されたものであるとともに、もっとも熱心に読み込んだ形跡があるのが、一九二四年にフィッシャー社から刊行されたトーマス・マン『トニオ・クレーゲル』である。この本は「フィッシャー絵入り双書〔Fischer Illustrierte Bücher〕」シリーズの一冊であり、Erich M. Simon によるイラストが随所に挿入されている。欠けた背表紙が布テープで丁寧に補修され、元の表紙は剥がされて新たな表紙がつけられている。経年劣化によって茶褐色に焼けた本をめくると、扉には青鉛筆で「Aug. 1935, Norito Onishi」と記されており、本文には同じく青鉛筆で、数多くの傍線がときに二十行以上にわたって引かれ、欄外には幾つものレ点が書かれている。このとき大西巨人は十九歳、福岡高等学校文科甲類に在籍中のころであった。

この『トニオ・クレーゲル』の原書の入手の経緯については、『神聖喜劇』のなかで説明されている。「二十歳前後の私が新本屋または古本屋で入手せるトォマス・マン著作物十数種のうちに、'FISCHERS ILLUSTRIERTE BÜCHER'〔フィッシャー絵入り双書〕の一冊“TONIO KRÖGER”（一九二四年版）があって、それにはエリッヒ・M・シモン筆の挿絵十六、七葉が入っていた。カドリール練習会の夜、マズルカの花やかな旋律からやや遠い片隅で「一つの閉ざされた巻き上げ鎧戸の前に淋しく除け者にせられ希望もなしにたたずまって、つらい切ない思いのままにまに、あたかも彼がそこから窓外を見得るかのように装って」いるトニオ・クレーゲルの姿が、その一葉に見出される。すでに『トニオ・クレーゲル』の別の原典を

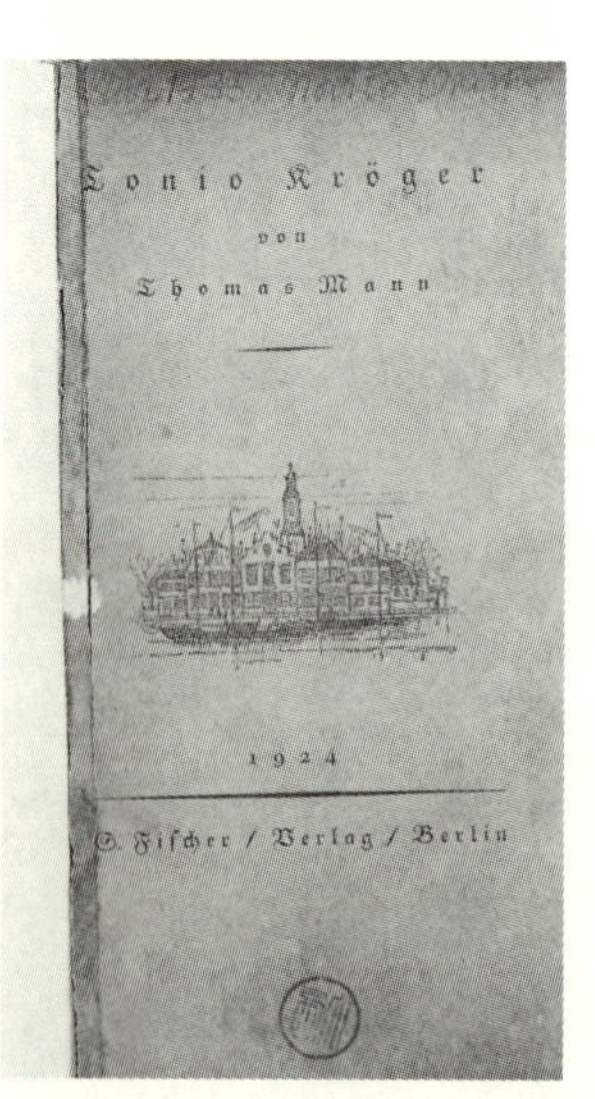

Tonio Kröger　中表紙。「aug.1935, Norito Onishi」と鉛筆で署名され、「大西」の朱印も押されている。

Stimme zu unterscheiden, in welcher es klang von
warmem Leben. Deine länglich geschnittenen, blauen
lachenden Augen, du blonde Inge! So schön und
heiter wie du kann man nur sein, wenn man
nicht „Immensee“ liest und niemals versucht, selbst
dergleichen zu machen; das ist das Traurige! ...
Sie müßte kommen! Sie müßte bemerken, daß
er fort war, müßte fühlen, wie es um ihn stand,
müßte ihm heimlich folgen, wenn auch nur aus
Mitleid, ihm ihre Hand auf die Schulter legen
und sagen: Komm herein zu uns, sei froh, ich
liebe dich. Und er horchte hinter sich und wartete
in unvernünftiger Spannung, daß sie kommen
möge. Aber sie kam keineswegs. Dergleichen ge-
schah nicht auf Erden.
Hatte auch sie ihn verlacht, gleich allen an-
deren? Ja, das hatte sie getan, so gern er es
ihret- und seinetwegen geleugnet hätte. Und doch
hatte er nur aus Versunkenheit in ihre Nähe
„moulinet des dames“ mitgetanzt. Und was ver-
schlug das? Man würde vielleicht einmal aufhören
zu lachen! Hatte etwa nicht kürzlich eine Zeitschrift
ein Gedicht von ihm angenommen, wenn sie dann
auch wieder eingegangen war, bevor das Gedicht
hatte erscheinen können? Es kam der Tag, wo
er berühmt war, wo alles gedruckt wurde, was
er schrieb, und dann würde man sehen, ob es
nicht Eindruck auf Inge Holm machen würde ...
Es würde keinen Eindruck machen, nein, das

34

Tonio Kröger 34〜35ページ

持っていた私が右「絵入り双書」の一冊を古本屋で言わば「余分に」買い入れたのは、主としてほかならぬ例の一情景がそこに絵に描かれていたことのためであった。」

『神聖喜劇』以外にも、大西巨人の小説作品のなかで『トニオ・クレーゲル』に言及されている個所は数多い。一九四八年に執筆され、二〇〇七年に出版されることになる『地獄篇三部作』「第一部　笑熱地獄」には、「僕は、たとえば下掲の諸断章を除外して、芸術ないし創造主体としての芸術家を考える（規定する）ことができない」として、ニーチェや斎藤茂吉、太宰治の断章と並んで、『トニオ・クレーゲル』のなかで主人公がおこなう「芸術ないし芸術家について」の「発言」――たとえば「どうか「天職（ベルウフ）」は是非とも止して下さい、リザヴェタ・イワノヴナさん。文芸は、決して天職でも何でもない。それは、呪いなのです。」――といったものが三つつづけて引用されている（六九〜七〇）。

あるいは、『地獄変相奏鳴曲』（一九八八年）のなかの「第一楽章　白日の序曲」（初稿は『近代文学』一九四八年十二月号に掲載）には、トーマス・マンの『小男フリーデマン氏』からの長い引用のあとに、「右の卓抜簡潔な描写を、かつて十六歳の税所は、大きく深い感動および傾倒をもって、初めて読んだのであった。彼は、この文庫本との出会

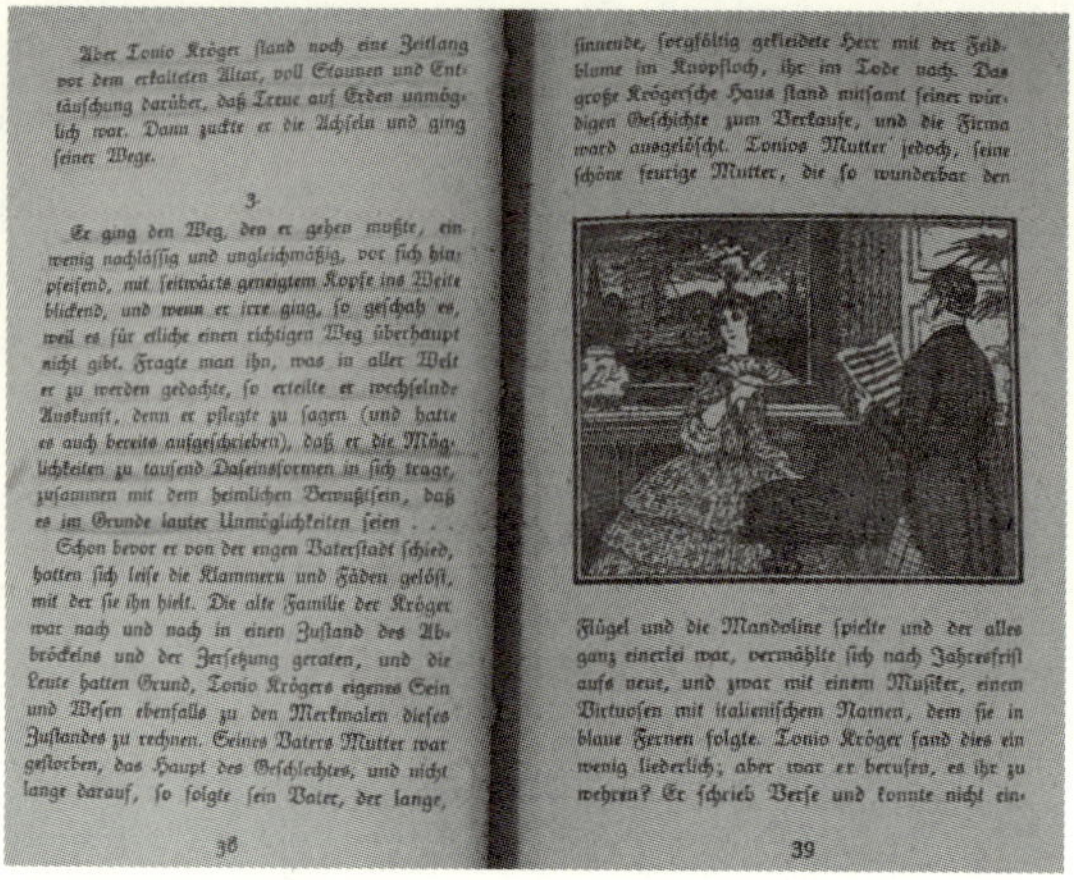
Aber Tonio Kröger stand noch eine Zeitlang vor dem erkalteten Altar, voll Staunen und Enttäuschung darüber, daß Treue auf Erden unmöglich war. Dann zuckte er die Achseln und ging seiner Wege.

3.

Er ging den Weg, den er gehen mußte, ein wenig nachlässig und ungleichmäßig, vor sich hinpfeifend, mit seitwärts geneigtem Kopfe ins Weite blickend, und wenn er irre ging, so geschah es, weil es für etliche einen richtigen Weg überhaupt nicht gibt. Fragte man ihn, was in aller Welt er zu werden gedachte, so erteilte er wechselnde Auskunft, denn er pflegte zu sagen (und hatte es auch bereits aufgeschrieben), daß er die Möglichkeiten zu tausend Daseinsformen in sich trage, zusammen mit dem heimlichen Bewußtsein, daß es im Grunde lauter Unmöglichkeiten seien . . .

Schon bevor er von der engen Vaterstadt schied, hatten sich leise die Klammern und Fäden gelöst, mit der sie ihn hielt. Die alte Familie der Kröger war nach und nach in einen Zustand des Abbröckelns und der Zersetzung geraten, und die Leute hatten Grund, Tonio Krögers eigenes Sein und Wesen ebenfalls zu den Merkmalen dieses Zustandes zu rechnen. Seines Vaters Mutter war gestorben, das Haupt des Geschlechtes, und nicht lange darauf, so folgte sein Vater, der lange,

38

sinnende, sorgfältig gekleidete Herr mit der Feldblume im Knopfloch, ihr im Tode nach. Das große Krögersche Haus stand mitsamt seiner würdigen Geschichte zum Verkaufe, und die Firma ward ausgelöscht. Tonios Mutter jedoch, seine schöne feurige Mutter, die so wunderbar den

Flügel und die Mandoline spielte und der alles ganz einerlei war, vermählte sich nach Jahresfrist aufs neue, und zwar mit einem Musiker, einem Virtuosen mit italienischem Namen, dem sie in blaue Fernen folgte. Tonio Kröger fand dies ein wenig liederlich; aber war er berufen, es ihr zu wehren? Er schrieb Verse und konnte nicht ein-

39

Tonio Kröger　38～39ページ

いを機縁として、その作家の作品を——フィッシャー書店刊行の全集端本や単行本やを主に古本屋で探し求めて入手して——一冊一冊こつこつと辞書を引き引き読んだ。／現に彼の本棚には、その作家の作物の日本訳書およびイギリス訳書各数冊のほかに、“Die Buddenbrooks”（ブッデンブローク家の人人）、“Königliche Hoheit”（『大公殿下』）、“Der Tod in Venedig”（『ヴェニスに死す』）、“Der kleine Herr Friedemann”（『小男フリーデマン氏』）、“Der Zauberberg”（『魔の山』）、“Rede und Antwort”（『講演と答辨』）、それから挿絵入りの“Tonio Kröger”（『トニオ・クレーゲル』）その他が、納められていて、それらの書物には、このところかなり長らく開かれなかったとはいえ、今日もなお税所は、それらのある部分部分を暗誦することもできた。／——‘Schelten Sie diese Liebe nicht, Lisaweta; sie ist gut und fruchtbar. Sehnsucht ist darin und schwermüger Neid und ein klein wenig Verachtung und eine ganze keusche Seligkeit.’（「シェルテン・ジー・ディーゼ・リーベ・ニヒト、リザヴェータ。ジー・イスト・グート・ウント・フルヒトバル。ゼーンズフト・イスト・ダァリン・ウント・シュヴェールミュティゲル・ナイト・ウント・アイン・クライン・ヴェーニッヒ・フェルアハツンク・ウント・アイネ・ガンツェ・コイシェ・ゼーヒリカイト。」）と以前の税所は、現在の彼も暗記するそれら音調のすがすがしい潔白なドイツ文を朗読しながら、この偉大な作家にたいするナチス・ドイツの迫害を憎んだ。……」（六二～六四）

ちなみに、この『トニオ・クレーゲル』からの引用個所は、「日本の短（掌）篇小説について」（『日本掌編小説秀作選』Ⅰ・Ⅱ解説、一九八一年、現在『文選三』所収）でも、「ヨーロッパ・アメリカ語（文）」における「名詞

（体言）止め〟」の例であり、「私のたいそう好きな〝一篇の結末〟」のひとつとして、ドイツ語原文とともに、「この愛を咎めないで下さい、リザヴェタさん。それは良き、実り豊かな愛です。その中には憧憬があり憂鬱な羨望があり、そして極く僅かの軽侮とそれから溢れるばかりの貞潔な浄福とがあるのです。／（実吉捷郎訳『トニオ・クレエゲル』）」という訳文が引用されている。

同じ『地獄変相奏鳴曲』の第四楽章「閉幕の思想　あるいは娃重島情死行」にも、「中学生の時分から、志貴は、トーマス・マンの諸作物を敬愛してきた。とりわけ『トニオ・クレーゲル』は、志貴の深甚な愛読書であった。十六歳のトニオが金髪（ブロンド）の少女インゲボルクに恋着する機縁の場面を、マンは、次ぎのごとく霊妙に描いた。」として、小説内におけるインゲボルクの描写が引用されたあとに、「志貴は、何度か『トニオ・クレーゲル』を読み、中でも右の一節などを何度も拾い読みにして、そのたびに感嘆した。人生上の「恋愛」という事柄が主として（「論理（ロゴス）」によってではなく）「情念（パトス）」によって発生することをその一節が玄妙に描出しているのであろう、と志貴は、思わざるを得なかった。」と記されている（一四八～一五〇）。

最後に、『新日本文学』一九六九年十月号に発表された「詞の由来吟味」（現在『文選二』所収）には、「またたとえば私の作の中の「空には、蔓延る石灰色の叢雲が、おもむろに南西に移動し、太陽は雲と雲との隙間を縫って、ときおり淡い力ない光を地上に注いだ。」は、トーマス・マン作『トニオ・クレーゲル』中の'Die Wintersonne stand nur als armer Schein, milchig und matt hinter Wolkenschichten über der engen Stadt.'（「冬の太陽は、乳色に力なく叢雲のかなたに隠れて、ただ淡淡しい光だけを狭い町の上に落としていた。」）から、たぶんまちがいなく「お蔭を蒙っ」ているでしょう。」と述べられている。

以上の『トニオ・クレーゲル』からの引用は、すべて「フィッシャー絵入り双書」版の対応個所に傍線が引かれている。

（竹峰義和）

gehört den Blonden und Blauäugigen, den hellen Lebendigen, den Glücklichen, Liebenswürdigen und Gewöhnlichen.

Schelten Sie diese Liebe nicht, Lisaweta; sie ist gut und fruchtbar. Sehnsucht ist darin und schwermütiger Neid und ein klein wenig Verachtung und eine ganze keusche Seligkeit.

F I N I S

Tonio Kröger　122ページ

Georg Büchner, *Gesammelte Werke*, Wilhelm Goldmann Verlag, 1978
Georg Büchner, *Werke und Briefe*, Deutscher Taschenbuch Verlag, 1980
（『ゲオルク・ビュヒナー著作集』・『ゲオルク・ビュヒナー　作品および書簡』）

クライスト、トーマス・マン、カフカ、ノサックと並んで、大西作品でしばしば言及されるドイツ語圏の作家に、ゲオルク・ビュヒナーがいる。ビュヒナーは、『ダントンの死』や『ヴォイツェック』などの戯曲や小説『レンツ』を執筆するも、一八三七年に二十三歳で夭逝した劇作家であり、その業績を記念して設立されたビュヒナー賞は、現在のドイツでもっとも権威ある文学賞として知られている。

大西巨人の蔵書には、ビュヒナーの邦訳全集のほか、二冊のドイツ語のビュヒナーの著作集の原書が存在しており、ドイッチャー・タッシェンブーフ社刊の方には、大西から入手を依頼された知人の手による、青万年筆で書かれた次のような紙片が挟み込まれている。「Georg Büchner の全集をさがしましたが、いまの所見つかりません。Suhrkamp 社には Georg Büchner の総合的なものはまったくありません。この本は　dtv（Deutscher Taschenbuch Verlag）社のものも上製本は別の出版社（Carl Hanser Verlag）から出版されているものです。全集らしきものと言うことでこの本を送ります。もうすこしくわしい情報を送って下さい／酒井」。

このビュヒナーの原書入手の経緯は、『三位一体の神話』のなかに挿入された作中人物・尾瀬路迂執筆という設定のエッセイ「ある私家版のこと」のなかで、少し虚構を交えたかたちで報告されている。すなわち、旧制高校の後輩Nがドイツに主張する際の「記念のお土産」として「御希望の品物はありませんか」と尋ねられ、「本でも一、二冊見つくろって買って来てもらおう。」と返事をしたところ、「書名なり著者名なりを指示してくれませんか。」と求められたので、「ビュヒナーの一巻本全集」を所望したという挿話である。「「（略）いま咄嗟には書名著者名を指示することもできないが、……数年前にゲオルク・ビュヒナーの一巻本全集が刊行され、私は、かねてからビュヒナーを敬愛してきたので、一本を購入するべく当時考えたのに、つい手に入れそこなって、そのままになっている。それでも、その後、私は、知人のドイツ文学研究者（私立湘南大学教授）に借りて、特に未見のエッセイや手紙などを読んだもの、むろんまもなくその一巻本全集は持ち主に返した。

Gesammelte Werke・*Werke und Briefe* 表紙

もしドイツで入手し得るようなら、それを買って来てくれるとありがたい。」と注文した。／私は、一九一六年刊行の古い"Gesammelte Werke. Nebst einer Auswahl seiner Briefe"〔『作品全集（付けたり書簡選）』〕を所有する。また、日本で先年刊行の手塚富雄・千田是也・岩淵達治監修『ゲオルク・ビューヒナー全集』全一巻〔河出書房新社一九七〇年初版〕を所有して重宝しているが、〝もしもあの決定版的なドイツ本が手に落ちたら、それは、私として幸甚だ。〟と考えて、そうNに注文したのである。Nは、「出版社は、どこでしょうか。」と質問した。／「それが、私は、出版社がどこか、覚えていないのだ。君が行くのはフランクフルト・アム・マインのエーステート社とか、君は言ったね。ビュヒナーの一巻本全集は、そこのフィッシャー書店かズールカムプ出版社から出たのじゃなかったろうか。あまり自信はない。ミュンヘンのなんとか出版社だったかもしれない。（略）」（略）／私は、十代後期からビュヒナーを尊重し、『ダントンの死』、『ヴォイチェク』などの戯曲もさることながら、小説『レンツ』をたいそう愛読した。（略）'So lebte er hin.'〔「そのようにして彼は、生き長らえた。」〕に至る最終パラグラフなどを、私はいまも暗誦することができる。」（上・三三三〜三三七）

もっとも小説では、帰国したNより、「〝ドイツ滞在中

（たぶんだいたい彼自身の不手際のせいで）ビュヒナーの一巻本全集を見つけることができなかったこと、その代わりにヘルマン・ヘッセの短篇二巻本全集、ノサックの一九七〇年代著作三冊などを「お土産」に購入した（略）。」（上・三三七）という報告を受け、そのなかに含まれていた私家版の『遺文集／自殺について』という架空の書物が物語の伏線のひとつとなる。

『深淵』には、二冊のビュヒナー著作集の原書そのものが登場してくる。まず、主人公の麻田布満の蔵書に、大学院の先輩で「G・ビュヒナーへの積極的評価」という共通点のあった「高杜のドイツ留学土産の一つ」として貰った「"Georg Büchner／Gesammelte Werke"（『ゲオルク・ビュヒナー著作集』ヴィルヘルム・ゴールトマン社一九八〇年刊）」があったという記述がある（上・七七）。そして、このあと、主人公の失踪中に妻の琴絵が仕事上の付き合いのあった新聞記者・沢島と「ただならぬ間柄」となる機縁となるのがビュヒナーの原書だった。すなわち、沢島が友人から返却された「ハンス・エーリヒ・ノサック著九冊と他二冊」のなかに含まれていたのが「"Georg Büchner／Werke und Briefe"（『ドイッチャー・タッセンブッフ社一九八〇年刊『ゲオルク・ビュヒナー作品および書簡』）」であり、琴絵がそれにたまたま気づいたことが、二人の距離を縮めるきっかけとなるのである。「琴絵は、『ゲオルク・ビュヒナー作品および書簡』が十一冊の中に含まれていることを、とりわけ積極的に意識した。それは、一つには、彼が自宅に管理する布満蔵書の中のヴィルヘルム・ゴールトマン社刊『ゲオルク・ビュヒナー著作集』一巻本よりも、このドイッチャー・タッセンブッフ社刊本のほうが内容豊富であることを、その目次が明示していたからであって、だが、主として、彼女が布満の影響でビュヒナーの文学をたいそう尊重していたからであった。琴絵は、ビュヒナーについて沢島に問い、かねてより沢島がビュヒナーの文学を甚だ敬愛してきたことを知った。／（略）その日からのちは、二人の接触はかなり頻繁かつ親密となり、二人の会話は（略）人生ならびに社会のあれこれに関してなかなか情感的に交換せられるようになった。沢島がブロッホやノサックやの愛読者でありビュヒナーの敬愛者である、という事実は、たしか沢島にたいする琴絵の親近の推進原動力であった。」（上・一六四〜一六五）

なお、『深淵』という題名は、『神聖喜劇』で言及されている「ゲオルク・ビュヒネルの「深淵としての人間」という言葉」に由来しているのかもしれない（『神聖喜劇』Ⅴ・四二五）。

（竹峰義和）

Ⅲ

享受と創造——大西巨人をめぐる考察

同時代の小説を「読む」大西巨人

石橋正孝

他者の作品を対象とする評論はさることながら、その小説作品においてさえ、作中人物が読んだとされる書物から大量の、しかもしばしば長大な引用を行う大西巨人が、書き手である以前に（あるいは、それ以上に）、読み手として文学と関わっている事実を隠さず、その徹底的な公開それ自体を作家活動の中心に据えていた点に、最大の独自性を見出さなければならない作家であるのは明らかである。記憶の人である大西のエクリチュールが、複数の他者によるテクストの交錯において生成する事態は、例えば、『神聖喜劇』第三部「運命の章」「第二十一月の夜の媾曳」の中で、いわばメタフィクション的に再演されている。主人公にして語り手である東堂太郎の脳裏に、その時の問題意識に触発される形で複数の断章（自殺に関するショーペンハウエル、アンドレーエフ、そして就中、ニーチェの二つの文章の引用）[*1]がまず想起され、記憶によって一字一句忠実に再現されたそれらを改めて読み直し、照合することによって、表現や語彙、論理構造の水準における共通性が発見される。記憶から次々と半ば無意識的に手繰り寄せられた複数のテクストがそれら<u>で</u>なければならなかった理由、それは再読の結果として、あくまで事後的に東堂自身にとっても判然と自覚されるのだ。

それゆえ、大西にあって、ある一つのテクストを読むとは、ただそのテクストの内部でのみ完結する孤立した営みではありえず、過去に読んだそれ以外のテクストの想起が連鎖反応的に引き起こされ、それらの再読へと導かれることである。とはいえ、当然ながら、そのように幸福な連鎖反応が常に発生するわけもなく、その規模もまた様々であろう。ただし、連想が連想を最大限に誘発する出発点となるようなテクストを大西が評価していたことは、偏愛する文章を自作に繰り返し引用する際、決まってその周囲に、連想されるほかのテクストを配する「手つき」に如実に表れている。

　では、いかなるテクストがそうした記憶の連鎖反応を惹起するのか、といえば、大西自身がいかなる文章を理想としていたか、を、ここで考え合わせればよい。明示的な引用が行われない場合であっても、大西のエクリチュールが記憶を動因としていることは、エッセイ「詞(ことば)の由来吟味」(『大西巨人文選　2』等に収録)が具体例とともに示している通りであって、そこでの勘所は、特定の語や表現が大西の記憶に――ほぼ無意識的に――残った状況、すなわち、先達がそれらのポテンシャルを最大限に発揮させる形で使用していたことを、大西自身のエクリチュールが反復し、それを読んだ読者――その中には、それらの表現が実は誰それの「お蔭を蒙っ」ていたことを、執筆時には必ずしも意識していなかった大西自身がまず含まれる――のうちに同様の反応を引き起こすことにほかならない。

　作品の構成要素としての表現や語彙が触発する如上の連想を、作品の範例的展開とすれば、それは全体の構成という統辞論的な次元と切り離せない。大西が作品の特定箇所に注目し、範例的展開を促される場合、往々にしてそれは統辞論的な「要」にも相当している可能性が高いように思われるのであるが、大西の小説や批評がこの側面に深入りすることは稀である。もちろん、大西が小説の構成に鈍感だというわけではなく、中野重治の長編小説『むらぎも』を分析した「「過渡する時の子」の五十代」(一九五四年、『大西巨人文選　1』等に収録)を読めば、むしろ正反対であることが納得できる。大西はそこで、小説家中野の全般的な弱点として、細部の瞬発的な鋭さとは裏腹な構成力の脆弱さを挙げ、この指摘が『むらぎも』にも当てはまるとし、そのせいで優れた細部の集積にしか見えない同作に、実は構成らしきものがあるにもかかわらず、それ――作品の冒頭と結末に同じ街区を対象とした風景描写があって彼此照応しており、その間で生じた主人公の成長発展が示される教養小説的構成――が必然性を欠いた、読者に対する押しつけになっていることを同時に指摘している。[*2] このような読解を行いうるのは、細部に必要以上に目を奪われず、一定以上のスピードで集中的に作品を読み込める一方で、勘所を見落とさない者、つまり、(蓮實重彥風に言えば)「動体視力」を具えた者、(大西巨人風に言えば)推理小説のファンだけだろう。

だが、それでもやはり、読み手としての大西が中野と同様、本質的には構成よりも細部の人であるとの印象を否み難いとすれば、短歌をはじめとする短詩形文学に大西が寄せる愛好が大きく影響しているに相違ない。大西が対象を肯定するためにしばしば連想した短歌等を引用するに留め、構成にはさほど論及しないのに対し、ゲオルギウ『二十五時』を俎上に載せた「寓話風=牧歌的な様式の秘密」(一九五〇年に執筆されたものの、長すぎて掲載誌が見つからず、二〇一二年まで未発表、『歴史の総合者として』に収録)にせよ、武田泰淳『森と湖のまつり』をめぐる「内在批評と外在批評との統合」(一九五八年、『文選 2』等に収録)にせよ、構成の詳細を問題にする時は長編小説が対象となっており、かつそれを批判する場合がほとんどだからである。大西が問題にする構成とは長編のそれなのであり、中野重治に大西が指摘した細部と構成の二律背反――それは、日本語文芸の伝統から中野が引き継いだ正負両面の遺産であると大西は捉えていたように見える――は、先送りにし続けてきた『神聖喜劇』――大西自身の証言によれば、当初は「名砲手伝」と題された短編小説の構想だったというのだが、長編に膨らむ予兆はまったくなかったのだろうか――の執筆に着手する直前だった大西本人にとっても、多かれ少なかれ、克服されるべき自己の課題として意識されていたのではないか。

今でこそ長編作家のイメージが強い大西だが、小説第一作となった『精神の氷点』も、続く『地獄篇三部作』(雑誌『近代文学』の同人たちの意向により、発表されたのは、作中作に当たる「白日の序曲」だけだったが)

も、長編というよりは中編小説であり、この二作が一九四八年に発表された後は、「たたかいの犠牲」（一九五三年）および「黄金伝説」（一九五四年）の二中編を書くまでの数年間、小説が書けない状態に陥ってしまう。すでに挙げた、いずれも長編小説を論じた二編の本格的評論――『二十五時』論と『むらぎも』論――の意義は、それらがこの「スランプ」の期間に書かれた事実を背景にして、より鮮明に浮かび上がるように思われる。というのも、他方でこの時期の大西は、山口直孝が指摘するように、ジョルジュ・アルノオ『恐怖の報酬』、クロード・モルガン『人間のしるし』といった、自身が高く評価する作品を、一般読者向けに平易な言葉遣いで紹介する――したがって、構成を粘り強く分析することもなければ、その代わりに細部から発して連想に身を委ねることもない――短い文章（『歴史の総合者として』に収録）も匿名で書いていて、しかし、『神聖喜劇』を書くに当たってそれらを構成の範にはしようとしなかった事実がある。

そもそも、批評家大西巨人が肯定的に評価する作品について構成よりもっぱら細部を重視した批評を書くようになるのは、『神聖喜劇』以後のことであって、それ以前には、対象に対する評価のいかんにかかわりなく、構成が主たる関心を占めてはいたのだが、評価が肯定的だった場合には、大西が実作者としてそれに倣うつもりがさらさらなかったがゆえに、ことさら分析の労が取られなかったのだ、とは考えられないだろうか。言葉を変えれば、『神聖喜劇』以前の大西が、細部と構成の二律背反を批評によってではなく、小説の形で実地に、しかも独自の方法で解決しようとしていた、ということなのではないか。そして、『神聖喜劇』以後は、この二律背反が解決された以上、評論では、否定的にせよ、構成が問題にされること自体が少なくなり、代わって、小説内におけるがごとく、連想による引用が増殖するようになる。そこにはあたかもそれまでの禁欲が解かれたかのような雰囲気すらある。

山口は、五十年代前半に書かれた評論を、『神聖喜劇』に至るための模索としての迂回と位置づけ、『神聖喜劇』のエクリチュールは、その迂回を方法化した結果であると説く。[*3] この主張に説得力があるのは、大西における「迂回＝思考」が、なによりもまず、連想の赴くまま既存のテクストを想起することだからであり、その過程を引用の多用によって可視化しただけではなく、作品の構成原理にまで拡張した点にこそ、大西の作品歴における『神聖喜劇』の画期性があるからだ。別の場所で論じたように（『大西巨人　闘争する秘密』）、『神聖喜劇』の構成は、全面化された回想の手法によっている。陸軍の内務班で新兵として過ごした六ヶ月の経験全体を振り返った時に、それを意義深く分節する特異な出来事――構成における「要」――が優先的に思い出される。そうした出来事が生じた一日が詳細に語られ、プルーストの『失われた時を求めて』に専門家が指摘した「長い一日」（描論の表現では「代表的一日」、山口の表現では「特異日」[*4]）を形作り、それらが時系列に従って並ぶ。そして、そのそれぞれの内部において、いうならば今現に進行中の出来事との関連においてそれ以前の出来事が主人公に回想されるため、「戦後に生き延びた私」という事後的かつ超越的な視点は、特異な出来事の選択に限定され、その結果、回想の主体が回想の運動に解消される。語りによるこの運動によって、和漢洋の多様なテクストはもちろん、それ以前の「長い一日」を構成していた語りそれ自身も――その中に組み込まれた引用とセットで――引用＝再読の対象とされることで、さらなる想起を生み出し、「要」としての意義を事後的に明らかにするだろう。

こうして大西は、長編小説における構成と細部の日本的二律背反を無意味なものとし、細部の単なる集積ではない「長さ」を実現した。日本の文芸が「細部」の切れ味にこだわるあまり、構成の脆弱を招いてきたのは、「細部」が余計であるがゆえに尊いと見做すニヒリズム（儚さ＝虚無への居直り）のせいだろう。それとは逆に、『神聖喜劇』の東堂は、ニヒリズムを所与の前提とした上でなおかつ、情事の相手である「安芸の彼女」に向かって、人生に「本筋」と「余計」の区別はなく、ある意味で一切が「余計」でありながら、そのまま「本筋」なのではないか、と語る。[*5] 鎌田哲哉は、「本筋」と「余計」の対が、『神聖喜劇』においては、「長い一日」の連なりによる構成と、回想内回想の対に重ね合わせられ、前者の対をめぐる議論が後者の対の「余計」に対応する項（回想内回想）で交わされている事態こそ、両者の序列を無効にする運動に読者を巻き込むのだと喝破していた。[*6]

＊

二十五年の歳月を費やし、一九八〇年に『神聖喜劇』を書き上げた大西は、批評家として新たな視線をもって、同時代を生きる年少の作家たちの長編作品と向かい合う。大西が同時代の小説への関心を終生失わなかったことは、遺された蔵書が示している通りだが、当然あって然るべき作品、あるいは確実に読んだはずの作品が相当数抜けているところを見れば、小説は比較的処分される傾向があったようである。また、書き込みや小紙片の挟み込み等の痕跡も小説には相対的に少ない。それだけに、当時三十代に差し掛かったばかりの「新進気鋭」の作家二人が、一九八一年およびその翌年に相次いで刊行した二作に、例外的に多くの痕跡が残されていることには注目せざるをえない。その二作とは、一九四八年生まれの増田みず子が一九八一年十月に刊行した『麦笛』であり、一九四九年生まれの村上春樹が一九八二年十一月に刊行した『羊をめぐる冒険』である。

両作について大西は短評を書いている。まず『麦笛』に関して『文藝』の一九八二年一月号に「「美しくない女主人公」？」（「作中人物にたいする作者の責任」と改題の上、『観念的発想の陥穽』に収録）を、次いで、同じ『文藝』の一九八二年十月号に「『羊をめぐる冒険』読後」（『文選　3』等に収録）をそれぞれ執筆している。例によってそこでは展開されていない、構成に立ち入った分析は、両作に大西が小紙片を挟み込んだ箇所を検討すれば、ある程度まで再構成できる。ある作家が時代を共にする別の作家の作品を真剣に読み込む過程に立ち会う機会など、そうそう滅多にあるものではなく、ここはひとつ、煩瑣を恐れず詳細を見ることにしたいのだが、紙幅の制限もあり、今回は『麦笛』一作に絞る（大西が同様の作業を行った作品は、他には村上春樹『世界の終わりとハードボイルド・ワンダーランド』と津島佑子『火の河のほとりで』しか残されていない）。以下に示すように、細部と構成の二律背反に対し、『神聖喜劇』とは異なる解決を提示しているからこそ、『麦笛』は大西の積極的関心を呼んだ（そして、『羊をめぐる冒険』は必ずしもその限りではない）と推測できるのだ。[*7]

まず、「「美しくない女主人公」？」を一読しておきたい。六十二歳で各々執筆に七年かかる大著七冊を構想するヘルマン・ブロッホの「厳粛なるフモール」と比較して、増田みず子の短編小説「秋の避暑客」（『道化の季節』収録）の女主人公が漏らす「明日死ぬか、あと五十年生きるかわかりはしないのに、わかったふりなんて、出来やしない」という述懐は、「（ずいぶん気が利いた）思考言行」[*8]であり、作者の責任が感じられない、と大西は書く。「明日死ぬかもしれない」生の儚さは、当然、ブロッホの方が遥かに切実に感じているはずだ。彼は生の儚さに居直らず、かえってそれを厳然と引き受ける――神の不在を認めつつ、宗教的態度を復興する、というオーウェル的態度を貫く――ことで、自らの生に対する責任を果たしているのであり、「峻厳なるフモール」はその表れである。ところが、増田みず子の主人公は、実際にはまだ若いのに年老いたふりをして、世をはかなんでみせているにすぎない。そのような「（ずいぶん気が利いた）思考言行」を主人公にさせている（虚無に居直らせておいて放置している）作者は、彼女の卑小な生という虚無からユーモアを生み出せず、したがって、彼女に対する責任を果たしていない。そう大西はいったん断じておいて、増田みず子が細部の表現レヴェルでは、「われはここに神はいづこにましますや星のまたたき寂しき夜なり」（柳原燁子）を連想させる達成をところどころで示していることを認め、「近作長篇『麦笛』において、女主人公の思考言行にどこまでも責任を保つべく努力し始めている」[*9]と一定の評価を結論的に下している。

では、『麦笛』の増田は具体的にはどのように「作中人物にたいする作者の責任」を果たしていると言えるのか。この作品に大西が挟み込んだ和紙の短冊は全部で三十枚、うち二十六枚に注目ポイントの位置（頁と行）が赤ペンで記されている。結論から言えば、それらの多くは、作品の展開上の「急所」に当たり、然るべき機能を担っている。大西の指示に従って、そうしたポイントを押さえながら読んでいくと、具体的な形象を通して作品が展開する思考の運動が触知可能になることがわかる。つまり、『麦笛』に対する大西の注目ポイントは、個々の細部の表現としての高下であるよりも、それらの順番を入れ替えられない、という点に置かれているとおぼしい。この思考の運動を実現したことをもって、「作中人物にたいする作者の責任」を果たすべく増田が払った努力が認定されているのではないか。

書き下ろし作品として福武書店から刊行された『麦笛』の主要登場人物は六人。主人公は、二十七歳の岡野さと子、「精神薄弱児更生収容施設」（一四頁）で働く無資格の「指導員」である。学園長の右腕的存在である木下ふさえがさと子にとって直接の上司に当たり、同僚として野呂という足の不自由な男、かつて関わりのあった男として山脇が登場する。以上五人がいわゆる「大人」であるのに対し、施設の「子供」たち（と言っても、十一歳から二十歳までと年齢に幅がある）は基本的に姓を明かされることなく、一様に名をカタカナ表記されている。さと子は、自分の受け持ちの子供たちの中で、二十歳のユタカに特別の関心を寄せている。

以上を踏まえ、大西のチェックポイントを見ていこう。

> ①　P.9　一三、一四
> そんなこと、あたしが言ったってしようがないから黙ってるけどさ、あんたも今のうちに、身の振り方を考えといた方が得だとあたしは思うね。

主人公のさと子に向かって、学園で同じような立場にある「炊事のおばさん」が発する台詞の一節。彼女に言わせれば、木下ふさえが望むような、資格もあり、熱心な指導員は、「ここより他に行く所がない」子供たちを無駄に生き生きとさせるばかりで、さと子のように、傍目には熱意がないように見える者の方がかえって学園には合っている。外の世界を流れる時間からドロップアウトし、転がり込んできた今の職場にずるずると七年も居着いてしまった主人公の立場、それがもはや現状のまま維持されるには限界に達しつつあることを、外部の目から端的に要約した一文となっている。

②　P.13　八～一〇
四方の視野を山でふさがれ、樹木で狭められた道を歩き、将来の希望が、生き続けることでしかない子供らと過ごしている人間が、そもそも、冴えた眼を大きく開ききって暮すなど、ありえないことかもしれない。

③　P.27　一～二
父親に続いて高校生の兄にまで見捨てられたらしい十一歳のレイコは、何食わぬ顔で堂々と自分の生を伸ばす。感情をかき回されるのは、常に周囲の大人たちだった。

生き続けることに専心し、時間の流れ、すなわち変化の外にいるような子供たちは小説の冒頭から樹木に喩えられているが、②では、そうした樹木によって時間の流れから遮断され、それらと一体化している子供たちに一体化している主人公のあり方が、③では、周囲の事情に、肝心の子供が台風の目のようにまるで影響を受けずにいる様が、それぞれ捉えられている。さと子は、②のような状態にありながら、実は③で書かれた大人たちの一人にすぎないことが明らかになったところなので、この②と③は対比されるべき関係にある。なお、この間の一四頁には、赤ペンで欄外にレ点、東京に対する「自分の本来住むべき社会」という表現に傍線が引かれている。

> ④　P.28　一〇～一三　一六～P.29　二
> しかし、さと子は、自分が木立ちの外で二十年間も暮したとは思えなくなっていた。さと子の抜けた、紙を切り抜いたあとの空白のような、昔のままの世界が今でも元の場所に厳然と控えているとしても、さと子の内部からは、きれいに殺ぎ落とされてしまっている。
> しかし、ここでさと子が不可欠の人間かと考えれば決してそうではない。
>
> 雑草が根づき、育ち、枯れる、連続した一瞬一瞬があるように、人間の中にも、何かに向けて満ちてゆく時間の傾斜というものは、確かにある。子供らにしても、ゆっくり成長しながら、同時に老化に身を任せているわけで、成長の途中で寿命が尽きるのは矛盾ではない。

この④は、①から③をまとめており、次の⑤がさと子の現状を説明する過去（皆が楽しく歌っている場に参加できず、かといってそこから離れることもできない）の総括に当たる。

> ⑤　P.40　一四～一六
> やはり今の自分の源はあれだ、と思わざるを得ない。始末が悪いことには、人の楽しんでいる様子を、意地汚く遠くから眺めながら、その楽しさの渦に巻きこまれないよう冷えた頭で警戒している。いやな性格だった。

続いて、子供の頃から生きづらさを抱えた自分との対比において、学園の子供たちが改めて主人公の念頭に浮かぶ。彼らを羨ましく思う気持ちと、彼らを社会に出す「更生」に、その残酷さをまるで意識できないまま、彼ら自身が身を委ねてしまうことをどうにも止められない無力さ。

> ⑥ P.43 一〜九
>
> もとを糺せば歌ひとつのために依怙地になった自分より、はるかにぬくぬくすくすくと育っている。ぬくぬくすくすくが人間の本来の願望だとすれば、ユタカを更生と称して外の荒くれた世界に送り出すのは、裏切り行為のようにもさと子には思える。何に対する裏切り行為なのか、具体的に頭に浮かぶわけではなかったが、せっかく自然から、競争を降りる巡り合せに生まれた子供を、とさと子はユタカの更生準備に手をつけ始めた園長やふさえに不満を感じた。下手をすれば何かにつけて達者なミチコも将来更生してしまう危険がある。カズオに至ればことさらである。カズオは、例えばレイコやサトルの眼のようにもっとどんよりした膜を張り巡らさなければいけない。カズオがマンガを好きなのもさと子には心配のタネだった。字を読むことを憶えない方がいい、何でもそんなに器用にのみこんではいけないと、

四六―七頁（⑦）と四八―九頁（⑧）に挟まれた小紙片には何も記されていない。ここは状況設定がほぼ終わり、いよいよ物語が動き出す局面を描く数頁である。学園への寄付者が資格のある優秀な人材を送り込もうとして、さと子を弾き出そうとする。ふさえに対峙したさと子は、何らかの決断を下すためと称して、東京に行く許可を求める。自然そのものであるかのような子供たちにはいくらでも辛抱が続くのに、さと子には苛立つふさえの忍耐力の限界を自然そのものの限界とし、必ず一定の確率で障害児を生み出す点にその端的な表れを見出すさと子

の思考の流れ（⑦）には若干の強引さがあるものの、続く⑨の直前で「不器用な自然」という表現に至る一種の自然哲学がそこから導き出され、自分の曖昧な状態――半ば自律的に彼女の中で継起していくとりとめのない思考を「ぼんやり眺める」しかない状態――を、彼女が意識的に引き受け、その当否を確認することこそ、実は東京行きの目的であったのだと事後的に悟る（⑧）ことを可能にしている。

⑨　P.56　九 とりとめのないことを考える自分の責任は自分にはなく、自然が自分を生みだしたことにある。

⑩と⑪には例外的に両者の関係を問うコメントが付されている。

⑩　P.62　P.65　八？ 「ノブユキがどこへ行ったか、あの子たち、知ってるんですか？」

⑪　P.67　十三　P.65八前後との関係？ 「だって行く所も帰るところもないのはノブも私も同じよ」

大西は、『羊をめぐる冒険』に登場する「鼠」が、煙草を吸わないと最初は書かれていたのに、彼がどんな煙草を吸っていたのか、そもそも吸っていたのかさえ思い出せないと語り手が述べる矛盾に目を留めているが、指

摘されれば誰の目にも明らかなこの種の矛盾とは異なり、夜に施設を飛び出して行ったノブユキをめぐってさと子からふさえに投げかけられた疑問⑩と、ある時ふさえの口を出た言葉⑪が表面的に矛盾している事実は、意味ではなく、どこまでも文字面に拘る大西のような人間以外の者はおそらく気がつかない。行き場のない者たち——その点では、子供たちも、さと子も、ふさえも共通している——がそれでもどこかに行かざるをえない切実さは、この矛盾を矛盾として捉えられる時、初めて真に迫ってくる。そして、この行き場のなさの度合いが子供たちに劣っていると知るふさえは、そのような自分に同じ矛盾を許すのは贅沢にすぎないとばかりに、端からどこにも行こうとはしない。さと子は、この両者の中間にあって、東京という行き場を持っていることの中途半端さを突きつけられ、立ち竦まざるをえない（六八頁）。

こうして東京に出てきたさと子は、わが意に反して、勝手に元の日常を取り戻して行く自分に戸惑う。

⑫ P.71 六〜十二〜

しかし短時間ながら、そつのない歩き方と意志のはっきり感じとれる喋り方をする人々の中を歩いてきたせいか、学園にいる子供らの影が薄くなっていた。隔離された弱者の群れ、と明確に表現して、向こうは向こうで世話をしてくれる者が十分にいるのだから、離れて暮す者が彼らを打ち捨てても構わない筈だという気分にさえなる。いずれ更生などと称して、有難くもない雇用条件で、こちら側の実用社会の、たいして役にも立たない下働きに組みこまれるぐらいなら、そのままのんびりと弱者らしく弱者の特権で、生きる動物本能を謳歌した方が良い。繁栄日本のあちこちから、心優しいボランティアたちがあとをきらずに詰めかけてくれる現状なのだから。

「昔通った大学の近くに、安くて感じのよいホテルがあるのを難なく思い出し」、さと子はそこに部屋を取る。

⑬　P.73　二～六
部屋から大学の全景を見おろしたり、それに続く果てしない建物の海を眺めたりしているうちにその日は終ってしまった。地面の広さと狭さがいちどきに眺め渡せた。時間の長さと短さもそれに関連して感じられた。子供らが生まれる前の果てしない時間があり、子供らが生まれてからの、親たちにとっては長く果てしない時間も同時にあった。生まれる前のとめどない時間と、死んでからも限りなく広がってゆく時間を考えれば、さと子は自分のしていることなど、どうでもいいような気がした。

この⑬での時間と空間のアナロジーは、冒頭に展開されていたそれに照応しているが、一歩踏み込んで、さと子が自身の生を相対化し、引き受ける点で、「(ずいぶん気が利いた) 思考言行」からいっそう遠ざかっていると大西は評価したのではないか。
翌日、下宿近くで立ち寄った喫茶店の店主夫妻が大学の同窓生だった偶然を契機に、学生時代に彼女を政治と性に巻き込んだ男、山脇が学習塾を経営していることを知らされる。

⑭　P.88　十一から十二
連れていかれた男たちは自分の遊びに社会的な責任をとらされることで終止符を打ったのだろうが、さと子は、遊びに加わることからも、責任をとることからも閉め出され

男たちによって政治から排除され、性という曖昧な自然のみを押しつけられた過去とさと子は山脇を介してふたたび顔を合わせることになる。

⑮　P.93　一〜三
最初の一言ずつが、穏やかというよりあっけにとられた表情の二人から交互にするりと出て、そのあと急に我に返ったような沈黙が来た。この男が、あるいはこの女が、自分の人生にとって何か意味があるというのは本当だろうか、そんな懐疑のにおいのする無言だった。

⑯　P.96　十二　P.97　三から七
その時さと子が思い浮かべていたのは、もしかしたらこういう時には抱き合えばお互いがわかったような気分になれる
もっとはるかに単純で幼稚な渦の中にいることが、じぶんもそうだからさと子はよくわかったが、わかったからといってどうしようもないことだった。ただ、さと子は、自分が長い間感じていたよりも山脇が好きだと思う気持がきちんと体の中にあったから、何となく安心して黙っていた。無言がさほど居心地悪くもなかった。山脇が帰る気持になるまで、二人で黙ってすわっていてもいいような気がする。それとも、さと子が立つまでは山脇も立たないだろうか。

本当に人生にとって価値のある相手だったのか、とも、抱き合えばいいのでは、とも、このまま黙っていてもいい、とも思うのは、曖昧な過去にふさわしい曖昧な応接であって、「P.99」と書かれた小紙片の挟まれた箇所⑰では、山脇たちが逮捕される瞬間に立ち会った時のことをようやく当人に向かって言語化し、「このへん付近」と書かれた小紙片の挟まれた箇所P.104⑱では、学園に戻って保母の資格を取る、ということは、役割を、任意の一人である自分の交換可能性を受け入れることと引き換えに、学園での自分を積極的に選び直す決意をする。深夜、ホテルを訪ねてきた山脇に抱かれたあと、その中で子供たちと想像の会話を交わす闇は、以後ますます、心休まる同一化の対象となり、ユタカとの「恋愛」に向けてさと子の背中を押すことになるだろう。

⑲　P.117　一〜七
何をわかろうと焦っているの？　ぼくたちは何も見なくてもいいんだよ。話さなくていいんだ。それだけのことじゃないか……。
さと子は、眼を閉じて頭の先まで毛布の中に包みこんだ。子供たちが何かを考え言いたがっていると錯覚する必要はなかった。子供たちのように何も考えずに時を過ごしたいというのが、さと子の本音なのだった。毛布の中で、さと子は息をつめ、時々、思い出したように耳を澄ませた。が、もう誰の足音も廊下からは聞こえてこなかった。

最寄りの駅から学園に戻る途中で、ここにたどり着いた七年前を思い返しながら、さと子は、役割分担を押しつけてこようとする社会の圧力に抗うことを思い切るにせよ、人並みには遅すぎるのではないか、と思う。

⑳　P.119　十二〜十三
もし、人並みが大切であるとの前提が成り立つとすればの話だが。さと子は、きのう会った山脇や中村たちに、人並みの幽霊という表現をかぶせてみた。

幽霊を回帰するものと取れば、このレトリックは、山脇が学園を不意打ちで訪れ、追い返される終盤のシーンへの伏線になっている。ただ、単発で終わっていることもあり、その効果はなきに等しい。対照的に、大西が注目した直後の一連のレトリック（㉑と㉒）の方が明らかに効果的である。

㉑　P.152　六〜八　P.153　十〜
園長が間近にいない時のふさえは冷静そのものである。中庭を走るメタリック塗装の中古車の屋根が、日没寸前の陽を受けて、銅色に焼けていた。遠ざかる車の反射光を見送っていると、さと子はふと逃げ水を連想した。

ふさえの刺々した言葉つきから、身をかわすようにして、さと子は夕焼けに圧倒されたふうを装って、空を見つめた。こんな夕方には、銀色か淡いブルーの、光沢のあるブラウスを着れば、きっと橙色の照り返しが自分の胸を包んで、澄んだ気持になれるだろう。しかしふさえは急に、立っているだけでもつらそうな仕種で、濃紺のトレーナーの胸の前で腕組みしながらしゃがみこみ、玄関脇の汚れた壁にもたれかかった。夕陽は紺色の厚い布地に容赦なく吸われ、心なしか、ふさえの顔が青ざめて見えた。

㉒ P.154 三から九
一連の事件は、もしかするとふさえの胸に一番こたえているのかもしれない。園長を根太にして、ふさえが湖池学園という城を築きあげたと考えてよいのなら、バラバラと壁が剥げ落ちる時、根太で壁を支えるわけにはいかない。先夜さと子に結婚しろと言いだしたのは、ふさえ自身が根太に寄り添うような、安定したくつろぎの場所を欲しくなっているからではないのか。だが、男に甘えてくつろげる安らぎなどほんのちっぽけなもので、あとはそのまま澱になって体の中に残る。男の役割女の役割を取りあげられた子供らを眼の前にしては、結婚を代表とする役割分担の名のついた世の中のしきたりは、淡い陽炎のように実体のないものに映った。

さと子が休暇で三日間東京に行っていた間に、学園では大変な事件が起きていた。長女のハルミを施設に預けていた両親が長男と次男を道連れに一家心中してしまったのだ。そんな中、ノブユキが近所の女の子を脅かしたり、ユタカがさと子を追うように東京に無断で出かけてしまうといった出来事も起きていた。ふさえ及びさと子とともにユタカの母親と面談後、園長は車で出て行く。普段は園長を男として頼っているふさえは、園長がいなくなると我に返ったように冷静になる。頼りうる男というジェンダーイメージが逃げ水のように、あるいは陽炎のように幻想でしかないからである。二つの光学的比喩に挟まれるように、強烈な夕日が学園に押し寄せる社会のエネルギーと重ねられ、それをまともに受け止めて疲弊するふさえ——園長はやはり社会の側であって、防波堤にはなっていない——の姿が印象づけられる。男女関係を含め、今の社会の基盤をなしている権力が消滅しなければ評価されないユタカの好ましさが浮き彫りになり、施設での自分のまま、彼を連れて社会に出て行く——

今の世の中を反転させる意志が芽生えてくる。

㉓ P.169 十五〜十六

鷹揚さ、優しさ、静けさ、律儀さなどの性質を考え合せると、権力を手にしたがる凄まじい人たちが絶えたあとの平和で豊かな世の中であれば、彼は打ってつけの理想的男性像に近かった。

さと子は、ユタカを社会に慣らせるためという口実で、彼と時折外出する許可を園長から得る。ユタカの魅力は、全てを包み込もうとするがゆえに恋愛の対象にはなりえない野呂との対照においても、より直接的なレトリックを用いて描き出される。

㉔ P.189 六〜 P.190 一〜九

町への外出は間遠になっていったが、そのために町行きを渋るユタカに失望しているわけではなかった。むしろいつの間にか、離反の不安がなくなっていた。根拠は何もなかった。強いて考えればおそらく学園内に限れば誰が見てもさと子は女としての外的条件が一番に整っていた。ユタカでなくても男ならまず自然にさと子に眼を向ける筈だった。しかしそんな馬鹿げた根拠を頼りにするのでは自分が哀れである。

水面に浮いた板きれのようなものをさと子は想像していた。だだっ広い海を素裸で渡る人間なら、波間に現われた板きれを見逃したりはしない。素裸の漂流者と板きれの出会いは、それこそ恋愛どころの騒ぎではなく、取りすがることは生きることにつながる。さと子にしても、海上のゴミとして漂っている板きれが、人と出会った途端にゴミでなくなると想像することは楽しかった。

さと子は自分がゴミとしてユタカに必要とされる空想を楽しんでいるのだが、それは実際には、自分がしていることを相手にしてもらえたら、という願望だろう。ユタカの意思云々は問題ではなく、彼女が彼を必要としていることを直視するのは、急病に襲われたふさえと病院に残り、さと子自身の比喩となっている闇の中、しかも、彼女たちをそこまで送ってきた園長が運転する車のライトが見えなくなったことで広がった闇の中でのことだ。

> ㉕　P.197最終行～P.198五～
>
> 遠くの方でかすかに動く人の気配以外には、病院内も静かだった。廊下に人は見えなかった。見知らぬ場所に一人でいる感じが急に強くなり、扉口に出てみた。小さく動く光が園長の車のライトであろうか、見るうちにその光はふっと消えた。星の出ていない空は深々と暗く、さと子の視野を果てしない遠くまで延ばした。自分がどこから来てどこにいるのか、わからなくなるほどの、黒い空気が広がっている、ふさえの呻きが頭の中に不安定な影を作ってはいるが、人影の絶えた夜の濃さは、さと子を自由な思いにさせ、他のことを忘れさせた。

直後には、この広い闇に比べれば、「ユタカの影さえ薄く感じられた」とある。重要なのはさと子自身の主体性であると明確になった瞬間から、事態は急展開していく。ふさえの急病とは実は妊娠であったと判明、さと子は見舞いのために病院通いをしたり、新たに若い職員が雇い入れられたり、で、しばらく中断されていたユタカとの外出を久しぶりに再開しようとする。

㉖　P.209　五〜七

春の柔らかい空気は、かすかだが濁っており、若葉も少しずつ世界に慣れて艶を消し、山はうっすらとかすみに包まれていた。午後の、日射しがはっきりと斜めに傾く今の時間は、薄煙のような空気が徐々に山裾に吸いつけられて、山がいざってゆくような心細い気持ちになりやすい。

ここに描かれているさと子の身体感覚が性的なものであるのはいうまでもなく、この外出で彼女はユタカをラブホテルに連れ込むところまで行く。さと子の「恋愛」は終始一貫、「相手」のユタカや「過去の男」である山脇以上に、「樹木」「闇」等の即物的な形象を組み合わせる思考の運動であったが、ここに来て次第に表面化していくふさえの「恋愛」との対比によって、いわば再帰的に具体性を増していき、次のような相対化に達する。

㉗　P.236　最終行〜P.237　八

二十何年間生きてきて、気のすむまで人を愛した覚えがないという思いは、さと子の年齢ではうしろ暗さを自覚しないわけにはいかないので、つまり、人は人を思いきり好きになる瞬間がある筈だという無意識の前提を、関所のように構えてしまっている。だから、人を好きになれない性質を、自分でも裁き、いつか人にも裁かれるのではないかと、逃げ腰の気分がいつでもつきまとっていた。人を愛した証拠として山脇を無理に提示してみたり、理屈を先にたててユタカを恋人に仕あげようと急いだり、さと子はいろいろと画策したことになる。全員とは言わないが、一方的に押し寄せてくる感のある、ボランティアたちの一人一人が、自分の人間性や豊かな愛を確認しようとして障害児たちに手を貸したがるのと、所詮は同じことである。そんな前提は、自分のせかせかした手が練りあげた砂の関所だった。

ここまで徹底的にさと子の「恋愛」が解体されてなお、彼女の元にはユタカの具体的な姿が確かな手応えとともに残される。そして、ふさえの相手がノブユキであると本人の口から明かされ、「不器用な自然」を中核とする自然哲学は、「不器用な神」をめぐる神学へと一気に発展する。

㉘ P.248 五～P.249 四

ふさえの言葉によって自分がうろたえるとしたら、それは、ユタカでなくふさえを相手に自分の恋愛の目安をたてることになる。しかし目安をたてるとすればふさえの言葉をきっかけにするより他に手がかりがなかった。

学園を囲う木立ちが見えてくると、さと子は、いつかユタカの子を生もう、と呟いた。あと一歩足が前に出きらない自分を、説得するような頼りない喉の奥の呟きではあったが、呟いたことで、「この先はどうなるの？」と訊いたふさえの危惧に対する答えの目安がたったような気がした。決めたことが実行出来れば、次の段階も目安も自然にたつ。園長が時々そうするように、神さまに責任の一端をとらせるとすれば、つまりは、無能な神さまの落とし子が、神さまの無能を何とか後始末することになるわけで、むろん落とし子は神さま以上に無能に違いないから、あと始末するつもりで何を仕出かすか責任はもてない。けれども好き嫌いの激しさは、人間は神さま以上であることに間違いはないから、強引さの勢いに乗って、神さまに出来ないことが人間には出来る筈だった。少なくとも、悩みながら子を孕み生むことは、人間にしか出来ないことである。その人間がさと子であれば、生まれる子がユタカに似た子であれ自分似であれ、誰にも似ない健康児であれ、淡々と育てることが可能だった。そしてもっと重要なのは、自分の仕出かした恋愛によって破滅しても構わない、と今は思えることである。相手の一生が台無しになっても構わない。むしろ破滅しても後悔しないほどの盲滅法な思いこみに、人間なら憧れる。公平無私な神さまなら、怯むだろう。沈着な木下ふさえさえ、あそこまでやっているというのに。

神さまがいなければいないで、人間どうしの張り合いにも、監視者がいないという張り合いが出てくる。ユタカを手に入れたいとさと子が思った以上、理屈ぬきで手に入れる算段をすればいい。

学園を訪れてきた山脇を「人並みの幽霊」として退散してしまえば、山脇が進学塾で実践してきた「促成栽培」とは反対の、いつまで経っても「中途半端」なままに留まる男をゆっくりと「理想の男に育てる」(二五三頁)べく、さと子は「学園を意気揚々と出てゆくべきなのだ」(二五四頁)。

㉙ P.254 三〜五〜

新聞によれば最近では教師を殴ったり親を殺したりする子供が増えているというではないか。促成栽培的に思いをかければかけるほど、その見返りとしての裏切りも増える。ユタカはゆっくりゆっくり成長してくれるおかげで、さと子への裏切りに到達する前に寿命が尽きるだろう。

㉚ P.258 八〜十二

なぜか去って行く山脇に手を振り続けるユタカとノブユキに向かってさと子は走り出す。

走りながら、ひどく長い間、ぶつぶつと喋り続けてきたような気がした。それも、通じないとわかっている無駄な言葉を操り続けた徒労感がある。喋らない子供たちの身替わりにしゃべり続けるつもりであったのか、喋れる人間の傲慢に違いないが、喋り続けながら喋りたいことがなくなっていることに気づいて初めて徒労感を憶え、しかも何を喋ったのかさえ記憶に残らず、何ひとつ、わかったような気も、通じたような気もしないのでは、いくら何でもひどすぎる。

『麦笛』という小説の全体を通して繰り広げられてきたさと子の思考が「ぶつぶつと」いうつぶやきとして、その儚さが儚さとして受け止められている。それは媒体であるさと子自身は元より、対象とすら独立しているのであって、その証拠に、さと子は、笑いながら走っていくユタカとノブユキに追いつけない。彼らは女たちの思考のためだけに存在しているはずなのに。

＊

最後に、『麦笛』のほぼ一年後、『羊をめぐる冒険』のいかなる箇所に大西がチェックを入れたのか、ごく簡単に整理しておく。五十箇所近いチェックポイントは、その大半が、生の儚さをシニシズムで流す「（ずいぶん気が利いた）思考言行」であり、それらの順番をいかように変えてもまったく問題がない。二十代をあげて「現在」を回避し続けてきた果てに、今や世の中のルールから完全に疎外され、子供も持たず、未来を失った主人公がひたすら我が身の老いを嘆きつつ、失われ、安全無害となった過去と戯れるナルシスティックな探求に勤しむこの小説の不気味さが物量的に実感されるのだ。

おそらく大西は、増田みず子の「誠実」より、いくら否定しても否定しきれない村上の不気味さの方が遥かに気になっていた。大西の手元に最後まで残されていた増田の著作がわずか五冊（『ふたつの春』『道化の季節』

『麦笛』の後、『鬼の木』までの間に刊行された十三冊が――代表作『シングル・セル』を含むそれらの大半を大西は読んだと思われるのに[*10]――欠落しており、『空から来るもの』を最後に、二〇〇一年までに上梓された十冊も見当たらない）であるのに対し、村上春樹は『1Q84』までのほぼ全作品が揃っていて、良くも悪くも大西が最も関心を寄せていた現代作家であることに間違いはない。もっとも、その関心がどこまで文学的なものだったのか――むしろ、現代という時代の病理を体現する資料への関心ではなかったのかどうか、とりわけ『風の歌を聴け』『羊をめぐる冒険』『世界の終りとハードボイルド・ワンダーランド』『ダンス・ダンス・ダンス』『ノルウェイの森』『ねじまき鳥クロニクル』に残された痕跡を今後十分に精査してみなければなるまい。

注

1――「明らかに人は誰でもが、各自の身体および生命にたいして、この世における他の何物にたいしてよりも、争う余地のない権利を持っている」（ショーペンハウエル、第二巻、九九頁）、「自分自身を殺そうと試みたことのない人間は――安物ですよ」（アンドレーエフ、同前、一〇〇頁）、「われわれが人の生命を取っていいという権利はある、人から死を奪っていいという権利はない、後者はひたすら残酷なだけである」「愛においても復讐においても、女は男よりも残忍である」（ニーチェ、同前、一四三頁および一七一頁）。ニーチェの二つの引用文の意味は、直後の一九一頁でそれと示されることなく一応解き明かされ、前二者の引用のニーチェの最初の引用の関連は、第八部「永劫の章」「第三　模擬死刑の午後（結）」で示される（第五巻、三一六頁）。

2――『文選　2』、三五九―三六二頁。

3――「「歴史の総合者とは何か?」　大西巨人の単行本未収録批評集成『歴史の総合者として』（幻戯書房）刊行記念トークイベント」（二〇一七年十一月十日、丸善池袋店）における発表。

4――漫画版『神聖喜劇』第六巻（幻冬舎、二〇〇六年）解題「「分身」を志向する倫理」。

5――『神聖喜劇』第二巻、一一五頁。

6――「卑小なものと崇高なもの――『神聖喜劇』における描写の問題（序）」（『季刊 d/SIGN』第六号、二〇〇四年）。

7――増田自身、この点には一定の手応えを感じていたらしく、単行本の「後記」で、短編作家を自認してきた自分が初めて長編に取り組んだ経験を振り返って、「連続光線ではなくて、断続する光の点である一瞬一瞬のきらめきが私の関心のポイントでした。いわば刹那主義の妙味といったものを長篇小説の構成のうちにどう生かしてゆくかが苦労だったと言えば言えそうです。長さという要素には、平坦と繰り返し以外にも絶えず瞬発力をそそる何ものかが含まれていると感じたのは、半ばあたりまで書き進んだ頃でした」（二六二―三頁）と述べている。

8――『観念的発想の陥穽』（立風書房、一九八五年）、三二〇頁。

9――同前。

10――「この作者〔増田みず子〕が従前に発表した作品の相当数を、私は、力量のある作者の上出来な作品として、読んできた。／『鬼の木』は、そういう作者の物としても、殊に佳品であり、私は、世評のひときわ高かった『シングル・セル』によりも、今回の『鬼の木』のほうに、高点を付する」（「『鬼の木』のことなど」、『文選4』、二六九頁）。

大衆社会下における芸術の大衆化をめぐって
——記録芸術の会における芸術／資本／政治の関係について

坂　堅太

1　記録芸術の会の同時代的意義について

安部公房、佐々木基一、野間宏、花田清輝ら二四人が発起人となり結成された記録芸術の会は、一九五七年五月一九日、東中野モナミにて発起人会および第一回総会を開催した。結成にあたり、佐々木は「この会が『人民文学』のように新日本文学会に対立する組織になることは極力回避したいと考え」、当時新日本文学会の書記長であった中野重治に事前通知を行ったと語っている。[*1]一九五〇年一月のコミンフォルム批判に端を発した日本共産党の内部分裂は、『人民文学』と『新日本文学』との対立など、文学・芸術運動にも大きな影響を与えた。党の分裂問題は一九五五年の六全協により形式的な統一がなされ、文学・芸術運動の混乱も表面上は収束していたものの、安部や野間、花田など党員作家を抱えていた記録芸術の会にとって、その記憶が容易に拭い難いものであったことは間違いない。「政治の優位性」論に対する警戒は、佐々木が草案を担当した会則にも表れている。

「記録芸術の会」は、記録（ドキュメンタリイ）の精神にもとずき（ママ）、リアリズム芸術の革命と深化のために努力する芸術家の創造団体である。／記録精神は、現実と芸術にたいする二重の積極的態度を意味する。

（中略）／記録精神は、また大衆的な精神であつて、一切の芸術上の貴族主義、芸術至上主義と絶縁する。それは大衆の要求にこたえ、大衆の創造的可能性をひきだし、民主的解放にむかつて大衆のエネルギーを組織する芸術の宣伝的、教育的役割を重視する。もちろんこれは芸術をたんに宣伝、教育の手段と考えることではない。むしろ芸術の効用性の中に創造の契機をつかむところの本質的に芸術的な態度を意味する。／「記録芸術の会」は、政治運動、社会運動のための組織ではない。政治的、社会的生活に積極的に参加しつつ、あくまで問題を芸術の立場において、解決しようとする芸術運動のための組織である。[*2]

ここでは「一切の芸術上の貴族主義、芸術至上主義と絶縁」し、「民主的解放にむかつて大衆のエネルギーを組織する芸術の宣伝的、教育的役割を重視する」というように、芸術の変革を通じての社会変革に対する意欲が示される一方で、「政治運動、社会運動のための組織ではな」く、「あくまで問題を芸術の立場において、解決しようとする芸術運動のための組織である」ことが強調されている。また、「規約を承認し、一定の芸術的創造、批評活動をしているものが加入出来る」という会員資格に関する規則も、芸術家の専門団体という性格を強く押しだすものとなっている。

政治との関係については、結成当初からの会員であった埴谷雄高が、この会は「スターリン批判から始まって、一種の自己批判として、本当の大同団結をというような感じで始めた」ものであり、「分裂している左翼を統合するばかりでなく、もっと左翼じゃないほうまで広げようということで、文学も映画も絵画もテレビも、すべて全部動員できるように「記録」という名前にした」と回想している。[*3] いわば人民戦線的な発想に立っていたことがわかるが、しかし、発起人会の当日、村松剛の入会に反対する井上光晴、奥野健男、大西巨人、清岡卓行、武井昭夫、吉本隆明の六人が会員となることを拒否し、退場するという事件が起こった。反対の理由は、「芸術至上主義者」である村松の入会を認めることは「運動のイメージを不明確にし、会の性格をあいまいにするものである」というものだった。[*4] 政治と芸術、政治と文学の関係をどう設定していくかは、記録芸術の会にとって常に直面せざるをえない課題であった。

会はその中心的活動として、機関誌『現代芸術』を発行している。第一号は一九五八年一〇月、佐々木基一編集の下でみすず書房より刊行された。雑誌は季刊形式で第三号（一九五九年六月）まで発行されるものの、一時休刊となった。そして一九六〇年一〇月、新たに安部公房が編集人となり、勁草書房から月刊形式で発行される体制をとったが、一九六一年一二月、会の解散とともに終刊となっている。

運動体としての記録芸術の会についての評価は、決して芳しくない。鳥羽耕史は「メンバーも仕事の内容も拡大に拡大を重ねた」結果としての希薄化を指摘し、[*5] また会員であった柾木恭介は「作家や芸術家といわれる専門家の組織集団で、商業出版社とタイアップして機関誌を発行するというような運動形態」そのものに問題があったと振り返っている。[*6] 機関誌『現代芸術』が季刊・月刊合せてわずか一三号で終わってしまったことなどを考えると、こうした評価が生まれるのも当然ではある。

しかし本稿では、運動の成果の是非とは別に、会に集まった芸術家たちがどのような現状認識に立ち、どういったヴィジョンを描いていたかを考えてみたい。会が活動していた一九五〇年代後半から六〇年代初頭にかけて、日本経済は高度成長の只中にあり、論壇では松下圭一の大衆社会論や加藤秀俊の中間文化論など、マルクス主義以外の立場から大衆社会化する日本社会の変容を捉えようとする動きが活発化していた。また、経済成長とともにマスメディアが急速に発達したことは、中間小説の台頭や視聴覚文化の進展を通じ、既存の文学・芸術観に動揺をもたらしていた。「「記録芸術の会」が活動していた時期が、まさに私たちがいま生きつつある「メディア社会」の原型が出揃った時期だった」ことに注目した森山直人は、次のような問題提起を行っている。

一九五八年の東京タワー建設から、一九六四年の東京オリンピックに至る、象徴的な意味での「昭和三〇年代」において、〈記録〉もしくは〈記録主義〉というモチーフが、こうした転換期に対する批評的な視点としても形成されていたことを、私たちは見逃すことはできないだろう。私たちが見直すべきなのは、メディアと政治、メディアと芸術というテーマをめぐって展開された彼らの批評性のありかであり、かつまたそうした批評性を実現するべく彼らが構想した芸術作品をめぐる具体的なヴィジョンである。[*7]

記録芸術の会が活動を停止する前後から、文壇では平野謙の問題提起に端を発した「純文学変質論争」が活発化している。大岡昇平はこの論争の要点について「要するに大衆文化の中における芸術家の位置ということに帰着する」ものであったとし、平野の議論は「一九五七年以来社会科学者の間で行われた「大衆社会論争」に触発され、それを引き継いだのではないか、という疑いがある」と指摘している。[*8]大岡は論争が空転した要因について、「大衆それ自身、或いは現在進行中の大衆文化現象の分析に向う議論」が不在であったためだと総括し、大衆社会論と結びつけて考える必要があったと指摘したが、記録芸術の会においては、まさに大衆社会下における芸術のあり方こそが問われていた。平野謙の「文学アクチュアリティ説」との影響関係なども含め、[*9]記録芸術の会が提起した問題については、当時の文脈の中に再配置した上で問い直す必要がある。

2　文学の「商品化」をめぐる議論

一九五〇年代の中ごろから、文壇では「資本」と「文学」を巡る議論が活発化し始めた。その口火を切ったのが、日高六郎「文壇とジャーナリズム」（桑原武夫ほか編『講座　文学』第二巻、岩波書店、一九五三年）であり、そこから始まった「文壇ジャーナリズム論争」である。日高はこの論文で、「文壇の最大の欠陥は、それがほとんど文壇人内部や、雑誌編集者などのつきあいの範疇を出ず、社会的国民的地盤から全く離れてしまっていることである」とし、「ギルド的性格を持つ」文壇と国民との乖離を指摘する。「文壇的批評の最大の欠陥は、それらの作品が広い読者の文学要求にどのようにこたえているのか、国民の各階層にどのような形で受けいれられているのかという、作家と読者とのつながりについて、ほとんど関心をはらっていないというところにある」というように、この問題は作者と読者との交流の欠如として説明される。「文学は人間の心と心とを結びつけるコミュニケーションの最も適切な方法であるべきはずでありながら、文壇人と国民とのあいだには、コミュニケーションが欠如している」のだ。そして、こうした文壇の歪みが激しくなったのは「文壇が商業出版ジャーナリズムとかたく結びつくようになってから以後のこと」であるとされる。「商業ジャーナリズムにとっては、小説も評論も随筆も詩もすべて一つの商品」であり、その商品としての価値は「商品価値＝作品価値＋なまえ価値（ネイム・ヴァリュー）」という方程式により算出される。そしてこの「ネイム・ヴァリュー」の維持に協力し、商品価値を担保するプールとして機能しているのが現在の文壇である、と痛烈に批判したうえで、「既成の文壇とは無関係に、職業作家とは無関係に、国民の各階層のなかで、職業作家ではない作家が生れるような方向のなかで」新しい文学運動が到来する、と主張した。

日高の論旨は「文壇と資本との癒着を分析したのちに、その総体の外部でなされる別の表象の運動を提示する」というものであり、これは竹内好の提起した「国民文学論」の影響圏にある。[*10] 竹内が国民文学の必要性を主張したのは、「文学者は問題をかれらが文学と信ずるもののワクのなかだけで考えて、その文学を成り立たせている広い国民生活の地盤については考えていない」という文壇文学の狭隘さ、一般読者との乖離に対する批判からだった。[*11]

こうした日高の議論は、文壇の強い拒否反応を引き起こした。特に感情的な反発を示したのが荒正人である。荒は「文壇の評価といふものは、他の世界に較べてフェア・プレイであ」り、さらにジャーナリズムの世界は「文壇よりもフェア・プレイの法則が一段ときびしく貫かれてゐる。需要と供給の法則である。自由競争である」として、文壇を閉鎖的なギルドとみなす日高の主張を強く批判する。[*12] 文壇とジャーナリズムとの関係についても、「ジャーナリズムの求める価値は必ずしも文学的価値ではない。若干のずれがある。文壇がそれを訂正する」というように、両者が健全な緊張関係にあると反論した。

日高と荒の意見は真っ向から対立しているかに見えるが、「ギルド」という語で示される前近代的な価値の否定という点では一致していることに注意したい。日高の擁護にまわった竹内好が「不思議なのは、今日の文壇擁護論者がいずれも、過去の文壇の長所をあげて、文壇をコマーシャリズムの支配から奪回せよ、と叫ばないことだ」と指摘しているように、[*13] 文壇を擁護する側に立った論者たちも、前近代的な空間としての文壇を是認したわけではなかったのである。「社会の近代化と、近代的人間確立についての問題意識は、戦後一〇年を迎えようとしていたこの時期にも消えていなかったのだ[*14]」。

その後、高度成長が軌道に乗り「資本」の力による社会の平準化が進行していくなかで、「資本」と「文学」との関係は新たな局面を迎えることになる。加藤秀俊は「中間文化論」（『中央公論』一九五七年三月）のなかで、「マス・コミュニケイション機関が整備されることは、それによつて異なる階級の間の文化的落差がきわめて小さくなることを意味する」とした上で、「かつての日本文化がまん中のくびれたひょうたん型の知的構造をもっていたのに対して、現在の文化はまん中のふくれたちょうちん型になりつつある」という「中間化」の見取り図を提示した。文学においては純文学、大衆小説の「中間」としての「中間小説」が注目を集めたが、その背景にあったのは、膨大な読者層の拡大による文学の「商品化」の加速度的な進行である。

従来のギルド的な文壇作家が一握りの文学青年相手ではない広汎な読者層に直面しているという事実は、戦後十年を経た今日、もはや後戻り出来ない新現象である。この新現象は元来ジャーナリズムの生産コストの面から出発した問題だが、現在では開拓された新しい読者層の欲求を無視しては、作者も編集者も一篇の小説一冊の雑誌さえ作りあげることが出来なくなつている。その重要な過渡期にある中間小説の性格分析は、文芸評論家の切実な関心を要請している。[*15]

ジャーナリズムとの関係がある以上、読者＝消費者の存在を無視しては文学という営為そのものが成り立たないのではないか、という危惧のなかで、中間小説を巡る問題は喫緊の批評課題としてあらわれていた。そして一九五六年、石原慎太郎の「太陽の季節」（『文学界』一九五五年七月）が強い批判を受けながらも芥川賞を受賞し社会現象化すると、文学の商品化を巡る議論は過熱し、既存の文学観に対する動揺は広がっていった。特に『群像』はこの時期、「純文学はどこへ行く」（一九五六年一一月）、「文壇文学への直言」（一九五七年一月）、「中間小説と純文学」（一九五七年三月）といった特集を相次いで組んでいる。

中間小説の存在が大きく取り上げられたのは、それが読者＝消費者の存在を無視しては成立しない以上、作者の自由な創作は不可能となり、必然的に「通俗化」が進行すると考えられたからだ。ゆえに中間小説の興隆は、「文壇」の崩壊現象と結び付けられて論じられることとなった。「これまで、「文壇」はジャーナリズムによつて生活しながらも、その商業主義には、しばしば抵抗を試みてきた。それは次第に微弱なものとなり、ついに完全に無抵抗となつた」と「文壇」の敗北を宣言した十返肇は[*16]、この現象が「中間小説の汎濫と小説の中間小説化」、「現代日本の消費文化のあり方や日本人の生き方」と不可分のものであると論じている。[*17] 山本健吉は「文壇の崩壊」とは「あらゆる小説の中間小説化の現象」であるとした上で、その意味を次のように指摘した。

文壇の崩壊という現象に、今日の文学の危機を読み取るとすれば、それは崩壊することそのものよりも、その結果として生ずる小説の商品化による小説の崩壊現象のうちに在るはずである。商品化の進行のうちに居据つて、小説が自己を強く顕現して行くのでなく、その現象のうちに、小説が自己喪失して行く姿を見たのである。[*18]

こうした認識は当時広く共有されており、殆どの論者は中間小説に対して批判的な論調をとった。しかし一方で、「わが国純文学の非大衆性は、相当大きな問題」であるという認識も共有されており、[*19]「いわゆる文壇小説が今日の芸術としての魅力を失つたこと」は否定できなかった。[*20]中間小説は「異常に発達したジャーナリズムと、それに培はれた小説読者の激増による、低水準の平均化」に過ぎないと切り捨てた中村光夫も、「かういふ現象が生じたことにはやはり必然の理由があり、それにたいする読者の要求は、少なくも私小説の読者にくらべれば自然で健康だといふこと」は認めざるを得なかったのである。[*21]「文壇論における「文壇ギルド」と「ジャーナリズム商業主義」の対立図に、「前近代」と「近代」の価値的対立が投影され、近代化論の短軸上で思考するかぎり、資本の文明化作用の追認は避けがたい」という佐藤泉の指摘は、[*22]こうした議論の構造を的確に表している。「文壇ジャーナリズム論争」においては文壇と商業ジャーナリズムの緊張関係を主張していた荒正人も、この時期には「現代のマス・コミュニケーションは、芸術の殉教者の存在を許さぬほど徹底したものである」以上、「もはや、マス・コミュニケーションから離れて、小説家は存在することができないのではなかろうか」と、[*23]資本への従属を認めざるをえない立場をとっていた。ジャーナリズムの伸長は不可避のものである以上、彼らに残されていた手段は「文学にたいする愛情[*24]」、「小説のしんとなるべきもの[*25]」、という「文学精神」の強調しかなかった。

では、こうした文壇での議論に対し、記録芸術の会内部では消費社会化と文学・芸術の関係についてどのような認識がなされていたのか。

3 「記録」の「効用性」

記録芸術の会に集まった作家・芸術家たちは、マスメディアの発達による読者層・市場の拡大を基本的には肯定する姿勢を示した。中間小説に対する文壇からの批判に見られたような、「小説の商品化による小説の崩壊現象」という前提を疑わなかった議論に対し、彼らは商品化を大衆化の前提であると考え、そこに積極的な可能性を見ようとしたのである。安部公房は「どんな作品でも、いちど商品という中間コースを通るのでなければ、ぜったいに読者や聴取者の手もとに送りとどけることはできない」ことを認めた上で、「たとえそれが、もともと商品の生産を目的としているものであっても、それを通じて、これまでにない広い大衆と結びつける可能性があたえられたのだとすれば、作者たるものは当然、そこで闘志をふるいたたせるべきではないだろうか」という主張を展開し[*26]、また佐々木基一も「機械による量産と鑑賞者の増大を、新しい芸術領域をひらくための契機として積極的にとりあげるのが、現代に生きる芸術家の実践的任務ではなかろうか」と、同様の認識を示している[*27]。

市場の外部に立つのではなく、あくまでその内部から大衆化を考える姿勢は、彼らの機関誌のあり方にも表れている。『現代芸術』の発行が始まったのは一九五八年一〇月だが、会の結成は一九五七年五月であり、そこにはおよそ一年半ほどのタイムラグが生じている。会員向けに発行されていた『記録芸術の会月報』第一号(一九五七年八月)の「事務局ニュース」には「運営委員会は五月以降月一、二回の会合をもち、主として会の機関誌発行をめざして、各方面と接渉を重ね、努力を続けてきたが、七月末現在まだ実現にいたっていない」とあり、結成当初から機関誌の発行が目指されていたことがわかる。ではなぜ、機関誌の発行はここまでずれ込んでしまったのか。雑誌発行の遅れについて、長谷川四郎は次のように説明している。

「記録芸術の会」の発起人会および第一回総会が開かれたのは一九五七年五月一九日であったから八箇月経ったことになる。（中略）この期間中にやったことといえば四回の研究会と二回の公開討論会で、さらにもう一回の公開討論会をひらいて成果をまとめ出版することになっているが期限ものびてしまったし胎動的なものがあると思うが概して低調であった。雑誌の発行計画もうまく進んではいない。（中略）雑誌は機関誌や同人雑誌的なものならば発行もさほど困難ではないかも知れないが会は市販される大衆的芸術雑誌が真の意味の機関誌であると考えているゆえに、目下の出版事情からしても発行がむずかしいのである。[*28]

雑誌の発行が遅れた理由が、「市販される大衆的芸術雑誌が真の意味の機関誌である」という考えにこだわったためであったということは、会のイメージする芸術大衆化の姿を考えるうえで重要である。一九五〇年代にはサークル運動に代表されるような、市場の〈外部〉で〈素人〉を創作者として巻き込みながら新しい芸術、文学のあり方を構想していた文化運動が存在していた。「文化の生産者と消費者とが役割として固定され遠く隔てられてしまうことのない最小回路」がそうした運動の特徴とするなら、[*29]記録芸術の会は明らかに異なる戦略を採用していたといえる。

とはいえ、彼らは加藤秀俊の「中間文化論」のように「中間化」をそのまま肯定したわけではなかった。野間宏の言うように、「文学芸術の大衆化は資本主義によってはじめてすすめられる」とはいえ、「この資本主義による芸術大衆化の現実のなかにおいて、如何にして、この資本主義的なコースとは別個の芸術大衆化が可能であるか」が問われなければならない。[*30] マスメディアの発展と文学・芸術の「商品化」を悲観するのではなく、そこから積極的な可能性を引き出す方法論として構想されたのが、彼らの「記録精神」であった。

佐々木基一は、一九五八年一月より『群像』誌上において「現代芸術はどうなるか」の連載を開始している（同年一二月まで）。佐々木がこの連載評論で目指したものは、高度成長下の日本社会に適合する新たな芸術・文学観であった。佐々木は「既成の文学概念や芸術概念ではつかむことのできぬ複雑な様相に、今日の文学、芸術は外からも内からも包まれている」という現状認識を提示し、「眼が新しくならねば、新しい現実はみえてこない」以上、「新たな眼、すなわち新たな文学観と芸術観を養うこと」が必要だと訴える。[*31] では、乗り越えるべき「既成の文学概念や芸術概念」とはどのようなものか。それは「独自な個性の価値を絶対化した近代の文学観」に代表されるような、「作者と作品の必然的なつながり、発想から形式の創造にいたる過程の、作者による完全な支配、作者の個性のおのずからなる発露、いかなる外的動機をも排除してひたすら自分の本当に書きたいものだけを書く内的切実さ」を何よりも重視する文学概念、芸術概念である。[*32] こうした芸術観では、機械が介在する映画や写真、あるいは偶然性の契機を創造に取り込むルポルタージュの問題が見過ごされてしまい、大衆社会下の現実を捉えることができない。

人々は写真や映画のなかに提示された事物やものの形から疑いもなくある種の感銘をえているのであり、ルポルタージュからかえつていわゆる文学的小説以上の感銘をえているのである。そして、それらのもつ紛れもない力は、人々の感受性に変化を与え、ものの見方を、美の概念を変えてゆく。（中略）今日では実感の確かさや動機の純粋さや作者の自然発生的な自発性の側から作品をみてゆくかわりに、事物の姿と運動の揺るぎない定着、その論理の確かさと、作品のもつ社会的機能の側からみてゆく必要の方がはるかに大きい。[*33]

佐々木が「新たな文学観と芸術観」の基礎に置いたのは「人々の感受性に変化を与え、ものの見方を、美の概念を変えてゆく」という力、「作品のもつ社会的機能」であった。そのためには、「膨大な数にふくれた読者や観客とのあいだの、すなわち大衆とのあいだの新たな関係のうちに、新しい文学的・芸術的モチーフをもとめてゆく」姿勢が必要となる。佐々木が訴えるのは、作品評価の基準を「作者」ではなく「読者」あるいは「受け手」との関係で捉えるべき、ということだ。「創造はまた読者との関係において意識的でなければならない」。これは、読者への意識をすぐに通俗化へと結びつける文壇の論理とは対極に位置するものであるといえよう。記録芸術の会の会則に「芸術の効用性の中に創造の契機をつかむ」という語句が見られるのは、読者・受け手との関係の中で創造を考える姿勢の表れに他ならない。

では、「効用性」と「記録」とはどのように結びつくのか。この問題を考える上で、「「記録」について考えるとき、何よりもまず、彼らは映画というものを思考の手がかりとした」という鳥羽耕史の指摘は重要である。[*34] 映像というメディアが持つ意義については『季刊　現代芸術』の第二号にて特集「視聴覚文化と言語の問題」が組まれるなど、会の内部でも活発な議論が交されており、モンタージュ論の意義や言語と映像の関係を巡っては安部公房、岡田晋、中原佑介、柾木恭介、羽仁進らの間で「映像論争」が起こっている。[*35] この論争において、アレクサンドル・アストリュックの「カメラ万年筆」論に依拠しながら一般言語に代わる映像言語の可能性を追求した岡田に対し、安部・中原は言語と映像とを対置する点を批判した。言語を不自由なもの、人間を束縛するものとする岡田の議論は「言葉を絶対的不変なものとみなし」ているが、「われわれは言語と意識を同一のものだとかんがえる」以上、「この恒常性を信じるわけにはゆかない」のであって、「いろいろな記号を、記号の記号化してゆくという、たえまのない活動が、人間の生産的な活動なのであって、映像（＝記号）を映像のままで、思考できるとするのは、この人間の根元的な活動を否定する」ものだ、と安部・中原は反論する。[*36] 彼らは映像と言語とを弁証法的な関係の中で捉えることの必要を主張し、「われわれが連想その他によって、日常性というヴェールで包んで対象を見る慣習をつき破って、あたらしい事物のすがたをみせる」ことに「映像のもつ意義がある」とした。[*37]安部は「映像は言語の壁を破壊するか」（『群像』一九六〇年三月）において、「あらゆるものに接して、間髪をいれず、言語運動をひきおこし、それを屈服させようとするのが、人間の精神活動なのである」としているが、日常性に包まれた受け手の意識を再活性化させるという点で、それは「効用性」とも結びつく。

映像の真価は、映像自体にあるのではなく、既成の言語体系に挑戦し、言語に強い刺戟をあたえて、それを活性化するところにある。だがそれほど強力な映像は、めったに発見できるものではない。言語の性質からみて、待っていてあらわれてくるものではなく、作家の側で積極的に、自分をとりまく言語の壁をつき破る努力をしなければ駄目だ。私たちが「記録芸術」の運動を主張したのも、そうした努力を方法化するためにほかならなかったわけである。（中略）ジャンルの如何をとわず、もともと芸術的創造とは、言語と現実との癒着状態――言語という壁にとりかこまれた、ステロタイプの安全地帯――にメスをいれ、より高次な、独創的な言語体系をつくり出す（それはむろん同時に新しい現実の発見でもある）ものであるはずだ。[*38]

安部は「記録の精神とは、分りやすくいえば意識の外にはみだした偶発的なものの尊重」であり、「すでに意味づけられてしまった、ステロタイプのヴェールをはがして、現実の奥にひそむエネルギーをくみと」るものだとも述べているが、[*39]日常性の壁を突き破り認識のあり方を変革させることが「芸術的創造」であるという確固たる信念がそこには存在する。このとき、作品に求められるのは、読者あるいは受け手が持つ「日常性というヴェールで包んで対象を見る慣習」をどれだけ揺り動かせるか、という「効用性」である。作品は単に〈鑑賞〉

されるものではなく、受け手がそれを通じて「新しい現実」を「発見」する場として考えられる。

そして、記録芸術の会はこのような「効用性」の問題、受け手との関係を重視する立場から、大衆社会状況における芸術のあり方、マスメディアの可能性と問題点について考察していく。

4　大衆社会下における芸術のあり方

自我の全き発露、という近代的な芸術観に立てば、読者・受け手の存在を意識して創作することは作者の自由に対する制限であり、通俗化を招くものとなる。これに対し、記録芸術の会は読者・受け手との関係の中で創造を考えようとする。それゆえ、マスメディアの発達はより広汎な大衆との結びつきを実現するものとして積極的な可能性が見出されたのであるが、そこには問題点もあった。佐々木基一はこれについて、「芸術生産が巨大になつたマス・メディアを通して私的なものから社会的なものに拡がつて行きつつあるにもかかわらず、というより、まさにそのために芸術の生産者と消費者のあいだの関係が薄靄をへだてたように、つかみどころのない、アイマイモコたるものになつてきた」と指摘している[*40]。商品化により読者・鑑賞者の要求は可視化されたのではなく、むしろその姿は見えなくなっている。読者・鑑賞者は量的には増大したものの、同時に、そこでは作者と読者・鑑賞者との結びつきが希薄化してしまったのである。そこにあるのは、送り手から受け手への一方向的な情報伝達だけである。「マス・コミは、マス・メディアがいかに発達していたにしても、要するに、漏斗としての役割しかはたすことはできない」という花田清輝の指摘にあるように[*41]、マスメディアの発達はその一方向性をさらに強化していく。記録芸術の会が大衆社会状況における芸術のあり方として問題にしたのは、一方向的な情報伝達が支配的となるなかで、いかにして作者と読者・鑑賞者の双方向的なコミュニケーションを回復し、受け手の能動的な力を引き出すか、という点だった。
ゆえに、彼らの間では純文学と中間小説・大衆文学という対立構図や、活字文化対視聴覚文化、という図式は、現状の本質を捉えるものとは考えられていなかった。花田はこうした図式の問題点を、次のように指摘している。

小説も映画もラジオもテレビも、いずれもマス・コミ芸術であって、一定の歴史的段階において発明されたマス・メディアによって規定されている以上、たとえば、テレビやラジオと小説との関係を追究するばあい、電波や活字を無視して問題をいきなり聴視覚映像と言語との関係に解消してしまったりすることは、非歴史的でもあり、観念的でもあるとわたしはおもう。（中略）小説やテレビやラジオのもつマス・コミ的性格が完全に捨象されてしまい、問題の特殊性がとらえられないのではなかろうか。[*42]

ジャンル間の対立は本質的なものではなく、その「マス・コミ的性格」がもたらす問題、相互交流の欠如という点こそが問われなければならない。こうした観点に立って、安部公房が唱えたのが「プリント芸術」と「非プリント芸術」という概念区分であった。安部は両者について、「〈プリント芸術〉というのは、小説・ラジオ・テレビなど、現在のいわゆる「マス・コミ」を特徴とする諸ジャンルを包括する」ものであり、「〈非プリント芸術〉というのは、演劇・美術・音楽など《それそのもの》を売りものにしている諸ジャンルを指す」と説明する。[*43]
プリント芸術とは印刷・録音・録画という複製化を経ることで量産可能となり、時間的・空間的制限をこえて享受される。これに対し非プリント芸術は複製・反復不可能な性質をもっており、演奏会や展覧会などの場を離れて観賞することが難しい。まるでベンヤミンの「アウラ」を想起させる区分であるが、このような概念を提起した理由は、「芸術と「受け手」との間の相互的な関係」に対する関心からであった。

美術品は印刷や写真となり、音楽はレコードとなるように、プリント化の傾向は不可避のものである。そしてそれは作品享受の機会拡大という点では望ましい結果であり、大衆化を推し進めるものとして歓迎される。ただし、プリント芸術はすでに完成された形で提供される以上、受け手は受動的な姿勢を強制されることになる。そこにあるのは送り手から受け手への一方向的な伝達のみであり、創作の場において「受け手」は「格別かんがえる余地もない自明の存在」、「透明人間」となってしまう。そしてマスメディアの発達による大量生産・大量伝達はその傾向をより促進させていく。プリント芸術と非プリント芸術の違いは、「完了形」と「現在進行形」という時制の比喩でも説明されているが、これは受け手と作品との関係を表している。

この状況を打破するために注目されたのが、非プリント芸術の中でも、絶対にプリント化しえない性質を持つ演劇というジャンルである。「演劇はあくまでも、「今」つくられつつあるものであり、観客はその過程に、つねに参加し、またさせられるもの」であるため、それは「観客との交流によって、観客と一緒に、そこで仕上げられ、生みだされる」[*44]。演劇のこうした要素を他のジャンルにも活用することで、プリント化の進行により失われつつある相互交流を取り戻す可能性が求められたのである。

永野宏志が指摘しているように[*45]、ここで言及されている「演劇」とは、ブレヒトの異化の演劇が念頭におかれている。「出来事ないしは性格から当然なもの、既知のもの、明白なものを取り去って、それに対する驚きや好奇心をつくりだす」という異化効果を通じて、「観客を酔っぱらわせたり、さまざまな錯覚を授けたり、この世界を忘れさせたり、自分の運命と妥協させたり」するのではなく、「この世界を、観客がそれに手を加えることができるような形で、観客に提供する」ものとして演劇を捉えたブレヒトの理論は[*46]、安部だけでなく記録芸術の会で広く関心を持たれていた。『現代芸術』誌上ではブレヒトの戯曲が四作品掲載されており[*47]、また佐々木基一も「舞台の登場人物に同化して、その人物と共に一喜一憂する、そういう感動や情緒の次元での観賞を、ブレヒトの芝居は完全に拒否するように仕組まれている」点に着目し、「今日の現実をとらえ、人々に現実への認識を与え、人々に社会的活動を発念させるための方法」として評価している。[*48]

記録芸術の会周辺では、一方向的なコミュニケーションが支配的になることこそが大衆社会状況における芸術の問題であるという認識があった。だからこそ、彼らは「効用性」という観点から芸術概念を再編成することで、作者／鑑賞者の相互交流を回復しようと試みたのである。純文学／中間小説という対立、或いは映画・テレビと小説という対立の構図では、大衆社会化が芸術に与えた影響の本質を捉えることはできない。彼らが「ジャンルの総合」というスローガンを唱えたのは、あらゆる芸術が「プリント化」という事態に直面していることこそが問題である、という認識があったからに他ならない。求められたのは、自我の表現という近代的芸術観を克服し、受け手との相互交流の中で創造を捉えなおすという芸術観の変革である。

こうした「新たな文学観と芸術観」は、政治との関係性についても再考を迫るものとなっている。佐々木基一は従来の「政治と文学」問題の枠組みが「個人としての、個性的自我としての人間を座標軸」としてきた点を疑問視し、「転向や殉教の問題をあまりに人間的・心理的な側面から取扱うと、それらの行為の意味を客観的に測定する基準を失つてしま」い、「人間的苦悩が自己目的化され、良心だけが、具体的な仕事と切りはなされて大きくクローズ・アップされる」のではないかと批判する。[*49]この枠組みでは「政治と文学」を巡る問題は個人／組織という固定的な二元論から脱することはできないため、佐々木は「個々の人間を世界を測る絶対的な基準とするかわりに、人間を相対化された存在としてとらえる」ことの必要を訴える。これは作品を作者の「自我」の表現として完結したものと考えるのではなく、「現在進行形」のもの、受け手がそれを通じて「現実」を「発見する」場と捉える認識と通底している。

佐々木は「人間性や普遍的真理や個人的心理にもとづく党内批判文学は、これまでの方法や態度では、もはやこれ以上発展する見こみはないのではなかろうか」、「偶像破壊のかわりに新しい組織、秩序をめざしての建設が、革命的文学のこれからの主要な任務ではなかろうか」という新たな革命文学への期待を語っている。[*50] おそらく、日本共産党の五〇年分裂問題に材をとり党組織の腐敗を徹底的に批判しながら、あくまで革命の理想を追求した大西巨人『天路の奈落』は、こうした佐々木の期待に応えるものであったに違いない。当初『天路歴程』という題で『現代芸術』誌上に発表されたこの作品は、第一巻一号から第二巻五号まで連載されたのち、一時中断され、完結は一九八四年まで待たなければならなかった。この作品については、山口直孝が「映像メディアを梃子として、言葉を記録し、継承させていく闘争を提示」した点に記録芸術の会の問題意識との交差を指摘しているが、[*51] 記録芸術の会が模索した政治と芸術との関係を考察する上でも、新たな読み直しが迫られているであろう。この問題については、また別稿にて考察したい。

注

1──佐々木基一『昭和文学交遊記』（新潮社、一九八三年）。

2──引用は、玉井五一「芸術運動紹介Ｉ　記録芸術の会」（『新日本文学』一九五七年一〇月）より。

3──大岡昇平・埴谷雄高『二つの同時代史』（岩波書店、一九八四年）。

4──長谷川四郎「経過報告」（『記録芸術の会月報』第一号、一九五七年八月五日）。その後、大西巨人は一九五九年一一月までには会に再入会していることが確認できる（「新入会員」『記録芸術の会月報』第一一号、一九五九年一一月）。

5──鳥羽耕史『運動体・安部公房』（一葉社、二〇〇七年）。

6──柾木恭介「戦後の文学運動とドキュメンタリー　「記録芸術の会」の仕事をめぐって」（『芸術運動』一九七二

年八月)。

7――森山直人「〈砂〉の闘争、〈砂〉の記録　あるいは安部公房における〈アメリカ的なるもの〉について」(鳥羽耕史編『安部公房　メディアの越境者』森話社、二〇一三年)。

8――大岡昇平「大衆文化論をただす」(『中央公論』一九六三年三月)。

9――平野は「わがアクチュアリティ説」(『東京新聞』一九六二年六月二三・二五日)の中で「私はアクチュアリティとかドキュメンタリイなどは花田清輝とか記録芸術の会周辺の連中にまかせておけばよろしい、という意見だった。それが斎藤実盛みたいに、私自身がしゃしゃり出て、その積極的な意味を吹聴しなければならぬとは、われながらいささか意外な廻りあわせといってもいいかと思う」とし、この言葉が記録芸術の会周辺の議論を受けてのものであったことを認めている。

10――佐藤泉「「文壇」論の居場所」(『文学』第一七巻三号、二〇一六年五・六月)。

11――竹内好「亡国の歌」(『世界』一九五一年六月)。

12――荒正人「文壇論」(『近代文学』一九五四年五月)。

13――竹内好「文壇について――荒・十返両氏への反論――」(『群像』一九五四年九月)。

14――前掲佐藤泉「「文壇」論の居場所」。

15――(亀)「中間小説」(『群像』一九五五年三月)。

16――十返肇「「文壇」崩壊論」(『中央公論』一九五六年一二月)。

17――十返肇「中間小説とその背景」(『群像』一九五七年三月)。

18――山本健吉「ロマネスクの考察」(『群像』一九五七年三月)。

19――村松剛「中間小説論――リアリズムの問題をめぐつて」(『文学界』一九五四年一二月)。

20――前掲十返肇「「文壇」崩壊論」。

21――中村光夫「中間小説論」(『文学』第二五巻一二号、一九五七年一二月)。

22――前掲佐藤泉「「文壇」論の居場所」。

23――荒正人「マス・コミュニケーションと純文学――余りに中途半端な――」(『群像』一九五六年一一月)。
24――前掲十返肇「「文壇」崩壊論」。
25――前掲山本健吉「ロマネスクの考察」。
26――安部公房「歴史と大衆の逆説」(『放送と宣伝　CBCレポート』一九五八年五月)。
27――佐々木基一「芸術と大衆――現代芸術はどうなるか(二)――」(『群像』一九五八年二月)。
28――長谷川四郎「報告と意見」(『記録芸術の会月報』第七号、一九五八年五月)。
29――佐藤泉「1950年代文化運動の思想――集団創造の詩学/政治学」(『立命館法学』三三三・三三四号、二〇一〇年五・六月)。
30――野間宏「芸術大衆化について」(『季刊　現代芸術』第三号、一九五九年六月)。
31――佐々木基一「現代芸術はどうなるか」(『群像』一九五八年一月)。
32――佐々木基一「効用性の恢復――現代芸術はどうなるか(一一)――」(『群像』一九五八年一一月)。
33――前掲佐々木基一「効用性の恢復――現代芸術はどうなるか(一一)――」。
34――前掲鳥羽耕史『運動体・安部公房』。記録芸術の会と映画との関係については、「この会の構想は、ぼく一箇の記憶では、昨年一年にわたって「新日本文学」に掲載された「映画合評」(出席者、花田清輝、佐々木基一、武田泰淳、吉本隆明等)のなかで、序々に膨れ、固まりながら、とある瞬間晶化し、そこに芽生えた核が連鎖反応式に拡がつて生み出されたといつたものである」という玉井五一の証言もある(前掲「芸術運動紹介Ⅰ記録芸術の会」『新日本文学』一九五七年一〇月)。
35――この論争については、友田義行が『戦後前衛映画と文学　安部公房×勅使河原宏』(人文書院、二〇一二年)、特に第二章「文学と映画の弁証法」において、主要な論点と論争の意義について詳しく論じている。
36――安部公房・中原佑介「映画と文学――現代芸術としての映画」(『キネマ旬報』第二四三号、一九五九年一〇月一日)。
37――安部公房・中原佑介「再び文学主義を!」(『キネマ旬報』第二五二号、一九六〇年二月一五日)。

38――安部公房「映像は言語の壁を破壊する」(『群像』一九六〇年三月)。
39――安部公房「新記録主義の提唱」(『思想』一九五八年七月)。
40――前掲佐々木基一「効用性の恢復――現代芸術はどうなるか(一一)――」。
41――花田清輝「マス・コミュニケイションにおける相互交流の問題」(『思想』一九五八年一月)。
42――花田清輝「大胆不敵な〝テレビ表現〟を」(『放送と宣伝　CBCレポート』一九五九年三月)。
43――安部公房・中原佑介「現代芸術の可能性」(現代の発見編集委員会編『現代の発見　第七巻　危機の思想』春秋社、一九六〇年)。
44――安部公房「コーラス隊の精神を!」(『文学界』一九六〇年七月)。
45――永野宏志「電子メディア時代における異化　一九六〇年前後の安部公房のテレビ脚本・SFから『砂の女』へ」(前掲『安部公房　メディアの越境者』)。
46――ベルトルト・ブレヒト「実験的演劇について」(千田是也訳『今日の世界は演劇によって再現できるか』白水社、一九六二年)。
47――月刊形式となって以降、第一巻一号(一九六〇年一二月)に岩淵達治訳「イエスマンとノーマン」、第二巻二号(一九六一年二月)に長谷川四郎訳「小市民七つの大罪」、第二巻五号(一九六一年六月)に千田是也訳「ホラティア人とクリアティア人」、第二巻九・一〇号(一九六一年一〇月・一一月)に岩淵達治訳「アルトゥロ・ウイのめざましからぬ興隆」がそれぞれ掲載されている。
48――佐々木基一「政治と文学――現代芸術はどうなるか(六)――」(『群像』一九五八年七月)。
49――前掲佐々木基一「政治と文学」。
50――佐々木基一「革命と芸術の問題――現代芸術はどうなるか(七)――」(『群像』一九五八年八月)。
51――山口直孝「大西巨人『天路の奈落』論――「仮構の独立小宇宙」における言葉の闘争――」(『日本文学』第五六巻一一号、二〇〇七年一一月)。

大西巨人と漢詩文――『神聖喜劇』を題材に

田中正樹

はじめに

『神聖喜劇』を繙く醍醐味として、主人公の東堂太郎が尋常ならざる記憶力と該博な前近代（漢学）的及び近代（西欧の文学・哲学）的教養に加え論理的で冷静沈着な思考力という個の能力――更に彼の周囲に自然と集まる個性的な「個」の集合の力――によって、巨大な権力システムとしての軍隊組織と対峙し、しかしその秩序を構成する規則を外れることなくむしろ積極的に（逆手にとって）活用しつつ度重なる艱難を鮮やかに（時に危うく）切り抜ける、スリリングな展開が指摘できるであろう。その中で、特に読者が惹きつけられる大西巨人小説の顕著な特色に、学術論文を髣髴とさせる――これは以下で論ずるように中国＝漢学的学術筆記のスタイルの変形と言いうる――いささか過剰な「多様」な文献の、引用の「多用」が認められる。しかしこの過剰な、時に物語的な進行を停滞させてしまうかにも見える「引用」は、単に衒学的な欲求からなされているのではなく、ストーリー展開の様々な仕掛け、小説の主題的核心と密接に関わるように設計されており、物語に深みを与えている。

このような傾向は、さしあたり大西巨人小説の一般的特徴と言ってよいであろうが、本稿で取り扱う『神聖喜劇』は長編ということもあり、古今東西の諸文献が気のすむまま（?）原文〔書き下しを含む〕付きで（!）挿入されており、特にその傾向が顕著に見られる。本来は、それら全てを総合的に分析することが求められるであろうが、論者の能力の限界もあり、本稿では論者の専門とする中国学の立場から、東堂太郎＝大西巨人の「漢学」的素養について、特に漢詩・漢文の「訓読」に焦点を当てて検討してみたい。その際中心的に扱うのは小説全体に於いてもハイライトの一つと目される控置部隊長堀江中尉と片桐伍長コンビが東堂太郎を陥れんとして姦計をめぐらせる「反故紙事件」に関する部分であり、田能村竹田を中心とした言説に連関した話題（作品）である。

この話題に特に注目する理由としては、田能村竹田は東堂（或いは大西）自身の出自〔九州＝地縁・血縁的〕及び（それと密接に関わるが）彼の教養の背景〔内的・外的〕と不可分の役割を担っており、また論述の形式にも、「学術的〔専門家的〕／浅学者的〔ディレッタント的〕」ハイブリッド志向性を有しており、東堂の複雑な〔矛盾を止揚せんとする〕性格そのものの一つの象徴として作用しているように思われるからである。

なお、テクストとして光文社文庫版（二〇〇二年初版）・全五冊を使用する（冊数をローマ数字で記し、頁数を示す）。

1　「反故紙事件」（一九四二年二月九日）

（一）事件の概要

論者が言う「反故紙事件」あるいは「小手調べの落書き事件」とは、主に『神聖喜劇』第四巻の冒頭に置かれた「第七部　連環の章」の「第一　喚問」、「第二　歴世」、「第三　喚問（続）」に展開される一九四二年二月九日の出来事、つまり東堂が呼び出されて部隊長室を訪れ、そこで堀江隊長と片桐伍長の両者に、前日梅根庶務係曹長の命により毛筆で名札を書いた折、「小手定め」で書いた反故紙――「小手定め」故に東堂が「引き破って丸めて塵芥箱に捨て」た——及びその他いくつかの問題に関して尋問された出来事、を指す。この尋問は、東堂が提起した「忘れました／知りません」問題、上官に対する呼称問題に対する報復的措置・嫌がらせとしても行われたものである（この件のやり取りは「第三　喚問（続）」の「一の1」後半一〇〇頁以降に描かれるが、本稿では触れない）。

この事件の「前触れ」は、直前の第三巻「第六部　迷宮の章」の「第六　朝の来訪者」に於いて、「来訪者」柿本伍長及び植村一等兵から、間もなく堀江・片桐によって行われるであろう東堂への「喚問」の示唆（忠告）として既に提示されていたのであるが、そこで問題視されていたのは東堂が小手定めで書いた二つの文章、一つは芥川龍之介の「かな交じり文」である「骨董羹」、もう一つは田能村竹田の漢文による「群猿図」の「自画題語」であった。

この二つの文章は、小説の構成上、必然的に選び抜かれたものと想像できる。つまり、この一連の場面に於いて、大西は人物の学歴（教養背景）、行動（人生経験を含んだ内的傾向）を通して人間の類型を提示している。それは、個としてではなく「閥」を形成、徒党を組む、「『（低級）インテリ』的または『（悪質）転向者』的」人物と「反」或いは「非」権力的、「（真正）インテリ」的人物の対比である。

前者の代表堀江隊長・片桐伍長はそもそも「漢字仮名交じり文」（龍之介）と「漢文」（竹田）との差異に気づかず、「漢文」＝「中国」（敵性国家）という誤った認識を持ち、且つ芥川龍之介について著作の未読に加え、国家主義的イデオロギーというバイアスを掛けた評価に無批判に安住するといった人文系教養の欠如を体現する、しかもそのことに未自覚のみならず「教養」を偽装する、否定すべき人的「類型」として描写される。というより、そのことを小説的に有効に構成する為に龍之介・竹田を道具として選んでいる。

「反故紙事件」そのものは、特に片桐伍長が中隊事務室の塵芥箱で発見した東堂筆反故紙に記された文章を、機密漏洩、或いは敵性思想・反戦的自由主義、加えて反軍隊・反上官的態度の表明として糾弾しようとしたが、自らの教養の「似非」的性質により東堂に切り返されて自滅する、という戯画的な一場面と言える。しかし、「第三　喚問（続）」の続く箇所で繰り広げられる片桐伍長の『軍隊内務書』規定の語尾表現の差異に依拠した、東堂の上官上級者呼称問題及び「『知りません』禁止、『忘れました』強制」問題の追及に於いては、戯画的な事項がしかし容易に恐怖へと転換する可能性を有する悪意の発露となることを示すのである。

(二)「反故紙」の内容

本稿は漢文訓読の問題を主に扱うので、ここでも竹田の「群猿図」をまず検討しよう。「落書き」内容について東堂がまず述べているのは「第六　朝の来訪者」（Ⅲ四九九頁）である。

私が西洋紙の一枚に小手調べの「落書き」をした「白文」は、竹田による「群猿図」の「自画題語」であった。私は、次のとおりに墨書した。

彼胡為者一躍騰空巌居谷飲嘯月唫風自恣不解世有樊籠我亦抽身随汝高蹤煙嵐濃蔚草樹蒙茸毀誉無到可安我躬

しかし、『全集』には、「白文」が印刷せられているのではない。『全集』所載の漢文は、「彼胡為者、一躍騰レ空、巌居谷飲、嘯レ月唫レ風、」というように句読点および返り点を伴っている。私は、下のように訓読していたが、私の読み方に必ずしも十分には自身がなかった（殊に冒頭の「彼胡為者」に関して、その訓読が「彼ナンスレゾ」であるべきか、それとも「彼ノ胡為ノ者ハ」であるべきか、私は、確実には辨別し得なかった)。

彼ノ胡為ノ者ハ、一躍（イチヤク）シテ空ニ騰（ノボ）リ、巌居谷飲（ガンキョコクイン）、月ニ嘯（ナ）キ風ニ唫（ウタ）ヒ、自恣（ジシ）ニシテ世ニ樊籠（ハンロウ）有ルコトヲ解セズ、我モ亦（マタ）身ヲ抽（ヌキン）デテ汝ノ高蹤（カウショウ）ニ随ハバ、煙嵐濃蔚（エンランヂヨウヰ）、草樹蒙茸（モウジョウ）、毀誉（キヨ）到ラズ、我ガ躬（ミ）ヲ安ンズベシ。

東堂が、『田能村竹田全集』（全一冊）を他の九冊八種類の書籍と共に軍隊に持ち込んでいることは、「第一部　絶海の章（第三　夜）」〔Ⅰ九四頁〕に於いて語られ、「第七部　連環の章（第二　歴世）」〔Ⅳ三九頁〕でも同様の記述が見られるが、ここで東堂（大西）は、わざわざ句点のない「群猿図」の「白文」を提示した上で、『田能村竹田全集』（以下『全集』）には「句読点」と「返り点」が付されている（送り仮名はない）ことを述べているのは、一般の読者にはいささか不思議に思われるであろうが、実は東堂には『全集』の読み（訓点）とは異なる独自の読み（訓読）があることを示さんがためと思われる。

以下では、まず、①漢文訓読（解釈）の基礎となる句切れの問題を指摘し、次いで、②東堂自身が問題にしていた「彼胡爲者」の訓読について検討し、最後に、③「群猿図」末尾部の東堂の解釈の是非について考察する。

①「句切れ」問題

まず、『全集』〔「自畫題語」後編一〕での該当部分を示しておこう。

○群猿圖

彼胡爲者、一躍騰レ空、巖居谷飲、嘯レ月唫レ風、自恣不レ解三世有二樊籠一、我亦抽レ身隨レ汝、高蹤煙嵐、濃蔚草樹、蒙茸毀譽無レ到、可レ安二我躬一。戯倣二僧法常一、前人論二常畫一云、粗俗無レ法、養梧兄觀レ此、必謂二竹

田生亦效レ尤矣、然取二其意一、而略二其蹟一、可也。

一般的に、漢文（漢詩）を読むとは、白文に訓点、即ち句（読）点、返り点、送り仮名を施すこと、そして訓読する（書き下し文に直す）ことを指す。つまり、古典中国語（文言）である漢文（白文）に、句読をつけて分節化し、返り点を施すことで日本語の語順に合わせ、送り仮名をつけることで古典日本語としてより明確化する、という翻訳作業を行うことである。漢文の素養とは、東堂も幼少期に行ったように「素読」を行うことから始めるが、それは白文に句読をつけられるようにする——意味ある文章（詩）として分節化する——能力をつけるための第一歩としてである。その観点からすると、『全集』の訓点は、実は誤りを犯しており、それ故（？）東堂（大西）は（その理由を示さず、しかし）独自のより正確と思われる訓読を試みたのである。

その誤りとは、東堂が訓読で示した範囲が、四言詩（韻文）になっているので、全て四字で句を為すのだが、『全集』では途中「我亦抽レ身隨レ汝」の六字で句を切った為、その後句切りが乱れ、詩の最終句「可レ安二我躬一」で辻褄をあわせたもののいささか具合の悪い読みになっていることである。この「白文」部分が韻文であることは、押韻の具合を調べればわかる。基本的に偶数句で韻を踏むことになっているので、この場合は「空（こう（くう））〔上平一・東（上平声の一番・東韻）〕」、「風（ふう）〔東〕」、「籠（ろう）〔上平二・冬〕」、「蹤（しょう）〔冬〕」、「茸（じょう）〔冬〕」、「躬（きゅう）〔東〕」で押韻している。〔上平一・東〕と〔上平二・冬〕は異なる韻目だが、隣接する近似の韻であり、特に古詩では「通用（通韻）」する。

では、次に、比較に便なため、さしあたり東堂の読みに即しての句切りと返り点を施したものを明示しておこう。

彼胡爲者、一躍騰レ空、巖居谷飲、嘯レ月唫レ風、ア自恣不レ解三（一）世有二樊籠一、イ我亦抽レ身（一）隨二汝高蹤一、煙嵐濃蔚、草樹蒙茸、毀譽無レ到、可レ安二我躬一。

東堂（大西）が訓読する際の句点のつけ方には特徴があり、意味上繋がる句の間には（読）点を施さない場合が多い。ここでは傍線部ア及びイの箇所がそれで（傍線及び（一）は田中の付加）、前後の句切りから見ると四字句であることを理解した上で、意味的な繋がりに配慮し、読点なしで一続きに訓読していると思われる。

この句切りと解釈の問題を考える際、もう一つ参照すべき資料がある。それは東堂の「亡父」も依拠していたとされる（「第二　歴世」Ⅳ五〇頁）木崎好尚著『大風流田能村竹田』（以下『大風流』）である。「群猿圖」のタイトルの下、次のように掲載されている。

彼胡爲者。一躍騰レ空。巖居谷飲。嘯レ月唫レ風。自恣不レ解。世有二樊籠。一我亦抽レ身。隨二汝高蹤。一煙嵐濃蔚。草樹蒙茸。毀譽無レ到。可レ安二我躬。一
戯仿二僧法常。一』前人論二常畫。一云粗俗無レ法。養梧兄観レ此。必謂二竹田生亦效レ尤矣。然取二其意。一而略二其蹟。一可也。

（『大風流』二「竹田遺稿」二百四十三丁）

この書式では、字の右の○はその字で句切れることを示しており、四言詩であることが改行を含め正確に示されている（後半については③で扱う）。従って、『全集』と『大風流』とを読み得た東堂の立場からすれば、前掲の「白文」がまさに四言詩の部分に相当し、正しく四字句として訓読しているのは当然とも言えよう。しかし、それはそれぞれの原本を参照して初めて知りうることであり、一般の『神聖喜劇』読者は、『全集』も『大風流』

も直接見ることは出来ず（或いは見るすべがなく）、「私は、下のように訓読していた」とあることから、あくまで東堂独自の解釈として認識することになる。

以上のことを踏まえると、上記傍線部アは、「第一　喚問」に於いて戯曲形式で堀江「隊長」と片桐「伍長」とが「群猿図」読解に関して東堂を喚問する際の、解釈の差異として活用されているように思われる。該当箇所を見てみよう〔Ⅳ三二一頁〕。

片桐　はい。隊長殿。《右手を机上に伸ばし、その人差し指で紙面の「自恣不解世有樊籠」をつつき、東堂にむかって、》それから、この「自恣」は、自分勝手、とか、自由奔放、とかの意味、この「樊籠」は、鳥籠、とか、自由を束縛する物・たとえば牢屋、とかの意味、だな。

東堂　はい。

片桐　ふむ。二番目のほうの作者も日本人――九州人の竹田――であっても、そりゃそれで差し支えはちっともない。自由奔放な人間はこの世のあらゆる「樊籠」を嫌悪する、軍隊のように規律の几帳面な・秩序の正しい場所は自分勝手な人間にとっては「樊籠」すなわち牢獄とおなじである、というのが、竹田作漢文の中心的内容で、同時に東堂があたかもその文章を思い出してかいたことの客観的意義だ。――胸に五寸釘を打たれただろう？　おぉ？

東堂　…………。《呆然として無言。》

《芥川文にたいする隊長言も、竹田文にたいする片桐言も、まさにいずれも甲乙のない奇想天外の解釈であろう。それらの奇抜な牽強付会ぶりに、私は、しばし憮然として感じ入った。

間。》

中略

東堂　二番目の――竹田の文章の中の「自恣ニシテ世ニ樊籠有ルコトヲ解セズ」について、片桐伍長は――。
隊長　待て。東堂。いまの読みを、もう一度、言ってみよ。
東堂　はい？　「自恣ニシテ世ニ樊籠有ルコトヲ解セズ」と読みましたが――？
隊長　その読みに、まちがいはないか。
東堂　さぁ？　……なにしろ東堂は、そのように読んでいます。
隊長　片桐の読みとは違っておるようじゃな。
片桐　はい。その――。
隊長　片桐の読みは、どうであったかのう。
片桐　はい。……それが、その――。
隊長　どうした？　片桐。急に死節時が多くなったぞ。
片桐　はい。片桐は、「自恣不解ナルモ世ハ樊籠有リ」と読みましたけれども、……東堂の読み方のほうが、
　　適切らしくあります。
隊長　そうか。東堂の読みのほうが、適切か。ふぅん。

この会話から、「自恣不解世有樊籠」の片桐の「自恣不解ナルモ世ハ樊籠有リ」という解釈は、形式から見れば二つの四字句を分割して解釈している（ように見える）『大風流』の句切り「自恣不レ解、世有二樊籠一」（「解さず」を「不解」と返らず読んでいるが）に近く、東堂の解釈は両句を意味上連続させた前掲『全集』の傍線部ア「自恣不レ解三世有二樊籠一」の読み（自恣ニシテ世ニ樊籠有ルコトヲ解セズ）に従っていると言える。漢詩（韻文）

は原則として二句を意味上の対とするので、東堂（及び『全集』）の読みは文脈からいって妥当であり、「自恣」「樊籠」を全体の文脈から切り離し、恣意的に曲解する片桐伍長の（漢文解釈法を解さない）「牽強付会」な解釈は、当然否定されることになる。尤も、『大風流』の本来の読みは恐らく「自恣ニシテ解セズ、世ニ樊籠有ルコトヲ」と倒置して解釈していると思われるが（つまり東堂・『全集』の解釈と同じ）。

このように、小説中では東堂は『全集』にのみ依拠しているかのように描写するが、実際の読み（解釈）は、他書を参照した上で、東堂（大西）自身のもの（オリジナル）が提示されているのである。

②「彼胡爲者」の訓読問題

本節（二）の初めで「冒頭の「彼胡為者」に関して、その訓読が「彼ナンスレゾ」であるべきか、それとも「彼ノ胡為ノ者ハ」であるべきか、私は、確実には辨別し得なかった」との東堂の言を引用したが、同箇所のすぐ後にその解釈として次のように述べられる。

…私は、「彼ノ胡為ノ者」を「あの奔放不羈の動物」というほどの意に解していたけれども、それは、見当が違っているのかもしれなかった。〔Ⅲ五〇〇頁〕

つまり、東堂（大西）は「彼胡為者」について「胡為」を「何為」と同じく「ナンスレゾ」と読む読み方があることを理解した上で、「彼ノ胡為ノ者」（恐らく「カノこゐノモノ」）と訓読して「あの奔放不羈の動物」と解釈したのである。この訓読及び解釈の妥当性について検討してみよう。

東堂が述べたように「胡為」は通常「なんすれぞ」と訓読する。つまり「胡」は「何」と通用するので「何為」と同様の意味・訓読になる。例えば、「仲尼曰、『胡為其不然也。（胡為れぞ其れ然らざらんや＝どうしてそうでないことがあろうか）』」（禮記・檀弓下）のように用いられる。竹田の句と近い「人物＋何為者」の形では、例えば『史記』「項羽本紀」に、

　項王按劍而跽曰、「客何為者。」張良曰、「沛公之參乘樊噲者也。」（項王剣を按じて跽きて曰はく、「客は何為る者ぞ」と。張良曰はく、「沛公の參乘樊噲なる者なり」と。＝項王（項羽）は剣の柄に手をかけ、膝を立てて中腰になると、「客はどのような者か」といった。張良は「沛公（劉邦）の参乗（主人の馬車に陪乗する者）の樊噲という者です」といった。）

とあり、「客」が「どのような存在であるか」という問いになっている。

竹田の詩により近い表現としては、白楽天の詩「歎魯二首（之二）」（白氏長慶集・巻二）がある。その初句から第四句は、

　展禽胡為者、直道竟三黜。　展禽は胡為る者ぞ、道を直くして竟に三たび黜けらる。
　顔子何如人、屢空聊過日。　顔子は何如なる人ぞ、屢〻空しくして聊か日を過ぐ。

とあるが、それぞれ「展禽（柳下恵のこと。姓は展、名は獲、字は子禽）はどのような者であるか」、「顔子（顔回）はどのような人か」という問い（前半句）に対して「道を真っ直ぐに通して結局三度も退けられた」、「度々窮乏して何とか日々を送った」という様態・状況説明を続ける（後半句）という構造になっている（典拠はそれ

ぞれ『論語』「微子第十八」、「先進第十一」)。従って、竹田「群猿図」の冒頭も、

彼は胡為(なんす)る者ぞ、一躍して空に騰り…

彼(画かれた猿)はどのような者か。(それは、)跳躍して空に身を躍らせ…

のように自問自答形式と解釈するのが普通のように思われる。

因みに、「何為」、「胡為」の「なんすれぞ」は、通常「どうして」のように目的や理由を問う語法だが、本来は「倒置法」である。西田太一郎『漢文の語法』(角川小辞典23)の説明を借りればこれは、「賓語(目的語)が疑問代名詞である場合に、疑問代名詞が前に来る」語法であり、この場合の目的語(賓語)となる疑問代名詞は「何(胡)」、動詞は「為(なす)」である。因って、意味としては「なんのために」と解釈するので「為」を「ため」と読んでいる(中国語ではweiの4声)ように思われるが、実は「為」は「なす」の意(weiの2声=平声)であると説明される。西田は次のように説く。

黄六平の漢語文言語法綱要のごときは、「人而無儀、不死何為」(詩経、鄘風相鼠)をあげ、「何為はのちに熟語となり、為の字の動詞的意味が弱化し一つの襯字(そえじ)となり、習慣上、何為を動詞の前に用いる」とし…(中略)。これを見ると、何為を平声に読むのが伝統的慣習で、日本人が従来ナンスレゾと読んで来たのもその慣習に従ったものと思われる。なお動詞の「為」は古くはたとえば「見義不為無勇也」(論語、為政)と読むように「す」のサ行変格の活用形で読まれたが、今では一般に「なす」の活用形で読む。「何為(なんすレゾ)」や「客何為者(なんするゾ)」(史記、項羽本紀)などは古い読み方のなごりである。〔『漢文の語法』一〇九頁〕

このように、古典中国語（漢文）の翻訳（技法）としての「訓読」は、伝統的に「なんすれぞ」と読むのが一般であるが、竹田の「彼胡為者」は、以上の説明からすると、「彼（あの猿）は一体何をする（している）者であろうか。」というほどの意味になろう。

では、東堂（大西）の「あの奔放不羈の動物」という捉え方は誤りなのであろうか。論者の考えでは、これは漢文の語法をも踏まえた、東堂らしい独自の思考（嗜好）を反映した解釈と言えるように思われる。というのも、「胡為」には「ナンスレゾ」の他に、「コイ（こゐ）」と読んで「〔近〕でたらめに物事を行う。むちゃをする。」（漢辞海【第三版】、〔近〕は近世的語義）、「でたらめな行いをする。」（角川 新字源【改訂新版】）という意味も存在するからである（この場合の「胡」は「何（疑問詞）」ではなく「でたらめ、いいかげんに」の意）。中国で刊行された大辞典『漢語大詞典（汉语大词典）』（漢語大詞典出版社）は項目を立て、次のように説明する（表記は日本式に改めた）。

〔胡為〕（hu2 wei2）胡作非為。任意乱来。『京本通俗小説・拗相公』、「如今説先朝一個宰相、他在下位之時、也着實有名有譽的、後來大権到手、任性胡爲、做錯了事、惹得萬口唾罵、飲恨而終。」元・呉昌齡『東坡夢』第二折、「由他鬧戲、任你胡爲。」

「胡作非為」は「でたらめや非道な行為（をする）」、「任意乱来」は「気ままに、思うとおりに（任意）」「むちゃなことをする（乱来）」〔中日大辞典〕、というほどの意味。ここで提示された用例を見ると、「気ままに好き勝手する（任性胡爲）」、「あなたのやりたいようにまかせる（任你胡爲）」など、どちらかと言えば否定的なニュアンスの表現のように思われるが、意味は文脈によって変化することを考えれば、東堂（大西）の解釈「奔放不羈」

（思うままに振る舞い束縛されない）のように自在な在り方を肯定的に捉える方向もあながち無理とは言えないだろう。恐らく東堂（大西）は、上述の両解釈を斟酌した上で、「見当が違っているのかもしれな」いと断りつつも、物語的展開の必要性の観点から、「彼胡為者」を「あの奔放不羈の動物」と捉えたい志向を有すると推測できる。というのは、この「群猿図」は、堀江隊長・片桐伍長が東堂を「敵性思想の持主」として糾弾するための素材として用いるという筋で登場し、それを東堂が「敵国」中国人ではなく日本の文人田能村竹田の漢文、しかも人間ではなく「猿」を表現したもの（！）、と実情を提示することで、堀江・片桐両者の無教養性・小市民的性格が暴露され、糾弾のたくらみが潰える、という明確な「緊張／その解消」構造をとる一方、実はこの猿の在り方は「自恣ニシテ世ニ樊籠有ルコトヲ解セズ」、「毀誉至ラズ、我ガ躬ヲ安ンズベ」き自由な・脱俗した人間のメタファーになっていること（逆転の逆転）が示唆されるからである。（以下【】は田中の付加）

東堂　はい。「自恣ニシテ世ニ樊籠有ルコトヲ解セズ」について、片桐伍長は、「自由奔放な人間はこの世すべての『樊籠』を否定する、軍隊のように秩序の几帳面な・規律の正しい世界は自分勝手な人間にとっては『樊籠』すなわち牢屋と同じである、というのが竹田作漢文の中心的内容だ。」という解釈を述べました。しかし、「自恣ニシテ世ニ樊籠有ルコトヲ解セズ」という文句は、人間に関して書かれたものではなくて、猿に関して書かれたのであります。

【糾弾＝緊張（強引な問題提起）を事実（教養）により解消】

隊長　何？「猿」？

片桐　「人間のことではない」？　どうしてそれがわかる？

東堂　竹田は、「自恣ニシテ世ニ樊籠有ルコトヲ解セズ」という一句だけでなく、その一文全部を、猿を対象にして書きました。その漢文は、竹田が描いた「群猿図」に竹田自身が添えた賛(さん)でありますから。

【「問題の不在」の暴露】

隊長　あの猿か。尻の穴が赤うて毛が三本足らん――。

東堂　その猿であります。それだから、そこの「巌(イハアナ)ニ居リ谷(タニミヅ)ヲ飲ミ、月ニ嘯キ風ニ唫(ウタ)ヒ(ナ)」という表現なども、読者の心に自然に入って来るのでありましょう。

【(ユーモラスな)緊張の解消】

隊長　猿のう。なるほど。ふぅむ。……

《片桐伍長は、「恥を恥と思」うことも皆無ではないのか否か、いずれにせよ沈黙を守る。しかしながら、私の心は、実は必ずしも全面的に片桐の意見(片桐が「竹田作漢文の中心的内容」として述べた解釈)を否定しはしないのである。それに、また、たとえば「巌居谷飲(ガンキヨコクイン)」あるいは「嘯月唫風(セウゲツインプウ)」という漢語は、人間の隠居・隠栖(いんせい)・隠遁・脱俗にこそ元来かかわるであろう。》

【「問題」＝「真実」(逆転の逆転)の表明】

〔Ⅳ三十七頁〕

つまり「彼胡為者」を「彼はどのような者か」という単純な疑問とするのではなく、あらゆる束縛から解放された存在「あの奔放不羈の動物」と敢えて読むことで、東堂が身を置く「軍隊」という「樊籠」、「社会主義的志向を弾圧する社会状況」という「樊籠」(そしてあらゆるレベルでの「束縛」)からの解放への志向が、「意識的／無意識的」に表出していると考えられよう。

③「然取其意而略其蹟可也」の解釈二種について

「群猿図」の「題語」後半（「戯仿二僧法常一、」以下）の解釈については、「第三　喚問（続）」の冒頭部分に提示され（以下に引用）、「私の当該読解にたいがいまちがいはなかろう」と東堂（大西）が述べるように、常識的な訓読法からいっておおむねそれは首肯できる解釈である。

後半の大部分を、私は「自分（竹田）は、戯れに牧谿を模倣して、この『群猿図』を作った。先人は、牧谿の画を『粗俗無法（俗悪にして古法に合せず）。』と論評した。もし養梧兄がこの図を見たなら、きっと兄は、『竹田めが、また他人の欠点を真似たな。』というであろう。」というように読解していた。私の当該読解にたいがいまちがいはなかろう、と私は、思い得た（ただし、私は「養梧兄」の誰人なるかをまるで知らなかった）。ところで、「然取其意而略其蹟可也」の読解に関して、私は、定見を持ち得なかった。私は、下の如き二様の読解を行っていて、そのいずれを正ともみずから定めかねていた上に、そのいずれもが不正なのではないかとみずから疑ってもいた。

しかし、東堂は、「然取其意而略其蹟可也」の読解に関して、「二様の読解」の可能性を示した上で、「第二読解」を「是」とする旨を表明する。ここで、その解釈と読解法について検討してみよう。

第一読解。――「然レドモ、其ノ意ヲ取リテ其ノ蹟ヲ略ムルハ、可ナリ。」……「しかしながら、牧谿作品の精神を摂取してその画理を受け入れるのは、いいことである。」……

第二読解。――「然レドモ、其ノ意ヲ取リ、而シテ其ノ蹟ヲ略スルハ（あるいは、其ノ蹟ヲ略クハ）、可ナリ。」……「しかしながら、牧谿作品の心（形而上）は取り入れ、そしてその形（形而下）は除外するのは、いいことである。」……

『山中人饒舌』に左のような言葉が見られるからして、あるいは「第二読解」が是かとも私には考えられたけれども。

詩人ノ詠物、画家ノ写生、同一ノ機軸ナリ、形似稍易ク、伝神甚ダ難シ。　（原漢文）

俗間専ラ三絃ヲ尚ブ、急絃繁手、悉テ其ノ音ヲ喜ビテ、詞意ノ如何ヲ顧ミズ、蓋シ唐時已ニ然リ、白楽天ノ詩ニ云ク、「古人歌ヲ唱ヒ兼セテ情を唱フ／今人歌ヲ唱ヒ只声ヲ唱フ」ト、近日ノ画家、多クハ形似ヲ崇ビテ、風韻ノ何物タルカヲ知ラズ、蓋シ宋人モ亦同ジ、欧文忠〔陽修〕ノ詩ニ云ク、「古画、意ヲ画キテ形ヲ画カズ／梅〔尭臣〕ノ詩、物ヲ咏ジテ情ヲ隠サズ」ト。　（同前）

それにしても、私は、竹田作「群猿図」の原物を見たことがなく、その図版をすらも見たことがなく、その画の所在（所蔵主）を知らず、そもそも「群猿図」がどこかに現存するか否かをさえも知らなかった。第一・第二両読解のいずれが正しいか、あるいは両読解のいずれもが正しくないか、——それらを究明することは、なおさらいよいよ私にむずかしかったのである　（第三「喚問（続）」一の1、Ⅳ九五頁）

ここで問題となるのは「取其意」と「略其蹟」との対比をどのように解釈するか、より端的には「略」と「蹟」の意味である。第一読解では、「其意」と「其蹟」とを作品の「精神」、「画理」と捉え、それぞれ「摂取」し

「受け入れる」というように同方向のことがらとして解釈している。しかし、「略其蹟」の「略」を「オサむ」と訓読するのは〔「経略」＝「治」の意味があるので〕可としても、「受け入れる」という解釈、及び「蹟」を「画理」とする理解は、無理があるように思われる。というのも、「蹟」は「跡」「迹」であり人間の感覚で捉えられるもの（こと）〔形而下の存在〕、「理」は通常人間の感覚そのものではとらえられない「原理」〔形而上の存在〕を表す、というのが通常の中国の学的理解だからである。従って、東堂自身も、「意」を「作品の心（形而上）」、「蹟」を「形（形而下）」とし、心は「取り入れる（取）」が形は「除外する（略＝リャクす・はぶク）」という解釈を示し、「是」としている。

「（其）意」を作品に籠められ、また作品から感得できる画家の「心」、「（其）蹟」を視覚的に具体化（表象）された「筆跡」・「墨蹟」としての「形」と捉える解釈は、「漢学（中国学）」の範疇では珍しいものではなく、つまり東堂であれば当然理解しているべき事柄である。では、何故ここで敢えて解釈を二例挙げた上で一方を「是」とする、という手続きを踏んだのか、論者にはそこに「浅学（者）のよろこび」の事例を見て取れるように思われる。というのも、第二読解の方が第一読解よりも妥当であるとの判断は、この場面の文脈上では、あくまで『山中人饒舌』に左のような言葉が見られるからして」と述べ、具体的な解釈の拠り所が二カ所存在することに基づく、と主張しているからである。

ここに引かれる『山中人饒舌』からの二条は、どちらも芸術表現に於ける表象としての「形」と、その表象〔作品〕のもととなった対象それ自体に対する表現者の意図・心である「意」との関係を述べたものである。音楽では三絃に於ける「音」〔形〕と「詞意」〔意〕、歌に於ける「声」〔形〕と「情」〔意〕、絵画では、「形似」〔形を対象とそっくりに写すこと〕と「伝神」〔対象の持つ内実・心を伝えること〕・「風韵」〔表現者が対象から感得したおもむき〕、詩では「物」〔形〕と「情」〔意〕であるが、どれも「形」よりも「意」の表出をこそ重視すべきことを説いている。従って、牧谿の作画に籠められた「意」を汲み取っていれば（「取其意」）、「粗俗無法」であってもそれは「形」「形似」に於てであり、形而下としての「形」（見た目）は疎略であっても（「略其蹟」）、「可」（まあよい、許される）であろう、という解釈になる。原文の「可」は積極的に「よい」のではなく、「まあよい」程の意で、東堂のとり方と本来（竹田）とでは、恐らくいささか異なってはいるが。

因みに、原文の「然取其意而略其蹟可也」という表現は、例えば韓愈の「取其意而略其禮可也」（「與陳給事書」〔朱文公校昌黎先生文集・巻第十七〕）とあるのに因っているかと思われる。これは韓愈が陳京に宛てた書簡の末尾の言葉で「私の意図（意）を汲み取って、その礼（形）の至らぬところを見のがして（略）くだされば、ありがたい（可）ことです」程の意。この文章は日本でもよく読まれた『文章軌範』にも収録されているので、竹田も見た可能性がある。

さて、以上見たように、東堂が「第二読解」を「正しい」と判断したのは、竹田の他の著作と照らし合わせ、類似の表現や概念構成、同様の主張が見える言説に基づいていることを具体的資料を挙げて明示しているが、これは漢学を含む伝統的な学術的方法論の基礎ともいえるもので、東堂（大西）が馴染んで来た江戸（やそのルーツとしての中国）の学術的随筆にもよく見られる論述形式である。同様の資料操作による東堂の主張は、『神聖喜劇』を通じて広くみられるもので、東堂の学問的素養・教養の一典型を示すものといえよう。

しかし、一方で東堂は「第一・第二両読解のいずれが正しいか、あるいは両読解のいずれもが正しくないか、――それらを究明することは、なおさらいよいよ私にむずかしかった」とも述べており、自信のなさも敢えて告白する。つまり、東堂の教養はあくまで専門家としてのそれではなく「浅学（者）」（ディレッタント）の「よろこび」であることの表明と考えられる。「浅学者」とは恐らく、相当の教養を持ち、方法論としての学術性を理解してはいるが、あくまで「知的好奇心」に基づく「楽しみ」を目的とするもので、網羅的に資料を読み込み対象を深く総合的に研究するといった在り方とは一線を画する知識人のことであろう。従って、その学問的守備範囲は、あくまである限定された資料にとどまっている〔『田能村竹田全集』など〕が、しかしその限定的テクストから最大限の関連性を「独自」に発見し得る感性と見識を有するところに、ある種の「目利きとしての自負」が存在する。そこに、その分野に関してあらゆる事項を極め尽くすべき「専門家」では味わえない、「ディレッタント」という立場であるからこそ、より「自由」で「独自」な発見・読解が可能な「浅学者」の快楽があるということではないか。そして、その基礎を形成する教養には、旺盛な好奇心と資料〔漢文・英語・ドイツ語、そして当然日本の古語〕を読解する高度なリテラシー、及び多様なテクスト間に於いて柔軟に関連性を見出せる感性が求められているように思われる。〔このこと（と東堂の思想的主張の方向性と）は、東堂が軍隊に持ち込んだ書籍の構成が、既に暗示（明示？）しているであろう。〕

2　『竹田荘詩話』

この章では、東堂（大西）の漢文訓読の是非について検討する。東堂は漢文の引用資料の「訓読」〔書き下し文〕を示すに際し、既に見たように「〔原漢文〕」と明示しているが、それはとりもなおさずその訓読、つまり解釈がオリジナルのものであるという主張である。以下では、『竹田荘詩話』「夏日ニハ水ヲ飲ミ」云々の箇所の訓読〔Ⅳ七〇頁〕を例に挙げて検討するが、それは小説中の設定では、「入隊前から私が肝に銘じていた竹田文〔原漢文〕」とされる一つである。東堂は、軍隊では『全集』を読んでいることになっているが、それ以前に竹田の他のテクストを読んでいたか否かの言及はないので、「肝に銘じていた竹田文」の具体的な典拠は確とはわからない。しかし、東堂（大西）の訓読は『全集』に従っていない個所が多々見られ、そこに漢文訓読の特徴が伺い得ると思われる。なお、参考の為、参照しやすいテクストと考えられる『日本詩話叢書』（以下『叢書』）の原文・訓読も取り上げ、比較する。〔以下の傍線は田中による。〕

A　東堂（大西）の訓読

夏日ニハ水ヲ飲ミ、冬日ニハ湯ヲ飲ム、古人ノ生活ハ、大ダ（ハナハダ）寔ニ（マコトニ）簡便ナリ、後人（コウジン）ハ狡黠（カウカツ）ニシテ、湯ニ代フルニ茶ヲ以テシ、遂ニ紛紜（フンウン）ヲ生ズ、煩ヒ（ワヅラヒ）ヲ滌キ（ノゾキ）睡リ（ネムリ）ヲ駆（ハラ）フコト実ニ其ノ動（クン）ヲ策（シル）スト雖モ、然（シカ）モ胸中清虚（セイキョ）ニシテ一物ノ蕩滌（タウテキ）スベキナキニハ如（シ）カザル也（ナリ）、尚寝（ナホネム）リテ覚メザルハ、最モ吾輩（ワレラ）ノ妙案ト為ス、又奚（ナン）ゾ駆逐（クチク）スルヲ用ヒンヤ。

B　『田能村竹田全集』の返り点付き原文

夏日飲レ水、冬日飲レ湯古人生活、大是簡便、後人狡黠、代レ湯以レ茶、遂生二紛紜一、雖二滌レ煩驅レ睡、實策二其動一、然不如四胸中清虚無三一物之可二蕩滌一也、尚寐無レ覺、最爲二吾輩妙案一、又奚用二驅逐一爲。

C　『日本詩話叢書』第五巻の返り点付き原文＋訓読

夏日飲レ水、冬日飲レ湯、古人生活大是簡便、後人狡黠、代レ湯以レ茶、遂生二紛紜一、雖三滌レ煩驅レ睡、實策二其動一、然不レ如四胸中清虚無三一物之可二蕩滌一也、尚寐無レ覺、最爲二吾輩妙案一、又奚用二驅逐一爲。」

夏日は水を飲み、冬日は湯を飲む、古人の生活大に是れ簡便なり、後人狡黠、湯に代ふるに茶を以てし、遂に紛紜を生ず、煩を滌ひ睡を驅り、實に其動を策すと雖、然も胸中清虚、一物の蕩滌す可き無には如かざる

なり、尚くば寐ね覺むること無き、最も吾輩の妙案と爲す、又奚ぞ驅逐を用ふるを爲ん。〔田中注：「尚くば」＝「ねがわくば」〕

まず、文字の異動について（二重傍線部）。東堂の訓読では「大(ハナハ)ダ寔(マコト)ニ」と読んでいる「寔」は、諸「原文」ではどれも「是」に作っており、「大(おほ)いに是(こ)れ」と読むのが普通である。「寔」は「まことに」の意もあるが、「大寔」と熟す用法はあまり見ない。東堂（大西）の独自の解釈として字を改めて意をとった可能性もあろう。次いで「寝(ネム)リテ」の「寝」は諸本では「寐」に作るが、意味は「ねむる（いぬ）」なので通用する。或いは単なる誤写であろうか。

さて、この箇所で、漢文の語法としてまず重要なのは「雖―、然―」の部分である。通常「―と雖(いへど)も、然(しか)れども―」と訓読するが、『全集』は「雖」の掛かる範囲を「滌煩驅睡（煩を滌き睡を驅ふ）」までとしているので、「實策其勳（実に其の勳を策す）」が意味上浮いてしまう返り点のつけ方となっている。それに対し、東堂（大西）の訓読はその点を訂正し、正(ただ)しく「滌煩驅睡、實策其勳」を「雖」に掛け、後半の「然」以下につなげている。この点は『叢書』も同様に正しく読んでいる。問題は、後半の「然」を東堂は「しかも」と訓読していることで、前述のように通常は「しかれども」と逆接に読む語法である。では、どうしてそのような読みになったのか。その理由の確証は得られないが、『叢書』の読み（記述法）が参考になる。そこでは「然」の訓読は「然も」と表記されていて、ルビはほどこされていないので、見た目は東堂の「然モ」と同様になる。では『叢書』は何と読んでいるのか。実は江戸期の和刻本では、返り点・送り仮名の形式は必ずしも一通りでなく、様々な癖が併存する。送り仮名も全てに付すわけではなく、通常の読みの場合は省略することも多々あり、例えば『叢書』の訓読では「雖」に「も」の送り仮名が見えないが、それは「いえども」と通常の読みであるから省略したまでであり、従って「然も」も「しかれども」と読んでいると解釈するのが妥当である。恐らくここでの「然」は、「そうである上に」という意味ではとれず、東堂の「シカモ」の読みは、妥当性を欠いたものといえよう。

しかし、次いで「奚用驅逐爲」の読みからは、逆に東堂が漢文語法に通じていることが窺いえるのである。この箇所は『全集』も『叢書』も「奚用㆓驅逐㆒爲」と返り点をつけ、『叢書』は「奚ぞ驅逐を用ふるを爲ん」と訓読する。これは「なんぞクチクをもちふるをなさん」と読んでいると思われる（『全集』も同様か）。しかし、東堂（大西）は、「用ヒンヤ」と最後の「為」を訓読していない。

この「何以N為」（Nは名詞）の語法は、日本語翻訳法である訓読法としてはいささか読みにくく、習慣的には「何以㆑N為（何ぞNを以て為さん）」と読むこともあるが（C『叢書』の訓読）、本来「為」はこの場合「語助」（口調を整えるための意味のない語）として用いられているだけなので、訓読にはあらわれない（読まない）用法である（詳しくは、西田太一郎『漢文の語法』三九五頁のd以下参照のこと）。

例えば『論語』（顔淵篇）の「君子質而已矣。何以文為。」は、一般的な訓読としては「君子は質なるのみ。何ぞ文を以て為さん。」と読まれることが多いが、本来は「何ぞ文を以ひん」か或いは「何ぞ文を以てせん」と「為」を読まないで訓読するのである。清朝の経学者王引之の『經傳釋詞』巻二「爲」では、この『論語』「顔淵篇」を引き、

皇侃『疏』曰、「何必用於文華乎。」是「為」為語助也。
（皇侃の『（論語義）疏』に曰はく、「何ぞ必ずしも文華を用ひんや（どうして必ずしも綾模様の美しさなど必要あろうか）」と。是の「為」は語助為り。）

と説明し、又『論語』「季氏篇」の「何以伐為。」を挙げ、

以、用也。言何用伐也。

(「以」は、用なり。言ふこころは、何ぞ伐つを用ひん(どうして伐つ必要があろうか)。)

とする。「奚」は「何」と通ずるので、「奚用驅逐爲」は東堂の「奚(なん)ぞ驅逐(くちく)するを用ひんや」という訓読がよく、「どうして駆逐する必要などあろうか」という程の意味になろう。

3 その他

本論で検討できるのは、東堂の訓読の極く一部に過ぎないが、論者の印象ではその訓読は概ねよく考えられた妥当なもので、特に「訓」の選び方が一読して意味を取りやすいように工夫してあるように思われる。ここで、敢えて瑕瑾をあげつらうようだが、漢詩における読みの「勇み足」と思われる個所を指摘しておく。それは、竹田の七言律詩「宿頼山陽山紫水明處」の初句の訓読である(Ⅳ六三頁)。東堂は「重叩柴門感曷勝」を「重ネテ柴門(サイモン)ヲ叩(タタ)ケバ感曷(ナン)ゾ勝(マ)サザラン」と読む。恐らく、「(頼山陽亡き後)再び(山紫水明処の)柴門を叩けばどうして感慨がまさないことがあろうか(いよいよ感慨が高まる)」という程の意味であろうか。問題は「曷勝」の解釈で、「曷」を「盍」(何不=なんぞざる)、「勝」を「ます」、つまり「まさる」「かつ」の方向で意をとっている。しかし、『全集』四〇九頁、『大風流』(「竹田遺稿」百八十六丁右)ともに「感曷勝」に返り点を付していないので、「曷」を単に「何(なんぞ)」と読んでいることが分かる。では、どちらがよいか。

確かに「曷」には「盍＝何不」の意味があるが、「曷勝」は「なんぞたへん」（どうしてたえられようか）という反語でとるのが普通である（『漢語大詞典』など）。その解釈の方がよい理由は、もし「曷勝」を「何不勝」（なんぞまさざらん＝どうしてまさらないことがあろうか）の意で読もうとすると、「勝」は去声（sheng4）・韻目（去二五徑（去声の二五番の韻目「徑」））で読むことになるが、そうすると脚韻の観点から合わなくなるのである。つまり「勝」は「たえる」の意では平声（sheng1）・（下平一〇蒸）で読み、七言律詩では通常初句と偶数句で脚韻を踏むので「膺」（二句）、「憑」（四句）、「燈」（六句）、「僧」（八句）の韻目（蒸）と合致する。

東堂（大西）は「曷」に「何不」の意味があることを知っていたが為に「勝」を「かつ」「まさる」「ます」の方向で読もうとしたと思われる。詩句の意味としてはどちらで読んでもそれほど変わらないことも、誤読の原因であろう。〔加えて、大西自身が「押韻無視の鑑賞者」（「日本漢詩について断章三つ」（『大西巨人文選4　遼遠』所収））と認識していることも関係しているかもしれない。〕

4　おわりに――「絶域同情を見るべし」――

東堂の学術的傾向が、江戸漢学的素養に基づき、「無知無学」者と「深い学識の持ち主」との間に位置する「浅学者」――即ち、非「無知無学者」且つ非「深い学識所有者」――という、実際には相当の学識を有しながらも、他者に気兼ねすることなく、一定の立場から自由に、あらゆるテクストを享受できる「ディレッタント」としてあることを確認してきた。そのあり方は、端的に菅茶山の『筆のすさび』（巻四）に由来する「絶域同情を見るべし」という認識によってその一端が説明し得るように思われる。この言葉に言及しているのは、まず「浅学者のよろこび」を説く場面である（Ⅳ五二頁）。茶山の原文を確認してみよう。

一和漢合意　大阪なる人妓を納んとせし時、其友播磨の瓢水との俳句に、「うちへいれなやはり野で見よげんげ花」といふを贈りき。清人もまたおなじことに、「間花只合二間中看一、一折帰来便不レ鮮」といふ句あり、絶域同情を見るべし。

＊「清人」＝劉廷璣（字玉衡、号在園）のこと。以下の句は清・楊際昌『國朝詩話』巻一に、「『戯友人納妓』云、」として引用されている。〔田中〕

この記事に関しては、大西は「『嵐が丘』に関する五つの断想」（『大西巨人文選4・遼遠』所収）でも論じており、そこに興味深い指摘が見られる。

その（＝茶山の）著『筆のすさび』〔一八五七年刊〕の中で、菅茶山は、日本人の俳句「うちへいれなやはり野で見よげんげ花」と中国人の詩句「間花〔遊女〕タダ合ニ間中ニ看ルベシ／ヒトタビ折リテ帰リ来タレバ便チ鮮カナラズ」とを併記して、「絶域同情を見るべし。」と断言した。

また、その著『山中人饒舌』〔一八三五年刊〕の中で、田能村竹田は、「百年前ノ書法画理ハ、今日ノ考究精博、力ヲ悉クシテ遺ス無キガ若キコト、能ハザル也。而モ今人却ッテ及ブ能ハズ、愈詳カニシテ、愈降リ、益工ミニシテ、益俗ナリ。他無シ。古ノ学ブ者ハ已ノ為ニシ、今ノ学ブ者ハ人ノ為ニス。」と論定した。

むろん竹田は、他者（享受者）無視の独善的な学芸上の在り方を是としたのではなく、他者（享受者）追従の売名的な学芸上の行き方を非としたのであり、そもそも「古ノ学ブ者ハ已ノ為ニシ、今ノ学ブ者ハ人ノ為ニス。」（という〝俗情との結託〟を批判する言葉）は、『論語（憲問）』からの援用なのである。

すぐれた文芸作品は、古来総じて「己ノ為ニス」という精神態度によって制作せられてきた。〔中略〕十九世紀前半の日本において田能村竹田が批評上指摘し、十九世紀前半の英国においてエミリー・ブロンテが創作上実行したのは、同一の要諦であった。
菅茶山の「絶域同情を見るべし。」は、平たく言えば、〝ごらんなさい*。国は遠くへだたっていても、人情に変わりはありませんよ。〟というほどのことであろうか。私は、竹田の評言とエミリーの実作とを、〝国は遠くへだたっていても、事柄の実相はおなじであることを、人は、認識するべし。〟というような意味において、「絶域同情を見るべし。」と考え、また、時は遠くへだたっていても、「己ノ為ニス」る制作を今明日における文芸復興のため必須の要件と信じる。

＊「間花」、元作「門花」。＊「ヒトタビ」、元作「ヒトダビ」。＊「考究精博」、元作「考究精薄」。＊「ごらんなさい」、元作「ごらんない」。全て意を以て改む。〔田中〕

引用がいささか長くなったが、論ずべきことはほぼ大西自身が語っている。江戸化政期の文人菅茶山が「絶域同情を見るべし」と断じた、日本〔俳句〕と清朝〔漢詩〕との時空を超えた照応、このような文化事象の実相に於ける類似或いは一致への気づき、この認識の在り方が東堂〔大西〕に知的喜びをもたらす一つのしかし主要な源泉である。そして、古典中国の学術筆記〔中国〕から江戸漢学の随筆類〔日本―中国〕を経て引き継がれる、近〔現〕代人東堂〔大西〕の古今東西を自由に往還する豊かな心的態度〔日本―中国―西洋〕は、その中心に、「為己」という独立せる「個」の柔軟かつ強固な精神の在り方としても同一性を保っているのである。

前半で検討したエピソードに登場する堀江・片桐は、近代における「人ノ為ニス」る「他者追従の売名的」人物の典型として描かれ、東堂・生源寺ら漢学的素養を持つ「己ノ為ニス」る真の教養人と明瞭な対比を示す。

『論語』に代表される克服すべき旧世界の知的伝統は、「絶域」の内に「同情」を見出す精神によって、常に更新され、豊かな内実を得るのである。

本稿は、閉じた『神聖喜劇』の記述からだけでは気づきにくい、漢文の訓読という聊かトリビアルな問題について、田能村竹田に関する記述を中心に、その一端を検討した。とはいえ、本稿で論じ尽くせなかった『神聖喜劇』をめぐる「漢学」の問題はまだ存在する。今後の課題としたい。

【参考文献】

池田四郎次郎編『日本詩話叢書』第五巻　鳳出版社　一九七二年
植谷元・水田紀久・日野龍夫校注『仁齋日札 たはれ草 不盡言 無可有郷』（新日本古典文学大系99）岩波書店　二〇〇〇年
大西巨人『大西巨人文選4　遼遠』みすず書房　一九九六年
高橋博巳編集・校訂『［定本］日本絵画論大成』第7巻　ぺりかん社　一九九六年
『田能村竹田全集』國書刊行會　一九一六年
西田太一郎『漢文の語法』（角川小辞典23）角川書店　一九八〇年

蔵書にみる大西巨人の道元受容──『神聖喜劇』における引用の効果

橋本あゆみ

1　問題提起および大西巨人旧蔵書における道元関係書

大西巨人の長篇小説『神聖喜劇』のクライマックスは、第八部第三「模擬死刑の午後（結）」で、主人公である東堂太郎二等兵が上官による初年兵（末永二等兵）虐待を止めに立ち上がると同時に、被差別部落の出身と「前科」による偏見に苦しんでいる冬木二等兵もまた声を上げる場面であろう。ここでは、曹洞宗の開祖・道元の語録『正法眼蔵随聞記』が「身心放下」の記述を中心として長く引用され、冬木の行動に対する東堂の感動・驚きが強く印象付けられている。従来、この「模擬死刑」場面は武田信明「野砲の水平・銃の垂直──『神聖喜劇』論」[*1]や立野正裕「兵士の論理を超えて──『レイテ戦記』と『神聖喜劇』」[*2]などで高く評価されてきた一方、『正法眼蔵随聞記』引用の意味や物語上の効果についてはほとんど等閑に付されている。

「模擬死刑」場面以外での『正法眼蔵随聞記』引用に言及したものとしては、友常勉「〈党〉と部落問題」[*3]がある。ただ友常は、小説中の『正法眼蔵随聞記』を「大衆の団結」の「紐帯」として捉えつつも、「道元の教え」を「道理によって相手を追い詰めてはならない」ことに局限し、この「倫理規範」から東堂が「報復の無限連鎖を回避」して「抗争よりも団結を、集団のうちに残した」という評価をしているため、「身心放下」や、『正法眼蔵随聞記』とならんで和辻哲郎の『沙門道元』が（題名のみとはいえ）示唆されている意味は検討されず、飽き足らない感がある。よって本稿では、二〇一四年夏から実施した大西巨人旧蔵書調査[*4]の成果を手がかりに、『神聖喜劇』における『正法眼蔵随聞記』引用と補助テキストとしての『沙門道元』の物語上の効果について、新たな見方を示したい。そして最後に視野をやや広げ、大西の道元思想の受容を、野間宏における親鸞の思想への関心と対照する形で考察したい。

なお、本稿での『神聖喜劇』本文引用は、特に断りのない限り光文社文庫版（二〇〇二年七月～一一月）に基づく。まず、本稿で展開する読解の前提として、大西巨人旧蔵書に含まれていた道元関連書籍を、おおまかな分類（A～D）とともに筆頭著者名五〇音順で示す。初版本以外を大西が所蔵していた場合は、その版次・刷次と初版年月を併記した。★印を付した資料は『神聖喜劇』のなかに登場するため、後で詳しく取り上げる。

A 『正法眼蔵随聞記』本文の校注・訳注

古田紹欽訳注『正法眼蔵随聞記』（角川文庫、七版一九六六年一二月／初版一九五〇年八月）
水野弥穂子訳『正法眼蔵随聞記』（筑摩叢書、一九刷一九七二年一一月／初版一九六三年五月）
山崎正一校注『正法眼蔵随聞記』（講談社文庫、八刷一九七七年一月／初版一九七二年九月）
和辻哲郎校訂『正法眼蔵随聞記』（岩波文庫、三八刷一九七六年三月／初版一九二九年六月）★

B 「道元」と赤ペンで書かれた小紙片が挟まれていた書籍

家永三郎『日本道徳思想史』（岩波書店、八刷一九六七年三月・改版一九七七年一月／初版一九五四年四月）
数江教一、相良亨『日本の倫理』（宝文館、一九五九年五月）
数江教一『日本の倫理思想史』（学藝書房、一九六三年六月）

唐木順三『日本の心』(筑摩書房、一九六五年一〇月)
唐木順三『中世の文学』(筑摩書房、一九六五年一一月)
唐木順三『中世から近世へ』(筑摩書房、一九七三年五月)
寺田透『わが中世』(現代思潮社、二刷一九六八年二月/初版一九六七年一〇月)
永田広志『永田広志日本思想史研究　第二巻　日本封建制イデオロギー』(法政大学出版局、一九六八年六月)
永積安明『中世文学の成立』(岩波書店、六刷一九六八年五月/初版一九六三年六月)
西尾実『中世的なものとその展開』(岩波書店、五刷一九六八年七月/初版一九六一年一二月)
古川哲史『日本倫理思想史研究1　王朝憧憬の思想とその伝流』(福村書店、一九五七年一二月)
古川哲史『日本倫理思想史研究3　英雄と聖人』(福村書店、三刷一九六三年五月/初版一九五八年三月)
和辻哲郎『日本精神史研究』(岩波書店、改版一九七〇年一二月/初版一九二六年一〇月)★

C　その他、道元関連箇所に挟み込みがみられた書籍

日本随筆大成編輯部編『日本随筆大成　第三期　2巻』(吉川弘文館、一九七六年一一月)　※橘泰「筆のすさび」の、道元の詩の引用部分に紙片
野間宏『親鸞』(岩波新書、一九七三年三月)　※野間からの献本。道元について言及がある部分に岩波新書用の紙栞

D　挟み込みはないが「道元」を主題にした、または言及した書籍

井上ひさし『道元の冒険』(新潮社、一九七一年八月)

今枝愛眞『道元　坐禅ひとすじの沙門』（日本放送出版協会、八刷一九七三年八月／初版一九七一年六月）
鏡島元隆・玉城康四郎編『講座道元』1、2、5巻（春秋社、一九七九年一一月〜一九八〇年三月）
唐木順三『日本人の心の歴史　下』（筑摩書房、一九七〇年八月）
紀野一義『名僧列伝（一）　禅者Ⅰ』（文藝春秋、四刷一九七七年七月／初版一九七三年一一月）
相良亨『日本人の心』（東京大学出版会、一九八四年一一月）
菅沼晃『道元辞典』（東京堂出版、一九七七年一一月）
高崎直道・梅原猛『仏教の思想　古仏のまねび　道元』（角川書店、七版一九七五年七月／初版一九六九年五月）
竹内道雄『道元』（吉川弘文館、八版一九七二年九月／初版一九六二年六月）
玉城康四郎編集『日本の思想2　道元集』（筑摩書房、一九六九年三月）
寺田透『道元の言語宇宙』（岩波書店、二刷一九七五年四月／初版一九七四年六月）
寺田透・水野弥穂子校注『日本思想体系12・13　道元（上・下）』（岩波書店、一九七〇年五月・二月）
増谷文雄『親鸞・道元・日蓮』（至文堂、重版一九七一年七月／初版一九六六年一一月）
山折哲雄『道元』（清水書院、一九七八年九月）

概観すると、道元や鎌倉新仏教の開祖たちに関する概説書のほかは、宗教の枠組よりも中世文学・文化や日本の倫理思想などの大きな問題系から道元を捉えた文献が多い。特に家永三郎『日本道徳思想史』は、八刷と改版の二種を所蔵していた。大西がマルキストとして自己規定し、後年に「閉幕の思想　あるいは娃重島情死行」、『迷宮』、『深淵』といった小説で「来世の不存在を承認しつつ、なお宗教的な心構えを復興するか、が真の問題だ。」（ジョージ・オーウェル）を繰り返し引用したことを考え合わせると、旧来的な宗教そのものに代わる「宗教的な心構え」として倫理の問題に関心を寄せる中で、道元を受容していったのではないだろうか。
以上の傾向と仮説を踏まえて、次節では『神聖喜劇』の道元関連箇所を具体的に見ていく。

2　東堂と冬木の交点となる道元の言葉――『神聖喜劇』本文の検討

先に示した大西旧蔵道元関連書のうち、★印を付した和辻哲郎校訂『正法眼蔵随聞記』と『日本精神史研究』は、第七部第七「早春」六の1（四巻、四五一―四五二頁）において、傷害致死の「前科」をめぐる冬木二等兵の態度の謎を解く鍵として登場する。次の本文引用は、東堂からの問い合わせに応じ、入営前に冬木に起きた出来事について調べた新聞社時代の同僚・杉山からの手紙の一部である。

酒井恒良が変死した、という事実。その事実に対する冬木の独特な見方ならびに感慨が、彼における自首、辯護人私選拒否、自己防衛・自己正当化抑制、上訴抛棄を一貫して制約したのである。〔…〕わずかに、有田弁護士の語った次のようなことが事件以降における冬木の精神または思想〔…〕の謎を解明するための一つの手がかり・ヒントであり得はしないか、と僕は思うので、そのことを書いておきます。
――小倉中学・小倉師範二部卒の若い教師久留島が、冬木の小学校高等科一および二年級を持ち上りで担任した。久留島は、副級長冬木を依怙贔屓でなしに何かと引立てた（久留島は、冬木の「生れ」のことを重重承知していた）。〔…〕
久留島は、さらに進学を志し、冬木卒業の翌春、私立M大学入学のため東京へ移住した。小倉出発の際、久留島は、彼の蔵書の中から約三十冊を冬木に与え、「いい本ばかりだ。おいおい読め。むつかしい所もあろうが、『読書百遍義自カラ見ル。』だからね。」と言い残した。〔…〕
冬木が久留島からそのおり貰い受けた書籍三十冊のうちに、和辻哲郎校訂『正法眼蔵随聞記』および和辻哲郎著『日本精神史研究』があった。冬木は、事件以前にも『正法眼蔵随聞記』および『沙門道元』〔『日本精神史研究』所収〕を何度も読んだらしかったが、事件以降の未決勾留中にその二冊の差入れ（閲読）を特に求めた。〔…〕

冬木は、恋人である菊代に横恋慕した酒井の襲撃から身を守る中で、拳の当たり所が悪く酒井を死なせてしまった。情状酌量を求めず、咎の一切を黙って受けようとした冬木の「思想」の「手がかり」が、恩師から譲られた道元関連書にあるのではないか、というのである。

さらに後には、第八部での「その細い本一つは、ここにも持ってきた。」という冬木の発言で、彼が軍隊にもこの岩波文庫版『正法眼蔵随聞記』を持ち込んでいたことがわかる。冬木にとってかなり難解な文章と思われる『正法眼蔵随聞記』と『沙門道元』を、教師久留島と彼による現代語訳ノートの存在を設定してまで、あえて冬木の愛読書としたことには、物語構成上の強い要請を見なければなるまい。

杉山からの知らせを読んだ東堂は、問題の二冊、特に『正法眼蔵随聞記』について自らの読書体験を思い返す。


私は、『正法眼蔵随聞記』の「先づ只欣求の志の切なるべきなり。譬へば重き宝を盗まんと思ひ、強き敵をうたんと思ひ、高き色にあはんと思ふ心あらん人は、行住坐臥、ことにふれ、をりに随ひて、種種の事かはり来るとも、其れに随ひて、隙を求め心に懸くるなり。この心あながちに切なるもの、とげずと云ふことなきなり。」という一句を、なかんずく「この心あながちに切なるもの、とげずと云ふことなきなり。」という一句を、忘れがたく心に留めていた。もっとも、それは有縁の事象でもなかったろうけれども。〔…〕
兵隊私の中には、「この心あながちに切なるもの、とげずと云ふことなきなり。」という思想と、「一生忍んで思ひ死する事こそ恋の本意なれ。」（引用注―山本常朝『葉隠』）という思想とが、相互に抵触することなく同居した。あるいは両者の統合としての「意志は強し、生命より強し。」（引用注―国枝史郎『加利福尼亜の宝島』）という思想が、兵隊私の中に生き長らえ、だんだん盛んに生気を帯びつつあった。〔…〕

東堂は『正法眼蔵随聞記』のうち、目標（理想）に向かう強い意志の貫徹という要素を強く受容している。それは武士道書や大正時代の伝奇小説など時代も文脈も異にする書物とさえ連想的に絡み合い、軍隊とその背後の「絶大な権力」に立ち向かい、「私の「指揮官」は私である」と個の自立（律）を志向する土台の一部となっている。この「先づ只欣求の志の切なるべきなり。」が記された第二の一四の段は、大西旧蔵の和辻校訂『正法眼蔵随聞記』でも、赤ペンによるチェックマークが付されていた。[*5]

また東堂（語り手）が初めて道元に言及したのは、第六部第二「奇妙な間の狂言」三の5（三巻、三二一―三二四頁）において、夏目漱石による「真蹤寂寞杳難尋」の無題七言律詩に関連付けてのことだった。そこでは、「耳目ハ心ノ枢機ナリ」という語句がある。「眼耳」は、「心」の意であるかもしれない。それならば「眼耳雙忘身亦失」は、道元の「身心脱落」に所縁があるのであろうか。」としつつ、「則天去私」の境地ではなく、むしろ「習俗的であることの悦楽にたいする内密にして激烈な憧憬」（トーマス・マン『トニオ・クレーゲル』）を抱く芸術家・漱石による生の「悪戦苦闘」が無題漢詩に読みとられる。

道元が東堂において、個人および強い個性と紐付けられていることは注目されてよい。一方、杉山の手紙で

「謎」として提示された冬木の道元受容は、第八部第一「模擬死刑の午後」四の4（五巻、一三九―一四〇頁）に至り、鶏知屯営敷地内の八紘山中腹での話し合いで語られる。

＊東堂 なるほど。……すると、なんだね？ 橋本の話（引用注―冬木が犯人と疑われている兵器損傷事件に関する、彼に有利な目撃証言）を持ち出さなかったことと、たとえば道元のあの言葉とは、あるいは『正法眼蔵随聞記』一冊とは、関係がないのだね？

＊冬木 別に関係はない。……まぁ、無理に言やぁ、「なんとかのなんとかもあしばやなり。」ちゅう所・そげんするとも、あきらめの早過ぎて、ようない、ちゅうごたぁる意味の所が、あるでしょうが？

＊東堂 「亦われは現に道理と思へども、わが非にこそと云ひてはやくまけてのくもあしばやなり。」――ここだろう？

＊冬木 そこ、そこ。……ちゅうても、そうしちゃようない、そうするとは「あしばやなり」、とそこで言うてあることに、おれの心持ちが、落ち込んどったかもしれんとじゃけん、「関係がある」ちおれが言うたら、その本とか坊様に申し訳がなかろうごたぁる。

冬木にとって最も印象深い『正法眼蔵随聞記』の一節は、本稿の1で挙げた友常勉の先行批評でも注目されていた箇所である。大西旧蔵『正法眼蔵随聞記』の当該段には、和辻校訂版で赤ペンでのチェックマーク、水野弥穂子訳で小紙片の挟み込みが見られ、確かに作者が印象深く読んだ部分であると思われる。

ただしこれが当初、入営前の傷害致死容疑も含め、冬木が自分自身への不当な扱いに「早過ぎるあきらめ」をしがちであるという消極面につながっていたことは、押さえておかねばならない。東堂および、同席した橋本二等兵との会話を経て、冬木は自覚していなかった自分の思考の癖に気づき、彼自身の濡衣をはらす方向、ひいては軍隊で横行する人権軽視に異議を申し立てる方向に行動を変化させるのである。友常が指摘したように、確かに『正法眼蔵随聞記』は「紐帯」として機能しているが、ここで重要なのは、冬木においては反省をもたらし、東堂においては自分とは異なる「読み」に思考を開くことで冬木に歩み寄るという、相互変化を伴う「紐帯」だということであろう。

そして、本稿冒頭で挙げた第八部第三「模擬死刑の午後（結）」四（五巻、三〇五—三一二頁）に場面は繋がる。道元と関連づけられた箇所を一部引用する。

　もう一人の発言者を冬木と私が悟ったとたんに、「身心放下」という語ないし観念が、私の脳中に飛び出た。おおよそ次ぎのごときが、その事由であった。〔…〕
　また、私は、——われながらそれをも牽強と思わなくもなかったものの、——たとえば「学道の人、身心を放下して一向に仏法に入るべし。古人云く、『百尺竿頭、如何ガ歩ヲ進メン。』と。然あれば百尺の竿頭にのぼりて、足をはなたば死ぬべしと思ふて、つよく取つく心のあるなり。其れを一歩を進めよと云ふは、よもあしからじと思ひ切りて、身命を放下するやうに、渡世の業よりはじめて一身の活計に到るまで、思ひすつべきなり。其れを捨てざらんほどは、いかに頭燃を払うて学道するやうなりとも、道を得ることはかなふべからざるなり。ただ思ひ切て身心ともに放下すべきなり。」あるいは「古人の云く、『百尺の竿頭にさらに一歩をすすむべし。』と。此の心は、十丈の竿のさきにのぼりて、なお手足をはなちてすなはち身心を放下するが如くすべし。」という垂示にたいする特別な感動が冬木の精神にかつて生じて今日も存続するのではないか、というふうにも忖度しはした。

そして、私は、よしんばそのような推測が的中していたにしても、それらの教えの冬木におけるは、あたかも「先づ只欣求の志の切なるべきなり。……この心あながちに切なるもの、とげずと云ふことなきなり。」という垂示の私におけるがごとくに、(必ずしも)有縁の事象ではなさそうである、と独断した〔…〕。しかし、また、私は、事象の「有縁か無縁か」を決定するには「長い目で見る(あるいは広義に解する)」ことが大切であろう、と考えもした。そもそも私は、仏教にもキリスト教にも現実のあらゆる宗教に「縁なき衆生」の一人であって、またそのことに「満足」もしくは「光栄」を感じてきた。それにもかかわらず、私は、「宗教的感情(とかりそめながら我流に私が名付けた物)」には相当な(あるいは深甚な)尊重を持っていた。

私も、——よしそれは『随聞記』の「身心放下」という語ないし観念とは到底無縁であったにしても、——「十丈の竿のさきにのぼりて、なお手足をはな」つ底の決断をせねばならなかった。〔…〕ふたたび存外にも冬木が、仁多軍曹にむかって、最前のとほぼ同一のことを呼ばわり、私が、末永二等兵にむかって、続けざまに叫んだ。

「人のいのちを玩具にするのは、止めて下さい。人のいのちは、何よりも大切であります。」

「末永。部隊長殿の死刑判決というのは、ほんとのことじゃない。作りごとだ。あの電話は、どこにもつながってない。誰にも通じやしない。そんなことなんかで、死刑になるものか。」

ここで冬木は、狭義の信仰に「有縁」でなくとも「身心放下」を体現し、保身を脇において一歩を踏み出せる存在として、驚嘆とともに東堂に捉えられている。一方で東堂も、同じく「縁なき衆生」と自己規定しつつ「この心あながちに切なるもの、とげずと云ふことなきなり。」という、「我流虚無主義」（人は何を為してもよく何を為さなくてもよい）克服につながる一節に立脚しながら、冬木とともに上官の初年兵虐待を止めようとする。『正法眼蔵随聞記』は、特定宗教を超えた普遍的倫理に繋がり得る書物として、両者が抱えていた問題（冬木は他人を死に至らしめたことへの悔い、東堂は戦時下での思想的挫折体験にともなう「我流虚無主義」）との対決をクライマックスで交錯させる効果を生んでいるのである。

3　「身心放下」と戦争の問題を突破する——「間柄」以前の和辻がもつ可能性

さて、「模擬死刑」場面で引用された「身心放下」に関する段は、大西巨人旧蔵の和辻校訂『正法眼蔵随聞記』で、やはり赤いチェックマークが付けられている（第三の一、第五の二〇）。この「身心放下」は、仏教研究では一般にどのような意味として解釈されているのであろうか。伊藤秀憲「道元禅と『随聞記』」[*6]は、例えを交え次のとおり簡潔に説明する。

要するに「身心」を放下するということは、「我見」を捨てて、仏法に随うことであり、具体的には師の教え、経論に説かれた教えに随うことである。我見に固執して、知識を訪ねても、自分の考えに合わない教えは理解できないと言って、自分の見解に合うものだけにとりつくのでは、仏法はわからないというのである。〔…〕知識がもし仏とは蝦蟇・蚯蚓だと言ったら、それを信じて、それまで持っていた仏というものに対する理解を捨てるべきであるというのである。知識とは正師のことであろう。〔…〕如浄と道元禅師との関係がよい例であろう。疑いがあったのでは面授嗣法ということはありえない。我見を捨てて師に随うということは、師に対する絶対的な信がなくては成り立たないのである。
では、どんな師でも信じてよいのかと言えば、そうではないであろう。正師と邪師の見分けがつかなくてはならない。〔…〕

先入観の軛を取り払うために、謙虚に師と教えに従うということである。さらに紀野一義の場合は、伊藤論文より後年の発行である『道元「禅」とは何か　第六巻――「正法眼蔵随聞記」入門』[*7]で次のように述べている。

自分の個性でやるとか、独創的なことを考え出してやるとか、そういうことを道元禅師は許さなかった。今までに先師方が修行されてきた通りにやればそれでよろしい、というのである。〔…〕
結局、家元が、「こうしなさい、ああしなさい」といった通りにするのである。「ここから三歩あるいて右を向き、右を向いたら顔をあげ、あげたら下げ、下げたら横を向き」というふうにやる。これがお能のやり方である。教えられた通りにやっていると、子供を亡くした母の悲しみになるという。
それが、少し上手になると、ちょいとこの辺で見せようという気が起きる。すると、顔を下へ向けて曇らせるはずのところが、あごがちょっと上へあがってしまうというからおそろしい。〔…〕

ここで、伝統芸能である能の型を例えに、個性と独創性の不許可にまで話が発展しているのは注目すべき点である。紀野は、『道元「禅」とは何か』シリーズを著してきた遠藤誠の死去に伴い、第六巻の執筆を途中で引き継いだ。帝銀事件の平沢貞通や、永山則夫を担当した反権力志向の強い弁護士でもあった遠藤に対し、紀野は学徒動員の将校として台湾で従軍した後、仏教学者となり在家仏教団体真如会を主催した経歴をもつ。同書の別の節で紀野は、「終戦までの一年間、どんな苦難、どんな脅威にあっても一歩も退かぬ戦闘者だった。」「薄い岩波文庫の『正法眼蔵随聞記』は私の戦闘服の内ポケットにいつもしまいこまれていた。その巻第六の八は、戦闘者である私の戦陣訓であった。」と述懐している。つまり戦時において、道元禅のきびしい行道が、兵士としての、己を捨て身を削る働きとして読み替えられているのである。

紀野の執筆部分は、遠藤が書き遺した分と明らかにトーンが異なっているとはいえ、将校・紀野の『正法眼蔵随聞記』受容が特異なものであったわけではない。禅宗の戦争協力問題を研究したブライアン・ヴィクトリアは、次のような事例を紹介している。[*8]

杉本〔引用注―杉本五郎陸軍中佐。山東出兵、満州事変等に従軍。一九三七年の戦死後に平凡社が遺稿集『大義』を刊行、広く読まれた〕は、禅の偉大な大家たちの教えから、自らの信念を支えるものを見出した。たとえば曹洞宗を十三世紀の日本にもたらした道元禅師の教えにおいても、杉本は自分の思想の支えとしていた。「道元禅師曰く、『仏法とは自己を習ふなり、自己を習ふとは自己を忘るるなり』と。自己を忘るるとは身心を放下し、〔…〕真に不疑の大道に達せるの謂ひなり、斯くして宇宙の大法則、至正至純の大精神は髣髴として箇身に顕然たり。是れ君臣一如の当体、天皇信仰の根基なり」〔…〕

ある者には、杉本の仏教および禅に対する理解は、一人の極端な国家主義者の頑なさからくる好意が歪曲されたものと弁護するであろう。だが、重要な点は、当時の指導的立場にあった禅者たちは、杉本と同様、禅と戦争、そして天皇との一体化した思想を賛美したことにある。〔…〕

「自己を忘るる」から服従と「君臣一如」、さらに仏道信仰をよそにした「天皇信仰」への奇妙な接続は、「身心放下」解釈の歴史的一側面として無視することはできないようである。それでは、身を危険に投げ出す勇気をもちつつも個人の思想を捨てない、冬木のような「身心放下」は、いわば『正法眼蔵随聞記』の「誤読」であるのだろうか。

これを考えるための補助線としたいのが、『神聖喜劇』に題名だけが登場した和辻哲郎『沙門道元』である。本編に引用がないため、これまでなぜ特にこの論考の存在が示されているのか、またどの部分に大西の関心があったのかも不明であった。しかし旧蔵書調査によって、『日本精神史研究』の『沙門道元』冒頭に、上端を赤ペンで塗り「道元」とメモした紙が挟み込まれ、さらに一八八—一八九頁に栞の挟み込みがあることがわかった。次に抜粋する。

> 導師がかくのごとく重大な意義を持つとすれば、師についた修行者は自己を空しゅうして師に随わなくてはならぬ。〔…〕
>
> 明らかにここには個性への顧慮は存在しない。模倣にしろ追随にしろ、永遠の真理をつかむことがただ一つの重大事である。が、この事は個性の没却ではなくしてかえって個性の顕揚を意味する。模倣追従が可能であるのはただ修行の道においてであって、真理の体得そのものに関してではない。体得するのはその独自なる人格である。その時にこそその個性は、天上天下に唯一なるものとして、最奥の根拠から輝き出るであろう。
>
> 仏祖の模倣は、かくのごとき人格的道取を中核とするに至って、初めてその意義を明らかにする。ここに一切の仏語はその概念的固定から救われるのである。そうして仏弟子は、仏語の概念的緊縛から離れて、融通無碍なる生きた心理に面接するのである。

すなわち先述の「自己を忘るる」の問題について、修行の方法においては模倣・追随であるが、真理はそれぞれ独自のあり方で体得されるので、最終的に道元禅は「個性の没却ではなくしてかえって個性の顕揚を意味する」というのである。そして和辻は、「「仏法のための仏法修行」。この覚悟が日本人たる道元において顕揚せられたことは、我々の驚嘆に値する。」「仏法は人生のためのものでない。人生が仏法のためのものである。仏法は国家のためのものでない。国家が仏法のためにある。」と、一〇年あまり後に流布する杉本五郎中佐の遺稿とはほとんど逆の把握を行っている。

和辻といえば、とりわけ昭和期には国家や地縁共同体を基盤とした倫理学に取り組み、西欧的な「個人」ないし「人格」概念を否定して、所属集団が規定する役割に人倫の足場を求める「間柄」の思想を公表していった。例えば、一九四二年六月初刊の『倫理学　中巻』には次のような一節がある（傍点原文）。

国家の個々の成員は、この全体性の地盤に於て人格的個別性を円成すると共に、この全体性へ帰入することによつて己が本来の面目に到達する。云ひかへれば人格は国家の成員たることに於てその人倫的意義を充実するのである。〔…〕在来人格の概念は全体性との関連から引き離して構成され、従つて極めて抽象的に、独立的個別的な意志として規定された。権利義務の主体たり得る法律上の資格を人格と呼ぶ如きはその一例である。しかしかくの如き人格は国家の成員としての生きた人格ではない。〔…〕[*9]

日中戦争前夜の時点では、「人格」の充実の前提を「国家の成員」であることに見出した和辻であったが、一九二〇～二三年の雑誌『新小説』での連載を経て大正末年初刊の『日本精神史研究』に収められた『沙門道元』では、「国家が仏法のためにある。」と国家優越主義を明確に否定していたのは象徴的である。『沙門道元』は大正期和辻の忘れられた可能性のひとつであり、時に全体主義への回収と隣り合わせとなる道元の「身心放下」を、本質的に平等な個々人による真理追究の営みへと引き戻しうる言説といえよう。

『日本精神史研究』についての先行研究で、この「個性の顕揚」という要素を強く指摘するものを見つけることは出来なかったが、大西巨人による和辻への注目、また難解な『沙門道元』が冬木の読書体験にあえて導入された理由はここに求められるのではないだろうか。

4 野間宏における親鸞への関心との比較——慈悲と鍛錬

ここからは、野間宏との比較の中で、大西の道元受容について考察し、論の発展を試みたい。道元について詳しく論評した文章を大西は残していないが、野間を参照項とすることで逆照射的にその受容の特質が見えてくるのではないか、という狙いである。

大西と野間は、やや野間が先行するが同時代作家であり、日本共産党をめぐる関わりの他にも、「兵営を舞台とした長篇小説の発表」「鎌倉新仏教の僧による思想への関心」など、比較できる点がいくつかみられる作家である。野間は、よく知られるように父親が浄土真宗系在家仏教の篤信者であったことから、若くして仏教に触れることになったが、彼が例えば大西と同じ道元ではなく、(一度は離れたものの)親鸞の思想を見直すことになった理由は、いくつか書き残されている。


「正法眼蔵有時」が私のすぐ前に置かれていた時がある。〔…〕私はこの道元の文章を解こうとして、朝起きてから寝るまで、あらゆる時間をそれにあてようとしていた。高等学校に通っていた頃のことである。〔…〕

〔…〕しかしこの「有時」は好きというような文章ではなかった。それはきびしい結晶を思わせるような文章だった。私はこのかたい結晶の前に立たされて、このなか深く入って行こうとしながら、たちまちにして、はじきかえされるような気がしたのだ。

〔…〕この経歴という考えによって、道元は歴史と社会の関係を明らかにしようとしているのであるが、それはなお具体的に歴史社会の問題をとらえて、解くなどという力を持ってはいないのである。〔…〕

〔…〕『正法眼蔵』が私をとらえていたのは、私の知性と感情の一部であった。そして私の感情の深みのなかには、〔引用注—親鸞の〕『末燈抄』のリズムがうねりながら動いていたのである。〔…〕私が弁証法的唯物論に深く入って行こうとしたとき、『末燈抄』は私の内であらためて存在を主張しだしたのである。[*10]〔…〕

詩人・竹内勝太郎の影響を受け道元に触れた野間だったが、その文章の硬質さや抽象性に違和感を抱き、離れていった。本稿の一に示した大西旧蔵書リスト内の永積安明『中世文学の成立』では、「道元は、親鸞が、罪業の意識に媒介せられて、俗世人の弱点に、積極的に結びついていったような形では、内心の問題に入ろうとせず」「道元における「放下」の道、「只管打坐」の方法は、きわめて峻烈で、一切の妥協を許さない。」「詠嘆的・気分的表現になれた和文脈よりも、主として漢文読みくだしに近い文体による、分析的・指示的なことばの駆使が必然となる。論証を進めるにふさわしい明晰で論理的な文体が、彼において、意識的に確立されるわけである。」と、道元の文体の特徴が説明されている。翻って、論理性や漢文読みくだし的文体という共通点により、大西の道元への親近感もより理解しやすくなる。[*11]

文体以外の点では、やはり親鸞が農民とともに長く生活したことに野間の強い共感が向かっている。岩波新書版『親鸞』[*12]の「8　農民（生産者）のなかへ」で、野間は朝廷からの弾圧により長期流罪に遭っている親鸞が

「農民たちの苦しみのどん底にある毎日の暮しぶりを余すところなく明らかにした時」「自分が叡山にあってやりとげてきた特別に定められた規定と課題のある困難な修行などにしても、まったく比較にならないほどたやすい」ことを知り、「法然の念仏というものは、ただただこの人たちのために見出されたものであるという結論」に達したと述べる。章題自体が「ヴ・ナロード」のもじりであるが、野間の価値付けは、道元の抽象性と対蹠的な親鸞の具体性、社会運動が生じる以前の「救い」を現場で担おうとした面にあったとみてよい。

また野間は、性（女犯）の欲望に強く悩む親鸞が、夢の中で観世音菩薩に戒めではなく赦しを与えられたことで救われ、後に妻子を持ったことにも注目する。[*13]「悪人正機」と繋がるように、親鸞自身もまた「弱さ」を受け入れつつ解決しようとしたことも、「わかい人々、庶民の心をとらえた」一因と評価するのである。

対照的に道元は、文体だけでなく思想においても厳しさが指摘される。和辻『沙門道元』に、次の指摘がある。

> 我々はここに二つのことが説かれているのを見る。一つは世上の価値の差別を撥無することである。〔…〕が次には、法を重んずることによって人間に真実の価値の階段を与えることである。人は得髄を礼拝せねばならぬ。人間としては平等であっても、法を担うものとしては平等でない。法の貴さを認めるものは、やがてこの不平等を認め、価値高きものを尊ぶことを知らねばならぬ。ここに明らかな貴族主義がある。礼拝得髄はこの万人平等の上に立つ精神的貴族主義の標語である。

「貴族主義」とは強い言葉だが、目指すべき価値を明らかにし、それに向かう努力の程度に応じて個人はより尊くなりうるのであり、それは誰にでも可能性が開かれているので悪い意味での「不平等」とは異なるということである。このような「克己主義（ストイシズム）」は、『神聖喜劇』の第一部・序曲「到着」で船酔いの醜態を晒すまいと東堂が飲食を控えたという些細な挿話に始まり、権力におもねる一方で学歴をひけらかす「厳原閥」への苛立ちなど、大西の創作や著述にも顕著にみられる傾向といえるだろう。

また同書で和辻は、親鸞と道元を比較し、「前者（親鸞）は仏の慈悲を説き、後者（道元）は人間の慈悲を説く。前者は慈悲の力に重きを置き、後者は慈悲の心情に重きを置く。前者は無限に高められた慈母の愛であり、後者は鍛錬によって得られる求道者の愛である。」（傍点原文）と、具体的効用として多くの救いを目指す親鸞に対する、修行者が内面を鍛えて救いの仏意を体現しようとする道元という概括を行った。この把握は、一九五〇年代に野間が積極的に運動実践に向かい、大西が文学に留まったという傾向の違い[*14]にも共振するようである。

このように見ていくと、野間宏においては、マルクス主義を経由して親鸞と出会い直したことが少なからぬ意味を持ち、貧しい農民たちとの具体的な交流の中で僧（知識人）である親鸞が大きな学びを得るという構図や、欲望をめぐる人間の「弱さ」を受け入れつつ救済するという点に強い共感を持っているように思われる。一方、大西における道元は、出自や性別による差別の否定（女人往生ほか）はあるものの、マルクス主義との関連付けは薄く、第一義には他者よりも自己鍛錬に向かうものとなっている。しかし、鍛錬の中で出会った個人同士が、互いに上下なく変化をもたらしあい連帯することはありうるのであり、そのイメージの現れとしても「模擬死刑」場面は読めるのである。

5　おわりに

『正法眼蔵随聞記』の一節は、『神聖喜劇』においては宗教的含意を超えて、東堂の「我流虚無主義」の克服につながる標語として引用された。一方、冬木にとっては当初、「早すぎるあきらめ」（自らの主張を手控えすぎてしまうこと）に関連づけられていたが、東堂らとの対話によって気づきを得た後は、被差別者・「前科」者としての迫害の恐怖をおして「身心を放下」し「百尺の竿頭にさらに一歩をすすむ」異議申し立てを支える思想に変化した。『正法眼蔵随聞記』引用は、東堂と冬木がそれぞれに抱える問題を連結させ交差させせつつ、「模擬死刑」事件で爆発的な転機をもたらす役割を果たしているといえる。

「身心放下」は歴史的に、ともすると我見（固定観念）だけでなく、個人の人格そのものを否定し、全体主義に資する思想とされることもあった。しかし『正法眼蔵随聞記』と並んで作中に示された、和辻哲郎の大正期の著述『沙門道元』――道元に「個性の顕揚」や「独自なる人格（の体得）」などを指摘する――を検討すれば、「模擬死刑」場面が精神的に独立した個の連帯のありようとして描かれていると解釈できる。

そしてこのような大西の道元受容のあり方は、同時代における野間宏の親鸞研究と一種の対照をなしており、マルクス主義流布以降の戦後文学者にとっての仏教思想という、広い問いへの接続可能性をも示しているといえるだろう。

注

1――『早稲田文学（第九次）』二七巻三号（二〇〇二年五月）

2――立野正裕『精神のたたかい　非暴力主義の思想と文学』（スペース伽耶、二〇〇七年六月）

3――『大西巨人　抒情と革命』（河出書房新社、二〇一四年六月）

4――二松學舍大学東アジア学術総合研究所共同研究プロジェクト「現代文学芸術運動の基礎的研究――大西巨人を中心に」の一環として行ったものである。

5――「この心あながちに切なるもの、とげずと云ふことなき也」は大西巨人選定による詞華集『春秋の花』（光文社、一九九六年四月）でも再録され、また自筆の書が残るなど、大西巨人が愛重した言葉のひとつでもある。

6――池田魯參編『正法眼蔵随聞記の研究』（渓水社、一九八九年五月）
7――遠藤誠＋紀野一義『道元「禅」とは何か　第六巻――「正法眼蔵随聞記」入門』（現代書館、二〇〇二年一一月）
8――ブライアン・ヴィクトリア著／エィミー・ツジモト訳『禅と戦争　禅仏教は戦争に協力したか』（光人社、二〇〇一年五月）
9――和辻哲郎『倫理学　中巻』（岩波書店、一九四二年六月）、第三章第七節
10――「仏教のなかの私」（『野間宏作品集　一三巻』岩波書店、一九八八年一月）より。初出未詳だが、「解説」では一九五〇年代末の執筆と推定されている。
11――大西の文体については、中野重治が「大西の「黄金伝説」について」（『新日本文学』九巻七号、一九五四年七月）で「万事万端漢語でやっている」「平民がどんな生きた言葉で物ごとをつかんでいるかにかかわらぬ、下士官とか役場役人といった人々の言葉である。」と批判的に評したほか、大西自身も「表現の論理性と律動性」（『新日本文学』二四巻一〇号、一九六九年一〇月）で漢語に頼りすぎずに論理性と緊張感のある文体を生み出したいという趣旨のことを述べており、漢文脈の色濃さが自他共に認める特徴といえる。
12――野間宏『親鸞』（岩波新書、一九七三年三月）
13――野間宏「現代にいきる仏教」（『私の古典　歎異抄』筑摩書房、一九六九年五月）
14――拙論「大西巨人『神聖喜劇』における兵士の加害／被害――野間宏『真空地帯』との比較から――」（『文藝と批評』一一巻一〇号、二〇一四年一一月）でも、一九五〇年代の両者の活動と問題意識を比較検討した。

習俗的であることの悦楽――『神聖喜劇』における『トニオ・クレーゲル』

竹峰義和

1 大西作品におけるドイツ文学

大西巨人の作品には、ドイツ文学にまつわる固有名や引用文が散見される。『神聖喜劇』では、主人公の東堂太郎が入隊時に持参した「私物書籍九種十冊」のうちの一冊が「"Buch der Lieder"」すなわち、「ユダヤ系ドイツ人ハイネ著『歌の本』」の原書である。[*1] また、主要作中人物の一人である村上少尉は、高校生のときに「校友会雑誌に『ハインリッヒ・フォン・クライスト序論』一篇と詩数篇とを発表し」、「文科二年乙類級を担当していた篤学のドイツ語教師」によって「前者についてフリードリッヒ・グンドルフの影響を、後者についてシュテファン・ゲオルゲ後期の影響を、否定的ならざる意味によって指摘」されたという知的経歴をもつ人物として設定されている。[*2] 日本の軍隊が「なんでもかも、ウヤムヤ」な「『暖簾に腕押し。』のようでもあり、『泣く子と地頭には勝てぬ。』のようでもある」という表現から東堂が想起するのは、「カフカというオーストリア作家」が執筆した『審判』の「鮮烈な印象の結末部分」の「イギリス語」訳である。[*3] さらに、「模擬死刑事件」に関して「「積極的行動に出ること」」と「「小心翼翼たる臆病」」のはざまで揺れる東堂は、「かつて一再ならず私が読んで感動した小説」であるクライストの『ミヒャエル・コールハースの運命』を思い起こす。[*4]

『三位一体の神話』では、「ノサック作中篇“Das Testament des Lucius Eurinus”（『ルキウス・エウリヌスの遺書』）の最後」に掲げられた「'Der freiwillige Tod des Einzelnen aber ist in Bekenntnis zum Leben.'（「個人の自由意志による死は、しかし生への信仰告白である。」）」という「逆説的」な一文が、パヴェーゼの自殺にまつわる記述のなかで引用されている。[*5] 作中人物の一人が「紀伊國屋の洋書部」で購入するのは、「ハインリヒ・フォン・クライスト著“Sämtliche Erzählungen”（『小説全集』、ヴィルヘルム・ゴルトマン社刊）」である[*6]（このクライストのドイツ原書を購入する場面は『深淵』にもある）[*7]。また、別の作中人物が執筆したエッセイには、ビュヒナーの『レンツ』について、「最終パラグラフなどを、私はいまも暗誦することができる」愛読書として言及されているほか、ドイツに渡航した知人からの「お土産」として、「ヘルマン・ヘッセの短篇二巻本全集、ノサックの一九七〇年代著作三冊など」を貰うという挿話も登場する。[*8]

『迷宮』には、『神聖喜劇』でも英訳で引用されたカフカの『審判』の最後の一文「'»Wie ein Hund!« sagte er, es war, als sollte die Scham ihn überleben.'」が、「最初の日本語訳では、その結びは、『〝犬のようにくたばる！〟Kは云った。屈辱が、生き残っていくような気がした。』と訳されていること」の是非をめぐって会話が交わされる。[*9]

『深淵』のエピグラフは、ノサックとトーマス・マンから取られている。また、主人公の麻田布満はかつてドイツ文学を専攻していたという設定であり、大学院時代に「『H・ノサック作《盗まれたメロディー》について』」「『H・ブロッホ作《罪なき人々》のこと』」[*10]「長篇批評『エルンスト・トラー論』」などのエッセイを「冬間素満（ふゆまもとみつ）」という「トーマス・マンの漢語のもじり」であるペンネームで発表しているほか[*11]、「ドイツ文学専攻の大庭伯父」の影響により「かなり多くのゲーテ作詩篇をそらんずるようにな」っており、「G・ビュヒナーへの積極的評価」も受け継いでいる。[*12] この小説にはほかにも、「国立京都大学大学院修士課程独文学科」を「ヘルマン・ブロッホ研究」の修士論文によって修了した別の人物が、ドイツ文学の教授となった友人から「ハンス・エーリヒ・ノサック著九冊」と『ゲオルク・ビュヒナーの作品および書簡』、ギュンター・グラス作『ブリキの太鼓』のドイツ原書を返却される場面や、[13] 主人公が「自然にカフカ作『城』の秀抜な書き出しの部分」を想起する場面がある。[14] さらに、『深淵』には、エドゥアルト・メーリケ、ヴィルヘルム・ラーベ、テオドール・フォンターネ、ローベルト・ヴァルザー、ヴァルター・ベンヤミン、テオドール・アドルノ、リカルダ・フーフ、アルノォ・シュミットといった名前も登場してくる。くわえて、大西のエッセイでは、ゲーテ、クライスト、ビュヒナー、ハイネ、ニイチェ、カフカ、ブロッホ、ノサックなどのお馴染みの著作家が繰り返し言及されるほか、レッシング、シラー、レンツ、シュトルム、ムージルなどの名前も見受けられる。

もっとも、大西作品に登場する固有名はドイツ文学に関連するものに限られるわけではけっしてなく、作者の幅広い文学的な関心・知識に応じて、日本の古典文学や近代文学、アメリカ文学、ロシア文学、さらには詩、短歌、推理小説など、言語やジャンルの枠を超えたさまざまな作家や作品の名前がテクストのなかに縦横無尽に織り込まれていることは周知のとおりである。とはいえ、大西巨人にあってドイツ文学が他のいかなる外国文学よりも重視されており、ドイツ語原文からの引用が大西文学を特徴づけるメルクマールのひとつをなしていることは明らかだろう。なかでも、大西巨人の全テクストのなかで、言及や引用の頻度とその内容において特権的な位置を占める作品が存在する。すなわち、トーマス・マンの『トニオ・クレーゲル』である。

2 孤独、恋着、

遺された大西巨人の蔵書のうちには、一九二四年刊行の『トニオ・クレーゲル』のイラスト入りの原書が含まれている。扉には青鉛筆で「Aug. 1935, Norito Onishi」と記されているが、おそらくは購入時に書き入れられたものだろう。大西が生まれたのが一九一六年八月二十日であるから、一九三五年には十九歳、その二年前に入学した福岡高等学校文科甲類に在籍中のことになる（なお、文科甲科は第一外国語として英語を選択した学生からなる科類であり、ドイツ語は第二外国語という扱いだった）。[*15] もしかすると大西青年は自分への誕生日祝いとしてこの書籍を購入したのかもしれない。ともあれ、この『トニオ・クレーゲル』の原書入手の経緯は、『神聖喜劇』のなかで、作中人物の東堂太郎の回想として、次のように記されている。

二十歳前後の私が新本屋または古本屋で入手せるトォマス・マン著作物十数種のうちに、'FISCHERS ILLUSTRIERTE BÜCHER'〔フィッシャー絵入り双書〕」の一冊 "TONIO KRÖGER"（一九二四年版）があって、それにはエリッヒ・M・シモン筆の挿絵十六、七葉が入っていた。カドリール練習会の夜、マズルカの花やかな旋律からやや遠い片隅で「一つの閉ざされた巻き上げ鎧戸の前に淋しく除け者にせられ希望もなしにたたずまって、つらい切ない思いのまにまに、あたかも彼がそこから窓外を見得るかのように装って」いるトニオ・クレーゲルの姿が、その一葉に見出される。すでに『トニオ・クレーゲル』の別の原典を持っていた私が右「絵入り双書」の一冊を古本屋で言わば「余分に」買い入れたのは、主としてほかならぬ例の一情景がそこに絵に描かれていたことのためであった。[*16]

確かに、大西所蔵の原書では、この「一情景」が、児童書の挿絵のようなほのぼのとしたタッチでイラスト化されている。十六歳のトニオが、ダンス講習会にて、密かに恋心を抱いていた金髪の少女インゲボルクの相手をしているときにひどい失敗をしてしまい、その場にいる全員から大笑いされたあと、一人窓辺で寂しくたたずむ

——楽し気にダンスに興じる人々の明るい表情と対照をなすかたちで描かれた暗いトニオの後ろ姿が、そのころ主人公とさほど年齢が離れていなかった青年の胸にいかに印象深く刻まれたかは、古書購入から七年後、対馬要塞重砲兵聯隊陸軍一等兵として従軍していた大西がつけていた日記からも伺える。「兵隊日録抄」（初出は『前夜』〔一九五一年九月発行〕）の「〔昭和十七年八月十六日〕」の欄には、みずからに「団体生活の能力」が欠けていることについて省察するなかで、「人の大ぜい集まつてゐる所に出て真ん中に位置することもある」場合について、こう記されている。

さういふ場合に、その最終でかそのあとでか、自分のしてゐること・したことに嫌悪を感じないことは、これまたほとんどない。そのやうな折りには、トーマス・マン作中のトニオ・クレーゲルが、インゲボルクの行つてゐる会合に出席しながら、「壁の花」のやうに冷い気持ちを抱き、喧騒の遠く聞こえる廊下にひとり立つて、おれはこんな所に来るのではなかつた、自家の小部屋の窓辺に坐つて、シュトルムの『インメンゼー』を読みながら、胡桃の老木が物憂げに葉を鳴らす黄昏の庭にときどき目をやつてゐたほうがずつとよかつたのに、と孤独な心を持て余すのは、やがてまた私の心情の表現でもあつたのだ。*17

陸軍での馴染むことのできない「団体生活」を長期にわたって強いられるなかで、かつて愛読した『トニオ・クレーゲル』の一節を想起しつつ、「孤独な心」を深める大西巨人。この日記の一節は、『神聖喜劇』のなかで、「弛張」を「シチョウ」ではなく「チチョウ」と読むという「軍隊の読み方」を強要する堀江隊長にたいして東堂太郎が公然と異を唱えるという印象的な場面のあとに登場する、主人公の述懐のなかに組み入れられることになる。

……私は、こんな所でこんなことを言ったり行ったりするのにふさわしい人種ではなく、そのような言行を好き好む人間でもない、――先ほど私を捕えたそういう感慨が、いまはやはり他のさまざまな想念を圧して、最も重く私を支配していた。そういう感情は、たまに私が人前に出て、已むを得ない義務ように何か（目立つようなこと）をしたりしゃべったりすると、その最中にかその直後にか、ほとんど必ず私に湧き出て来るのであった。そしてこれまたその種の機会に私の記憶によみがえる習いのような一つのドイツ文章が、ここでも両耳の奥深くで静やかに鳴り出すのを、私は意識した。／／Er blickte aber in sich hinein, wo so viel Gram und Sehnsucht war. Warum, warum war er hier? Warum saß er nicht in seiner Stube am Fenster und las in Storms „Immensee" und blickte hie und da in den abendlichen Garten hinaus, wo der alte Walnußbaum schwerfällig knarrte? Da wäre sein Platz gewesen. Mochten die anderen tanzen und frisch und geschickt bei der Sache sein!／〔しかし彼は、彼自身の悲しみとあこがれとに溢れた内心を見つめていた。なぜ、なぜ彼はここにいたのか。なぜ彼は、彼の小部屋の窓ぎわに腰を下ろして、シュトルムの『みずうみ』を読みながら、胡桃の老樹が物臭そうに音を立てる夕まぐれの庭園にときどき目を向けてはいなかったのか。そここそは彼にふさわしい場所であったろうに。ほかの連中は勝手に踊って活撥に器用に熱を上げるがいい！〕[*18]

もっとも、『神聖喜劇』において『トニオ・クレーゲル』は、集団生活で感じる孤独さや、心ならずも目立ってしまった際の自己嫌悪といった感情と結びついているだけではない。むしろ、『神聖喜劇』のなかで『トニオ・クレーゲル』やそれにまつわる記憶を東堂太郎が想起すること自体に、彼の軍隊生活において重要な意味が付与されていた。というのも、『神聖喜劇』で『トニオ・クレーゲル』について集中的に言及されるのは、この長篇小説のほぼ中間地点に位置する「第六部　迷宮の章」の「第二　奇妙な間の狂言」においてであるが、そこでは、「トォマス・マンの幾つかの作品（なかんずく『トニオ・クレーゲル』）に私が初めて邂逅したのも、中学生時分のことであった。」という一文につづいて、「そしてまた、その一時期の遠い幼い特定経験が、かりそめならぬ関連あるいは影響を私の新兵生活そのものにも及ぼしていたのである。」と明確に述べられているからである。[*19]もっとも、東堂太郎からまず語られるのは、かつての中学時代の「片思い」にまつわる甘苦い思い出である。

その香椎から私と同じく博多（福岡市）まで汽車通学をしていた一人の美少女に、私は、当年の浅春（二年第三学期の半ば）以来、深く恋着し、心ひそかに恋い焦がれた。／それは、文字どおりの「片思い」であった。［……］私は、彼女を遠くから（時としては近くから）ただ見ていたのである。それだけでも、私の心は、ある新鮮なよろこびおよび張り合いを感じることができた。／二年と三年との境目の春休みに、私は、トォマス・マン（の和訳短篇および中篇十幾つか）を初めて読み、すぐに（とにかくにも）その愛読者になった。中でも『トニオ・クレーゲル』から、私は、衝撃を受け取った。私は、あるいは私の半面は、当の作者ないし作中手人物の魂に血のつながりを認めた。［……］中学生私が『トニオ・クレーゲル』に深く感動したのは、一つにはその私が立花静子を「遠くから（時としては近くから）ただ見ていた」ことのせいであったろう。／［……］あたたかく悲しく彼の心像は、インゲボルク・ホルムよ、君のために鼓動していたのであり、そして彼の魂は、至福の自己否定において、君の金髪の・明るくて驕慢にも習俗的な小さい人格を抱いていたのである。／たとえば右の箇所に、私は、赤鉛筆で傍線を引いた。立花静子は、私の「インゲボルク・ホルム」であった。[*20]

このほほえましい回想は、日頃は超人然とした東堂太郎が珍しく人間らしい側面を示すという点で印象的である。だが、引用個所における「明るくて驕慢にも習俗的な小さい人格」という表現が示唆しているように、『トニオ・クレーゲル』における主人公の恋情は完全に純粋なものではなく、おのれの「片思い」の対象である当の少女の卑俗さや凡庸さにたいする醒めた認識をともなってもいることに注意しなくてはならない。おそらく、大西巨人が『トニオ・クレーゲル』のこの一節に強く惹かれたのは、たんに自身の経験と主人公のそれとを重ね合わせていたということ（だけ）ではなく、恋愛における感情と思考のこのような不一致、すなわち、みずからの一方的かつ熱烈な恋慕の情が、相手が抱えている欠陥についての思考とは無関係に成立しうるという逆説のためで（も）あろう。『地獄変相奏鳴曲』第四楽章「閉幕の思想　あるいは娃重島情死行」のなかで、作中人物・志貴が『トニオ・クレーゲル』について述懐する次の言葉は、そのような推測を裏づけているように思われる。

中学生の時分から、志貴は、トーマス・マンの諸作物を敬愛してきた。とりわけ『トニオ・クレーゲル』は、志貴の深甚な愛読書であった。十六歳のトニオが金髪（ブロンド）の少女インゲボルクに恋着する機縁の場面を、マンは、次ぎのごとく霊妙に描いた。／／［……］それは、どういう情況であったか。彼は彼女を従来いくたびも見ていた。しかるに、ある夜のこと、彼は、彼女を、ある照明の中に見た。彼は、彼女が一人の女友達と話していて、一種の誇りかな様子で笑いながら頭を横手にかしげ、その手を、あまり格別に繊細でもなく・あまり格別に綺麗でもない少女風の手を、一種の所作で後頭部へ持って行き、そのとき彼女の肘から白い紗の袖が捲れ上がるのを見、彼女が一つの言葉に、あるなんでもない言葉に、一種のアクセントを付け、そのときあるあたたかいひびきが彼女の声のうちにあるのを聞いた。すると、激烈な歓喜が、彼の心を捕えた。／／志貴は、何度か『トニオ・クレーゲル』を読み、中でも右の一節などを何度も拾い読みにして、そのたびに感嘆した。人生上の「恋愛」という事柄が主として（「論理(ロゴス)」によってではなく）「情念(パトス)」によって発生することをその一節が玄妙に描出しているのであろう、と志貴は、思わざるを得なかった。[*21]

「（「論理(ロゴス)」によってではなく）「情念(パトス)」」――この表現は、たんに「「恋愛」という事柄」に関わるだけでなく、ある意味で、大西文学の中核をなすモティーフのひとつであると見なすことも不可能ではないだろう。これまで、たとえば『神聖喜劇』について、「東堂はその超人的な記憶力を武器に、〈軍隊的非論理ないし没論理〉に明晰な論理をもって抵抗していく[*22]」であるとか、「超人的な記憶力と論理的思考力で、非人間的な軍隊組織に抵抗する兵士を描いた[*23]」といったように、大西作品における「論理(ロゴス)」の側面がつねに強調されてきた。だが、大西文学の基底に、「論理(ロゴス)」を超えた「情念(パトス)」が脈々と流れていることは、大西にとっての処女作にあたる「走る男」が如実に証言している。のちのインタビューで作者自身が「一九三八年頃の作[*24]」と述べているこの作品は、夜の街を脇目も降らずに黙々と走りつづける若い男が最後に「川の中へ一直線に飛び込んでしま」うというシンプルな内容の、単行本で二頁半ほどの掌編であるが、ひたすら死に向かって疾走する青年を駆り立てているのは、「論理(ロゴス)」によってはけっして分節化しえない、暴力的なまでに激しい「情念(パトス)」の奔流にほかならない。[*25]

3　憧憬と軽蔑の弁証法

もっとも、東堂太郎の『トニオ・クレーゲル』の読みは、思春期の孤独や初恋といった感情が見事に活写されていることへの共感から、さらなる進歩を遂げることになる。『神聖喜劇』で主人公によって述べられているように、「同中篇にたいする中学生私の理解は［……］だいぶん単純浅薄でしかなかった」のにたいして、「二十歳前後の私は、中学生私のそれよりも、相対的に複雑深厚な理解または意識または問題をもって、トォマス・マンの仕事（殊に『トニオ・クレーゲル』）と向かい合っていた」と述べられているからである。[*26] では、「相対的に複雑深厚な理解または意識または問題」とは何か。それは、中篇小説の後半部分、月日が流れて作家として世に知られるようになったトニオが、友人の女性画家リザヴェタ・イワノヴナを相手に語る、「「芸術」および「芸術家」の意味または表象」という問題にほかならない。[*27]『神聖喜劇』では、「トォマス・マンの仕事（殊に『トニオ・クレーゲル』）と向かい合っていた」という一文につづいて、「トォマス・マンに関する大山定一の論文」からの引用三個所と、『トニオ・クレーゲル』からの引用七個所が、後者はすべてドイツ語原文と大西自身の手による日本語訳付きで列挙されている。その一部を抜粋しよう。

習俗的であることの悦楽にたいする内密にして激烈な憧憬を知らぬ人、——そんな人は、まだなかなか芸術家であることはできません。

私の心底からの最も内密な愛は、金髪碧眼の人人・幸福な可憐な習俗的な人人に注がれているのです。／この愛を咎めないで下さい、リザヴェタさん。それは、正しい生産的な愛です。その中には、憧憬があり、物憂い羨望があり、それから一抹の軽蔑と申し分のない浄福とがあるのです。

ちょっとだけ目を止めることによって、あなたは、群衆の中から、芸術家を——芸術を身過ぎ世過ぎの稼業にしている人間をではなく、先天的・宿業的な芸術家すなわち真正な芸術家を——識別することができます。[*28]

これらの『トニオ・クレーゲル』の引用について、東堂太郎は次のようにその要諦をまとめている。

> トニオ・クレーゲルないしトォマス・マンは、「芸術を身過ぎ世過ぎの稼業にしている人間を「（真正の）芸術家とは認めなかったのであり、したがってまた私も、まったく同断であったのである。そういう私において、「（真正の）芸術家」は「習俗的であること」が（先天的・宿業的に）できないのであって、しかもまた「習俗的であることの悦楽にたいする内密にして激烈な憧憬」と「習俗的であること（の悦楽）にたいする（一抹の）軽蔑」との対照的両者を（先天的・宿業的に）ひとしく抱懐せざるを得ないのであった。[*29]

このような「習俗的であることの悦楽にたいする内密にして激烈な憧憬」という感情は、小説内において「明るくて驕慢にも習俗的な小さい人格を抱いていた」インゲボルクに、にもかかわらず激しい恋心を抱くトニオの感情によってすでに予示されていたものであったことは、あらためて指摘するまでもないだろう。大西自身が「習俗的」と翻訳したドイツ語の原語は「gewöhnlich」、辞書的には「日常の、普通の、ありきたりの、平凡な」という意味をもつ言葉であるが、東堂太郎の述懐のなかで「芸術家」は、「習俗的なもの」にまつわる解消しえないアポリアによって引き裂かれている存在として定義づけられている。すなわち、「（真正の）芸術家」であれば「習俗的であること」が（先天的・宿業的に）できないはずであり、「軽蔑」をもって答えなくてはならないはずであるが、にもかかわらず、それと同時に、「習俗的であること」や「習俗的な人人」にたいする「愛」や「憧憬」や「羨望」を感じることがない者は「まだなかなか芸術家であることはでき」ないというのだ。東堂太郎は、こうした「（真正の）芸術家」であることをめぐる矛盾が、「（先天的・宿業的に）ひとしく抱懐せざるを得ない」ものであるとひとまず結論づける。それはまた、「（「論理（ロゴス）」によってではなく）「情念（パトス）」によって発生する」愛慕の感情を、ある種の義務感とともに受け入れることでもあるだろう。
「（真正の）芸術家」であるための必要条件としての「習俗的であることの悦楽にたいする内密にして激烈な憧憬」と「（一抹の）軽蔑」の同時抱懐というモティーフについては、このあとさらに、明石海人の歌集『白描』や石川啄木の家、夏目漱石の漢詩、チェーホフの短篇小説『グーセフ』および『妻』を例に、「異常者（das Ungewöhnliche）」——「非習俗的なもの」とも訳しうる——としての「（真正の）芸術家」という問題をめぐってさらに考察が展開されるが、その詳細については深入りしないでおこう。ここで最後に問われるべきは、『トニオ・クレーゲル』を読んだという「遠い幼い特定経験が、かりそめならぬ関連あるいは影響を私の新兵生活そのものにも及ぼしていた」と述べられるとき、「私の新兵生活そのもの」への「影響」とは、はたしてどのようなものだったのか、という素朴な疑問である。それはまた、長篇小説のちょうど折り返し地点に挿入された「奇妙な間の狂言」おいて、『トニオ・クレーゲル』にまつわる作中人物の「特定経験」——それはかなりの程度、作者である大西巨人のそれと重なり合う——についてかくも詳しく記述され、抜粋が延々と列挙される理由について考察することでもあろう。

　結論から先に述べるならば、『神聖喜劇』のなかでこの「間の狂言」とは、主人公の東堂太郎が入隊前に（および、しばらくは入隊後も）「私の当代の思想の主要な一断面」として頑なに抱いていた「虚無主義（ニヒリズム）」——「世界は真剣に生きるに値しない（本来一切は無意味であり空虚であり壊滅すべきであり、人は何を為してもよく何を為さなくてもよい）」[*30]、「私の否定し嫌悪する組織と行為との直中で、一匹の犬のように駆り立てられ、死んでゆく、——そんな私自身の形象」[*31]——が「我流揚棄」され、最終的に「「私は、この戦争に死すべきである。」から、「私は、この戦争を生き抜くべきである。」への具体的な転心、「人間としての偸安と怯懦と卑屈と」にたいするいっそう本体的な把握、「一匹の犬」から「一個の人間」への実践的な回生」[*32]へといたる過程の一種の転換点をなすものだったのではないだろうか。言い換えるならば、自己と他者の「滑稽で悲惨な生」[*33]を全面的に否定し、「一匹の犬」のような死――それはまさに、カフカの『審判』の結末部におけるKの死にざまにほかならない――を希求する姿勢から、「習俗的であること」を避けえないこの世界とおのれの「生」にたいして、「（一抹の）軽蔑」をつねに感じつつも、にもかかわらず「心底からの最も内密な愛」を同時に向けるという姿勢への「転心」の必然性を、東堂太郎はすでに「二十歳前後」のときに、『トニオ・クレーゲル』を読むなかで、無意識的なレヴェルで感得していたのだ。

だとするならば、東堂太郎がかつて繰り返し読んで暗誦した『トニオ・クレーゲル』の記述をふと想起するという、一見すると何げない挿話は、『神聖喜劇』という長篇小説の全体構想と深いところで関連していると見なさなくてはならない。おそらく、「「習俗的であることの悦楽にたいする内密にして激烈な憧憬」と「習俗的であること（の悦楽）にたいする（一抹の）軽蔑」との対照的両者を（先天的・宿業的に）ひとしく抱懐せざるを得ない」という認識をもう一度想起するという行為こそが、軍隊生活のなかで営まれる「滑稽で悲惨な生」のただなかで、おのれの「虚無主義（ニヒリズム）」を――さらには「小心翼翼たる臆病」を――克服し、まさしく「一個の人間」として行動することを可能にしたのだ。それは、みずからの「滑稽で悲惨な生」を、「軽蔑」と「悦楽」とが入り混じったアンビヴァレントな感情とともに、まさに「先天的・宿業的」なものとして積極的に引き受けなおすことにほかならない。

さらに言えば、「習俗的であること（の悦楽）」にたいする「憧憬」と「軽蔑」というトニオ・クレーゲル的なモティーフは、たんに作中人物である東堂太郎の心境と関連しているだけではなく、『神聖喜劇』という小説作品そのものを駆動する根本原理であると考えることもできるのではないだろうか。大西巨人がそこで描き出した軍隊組織は、「滑稽で悲惨な生」の数々から構成された、あまりにも「習俗的」な集団であって、それを一身に体現しているのが大前田軍曹であると言えよう。かつて「二人の中華民国婦人」を輪姦・殺人したときの話を得々と語り、班の下級兵らを残酷に嘲弄し、難癖をつけて主人公に無数の平手打ちを食らわせる、「人非人でもあり、「人間的な、あまりに人間的な」男でもあるような日本農民下士官」[*34]である大前田。その「習俗的」にして「滑稽で悲惨な」姿は、当時の日本人のグロテスクな戯画であると同時に、人間の生それ自体の形象化でもある。そのような「無意味であり空虚であり壊滅するべき」生をまえにして、「戦後の死ななかった私」[*35]としての東堂太郎＝大西巨人が「（真正の）芸術家」であるべくおのれの身に課したのは、その一切を「軽蔑」とともに否定するのではなく、「論理（ロゴス）」によっては回収することのできない「情念（パトス）」に裏打ちされた「習俗的であることの悦楽にたいする内密にして激烈な憧憬」と「心底からの最も内密な愛」とともに、ほかならぬ「滑稽で悲惨な生」を『神聖喜劇』をはじめとするテクストのなかに倦まず織り込んでいくことだったのではないだろうか。

注

1――大西巨人『神聖喜劇』（全五巻）、光文社文庫、二〇〇二年、第四巻三九、一四八頁。
2――同書、第二巻一四頁。
3――同書、第五巻二五六～二五七頁。
4――同書、第五巻一八〇頁。
5――大西巨人『三位一体の神話』（上下巻）、光文社、一九九三年、上巻一六七頁。
6――同書、上巻二七八～二七九頁。
7――大西巨人『深淵』上下巻、光文社、二〇〇四年、下巻一九一頁。
8――大西、前掲『三位一体の神話』上巻三一五頁。
9――大西巨人『迷宮』光文社文庫、二〇〇〇年、二九～三一頁。

10――同書、上巻二九五頁。
11――大西、前掲『深淵』上巻三三頁。
12――同書、上巻四二、七一頁。
13――同書、上巻一五一～一五三頁。
14――同書、下巻六八～六九頁。
15――ちなみに、福岡高等学校で大西が最初にドイツ語を習ったのが、のちに九州大学教授・中央大学教授・学習院大学教授を歴任する秋山六郎兵衛だった。大西はのちに次のように回想している。「福岡高校時代（一九三〇年代中頃）、私は、文科甲類生（第一外国語イギリス語）であった。ドイツ文学・ドイツ語専攻の若い秋山六郎兵衛教授が、どういう訳合いでか、われわれ文科甲類一年生のクラスを受け持った。東京帝大文学部独文科出身の秋山教授は、たとえば岩波文庫版E・T・A・ホフマン著『牡猫ムルの人生観』上下二巻の訳者であって、また第八次および第九次「新思潮」同人以来の文芸家であった。［……］秋山教授は、教室で、「いまは、君らは、ゲーテとかカントとか紫式部とか有島武郎とか言っているが、大学を出てサラリーマンになると、会社から帰りがけの夕方、ビールでも飲んで下宿に戻って、『キング』か『オール讀物』かの通俗小説を二、三ページ読むうちに眠り込んでしまう。まともな読書は、まるで出来なく（しなく）なる。人は、二十五歳までに、良書を言わば『濫読』して、まともな読書の習慣をしっかり身に付けるべきである。」と語った。秋山教授のこの言葉をも、私は、感動して（実践的に）肝に銘じた。」（「朝日新聞」二〇〇一年二月四日号）。
16――大西、前掲『神聖喜劇』第三巻三〇五頁。
17――大西「兵隊日録抄」、『大西巨人文選1　新生』所収、みすず書房、一九九六年、二〇四頁。
18――同書、第一巻三六〇～三六一頁。
19――同書、第三巻二八八頁。強調引用者。
20――同書、第三巻二九二～二九五頁。
21――大西巨人『地獄変相奏鳴曲』講談社文芸文庫、二〇一四年、一四八～一五一頁。

22――尹雄大「「そういうことになっている」VS『神聖喜劇』～あなたはニヒリズムから脱出すべきなのだ」(二〇〇三年三月五日)、日経ビジネス ONLINE http://business.nikkeibp.co.jp/article/life/20080225/148009/(二〇一七年八月十二日閲覧)。
23――「作家の大西巨人さん死去 97歳、小説「神聖喜劇」」『朝日新聞』二〇一四年三月一三日号。
24――大西巨人『未完結の問い』(聞き手:鎌田哲哉)、作品社、二〇〇七年、三二頁。
25――この掌篇については、大西自身がカフカの「隣り村」との類似性を指摘しているほか(同頁)、一心不乱に走って入水自殺を遂げるという設定は、同じカフカの「判決」を強く想起させる。さらに、大西が若いころより愛読していたビュヒナーの小説『レンツ』で、発作を起こした主人公が部屋から飛び出て池のなかに飛び込むという場面からの影響も、もしかすると存在していたのかもしれない。
26――大西、前掲『神聖喜劇』第三巻三〇五頁。
27――同書、第三巻三一一頁。
28――同書、第三巻三〇九～三一一頁。
29――同書、第三巻三一一～三一二頁。強調原著者。
30――同書、第一巻三三二～三三三頁。
31――同書、第一巻三六頁。
32――同書、第五巻四九五頁。
33――同書、第一巻三三頁。
34――同書、第五巻四七八頁。
35――同頁。

揚棄される個人——大西巨人『深淵』の様式

山口直孝

1　不連続な形成過程

『深淵』は、大西巨人が二〇〇〇年六月十五日に開設したインターネット上のホームページ「巨人館」[*1]で二〇〇一年一月から二〇〇三年十一月まで八二回にわたって連載された長編である。連載当初の「今年（二〇〇一年——引用者注）の初夏までに脱稿となりましょう。」（「長篇小説『深淵』公開について」[*2]）という見込みとは異なり、休載期間を挿んだ連載は、二年十か月に及んだ。[*3]他の長編同様、進み行きは、既発表の部分を加筆修正したり、登場人物名の変更をしたり（丹生嫩子→双葉子）などの曲折を含んだものであった。最終回末尾に掲げられた告知によれば、起筆は一九九七年二月七日、閣筆は二〇〇三年十月三十日である。途中、第一章から第四章までは、『早稲田文学』第二七巻第五号、二〇〇二年五月一日に転載されている。完結後、光文社から上下巻の単行本が二〇〇四年一月二十五日に刊行された。[*4]

作家がホームページで新作を無料で公開するのは、珍しい試みであった。「長篇小説のネット連載[*5]」において巨人は、「文学の地盤隆起・向上」、「パソコンと活字出版との共存共栄」という二つの狙いがあったと言う。目標実現のために「おもしろくもあり・値打ちもある作物を仕上げること」を心がけた作者において、発表媒体と物語内容とは密接に関連するものであったろう。読者の反応が即座に得られることが一つの長所として挙げられているが、活字媒体と異なる場所での発表によって本質的に問われていたのは、小説（文芸）の今日的な存在意義であった。

『深淵』は、麻田布満という一人の人物を軸にして展開する。冬間素満という筆名で小説・批評を発表している彼は、二度の記憶喪失（逆行性健忘症）に陥る稀有なできごとに遭遇する。生を切断され、空白を抱えた布満は、二つの刑事裁判において、被告のアリバイに関して証言すべき立場に置かれ、責任を果たすべく奮励する。『三位一体の神話』・『迷宮』に続き、本作もまたミステリー仕立てとなっている。ただし、『深淵』は前二作の延長線上に単純に位置づけられるわけではない。ロングインタビュー『未完結の問い』において、巨人は、「初めに着想したのが一九八〇年代の終わりごろだった。[*6]」と述べている。起筆前の長い構想期間を考慮すれば、本作は、『地獄変相奏鳴曲』、とりわけ『閉幕の思想　あるいは娃重島情死行』に接続する。巨人はまた、『深淵』が予告されながら実現しなかった連環体小説『二重式火山』の一角を占める作品として構想され、結果としてまったく別個の作品になった、とも証言する。[*7]石橋正孝は、『二重式火山』から『深淵』への変容を「元になったイメージがそれとしては実現されないまま先送りされた結果[*8]」と把握している。『走る男』に形象化された原光景の維持と発展との二重性に石橋は巨人文芸の構成原理を見る。特定の歴史相において普遍的理念の妥当性を検証するために「鏡山」という架空の場所が実験空間として必要とされた事情に踏み込んでいる点でも、石橋の考察は、作者の言葉と共に参考になろう。

むろん、成り立ちと作品のありようとは別個のことがらである。ただ、人間の理想的な生について論理的な追究が持続されているとはいえ、創作の軌跡は必ずしも直線的ではない。思索において迂回や遡行が頻繁に起こり、直接の結びつきがないものが併置されることもしばしばである。巨人文芸の異形性に自覚的に向き合うために、形成過程における不連続性を意識することは、分析の一つの補助線になろう。

記憶喪失と冤罪という、いかにもミステリーらしいモチーフが取り挙げられている『深淵』は、にもかかわらず、二つが間接的にしか関わらないという特徴を持つ。公正な裁判の実現を目指し、布満は失われた記憶の回復を切願する。幸いにして布満は事件に関わる記憶を取り戻し、物証をも得て、証人としての役割を十全に果たす。しかし、記憶の甦りは、失踪期間における別人格の生を消えがたいものとして布満に突き付ける。私生活上の「難問(アポリア)」(下・二九〇)を解決できないまま、布満は失踪してしまう。三度目の記憶喪失が起こったことがほのめかされて、作品は幕を閉じる。「何とも清潔かつ無責任な結末」[*9]と渡部直己が呼んだ締め括り方は、複数のモチーフが完全には統合されていないことを端的に表している。『深淵』は、秩序の回復と共に主体が安定を取り戻すのではなく、生起したできごとによって自我が修復しがたい亀裂を背負う物語である。ミステリーの体裁を採りながら、ミステリーの定型を、ひいては小説の定型を逸脱していく志向を持つ作品を考察する際には、不審な点をあげつらうことこそが正当な手続きであるかもしれない。

2 記憶喪失と裁判との隔たり

麻田布満は、二つの殺人事件の刑事裁判に関わる。一つは、一九八五年七月十五日に埼玉県大宮市笛吹町で起こった古物商夫婦殺害事件について、もう一つは、一九九六年五月十三日に松浦県宝満市萩町の神社で起こった殺害事件についてのものである。前者においては、共犯者として懲役十五年の判決が確定した橋本勇二の冤罪を証明するために、後者においては、被告野呂秀次の申し立ての当否を適切に判断するために、布満は確かな証拠を得ようとして奔走する。橋本が布満の知人であること、野呂がアリバイとして布満(秋山信馬)へのインタビューを主張したことから、布満はそれぞれの事件に積極的に介入するようになる。

一方が権力による事実の誤認であり、もう一つが反体制的な組織による事実の歪曲であるように、二つの裁判は対照的な性格を帯びていた。布満は、両事件の被告に対して特定の感情を抱きつつ、申し立てにおいては予断を排した態度で臨むことに努める。布満の敬愛する伯父の大庭宗昔が「われわれの運動は、公正裁判を要求している」（上・一二六）と説くように、目指されているのは、力の強弱に左右されない妥当な判断の実現である。「私は私の運命の賭けを「もと正邪」の側に賭けよう。[*10]」と早くに宣言し、パワー・ポリティクス的な発想を斥けてきた巨人にとって、権力の犯罪である冤罪はもちろんのこと、反体制勢力における没思考的な被告の擁護も、批判の対象であった。「今度の小説では、二つの裁判のことを書くことが直接の目的だった。」、あるいは「その部分では、所期の目的は達している。[*11]」という作者の言葉と見合う実質を、『深淵』は備えている。

巨人はさらに、「しかし、それらを含めて、人生におけるもっと奥深い根源的問題にタッチしようというところでは、暗中模索のようなことで終わる。これも初めからの予定だった。[*12]」と語っている。橋本勇二の再審請求の道を開く証拠を提示し、野呂秀次の上告審の行方を方向づける証言を行い、布満は、公人としての責務を果たす。しかし、琴絵という伴侶を持つ布満は、記憶喪失期間に別人格秋山信馬として行動し、双葉子と事実婚の関係を結んでいたことを思い出し、身の振り方に窮してしまう。どちらをもかりそめの生として見なせなかった彼は、私人の領域においては答を出すことができなかった。未解決のまま作を閉じることも、作者の弁によれば当初の構想通りのことになる。

二つの問題がさしあたり別物である、という認識が出発時の作者にあり、『深淵』の帰着するところも同じである。「とりあえず事柄を「私的問題」と銘打ったが、それは、裁判という「公的問題」との対比上臨機の措置であり、正当には「極めて由々しい〈生の根源的問題〉」と呼称ないし把握せられるべきである。」（下・二七八）という布満の思考にも、公私の領域を切り分ける認識が現われている。本来無縁の裁判と布満の私生活とが連なるのは、「〈二度の長期記憶喪失が、どちらも、それぞれ別々の裁判事件・アリバイ問題に直接関わっているとは⁉〉というような感慨ないし疑念」（下‐九五）に布満が襲われているように、記憶喪失のためにいずれにおいても謎の空白が生み出されているという類似性によってであった。喪われた記憶の回復が目指され、その過程において、まずは裁判事件の決着が優先される。ただし、厳密に言うならば、記憶喪失あるいは記憶回復によって公私を切り分け、あるいは結びつけているのは、布満の意識である。彼の知覚から離れて事態をとらえる時、様相はいささか違ったものとなる。

橋本勇二の事例の場合、局面を打開する大きなきっかけとなったのは、布満が事件当夜に新宿の飲食店「のまんか」で橋本とすれ違っていたことを思い出したことである。事件の発生は、布満が失踪した（第一の記憶喪失が起こった）七月二十日より以前であり、記憶が埋もれていたことは布満が陥った逆行性健忘とは直接関わらない。にもかかわらず、事件と記憶喪失との前後関係を勘違いしていたがために、重要な情報が忘却されていたのであった。想起を阻んでいるのは記憶喪失ではなく、記憶を喪失していると思いこんでいた錯誤である。

野呂秀次の裁判に関しては、秋山信馬として過ごした時代の記憶を布満は僥倖的に出廷前に甦らせることができた。しかし、事件当夜の記憶は依然として不透明なままである。野呂側は、事件当日に布満（秋山信馬）にインタビューをしていた証拠として、掲載紙『臨海タイムズ』に施された日付を書いたメモなるもの（おそらく後で捏造されたもの）を提出し、再審を請求していた。野呂の差し戻し裁判に出廷を求められている布満は、焦燥に駆られ、「あぁ、やっぱり、何か、なにものにも有無を言わせぬ（アリバイまたは）アリバイ崩しが、見つかればなぁ。」（下‐一九九）と不動の証跡を得ることを切望する。手がかりを求めた布満は、双葉子の蔵書 *The New Poetry* に事件当日のできごと（知人山本和成と将棋をして過ごしていたこと）を書き込んでいたことを思い出す。探査によって布満は、山本が友人菊岡正孝に宛てた書信の中で将棋の一件に触れていることを突き止め、苦心の末書信を手に入れ、裁判所に提出する。追究されているのは、記憶回復によっても埋められなかった部分であり、自己の行動を証する他者の証言である。記憶喪失は、第二の事件においても直接の躓きの石となっているわけではない。

関連して、野呂秀次の差し戻し裁判における布満の証言ならびに山本書簡の重要性も一瞥しておく。差し戻し裁判の第三回公判では、新たに発見された飛び出しナイフが検察側から提出され、柄に彫り込まれた「Suehide Toobue」がかつて野呂が用いていたペンネームであることも関係者の書簡で裏づけられている。野呂の布満（秋山信馬）へのインタビューについては、二人が会った飲食店の元従業員によって、事件前日であった証言が新たに得られた。人証・物証によって犯行が被告人野呂によるという判断は、ほぼ定まったと言ってよい。布満の証言と山本書簡という物証とは、裁判の趨勢を方向づける意義を持っていたことは疑いえないが、必要不可欠のものではなかった。仮に布満が出廷しなかったとしても、結論は変わらなかったであろう。

記憶喪失の回復と裁判に関わることとは、直接結びついていない。そこに『深淵』と記憶喪失を題材としたミステリーとの本質的な相違が存在する。空白の過去がサスペンスを形成し、記憶の回復と共に謎が消失する作品とは異なり、『深淵』が関心を向けるのは、記憶の回復によっても埋められない部分である。

人は、日々の生活で見聞したほとんどのことを忘却して過ごしている。記憶喪失に陥らずとも、記憶を喪い続けることから人間は逃れられない。逆行性健忘に二度見舞われるという奇禍に見舞われた布満においても、事情は同じである。記憶喪失ではなく、記憶の錯誤と記憶の忘却とが真実を見きわめる妨げとなっていることを、『深淵』における二つの裁判は指示している。物語の進行は、記憶に関する通俗的な認識が矯め直される過程としてとらえることができるであろう。ただし、ほかならぬ麻田布満においても、記憶に対する認識の組み換えは意識的に行われているわけではない。そこに『深淵』の面白さと難しさとがあると言えよう。

3 「マス・メディア権力」とたたかう困難

麻田布満は、一九八五年に布満としての記憶を喪い、鏡山で秋山信馬という別の人物としての生を営み始める。一九九七年に布満は、頭部に対する物理的衝撃によって、秋山信馬としての記憶を喪い、布満としての自分を取り戻す。複数の記憶喪失に直面しながら、布満は世間に事態を知られることなく、別人への移行と布満への復帰とを果たしている。警察やマスコミの関与を防ぐことができたのは、いくつかの条件が重なっていたからであった。

まず、布満がマルクス主義者であり、官憲とマスコミとを敵視していたことが挙げられる。「彼は、彼の「約十二年間もの長期に亙る」逆行性健忘が病院側、官憲側、ひいてマス・コミュニケーションなど——国家権力とマス・メディア権力との双方——に知られることのいやらしさ、わずらわしさ、うとましさを防止して、それから彼自身を遮断するべく欲した。」(上・四三)は、北海道大成町の病院で覚醒して数時間後の布満の意志である。資本主義体制下の消費的な欲望のみを煽り、「ボーダーレス」な状況を加速させるマスコミは、権力の双璧の一つとしてとらえられている。意識回復後、十二年間の空白を抱えたことに気づきながら、布満が即座に「仮健」を装うことを選んだのは、上述の思想が以前から根付いていたからであった。

官憲やマスコミに私的生活への立ち入りを濫りに許さない、という意識は、妻琴絵や兄妥馬など家族にも共有されていた。「現代のわれわれを強圧・支配する二大権力は、国家権力とマス・メディア権力とだ」(上・八一)は、麻田の鏡山行きのきっかけを作った批評家高杜公明の唱えた主張である。「僕は、ここ数年の、たとえばオウム真理教＝地下鉄サリン事件とか薬害エイズ事件とかにおける官憲およびマスコミの出方を見るにつけても、国家権力とマスコミ権力とが甚だしく国民の人権を無視・蹂躙している、と痛感する。」（上・一五〇）と、布満の友人の崎村静雄も言う。外聞を憚る事情があるということではなく、私人の領域は原則として守られなければならないという考えから、琴絵たちは布満の捜索願を出すことをせず、布満がドイツに留学した体裁を装うのである。同様の発想は、丹生持節たちが保持するものでもあった。「特有の国家権力反対・マスコミ嫌悪の思想」（下・二七）ゆえに、持節は、昏睡状態の布満を発見した際に救急車の要請すら控える選択をするのである。家族や知人が布満の失踪を秘匿するという見識を備えており、第一発見者も反権力の思想の持ち主であったという巡り合わせによって、布満の行動は支えられていた。

さらに、布満が記憶喪失に関する知識を有していた、という事情がある。「一つは、フランツ・カフカ作『城』の舞台装置および精神をゲーテ作『親和力』との観念連合において論攷することであり、二つは、カフカ作『変身』、『審判』、『城』の様式選定および思想を記憶喪失との関連において解析することである。」という「二個の落想」を得ていた布満は、執筆準備のために「〈記憶〉ないし〈健忘〉に関する医学的な書物を相当に読ん」（上・三七）でいたのであった。小説に描こうとしていたことを先に現実として体験するという転倒においても、布満が出くわした事態は尋常ではなかったことになる。それでも、記憶喪失に関する精確な知識は、布満の瞬時の冷静な対応を促したのであった。

複数の条件が揃うことによって、記憶喪失に陥った、あるいは記憶喪失から回復した布満は、煽情的な報道を通じて世間の好奇のまなざしにさらされることを免れた。事態を散文的に収拾したと言えるが、布満たちの対応が世間一般の常識から外れたふるまいであることは否定できない。巨人が『深淵』を「おとぎ話」[*13]と呼ぶのは、一つには登場人物たちの現実離れした身の処し方が意識されていたからであろう。警察やマスコミとの関わりを断つことは、相当量の情報の入手を諦めることを意味する。それは、布満においては、自身の身元を特定するための、家族・知人においては布満の居場所を知るための手がかりを得ることを放棄することであり、少なからぬ不利益を精神的にも実際的にも、もたらすものであったろう。消息を絶った布満に対して、周囲が待ち続けることができたのは、疑念や不安に打ち克つ信念が共有されていたからであった。

布満の記憶喪失期間は、十二年の長きに及んだ。当初周到な布石を打ち、事情が外に洩れないように努めた人々にとっても、時の浸蝕に抗しながら「マス・メディア権力」と秘かにたたかうことは楽ではなかったろう。作品で具体的な言及のない布満不在時の家族や知人たちの困難に目を向けたのは、鎌田哲哉であった。鎌田は、「彼（麻田布満を指す――引用者注）は琴絵や双葉子、あるいは家族や少数の友人達への信頼だけは決して失っていない。[*14]」と指摘する。さらに鎌田は、信頼関係が成り立ちえているのは、「麻田の周囲の人物達が、ひび割れた小さな危機を彼のために、だが彼には内緒で、そっと修繕し続けていたからではないだろうか。[*15]」と疑問を呈している。家族・知人への布満の精神的な依存があったかどうかは、明確には分からない。しかし、例えば、布満の失踪後に生まれた娘白妙は、初対面の時に「もうどこにも行かないのだから、あわてることはない。」（上‐一五六）と約束されながら、三年後に再び父の失踪を体験することになる。父の再度の蒸発に立ち合わされた白妙の心情を慮ってみても、家族・知人が布満に対して他者性を帯びる側面を有している蓋然性は高いであろう。布満や周囲の人間たちの選択行動は、関係の崩れる危機を常に抱えていた。実際琴絵は、一度は知人の新聞記者の沢島朋之との結婚を考え、沢島家の小動物愛好という障害がなければ布満の失踪宣告に踏み切るはずであったのである。布満を含めた彼らも揺らぎを抱えた人間にほかならないことは、実践に現われた意志の強さを測る上でも確認されておかなければならない。

言うまでもないが、周囲の人々は、姿を消した布満の消息を求めなかったわけではない。「官民双方による当時それなりの捜索は、すべて無効であった。[*16]」（上‐一四）という発端の記述は、彼らが手を尽くしたことを告げている。権力と癒着したマスコミとの接触こそ避けたものの、周囲は情報入手を断念したわけではなかった。マスコミでない媒体によって手がかりが得られたならば、利用を拒む理由は彼らにはなかったろう。しかし、現実として、マスコミと異なる情報網は形成されておらず、彼らが知りうるのは生活圏にほぼ限定されていた。事情は、布満が秋山信馬として生活していた宝満市の海濱学舎においても同じである。

4　運動体としての「有志の会」

古物商夫婦殺害事件の共犯者として服役中で、再審請求中の橋本勇二は、被差別部落の出身者である。家電器具店に勤める橋本は、「質実な」(上・二四三)性格で、「社会主義的・反体制的な思想・行動」(上・二六〇)を持続させている人物である。文芸にも関心を持っていた彼は、布満と知り合い、「文学的・人間的先達として、自分を教導していただきたい」(上・二四三〜二四四)と頼むに至る。二人は一層親しむようになり、関係は布満の第一の記憶喪失が起こるまで続いた。

濡れ衣を着せられたことを含めて、橋本勇二は、『神聖喜劇』の冬木照美と多くの点で重なる。麻田布満もまた東堂太郎と思想や性向で共通点を持つ。人物造型だけ取るならば、『深淵』は『神聖喜劇』を反復していると言ってよい。しかし、東堂・冬木を核とした連帯の劇のようなものは、『深淵』には見られない。理由は、類似した人物を配しておきながら、本作では布満と橋本との具体的なやり取りが周到に省かれているからである。先述の橋本の布満への依頼にしても、要約であり、肉声が再現的に示されてはいない。さらに、再審請求のための活動に布満が乗り出して以降は、橋本の発言はまったく紹介されない。橋本の服役中は、布満が面会に訪れない選択をすることで顔を接する機会がなかったから不自然ではないが、再審で無罪判決が出てからも事情は同じである。無罪を勝ち取った喜びを、二人が分かち合うような場面はない。「橋本勇二さんの再審を求める有志の会」（以後「有志の会」と略称）改め「冤罪・誤判の防止・克服ならびに再審無罪者にたいする万全補償の実現を推進する有志の会」（以後「実現を推進する有志の会」と略称）において二人は共に運営委員を務め、会合で顔を合わせているにもかかわらず、やり取りは記されない。布満の親しい知人であり、『深淵』の最終章で再失踪した布満のことを思って宝満城址・虚空ケ丘を訪れる四人（崎村静雄・丹生双葉子・麻田琴絵・橋本勇二）の中の一人であるにもかかわらず、橋本は最後まで沈黙したままである。絓秀実は、『深淵』について「登場人物の階級構成が基本的に現代のアッパーミドルのみであることによるように見えるのは、惜しむべき限界ではあるまいか。[*17]」と述べている。「限界」という判断の当否は別として、橋本の描き方を参照するならば、登場人物を「アッパーミドル」階級に集中させているのは、「作者ないし語り手」（下・一二五）の意図と見なせそうである。もちろん、力点は彼らが「アッパーミドル」であることにではなく、知識人（インテリゲンチア）であり、運動に取り組んでいることに置かれていよう。

　布満の友人の大石誠一や崎村静雄は、「有志の会」の運営委員を務めている。会員数は作中に記されていないが、「数的に「ささやか」」（上・三〇五）とされる。会が小規模であり、街頭活動などを展開していないのは、設立に際して橋本の主任弁護人であった伊藤秀実が、「〈連帯〉とは、断じて〈恃衆（じしゅう）（衆を恃む（たの）こと）〉または恃勢（じせい）〈勢を恃むこと〉〉ではない。」という確信の下に、「橋本の再審請求を――恃衆的ないし恃勢的な「市民運動」あるいは「社会運動」あるいは「政治運動」としては展開せずに、――「真の〈連帯〉」に立脚した・有るべき形相（けいそう）および質料（しつりょう）における動きとして推進する」（上・三〇五）ことを主張したことに由来する。会の拡大を一義的に重んじず、あるべき運動の形を少数で追及し、体現しようとする――、「有志の会」が目指しているのは前衛たらんとすることである。「有志の会」は、名のり方においても「市民運動」と一線を画しており、その活動は既成の運動に対する批判作用を内蔵するものでもあった。恐竜書林出版局長浜井久雄や『解凍』編集長大久保篤夫など、会員にはジャーナリズムの世界で働く人間が少なくないにもかかわらず、マスコミを利用することはなく、むしろ遠ざかろうとするところにも、会の反世俗的な傾向が現われている。「会全体ないし運営委員会に「長」を設け」（下‐四四）ない方針には、評議会型の組織を目指す「有志の会」の志向が読み取れる。

布満の努力もあって、「有志の会」は橋本勇二の再審請求を実現し、無罪を勝ち取ることで所期の目的を達成する。会は、「冤罪・誤判の防止・克服のため」（下‐五四）に名称を「実現を推進する有志の会」と改め、活動を続けた。会の取り組みには、例えば会報の発行や「橋本による敢為（かんい）奮闘の手記および「有志の会」による運動の思想と経過との記録」（下‐五五）を内容とする『冤罪・誤判の一掃を目指して』の編纂があった。[*18]会は、議論を通じて会員相互の認識を鍛え、成果を着実に挙げていったが、会員の数が増えていったかどうかは定かではない。あるいは会の拡大は、当座の目標とされてはいなかったかもしれない。

「有志の会」・「実現を推進する有志の会」と対照的な存在が、臨海タイムズ社である。「日本人民党（マルクス・レーニン主義政党）」党員三人によって編集発行されている『臨海タイムズ』は、反体制を謳うものの、事の是非を問うことは決してない。立場によって善悪を機械的に判断する言動は没思考的であり、悪しき政治主義そのものである。野呂秀次の無罪を道理抜きで主張し、大衆を扇動する臨海タイムズ社が運動にもたらす弊害は大きいが、宝満市において対抗する運動体はない（少なくとも作中で語られてはいない）。「特異な性格・不羈（ふき）独往の人柄・反「国家権力ならびにマスコミ権力」的な性向」（下‐三四）の丹生持節[*19]の経営する海濱学舎は、時流に影響されない人材を育成しているが、「国文・漢文・英文の学習塾」（下‐二〇）である。

布満の首都圏での生活と秋山信馬としての宝満市でのそれとは、人物関係を含めて類似性が指摘されてきた。「記憶を喪失した主人公がその後に探索し、あるいは遭遇していく出来事は、東側と西側では相互に鏡像的な模像の関係にあること」[20]（絓秀実）、「主人公の二種の活動舞台（「東京生活」／「宝満生活」）のあいだに、明瞭すぎるほどの鏡像関係が大小くまなく結び込まれてゆく事実」[21]（渡部直己）、「合わせ鏡のように照応し合う要素間の対称性に基づく、露骨なまでに徹底した形式性」[22]（石橋正孝）のように要約される設定は、布満（秋山信馬）を二つの人格において同質の行動をなさしめる環境として、また、二つの生の等価性によって彼を「難問（アポリア）」に追い込む条件として、欠かせないものであった。しかし、首都圏と宝満市とでは異なりがあることも見逃されてはならないであろう。布満（秋山信馬）が関わりうる運動体の有無も、差異の一つである。記憶喪失によって過去を欠落させている彼が身の処し方を考える際、運動体に関わっているかどうか（自らが身を置く状況を変えようとする取り組みに触れうるかどうか）は、少なからぬ影響を与えるであろう。

「有志の会」の発足は、言うまでもなく橋本勇二が不当逮捕されて以降である。布満が失踪前に運動体に関わっていたかどうかは判然としない。また、「有志の会」・「実現を推進する有志の会」の構成員は、布満の元からの知り合いが大方を占める。

大石誠一・崎村静雄・伊藤秀実は布満と学生時代からの友人であり、「有志の会」・「実現を推進する有志の会」は同窓の集まりのようにも映る。発足時の様相としておかしくはなく、そのことで問題が生じているわけでもないが、会が現実としてまだ小さく、地域限定的な活動しかなしえていないことは確かである。「有志の会」・「実現を推進する有志の会」の現状は、家族経営による学習塾である海濱学舎のありようと、構成員における公的役割と私的関係との重なり方において類似している。布満を介して両者は接点を持つことになるが、連携するには至っていない。布満（秋山信馬）の思考の推移をたどる際には、二つの隔たりにも留意しておく必要がある。

5　「歴史偽造の罪」の射程

麻田布満としての記憶を回復してからの布満は、二つの裁判に関わることで記憶喪失に向き合う姿勢を変容させていく。「「過去約十二年間の記憶喪失」の克服すなわち「失われた記憶」回復」を「主体的・能動的・医学的・医術的には求めない。」（上・一九七）から「積極的・能動的に「過去約十二年間の喪失記憶」を取り戻さねばならない。」（下・一二〇）へと布満の思考が転進していくことは、作品に明示されている。加えて、アリバイの人証・物証の探求を通じて、記憶に関する認識が組み換えられていった可能性があることを二節で検証してきた。過去が全体として甦ったとしても空白部分は必ず残る。また、確かな記憶があったとしても、それを裏づける証拠がなければ力を持ちえない。探索の過程で布満は、記憶喪失という事態を単純化してとらえていたことに気づかされることになる。

布満が物証を手にするまでの道筋は迂回の連続であった。橋本勇二のアリバイを立証する写真を入手するまでを例に取ってみる。布満の行動を整理すると、次のようになる。

①、崎村との会話から布満は、古物商夫婦殺害事件が記憶喪失以前に起こったことを知る。
②、事件当夜、知人と新宿で会っていたという橋本の主張を反芻した布満は、橋本がいたという「のまんか」という店を自分が利用したことがあり、それが事件当日であったこと、さらに、顔見知りの編集者木下文夫が店で写真を撮っていたことをも思い出す。
③、仕事を辞め故郷で家業の造り酒屋を継いだ木下を訪ねるべく、布満は、鏡山県沼沢郡城崎町へ赴く。

④、カメラへの興味を失っていた木下は写真を既に処分していたが、当夜同席していた木下の友人三宅が所持していることを知った布満は、木下と共に大阪へ向かう。
⑤、三宅と面会した布満は、橋本が写り込んだ写真を入手し、さらに木下の別の友人明石から写真の撮影が事件当夜に間違いないという証言を得る。

布満は物証を得るために鏡山、さらには大阪へ足を延ばす。最初の見込みは外れ、期待は潰えそうになるが、別の線が浮上し、決め手となる写真にたどり着く。野呂秀次の裁判の場合、布満はさらに手間をかけ、無駄足を踏んだ末に目的を果たしている。

証拠が得られにくい理由は、現代社会において移動と更新とが常態であるからである。仕事や就学の関係で、人は住まう所を頻繁に変えていく。経済動向に左右されて、飲食店や旅館の入れ替わりも激しい。さらに、偶発的な災難に巻き込まれることもある。布満は火事に遭遇して頭部を負傷し、高杜公明は不慮の交通事故死を遂げている。『深淵』では、病死を含めて壮年期の人間（例えば沢島朋之や沢島の妻など）の夭折が折にふれて登場する。人も物も移ろっていく状況の中で、過去のある場所でのことがらを確認することは容易ではない。

それでも探し求めることを放棄しなければ、写真や手紙などの何らかの形での記録を発掘することができる。それが裁判に関わる取り組みで、布満が実践的に摑んだ認識であった。「わずかでも可能性が存在する限り、それを徹底的（ラディカール）に追求することは、――たとえ、それが、抽象的可能性であって、その追求が、ひたすら徒労の様相を呈しようとも、――無上の大事である。」（下・二四六）という布満の信念は、いよいよ強化されたはずである。「徹底的（ラディカール）に追求すること」は、当然自身の記憶喪失に対しても適用されなければならない。たとえ本人の意識において欠落があったとしても、それを埋める材料は他者によって留められている。もし、喪われた記憶を外部に探しにいくことに踏み切れないとすれば、躊躇させている要因は自己なるもののとらえ方に求められよう。

一九九七年七月中旬、大石誠一・崎村静雄との款談の際、布満は「〈人生〉とは、〈記憶〉である。」（上 - 二二八）という考えを披歴した上で、記憶のない十二年間を存在しなかった時間として甘受する意向を示す。主体としての自己の範囲を厳密に定めようとする布満の姿勢は、ひとまず唯物論的なものと言える。しかし、実存と認識とを等しいものと見なすことは誠実であると同時に、独善に陥る危険性も備えている。逆行性健忘には有効な治療法がなく、[*23]当人の意志も直接回復につながるものではない。失われた記憶が甦ってこないことを覚悟することは、現実を冷静に受け止めるものとしてあってよい。しかし、その覚悟は、別人格の生が営まれていた事実の否定や記憶空白時の責任の回避につながるものであってはならない。裁判に関わる実践を通じて、「〈人生〉とは、〈記憶〉である。」という命題は、布満の中で後退し、主張されなくなっていく。

第二の裁判において布満の行動の支えとなっているのは、「歴史偽造の罪」を犯すまいとする決意である。誤って史実を伝えることによる害悪は、故意でも過失でも同じであると断ずる大庭宗昔のエッセイ「歴史偽造の罪」に感銘した布満は、「宝満市における裁判事件・アリバイ問題についても、人は（自分は）、決して「歴史偽造の罪」を犯してはならない。」（下 - 一二〇）という思いを抱く。「歴史偽造の罪」の意識化が布満の変化を促しているのは確かであるが、彼の受け止めはまだ限定的であるきらいがある。全盛期の足跡を知らず、敗戦後の活動だけで入江たか子を「化け猫女優」と呼んだ編集者が論難されている例からも明らかなように、宗昔が説いているのは、当事者か非当事者であるかにかかわらず、人は歴史に責任を有するということである。記憶の有無によって個人の範囲を区切ろうとしていた布満の発想では、「歴史偽造の罪」の問題提起を正当に受け止めることはできない。記憶喪失に拘っているうちは論外であり、自己の行動に限って責任を引き受けるだけでも十分ではなく、おそらく個のありかたが刷新されるようではなくては、「歴史偽造の罪」を免れることはできないであろう。歴史的存在として自己をとらえ、状況に位置づけることを通じて既成の自我意識を乗り越える——、そのような射程を『深淵』は蔵しているように思われる。布満は、個の刷新に挑む途中で姿を消し、試みは未完に終わる。しかし、作品は布満が把捉しえた認識よりも先の地点まで示唆している。

6　記憶を乗り越える文芸

『深淵』は、複数回の逆行性健忘という想定外の事態に直面したマルクス主義者が冷静に対応していく足取りを追った作品である。実践的努力によって記憶の欠落が埋められるだけではなく、記憶に関わって「個人」の理解が深化発展していく過程が、そこではとらえられていた。当事者麻田布満にとって、自我の変容はまだ感触でしかない。しかし、従来の自己規定に従うことはもはや不可能であり、布満は、「精神ないし意識・下意識」（上-一二〇）だけでなく、「下意識ないし無意識の否定的・消極的な作用」（下-一六七）の対象化に取り組み、資本主義体制によって規定された個人の枠組を揚棄しようとした。作業が緒に着いたところで長編の幕は閉じられており、多くの課題が残されているとはいえ、布満の営為は、「〈私〉」という「〈空虚な場所〉を充填するべき義務および課題」（ジンメル）の果敢な遂行であったと言えよう。

無意識の意識化には、他者の介在が不可欠である。知人・友人・家族は、布満にとって抑圧・回避している志向を触知する上で重要な対話の相手であった。『深淵』は、「款談」が主軸となっている小説である。私宅・飲食店・居酒屋に少数が集まり、飲み食いをしながらなごやかな雰囲気で意見を交換する。深刻な社会問題が取り挙げられていることと一見そぐわない舞台選択が行われているが、無意識を浮上させるためには「大いにくつろいだ態度・口調」（上-七三）となること、「一杯機嫌の総体的に気軽な雑談ふうの会話」（下-一三七）であることこそがふさわしい。議論によって時代の制約から個人を解放する契機を探ろうとすることも、一つの運動にほかならない。

唯物論的に個のありかたを鍛えていく運動を総体として形象化するために、『深淵』は三人称形式を採っている。作中には、カフカやドストエフスキーにおける一人称小説から三人称小説への転換を論じたドリット・コーンの『透明な精神』や小林秀雄「《罪と罰》について」に触れているところがある（下・七九）。丹生哲彦・双葉子が海濱学舎時代の布満（秋山信馬）の読書歴を説明する挿話は、作品の様式に対するあからさまな自己言及である。『深淵』は、布満の意識に寄り添いつつ、それだけで完結するのではなく、前衛的な集団の討議が布満を刺激し、また布満の言動が集団の個々に影響を与える相互作用をも見逃さない。本作は、主人公の内的成長を描くだけに留まらず、「衆を恃む」ことのない有志[*24]の姿をも提示している。布満は重要人物であっても主人公ではなく[*25]、先行者であっても、単独者ではない。

当初記憶の回復を主体的に求めようとしなかった布満に、友人の崎村静雄は、「現在の君の『一つの結論』的な見方・考え方には、一九九〇年前後数年間の特徴的な事態――ベルリンの壁撤廃、東欧崩落、ソ連解体、いわゆる『社会主義の終焉』――が、多かれ少なかれ投影しているのではあるまいか。」（上・二三三）と問いかけている。布満（秋山信馬）と丹生双葉子とが「ただならぬ間柄」になったのは「宝満生活約十二年間の六年目」（下・三〇五）、すなわち一九九一年ごろである。ベルリンの壁撤廃（一九八九年十一月）からソ連解体（一九九一年十二月）までのマルクス主義の世界的な退潮の中で、二人は夫婦になっている。第一の逆行性健忘が起きた事由が布満に最後まで明らかにならないことと同様、布満と双葉子とが一線を超えるに至った背景は謎のままである[*26]。国家権力とマス・メディア権力との二重支配に服することを潔しとしないことは、海濱学舎に身を寄せていた時の布満（秋山信馬）も変わらなかったに違いない。しかし、社会主義国家の解体が続く当時において、彼は状況が変わる見込みをさしあたり持てなかったであろう。運動とも切り離され、マスコミ以外の情報入手の手段もない布満（秋山信馬）が、ある諦念から宝満市を「別乾坤」（下・三七）と定め、双葉子との生活を始めようとしたという想像は恣意に過ぎるかもしれない。しかし、「極めて由々しい〈生の根源的問題〉」（下・二七八）にさらに分け入るには、文脈から遊離しているかのような崎村の指摘に着目した仮説を検証することも無意義ではなかろう。小説家・批評家である布満が、宝満滞在時には海濱学舎の教師を務めるものの、創作を行った形跡がないことも、停滞状態を表す一つの目安となる。

　歴史社会的制約を活動の条件として見きわめることは大切である。しかし、時空間は不動のものではなく、可変的なものとしてある。記憶喪失になった布満は、幸運にもそれ以前と類似の環境の下で生活し、二重権力に私的領域を侵害されることを防ぐことができた。抵抗が貫けたことからすれば、布満の、そして丹生持節や双葉子の協同は、闘争であったと言える。しかし、状況を静態的に受け止めていることにおいて、彼らの営為は限界を含むものでもあった。布満（秋山信馬）と再会した時に、持節および双葉子は、「恢復者N・Aにとって、丹生宅・海濱学舎における――持節および双葉子との親密・率直な間柄の――生活は、別乾坤における別人格のそれであり、本来の世界における本来の人格のそれではない。その「別乾坤における別人格の生活」を恢復者＝「本来の世界における本来の人格」N・Aに押し付ける類のことは、持節および双葉子が、――おのおのの個人的感情をみずから圧殺して、――禁忌とする。」（下・三七）という戒めを自分たちに課している。彼らの選択は他者の尊重という点では節度が評価されるべきものであるが、自らの所属する場所を「別乾坤」と規定していることには錯誤が含まれていよう。二人の発想には、劣性の地方主義に堕しかねないものがある。事実、海濱学舎の活動は地元で完結しており、外部と通じる回路を持っていない。

　記憶を取り戻した布満は、自己を「死の国からの生還者」（上・四四）に譬えている。かつていた場所と今所属する場所とを質的に異なる空間として切り離す意識は、持節・双葉子のそれに通じる。布満（秋山信馬）における状況認識、持節・双葉子における地元意識、二つの消極的意識が布満（秋山信馬）・双葉子の共同生活の土壌にあったという推察を、本稿では提示しておきたい。むろん、「乾坤」は一つであり、連続しており、変わりうるものである（作者が『深淵』をインターネットで連載したのも、一つしかない「乾坤」と即時的に関わろうとしたからにほかならない）。マルクス主義者布満は、外部や別世界のない「乾坤」に動態的に関わっていかなければならない。裁判所に提出する証拠を求める旅＝移動によって「乾坤」を区分することが正しくないことを体感していた布満は、「あなたは、東京生活と宝満生活とのどちらをも、言わば「第一の人生」と見きわめるはずの人ですから。」（下・三〇七）という琴絵の言葉によって、認識の修正を決定的に迫られることになるのである。[*27]

個人を成り立たしめる必要条件として記憶を重視する観方を脱して、布満は世界と有機的に関わる主体となる契機を得た。しかし、「〈人生〉とは、〈記憶〉である。」という信条に基づいて営まれた宝満市での生活、双葉子との関係は布満の態度変更によって消し去ることのできるものではない。二つの「第一の人生」を背負った布満は、実際的な解決を見出せないまま、姿を消す。消せない過去を持つ人はどうすればよいのか、作品は結論を示していない。

双葉子と関係することを選ばなければ「難問（アポリア）」は生じなかった、というのは結果論に過ぎないであろう。しかし、自己の所属する場所を閉じた「別乾坤」と受け止めることの問題性は、記憶喪失に陥る前の布満にすでに感得されていたことでもあった。三節で取り上げた「一つは、フランツ・カフカ作『城』の舞台装置および精神をゲーテ作『親和力』との観念連合において論攷すること」というモチーフは、「別乾坤」の属性の検討を含んでいたはずである。田舎の領地で暮らすエドアルド、シャルロット夫婦の関係が大尉（エドアルドの友人）、オッティリエ（シャルロットの姪）を招き入れることで破綻していく『親和力』と、測量士「K」が依頼主のウェストウェスト伯爵の城にたどり着けず、所領内をさまよう内に酒場で働くフリーダと関係するようになる『城』とは、閉じた空間における男女の「愛縁機縁」を描いていることで共通する。[*28] 布満は、予め注目していた二つの長編小説の設定と類似した境遇に投げ込まれ、小説を現実で再演するという体験をしていたことになる。布満のモチーフには、「カフカ作『変身』、『審判』、『城』の様式選定および思想を記憶喪失との関連において解析すること」もあった。もし布満が二つのモチーフを関連づける考察をさらに進められていれば、豊満市における生は違ったものになった可能性がある。布満において文芸に関する教養は、記憶喪失による損傷を蒙らず、保持されていた。文芸は、個人の記憶を越え、欠落を埋める装置として確固たる役割を担っている。布満が失踪前から取り組んでいた長編小説『高峰』は、作者の主題追究が隘路に入ったため遂に完成しないが、それが現実との格闘の所産であることは疑いえない。文芸は、ただ世界を反映するものではなく、世界を変革するための道しるべなのである。

『深淵』「第九章　二重政権／4」には、大庭宗昔が布満に中野重治『鷗外　その側面』の一節を読み聞かせる場面がある。「必然の悲しさで文学に行った」鷗外に対して「偶然のおかしさで文学に来た」作家たちが多いことを慨嘆する中野を共感的に引きながら、宗昔は現在において「偶然のおかしさで文学に来た」書き手がいよいよ増加していることを批判する。松浦寿輝は、宗昔の文学観を「「必然の悲しさ」はそんなに良いもので、「偶然のおかしさ」はそんなに悪いものなのか。」と疑問視し、「どの人物もどの人物もまったく同一の、くどい、堅苦しい語調で喋るこの作品には、小説というジャンルの最大の取り柄のはずのポリフォニー（多声）性が皆無なのである。」と『深淵』を評している。[*29] 松浦の見解は、本作と嶽本野バラ『ロリヰタ。』とを組み合わせて評していることからわかるように、大衆消費社会の持続を前提とするものである。見せかけの平等の中で階級社会が維持されている現状の打破を志すとすれば、松浦の感想とは逆に、「必然の悲しさ」で文学に取り組むことがさらに重要度を増すことになる。『深淵』の掉尾で宝満城址・虚空ケ丘に佇む四人、崎村静雄・丹生双葉子・麻田琴絵・橋本勇二の胸中にはチェホフ『犬を連れた奥さん』の一節が思い浮かべられたことが暗示されている。布満の苦闘が文芸を通じて複数の人間に受け継がれたことを告げる締め括りは、本作にふさわしい。文芸によって世界を認識し、記憶に制約された個人を揚棄し、衆を恃まない人々を育み、世界を変革することを形式・内容・発表方法の重ね合わせの中で示現している小説――、『深淵』の様式は、そのように規定できるであろう。

例えば、創作の志を持ちながら沈黙をしていた橋本は、布満が不在の中で「必然の悲しさ」をもって文学者となっていくのであろうか。解答は読むことのできない「別の一つの長い」「物語り」（下・五六）に記されているわけであるが、有志具眼の読者にはすでにその見当がついているはずである。

注

1――http://www.asahi-net.or.jp/~hh5y-szk/onishi/kyojin.htm。巨人の意向を受け、実際の管理・運営は、鈴木康之・大西赤人によって行われていた。巨人没後も新刊紹介など、記事更新がなされ、主要な内容は現在も閲覧することができる（二〇一八年一月現在）。

2――現在は、ホームページ上から削除されている。

3――連載時に記録を控えることを怠っていたため、更新日、更新内容を詳らかに示すことが現時点ではできない。インターネットでの言論活動の記録は、現代作家の研究における一つの課題である。

4――文庫版は、光文社より二〇〇七年十一月二十日に刊行された（全二巻）。本論の本文引用は光文社文庫版に拠る。

5――『文芸春秋』第八〇巻第一一号、二〇〇二年九月一日

6――大西巨人・鎌田哲哉『未完結の問い』（作品社、二〇〇七年三月二十五日）一五六ページ。

7――注6前掲書一五七ページ。

8――石橋正孝『大西巨人　闘争する秘密』（左右社、二〇一〇年一月三十日）一〇～一一ページ。

9――渡部直己『メルトダウンする文学への九通の手紙』（早美出版社、二〇〇五年十一月十日）一五五ページ。

10――「運命の賭け――『消えぬ痣』と『第三の道』」（『新日本文学』第六巻第五号、一九五一年五月一日）

11――注6前掲書一五六～一五七ページ。

12――注6前掲書一五七ページ。

13――「〈面談（インタヴュー）〉新作長篇『深淵』をめぐって」（『社会評論』第三〇巻第一号、二〇〇四年一月一日）。「『深淵』は、異常な話ではあるね。言ってみれば、『深淵』は「おとぎ話」なんだ。ただし、それは終局的に「おとぎ話」であっていいということじゃない。「異常な話」という感じ方も、あくまで今のわれわれの感覚に基づく評価ということを理解しておかなければならない。」と巨人は説明している。

14――鎌田哲哉「解説」（大西巨人『深淵（下）』〔光文社文庫、二〇〇七年十一月二十日〕所収）三四七ページ。

15――注14前掲鎌田哲哉批評文三五〇ページ。

16――布満の失踪に関して、警察への届け出はなされていないので、「官民双方」というように、捜索者に「官」が含まれる記述となっていることには疑問が感じられる。

17――絓秀実「〈時評　タイムスリップの断崖で　第一回〉さらに、踏み越えられたエロティシズムの倫理――大西巨人の場合」（『en-taxi』第五号、二〇〇四年三月二十七日）

18――『冤罪・誤判の一掃を目指して』は、一九九九年七月刊行予定で制作が進められていた。同年六月三十日の布満の再失踪の後同書が公刊されたどうかは、作中で触れられていない。

19――「在野の民主的な思想家・文芸家・文筆家」（下・二二）である丹生持節は、「現前の日本人民党は、似非（えせ）マルクス（共産）主義政党である。」（下・六一）という見解を持ってはいるものの、マルクス主義者ではなさそうである。

20――注17前掲絓秀実批評文。

21――注9前掲渡部直己書一四九ページ。

22――注8前掲石橋正孝書一六二ページ。

23――記憶の回復を積極的に求めるようになってからも、布満が「『逆行性健忘約十二年間』の『克服』または『回復』を医学的・医術的には求めない」という決断」（下‐一二一）を改めないのは、治療に効果がないことを知っているからであろう。作中には、西海大学病院精神科医師涌井正明の「新症状にたいする医学的・医術的な治療の奏功は、あまり期待し得ぬのではないか。」（下‐一三九ページ）という所見もある。大西巨人蔵書の中には、『臨床精神医学』第一七巻第九号、一九八八年九月（コピー）、仁木宏明『脳と記憶――その心理学と生理学』（共立出版、一九九〇年十月五日二刷）、アマン・U・カーン、保崎秀夫ほか監約『記憶障害の臨床』（医学書院、一九九二年三月一日）、松下正明編『臨床精神医学講座　S2　記憶の臨床』（中山書店、一九九九年十一月三十日）などの記憶喪失関連の文献が含まれていた（上述のうち、松下編『記憶の臨床』以外は、『深淵』において言及されている〔上‐一九二～一九三〕）。それらにおいて、記憶をめぐる諸疾患の発生機序や臨床例は詳述されるものの、有効な治療法は提示されていない。『脳と記憶――その心理学と生理学』には、「第三章　健忘省の事例から記憶のメカニズムを探る」や「第五章　記憶の生理学的基盤」の冒頭にしおりや切った紙が挿まれているほか、逆行性健忘のさまざまな症候の相関についても不明な点が多いことを二木が述べる大村裕・中川八郎・仁木宏明「〈紙上座談会〉記憶を巡って」にも紙の挿み込みがある（一五八～一五九）。『深淵』においては、治療法が具体的に説明されている箇所はない。

24――過去に発表した文章を小説内に引用することは巨人が従来用いていた方法であるが、『深淵』では、複数の人物の著述として設定されているところが新しい。登場人物相互の対等な関係性を表す一つの徴表と言えよう。

25――途中で掲げられている「作者ないし語り手」による登場人物表（下‐一二五～一二八）において、布満は最初に挙げられているものの、「主人公」とは呼ばれていない。

26――布満の記憶が戻っていないのか、布満には承知されていて読者に伝えられていないのか、判然としない。鎌田哲哉の「「過去約十二年間」の記憶が回復した三十六章以後も、主人公は当時の回復努力の主体性如何の問題を追想していない。我々は、ここにも麻田のある種の問題回避を見て取ることができないか。」という指摘を参照すれば、前者の蓋然性が高い（注14前掲鎌田哲哉批評文三四五ページ）。

27——注17前掲批評文において、絓秀実は、「決定的に男を批判する女たちの小説」と『深淵』を定義している。琴絵と双葉子とが現実の存在として同じ重みを持つことは確かであるが、発言が布満に与える影響力などで同等とは必ずしも言えないかもしれない。本稿では、首都圏と豊満との、また、琴絵と双葉子との非対象性を重視した分析を行っている。

28——『親和力』・『城』の人物名の表記は、巨人が所蔵していた実吉捷郎訳『親和力』（岩波文庫、一九八二年四月二十日一四刷）、原田義人訳『城』（角川文庫、一九六六年九月十日）に拠った。蔵書前者には一四箇所にページ・行数を記した紙が挿み込まれている。また、後者には巨人手製のカバーが掛けられている。

29——松浦寿輝「〈文学季評　上〉「偶然のおかしさ」の魅力」（『読売新聞』二〇〇四年四月十九日夕刊）

もう一つの「俗情との結託」批判
――いま「プロレタリアート」の意味を確認する

田代ゆき

1

考察の直接の動機は二〇一五年二月二一日、ワークショップの席で高澤秀次から投げかけられた質疑にある。[*1] 戦後文学、戦後作家という大西巨人の位置づけを革命史観を手掛かりに読み換えようとした私の報告に対し高澤は、対馬を舞台としながら朝鮮人が登場しない『神聖喜劇』はあくまでドメスティックな日本国内の戦争小説の範疇を出でず、大西に「革命」への転回を読むのは誤りだと批判した。ほぼ同様の内容は、その後刊行された単著書『戦後思想の「巨人」たち』（筑摩選書、二〇一五年七月）に活字化されている。

『神聖喜劇』にせよ『真空地帯』にせよ、それらが本質的にドメスティックな日本の「戦後文学」であり「戦争小説」だったことである。／朝鮮半島に最も近い絶海の孤島・対馬要塞の二等兵・東堂太郎の隊内での徹底して「言葉」に就いた「抵抗」は、そこから五十キロ先の植民地統治下の朝鮮人民に対する本質的「無関心」と決して矛盾するものではなかった。しかも九十七歳という長寿を全うした大西巨人には、全五巻の大作が完成した一九八〇年以降、こうしたポスト・コロニアルなパースペクティヴ（日帝支配からの解放後の済州島一九四六年四・三蜂起を主題化した、金石範『火山島』全七巻の『神聖喜劇』に対する圧倒的優位はこの点に係っている。（略）から自作を再検討した痕跡はない。（略）／もっともそれは、「戦争」から「革命」への実践的な転回を、主人公に促すような性格のものではあり得なかった。

私はここに、「一九八〇年以降」のアカデミズムや市民運動の言説に顕著なひとつの傾向を認めて、報告の文脈上には理解することのできなかった高澤発言の真意をようやく理解した。

それはたとえば次のような発言にほの見える「パースペクティヴ」にも等しい。

> 元来アナキズム思想にちかしいものを感じ、ロシア共産党を主導し世界中の左翼政党政治を牛耳ったボルシェヴィズムに対する幻想からは自由であった私には、若いころから正統的な左翼への違和感と批判点はずいぶんとあった。／だがその後、たとえば、フェミニズムによる左翼批判からは、男である自分が気づきもしなかった重要な論点を学んだ。先住民族・少数民族による左翼批判からも、自らが左翼であると自覚していながら多数派民族に属することで見えなかったものを教えられた。いずれも、これからも続くだろう。／そしていま、「フリーター」の若年層から左翼への批判と絶望が語られる時代がきた。
>
> 太田昌国「若年層「フリーター」からの左翼批判に思う」（『オルタ』二〇〇七年六月）

高澤の糾弾調の物言いの対極にあるかのような謙虚にへりくだった視覚の根は、しかし高澤と同質のものだ。より辺境を、と探し求めて次々と新たな少数者を見つけだして自ら下駄を履き、そのひとつについて直接に語らえていないことを理由に、あたかも大きな物語がそれ自体として罪悪であるかのように批判する。彼らはたいていその後、「私に語ることはできるか」と自問し、AでもBでもないとの宙吊り状態こそが最も誠実であるという結論にたどり着き、ここに至って「ポスト・コロニアルなパースペクティヴ」は万能薬の様相を呈する。だが、正義感に燃えた彼らの立場揚棄は、いったい誰のためのものなのか。他者に向けた批判の刃は自己に向かうようでいてその実、先回りした自己保身に過ぎないのではないか。文学が、人間の一途な意志や希望のあらわれであってほしいと願う者にそれは、無責任なその場限りの逆立ち言説にしかうつらない。その視覚の延長上にいま私は、次のような文章に接する。

マルクスが社会変革の主体をプロレタリアートと呼んだとき、それはただたんに経済的に貧しい者を指していたのではない。プロレタリアートはたんに貧しい者ではなく、社会から無視される者である。（略）／現在の日本社会において、「放射脳」は、誰もが無視しようとする他者である。この点において、「放射脳」はプロレタリアートの概念に近い。（略）／われわれが「子育て世代」と書いたのは、代表制に侵された思考がどれほど多くの者をあっさりと無視してしまうかという事実を示すためである。（略）／「放射脳」がいまもっとも威力を発揮しているのは、東日本産食品の不買である。

名古屋共産主義研究会（山の手緑）「16年テーゼ」（二〇一六年六月一二日 http://nagoyakyousanken.blogspot.jp/）

「ポスト・コロニアルなパースペクティヴ」が「少数者」を次々と「発見」したように、彼らはマルクスの名を騙りながら「放射脳」を発見する。そして「プロレタリアート」を労働者という一つの連帯を前提とする階級から「放射脳」という消費者集団へと、小さく回収しようとするのである。原発事故以降彼らの展開してきた運動が階級闘争では決してなく、子どもを持つ母親たちを中心とした消費者運動だったことはこの宣言文にも明らかだ。ゆえに彼らの言葉は、「放射脳」を名乗りながら、同じく存在をなきものとされた労働者たち、廃炉作業を行う被曝労働者の場所には届かない。(その運動はゼロ地点の労働者の存在を抹消することでしか成立し得ない。)被曝労働者の母や妻の苦しみと繋がる契機もない。

逃れようとして、逃れようもない。資本主義社会において労働者階級は歴史的に、危険を承知でなお自由に身動きなどできず、死んでいくしかない存在である。屈辱と悔しさと憎悪と諦めとないまぜの感情的実感の中で、絶望的な道行きを思い、けれど労働者たちは仲間同士の信頼を唯一の手掛かりとしてなおも繰り返し体制の転覆を試みて立ち上がろうとし続けたのではなかったか。それら先達の、一縷の希望と矜持とを託した「プロレタリアート」の名辞を、自分たちの内側にまげて矮小化して回収することを、そのような「俗情との結託」を、私は決して許すことができない。

2

一方、「少数者」について問われて大西は、「分断せられた多数者」の一言で応答する(『朝日ジャーナル』七四年一月四=一一日合併号初出、『運命の賭け』晩聲社、八五年一〇月所収)。掲載誌は被差別者、被抑圧者としての「少数者」という視点に同調的な寄稿を期待したと思われ、だが階級的な視点に立てば資本主義体制下、被抑圧階級は圧倒的多数者であるはずだった。少数者を「被支配階級中の特定部分あれこれ」とする理解は、「多数者」をばらばらに解体して次々「少数者」を剔出しようとする高澤や太田、「放射脳」の志向とは真逆のベクトルを示す。大西にとって「少数者」とは、共に支配され、差別され、虐げられ、手を組みこれに抗うべき一つの階級の、未だ連帯に至らない状態をいう。ゆえに「少数者」という言葉で被抑圧者を分断することは支配階級側の思惑でこそあれ、被抑圧階級の側からは「消極性、受動性、攻撃力薄弱、想像力貧困」のあらわれにすぎない。それが階級闘争である以上、志向はあくまで少数者から多数者へ、分断から連帯へと、向かわなくてはならなかった。

「少数者」についてまわる倫理的、自己批判的な響きにも、被抑圧階級の足りなさゆえの分断と躊躇なく退ける大西の論理は終始一貫している。中野重治による詩編「雨の降る品川駅」をめぐる論争渦中に大西がとった立場もまた明快だった。論争の一部は、祖国へ向けて旅立つ朝鮮人プロレタリアートに向けた呼びかけ「行ってあのかたい　厚い　なめらかな氷をたたきわれ／ながく堰かれていた水をしてほとばらしめよ／日本プロレタリアートのうしろ盾まえ盾／さようなら／報復の歓喜に泣きわらう日まで」という詩の一節に関わる。「報復」の具体的な対象には日本天皇が見据えられており、一連の表現について、朝鮮人を日本人の「弾除け」、「特攻隊」にするという意に曲解した者らはそこに「民族差別」「民族エゴイズム」を認めて中野を糾弾した。のみならず詩の発表から五十年の後、詩人本人が「なぜ詩のうえで日本人本人にそれを考えさせなかったか」と自己批判し（「楽しみと苦しみ、遊びと勉強」『中野重治全集 第二四巻』筑摩書房、七七年九月）、佐多稲子がその詩に「狼狽」を以て接する（「ある狼狽の意味」『新日本文学』八〇年一二月）に至り、大西は、それらの思考に潜在する抑圧階級の「消極的・受動的・コンプレックス的」在り方を「判然と有害」なものとして、「支配せられる階級」の「矜持において」徹底批判する。論争に介入した一文「コンプレックス脱却の当為」（『みすず』九七年三・四月初出、『日本人論争　大西巨人回想』左右社、二〇一四年七月所収）には当初、「日本人であり、同時に地球人である私の考え」という角書きが付されたというが、言うまでもなく大西の一篇は必ず、日本・朝鮮両民族プロレタリアートの、悲痛を共有してなおも前進しようとする者たちによる、インターナショナルな連帯の意味でなければならなかった。[*2]

また詩編中、朝鮮に向けて品川駅を出立する辛や金、李や女の李を見送る光景は、大西の作品に描かれたひとつの場面を鮮やかに想起させもする。「犠牲の座標」（『新日本文学』五三年四月初出、『地獄変相奏鳴曲』講談社、八八年四月所収）において、「ロシアの人人」（シーモノフ）を引用して語る次の場面である。

入り江の対岸には、ナチス・ドイツ軍の陣地。心の底から激しく自他の生命を尊重愛惜するサフォノフが、「他の方法はなくなって」四十五歳の看護兵グローバに〝伝令ならびに人質として入り江を渡る任務〟を与える。ほとんどまったく生き延びる可能のない（「ただ……たくさんの生命が」彼グローバに「掛かっている」）仕事への出発。（略）／つい近所まで用足しに出かけでもするような出発。しかしながら、見送る者たちの心には絶大の悲痛があり、見送り人たちと見送られる人との間には無限に深い共感がある。そして、歴史と社会との発展方向に正しく従って前進している人間（たち）の逞しい確信が、全体を支配する。

悲痛を宿して見送る人間とあくまで快活に出発する人間――やむにやまれず立ち上がった人民の、闘いにおける言語を絶する連帯の在処を知る。グローバの出立は、仲間を生かしたいと願う彼自身の意志によるものであると同時に、痛みを分かつサフォノフら見送る人間の共感と信頼によって初めて可能となるものだ。

「犠牲の座標」の物語現時、海を隔てた朝鮮半島で勃発していた朝鮮戦争を「解放戦争」と言い切り浮かれる「人民党」員と区別して大西は、ひとりの学生が、飛行機の爆音に半島の流血を想像して抱く「やりきれない」思いを大切なものとして描く。たたかいの犠牲に悲痛な思いを抱えながら、なおも立ち上がり行かねばならない朝鮮民族のひき裂かれる心を自らのものとして理解すること。戦闘地へと出立する朝鮮人兵士に対する無限に深い共感と信頼とが、彼らと「侵略戦争における特攻隊員」とを決定的に区別し、それらプロレタリアート同志の連帯の心情をあらわす詩として小説は「雨の降る品川駅」を引用する。「爆音とそれの表象する物とにたいする真実の「やりきれない」思い、それらにたいする全人間的な憎悪憤怒、人民軍への支持・連帯が、人人の心に広く深く滲透するにちがいあるまい。全日本人の胸に（略）人民解放の国際的連帯性を歌った詩（『雨の降る品川駅』）の心が、みなぎるはずである。」という如く、殆ど絶望的な道行きを思わずにおかない階級闘争において連帯は、いつも過程にしか存在し得ない。それはつまり学生が「やりきれない」思いを抱いた事実のことであり、痛苦と困難を想像してなお身を斬る思いで中野が朝鮮人プロレタリアートに呼びかけずにおられなかった事実。手を伸ばし、思いを及ぼそうとする人間の力のことである。

「コンプレックス脱却の当為」よりずっと早くに一篇の詩ははっきりと、「国際的連帯性」の歌と理解されていた。それが、大西が切望したプロレタリアート同志の連帯の心を文学表現として結実させた稀少な作品であったゆえに、連帯を無残にひき裂く、あろうことか特攻隊呼ばわりする解釈を、被圧迫民族の矜持として決して許すことができなかったに違いない。それらプロレタリアートの透徹した連帯の思想に比べれば、「少数者」を嬉々として剔出して、本質と離れた言葉尻を根拠に反革命だとやり込める手つきの、いかに革命への志向に遠いかは自ずと明らかでもあろう。

翻って大西は、自身の作品を通して、少数者同士の連帯の可能性を懸命に見極めようとしていたように見える。「伝説の黄昏」（『新日本文学』五四年一月初出、『地獄変相奏鳴曲』前同所収）作中、主人公の新城が苦悩するのは、居住する場所に出会う「少数者」同士の連帯の困難、貧しい農民たちが、同じく貧しい生活を強いられてきた被差別部落民を差別し蔑むことだった。時に落胆し、時に激高しながら、新城はなおも繰り返し語る。「三の組の人たちも埴安の人たちも、あなたや私やとまったく同じ日本人です。……そして貧乏人です。仮りにたとえまた先祖が朝鮮人または蒙古人だったにしても、見下げる理由が、どこにありますか。」「日本人がおなじ日本人にたいして『分けへだて』をしたり『〝四つ〟扱い』をしたりしとった日にゃ、よろこぶとはアメリカの悪玉ボスたちと日本の悪玉ボスたちとだけで、なおのこといつの日が来ても、まともな世の中は――。」分断は、血筋や生まれ、国家や民族間にではなく、腹の凹んだ人間か肥え太った人間か、「貧乏人」か富める者かの間に存する。ふと、「二つの階級があるんだ、分からないかね、プロレタリアートとブルジョアジーだ。（略）ただ二つの階級だけが（略）一方の側にいない者はだれでもみんな別の側にいる」（ジョン・リード『世界をゆるがした十日間』、原光雄訳、岩波文庫、五七年一〇月）というひとりの兵士の言葉が――「ボルシェヴィキー」に反対する自称「マルクス主義学生」に向かって繰り返し発せられた言葉が――耳に木霊する。

出自に拠らず、利害に拠らず、既存のいかなる枠組みにも拠らない一つの階級、労働者階級の連帯は当然のこと、朝鮮人であるとか、女であるとか、〇〇民族であるとか、被差別部落民であるとか、「放射脳」であるとかいう、その人に前提として備わる条件に関わらず、いついかなる場所にも新しく組織されうる。ゆえに変革の運動はいつも私から遠い未知の世界にではなく、日々眼前に繰り返される現在進行形の生活や労働のただ中に、何より私の内側深くに始まる。花田清輝が大西の編集する雑誌に寄せた掌編「テレザ・パンザの手紙　転形期にいかに生きるか」（『文化展望』四七年七月）で、転形期の主役をドン・キホーテでなくテレザ・パンザに定めたのも偶然ではない。世界を巡り難題に挑むドン・キホーテの生き方とはいわば対極的にテレザは、狭い家の中で従者サンチョの世話をして生きる世話女房に過ぎない。花田は、このひとりの生活者が、自らを縛り上げる「家」の桎梏に気づき、家族の内実を、片隅の幸福を守る夫婦から闘いの同志へと劇的に転化させてゆく地道な努力をこそ、「転形期」を生きる人間の姿として、何より大切に記し伝えた。

変革の運動を書いて大西が力を込めるのもやはり、被圧迫者たちの積み上げてきた努力の過程である。根底には、変わろうとする人間の力への強い信頼がある。威勢よく革命を叫ぶ活動家の傍らで、眼前におこるひとつひとつに躓き立ち止まる者たちの歩み。「〝問題が、すべて一挙に解決する。大きい成果が、ただちに出現する。〟というふうには行きますまいが、――それどころか、〝問題の局部も、なかなか解決しない。小さい成果が、ひょっとするとおもむろに出現する。〃というふうにしか行かぬかもしれませんが、——そういう徒労のような努力を根気よく積みかさねなければ、前進も発展もあり得ますまい」と、時に焦燥に駆られ、また落胆しながらも、自らを励まして踏み出す新城の歩みそれ自体。そしてまた新城と話す中に自らの認識を一つ一つ点検し、行きつ戻りつしながら変わってゆこうとする人々の歩み——被差別部落民の兼吾が自らのはなった「朝鮮人のくせに」という一言に躓いた後「わずかずつの変化（発展）をおもむろに招き寄せ」ること。その過程に初めて「宿命論的な諦念にたいする（まだかすかな）反抗が、兼吾の内部に芽生え」来ること——どれほど狭く、遅速であっても、自らを変えたいと願う人間の歩みの中に連帯の可能性は見出され、変革の運動は始まることを作品は教える。

3

私とその母という、人間にとってもっとも卑近でもっとも普遍的な関係さえ、例外でない。「伝説の黄昏」に登場する年老いた母、司野は、息子が、共産主義思想のために学校を追われ、職場を追われ、周囲の人々から冷たい視線や忠告に晒されるたびに途方に暮れてきた。人並みに「人民党員」を嫌い、被差別部落民を恐れ、彼らと関わる息子を案じる人物である。同時に大西はこの母親の上に起こる（母と息子との関係に生起する）、生活の中の小さな変化を作品に大切に掬い取る。

それでも、司野は、近ごろ少しずつ変わってきた。この家の表に設備せられた佐久間川細胞掲示板への壁新聞糊貼り役を、昨今の彼女は、みずから進んで引き受けたり、また以前には彼女のずいぶん嫌っていた人民党員について「人民党にゃ気分のさっぱりした人が案外だいぶんおらっしゃるごたぁるね。」などと言ったり、するようになっていた。（略）／「『部落民』ちいうたら、あの――『新平民』のことな。ひどかったもんなぁ、とてもとても。……あの池田さんも、そうじゃろうが？ お前は、あの人たちと仲ようするばってん。――それでん、お前の話しを聞くと、あの人たちも、気の毒なもんたい。あたしゃ、このごろはどうもなかごとなったばってん、初めのうちは気味の悪うしてなぁ。」（略）／おなじような問答は、母と子との間で、従来何度か行なわれたが、その中身には（司野の側において）、わずかずつ変化（発展）が生じてきた、と新城は思っていた。／「違うもんですか。おなじ日本人、おなじ人間ですよ。嫌ったり軽蔑したり分けへだてをしたりする理由は、ちっともないです。佐藤の奥さんとか、そんな人たちには、お母さんが、そう教えてやるがいい。」「そうなぁ。これからは、そうしょうか。」と司野は、感慨深げに言った。

日々の生活に交わされる息子との会話に司野は繰り返し、被差別部落の人々や共産主義者である党員たちを恐れる自らの感覚を確認し、次第に根拠のない差別に気付いてゆく。暴力事件という中心的な出来事の傍らにひっそりと描きこまれた母の姿は、迫害された共産主義者の母たちの壮絶な苦しみと葛藤、子への愛を手掛かりとして一歩一歩自らを変えてゆく非常な努力の連綿たる連なりを連想させて忘れられない。

司野の姿に新城が想起する小林多喜二「党生活者」（『中央公論』三三年四・五月初出、『底本 小林多喜二全集 第八巻』新日本出版社、六八年五月所収）の母たちも、その連なりの中に居る。「伊藤」の母は、地下活動を続ける娘を捕まえ自分のもとに引き戻してくれる警察にいつもお礼を言っていたが、ある日娘と銭湯へ行った折りに裸に残る壮絶な拷問のあとを見て「キット警察の方が悪い」ことを、身もだえするような痛みの中に理解する。「私」の母は、再び刑務所に送られるだろう息子に手紙を書きたい一心で、六十を過ぎて「いろは」を習い始める。

眼鏡をかけて炬燵の中に背中を円るくして入り、その上に小さい板を置いて、私の原稿用紙の書き散らしを集め、その裏に鉛筆で稽古をし出した。何を始めるんだ、と私は笑っていた。母は一昨年私が刑務所にいるときに、自分が一字も字が書けないために、私に手紙を一本も出せなかったことを「そればかりが残念だ」と云っていたことがあった。それに私が出てからも、ます〳〵運動のなかに深入りしているのが、母の眼にも分った、そうすれば今度もキット引ッ張られるだろう、又仮りにそんなことが無いとしても、今は保釈になっているのだから、どうせ刑が決まれば入るのだから、その時の用意に母は字を覚え出しているのだった。

「過去五十年以上の生涯を貧困のドン底で生活してきている」被抑圧階級の母を信頼して「私」は自身の活動についで話し、母は息子の気持に近づこうとして生活の中に必死の努力を続ける。そして母は、「死んだということが分れば矢張りひょっとお前が自家へ来ないとも限らない、そうすれば危いから死んだということは知らせないことにしたよ」と、息子の活動を守るために自身の死の報せをも封じる決心を伝える。愛ゆえに子を信頼して送り出すという行為は、母子にアプリオリに保証された関係とは違う。「六十の母親が私の気持にまで近付いていることに、私は自分たちがこの運動をしてゆく困難さの百倍もの苦しい心の闘いを見ることが出来る気がする」と語られたとおりに刃は母の内面深くを刺し貫き、自らを変えようとして重ねられた懸命な努力は、子への愛情という人間にとって最も普遍的な感情の性質さえも、その強度はそのままに、私的なものから同志のそれへと根本的に転化させている。

悲痛な思いを伴い実現された母の朗らかな決心と、それを受け取る息子の「身が引きしまるような激動」とは、「雨の降る品川駅」の日本人・朝鮮人両プロレタリアートの、「ロシアの人人」を介して大西の描いた伝令に遣わす側と遣わされる側との、信頼と共感に基づく連帯にも同等のものだ。「雨の降る品川駅」を書いた詩人はまた、共産主義者の親の像を次のように形象化する。

その人々は心から息子、娘を愛していた
子供たちは正しいのだということを理論とは別の手段で信じていた
娘が娘であつたためにうけたテロルについてききながら
その母親が母親であるためにそれ以上話させることの出来なかつた
その焼けるような皮膚のいたみ
そして息子に手紙を書こうためいろはから手習いをはじめたその小つくえの上の豆ランプ
（略）
こういう子を持たぬ親達に決して分かることのなかつた愛で子供達を包みながら
共産主義者の受けたのとは別な共産主義者の親であるものとしての迫害にたえたその人達
そして息子たちに先立たれさえし白髪となり
（略）
その人たちはこういうのである
みなさんよ
わたしたちは無駄には涙を流しませんでした
祝いなさい
してかつて党員でなかつた私達のよろこびが
党員であるあなた方のよりも大きいのです

中野重治「その人たち」（『アカハタ』四七年七月二五日初出、『一九四八年版 新日本詩集』新日本文学会、四八年七月所収）

花田清輝は、「その人たち」の存在を「活動家一般」と呼び換えて一篇を、運動のうえで何より大切な無名の活動家の存在を可視化した詩として尊重したが、より普遍的に、描出された親たちの姿を「プロレタリアート」の語であらわすことはできまいか。

4

中野重治は大西巨人の母について、宮本百合子祭で九州を訪れた時の記憶を「九州といえば、大西巨人の九州の家で、大西、井上光晴と三人で話に夢中になり、ことに井上が大ごえをあげているその隣り部屋で、御馳走の世話をしてくれていた大西の母者（ははじゃ）――それは母者といつたような人だつた。――に死なれるという経験もした」（「なき数にいる名」『中野重治全集 第十九巻』筑摩書房、七八年六月）と印象深く書き残しているが大西自身、このときのことを「永眠した私の老母に、この感慨とこの喜びとをわかつことができない。――宮本百合子の文学は公衆の物である。そして私の老母は、ろくに文字すら知らぬままに、たしかにその「公衆」の一人であつた。」（「今本来の使命発展のために」『新日本文学』五四年四月）と記す。そこに示された「宮本百合子の文学」と、文字さえ知らない母との対照は、たとえばマルクスの言う「哲学」と、「プロレタリアート」との関係にも等しい。「この解放の頭脳は哲学であり、その心臓はプロレタリアートである。哲学はプロレタリアートの揚棄なしには自己を実現しえず、プロレタリアートは哲学の実現なしには自己を揚棄しえない。」（カール・マルクス「ヘーゲル法哲学批判序説」、城塚登訳、岩波文庫、七四年三月）という双方は、「その人たち」に描かれたサヤ豆とそれを育てた風、船とそれを浮かべる水、党員と彼らを生み育てた母たちの存在に、「伝説の黄昏」において新城が拠って立つ「物事のまさにあるべき相」と実際に出会う人間や事柄にあらわれる「物事の現にある相」に、それぞれ置き換えることも可能だろう。哲学に対するプロレタリアートの像は、共産主義者の子と話す中に自らを変えてゆく母たちの姿でもある。

同じ文章でマルクスは、プロレタリアートについて更に次のように説明する。

> 市民社会のいかなる階級でもないような市民社会の一階級、あらゆる身分の解消であるような一身分、その普遍的な苦難のゆえに普遍的な性格をもち、なにか特別の不正ではなく不正そのものを蒙っているがゆえにいかなる特別の権利をも要求しない一領域、もはや歴史的な権原ではなく、ただなお人間的な権原だけを拠点にすることができる一領域、ドイツの国家制度の諸帰結に一面的に対立するのではなく、それの諸前提に全面的に対立する一領域、そして結局のところ、社会の他のすべての領域から自分を解放し、それを通じて社会の他のすべての領域を解放することなしには、自分を解放することができない一領域、一言でいえば、人間の完全な喪失であり、それゆえにただ人間の完全な再獲得によってのみ自分自身を獲得することができる一領域、このような一階級、一身分、一領域の形成のうちにあるのだ。社会のこうした解消が一つの特殊な身分として存在しているもの、それがプロレタリアートなのである。

その志向は、特定の苦難から普遍的な苦難へ、特別な不正から不正そのものへと向かい、その存在は、いかなる特権をも拒み、あらゆる領域にたてこもることを拒絶する場所に想定されている。

なまなかでない。その存在を魯迅は短編小説「薬」に、思想犯として処刑された娘の母と、死刑者の血饅頭を薬として死にゆくわが子に与えた貧民の母との、墓前の邂逅という壮絶な場面として描き出した。それはまた、わが子への愛情が、本来手を組むべき人間の血をさえ啜らせるという絶望を描き切ってのち、やはり死んだ子への愛という普遍的感情を媒介にして、死刑囚と細民の墓地を隔てる小径をふたりの母に手を取り行かせる壮絶さのことである。

翻って「伝説の黄昏」において、プロレタリアートの連帯を願う新城を悩ませたのは、農民たちの被差別部落民に対する差別意識と共に、被差別部落民の「身分的な共同利害と、そこから生まれる身分的意識」が「部落民を統合させる靭帯となっている」一面、いわゆる「部落民第一主義」だった。その根拠を小説は参考文献を引用しながら、「階級的目的意識を持たず、現われたる差別事象にたいする単に対症療法的な糾弾闘争にのみ精力が費され」た運動の始まりと関連づけて説明する。あわせて注視したいのは、新城の部落問題ないし部落解放運動への関心が最初、「素朴純真な人間主義の立場」に始まり、次第に「社会主義的な被圧迫人民解放の見地」へと移っていったことが明記されて、その立場から「部落至上主義」が厳しく退けられている点である。「あらゆる種類の隷属状態を打破することなしには、いかなる種類の隷属状態も打破することができない。根本的なドイツは、根本から革命を起さなければ、革命を起すことができない。」（マルクス）という言葉は、マルクス主義者、新城の胸に、当然に大西巨人の胸にも、鐘のごとく鳴り響いていただろう。

日本近代以来プロレタリアートは、あらゆる権利を奪い去られて死んでゆくよりほかない存在である。五十年前の坑夫たちに、流れても流れても同じ現実が待ち受けていたように、どこにも逃げ場はないのである。どれほど過酷であろうとわれわれはまず、この現実を認めるところから始めるほかない。また、ゆえに、生きたいと欲するプロレタリアートが目指す地点はどこまでも、体制の転覆以外にない。砂粒のような一人一人の人間の努力も個別の運動も、その一点へと繫がっている。特殊に特別な何かではなく、人間の根本的な変革が全ての礎になるのもそれゆえだ。連綿と続いてきたプロレタリアートによる闘いの道のりは未だはるかに遠く、焦燥も絶望もむしろ自然なことだ。だが子―母という、人間のもっとも卑近な関係における、母の愛というもっとも普遍的な感情について、私的に内向しようとする欲求を捩じ伏せ、わが子への「特別な権利」を要求することからもっとも遠い地点へと、その感情、その関係を解き放ってみせたのもまた、人間の力であったのだ。彼らプロレタリアートの努力、そこに生みだされた何をもってしても打ち崩すことのできない愛に裏打ちされた強固な連帯を思うとき、「人間を人間の最高のあり方であると宣言するところの、この理論の立場からする解放」（マルクス）という言辞がにわかに蘇る。

「雨の降る品川駅」の批評批判をとおして大西が見ていたのは、一九九六年当時の「「社会主義の終焉」的な仮象」の瀰漫だった。二十年後のいま、シングルイシュー的な運動、芸術批評がさらにまかり通る中で再び、「プロレタリアート」の意味を確認し、もう一つの「俗情との結託」を批判したいと思い一文を記す。

注

1――共同研究プロジェクトの公開ワークショップで行った報告「戦後作家の出発地点を考える――花田清輝・革命史観を手掛かりに」。『社会文学』42号（二〇一五年八月）に「虚無よりの創造　戦後作家、大西巨人の出発地点を問う」として活字化。

2――同様に詩を、プロレタリアート同志の連帯の意味と解釈した論考に、鄭勝云『中野重治と朝鮮』（新幹社、二〇〇二年一一月）がある。鄭は詩の言葉の丹念な分析に基づき一篇を、「国際的な連帯意識の表現」と結論付ける。

※この文章は、二〇一七年二月二六日に本郷文化フォーラムで開催されたＨＯＷＳ文化講座「俗情に抗する精神――いま大西巨人を読む」で行った報告を骨子としてまとめたものである。

Ⅳ　大西巨人書誌

齋藤秀昭 編

凡　例

1．本書誌には、大西巨人が生前に刊行した〈単行本〉〈選集〉〈文庫〉〈原作本〉〈特集本〉を収めた。ただし、生前に刊行準備が進められていたが、刊行が歿後となってしまった『日本人論争』も、著者の意志を強く反映した著書として〈単行本〉中に加えた。〈単行本〉の項目には共著、編著、インタビュー集、新書判のカッパ・ノベルスも含めた（新書判のカッパ・ノベルスを〈新書〉として独立させなかったのは、一般的な四六判の刊行と同等の意義を有する著作物と判断したためである）。また、〈原作本〉や〈特集本〉は大西巨人の著作物ではないが、刊行物としての重要性を鑑み、収録することにした。同じ理由で、歿後刊行のアンソロジー『歴史の総合者として』を〈単行本〉中に、大西美智子著『大西巨人と六十五年』を〈回想録〉として加えた。

2．採録した書籍は〈単行本〉等の各大項目ごとに年代順に配列し、各書籍ごとに以下の如き書誌情報（小項目）を記載した。ただし、記載不要な項目（装丁者未詳の場合や付録、解説がない場合等）に関しては省略した。
①書名（含・叢書名）②発行年月日③出版社名（または文庫名）④判型（製本様式・外装）⑤本文頁数⑥装丁者名⑦定価（税抜き）⑧付録（含・月報及び正誤表）⑨解説（または解題）⑩初版発行部数（及び累計発行部数）⑪目次（内容）⑫書誌作成者による註記（*印で表示）

3．〈単行本〉中の共編著及びインタビュー集には、書名の後に*印を附した。なお、大西巨人の著作物とは言い難い各種アンソロジーの類いは、今回共著の対象外としたが、参考としてその一覧を末尾に掲げた。

4．大西巨人単独の著書以外の書名の前には著作者（編著者）名を記した。

5．外装に関しては函・カバー・帯がある場合のみ記載し、その印刷内容に関しては、特記に値すると判断したものを註記で紹介した。

6．増刷や改版、または文庫化のたびに大西巨人は、字句及び文章の修正をおこなっているので、その点は、著者が「奥書き」等で触れている場合のみ註記することとした。常に本文が理想的形態に向かって更新されるのが、大西文学の本質である。

7．付録に「月報」等がある場合は、その内容も記した。

8．初版発行部数（及び累計発行部数）に関しては、調査の結果、判明したもののみ記載した。なお、推定のものには「か」を附した。

9．年号を含む数の表示は、基本的にアラビア数字に統一した（書名や判型等は除く）。

10．本書誌の作成に当たっては、二松學舍大学・山口直孝研究室の貴重な蔵書を閲覧させていただいた。また、書籍に関しては浜井武（元・大西巨人担当編集者）、森山悦子（講談社）、谷村友也（文藝春秋）、阿部晴政（河出書房新社）、落合美砂（太田出版）、菅原悠吾（朝日新聞出版）、小柳学（左右社）、青木誠也（作品社）、川村杏平、玉井和子の各氏および光文社、みすず書房、筑摩書房、三省堂、幻冬舎、幻戯書房の各出版社から温かいご教示を頂戴した。大西巨人作品の収録状況その他全般的な事柄については大西美智子、大西赤人、山口直孝、橋本あゆみの各氏から様々なご教示を頂戴した。ここに記して感謝の意を表したい（ご教示いただいた内容を直接記す場合には、それと分かるよう明示した）。

【単行本】

精神の氷点

1949年4月5日　改造社　B6判（並製本・カバー）　212頁　装丁（米原愛子）　190円

目次（内容）

精神の氷点

白日の序曲

あとがき

＊著者の記念すべき第一創作集（中篇小説1篇と短篇小説1篇）。「あとがき」で著者は、本書出版の経緯と、「精神の氷点」執筆・脱稿に際しての小田切秀雄・荒正人・杉浦明平・野間宏らの激励に対する感謝の念を表明している。

神聖喜劇 第一部「混沌の章」上 カッパ・ノベルス

1968年12月5日　光文社　新書判（カバー）　278頁　装丁（デザイン＝伊藤憲治、本文装画＝稗田一穂、地図・図版作製＝アトリエ不忘）　350円　30000部

目次（内容）

第一部　混沌の章（上）

＊後に全5巻の大長篇小説へと成長する『神聖喜劇』の初書籍化。カバー（表）の基調色は青。カバー（裏）に著者の近影と共に著者の紹介文（無署名）が、そしてカバー（袖）には松本清張の推薦文「現代社会をみごとに象徴」が印刷されている。扉裏には1942年当時の「対馬要塞砲台配置図」が載っており、読者への便宜が図られている（「下」も同様）。また些末なことだが、カバー

（背）における「(上)」の活字（明朝体）が、初版からひと月も経たない25日発行の8版でゴシック体に変更されるも、9版で再び元に戻り、10版では再びゴシック体になる等、一貫性のない表記となっている（これは「下」も同様であり、丸括弧だけ明朝体であるパターンすらある。販売戦略上の、「背」の見栄えを巡る混乱か）。なお、扉下には、エピグラフとして全冊にシェークスピア『マクベス』の一節（「…… it is a tale Told by an idiot, full of sound and fury, Signifying nothing.」）が掲げられている。

神聖喜劇 第一部「混沌の章」下 カッパ・ノベルス

1968年12月5日　光文社　新書判（カバー）　286頁　装丁（デザイン＝伊藤憲治、本文装画＝稗田一穂、地図・図版作製＝アトリエ不忘）　350円　30000部

目次（内容）

第一部　混沌の章（下）

＊カッパ・ノベルス版の2巻目。カバーの基調色には青と赤の2種類があり、元々上巻と同じ青であったのだが、初版の再出庫の際に全冊色違いにするためカバーを赤のものに掛け替えることとなった（浜井）。カバー（裏）には「次男野人君と著者」とキャプションの入った写真が、そしてカバー（袖）には埴谷雄高の推薦文「現代の地獄と煉獄と天国をくまなく…」が印刷されている。本文最終頁には「附記」が添えられ、初出情報と初出原文に訂正と加筆（約170枚）が加えられた旨、丁寧に記されている。

神聖喜劇 第二部「運命の章」カッパ・ノベルス

1969年2月15日　光文社　新書判（カバー）　274頁　装丁（デザイン＝伊藤憲治、本文装画＝堀文子、地図・図版作製＝アトリエ不忘）　350円　30000部

目次（内容）

第二部　運命の章

＊カッパ・ノベルス版の3巻目。カバー（表）の基調色は黄緑。カバー（裏）には著者近影と共に井上光晴の推薦文「作者・大西巨人について」が、そしてカバー（袖）には五木寛之の推薦文「壮大な問いかけ」が印刷されている。また扉裏には「関門海峡とその付近」の地図が載っており、読者への便宜が図られている。本文最終頁には「附記」が添えられ、初出情報と初出原文に訂正と加筆（約50枚）が加えられた旨、丁寧に記されている。また、堀文子の装画を「巨人もとても気に入っていた」（赤人）ようである。

神聖喜劇 第三部「伝承の章」カッパ・ノベルス

1969年7月20日　光文社　新書判（カバー）　247頁　装丁（デザイン＝伊藤憲

治、本文装画＝北喜久子） 350円 30000部

目次（内容）

第三部 伝承の章

＊カッパ・ノベルス版の4巻目。カバー（表）の基調色は緑。カバー（裏）には著者近影と共に杉浦明平の推薦文「著者・大西巨人について」が、そしてカバー（袖）には大岡昇平の推薦文「現代への鋭利な諷刺」が印刷されている。また扉裏には1969年現在の「対馬中央部付近」の地図が載っており、読者への便宜が図られている。本文最終頁の裏には「附記」が添えられ、初出情報と初出原文に訂正と加筆が加えられた旨、丁寧に記されている。

戦争と性と革命 大西巨人批評集 SANSEIDO BOOKS 3

1969年10月15日 三省堂 四六判（並製本・カバー・帯） 285頁 550円 9000部

目次（内容）

第一 俗情との結託

俗情との結託／再説俗情との結託／映画『陸軍残虐物語』のこと

第二 批評の弾着距離

批評の弾着距離／批評家諸先生の隠微な劣等感／円地文子先生の性的浅智慧／経産婦か否かの触覚による確認は常に可能か／大江健三郎先生作『われらの時代』の問題／同性愛および「批評文学」の問題／映画『尼僧物語』について／映画『わらの男』について／あさましい世の中／女性作家の生理と文学

第三 独立喪失の屈辱

独立喪失の屈辱／真人間のかぶるものでない帽子／「あけぼのの道」を開け／籠れる冬は久しかりにし／創造の場における作家／冬を越した一本の花／横光利一の死／太宰治の死／天皇を見るの記／兵隊日録抄

第四 ハンセン氏病問題／文学の明るさ暗さ

初稿発表控え

＊著者の第一批評集。「俗情との結託」は大西巨人の批評の核心とも言え、大西論で触れられることの夥しい代表的な文章となった。

兵士の物語 ＊

1971年3月5日（第2版 1981年3月30日） 立風書房 四六判（上製本・角背・函、第2版 上製本・丸背・カバー・帯） 330頁 装丁（前川直、第2版 多田進） 750円（第2版 1100円）

目次（内容）

鮎川信夫　兵士の歌／村山知義　沙漠で／黒島傳治　渦巻ける鳥の群／北川晃二　逃亡／宮内寒彌　艦隊葬送曲／梅崎春生　崖／野間宏　第三十六号／田村泰次郎　檻／大岡昇平　俘虜記／中野重治　第三班長と木島一等兵／小島信夫　星／島尾敏雄　出発は遂に訪れず

編者後記に代えて　大西巨人　軍隊内階級対立の問題

＊大西巨人編集によるアンソロジー。アジア・太平洋戦争下における兵士を主人公とした小説10篇と詩・戯曲各１篇を収める。初版の函には青と緑を基調としたものと、焦げ茶と茶色を基調にしたものの二種類がある。また第２版以降は函がなくなり、造本・装丁共に簡易化。

時と無限 大西赤人作品集 大西巨人批評集 ＊

1973年７月20日　創樹社　四六判（上製本・角背・カバー・帯）　282頁　装丁（勝呂忠）　680円　3000部か

目次（内容）

一　赤人　記録文集

大津と浦和とに架ける橋／僕の「闘病記」／「青春」について／「若者」について

二　赤人　短編小説集

永遠の相の下に／除夜と睡眠薬／大衆と暴力者／無声の詩人／嘔吐と美男子／工員と幼児塾／ヒヨドリと黒猫／五月第一日曜日／夭折と野良犬

三　巨人　教育論集

障害者にも学ぶ権利がある／文部大臣への公開状／ふたたび文部大臣への公開状／学習権妨害は犯罪である／「私憤」の激動に徹する／「学校教育法」第二十三条のこと

四　巨人　文芸批評集

言語表現について／軍隊内階級対立の問題／凶事ありし室／『レイテ戦記』への道／観念的発想の落し穴／『写実と創造』をめぐって／作者の責任および文学上の真と嘘

奥書き

＊著者の初めての共著。帯（表）に「父子合著作品集」とある。「奥書き」には、「大西赤人問題」（血友病を患う長男の高校入学が不当に拒否されたことに端を発する、学習権や人権を巡る裁判闘争）を契機とした刊行動機の説明と初出情報が記されている。発行部数は、担当編集者であった故・玉井五一氏と夫人の和子氏の証言に基づいて推定。

巨人批評集

1975年8月25日　秀山社　四六判（上製本・丸背・函・帯）373頁　1600円　4000部

目次（内容）

第一　文藝における「私怨」

文藝における「私怨」／作中人物にたいする名誉毀損罪は成立しない／学習院と渡良瀬川鉱毒事件／内在批評と外在批評との統合

第二　「私憤」の激動に徹する

面談　「大西赤人問題」　今日の過渡的決着／付審判請求から特別抗告へ／文部大臣への公開状／「私憤」の激動に徹する／道楽仲間の　面汚し

第三　分断せられた多数者

分断せられた多数者／ハンセン氏病問題／軍隊内階級対立の問題／対談　戦争・文学・人間　大岡昇平

奥書き

＊「奥書き」には、初出情報と収録作品に関する説明が記されているが、中でも、本書には「文藝（ないしwork of fiction）に関する私の基本的・原形的把握が書かれている」という著者の言葉は重要である。

神聖喜劇 第1巻

1978年7月5日　光文社　四六判（上製本・丸背・ビニールカバー・函・帯）389頁　装丁（栃折久美子）　1400円　付録（冊子「神聖喜劇〔第一巻 第二巻〕に寄せられた評」）　10000部（32000部）

目次（内容）

第一部　絶海の章

序曲　到着／第一　大前田文七／第二　風／第三　夜

第二部　混沌の章

第一　冬／第二　責任阻却の論理／第三　現身の虐殺者／第四　「隼人の名に負ふ夜声」

＊大長篇小説の1巻目。原稿用紙4700枚に及ぶ大西巨人の代表作。エピグラフとして全巻にシェークスピア『マクベス』の一節（「…… it is a tale Told by an idiot, full of sound and fury, Signifying nothing.」）が掲げられている。函に巻かれた帯（表）には「遂に完結！　現代文学の輝かしき金字塔」とあり、その下に松本清張の作品評が引用されている。帯（背）には「日本人の根源に迫る巨大長編！」と記され、帯（裏）には『神聖喜劇』全4巻の構成が載っている（のちに全5巻構成へと変更）。また、奥付の裏には「神聖喜劇【全四巻】＝総目次」の一覧も掲載。付録の冊子（月報の形式）には、著者の近影（撮影

＝浜井武）と共に、作家・批評家らによる作品評が並べられ、当時の評価を簡便に知ることが出来る（現代社会をみごとに象徴　松本清張／現代への鋭利な諷刺　大岡昇平／壮大な問いかけ　五木寛之／激しくまぶしい愛と性　瀬戸内寂聴／日本人の原型を浮きぼり　扇谷正造／手に汗握る迫力　木下恵介／圧倒される強烈な個性　荒正人／社会科学と文学性の融合　水田洋／偉大な文学の誕生　小松茂夫／あすに通じる不滅の力　小田実）。1980年９月１日発行の第６刷以降は帯が変わり、表には著者近影と共に「全五巻完結　抱腹絶倒の人間喜劇」と、背には「孤島対馬の要塞に立つ東堂太郎…」とあり、裏には井上ひさしが『朝日新聞』に書いた文芸時評が引用されている。なお、本書は８刷まで発行された。

神聖喜劇 第２巻

1978年７月５日　光文社　四六判（上製本・丸背・ビニールカバー・函・帯）369頁　装丁（栃折久美子）　1400円　付録（冊子「神聖喜劇〔第一巻 第二巻〕に寄せられた評」）　10000部（29000部）

目次（内容）

第三部　運命の章

第一　神神の罠／第二　十一月の夜の媾曳／第三　「匹夫モ志ヲ奪フ可カラズ」

第四部　伝承の章

第一　暗影／第二　道／第三　縮図／第四　対馬風流滑稽譚

＊大長篇小説の２巻目。函に巻かれた帯（表）には「この一作に心血を注いで実に23年」とあり、その下に五木寛之の作品評が引用されている。帯（背）には「壮大なる“人間回復”の叙事長編！」と記され、帯（裏）には『神聖喜劇』全４巻の構成が載っている。また、奥付の裏には「神聖喜劇【全四巻】＝総目次」の一覧も掲載。付録は第１巻と同じ。1980年９月１日発行の第６刷以降は帯が変わり、表には著者近影と共に「全五巻完結　卓越した日本人論！」と、背には「潮風を枕に死を思うふたりは…」とあり、裏には篠田一士が『毎日新聞』に書いた文芸時評が引用されている。なお、本書は８刷まで発行された。

神聖喜劇 第３巻

1978年８月15日　光文社　四六判（上製本・丸背・ビニールカバー・函・帯）365頁　装丁（栃折久美子）　1400円　付録（冊子「『神聖喜劇』完結にあたって寄せられた評」）　10000部（28000部）

目次（内容）

第五部　雑草の章

第一　大船越往反／第二　寒夜狂詩曲／第三　暗影（続）／第四　階級・階層・序列の座標

第六部　迷宮の章

第一　法／第二　奇妙な間の狂言／第三　事の輪郭／第四　嫌疑の構図／第五　偏見の遠近法／第六　朝の来訪者

＊大長篇小説の３巻目。函に巻かれた帯（表）には「雄渾な筆致で人間の尊厳を追求する！」とあり、その下に加賀乙彦の作品評が引用されている。帯（背）には「二十一世紀を透視する新しい小説！」と記され、帯（裏）には『神聖喜劇』全４巻の構成が載っている。また、奥付の裏には「神聖喜劇【全四巻】＝総目次」の一覧も掲載。付録の冊子（月報の形式）には、第八部〈永劫の章〉「終曲」の最終原稿末尾の影印と共に、作家・批評家らによる作品評が並べられ、完結当時の評価を簡便に知ることが出来る（マラソンのゴール到達　埴谷雄高／二十一世紀を透視する小説　加賀乙彦／精神の全史を描く　黒井千次）。1980年９月１日発行の第６刷以降は帯が変わり、表には著者近影と共に「全五巻完結　現代文学の金字塔」と、背には「謎につつまれた冬木の前身は？」とあり、裏には『週刊プレイボーイ』掲載の書評（無署名）が引用されている。なお、本書は８刷まで発行された。

神聖喜劇 第４巻

1980年４月25日　光文社　四六判（上製本・丸背・ビニールカバー・函・帯）336頁　装丁（栃折久美子）　1400円　付録（冊子「『神聖喜劇』完結にあたって寄せられた評」）　12000部（24000部）

目次（内容）

第七部　連環の章

第一　喚問／第二　歴世／第三　喚問（続）／第四　ある観念連合／第五　冬木照美の前身／第六　脈絡／第七　早春

＊大長篇小説の４巻目。函に巻かれた帯（表）には「現代社会の悲喜劇性を剔出！」とあり、その下に大岡昇平の作品評が引用されている。帯（背）には「四半世紀をかけた大作に絶賛の嵐！」と記され、帯（裏）には『神聖喜劇』全５巻の構成が載っている。付録は第３巻と同じ。1980年９月１日発行の第５刷以降は帯が変わり、表には著者近影と共に「全五巻完結　25年を費やして遂に完結」と、背には「深夜の剣鞘（けんざや）すりかえ事件の犯人は？…」とあり、裏には大岡昇平が『文学界』に書いた書評が引用されている。なお、本書は７刷まで発行された。

神聖喜劇 第５巻

1980年４月25日　光文社　四六判（上製本・丸背・ビニールカバー・函・帯）343頁　装丁（栃折久美子）　1400円　付録（冊子「『神聖喜劇』第一、二、三巻　正誤修訂表」）　12000部（24000部）

目次（内容）

＊大長篇小説の５巻目（最終巻）。函に巻かれた帯（表）には「混迷の時代が求めた真の文学完成！」とあり、その下に埴谷雄高の作品評が引用されている。帯（背）には「待望の最終完結篇！」と記され、帯（裏）には『神聖喜劇』全５巻の構成が載っている。付録の正誤表は173項目にも及ぶ長大なもの。1980年９月１日発行の第５刷以降は帯が変わり、表には著者近影と共に「全五巻完結　全マスコミに絶賛の嵐」と、背には「逃亡した大前田の運命は？…」とあり、裏には松本清張の短評が引用されている。「奥書き　本文」には、起稿年月日（1955年２月28日深更）と脱稿年月日（1979年12月25日午後）が記され、「奥書き　附記」には、連載の経緯や参考文献等の記載と共に、全８部それぞれの初稿の起稿年月脱稿年月までが記されている（そこから例えば、初稿が23年以上書き継がれていた〈連載の継ぎ目たる休止期間は合計してもたった３ヶ月しかない〉ことや、第八部の初稿が1978年６月に擱筆されているので、修訂を加えて完成稿に至るまで約１年半が費やされていた、ということ等が判明する）。なお、本書は７刷まで発行された。

巨人雑筆

1980年12月19日　講談社　四六判（上製本・丸背・カバー・帯）　266頁　装丁（丹阿弥丹波子）　1400円　4000部

目次（内容）

1　鼻／2　藤井真次先生／3　一冊の本／4　夜の道連れ／5　続　夜の道連れ／6　ライフワーク／7　言葉遣いのこと／8　腰折れ歌／9　続　腰折れ歌／10　犬またはその飼い主／11　続　犬またはその飼い主／12「巨人」という名／13　映画『巨人伝』のこと／14　油断大敵／15　雑多な記憶／16　昼の道連れ／17　共に墓穴を掘る者／18　不遇な作品／19　行き隠る／20　大河原伝次郎／21　間奏曲／22　篠栗線の男　付録　奇遇奇縁／23　普門院さん／24　楽屋話し／25　出歯亀／26　名について／27　ある種の艶福／28　血のめぐり／29　糞リアリズム／30　続続　犬またはその飼い主／31　ホール・イン・ワン／32　花落知多少／33　走る男（小説）／34　伐木丁丁／35　酒を煮る／36　本町通り／37　腹が立つ／38　伊良子清白／39　筑紫／40　杉田久女／41　待つ男（小説）／42　金子伊昔紅・兜太父子／43　続　雑多な記憶／44　田能村竹田／45　言道筆塚／46　小歌一つ／47　親不知／48　車内風景（小説）／49　あと一回／50　人生足別離

戦争・軍隊・革命

（イ）兵隊日録抄／（ロ）二つの書信／（ハ）軍隊内階級対立の問題

井蛙雑筆

A　前口上／B「おらぶ」／C　暗香疏影／D　竹田と大塩との関係／E　無学空想／F　アサクラ／G　哀果作一首／H　善麿追悼／I　秋の田／J　遊女妙／K　一人称小説／L「運命」という語／M　天地無用／N　養老院／O「塩垂れる」／P「無き名」綺譚／Q「おらぶ」増補／R「ウタチイ」／S「ちふ」／T　短歌との因縁／U「雲山草堂図」題語／W　破廉恥漢渡部昇一の面皮を剥ぐ

二つの体制における「特定の条件」抄

初稿発表控え

＊評論・エッセイ集（含・短篇小説3篇）。

日本掌編小説秀作選 I 雪・月篇 カッパ・ノベルス ＊

1981年4月10日　光文社　新書判（カバー・帯）319頁　装丁（デザイン＝伊藤憲治、本文カット＝福岡幸子）650円　30000部

目次（内容）

編者はし書き　大西巨人／短篇小説の復権　編者

雪の篇

林檎　林房雄／おせい　葛西善蔵／夏の靴　川端康成／電車の窓　森鷗外／嶽へ吹雪く　深田久弥／信念　武田泰淳／名人巾着切　長谷川伸／玉突屋　正宗白鳥／鯉　井伏鱒二／親子そば三人客　泉鏡花／或冬の日に　佐佐木茂

索／セメント樽の中の手紙　葉山嘉樹／雪　岡本かの子／「雪の篇」について　編者

月の篇

火を点ず　小川未明／秋夜鬼　木々高太郎／笛の音　島尾敏雄／幻惑　室生犀星／尾生の信　芥川龍之介／大雨の前日　伊藤左千夫／野の宮　長田幹彦／崖　広津和郎／満願　太宰治／月二回　小島政二郎／アイスピッケル　長谷川四郎／サアカスの馬　安岡章太郎／おぼえ帳四題　斎藤緑雨／好色夢　牧野信一／琴の音　樋口一葉／窓　堀辰雄／動物　大岡昇平／「月の篇」について　編者

*優れたショートショート全63篇を集めたアンソロジーの1巻目。カバー（裏）に「自宅付近の雑木林にて」とキャプションの入った著者近影（撮影＝浜井武）が印刷されている。「編者はし書き」には、刊行の経緯や編集基準が記されている。「文化展望」や「新日本文学」の編集委員でもあった大西巨人の、卓越した批評家・編集者としての力量を感じ取ることの出来る編著である。

日本掌編小説秀作選 Ⅱ 花・暦篇 カッパ・ノベルス ＊

1981年4月10日　光文社　新書判（カバー・帯）　291頁　装丁（デザイン＝伊藤憲治、本文カット＝福岡幸子）　650円　30000部

目次（内容）

花の篇

死について　秋山清／善太と三平　坪田譲治／おたまじゃくし　北杜夫／或る別れ　北尾亀男／椿　里見弴／忠僕　池谷信三郎／壁　島崎藤村／棒　安部公房／帽子　国木田独歩／西向の監房　平林たい子／二つの花　野間宏／夢十夜（第三夜）　夏目漱石／蒼穹　梶井基次郎／出来事　志賀直哉／魚の餌　梅崎春生／風呂桶　徳田秋声／潮霧　有島武郎／「花の篇」について　編者

暦の篇

幸福の散布　横光利一／脱走少年の手紙　村山知義／魔女二題　佐藤春夫／その手　黒島伝治／世評　菊池寛／黒髪　鈴木三重吉／おどる男　中野重治／子供　藤沢桓夫／みちのく二題　斎藤彰吾／信念　星新一／片脚の問題　野上弥生子／「暦の篇」について　編者

*優れたショートショート全63篇を集めたアンソロジーの2巻目。カバー（裏）に「気に入りの散歩道で」とキャプションの入った著者近影（撮影＝浜井武）が印刷されている。

天路の奈落

1984年10月20日　講談社　四六判（上製本・丸背・カバー・帯）334頁　装丁（志賀紀子）1700円　5000部

目次（内容）

序曲　麻薬密売／第一　箝口令／第二　拡大地方委員会の夜／第三　拡大地方委員会の夜（続）／第四　拡大地方委員会の夜（結）／終曲　Es geschiet nichts Neues unter der Sonne

奥書き

＊長篇小説。帯文（表）に「真のマルクス主義とは何か。「神聖喜劇」の著者が渾身の力をこめて、“革命運動”の道義を問う。」とある。エピグラフには曹植『吁嗟篇』の一節（「卒ニ回風ノ起ルニ遇ヒ／我ヲ吹キテ雲間ニ入ル／自ラ謂ヘラク天路ヲ終ヘント／忽然トシテ沈淵ニ下ル」）が引用されている。また、著者は「奥書き」に、初出時における誤読的批評を列記すると同時に、『神聖喜劇』がロマンだとするならば本作はソティと称することが出来ると記している。

運命の賭け

1985年10月21日　晩聲社　四六判（並製本・カバー・帯）239頁　装丁（造本＝杉浦康平・鈴木一誌）1500円　7000部

目次（内容）

解放と克己との兼ね合い

現代のベートーヴェン／戦争犠牲者を出しに使うな・その他　私の「朝日新聞」紙面批評・その一／「南北朝鮮の帝国主義的統一」への道・その他　私の「朝日新聞」紙面批評・その二／「新憲法」は「自前」である・その他　私の「朝日新聞」紙面批評・その三／現実と仮構とを峻別せよ・その他　私の「朝日新聞」紙面批評・その四／批評における科学的精神・その他　私の「朝日新聞」紙面批評・その五／分断せられた多数者／二つの体制における「特定の条件」抄／渡部昇一の学問的無知ならびに倫理的陋劣／解放と克己との兼ね合い

田夫筆録

道楽仲間の　面汚し／妻／「有名〈専門〉歌人」ならざる作者／浦瀬白雨／「本との出会い」という課題で／白水社刊『ラテンアメリカ文学史』など／『湘夢遺稿』の「覆刻本の覆刻本」／「あくせくした道」のこと／犬養毅首相の変死／「フィクション」のこと／「政治屋」的な状況把握／編集者の心得／「資本主義の走狗」／早期胃癌のこと／播磨娘子の短歌一首をめぐって／駿河采女の短歌一首をめぐって／いまもむかしも栄える不見識／「巨人」という名のもう一人／ラスト・シーン／空中の鶴／勧善懲悪作品待望／木下

昌明著『映画批評の冒険』／二種類の書物／中国の日本文学研究／意識および無意識の打破／「関所のない人生」

一枚の写真から

一枚の写真から 一「文化展望」のころ／一枚の写真から 二 筑豊炭田の小さな町にて／一枚の写真から 三 亦楽斎／一枚の写真から 四 新日本文学会第十一回大会／千葉県習志野／石川県小松／埼玉県与野

奥書き

初稿発表控え

＊「奥書き」では、本書タイトルの由来について説明されている。

遼東の豕

1986年11月20日　晩聲社　四六判（並製本・カバー）　225頁　装丁（造本＝鈴木一誌）　1500円

目次（内容）

私の反省

私の反省／積極的関心、格闘意識のこと／液状の原子爆弾／映画『石の花』について／文学の明るさ暗さ／真の「出会い」に／志貴皇子の短歌一首をめぐって／『笠金村歌集』の短歌一首をめぐって

遼東の豕

一　鼻／二　藤井真次先生／三　一冊の本／四　夜の道連れ／五　続　夜の道連れ／六　ライフワーク／七　言葉遣いのこと／八　腰折れ歌／九　続　腰折れ歌／十　犬またはその飼い主／十一　続　犬またはその飼い主／十二「巨人」という名／十三　映画『巨人伝』のこと／十四　油断大敵／十五　雑多な記憶／十六　昼の道連れ／十七　共に墓穴を掘る者／十八　不遇な作品／十九　行き隠る／二十　大河原伝次郎／二十一　間奏曲／二十二　篠栗線の男／二十三　普門院さん／二十四　楽屋話し／二十五　出歯亀／二十六　名について／二十七　ある種の艶福／二十八　血のめぐり／二十九　糞リアリズム／三十　続続　犬またはその飼い主／三十一　ホール・イン・ワン／三十二　花落知多少／三十三　走る男〈小説〉／三十四　伐木丁丁／三十五　酒を煮る／三十六　本町通り／三十七　腹が立つ／三十八　伊良子清白／三十九　筑紫／四十　杉田久女／四十一　待つ男〈小説〉／四十二　金子伊昔紅・兜太父子／四十三　続　雑多な記憶／四十四　田能村竹田／四十五　言道筆塚／四十六　小歌一つ／四十七　親不知／四十八　車内風景〈小説〉／四十九　あと一回／五十　人生足別離

言語表現について

詞の由来吟味／論理性と律動性と／語法・行文における破格の断行／緑雨作

「小説」一篇／杉田久女の一句／冠辞「水薦苅」／「解纜」および「抜錨」／斎藤史のこと／作者不明歌「宇治川を」一首

奥書き

初稿発表控え

＊「奥書き」において、『巨人雑筆』からの再録である「言語表現について」が若干増補されている旨、記されている。

巨人の未来風考察

1987年３月30日　朝日新聞社　四六判（上製本・丸背・カバー・帯）218頁　装丁（多田進、カバー・イラスト＝赤瀬川原平）1100円　7000部

目次（内容）

前口上／国辱／イチイの人人／スライド制／穴掘りモグラ／首／待つ／芸術祭不参加作品／差別の無間地獄／大西滝治郎の孫／雁のトオオン／巨匠／文学的測深儀／岩戸開放／続　岩戸開放／非命と天寿／近未来の寝覚め／迷探偵流行／長幼統合／創氏改名／南波照間／批評の民主主義／初恋と死と／造次顚沛／年甲斐／言論公表者の責任／居直り克服／わが異見／老若の自認／バレタ、ニゲロ／勧懲作品なお有用／「現実政策」談義／正直者のこと／生兵法／ある「読後感」／いつまでも子供／低級な内実／馬か人間か／小説　墓を発く／小説　祭り太鼓／小説　片隅の小さな記録／小説　死との関係／小説　現代の英雄／小説　村の石屋／小説　昨日は今日の物語り／素人主義横行／カヤの木の運動／黄金の箸／閉幕の思想

奥書き

＊エッセイ集（含・短篇小説７篇）。主に『朝日ジャーナル』連載のエッセイを集成したもの。

地獄変相奏鳴曲

1988年４月25日　講談社　四六判（上製本・丸背・函・帯）473頁　装丁（司修）2400円　付録（「『地獄変相奏鳴曲』の成り立ち　大西巨人」）4000部

目次（内容）

第一楽章　白日の序曲／第二楽章　伝説の黄昏／第三楽章　犠牲の座標／第四楽章　閉幕の思想　あるいは娃重島情死行

奥書き

＊連環体長篇小説。帯（表）には「四十年を費やした一大巨篇完成！　●十五年戦争中から敗戦後現在までの日本人の魂の変遷（発展）を描出。●無神論的・唯物論的にして宗教的な物の樹立を――。」と記されている。「奥書き」には、本書のような「連環体長篇小説」を仕上げることが十数年来の目論見であり、

その着手から40年ぶりの刊行実現となった旨記されているが、同じく「連環体長篇小説」として構想され、「近刊予定」とも記されている『二重式火山』の方は、その後、刊行には至らなかった。

付録の「『地獄変相奏鳴曲』の成り立ち」は、インタビュー形式で刊行に至るまでの複雑な経緯を著者が説明したもので、各楽章の初出と「新訂篇」連載の経緯、増補の分量についても記された重要な資料となっている（著者近影も掲載）。以下、簡潔にその骨子を整理しておく。

○初稿「白日の序曲」（『近代文学』1948年12月）→新訂篇「第一楽章　白日の序曲」（『社会評論』1986年1月～1988年1月にかけて連載された「地獄変相奏鳴曲」の一章、40余枚加筆）→本書「第一楽章　白日の序曲」
○初稿「黄金伝説」（『新日本文学』1954年1月）→新訂篇「伝説の黄昏」（『社会評論』1986年1月～1988年1月にかけて連載された「地獄変相奏鳴曲」の一章、80余枚加筆）→本書「第二楽章　伝説の黄昏」
○初稿「たたかいの犠牲」（『新日本文学』1953年4月）→新訂篇「犠牲の座標」（『社会評論』1986年1月～1988年1月にかけて連載された「地獄変相奏鳴曲」の一章、20余枚加筆）→本書「第三楽章　犠牲の座標」
○初稿「娃重島情死行　あるいは閉幕の思想」（『群像』1987年8月）→本書「第四楽章　閉幕の思想　あるいは娃重島情死行」（20枚弱加筆）

三位一体の神話 上

1992年6月25日　光文社　四六判（上製本・角背・函・帯）319頁　装丁（亀海昌次）2718円　4000部

目次（内容）

叙篇　二つの殺人

第一篇　遠因近因

一　士族の株／二　陰の部分（ある作家の内的独白　その1）／三　年齢奇譚／四　陰の部分（ある作家の内的独白　その2）／五　一つのスケデュール／六　陰の部分（ある作家の内的独白　その3）／七　ある季刊雑誌の休刊／八　学歴に関するエピソード／九　モデルとプロトタイプとの差異／十『三位一体の伝説』のこと／十一　二人の芸術家の話／十二　A Diary of a Lost Soul／十三　陰の部分（ある作家の内的独白　その4）／十四　原稿盗難

第二篇　遠景

十五　第一事件の発生／十六　絶筆／十七　急逝の顚末／十八　Die Absicht oder der Wunsch zum Freitod／十九　天皇を見る／二十　奇妙な一人物／二十一　当夜／二十二　陰の部分（ある作家の内的独白　その5）

第三篇　中景

二十三　『尾瀬路迂全集』編纂始末抄　一／二十四　陰の部分（ある作家の内的独白　その６）／二十五　一夜／二十六　投身と解体消滅と／二十七　『尾瀬路迂全集』編纂始末抄　二

＊長篇推理小説の上巻。帯（表）には吉本隆明の作品評が引用されている。上下巻共に、上下に分かれた特殊な函（上巻は下の函が赤、下巻は下の函が青）の造りや、見返しと折り込みを用いてのフルカラー口絵等、造本に贅を尽くした体裁となっている。装丁を担当した亀海昌次は、本書の装丁で第24回講談社出版文化賞【ブックデザイン賞】を受賞。

三位一体の神話 下

1992年６月25日　光文社　四六判（上製本・角背・函・帯）316頁　装丁（亀海昌次）2718円　4000部

目次（内容）

第四篇　近景

二十八　陰の部分（ある作家の内的独白　その７）／二十九　『尾瀬路迂全集』編纂始末抄　三／三十　華燭／三十一　『尾瀬路迂全集』編纂始末抄　四／三十二　陰の部分（ある作家の内的独白　その８）／三十三　『尾瀬路迂全集』編纂始末抄　五／三十四　陰の部分（ある作家の内的独白　その９）／三十五　「老齢と死」についてニイチェの言葉／三十六　〈死〉との関係／三十七　陰の部分（ある作家の内的独白　その10）／三十八　暮春／三十九　陰の部分（ある作家の内的独白　その11）／四十　第二事件の発生／四十一　潜行／四十二　ボストン美術館にて／四十三　ジョン・Ｆ・ケネディ国際空港にて

第五篇　鳥瞰

四十四　美しき五月となれば／四十五　堅確不動の不在証明／四十六　散骨の思想／四十七　歳月／四十八　感光の兆し／四十九　定着への道／五十　陽画

跋篇　未完遺作の完結

＊長篇推理小説の下巻。帯（表）には高橋克彦の作品評が引用されている。

三位一体の神話 上 カッパ・ノベルス

1993年３月25日　光文社　新書判（カバー）337頁　装丁（カバー・デザイン＝亀海昌次）825円　11000部（12000部）

目次（内容）

叙篇　二つの殺人

第一篇　遠因近因

一　士族の株／二　陰の部分（ある作家の内的独白　その１）／三　年齢奇譚／四　陰の部分（ある作家の内的独白　その２）／五　一つのスケデュール／六　陰の部分（ある作家の内的独白　その３）／七　ある季刊雑誌の休刊／八　学歴に関するエピソード／九　モデルとプロトタイプとの差異／十『三位一体の伝説』のこと／十一　二人の芸術家の話／十二　A Diary of a Lost Soul／十三　陰の部分（ある作家の内的独白　その４）／十四　原稿盗難

第二篇　遠景

十五　第一事件の発生／十六　絶筆／十七　急逝の顚末／十八　Die Absicht oder der Wunsch zum Freitod／十九　天皇を見る／二十　奇妙な一人物／二十一　当夜／二十二　陰の部分（ある作家の内的独白　その５）

第三篇　中景

二十三　『尾瀬路迂全集』編纂始末抄　一／二十四　陰の部分（ある作家の内的独白　その６）／二十五　一夜／二十六　投身と解体消滅と／二十七『尾瀬路迂全集』編纂始末抄　二

＊カッパ・ノベルス版の上巻。カバー（裏）には著者近影と共に吉本隆明の作品評が、そしてカバー（袖）には「著者のことば」が印刷されている。

三位一体の神話 下 カッパ・ノベルス

1993年3月25日　光文社　新書判（カバー）　334頁　装丁（カバー・デザイン＝亀海昌次）　825円　11000部（12000部）

目次（内容）

第四篇　近景

二十八　陰の部分（ある作家の内的独白　その７）／二十九　『尾瀬路迂全集』編纂始末抄　三／三十　華燭／三十一　『尾瀬路迂全集』編纂始末抄　四／三十二　陰の部分（ある作家の内的独白　その８）／三十三　『尾瀬路迂全集』編纂始末抄　五／三十四　陰の部分（ある作家の内的独白　その９）／三十五　「老齢と死」についてニイチェの言葉／三十六　〈死〉との関係／三十七　陰の部分（ある作家の内的独白　その10）／三十八　暮春／三十九　陰の部分（ある作家の内的独白　その11）／四十　第二事件の発生／四十一　潜行／四十二　ボストン美術館にて／四十三　ジョン・F・ケネディ国際空港にて

第五篇　鳥瞰

四十四　美しき五月となれば／四十五　堅確不動の不在証明／四十六　散骨の思想／四十七　歳月／四十八　感光の兆し／四十九　定着への道／五十

陽画

跋篇　未完遺作の完結

＊カッパ・ノベルス版の下巻。カバー（裏）には著者近影と共に高橋克彦の作品評が、そしてカバー（袖）には「著者のことば」が印刷されている。

五里霧

1994年10月25日　講談社　四六判（上製本・丸背・カバー・帯）274頁　装丁（毛利一枝）1748円　4500部

目次（内容）

縹富士　一九九二年一月／雪の日　一九八四年二月／方言考　一九五六年三月／老母草　一九八一年四月／同窓会　一九四六年五月／胃がん　一九八二年六月／立冬紀　一九三七年七月／五里霧　一九九〇年八月／底付き　一九三一年九月／エイズ　一九八七年十月／牛返せ　一九四九年十一月／連絡船　一九四一年十二月

＊短篇小説集。帯（表）には「短篇オムニバス12ヵ月物語」とある。

迷 宮

1995年5月30日　光文社　四六判（上製本・丸背・カバー・帯）252頁　装丁（司修）1748円　8000部

目次（内容）

叙の章　第一の消滅

一　皆木旅人の死／二　春田大三の疑い

第一章　摸索のいとぐち

一　阿部知世の話／二　春田大三の対応

第二章　偶像の黄昏

一「人格者」のことなど／二　墳墓、葬式のことなど

第三章　イスカリオテのユダ

一　ポート・タウン・ビル行き／二　鶴島直義の話／三「裏切り」の「原形質」

第四章『幽霊』をめぐって

一　前口上／二　先天梅毒などのこと／三　言論・表現公表者の責任／四「病識」がないことの恐怖

第五章　鏡山市往反

一　新幹線下り車中にて／二　鏡山市到着／三　新幹線上り車中にて

跋の章　第二の消滅

一　ある交通事故死／二　ある失踪／三　時差心中

＊長篇推理小説。帯（表）には「推理小説的構成で人類普遍のテーマに挑む」とある。

春秋の花 ＊

1996年4月15日　光文社　四六判（並製本・カバー・帯）　262頁　装丁（亀海昌次）　1553円　4000部

目次（内容）

はしがき

春の部

有島武郎　文／若山牧水　歌／松尾芭蕉　句／中野重治　文／土岐善麿　歌／道元　文／『人麻呂歌集』　歌／小林秀雄　文／藤原高遠　歌／谷崎潤一郎　文／紀長谷雄　詩／北川晃二　文／水原秋桜子　句／吉川英治　文／谷崎松子　歌／『犬筑波集』　句／織田正信　文／日野草城　句／吉田欣一　詩／金子兜太　句／平忠度　歌／鷲谷七菜子　句／筏井嘉一　歌／田能村竹田　文／島崎藤村　詩／中村憲吉　歌

夏の部

橋本多佳子　句／斎藤茂吉　文／吉田松陰　詩／よみ人しらず　歌／三好達治　詩／室生犀星　歌／山本常朝　文／中村憲吉　歌／失名氏　句／斎藤史　歌／『柳の葉末』　句／藤原俊成　歌／斎藤緑雨　唄／三島由紀夫　文／斎藤茂吉　歌／泉鏡花　句／大隈言道　歌／横光利一　詩／正岡子規　歌／佐藤春夫　詩／久米正雄　句／堀宗凡　歌／安住敦　句／山本常朝　文／金子兜太　句

秋の部

石川啄木　詩／島木赤彦　歌／夏目漱石　文／菅茶山　詩／鏡王女　歌／高山樗牛　文／江馬細香　詩／吉井勇　歌／久坂玄瑞　唄／渡辺水巴　句／与謝野晶子　歌／里見弴　文／西東三鬼　句／後醍醐天皇　歌／伊東静雄　詩／河野白村　句／夏目漱石　文／岩永佐保　句／川端康成　文／生田長江　詩／金子薫園　歌／樋口一葉　文／西行　歌／吉本隆明　文／秋山清　歌／正宗白鳥　文

冬の部

前田夕暮　歌／木下杢太郎　詩／伊藤左千夫　歌／芥川龍之介　句／徳田秋聲　文／木下利玄　歌／田能村竹田　文／島木赤彦　歌／失名氏　句／森鷗外　文／斎藤史　歌／佐藤春夫　詩／太宰治　文／斎藤茂吉　歌／飯田蛇笏　句／木原実　歌／林芙美子　詩／五島美代子　歌／正宗白鳥　文／平福百穂　歌／中野重治　文／茨木のり子　詩／小林秀雄　文／失名氏　歌／柄谷行人　文／岡本かの子　歌

あとがき
初句索引
詩文作者（ないし出典）索引
大西巨人主要著作目録

＊万葉集から現代までの優れた詩文103篇を集め、大西巨人自ら編纂した詞華集。「はしがき」には初出連載の経緯が記されている。

二十一世紀前夜祭

2000年8月30日　光文社　四六判（上製本・丸背・カバー・帯）251頁　装丁（亀海昌次）1800円　5000部

目次（内容）

走る男／悲しきいのち　あるいは二十一世紀前夜祭／村の石屋／墓を発く／祭り太鼓／片隅の小さい記録／死との関係／現代の英雄／昨日は今日の物語り／待つ男／凡夫／紙袋／車内風景／血気／ある生年奇聞／老いてますますさかん／年寄りの冷や水／現代百鬼夜行の図
付録エッセイ　太宰治作『十五年間』のこと／あるレトリック
初出控え

＊短篇小説集。帯文（裏）に、文芸誌『群像』でおこなわれたアンケート「戦後の日本文学ベスト３」の結果を掲載（作品部門第２位＝大西巨人著『神聖喜劇』、作家部門第６位＝大西巨人）。

精神の氷点 新版

2001年1月5日　みすず書房　四六判（上製本・丸背・カバー・帯）153頁　2200円　2500部（3500部）

目次（内容）

叙／一／二／三／四／五／六／七／八／九／十
新版おくがき

＊中篇小説。戦前に改造社から出版された第一創作集の新版。帯背に「幻の処女長篇」､帯文（表）に「あの《幻の処女長篇》が遂に半世紀ぶりの姿を現わす！　復員者・水村宏紀の彷徨する〈魂と虚無〉の相克を迫真の筆で描き切った、衝撃力溢れる待望の傑作。」とある。本書の沿革を述べた「新版おくがき」において著者は、「この未完成の異様なもの」たる「精神の氷点」こそが、その後に続く全ての自作の「本源」であると述べる。またカバーデザインには、ウィリアム・ブレイクの「ダンテ『地獄篇』第五歌（愛欲者の圏）」が用いられている。

深淵 上

2004年1月25日　光文社　B6判（上製本・丸背・カバー・帯）　316頁　装丁（装丁＝川上成夫、装画＝門坂流）　1800円　10000部

目次（内容）

第一篇　序曲

第一章　発端／第二章　覚醒／第三章　事態／第四章　夜思／第五章　歳月／第六章　追想／第七章　帰心／第八章　再会

第二篇　生々流転

第九章　二重政権／第十章　玉石混淆／第十一章　愛縁機縁／第十二章　訣別事由／第十三章　先例探索／第十四章　ある決断／第十五章　三者款談／第十六章　暗中模索

第三篇　世路の起伏

第十七章　誤判の背景／第十八章　冤罪の構図／第十九章　荊棘の道程／第二十章　誤信の死角／第二十一章　恃衆の否定／第二十二章　鉄桶の証跡／第二十三章　闘争の座標／第二十四章　瑣少の雪冤

＊長篇小説の上巻。エピグラフとしてH・E・ノサック『盗まれたメロディー』の一文（「それだから、この覚え書きの出版者は、考えられる限りにおいて最も信じがたい方法、すなわちそれが実際に起こったとおりに、事の一部始終を物語るべく決意した。」）と、トーマス・マン『衣装戸棚』の一文（「すべては、宙に浮かんでいなければならない。」）が、それぞれ原文と共に引用されている。

深淵 下

2004年1月25日　光文社　B6判（上製本・丸背・カバー・帯）　312頁　装丁（装丁＝川上成夫、装画＝門坂流）　1800円　10000部

目次（内容）

第四篇　転変兆

第二十五章　新局面／第二十六章　命名譚／第二十七章　既視感／第二十八章　間奏曲／第二十九章　千里信／第三十章　別乾坤

第五篇　皆既蝕の部分

第三十一章　夜思ふたたび／第三十二章　歴史偽造の罪／第三十三章　百尺竿頭の歩／第三十四章　我流温故知新／第三十五章　獅子身中の虫／第三十六章　オミオツケ辯

第六篇　まわり灯籠種々相

第三十七章　アリバイ崩し・序／第三十八章　アリバイ崩し・破／第三十九章　アリバイ崩し・急／第四十章　現身のいのち・起／第四十一章　現身のいのち・承／第四十二章　現身のいのち・転

第七篇　未完結ジンフォニー
第四十三章　何もかも宙宇の間に／第四十四章　雑草のふたりしずか／第四十五章　大虚への遥かな旅路
＊長篇小説の下巻。冤罪や誤判に関わる殺人事件を通して人間社会の真実を追究。

縮図・インコ道理教

2005年8月10日　太田出版　四六判（上製本・丸背・カバー・帯）128頁　装丁（鈴木一誌・武井貴行）1300円　6000部

目次（内容）
献題
前書き
一　序曲
1　本体　仮称・地下鉄有毒ガス殺人事件／2　インコ道理教の概要／3　死刑について
二　遠景
1　天皇制のこと／2　新興宗教のことなど
三　中景
1　続　新興宗教のことなど／2　真田宗索筆『新憲法は自前である』／3　真田宗索筆『奇怪な一存在』／4　喫茶店「母子草」にて（その一）／5　喫茶店「母子草」にて（その二）
四　近景
1　一通の書信／2　「近親憎悪」という語／3　二通の書信／4　喫茶店「母子草」にて（その三）
五　現景
1　テロリズムとレジスタンスと／2　真田宗索筆『初夏深思』をめぐって／3　喫茶店「母子草」にて（その四）／4　陰画的陥穽
題意

＊帯（表）には「日本文学スーパー・ヘヴィ級の巨匠が挑む、この国、最大のアポリア！」とあり、「献題」には著者の過去の作品（『精神の氷点』『神聖喜劇』『二十一世紀初頭の中心課題』）の一節が引用されている。また「前書き」では参考文献のことや、「地下鉄サリン事件」を借景として用いたこと、ウェブ連載のテキストに軽微な加筆修正を行ったこと等が記されている。そして「題意」では本書のタイトルの由来が説明されている。

未完結の問い 聞き手・鎌田哲哉 ＊

2007年3月25日　作品社　四六判（上製本・丸背・カバー・帯）253頁　装丁

（鈴木一誌・鈴木朋子・武井貴行） 2600円 2300部（3000部）

目次（内容）

端書き 大西巨人

Ⅰ 『神聖喜劇』、それ以後

〈独立小宇宙〉への意志／言論・表現公表者の責任／「記憶」について／歴史の偽造について／「老母草」について／中野重治のこと１／中野重治のこと２／中野重治のこと３／中野重治のこと４／第二芸術論／「記録」について／たった一つの未発表小説

Ⅱ 『神聖喜劇』、それ以前

「短歌的なもの」の受容と批評／保田與重郎について／新日本文学会と軍隊／クリティシズム／本当の言論上の問題／「持続」という発想／マイノリティや差別の問題／敗戦直後の頃

Ⅲ 「様式」の発見、小説の時間

新人賞のこと／再び、『神聖喜劇』について／村崎古兵について／田能村竹田の生き方／トーマス・マンについて／「時間」の問題／『神聖喜劇』の映画化／花田清輝との出会い／菊池寛について

Ⅳ 『深淵』をめぐって

二つの裁判について書く／二度目の失踪の後で／時間的な距離感／再び、歴史の偽造／男性／女性／性について／未完結の問いとして／時間のシンタックスの損壊／ＷＥＢでの連載／花田清輝のこと／武井昭夫について／文学の革命

Ⅴ 文学と政治

阿部和重と保坂和志／大江健三郎と柄谷行人／江藤淳について／「戦後民主主義」の弱さ／対米従属とアジア主義／一人でも行く、ということ／会いたかった人

後記 鎌田哲哉

人名索引

＊唯一のロング・インタビュー集。帯（表）には「『神聖喜劇』の作家、〈わが文学と世界観〉を初めて語りつくす！」と記されている。「端書き」には、インタビューする側とされる側の比率が一般的なそれと逆転している旨、ユーモラスに説明されている。なお、本文に添えられた懇切丁寧な注は、山口直孝氏が担当したもの。

地獄篇三部作

2007年８月25日 光文社 四六判（上製本・角背・トンネル函） 187頁 装丁（川上成夫） 1700円 8000部

目次（内容）

この小説（『地獄篇三部作』）の、やや長い「前書き」（文中敬称略）

第一部　笑熱地獄

第二部　無限地獄

第三部　驚喚地獄

＊大変凝った装丁の本。表紙全体に用いられたフルカラーの装画はボッシュの『最後の審判』で、茶色の厚紙で造られたトンネル函（表に「彼女は正しい立派な恋愛をしなければならない。しかし、その相手はおれで有り得ようか。著者唯一の未発表小説原稿、遂に単行本化！」とあり）も、表紙が少し覗けるよう中心部が三角形に切り抜かれている。第一部のエピグラフとしてアウグスト・ストリンドベリの一文（「幾つかの御力が、滑稽を惹き起こす。」）が、第二部のエピグラフとして同じくアウグスト・ストリンドベリの一節（「すなわち例の魔法のような方式〈テーゼ・肯定、アンティテーゼ・否定、ジンテーゼ・綜合〉によって。……若い人よ、割合に若い人よ。君は、一切を肯定することによって、君の人生を開始した。それから、原則として、君は、一切を否定してきた。今度は、綜合することによって、君の人生を終了しなさい。」）とオスカー・ワイルド『娼家』の一節（「そして長い物静かな街路に沿って、／銀サンダル履きの朝明けが、／怯えた少女のように忍び足で歩んで来た。」）が、第三部のエピグラフとして再びアウグスト・ストリンドベリの一文（「人が全生涯中おなじ思想を持って・おなじ意見を固持していると、当然にも年長けてきて、保守的・旧式・静止的と呼ばれ、また人が全生涯ちゅう発展の法則に従って時代と共に進み・時代精神の常に若い衝動によって自己を更新すると、動揺者とか変節者とか呼ばれます。」）が、それぞれ扉裏に掲げられている。また「前書き」には、本書が本書として成立するに至るまでのやや複雑な過程が説明されており、その要点を以下に整理しておく。

○1948年２月に『近代文学』へ『地獄篇三部作』の第一部に当たる「笑熱地獄」を送稿するも、掲載が見合わされる（その結果、「笑熱地獄」は60年近く未発表の状態が続く）。

○第二部に当たる「無限地獄」を「白日の序曲」の題名で『近代文学』に発表（1948年12月）。

○「白日の序曲」はのちに増補され、『地獄変相奏鳴曲』の「第一楽章　白日の序曲」として『社会評論』に掲載され、その後『地獄変相奏鳴曲』は講談社から単行本化される。

○本書『地獄篇三部作』の刊行を機に、『地獄変相奏鳴曲』を解体して「白日の序曲」を抜き出し、未発表だった「笑熱地獄」と第三部に当たる「驚喚地獄」とを加え、約60年前に構想していた三部作本来の姿として単行本となる。

日本人論争 大西巨人回想

2014年7月31日　左右社　四六判（上製本・丸背・カバー・帯）797頁　装丁（松田行正・杉本聖士）8300円　1000部

目次（内容）

口絵　星霜――アルバムと自筆原稿から――

第一部　要塞の日々

『神聖喜劇』の漫画化について／徴兵検査／召集／一兵卒の日々／軍隊生活／敗戦／野砲との出会い／野砲の魅力／空への〝守り〟／横須賀行き／書くことへの想い／非暴力の追求

第二部　文選　一九九六―二〇一二

一九九六

感想／短篇小説『真珠』のこと／一犬、実に吠える／記憶力過信／肺腑つく「怪物」的小説／精神の実体に迫る歌／語の真義における最高の作物／〈嘘（非事実ないし非真実）〉をめぐって／中篇小説『精神の氷点』のこと／峯雪栄哀悼

一九九七

仆れるまでは／コンプレックス脱却の当為／方向音痴／碑、賞などのこと／干珠・満珠の島

一九九八

凡夫の慨嘆／『十五年間』のこと／「摘発」の劇を描け

一九九九

あるレトリック／博多東急ホテルのこと／知的な甘え所

二〇〇〇

山崎氏に反論する／「短切」という語のこと／谷崎潤一郎の『初昔』／庭石菖のこと／かへるで／邪道

二〇〇一

ある悲喜劇／禁句／「古典千冊３回読め」と菊池寛／軍隊で空想した小説第一作／成句「老いては……」の真義遂行／聖武天皇の短歌一首をめぐって／二十一世紀初頭の中心課題／「はたを露骨に刺激する類の病的潔癖」について

二〇〇二

「二律背反」を抱えて精進する／長篇小説のネット連載

二〇〇三

Ｄ・ハメット作『血の収穫』のこと／「往復書簡」のことなど／『羽音』刊行によせて／春秋の花[漢詩篇]１／春秋の花[漢詩篇]２／春秋の花[漢

詩篇］3／春秋の花［漢詩篇］4／春秋の花［漢詩篇］5／春秋の花［漢詩篇］6／歳末断想

二〇〇四

「芸術犯」阿部和重／早春断想／敗戦直後における文学的・文化的な精神および行動の鬱勃たる様相

二〇〇五

春秋の花1／春秋の花2

二〇〇六

中篇小説『縮図・インコ道理教』について／春秋の花3／「責任阻却」の論理／恥を知る者は、強い／春秋の花4／春秋の花5／春秋の花6

二〇〇七

亡母と戯曲『風浪』とのこと／流れに抗して／一大重罪〈歴史の偽造〉／受賞のことば

二〇〇八

今年こそ福岡へ／作家と論争／『悪霊』

二〇〇九

若山牧水のうた／プロレタリア詩人吉田欣一氏の逝去／綿密な労作　川村杳平著『無告のうた』／卓抜な業績／再説「わたしの天皇感覚」／大西巨人『神聖喜劇』

二〇一〇

花田さんとの最初の縁／同志武井昭夫の永眠に関して

二〇一一

原子力発電に思うこと

二〇一二

吉本隆明の死に関連して／人間の本義における運命について／佐々木基一全集について

第三部　秋冬の実　大西巨人短歌自註

一　いのちを惜しむ／二　自負と傲慢／三　昇進しない一等兵／四　民主化する軍隊／五　日本人の民族観

第四部　夏冬の草　戦後の文学と政治を語る

一　打ち割られた菊の御紋章／二　日本国憲法制定から六十年

第五部　映画よもやま話

「赤西蠣太」／「阿部一族」／「生きてゐるモレア」「明日は来らず」／「妻よ薔薇のやうに」／「マリヤのお雪」／「會議は踊る」「制服の処女」／「森の石松」／「限りなき前進」

大西巨人詳細年譜　齋藤秀昭編

あとがき　大西赤人
初出一覧
終戦当時の対馬地図

＊批評・エッセイ集。大西巨人最後の著作物だが、歿後刊行のため、著者が本自体を手にすることは出来なかった。カバーや帯も含め、全体がレモンイエローという目立つ装丁。帯（表）に國分功一郎の言葉「いつかこの日が来ることは分かっていた。今を生きる我々が大西巨人の意志を引き継がねばならない。」が刻まれている。本書には大西巨人晩年の文章が網羅されているわけだが、多数の写真が掲載されている口絵のグラビア頁も貴重な資料となっている。長男・大西赤人氏による「あとがき」は、刊行の経緯（含・著者本人命名に基づくタイトルのこと）や巨人晩年の様子が簡潔かつ正確に記され、感銘深い文章となっている。また本書の実売日は発行日より約一ヶ月前の6月27日であった。「編集協力」は大西赤人・山口直孝・石橋正孝の各氏。

山口直孝・石橋正孝・橋本あゆみ編
歴史の総合者として 大西巨人未刊行批評集成

2017年11月25日　幻戯書房　四六判（上製本・丸背・カバー・帯）389頁　装丁（小沼宏之）4500円　解説（石橋正孝・橋本あゆみ・山口直孝）解題（山口直孝）800部

目次（内容）

Ⅰ　九州在住時代（一九四六―一九五一）
解説　石橋正孝
貧困の創作欄／中等入試の不正を暴く／「過去への反逆」のこと・その他／「芸術護持者」としての芸術冒瀆者／歴史の縮図――総合者として／伝統短歌への訣別／声明一つ／反ばく／書かざるの記／永久平和革命論と『風にそよぐ葦』／寓話風＝牧歌的な様式の秘密／埋める代わりなき損失――「宮本百合子」の死

Ⅱ　関東移住以降（一九五二―一九七九）
解説　橋本あゆみ
大会の感想／佐々木基一『リアリズムの探求』／中島健蔵編『新しい文学教室』／最近の新刊書から／虚偽の主要点／ユニークな秀作――ジョルジュ・アルノオ作『恐怖の報酬』／たたかいと愛の美しい物語――『人間のしるし』／裁判のカラクリをしめす――『裁判官　人の命は権力で奪えるものか』／ハンゼン氏病に関する二つの文章について／会創立十周年記念のつどい／藤本松夫公判傍聴記／『高遠なる徳義先生』／「ある暗影」その他／佐多稲子作『いとしい恋人たち』／アグネス・スメドレー著、高杉一郎訳『中

国の歌ごえ』／斎藤彰吾『榛の木と夜明け』推薦文／『新日本文学』七月号「偏見と文学」について／『全患協ニュース』第百号に寄せて／アンリ・アレッグ著、長谷川四郎訳『尋問』／小林勝著『狙撃者の光栄』／なんという時代に——ソ連作家大会の報告を読んで／『火山地帯』についての感想／文学の不振を探る——「私小説」の衰弱と人間不在の小説の興隆とに基因する／戯文・吉本隆明様おんもとへ／戯文・白洲風景／谷川雁著『工作者宣言』／戯文・二人の川口浩のことなど／戯文・現代秀歌新釈／『炭労新聞』コント選評／私の近況　その一／『戦争と性と革命』／私の近況　その二／私の近況　その三／私の近況　その四

アンケート　アンケート「愚作・悪作・失敗作」／アンケート「戦後の小説ベスト5」／アンケート「文芸復興三〇集によせる——文芸復興または同人雑誌一般について」／アンケート特集「TVにおける不愉快の研究」

Ⅲ　『神聖喜劇』完成以降（一九八〇—二〇一六）

解説　山口直孝

私の近況　その五／原則をかかげ、より大衆的に／期待作完成——土屋隆夫『盲目の鴉』／私の近況　その六／私の近況　その七／湯加減は？——私の好きなジョーク／わが意を得た『思想運動』／敬意と期待と／マクニースのタクシー詩——私とタクシー／清算および出直し／批評の悪無限を排す「周到篤実な吟味の上での取り入れ」／士族の株／日野啓三著『断崖の年』／広告／『三位一体の神話』——「卓抜な文学作品としての推理小説」／自家広告／桑原氏の新著——桑原廉靖著『大隈言道の桜』／巨根伝説のことなど／寛仁大度の人／解嘲／なかじきり／「無縁」の人として／風骨／『迷宮』解説／『神聖喜劇』で問うたもの／中上健次世にありせば

アンケート　アンケート「推理小説に関する三五五人の意見」／アンケート「子どもの頃　出会った本」／アンケート「推理小説に関する三八一人の意見」／アンケート「私がすすめたい5冊の本」／岩波文庫・私の三冊／アンケート特集「'88印象に残った本」／夏休みに読みたいホントの100冊／アンケート・エッセイ特集「私の全集」／34人が語る　どこで本を読むのか？

短篇小説　奇妙な入試情景

解題　山口直孝

＊単行本未収録の批評・エッセイ・アンケート・短篇小説を集成したアンソロジー。大西巨人研究者たちによる継続した調査及び大西美智子・大西赤人両氏の誠意のこもった協力によって、『日本人論争』同様、全集でも刊行されなければ本来容易に読むことの出来ない貴重な文章の数々がここに集められた。なお「凡例」の裏には、装丁者名の他に出版社側の編集担当として中村健太郎氏の名が記されている。

【選　集】

俗情との結託 大西巨人文藝論叢 上

1982年９月16日　立風書房　Ａ５判（上製本・丸背・函・帯）409頁　装丁（装丁＝中島かほる、画＝倉本修）3500円　解題（編集部）2800部

目次（内容）

第一　俗情との結託

俗情との結託／雉子も鳴かずば打たれまい／再説　俗情との結託

第二　籠れる冬は久しかりにし

独立喪失の屈辱／真人間のかぶる物でない帽子／「あけぼのの道」を開け／籠れる冬は久しかりにし／創造の場における作家／冬を越した一本の花／「理想人間像」とは何か／「小説の運命」について田舎者の考え／現代の奴隷感覚／現代におけるソレルのヴァリエーション／新しい文学的人間像／天皇を見るの記／「身分」のこと／林と河盛とにたいする不当な攻撃

第三　批評の射程

「絶対的平和主義」の詐術／あさましい世の中／理念回復への志向／批評の弾着距離／批評家諸先生の隠微な劣等感／円地文子先生の性的浅智慧／経産婦か否かの触覚による確認は常に可能か／大江健三郎先生作『われらの時代』／同性愛および「批評文学」の問題／女性作家の生理と文学

第四　斜視的映画論

映画への郷愁／映画『緑のそよ風』について／映画『尼僧物語』について／映画『わらの男』について／映画『女が階段を上る時』について／映画『ロベレ将軍』について／映画『白い崖』について／映画『青春残酷物語』について／映画『証言（黒い画集）』ほか四作品について／映画『甘い生活』について／映画『陸軍残虐物語』について／斜視的映画論

第五　ハンセン病問題

ハンセン病問題／ハンセン病療養者の文学の近状

第六　小説について

日本の短（掌）篇小説について／戦争と私（作品の背景）／面談　長篇小説『神聖喜劇』について

解題（編集部）

奥書き（著者）

＊上下２巻にまとめられた文芸批評・エッセイ集。函に巻かれた帯（表）には、「芸術、人間、社会に対する浅知恵、半可通的俗論、俗情との結託を排す、『神聖喜劇』の著者大西巨人の思想的骨格を示す待望の文芸論集。」とある。

観念的発想の陥穽 大西巨人文藝論叢 下

1985年5月21日　立風書房　A5判（上製本・丸背・函・帯）466頁　装丁（装丁＝中島かほる、画＝倉本修）3800円　解題（編集部）

目次（内容）

第一「撩乱たる空虚」への傾斜

三島由紀夫　一　凶事ありし室　二　模糊たる太陽／堀田善衛　戯曲『運命』の不愉快／横光利一　横光利一の死／武田泰淳　一　内在批評と外在批評との統合　二「撩乱たる空虚」への傾斜　三　現代「滑稽的」小説

第二　公人にして仮構者の自覚

佐藤春夫　一　公人として仮構者の自覚　二「過去への反逆」一例／泉鏡花　鏡花の女／谷崎潤一郎　一　谷崎潤一郎のこと　二　指定疾患医療給付と谷崎賞／井上ひさし「有情滑稽」の問題／志賀直哉　一　作中人物にたいする名誉毀損罪は成立しない　二　文芸における「私怨」　三　学習院と渡良瀬川鉱毒事件　四　文学的出発の背景

第三　観念的発想の陥穽

中村光夫　一　観念的発想の陥穽　二『写実と創造』をめぐって　三　作者の責任および文学上の真と嘘／江藤淳『海賊の唄』のこと／宮本顕治　青血は化して原上の草となるか／平野謙『政治と文学の間』のこと／井上光晴　一　先頭部隊の責任　二　巌流井上光晴

第四「何物かを希求する」の魂

長谷川四郎　一「独自のロマンティック・リアリズム」　二　長谷川四郎素描／野上彌生子『哀しき少年』のこと／齋藤緑雨　緑雨作「小説」一篇／大佛次郎『パリ燃ゆ』小解／宮内勝典「何物かを希求する」の魂／増田みず子　作中人物にたいする作者の責任／村上春樹『羊をめぐる冒険』読後／太宰治「二十世紀旗手」の死／大岡昇平　一『レイテ戦記』への道　二『ながい旅』読後　三　粟田女王の短歌一首をめぐって

第五　耐えるべき「長命」として

松倉米吉　米吉作「かり妻と並び枕は」一首／A・シーガー「夭折」について抄／田能村竹田　一　暗香疏影　二「雲山草堂図」題語／大隈言道　大隈言道のこと／土岐善麿　一　哀果作一首　二　善麿追悼／杉田久女「秋冷」のこと三度目／中村草田男　草田男の訃報に接して／與謝野晶子　晶子について二、三の断想／會津八一　斑鳩小景／齋藤史　耐えるべき「長命」として

第六「過渡する時の子」その側面

本多秋五　精神の老い／花田清輝　なくてぞ人は／中野重治　一「過渡す

る時の子」の五十代　二「茂吉時代」の終焉　三　二、三の挿話　四『鷗外　その側面』のこと　五　規約第六十三条のこと　六　竹田と大塩との関係　七　宴に代えて

解題（編集部）

上巻修正・正誤表

奥書き（著者）

＊函に巻かれた帯（表）には、「寡作な著者が長年書き進めた三十六の作家論、作品論は、真義の批評精神を表示する。その認識論的、戦闘的な論は、錯誤、偽善、傲慢を排撃する。」とある。光文社の四六判『神聖喜劇』付録を彷彿とさせるような正誤表が巻末に収められている。また、「奥書き」には刊行の遅れに対する弁明が書かれている。

大西巨人文選 1 新生　1946－1956

1996年8月8日　みすず書房　四六判（上製本・丸背・カバー・帯）472頁　4500円　付録（「月報」）3000部

目次（内容）

1946

独立喪失の屈辱／映画への郷愁／「過去への反逆」のこと／「真人間のかぶる」物でない帽子・その他／「あけぼのの道」を開け／籠れる冬は久しかりにし／創造の場における作家

1947

冬を越した一本の花／「理想人間像」とは何か／新しい文学的人間像／「小説の運命」について田舎者の考え

1948

横光利一の死／作中人物にたいする名誉毀損罪は成立しない／「二十世紀旗手」の死

1949

文芸における「私怨」／中野重治著『国会演説集』／天皇を見るの記

1951

運命の賭け／兵隊日録抄

1952

林と河盛とにたいする不当な攻撃／俗情との結託／意図とその実現との問題『静かなる山々』前篇批判／『鷗外　その側面』のこと

1953

現代「滑稽的」小説／「絶対的平和主義」の詐術

1954

青血は化して原上の草となるか／「過渡する時の子」の五十代

1955

畔柳二美の小説一篇／なんじら人を審け。審かれんためなり

1956

栗栖訳フチーク出版問題／再説　俗情との結託／あさましい世の中

おくがき

巻末対話　虚無に向きあう精神（柄谷行人・大西巨人）

単行本収録覚書

月報

一　短篇小説『真珠』のこと　大西巨人／二　ある意見書（多数意見および少数意見のことなど）　大西巨人

＊半世紀におよぶ文業をほぼ網羅した全4巻のエッセイ・批評集。カバー（表）にはコローの『ボーヴェ近郊の朝』が用いられている。「巻末対話」や「月報」も充実しており、のちに刊行された『日本人論争』『歴史の総合者として』と合わせて見ることで、批評家・大西巨人の全貌が明らかとなる。

大西巨人文選 2 途上 1957－1974

1996年11月29日　みすず書房　四六判（上製本・丸背・カバー・帯）　479頁　4500円　付録（「月報」）　2500部

目次（内容）

1957

「指導者」失格　平野謙『政治と文学の間』読後／ハンセン病問題　その歴史と現実、その文学との関係／「茂吉時代」の終焉／精神の老い　本多秋五『転向文学論』読後

1958

長谷川四郎素描／理念回復への志向／公人にして仮構者の自覚／内在批評と外在批評との統合　『森と湖のまつり』ならびにアイヌの問題

1959

戯曲『運命』の不愉快／批評の弾着距離／批評家諸先生の隠微な劣等感／映画『尼僧物語』について／大江健三郎先生作『われらの時代』／映画『わらの男』について／この人のこと／『海賊の唄』のこと

1960

映画『女が階段を上る時』について／映画『ロベレ将軍』について／斜視的映画論／映画『白い崖』について／映画『証言（黒い画集）』ほか四作品について／映画『青春残酷物語』について／映画『甘い生活』について

1961

規約第六十三条のこと

1963

二、三の挿話／映画『陸軍残虐物語』について

1964

巌流井上光晴

1969

詞の由来吟味／論理性と律動性と

1970

観念的発想の陥穽／『写実と創造』をめぐって／凶事ありし室

1971

軍隊内階級対立の問題／文部大臣への公開状／ふたたび文部大臣への公開状／『レイテ戦記』への道／緑雨作「小説」一篇

1972

語法・行文における破格の断行

1973

学習権妨害は犯罪である／「学校教育法」第二十三条のこと／杉田久女の一句／作者の責任および文学上の真と嘘

1974

冠辞「水薦苅」／道楽仲間の　面汚し

おくがき

巻末対話　共産党との関わり・その他（武藤康史・大西巨人）

単行本収録覚書

月報

〈嘘（非事実ないし非真実）〉をめぐって　大西巨人

*カバー（表）には小林清親の『海運橋第一国立銀行』が用いられている。タイトル「途上」の意味について記した「おくがき」において、著者が「私は、言わば「天上」に向かっているつもりであるが、実は言わば「地底」に向かっているのかもしれない。」と書いたことは、大西文学の本質を理解する上で注目すべき点である。

大西巨人文選 3 錯節 1977－1985

1996年12月16日　みすず書房　四六判（上製本・丸背・カバー・帯）473頁

4500円　付録（「月報」）2500部

目次（内容）

1977

「解纜」および「抜錨」／二つの書信／耐えるべき「長命」として

1979

竹田と大塩との関係

1980

二つの体制における「特定の条件」抄／遼東の豕　抄　一　鼻／二　藤井真次先生／三　一冊の本／四　夜の道連れ／五　続　夜の道連れ／六　ライフワーク／七　「巨人」という名／八　映画『巨人伝』のこと／九　昼の道連れ／十　共に墓穴を掘る者／十一　不遇な作品／十二　行き隠る／十三　出歯亀／十四　ホール・イン・ワン／十五　花落知多少／十六　酒を煮る／十七　本町通り／十八　腹が立つ／十九　伊良子清白／二十　杉田久女／二十一　金子伊昔紅・兜太父子／二十二　田能村竹田／二十三　言道筆塚／二十四　小歌一つ／二十五　親不知／二十六　人生足別離／井蛙雑筆　一　「おらぶ」／二　暗香疏影／三　無学空想／四　アサクラ／五　秋の田／六　遊女妙／七　一人称小説／八　「運命」という語／九　養老院／十　「塩垂れる」／十一　「無き名」綺譚／十二　「おらぶ」増補／十三　「ウタチイ」／十四　「ちふ」／十五　『松倉米吉歌集』／十六　「雲山草堂図」題語／十七　破廉恥漢渡部昇一の面皮を剥ぐ／哀果作一首／全五巻刊行後三ヵ月の日に／谷崎潤一郎のこと／妻／指定疾患医療給付と谷崎賞

1981

浦瀬白雨／指定疾患医療給付と谷崎賞・補説／日本の短（掌）篇小説について／「本との出会い」という課題で／「いつはりも似つきてぞする」／「何物かを希求する」の魂／大隈言道のこと／埼玉県与野／一枚の写真から　一『文化展望』のころ／戦争と私　作品の背景／戦争犠牲者を出しに使うな・その他　私の『朝日新聞』紙面批評・その一／『湘夢遺稿』の「覆刻本の覆刻本」／渡部昇一における鉄面皮ぶりの一端／「南北朝鮮の帝国主義的統一」への道・その他　私の『朝日新聞』紙面批評・その二／「新憲法」は「自前」である・その他　私の『朝日新聞』紙面批評・その三／一枚の写真から　二　筑豊炭田の小さな町にて／現実と仮構とを峻別せよ・その他　私の『朝日新聞』紙面批評・その四／カイザーリングのこと／批評における科学的精神・その他　私の『朝日新聞』紙面批評・その五／「フィクション」のこと／「政治屋」的な状況把握／一枚の写真から　三　亦楽斎／編集者の心得／「資本主義の走狗」／『ながい旅』読後／『羊をめぐる冒険』読後／面談　長篇小説『神聖喜劇』について／「秋冷」のこと三度目／わが不行き届き／「応召」という語のこと補説

1983

恥を恥とも思わぬ恥の上塗り／「夭折」について抄／一枚の写真から　四
新日本文学会第十一回大会／いまもむかしも栄える不見識／草田男の訃報に接して

1984

斑鳩小景／ラスト・シーン／空中の鶴／勧善懲悪作品待望

1985

現代のベートーヴェン／「応召」という語のこと再補説／解放と克己との兼ね合い

おくがき

巻末対話　倫理の根拠をめぐって（花崎皋平・大西巨人）

単行本収録覚書

月報

中篇小説『精神の氷点』のこと　大西巨人

＊カバー（表）にはデ・キリコの『赤い塔』が用いられている。

大西巨人文選 4 遼遠 1986－1996

1996年8月8日　みすず書房　四六判（上製本・丸背・カバー・帯）535頁
4500円　付録（「月報」）3000部

目次（内容）

1986

国辱／イチイの人人／スライド制／待つ／芸術祭不参加作品／映画『石の花』について／差別の無間地獄／大西滝治郎の孫／雁のトオオン／巨匠／文学的測深儀／岩戸開放／続岩戸開放／非命と天寿／近未来の寝覚め／迷探偵流行／創氏改名／南波照間／批評の民主主義／初恋と死と／年甲斐／言論公表者の責任／居直り克服／わが異見／老若の自認／バレタ、ニゲロ／勧懲作品なお有用／「現実政策」談義／正直者のこと／生兵法／ある「読前感」／いつまでも子供／低級な内実／馬か人間か／俳句と持参金と／上代婦人の機智／素人主義横行／閉幕の思想

1987

措辞体物の精／マガリ／ヒンズ／不思議な一人物／「エイズ法案」の不条理／別離の哀愁／私の義憤

1988

たわいない話／「めぐりあい・この一冊」／三つの作品／原口真智子作『神婚』のこと／私が出会った本／『同和がこわい考』論議の渦中から／断章三つ／島国人のさかしら／直喩のことなど

1989

「わたしの天皇感覚」／モノクロームの美／社会主義という怪物／「初心」改めて痛感　木下順二対話集『人間・歴史・運命』読後／『鬼の木』のことなど／「勝てば官軍」か

1990

鼻／爪／踝／「わたしの社会主義感覚」／自作再見　『神聖喜劇』について／ヴォー、イスト、オオニシ・キョジン？／意志　私のガン体験／断想

1991

四十年後の今日／数学と文学とのかかわりについて一言／日本漢詩について断章三つ

1992

『吉本隆明歳時記』のこと／田植えと海とのこと／夏休みと私との特殊な関係／半可通の知ったかぶり

1993

仮構の独立小宇宙／「作家のindex」事件／「いとこおじ」のこと／三説俗情との結託　『フレンチドレッシング』と『女ざかり』／「作家のindex」事件　その二／告訴について／おもいちがい／「春秋の花」連載開始の辯／現代転向の一事例

1994

道遠し／小田切秀雄の虚言症／三冊の作品集／一路／短章二つ　蔵書の中から

1995-1996

〈嘘〉あるいは〈嘘つき〉のこと／不肖の「年少者」として／注解のこと／「俗情」のこと／四度の面会／「春秋の花」連載終結の辯・その他／文学上の基本的要請／『嵐が丘』に関する五つの断想

おくがき

巻末対話　個の自立について（鎌田慧・大西巨人）

単行本収録覚書

月報

一　記憶力過信（「おのれを恃むことのはかなさ」について）　大西巨人／二　二つの便り　大西巨人

＊カバー（表）には田能村竹田の『雲無心図』が用いられている。

【文　庫】

神聖喜劇 第１巻

1982年１月25日　文春文庫　文庫判（カバー・帯）507頁　装丁（カバー＝竹内和重）500円　60000部（70000部）

目次（内容）

第一部　絶海の章

序曲　到着／第一　大前田文七／第二　凪／第三　夜

第二部　混沌の章

第一　冬／第二　責任阻却の論理／第三　現身の虐殺者／第四　「隼人の名に負ふ夜声」

＊『神聖喜劇』全５巻の初の文庫化。エピグラフは光文社版（初版）と同じものが全巻に引用されている。

神聖喜劇 第２巻

1982年２月25日　文春文庫　文庫判（カバー・帯）486頁　装丁（カバー＝竹内和重）500円　60000部

目次（内容）

第三部　運命の章

第一　神神の罠／第二　十一月の夜の媾曳／第三　「匹夫モ志ヲ奪フ可カラズ」

第四部　伝承の章

第一　暗影／第二　道／第三　縮図／第四　対馬風流滑稽譚

神聖喜劇 第３巻

1982年３月25日　文春文庫　文庫判（カバー・帯）484頁　装丁（カバー＝竹内和重）500円　55000部

目次（内容）

第五部　雑草の章

第一　大船越往反／第二　寒夜狂詩曲／第三　暗影（続）／第四　階級・階層・序列の座標

第六部　迷宮の章

第一　法／第二　奇妙な間の狂言／第三　事の輪郭／第四　嫌疑の構図／第五　偏見の遠近法／第六　朝の来訪者

神聖喜劇 第4巻

1982年4月25日　文春文庫　文庫判（カバー・帯）　449頁　装丁（カバー＝竹内和重）　500円　55000部

目次（内容）

第七部　連環の章

第一　喚問／第二　歴世／第三　喚問（続）／第四　ある観念連合／第五　冬木照美の前身／第六　脈絡／第七　早春

神聖喜劇 第5巻

1982年5月25日　文春文庫　文庫判（カバー・帯）　459頁　装丁（カバー＝竹内和重）　500円　55000部

目次（内容）

第八部　永劫の章

第一　模擬死刑の午後／第二　模擬死刑の午後（続）／第三　模擬死刑の午後（結）／第四　面天奈狂想曲／終曲　出発

奥書き　本文／同　附記

文庫版奥書き　本文／同　附記

＊「文庫版奥書き」で著者は、重版を重ねた単行本以上にこの文庫版が「三億部なり三十億部なりに達すること」を期待すると、ユーモアを交えて述べている。また「文庫版奥書き　附記」において、単行本における誤記・誤植の訂正をおこなった旨と、大幅な加筆増補をおこなった旨を記す。加筆増補箇所の範囲が丁寧に説明されているが、第八部「永劫の章」の「第二　模擬死刑の午後（続）」の「三」と「七」を「第三　模擬死刑の午後（結）」の「一」と「五」に改めた点は、章を新設したという意味において大きな構成上の変更となっている。

日本掌編小説秀作選 上 雪・月篇

1987年12月20日　光文社文庫　文庫判（カバー・帯）　314頁　装丁（カバー＝司修）　420円　20000部

目次（内容）

編者はし書き　大西巨人／「文庫版」編者はし書き／短篇小説の復権　編者

雪の篇

林檎　林房雄／おせい　葛西善蔵／夏の靴　川端康成／電車の窓　森鷗外／嶽へ吹雪く　深田久弥／信念　武田泰淳／名人巾着切　長谷川伸／玉突屋　正宗白鳥／鯉　井伏鱒二／親子そば三人客　泉鏡花／或冬の日に　佐佐木茂索／セメント樽の中の手紙　葉山嘉樹／雪　岡本かの子／「雪の篇」につい

て　編者

月の篇

火を点ず　小川未明／秋夜鬼　木々高太郎／笛の音　島尾敏雄／幻惑　室生犀星／尾生の信　芥川龍之介／大雨の前日　伊藤左千夫／野の宮　長田幹彦／崖　広津和郎／満願　太宰治／月二回　小島政二郎／アイスピッケル　長谷川四郎／サアカスの馬　安岡章太郎／おぼえ帳四題　斎藤緑雨／好色夢　牧野信一／琴の音　樋口一葉／窓　堀辰雄／動物　大岡昇平／「月の篇」について　編者

＊カッパ・ノベルス版の文庫化。カバー（裏）には、カッパ・ノベルス版と同じ著者近影と篠田一士が『毎日新聞』に書いた文芸時評とが印刷されている。また「「文庫版」編者はし書き」において、星新一の作品を差し替えた旨や編者解説に増補を行なった旨等が説明されている。

日本掌編小説秀作選 下 花・暦篇

1987年12月20日　光文社文庫　文庫判（カバー・帯）　314頁　装丁（カバー＝司修）　420円　20000部

目次（内容）

花の篇

死について　秋山清／善太と三平　坪田譲治／おたまじゃくし　北杜夫／或る別れ　北尾亀男／椿　里見弴／忠僕　池谷信三郎／壁　島崎藤村／棒　安部公房／帽子　国木田独歩／西向の監房　平林たい子／二つの花　野間宏／夢十夜（第三夜）　夏目漱石／蒼穹　梶井基次郎／出来事　志賀直哉／魚の餌　梅崎春生／風呂桶　徳田秋声／潮霧　有島武郎／「花の篇」について　編者

暦の篇

幸福の散布　横光利一／脱走少年の手紙　村山知義／魔女二題　佐藤春夫／その手　黒島伝治／世評　菊池寛／黒髪　鈴木三重吉／おどる男　中野重治／子供　藤沢桓夫／みちのく二題　斎藤彰吾／友情の杯　星新一／片脚の問題　野上弥生子／「暦の篇」について　編者

現代口語体における名詞（体言）止め

＊カバー（裏）には、カッパ・ノベルス版と同じ著者近影と本アンソロジーの説明（無署名）が印刷されている。巻末の一文は編者・大西が本文庫版に追加したもの。

神聖喜劇 第1巻

1991年10月24日　ちくま文庫　文庫判（カバー・帯）　561頁　装丁（安野光雅、

カバーデザイン＝平野甲賀） 1068円 解説（森毅） 13000部

目次（内容）

第一部 絶海の章

序曲 到着／第一 大前田文七／第二 風／第三 夜

第二部 混沌の章

第一 冬／第二 責任阻却の論理／第三 現身の虐殺者／第四 「隼人の名に負ふ夜声」

解説 ＳＦとしての軍隊小説 森毅

＊カバー（袖）には著者の近影と紹介文（全巻同じ）。エピグラフは光文社版（初版）と同じものが全巻に引用されている。

神聖喜劇 第2巻

1991年12月4日 ちくま文庫 文庫判（カバー・帯） 537頁 装丁（安野光雅、カバーデザイン＝平野甲賀） 1068円 解説（鎌田慧） 10000部

目次（内容）

第三部 運命の章

第一 神神の罠／第二 十一月の夜の媾曳／第三 「匹夫モ志ヲ奪フ可カラズ」

第四部 伝承の章

第一 暗影／第二 道／第三 縮図／第四 対馬風流滑稽譚

解説 尋常ならざる小説 鎌田慧

神聖喜劇 第3巻

1992年1月22日 ちくま文庫 文庫判（カバー・帯） 538頁 装丁（安野光雅、カバーデザイン＝平野甲賀） 1068円 解説（吉本隆明） 10000部

目次（内容）

第五部 雑草の章

第一 大船越往反／第二 寒夜狂詩曲／第三 暗影（続）／第四 階級・階層・序列の座標

第六部 迷宮の章

第一 法／第二 奇妙な間の狂言／第三 事の輪郭／第四 嫌疑の構図／第五 偏見の遠近法／第六 朝の来訪者

解説 大西巨人『神聖喜劇』 吉本隆明

神聖喜劇 第4巻

1992年2月24日 ちくま文庫 文庫判（カバー・帯） 496頁 装丁（安野光雅、

カバーデザイン＝平野甲賀） 1068円 解説（鷲田小彌太） 8000部

目次（内容）

第七部 連環の章

第一 喚問／第二 歴世／第三 喚問（続）／第四 ある観念連合／第五 冬木照美の前身／第六 脈絡／第七 早春

解説 大西作品が好ましい理由 鷲田小彌太

神聖喜劇 第5巻

1992年3月24日 ちくま文庫 文庫判（カバー・帯） 508頁 装丁（安野光雅、カバーデザイン＝平野甲賀） 1068円 解説（柴谷篤弘） 8000部

目次（内容）

第八部 永劫の章

第一 模擬死刑の午後／第二 模擬死刑の午後（続）／第三 模擬死刑の午後（結）／第四 面天奈狂想曲／終曲 出発

奥書き 本文／同 附記

「文春文庫」版奥書き

「ちくま文庫」版奥書き

解説 五冊目を読み終えた人たちに 柴谷篤弘

＊「「ちくま文庫」版奥書き」において著者は、以前「『神聖喜劇』は、公衆の物であり、また永劫にそうでなければならぬ。」と書いたことに触れつつ、品切れ・絶版状態から脱して、今回ちくま文庫に収まったことへの喜びを記している。

春秋の花 ＊

1999年3月20日 光文社文庫 文庫判（ビニールカバー・帯） 262頁 装丁（亀海昌次） 838円 8000部

目次（内容）

はしがき

春の部

有島武郎 文／若山牧水 歌／松尾芭蕉 句／中野重治 文／土岐善麿 歌／道元 文／『人麻呂歌集』 歌／小林秀雄 文／藤原高遠 歌／谷崎潤一郎 文／紀長谷雄 詩／北川晃二 文／水原秋桜子 句／吉川英治 文／谷崎松子 歌／『犬筑波集』 句／織田正信 文／日野草城 句／吉田欣一 詩／金子兜太 句／平忠度 歌／鷲谷七菜子 句／筏井嘉一 歌／田能村竹田 文／島崎藤村 詩／中村憲吉 歌

夏の部

橋本多佳子　句／斎藤茂吉　文／吉田松陰　詩／よみ人しらず　歌／三好達治　詩／室生犀星　歌／山本常朝　文／中村憲吉　歌／失名氏　句／斎藤史　歌／『柳の葉末』　句／藤原俊成　歌／斎藤緑雨　唄／三島由紀夫　文／斎藤茂吉　歌／泉鏡花　句／大隈言道　歌／横光利一　詩／正岡子規　歌／佐藤春夫　詩／久米正雄　句／堀宗凡　歌／安住敦　句／山本常朝　文／金子兜太　句

秋の部

石川啄木　詩／島木赤彦　歌／夏目漱石　文／菅茶山　詩／鏡王女　歌／高山樗牛　文／江馬細香　詩／吉井勇　歌／久坂玄瑞　唄／渡辺水巴　句／与謝野晶子　歌／里見弴　文／西東三鬼　句／後醍醐天皇　歌／伊東静雄　詩／河野白村　句／夏目漱石　文／岩永佐保　句／川端康成　文／生田長江　詩／金子薫園　歌／樋口一葉　文／西行　歌／吉本隆明　文／秋山清　歌／正宗白鳥　文

冬の部

前田夕暮　歌／木下杢太郎　詩／伊藤左千夫　歌／芥川龍之介　句／徳田秋聲　文／木下利玄　歌／田能村竹田　文／島木赤彦　歌／失名氏　句／森鷗外　文／斎藤史　歌／佐藤春夫　詩／太宰治　文／斎藤茂吉　歌／飯田蛇笏　句／木原実　歌／林芙美子　詩／五島美代子　歌／正宗白鳥　文／平福百穂　歌／中野重治　文／茨木のり子　詩／小林秀雄　文／失名氏　歌／柄谷行人　文／岡本かの子　歌

あとがき

初句索引

詩文作者（ないし出典）索引

大西巨人主要著作目録

＊単行本をそのまま文庫化したもので、増補はなし。

迷宮

2000年2月20日　光文社文庫　文庫判（カバー・帯）　302頁　装丁（初版1刷　カバーデザイン・イラスト＝唐仁原教久、初版2刷 カバー装画＝林哲夫 カバーデザイン＝間村俊一）　解説（川上明夫＝大西巨人）　533円　7000部（10000部）

目次（内容）

叙の章　第一の消滅

一　皆木旅人の死／二　春田大三の疑い

第一章　摸索のいとぐち

一　阿部知世の話／二　春田大三の対応

第二章　偶像の黄昏

一 「人格者」のことなど／二 墳墓、葬式のことなど
第三章 イスカリオテのユダ
一 ポート・タウン・ビル行き／二 鶴島直義の話／三 「裏切り」の「原形質」
第四章 『幽霊』をめぐって
一 前口上／二 先天梅毒などのこと／三 言論・表現公表者の責任／四 「病識」がないことの恐怖
第五章 鏡山市往反
一 新幹線下り車中にて／二 鏡山市到着／三 新幹線上り車中にて
跋の章 第二の消滅
一 ある交通事故死／二 ある失踪／三 時差心中
解説 川上明夫

＊長篇推理小説。初版１刷と２刷とでは装丁が大きく変わっている。２刷の帯（表）には著者の言葉（「『迷宮』は、『神聖喜劇』、『三位一体の神話』の延長線上に位置する最新の積極的な里程標である。むろん作者は、さらなる向上を目指して精進しなければならない。大西巨人」）が記され、１刷２刷共に、カバー（裏）には著者の近影が印刷されている。なお「解説」を執筆している「川上明夫（文芸評論家）」なる人物は、著者・大西巨人その人である（赤人）。こうした遊び心は、常に大西文学の核に潜んでいる。

神聖喜劇 第１巻

2002年７月20日 光文社文庫 文庫判（カバー・帯） 578頁 装丁（カバー装画＝林哲夫、カバーデザイン＝間村俊一） 1048円 18000部（32000部）

目次（内容）
「光文社文庫」版前書き
第一部 絶海の章
序曲 到着／第一 大前田文七／第二 風／第三 夜
第二部 混沌の章
第一 冬／第二 責任阻却の論理／第三 現身の虐殺者／第四 「隼人の名に負ふ夜声」
『神聖喜劇』に寄せられた評

＊「「光文社文庫」版前書き」において著者が、本文庫版を『神聖喜劇』の「今日における決定版」と位置づけた定本。カバー（表）の美しい装画は林哲夫「燈台（黄）」（2001）で、同（袖）には著者の近影と略歴が掲載されている（全冊とも）。帯（表）には「21世紀に問う「不滅の文学」」とあり（全冊同じ）、同（裏）には五木寛之の作品評「壮大な問いかけ」が引用されている。エピグ

ラフは光文社版（初版）と同じものが全巻の扉裏に引用されている。巻末には、光文社版（初版）第１・２巻の付録「神聖喜劇〔第一巻 第二巻〕に寄せられた評」と、同第３・４巻の付録「『神聖喜劇』完結にあたって寄せられた評」が再録されている。

神聖喜劇 第２巻

2002年８月20日　光文社文庫　文庫判（カバー・帯）538頁　装丁（カバー装画＝林哲夫、カバーデザイン＝間村俊一）1048円　解説（阿部和重）18000部（25000部）

目次（内容）

第三部　運命の章

第一　神神の罠／第二　十一月の夜の媾曳／第三「匹夫モ志ヲ奪フ可カラズ」

第四部　伝承の章

第一　暗影／第二　道／第三　縮図／第四　対馬風流滑稽譚

解説　阿部和重

＊カバー（表）の美しい装画は林哲夫「薬瓶・夕」(1998)。帯（裏）には瀬戸内寂聴の作品評「激しくまぶしい愛と性」が引用されている。

神聖喜劇 第３巻

2002年９月20日　光文社文庫　文庫判（カバー・帯）537頁　装丁（カバー装画＝林哲夫、カバーデザイン＝間村俊一）1048円　解説（保坂和志）18000部（24500部）

目次（内容）

第五部　雑草の章

第一　大船越往反／第二　寒夜狂詩曲／第三　暗影（続）／第四　階級・階層・序列の座標

第六部　迷宮の章

第一　法／第二　奇妙な間の狂言／第三　事の輪郭／第四　嫌疑の構図／第五　偏見の遠近法／第六　朝の来訪者

解説　保坂和志

＊カバー（表）の美しい装画は林哲夫「静物（眼鏡、手帖）」(1992)。帯（裏）には松本清張の作品評「現代社会をみごとに象徴」が引用されている。

神聖喜劇 第４巻

2002年10月20日　光文社文庫　文庫判（カバー・帯）495頁　装丁（カバー装

画＝林哲夫、カバーデザイン＝間村俊一） 1048円 解説（武田信明） 16000部（22500部）

目次（内容）

第七部 連環の章

第一 喚問／第二 歴世／第三 喚問（続）／第四 ある観念連合／第五 冬木照美の前身／第六 脈絡／第七 早春

解説 武田信明

＊カバー（表）の美しい装画は林哲夫「青い瓶」（1991）。帯（裏）には加賀乙彦の作品評「二十一世紀を透視する小説」が引用されている。

神聖喜劇 第５巻

2002年11月20日 光文社文庫 文庫判（カバー・帯） 510頁 装丁（カバー装画＝林哲夫、カバーデザイン＝間村俊一） 1048円 解説（坪内祐三） 16000部（22500部）

目次（内容）

第八部 永劫の章

第一 模擬死刑の午後／第二 模擬死刑の午後（続）／第三 模擬死刑の午後（結）／第四 面天奈狂想曲／終曲 出発

奥書き 本文／同 附記

「文春文庫」版奥書き

「ちくま文庫」版奥書き

「光文社文庫」版奥書き

解説 坪内祐三

＊カバー（表）の美しい装画は林哲夫「燈台（暗）」（2001）。帯（裏）には埴谷雄高の作品評「マラソンのゴール到達」が引用されている。「「光文社文庫」版奥書き」で著者は、本文庫の秀抜なカバーデザインを高く評価し、その喜びを表明。

三位一体の神話 上

2003年７月20日 光文社文庫 文庫判（カバー・帯） 360頁 装丁（カバー装画＝林哲夫、カバーデザイン＝間村俊一） 686円 12000部

目次（内容）

叙篇 二つの殺人

第一篇 遠因近因

一 士族の株／二 陰の部分（ある作家の内的独白 その１）／三 年齢奇譚／四 陰の部分（ある作家の内的独白 その２）／五 一つのスケデュー

ル／六　陰の部分（ある作家の内的独白　その3）／七　ある季刊雑誌の休刊／八　学歴に関するエピソード／九　モデルとプロトタイプとの差異／十『三位一体の伝説』のこと／十一　二人の芸術家の話／十二　A Diary of a Lost Soul／十三　陰の部分（ある作家の内的独白　その4）／十四　原稿盗難

第二篇　遠景

十五　第一事件の発生／十六　絶筆／十七　急逝の顚末／十八　Die Absicht oder der Wunsch zum Freitod／十九　天皇を見る／二十　奇妙な一人物／二十一　当夜／二十二　陰の部分（ある作家の内的独白　その5）

第三篇　中景

二十三　『尾瀬路迂全集』編纂始末抄　一／二十四　陰の部分（ある作家の内的独白　その6）／二十五　一夜／二十六　投身と解体消滅と／二十七『尾瀬路迂全集』編纂始末抄　二

＊長篇総合小説の上巻。エピグラフとしてシェークスピア『ヴェニスの商人』の一節（「真相は、必ず明るみに出る。殺人は、隠し通されることができない。」）が、原文と共に引用されている。また、カバー（裏）には著者の近影（執筆当時のもの）が印刷されている。

三位一体の神話 下

2003年7月20日　光文社文庫　文庫判（カバー・帯）365頁　装丁（カバー装画＝林哲夫、カバーデザイン＝間村俊一）686円　解説（鎌田哲哉）12000部

目次（内容）

第四篇　近景

二十八　陰の部分（ある作家の内的独白　その7）／二十九　『尾瀬路迂全集』編纂始末抄　三／三十　華燭／三十一　『尾瀬路迂全集』編纂始末抄　四／三十二　陰の部分（ある作家の内的独白　その8）／三十三　『尾瀬路迂全集』編纂始末抄　五／三十四　陰の部分（ある作家の内的独白　その9）／三十五　「老齢と死」についてニイチェの言葉／三十六　〈死〉との関係／三十七　陰の部分（ある作家の内的独白　その10）／三十八　暮春／三十九　陰の部分（ある作家の内的独白　その11）／四十　第二事件の発生／四十一　潜行／四十二　ボストン美術館にて／四十三　ジョン・F・ケネディ国際空港にて（武等万尚の想念）

第五篇　鳥瞰

四十四　美しき五月となれば／四十五　堅確不動の不在証明／四十六　散骨の思想／四十七　歳月／四十八　感光の兆し／四十九　定着への道／五十　陽画

跋篇　未完遺作の完結

解説　鎌田哲哉

＊長篇総合小説の下巻。エピグラフとして木下利玄『紅玉』の一首（保護色にかくれおほせしつもりにて寄り眼の魚の水底にゐる）が引用されている。帯（表）には著者の言葉（「先入観なしに、『罪と罰』ないし『魔の山』を読むごとく『三位一体の神話』を読まれよ。大西巨人」）が記され、またカバー（裏）には上巻とは違う著者の近影（執筆当時のもの）が印刷されている。

五里霧

2005年1月10日　講談社文芸文庫　文庫判（カバー・帯）　299頁　装丁（菊地信義）　1300円　解説（鎌田哲哉）　4000部

目次（内容）

縹富士　一九九二年一月／雪の日　一九八四年二月／方言考　一九五六年三月／老母草　一九八一年四月／同窓会　一九四六年五月／胃がん　一九八二年六月／立冬紀　一九三七年七月／五里霧　一九九〇年八月／底付き　一九三一年九月／エイズ　一九八七年十月／牛返せ　一九四九年十一月／連絡船　一九四一年十二月

著者から読者へ　牛歩の辯　大西巨人

解説　鎌田哲哉

年譜　齋藤秀昭

著書目録　齋藤秀昭

深淵 上

2007年11月20日　光文社文庫　文庫判（カバー・帯）　340頁　装丁（カバーイラスト＝林哲夫、カバーデザイン＝間村俊一）　590円　15000部

目次（内容）

第一篇　序曲

第一章　発端／第二章　覚醒／第三章　事態／第四章　夜思／第五章　歳月／第六章　追想／第七章　帰心／第八章　再会

第二篇　生々流転

第九章　二重政権／第十章　玉石混淆／第十一章　愛縁機縁／第十二章　訣別事由／第十三章　先例探索／第十四章　ある決断／第十五章　三者款談／第十六章　暗中模索

第三篇　世路の起伏

第十七章　誤判の背景／第十八章　冤罪の構図／第十九章　荊棘の道程／第二十章　誤信の死角／第二十一章　恃衆の否定／第二十二章　鉄桶の証跡／

第二十三章　闘争の座標／第二十四章　瑣少の雪冤
＊カバー（袖）には、著者の近影と略歴が掲載されている（下巻も同様）。

深淵 下

2007年11月20日　光文社文庫　文庫判（カバー・帯）350頁　装丁（カバーイラスト＝林哲夫、カバーデザイン＝間村俊一）590円　解説（鎌田哲哉）15000部

目次（内容）

第四篇　転変兆

第二十五章　新局面／第二十六章　命名譚／第二十七章　既視感／第二十八章　間奏曲／第二十九章　千里信／第三十章　別乾坤

第五篇　皆既蝕の部分

第三十一章　夜思ふたたび／第三十二章　歴史偽造の罪／第三十三章　百尺竿頭の歩／第三十四章　我流温故知新／第三十五章　獅子身中の虫／第三十六章　オミオツケ辯

第六篇　まわり灯籠種々相

第三十七章　アリバイ崩し・序／第三十八章　アリバイ崩し・破／第三十九章　アリバイ崩し・急／第四十章　現身のいのち・起／第四十一章　現身のいのち・承／第四十二章　現身のいのち・転

第七篇　未完結ジンフォニー

第四十三章　何もかも宙宇の間に／第四十四章　雑草のふたりしずか／第四十五章　大虚への遥かな旅路

解説　鎌田哲哉

地獄篇三部作

2010年9月20日　光文社文庫　文庫判（カバー・帯）201頁　装丁（カバーイラスト＝林哲夫、カバーデザイン＝間村俊一）686円　8000部

目次（内容）

この小説（『地獄篇三部作』）の、やや長い「前書き」（文中敬称略）

第一部　笑熱地獄

第二部　無限地獄

第三部　驚喚地獄

大西巨人インタビュー「当時の現象は消えても、現象の本質は今も在る」（『ダ・ヴィンチ』2007年10月号より再録。取材・文 大寺明）

＊解説の代わりにインタビュー記事を再録。

地獄変相奏鳴曲 第一楽章・第二楽章・第三楽章

2014年6月10日　講談社文芸文庫　文庫判（カバー・帯）331頁　装丁（菊地信義）1600円　2300部

目次（内容）

地獄変相奏鳴曲

第一楽章　白日の序曲／第二楽章　伝説の黄昏／第三楽章　犠牲の座標

資料

＊巻末に添えられた「資料」は、著者が『社会評論』に本作の新訂篇を連載する際に書いた「はしがき」である。

地獄変相奏鳴曲 第四楽章

2014年7月10日　講談社文芸文庫　文庫判（カバー・帯）343頁　装丁（菊地信義）1600円　解説（阿部和重）2200部

目次（内容）

地獄変相奏鳴曲

第四楽章　閉幕の思想　あるいは娃重島情死行

奥書き

資料

解説　阿部和重

年譜　齋藤秀昭

著書目録　齋藤秀昭

＊巻末に添えられた「資料」は、本作完結を機に『社会評論』へ掲載された「《面談》『地獄変相奏鳴曲』をめぐって」である。

【原作本】

原作 大西巨人 脚本 荒井晴彦

シナリオ 神聖喜劇

2004年12月24日　太田出版　菊判（上製本・丸背・カバー・帯）361頁　装丁（鈴木一誌・武井貴行）2800円　付録（「『シナリオ　神聖喜劇』付録」）5200部

目次（内容）

第一章　一九四二年（昭和一七年）一月四日―一月二十五日

第二章　二月三日―二月二十日

第三章　二月二十二日―二月二十六日

第四章　三月一日―三月二十六日

第五章　四月二日―四月二十四日
巻末資料
①軍人勅諭／②戦陣訓／③三八式歩兵銃・三十年式銃剣／④三八式野砲・改造三八式野砲図面／⑤三八式野砲など写真／⑥十五糎加農砲
あとがき
＊映画化を想定して作られた脚本（上映12時間に相当する分量。映画化は2018年現在においてもまだ実現されていない）。『神聖喜劇』全５巻のエッセンスを見事に結晶化した大変な労作。巻末資料は、『神聖喜劇』の世界を想起するに当たって大変有用。「あとがき」には脚本化に至る経緯とその困難さとが語られている。付録には、澤井信一郎のエッセイ「映画化への道のり」と主要登場人物の一覧、内務班の室内図、兵営建造物の配置見取り図、対馬要塞重砲兵連隊本部見取り図が収められている。

原作 大西巨人 漫画 のぞゑのぶひさ 企画・脚本 岩田和博
漫画 神聖喜劇 第１巻

2006年５月10日　幻冬舎　Ａ５判（並製本・カバー・帯）　272頁　装丁（鈴木成一デザイン室）　1400円　解題（中条省平）　15000部
目次（内容）
第一部　絶海の章
大前田文七／風　一／風　二／夜　一／夜　二／夜　三／夜　四／夜　五／夜　六／夜　七／夜　八／夜　九
エッセイ　要塞の日々１　大西巨人
解題　三つの迷宮　中条省平
＊幻冬舎創立12周年記念事業出版。大西巨人は本書の原作者として第36回日本漫画家協会賞大賞を受賞。これが最初で最後の受賞となる。巻末のエッセイ・大西巨人「要塞の日々」は、談話を長男・大西赤人氏がまとめたもの。

原作 大西巨人 漫画 のぞゑのぶひさ 企画・脚本 岩田和博
漫画 神聖喜劇 第２巻

2006年５月10日　幻冬舎　Ａ５判（並製本・カバー・帯）　219頁　装丁（鈴木成一デザイン室）　1300円　解題（三浦しをん）　15000部
目次（内容）
第二部　混沌の章
冬　一／冬　二／責任阻却の論理　一／責任阻却の論理　二／責任阻却の論理　三／現身の虐殺者　一／現身の虐殺者　二／現身の虐殺者　三／隼人の名に負ふ夜声　一／隼人の名に負ふ夜声　二

エッセイ　要塞の日々２　大西巨人
解題　いまを生きるものが往々にして直面すること。 三浦しをん

原作 大西巨人 漫画 のぞゑのぶひさ 企画・脚本 岩田和博
漫画 神聖喜劇 第３巻

2006年６月22日　幻冬舎　Ａ５判（並製本・カバー・帯） 272頁　装丁（鈴木成一デザイン室） 1400円　解題（青山真治） 15000部

目次（内容）

第三部　運命の章

神神の罠／十一月の夜の媾曳　一／十一月の夜の媾曳　二／十一月の夜の媾曳　三／十一月の夜の媾曳　四／「匹夫モ志ヲ奪フ可カラズ」 一／「匹夫モ志ヲ奪フ可カラズ」 二

第四部　伝承の章

暗影／道　一／道　二／対馬風流滑稽譚　一／対馬風流滑稽譚　二／対馬風流滑稽譚　三

エッセイ　要塞の日々３　大西巨人
解題　血なまぐさい月は、まっぴらだ。 青山真治

原作 大西巨人 漫画 のぞゑのぶひさ 企画・脚本 岩田和博
漫画 神聖喜劇 第４巻

2006年８月25日　幻冬舎　Ａ５判（並製本・カバー・帯） 311頁　装丁（鈴木成一デザイン室） 1400円　解題（唐沢俊一） 12000部

目次（内容）

第五部　雑草の章

大船越往反／寒夜狂詩曲　一／寒夜狂詩曲　二／暗影（続）／階級・階層・序列の座標　一／階級・階層・序列の座標　二／階級・階層・序列の座標　三

第六部　迷宮の章

法／奇妙な間の狂言／事の輪郭　一／事の輪郭　二／嫌疑の構図／偏見の遠近法／朝の来訪者

エッセイ　要塞の日々４　大西巨人
解題　記憶の魔魅　唐沢俊一

原作 大西巨人 漫画 のぞゑのぶひさ 企画・脚本 岩田和博
漫画 神聖喜劇 第５巻

2006年10月25日　幻冬舎　Ａ５判（並製本・カバー・帯） 239頁　装丁（鈴木

成一デザイン室） 1400円　解題（高田里恵子） 12000部
目次（内容）
第七部　連環の章
喚問　一／喚問　二／ある観念連合　一／ある観念連合　二／冬木照美の前身／脈絡　一／脈絡　二／早春　一／早春　二／早春　三／早春　四／早春　五
エッセイ　要塞の日々5　大西巨人
解題　「厳原閥」かもしれない症候群　高田里恵子

原作 大西巨人 漫画 のぞゑのぶひさ 企画・脚本 岩田和博
漫画 神聖喜劇 第6巻

2007年1月26日　幻冬舎　A5判（並製本・カバー・帯） 267頁　装丁（鈴木成一デザイン室） 1400円　解題（山口直孝） 10000部
目次（内容）
第八部　永劫の章
回想　一／回想　二／八紘山中腹の路傍　一／八紘山中腹の路傍　二／模擬死刑の午後　一／模擬死刑の午後　二／模擬死刑の午後　三／面天奈狂想曲　一／面天奈狂想曲　二／面天奈狂想曲　三／面天奈狂想曲　四／出発
あとがき　小説はもっとおもしろい　魂が震える　岩田和博
あとがき　我が人生の教科書『神聖喜劇』　のぞゑのぶひさ
エッセイ　要塞の日々6　大西巨人
解題　「分身」を志向する倫理　山口直孝

【特集本】

大西巨人 抒情と革命

2014年6月30日　河出書房新社　A5判（並製本・カバー） 255頁　装丁（写真＝明石健五、デザイン＝市川衣梨） 2300円　3000部
目次（内容）
対談　武井昭夫　二一世紀の革命と非暴力　新作『縮図・インコ道理教』をめぐって／柄谷行人　畏怖あるいは倫理の普遍性／吉本隆明　〝大小説〟の条件　『神聖喜劇』をめぐって／大岡昇平　変貌する「戦後」を問う
エッセイ　いとうせいこう　リアリズムへの神聖喜劇／小沢信男　汚い原稿の美しさ
論考　山口直孝　疾走する「たわぶれ心」　大西巨人におけるフモールの展開／絓秀実　さらに、踏み越えられたエロティシズムの倫理　大西巨人の場合

／井口時男　「正名と自然」再び／倉数茂　大西巨人の聖史劇／友常勉　〈党〉と部落問題／千野帽子　大西巨人を読んでめんくらうこと

山口直孝 編・解題　単行本未収録エッセイ選　ヒューマニズムの陥穽　「ネオ・ユマニスム」の旗手としての荒正人について／K少尉的なもの／二つの書物　「あられ酒」と「追憶」と／対馬の上島・下島／古い記憶の水鏡　短歌一首、詩二編について

同　初出で読む「俗情との結託」　俗情との結託　『三木清に於ける人間の研究』と『真空地帯』／雉子も鳴かずば打たれまい　民科芸術部会のこと、『真空地帯』批判（『俗情との結託』）の二つの反批判（？）のこと、シャーロック・ホームズ的推理のこと、その他／『真空地帯』問題　会本来の使命発展のために・Ⅳ

『神聖喜劇』論　石橋正孝　大西巨人における暴力の問題／田島正樹　革命的主体について　『神聖喜劇』論／宮野由梨香　『神聖喜劇』の彼方へ／橋本あゆみ　「別の長い物語り」のための覚書　『精神の氷点』から『神聖喜劇』へ

坂口博、内田友子、楠田剛士、生住昌大、橋本あゆみ他　作品ガイド　精神の氷点／神聖喜劇／天路の奈落／地獄変相奏鳴曲／三位一体の神話／五里霧／迷宮／二十一世紀前夜祭／深淵／縮図・インコ道理教／地獄篇三部作

齋藤秀昭 編　大西巨人　略年譜

＊大西巨人の全体像を把握できる唯一のムック版作家ガイド。表紙カバーに、大西巨人晩年の迫力ある写真が使用されているのも魅力の一つ。

【回想録】

大西美智子

大西巨人と六十五年

2017年12月20日　光文社　四六判（上製本・丸背・カバー・帯）　271頁　装丁（川上成夫）　2800円

目次（内容）

はじめに

第一章　奮闘

応募する気はありませんか／わからないことがあったら、辞書を引きなさい／何事か生じた時に、その人の真価はわかる／古い考えにとらわれず、いやなことはいやと／美智子さんは帰しませんよ／上京したい／金を貰って解決したなど考えられない／おれにしか書けない小説を必ず書く／同じ細胞員だからと思って信用してはいけない／駆けるな、ゆっくり歩くんだよ

第二章　熱闘

その内情は誰も知らないだろう／必ず何とかなる／遠くで聞いた産声はいかなる名作もおよばぬ感動だった／いかなる時も信頼し合える夫婦でなくてはいけない／百万円持って神田の古本屋へ行き後顧の憂いなく本を／しっかりするんだよ。どんなことになろうと、しっかりするんだよ／元気を出して原稿を書かねばなりません／誰かが悪いということではない。責任は誰にもないのだ／目的は達したのだ。気にすることはない。ほっとけばいいよ

第三章　苦闘

そんな人を信用できない／おれは煙草を吸う人間ではない／不当な差別を受けた／ボウブラ、ボウブラ／事実はそのまま伝えなくてはいけないよ／たとえ金と暇があっても、二度と海外旅行に出ない／大丈夫だ、おれは死なないよ／痛いんだよ／おれが生きている限り、機会ある毎に人非人の面皮を剥いでやる／対馬は兵隊ではなく、旅行で行くにはいいところだよ／完成させるに決まっているよ。まだまだ書くことはたくさんある

終章　敢闘

本の整理をしていいですか／巨人大好き、世界で一番好き／一人で暮らしています。早く帰ってきてください／『門』ですか、『それから』ですか／おーい美智子と呼んでください／おむつしているからそのまましてもよいのです／気を付けて帰りなさい、と言ってください／ことばを忘れたきょじんさん、うしろのやぶにすてましょか／いつも美智子がそばにいるから大丈夫ですよ／もうすぐ桜が咲きます。花見に行きましょうね

付録　大西巨人　二〇〇六年三月六日のインタビュー　戦争と文学

＊大西巨人の妻・大西美智子氏による類い稀な回想録。カバーの装画には、巨人の愛した青紫色の桔梗が用いられており、帯（表）には「18歳の出会いから、主治医に不可能と言われた自宅でのたった一人の看取りまでを綴る」と記されている。本書には、1946年の二人の出会いに始まる、1948年から2014年（巨人歿年）まで続いた65年間の結婚生活の機微と格闘と愛の軌跡が、綿密に記録されている（章題が象徴しているように、巨人との協同生活はまさに「闘」いの歴史であった）。編集担当の大久保雄策氏による（目次）構成も、本書の注目点を的確にピックアップすると同時に、大西夫妻の生の声のやり取りを読者に伝える秀逸なものとなっている。巻末付録「戦争と文学」は、『国文学』（2006年５月）に掲載されたインタビュー「大西巨人氏に聞く　『神聖喜劇』と現在」の一部。

※計【単行本】３８冊、【選集】６冊、【文庫】27冊、【原作本】７冊、【特集本】１冊、【回想録】１冊。

［参考］　大西巨人作品収録本一覧（含・ブックレットやムック）

※編著者名・書名・発行年月・出版社名・収録作の順。

近代文学編『戦後批評集』（1949年３月、双樹社）「二十世紀四十年代の自覚　新しき文学的人間像の問題」

『現代文芸代表作品集』（1949年11月、黄蜂社）「白日の序曲」

『中野重治研究』（1960年９月、筑摩書房）「中野重治小論　「むらぎも」を中心に」

『野間宏全集』第４巻（1970年６月、筑摩書房）「俗情との結託」「再説　俗情との結託」

『現代日本映画論大系』第３巻（1970年12月、冬樹社）　座談会「日本のヌーベル・バーグ」

松田道雄編『私のアンソロジー　5　脱俗』（1972年１月、筑摩書房）「俗情との結託」「再説俗情との結託」

『大岡昇平対談集　戦争と文学と』（1972年11月、中央公論社）　対談「戦争・文学・人間」

北川晃二編『九州の顔 上』（1973年８月、夕刊フクニチ新聞社）　インタビュー「文壇随一の理論家　大西巨人」

『「近代文学」創刊のころ』（1977年８月、深夜叢書社）「二つの書信」

『昭和万葉集』巻７（1979年４月、講談社）「復員兵の悲しみ」と題した短歌３首
朝日ジャーナル編集部編『にんげん訪問　生きる・創る・話す』（1981年５月、朝日ソノラマ）　インタビュー「〝俗情との結託〟を許さず茫々二十五年」

『吉本隆明対談集　素人の時代』（1983年５月、角川書店）　対談「素人の時代」

岡庭昇・高橋敏夫編『七人の作家たち　さたでいぶっくす』（1983年９月、土曜美術社）　インタビュー「大西巨人氏に聞く　『徒労のような格闘』を」

あけぼの広報社編『人権と良心――どうしたら守れるのか いのちの尊厳と人権』（1984年９月、あけぼの広報社）　インタビュー「民衆の根源的な〝元気〟を、ふるい立たせ発展させること」

『とっておきのいい話』（1986年６月、ネスコ）「わたしの好きなジョーク」

朝日新聞学芸部編『名作52　読む見る聴く　part2』（1986年８月、朝日新聞社）「大西巨人さんと石の花を見る」

小笠原賢二『異界の祝祭劇』（1986年11月）　インタビュー「大西巨人　迷宮化する「厳格主義」」

『人権ブックレット３　人権からみた日本国憲法』（1987年５月、部落解放研究所）「〝不思議な一人物〟」

『吉本隆明全対談集』第６巻（1988年６月、青土社）　対談「“大小説”の条件」

『吉本隆明全対談集』第７巻（1988年６月、青土社）　対談「素人の時代」

『とっておきのいい話　ニッポン・ジョーク集』（1989年９月、文春文庫）「湯加減は？」

『読書日録大全』（1989年12月、講談社）「読書日録」

本多勝一『「YES」と言える日本 貧困なる精神 F集』（1990年７月、朝日新聞社）　インタビュー「「文化人」の変節現象を大西巨人氏に聴く」

『出会い　私と部落三〇〇万人』（1991年３月、部落解放研究所）「真の「出会い」に」

『新文芸読本　泉鏡花』（1991年11月、河出書房新社）「鏡花の女」

『群像　日本の作家６　与謝野晶子』（1992年４月、小学館）「晶子について二、三の断想」

『文学1993』（1993年４月、講談社）「底付き　一九三一年九月」

『人生の達人が説く生きる知恵』（1993年５月、朝日新聞社）「ヴォー、イスト、オオニシ・キョジン？」

影山和子『なまけものの読書　100冊の本の著者100人とのインタビュー』（1993年11月、第三書館）談話「反骨と俗情の迷宮」
絓秀実『「超」言葉狩り論争』（1995年10月、情況出版）インタビュー「言論の自由をめぐる闘争」
『大岡昇平全集』別巻（1996年８月、筑摩書房）対談「戦争・文学・人間」
『くわえ煙草で　原賀肇追悼集』（1996年９月、原賀肇追悼集刊行委員会）「感想」
『本多勝一集 第21巻 愛国者と売国者』（1997年４月、朝日新聞社）インタビュー「「文化人」の変節現象を大西巨人氏に聴く」
『安部公房全集』06（1998年１月、新潮社）座談会「ハンガリー問題と文学者」、同「共産主義と文学」
柄谷行人『ダイアローグ５』（1998年７月、第三文明社）対談「畏怖あるいは倫理の普遍性」
『本多勝一集 第24巻 大東亜戦争と50年戦争』（1998年11月、朝日新聞社）座談会「現代史をつかみとる難しさ」
『志賀直哉『和解』作品論集成』Ｉ（1998年12月、大空社）「文学に於ける『私怨』の問題　志賀直哉論のうち」
『安部公房全集』011（1998年７月、新潮社）座談会「芸術運動の新しい方向――批判精神の組織」
『本多秋五全集』別巻１（1999年２月、菁柿堂）「精神の老い」
日本ペンクラブ編・加賀美幸子選『読み聞かせる戦争』（2002年７月〈新装版 2015年７月〉、光文社）「神聖喜劇」
『人生旅路遠けれど』（2002年10月、青陵会）「亦楽斎」
『日本人の手紙　第二巻　友情』（2004年４月、リブリオ出版）書簡「若い生命の喪失をどうすることもできない　大西巨人》江口付治馬（昭和一九年一一月九日）」
青木正美編『大衆文学自筆原稿集』（2004年７月、東京堂出版）「神聖喜劇」
徳永康元『ブダペスト日記』（2004年８月、新宿書房）鼎談「本を読むにも気力と体力がいるぞ」
『吉本隆明対談選』（2005年２月、講談社文芸文庫）対談「素人の時代」
『ＫＡＷＡＤＥ道の手帖　靖国問題入門』（2006年１月、河出書房新社）「戦争犠牲者を出しに使うな」
齋藤愼爾編『キネマの文學誌』（2006年12月、深夜叢書社）「映画『陸軍残虐物語』について」
立野正裕『精神のたたかい　非暴力主義の思想と文学』（2007年６月、スペース伽耶）対談「徹底的非暴力主義を目ざして　大西巨人氏との対話」
立野正裕『世界文学の扉をひらく』（2008年９月、スペース伽耶）対談「大西巨人、世界文学を語る」
武井昭夫『武井昭夫状況論集 2001-2009』（2009年10月、星雲出版社）対談「二一世紀の革命と非暴力」
石橋正孝『大西巨人 闘争する秘密』（2010年１月、左右社）インタビュー「大西巨人インタヴュー――真実の追求、歴史の偽造」
『いつもそばに本が』（2012年１月、ワイズ出版）「いつもそばに、本が　大西巨人」
『佐々木基一全集』第10巻（2013年９月、河出書房新社）「書評『リアリズムの探求』」

「四十年後の今日」

佐高信編『佐高信の緊急対論50選・人の巻　誰が平和を殺すのか』（2014年11月、七つ森書館）　インタビュー「『神聖喜劇』にみる上級者無責任論」

大岡昇平『対談　戦争と文学と』（2015年８月、文春学藝ライブラリー）　対談「戦争・文学・人間」

渡部直己『日本批評大全』（2017年１月、河出書房新社）「俗情との結託」

公開ワークショップ「大西巨人の現在」の記録

第一回「大西巨人の現在——創作の舞台裏」

二〇一五年二月二十一日（土）一〇時〜一七時
二松學舍大学九段キャンパス一号館一一〇三会議室（公開読書会）、
二〇一教室（研究発表、講演）

公開読書会（一〇時〜一二時）
　大西巨人『日本人論争　大西巨人回想』を読む
　司会：橋本あゆみ（早稲田大学大学院）
　リポーター：坂　堅太（京都大学非常勤講師）
研究発表（一三時〜一四時三〇分）
　山口直孝（二松學舍大学教授）
　　革命的知性の小宇宙（ミクロコスモス）——大西巨人蔵書が語るもの
　田代ゆき（福岡市文学館嘱託員）
　　戦後作家の出発地点を考える——花田清輝・革命史観を手掛かりに
講演（一五時〜一七時）
　浜井　武（編集者、元光文社常務）
　　一編集者から見た大西巨人——『神聖喜劇』と光文社の関わり
特別展示……大西巨人蔵書のうち、『神聖喜劇』に関連するものなどを選び、会場に展示した。

第二回「大西巨人の現在——変革の精神の系譜」

二〇一六年二月二十七日（土）一三時〜一七時
二松學舍大学九段キャンパス一号館四〇一教室

研究発表（一三時〜一四時三〇分）
石橋正孝（立教大学助教）
ネットワークとしての大西巨人蔵書
田中正樹（二松學舍大学教授）
大西巨人と漢詩文
講座（一五時〜一七時）
川光俊哉（脚本家）
講演「舞台『神聖喜劇』を上演するために」＋ラジオ・ドラマ『神聖喜劇』鑑賞
特別展示……大西巨人が自作短歌・俳句や愛誦した言葉を墨書した作品を会場に展示した。

第三回「大西巨人の現在——文学と革命」

二〇一七年二月二十五日（土）一〇時三〇分〜一七時
二松學舍大学九段キャンパス一号館四〇一教室

講演（一〇時三〇分〜一二時）
多田一臣（二松學舍大学特別招聘教授）
『神聖喜劇』と万葉集
研究発表（一三時〜一四時三〇分）

坂　堅太（三重大学特任講師）
大衆社会状況の到来と戦後アヴァンギャルド――〈記録芸術の会〉内部における「大衆」認識について
橋本あゆみ（木更津工業高等専門学校非常勤講師）
蔵書にみる大西巨人の道元受容――『神聖喜劇』における引用の効果
講演（一五時～一七時）
絓秀実（文芸評論家）
大西巨人の「転向」
特別展示……『神聖喜劇』の原稿、大西巨人宛書簡などを会場に展示した。

※所属は、公開ワークショップ開催時のもの。

あとがき

本論集は、二松學舍大学東アジア学術総合研究所共同研究プロジェクト「現代文学芸術運動の基礎的研究――大西巨人を中心に」（二〇一四年度～二〇一六年度、石橋正孝・齋藤秀昭・坂堅太・田代ゆき・田中正樹・橋本あゆみ・山口直孝）の成果をまとめたものである。共同研究では大西巨人蔵書の調査を活動の中心に置き、途中経過を各年度末のワークショップ（詳細は、「公開ワークショップ「大西巨人の現在」の記録」を参照）で発信してきたが、研究期間の終了に当たっても一つの中じきりをしておきたく、本書の編纂を思い立った。

本書は、目次に示したように、四つの章から成る。「Ｉ　大西巨人の現在――さまざまな眺め」は、公開ワークショップでの講演を再録した。浜井武氏・川光俊哉氏・多田一臣氏・絓秀実氏の四氏には、それぞれ異なる立場から大西巨人について語っていただいた。ご多用の中、講演を引き受けていただき、かつ、本書への再録を快く承諾していただいたことに深くお礼を申し上げる。

「Ⅱ　革命的知性の小宇宙（ミクロコスモス）――大西巨人の蔵書の世界」は、大西巨人蔵書についての中間報告である。残念ながら、現時点ではまだ蔵書目録を公けにすることができておらず、今後の課題である。「Ⅲ　享受と創造――大西巨人をめぐる考察」は、共同研究メンバーによる考察。竹峰義和氏にはドイツ語の蔵書の調査でご協力いただいた。また、大西巨人とドイツ文学との関わりについて短い文章を、という求めに対して、本格的な論考をご寄稿いただいたため、「Ⅲ」に組み込む形を取った。「Ⅳ　大西巨人　書誌」は、齋藤秀昭による書誌である。単行本に限ったものであるが、大西巨人に関して初めての本格的な書誌となる。

書名は、第三回の公開ワークショップの題名に因んだ。マルクス主義者としての立場を堅持し、現実変革の意志を手放すことなく創作活動に取り組んできた大西巨人の固有性を問うには、本来一体であるべき「文学」と「革命」との二つをあえて分節化してとらえ、現在性を検証する意識が欠かせないと考えたからである。

できごとの有無が特定の価値観で揺るがされるようなことはあってはならない。事実を確認し、蓄積していく部分で言えば、研究は客観的なものであり、中立的なものと言える。しかし、学問が現実と密接に関わるものである以上、第三者的な立場に自足することは許されないであろう。とりわけ、人間と社会とのありようを問う人文科学の領域においては、主体性が問われることになる。成果主義的な尺度で業績が評価され、競争的資金の獲得に奔走させられている今日の大学の研究環境を思う時、何をどのように論じるかを意識することは、いよいよ重要となる。本共同研究においては、蔵書調査を通じて巨人の教養形成の過程を検証し、巨人の革命的思考の生成の現場を見きわめることを目指した。むろん、意図は意図に過ぎず、どれだけ目標が達成できたかは心もとない。大方のご批正をお願いしたい。

巨人が亡くなった後、初めて仕事部屋に立ち入った時、蔵書に触れえる興奮と同時に、これらの資料を留め置くことがいつまで可能だろうかと懸念を感じた記憶は、今も鮮明である。それは、資料保存に関しておよそ無力でしかない自分が顧みられた時でもあった。幸いに周囲の理解と協力者とに恵まれ、理想的な形で調査を進めてくることができた。機会を十分に活用することができたかという疑念は残るものの、共同研究の場を持ちえたことは、やはり大きな喜びであった。

蔵書調査は、大西美智子氏・大西赤人氏のご理解とご協力とがなければ、成り立たなかった。私たちの作業に何の注文も付けず、牛歩のような進捗を見守って下さったお二人に、改めて深くお礼を申し上げる。

蔵書調査の場所を提供してくれた二松學舍大学は、田中正樹・山口直孝の勤務校である。中型の教室を長期間使用する便宜供与を受けることなしに、本共同研究は成り立たなかった。人文学軽視の風潮の中、研究を重んじ、支援を惜しまない学校法人に対しても謝意を表しておきたい。また、「大西巨人主要蔵書解題」に関わる中野重治書簡の翻刻では、竹内栄美子氏のご協力をいただいた。記して感謝申し上げる。

刊行に際しては、翰林書房の今井静江氏の手を煩わせた。渋滞しがちな編集作業に忍耐強く、そして迅速に対応してくださる今井氏の支えは、心強いものであった。

最後に本書が二松學舍大学学術叢書の一冊であり、刊行に際しては、二松學舍大学東アジア学術総合研究所の助成を受けたことを感謝と共に記す。

二〇一八年一月九日

山口直孝

執筆者紹介（五十音順）

阿部和正（あべ・かずまさ）二松學舍大学ＳＲＦ研究助手、日本近代文学、「ねじれた「近代」――『坊っちゃん』における命名と移動」（『日本文学』二〇一四年九月）・「『彼岸過迄』における「好奇心」の行方――教科書としての〈新アラビア夜話〉受容」（『日本文学』二〇一六年十二月）

石橋正孝（いしばし・まさたか）立教大学観光学部助教、ジュール・ヴェルヌを中心とする十九世紀フランス文学、『大西巨人　闘争する秘密』（左右社、二〇一〇年）・『〈驚異の旅〉または出版をめぐる冒険』（左右社、二〇一三年）・『あらゆる文士は娼婦である』（共著、白水社、二〇一六年）他。

伊豆原潤星（いずはら・じゅのう）二松學舍大学大学院文学研究科国文学専攻博士課程前期課程、日本近代文学（アジア太平洋戦争後の〈私小説〉）

川光俊哉（かわみつ・としや）脚本家・小説家・作詞家・二松学舎大学非常勤講師・ポストメタルバンドlantanaquamaraメンバー（Voice）、第二四回太宰治賞最終候補、舞台『神聖喜劇』・舞台『銀河英雄伝説　初陣　もうひとつの敵』・舞台『戦国御伽絵巻　ソロリ～妖刀村正の巻～』

齋藤秀昭（さいとう・ひであき）大正大学・十文字学園女子大学非常勤講師、日本近代文学、編著『明治深刻悲惨小説集』（講談社文芸文庫、二〇一六年）・「大西巨人詳細年譜」（大西巨人『日本人論争』左右社、二〇一四年）所収）

坂　堅太（さか・けんた）三重大学人文学部特任准教授、日本近現代文学、『安部公房と「日本」――植民地／占領経験とナショナリズム』（和泉書院、二〇一六年）・「二重化された〈戦後〉――源氏鶏太『三等重役』論」（『日本文学』二〇一五年二月）

絓秀実（すが・ひでみ）文芸評論家、『天皇制の隠語（ジャーゴン）』（航思社、二〇一四年）・『タイム・スリップの断崖で』（書肆子午線、二〇一六年）・『アナキスト民俗学――尊皇の官僚・柳田国男』（木藤亮太との共著、筑摩選書、二〇一七年）

杉山雄大（すぎやま・ゆうだい）二松學舍大学大学院文学研究科国文学専攻博士課程前期課程、日本近代文学（大西巨人文芸を中心とした日本の戦後文学）、「一九四七年・大西巨人のスタートライン――ヒューマニズムへと展開する我流虚無主義の精神」（『昭和文学研究』二〇一七年九月）

竹峰義和（たけみね・よしかず）東京大学大学院総合文化研究科准教授、ドイツ思想史・映像文化論、『アドルノ、複製技術へのまなざし――〈知覚〉のアクチュアリティ』（青弓社、二〇〇七年）、『〈救済〉のメーディウム――ベンヤミン、アドルノ、クルーゲ』（東京大学出版会、二〇一六年）

田代ゆき（たしろ・ゆき）福岡市文学館嘱託員、日本近現代文学、「虚無よりの創造 戦後作家、大西巨人の出発地点を問う」（『社会文学』二〇一五年八月）・『大西巨人 走り続ける作家』（企画編著図録、福岡市文学館、二〇〇八年十一月）

多田一臣（ただ・かずおみ）二松学舎大学特別招聘教授、日本古代文学・日本古代文化論、『古代文学表現史論』（東京大学出版会、一九九八年）・『万葉集全解　一～七』（筑摩書房、二〇〇九年～二〇一〇年）・『古代文学の世界像』（岩波書店、二〇一三年）

田中正樹（たなか・まさき）二松學舍大学文学部教授、宋代思想・中国美学・日本漢学、「宋代士大夫の思想とその展開——宋学と陽明学」（『中国学入門　中国古典を学ぶための13章』勉誠出版、二〇一五年）・「三島中洲「泰卦講義」について」（『陽明学』二〇一五年三月）・「宋代山水表現に於ける視覚と聴覚」（若森栄樹編『〈見える〉を問い直す』彩流社、二〇一七年）

野口勝輝（のぐち・かつき）二松學舍大学文学研究科国文学専攻博士課程前期課程、日本近代文学（安部公房文学）

橋本あゆみ（はしもと・あゆみ）早稲田大学大学院文学研究科研究生、日本近代文学（大西巨人を中心した戦後文学の研究）、「「別の長い物語り」のための覚書——精神の氷点』から『神聖喜劇』へ」（『大西巨人　抒情と革命』河出書房、二〇一四年）・「『神聖喜劇』における大前田軍曹像——大西巨人旧蔵書調査の成果を踏まえて」（『国文学研究』二〇一六年三月）・『歴史の総合者として——大西巨人未刊行批評集成』（共編著、幻戯書房、二〇一七年）

浜井武（はまい・たけし）編集者・元光文社常務、『マイホーム』・『少年』・『女性自身』などの雑誌編集、カッパ・ノベルス・文芸書・光文社文庫などの書籍編集に携わる。大西巨人以外に、赤川次郎・鮎川哲也・大藪春彦・小松左京・土屋隆夫・夏樹静子などの作家を担当。

山口直孝（やまぐち・ただよし）二松學舍大学文学部教授、日本近代の小説、『「私」を語る小説の誕生——近松秋江・志賀直哉の出発期』（翰林書房、二〇一一年）・『横溝正史研究』（共編著、戎光祥出版、既刊六冊二〇〇九年～）・「「この人」という他者——大西巨人と佐多稲子」（『日本近代文学館年誌　資料探索』二〇一八年三月）

大西巨人――文学と革命

二松學舍大学学術叢書

発行日	2018年3月20日　初版第一刷
編　者	山口直孝
発行人	今井　肇
発行所	翰林書房
	〒151-0071 東京都渋谷区本町1-4-16
	電 話　(03)6276-0633
	FAX　(03)6276-0634
	http://www.kanrin.co.jp/
	Eメール●Kanrin@nifty.com
装　釘	田中芳秀
印刷・製本	メデューム

落丁・乱丁本はお取替えいたします

ISBN978-4-87737-426-6